dtv

Heike Stöhr

Die Arglist des Teufels

Historischer Roman

dtv

Ausführliche Informationen über unsere Autorinnen und Autoren und ihre Bücher finden Sie unter www.dtv.de

Von Heike Stöhr
sind bei dtv außerdem erschienen:
Die Fallstricke des Teufels (21790)
Die Handschrift des Teufels (21817)

MIX
Papier aus verantwortungsvollen Quellen
FSC® C019821
FSC www.fsc.org

Originalausgabe 2020

Umschlaggestaltung: Wildes Blut, Atelier für Gestaltung, Stephanie Weischer unter Verwendung von Fotos von Kerry Norgard/Arcangel Images und Heritage Images/Getty Images
Satz: Fotosatz Amann, Memmingen
Gesetzt aus der Adobe Jenson
Druck und Bindung: Druckerei C.H.Beck, Nördlingen
Printed in Germany · ISBN 978-3-423-21932-7

Personenübersicht

Personen, die meiner Fantasie entsprangen, sind kursiv gesetzt.

Alle anderen sind historisch verbürgt. Von manchen sind nur Name und Beruf nachgewiesen, andere hinterließen umfangreiche Zeugnisse ihres Wirkens als Künstler, Gelehrte und Politiker.

In Pirna

Heinrich Fuchs: Magister, Universalgelehrter und geschickter Mechanikus
Sophia: sein Weib
Justus: ihr Söhnchen
Clara: ihr Töchterchen
Hanna: Amme von Justus

In Nikolsburg

Nikolaus Storch: Laienprediger aus Zwickau
Bruder Peter: der Älteste des Brüderhofs
Bruder Franz: Verwalter
Bruder Georg: Prediger
Christoph und Filomena: der Töpfer und sein Weib
Johann: Christophs Bruder
Jan Lienhard: genialer Arzt, der weit über die Grenzen Mährens hinaus gefragt ist

Jeremias: erfinderischer Schreiner
Anton: ein fahrender Händler

Auf Burg Falkenstein
Johannes von Fünfkirchen: Ritter aus dem Weinviertel, Pfleger auf Burg Falkenstein
Oswald Paneisen: Verwalter des Burgherrn
Ružena: sein Weib
Blasius: Küchenmeister
Magda: ältere mütterliche Küchenmagd
Lenka: junge vorlaute Küchenmagd
Mila: junge schüchterne Küchenmagd
Wastel: Soldat des Königs

Familie, Haushalt und Helfer des Stadtschreibers von Pirna
Wolf Schumann: einflussreicher Stadtschreiber, jüngster Ratsherr
Amalia Schumann: sein Weib und Nichte des Kämmerers
Georg Schumann: Wolfs Halbbruder, Schmiedemeister in Dresden
Margaretha von Bünau: Landadlige, die als Witwe mit allen Mitteln versucht, ihre Selbstbestimmung zu verteidigen

In der Schifftorvorstadt von Pirna
Maria: auch »Rote Maria« genannt, Wirtin der Schänke Zur blauen Schürze, ehemalige »Königin« der Bomätscher, Sophias Freundin
Marten: Marias Ehemann, Sohn eines Meißner Weinhändlers, der aus Liebe zu Maria Schankwirt wurde
Jonas: Marias unehelich geborener Sohn

Ausserdem in Pirna und Umgebung

Hans Frost: Fronmeister
Meister Idermann: Gassenmeister in der Obertorvorstadt
Walpurga Walter: des Kämmerers Eheweib

Im Rat unter anderen

Friedrich Hofmann: Ratsherr, ehemaliger Bürgermeister
Alex Walter: Kämmerer und Brotwäger
Hans Rische: Ratsherr, ehemaliger Richter
Jakob Süssemilch: Bürgermeister
Balthasar Kittel: Richtherr
Nickel Nack: Weinherr, Aufseher auf der Elbe
Gregor Kadener: Spitalmeister

ausserdem

Anton Lauterbach: erster evangelischer Pfarrer und Superintendent von Pirna, Freund Martin Luthers
Valentin Arnold: Bader
Johann Schumann: Schulmeister, späterer Stadtschreiber und Ratsherr
Hans Bieberstein: Floßmeister und Schiffseigner in Copitz
Hans Rabe: Eisengießer aus Hütte bei Königstein

In Dresden

Georg: Diener im Schloss
Herzog Moritz: Landesherr, späterer Kurfürst
Herzogin Agnes: seine Frau
Herzog August: sein Bruder und Nachfolger
Christoph von Carlowitz: Diplomat und einer der vertrautesten Räte von Herzog Moritz

In Wittenberg

Lucas Cranach, der Ältere: Hofmaler bei Kurfürst Johann Friedrich

Luc(as) Cranach, der Jüngere: sein Sohn und Nachfolger

Anna Cranach: seine jüngste Tochter

Philipp Melanchthon: Professor in Wittenberg, Freund Lauterbachs

Niklas Dorndorf: Maler in der Cranach-Werkstatt, Vater von Justus

In Nürnberg

Johann Schöner: Mathematiker, Geograph, Kartograph, Astronom, Astrologe

Meister Ambrosius: genialer Mechanikus

Reinfeld: sein Faktotum

Agnes: seine Magd

Tucher: junger Patrizier aus einer der einflussreichsten Nürnberger Familien

Hieronymus Baumgartner: Patrizier, Ratsherr, Freund Melanchthons

In Leipzig

Daniel Weyner: Sophias Vetter

Justina: seine Mutter

Aus Krummhermsdorf

Melchior: Flößer und Holzfäller

Johanna: Kräuterweib mit hellseherischen Kräften

Kapitel 1

»Möge Euch Gott behüten!« Dankbar nahm das Weib des Fischers die kleine Münze entgegen. Ihr Mann war bereits an Land gesprungen, um die Schaluppe an einem der Holzpfosten des Landungsstegs zu vertäuen. Im Hafen herrschte lebhaftes Treiben: Handwerker, Handlanger, Hausfrauen und Mägde mit Einkaufskörben schoben und drängten sich um die Stände der Fischweiber, die ihre Ware wortreich und lautstark anpriesen. Zwischen ihren Beinen wuselten Kinder, Hunde und Katzen.

Es war Dienstag und in Pirna wurde Markt gehalten. Den geschäftigen Lärm hatte Magister Fuchs schon flussaufwärts vernommen, noch bevor hinter dem Schloss auf dem Sonnenstein die roten Dächer und Türme der Stadt in Sicht gekommen waren. Er nickte der Fischersfrau zum Abschied zu, bevor er nach seiner Tasche griff.

Der Boden unter seinen Füßen schwankte, und Fuchs fühlte sich recht unbeholfen, während er über einige Haufen feuchter Netze und die Körbe mit dem frischen Fang stieg. Die Schuppengewänder der kleinen Fische schimmerten in blassen Perlmuttfarben. Auch am Saum seines langen schwarzen Mantels hafteten Fischschuppen, und es würde eine Weile dauern, bis er den Geruch wieder aus der Nase bekam.

Um ein Haar wäre er beim Aussteigen im Wasser gelandet, weil er die Tasche mit dem kostbaren Werkzeug umklammert hielt, statt sich an der Bordwand festzuhalten. Nur die zupackende Hand des Fischers bewahrte ihn vor dem unfreiwilligen Bad.

Während sich die Fischersleute daranmachten, ihren Fang auszuladen, verließ Fuchs eilig den Landungssteg. Er fror, denn trotz der strahlenden Frühlingssonne trieb der Wind eisige Böen durchs Elbtal. Fuchs bereute inzwischen, dass er in der Früh auf ein Morgenmahl verzichtet hatte. Die Hoffnung, dass Maria in der Blauen Schürze schon einen Kessel deftigen Eintopfs über dem Feuer haben könnte, beflügelte seinen Schritt, aber weit kam er nicht.

»Gegrüßt sei Gott! Welch glücklicher Zufall, dass ich Euch hier treffe, Magister Fuchs! Das erspart mir den Weg zu Euch in die Obertorvorstadt!« Der stattliche Mann mit der wohlklingenden Baritonstimme schien hoch erfreut.

Der Magister grüßte zurück, während er in seinem Gedächtnis vergeblich nach dem Namen seines Gegenübers suchte. Der Mann sah aus wie ein wohlhabender Bürger, denn er trug einen Mantel aus gutem wollenem Tuch und Lederschuhe, auf denen Silberschnallen blinkten, außerdem waren Haar und Bart sauber gestutzt.

»Es scheint, als wären Eure kunstfertigen Hände diesmal elbaufwärts vonnöten gewesen.« Der Mann deutete auf die Werkzeugtasche des Magisters. »Doch wen wundert das, schließlich ist Euer Geschick im Bau von Turmuhren weit über die Mauern unserer Stadt hinaus bekannt, seitdem Ihr im vergangenen Jahr diese überaus nützliche Rathausuhr gebaut habt, an der die Pirnaer außer der genauen Zeit auch noch den Stand des Mondes ablesen können! Niemand hier benötigt noch einen Kalender, wenn er wissen will, wann die rechte Zeit fürs Wäschewaschen, Zahnziehen oder Bartscheren ist.«

Fuchs war das Lob unangenehm. Es stimmte zwar, dass er in letzter Zeit öfter unterwegs war, um Turmuhren in der Umgebung von Pirna zu reparieren, doch waren das zumeist gewöhnliche Uhrwerke, für die es keiner großen Kunstfertigkeit bedurfte. Er lächelte trotzdem freundlich, denn inzwischen war ihm wieder eingefallen, mit wem er es zu tun hatte. Hans Bieberstein war Floßmeister in Copitz und überdies Eigentümer mehrerer Schiffe. Damit schaffte er regelmäßig Steine und Holz nach Wittenberg – ein Geschäft, das ihm gutes Geld einbrachte. Es war offensichtlich, dass Bieberstein ein Anliegen hatte.

»Ich hoffe nämlich, Ihr könnt mir mit einem besonderen Taufgeschenk für den Sohn meines Bruders helfen«, erklärte er.

»Wie das?« Fuchs bemühte sich, nicht allzu ungeduldig zu klingen.

Der Schiffshändler beugte sich vertraulich nach vorn. »Letzte Woche traf ich in Wittenberg einen alten Geschäftsfreund. Der erzählte mir, dass er auf einer seiner Handelsreisen ein Spielzeug gesehen habe – ein Vögelchen, nicht größer als eine Handspanne.« Bieberstein streckte Daumen und Zeigefinger der rechten Hand aus. »Wenn man es mit einem Schlüssel aufzog, sei es auf dem Tisch umhergehüpft und habe artig gepickt. Könnt Ihr mir etwas Ähnliches als Taufgeschenk für den jüngsten Sohn meines Bruders anfertigen?«

Das Interesse des Magisters war entfacht. »Ein mechanisches Spielzeug!«, rief er und vergaß den schneidenden Wind ebenso wie seinen knurrenden Magen. Vor seinem inneren Auge entstand bereits ein geeignetes Uhrwerk. Aber die Ausführung des Ganzen war mit einigen Schwierigkeiten verbunden. »Bauen könnte ich das schon, im Grunde benötigt man dazu nicht viel mehr als ein paar Zahnräder und Federn. Allerdings müssten die sehr klein sein, wenn Euer Vogel nicht die Größe einer Gans haben soll«, erklärte er. »Bis wann braucht Ihr das Geschenk?«

»Ach, damit hat es keine Eile.« Bieberstein lachte. »Mein Bruder wohnt in Schneeberg, und ich weiß noch gar nicht, wann ich wieder Zeit haben werde, ihn zu besuchen.«

»Ich muss ein paar neue Werkzeuge anfertigen lassen, bevor ich an die Arbeit gehen kann. Die hier«, Fuchs hob seine Tasche, »sind viel zu grob dafür.«

»Dann frisch ans Werk, Magister!« Der Floßmeister rieb sich die Hände. »Eure Mühe soll nicht umsonst sein!« Er klopfte auf die Geldkatze an seinem Gürtel.

Aber Fuchs, dessen Gedanken schon um die neue, herausfordernde Arbeit kreisten, wollte jetzt noch nicht über Geld reden. Daher verabschiedete er sich rasch und setzte seinen Weg fort. Während er den Steinplatz überquerte, erstellte er im Kopf bereits eine Liste mit Werkzeug und Material. Das Schimpfen der Steinmetze und Handlanger, denen er dabei vor die Füße lief, nahm er nur am Rand wahr.

An der Schänke Zur blauen Schürze fand er die Tür verschlossen. Es dauerte ein Weilchen, bis er begriff, wie merkwürdig das war. Sonst stand Maria zu dieser Tageszeit längst in der Küche, während ihre beiden Mägde den Schankraum fegten und Tische wischten. Die Stille, die heute über dem gesamten Anwesen lag, war bedrückend. Fuchs, der nicht nur ein Stammgast, sondern vor allem ein enger Freund der Wirtsleute war, begann sich zu sorgen. Durch die gemauerte Toreinfahrt gelangte er in den Hof, wo die blonde Schankmagd dabei war, die Hühner zu füttern. Als sie den Kopf hob, sah er, dass sie geweint hatte. »Bärbel, was ist hier los? Warum ist die Schänke noch nicht geöffnet?«

»Die kleine Ursel!«, Bärbel schniefte. »Der himmlische Vater hat sie zu sich geholt – vor nicht mal einer Stunde!« Sie wischte sich mit dem Schürzenzipfel die Nase.

Marias kleine Tochter war gestorben? Vor Schreck ließ Fuchs seine Tasche fallen. Das Klirren des Metalls bohrte sich schmerzhaft in sein Ohr. Das konnte doch nicht sein! Als Pate hatte er das Kind erst vor ein paar Wochen über das Taufbecken in Sankt Marien gehalten. Das kräftige kleine Mädchen hatte gestrampelt und wie am Spieß gebrüllt, während Pfarrer Lauterbach es mit dem geweihten Wasser besprengt hatte. Verwirrt betrachtete er seine leeren Hände. »Wie konnte das nur geschehen?«

»Es fängt ganz harmlos an: Ein bisschen Schnupfen, ein leichtes Fieber.« Fuchs drehte sich um, als er die Stimme seines Freundes Valentin Arnold vernahm.

Der Bader war aus der Hintertür auf den Hof getreten. Er wirkte vollkommen übernächtigt, auf seinen hageren Wangen lag ein dunkler Bartschatten. »Dann haben sie Schluckbeschwerden, wollen nicht trinken. Ich dachte, ich hätte es mit einer Häufung von Mandelentzündungen zu tun«, er zuckte hilflos mit den Schultern, »nicht ungewöhnlich im zeitigen Frühjahr. Aber statt der weißen Stippchen bildet sich ein heller, ledriger Belag auf den Mandeln, der schon bald den ganzen Rachen überzieht. Ihr Atem stinkt, und ein pfeifender Husten zeugt von Luftnot. Ihre aufgedunsenen kleinen Gesichter sind ganz blass, obwohl das Fieber steigt.«

Fuchs begriff allmählich, dass Arnold nicht nur von Ursel sprach. In der Stadt schien eine Krankheit zu wüten, eine unbekannte Pestilenz, die vor allem Kinder befiel.

»Was immer ich versuche, sie sterben mir unter den Händen weg – vor allem die Kleinsten!« Noch nie hatte der Magister seinen Freund so verzweifelt erlebt. Beschämt musste er sich eingestehen, dass er nicht in der Lage war, ihm irgendeine Art von Trost zu spenden. Dabei hatte Fuchs in jungen Jahren die Medizin studiert und auch eine Zeitlang erfolgreich als Arzt gearbeitet. Doch das Vertrauen in seine Kunst war zerbrochen, nachdem er nicht im Stande gewesen war, sein Weib und seine Kinder vor dem Schwarzen Tod zu retten. Er holte tief Luft. »Gibt es etwas, das ich für Maria tun kann?«

Der Bader kniff die Augen zusammen. Als er sie wieder öffnete, glomm ein Fünkchen Hoffnung darin. »Geht hinunter zum Fähranleger, mein Freund, und wartet dort auf ihren Mann! Sie sagte, dass er heute zurückkehren wird.«

Fuchs nickte, obwohl ihn die Vorstellung, Marten mit der Nachricht vom Tod seines Kindes zu empfangen, ganz elend machte. Der Wirt der Blauen Schürze hatte ihn vor ein paar Tagen auf seinem Wagen mit hinauf ins Gebirge genommen. Es war eine heitere, unbeschwerte Fahrt gewesen, denn Marten hatte Jonas, Marias Ältesten, dabeigehabt.

Valentin Arnold schien noch etwas auf dem Herzen zu haben. »Überzeugt Marten unbedingt davon, dass Ihr den Jungen mitnehmen dürft!« Er legte dem Magister die Hand auf den Arm. »Behaltet ihn in Eurem Haus! So lange, bis dieser verdammte Sterbenslauf ein Ende gefunden hat!«

»Das will ich gern tun«, versicherte Fuchs, der sofort verstand, worum es seinem Freund ging. Oft genug hatte Arnold mit ihm über die Schriften des Veronesers Fracastorius diskutiert. Der Arzt vertrat die Ansicht, dass Krankheiten bei direktem Kontakt mit den Erkrankten durch unsichtbare Keime – *seminaria morbi* – übertragen würden und nicht durch giftige Dämpfe.

Schweren Herzens verabschiedete sich Fuchs von Arnold. Er ging hinunter zum Treidelpfad, auf dem die Bomätscher an windstillen Tagen Schiffe elbaufwärts zogen. Im Graben vor der Stadtmauer spross das erste Grün, und Fuchs entdeckte in den Gärten so manche Meise oder Amsel, die bereits voll Eifer an ihrem Nest baute. Doch auch die Feier des neuerwachten Lebens vermochte nichts gegen die düsteren Gedanken in seinem Kopf auszurichten.

Zu seiner Trauer um Ursel und der Sorge um ihren Bruder, kam nun auch die Angst um das Kind, das er liebte, als wäre es sein eigen Fleisch und Blut. Der kleine Justus konnte bestimmt inzwischen schon umherkrabbeln und hatte die ersten Zähne bekommen. Doch davon hatte nichts gestanden in jenem knappen Brief, der ihn vor einer Woche erreicht hatte. Sein Weib Sophia hatte sich im Spätherbst entschlossen, mit ihrem Kind für ein paar Monate nach Leipzig zu ziehen – ins Haus ihres Onkels. Der Magister hatte vorgehabt, sie an Ostern dort abzuholen, aber inzwischen hatte sie ihn darüber unterrichtet, dass sie noch bis zum Herbst in Leipzig bleiben werde. Ihre Muhme sei beim letzten Eis unglücklich gestürzt und habe sich die Hüfte gebrochen.

Fuchs hatte sich im Herbst selbst die Schuld gegeben für Sophias Entscheidung, aber seit dem Eintreffen jener kargen Nachricht beschlichen ihn Zweifel an ihrer Gesinnung. Bereute sie am Ende gar, dass sie ihm die Treue versprochen hatte? Der Gedanke an eine Ehe, in der sie freudlos und voller Sehnsucht nach einem anderen an ihn gefesselt wäre, lähmte seine Entschlusskraft.

Und trotzdem, jeden Abend, wenn er die Augen schloss, sah er sie vor sich: ihre schlanke Gestalt, das zarte Gesicht mit den grauen Augen, die voller Neugier und oft mit einer Spur von Ungeduld in die Welt blickten. Meist ringelten sich an ihren Wangen ein paar seidige Locken, die ihrem Zopf und selbst den strengen Hauben, die sie als sittsame Hausfrau zu tragen hatte, entkommen waren. Auf den ersten Blick war ihr braunes Haar sehr schlicht. Doch wenn die Sonne daraufschien, schimmerte es in allen Tönen von Gold bis Kupfer, und in seinen Fingerspitzen spürte er auch jetzt wieder die kühle, seidige Fülle der langen Strähnen. Selbstverständlich hätte er sich in der ersten Zeit ihrer Bekanntschaft niemals erdreistet, sie auch nur mit dem kleinen Finger zu berühren. Lange hatte er sich eingeredet, lediglich ihren wachen Geist zu fördern, wenn er ihr Bücher lieh und ihre ungezählten Fragen beantwortete. Ihr Vater, ein Weinhändler, war zu der Zeit auf der Suche nach einem passenden Ehemann für sein einziges Kind gewesen. Dafür wäre Fuchs ohnehin nicht infrage gekommen. Sophia sollte jedoch das letzte Wort in der Eheangelegenheit haben, und sie wandte sich schließlich einem jungen Maler zu. Niklas Dorndorf war so arm wie der Magister, doch sonst besaß er alles, was das Herz einer Jungfer entzücken konnte: Er war groß und breitschultrig, hatte goldblondes Haar und ein kühnes Gesicht mit intensiv blauen Augen, in denen sich jede seiner Stimmungen spiegelte. Leider hatte diese Liebe von Anfang an unter keinem guten Stern gestanden.

Fuchs konnte den Fähranleger hinter dem Brüdertor schon von Weitem erkennen. Heute, am Markttag, herrschte dort besonders viel Gedränge. Inmitten der zahlreichen Bauern mit Körben und Handkarren sah der Magister sogar einen riesigen Planwagen, vor den vier starke Gäule gespannt waren. Er wurde von bewaffneten Knechten zu Pferd flankiert und gehörte vielleicht einem wohlhabenden Kaufmann aus der Lausitz. Im Gegensatz zu den Bäuerlein, die für die Überfahrt nur einen halben Pfennig zahlten, musste der Kaufherr für Wagen und Pferde fünf Pfennige berappen und obendrauf noch einen für jeden der Reiter.

Während Fuchs sich dem Tor näherte, hatte die große Wagenfähre das Pirnsche Ufer fast erreicht. In dem Augenblick, in dem das flache Wassergefährt anlegte, entdeckte der Magister Martens Wagen. Er wurde von einem unverwechselbaren Schecken gezogen, auf dessen Kruppe ein kleiner Junge hockte. Als Fuchs winkte, riss sich Jonas die Mütze herunter und schwenkte sie in der Luft. Dabei leuchtete sein roter Schopf in der Mittagssonne wie eine Fackel.

Der Magister atmete gegen die schmerzhafte Enge in seiner Brust, während Marten Pferd und Wagen durch die Menschenmenge manövrierte. Der Wirt der Blauen Schürze hatte seinen Stiefsohn neben sich auf den Bock gesetzt und ihm einen Arm um die Schultern gelegt. Stolz hielt Jonas die Zügel in den Händen, die Marten mit seinen kräftigen Fäusten umschloss. »Seht nur, Magister Fuchs, der Vater bringt mir das Kutschieren bei!« Mühelos übertönte die helle Kinderstimme den Lärm von Mensch und Tier.

Anders als der aufgekratzte Junge musste Marten bemerkt haben, dass Fuchs nicht gekommen war, um ihnen einen fröhlichen Empfang zu bereiten. Sein rundes Gesicht, das meist den Ausdruck heiterer Gelassenheit trug, war ernst geworden. Er brachte den Wagen zum Stehen und sprang vom Bock. Dann streckte er die Arme aus, um Jonas herunterzuheben. Seine Bewegungen waren zielstrebig, aber ohne Hast. Dennoch erkannte Fuchs die Unruhe, die den Mann erfasst hatte. Sie zeigte sich in der angespannten Linie seiner Schultern und äußerte sich in der Bewegung, mit der Marten die Plane über der Ladefläche zurückwarf, um einen Ledereimer hervorzuholen. Den hielt er dem Jungen hin.

»Lauf zum Fluss, hol Wasser für das Pferd! Und pass auf, dass du auf dem Rückweg keinen Tropfen verschüttest! Verstanden?« Jonas, nicht ohne Stolz auf die übertragene Verantwortung, nickte gehorsam. »Lauf vorsichtig und langsam!« Kaum war der Junge außer Hörweite, brach die Angst aus dem Mann hervor. »Was ist geschehen?«

Heinrich Fuchs trat so dicht an ihn heran, dass er die entstellenden Brandnarben auf Martens Gesicht bis ins kleinste Detail erkennen konnte. Sie reichten von der Schläfe bis zum Mundwinkel und verhinderten den Bartwuchs auf der rechten Wange. »Der Herr im Himmel hat vor wenigen Stunden Euer Töchterchen zu sich geholt«, sagte er leise. Als er sah, wie Marten erstarrte, legte er ihm beide Hände auf die Schultern und drückte fest zu. »Ich teile Euren Schmerz, und ich weiß, dass nichts, was ich sagen könnte, ihn jetzt lindern kann. Aber ich werde da sein, wenn Ihr mich braucht.«

»Wie?«, stieß Marten zwischen zusammengepressten Zähnen hervor. Sein Gesicht war blass geworden, so dass das rote

Narbengeflecht noch stärker hervortrat. Doch er wankte nicht, als Fuchs ihn losließ und preisgab, was Meister Arnold ihm berichtet hatte. »Seid Ihr auch davon überzeugt, dass Jonas in Gefahr wäre, wenn er jetzt zu seiner Mutter zurückkehren würde?«, war das Einzige, was er wissen wollte, nachdem Fuchs schwieg.

»Ja.« Der Magister nickte. »Es ist sicherer für ihn, wenn er vorerst bei mir bleibt.«

»Gut.« Marten holte schmerzhaft tief Luft. »Dann sei es so!« Mit hölzernen Bewegungen ging er zum Wagen zurück, wo er sich unter der Plane zu schaffen machte.

Der Magister schaute sich um, und als er sah, wie Jonas mit vorsichtigen Trippelschritten vom Ufer heraufkam, lief er ihm entgegen. »Kann ich helfen?« Fuchs streckte die Hand aus. Doch der Junge schüttelte den Kopf und setzte verbissen einen Fuß vor den anderen. Obwohl er groß und kräftig war für einen Sechsjährigen, schwappte das Wasser in dem nicht einmal halbvollen Eimer gefährlich hin und her. Er schaffte es trotzdem, ihn vor dem Pferd abzustellen, ohne auch nur einen Tropfen zu verschütten. Das Tier schnaubte, bevor es sein Maul im Wasser versenkte.

Marten hatte ein Bündel aus dem Wagen geholt, das er Jonas in die Hand drückte. Dann ging er vor dem Jungen in die Knie und sah ihm ernst in die Augen. »Ich habe beschlossen, dass du in den nächsten Tagen bei Magister Fuchs hinter dem Obertor wohnen wirst. Deine kleine Schwester«, er schluckte, und Fuchs ahnte, dass der Mann noch nicht bereit war, dem Kind die ganze Wahrheit zu erzählen, »ist sehr krank. Es ist besser, wenn du ihr nicht zu nahe kommst, damit du selbst gesund bleibst.«

»Aber warum denn?« Jonas krauste die Nase. Es war ihm anzusehen, dass er den Zusammenhang überhaupt nicht verstand. »Das kann dir Magister Fuchs besser erklären als ich.« Marten erhob sich. »Sei brav und hör auf das, was er sagt!« Er nahm

Jonas die Mütze vom Kopf, strich ihm mit einer sparsamen Geste übers Haar und setzte sie ihm anschließend wieder ordentlich auf.

Fuchs, der abwartend danebengestanden hatte, fasste nach der freien Hand des Jungen. »Ich habe heute noch nichts gegessen«, verkündete er. »Und darum gehen wir jetzt zum Markt, wo ich Schmalzgebäck kaufen werde! Willst du auch welches?« Jonas nickte heftig.

Nachdem sie sich von Marten verabschiedet hatten, trabte der Junge bereitwillig neben dem Magister zum Brüdertor. Fuchs wies sich vor dem Wachmann aus. Hinter dem Torhaus gingen sie am ehemaligen Dominikanerkloster vorbei und gelangten über die Barbiergasse zum Markt. Dort erfüllte der Magister sein Versprechen, und während sie sich die Bäuche mit dem fettigen, heißen Gebäck vollschlugen, erzählte er Jonas von dem Vögelchen, das sich der Floßmeister wünschte.

Er war entschlossen, sich und den Jungen in den nächsten Tagen so zu beschäftigen, dass ihnen keine Zeit für traurige Gedanken bleiben würde. Darum wollte er den Heimweg über die Schmiedegasse nehmen, wo sich die Werkstatt von Schmiedemeister Hanisch befand. Der geschickte Feinschmied hatte nach seinen Vorgaben die Teile für die Rathausuhr hergestellt. »Ich bin überzeugt, dass der Meister uns auch die viel kleineren Zahnräder und Federn für den mechanischen Vogel fertigen kann«, erklärte er dem Jungen, als sie in die Frongasse abbogen.

Noch bevor sie die Werkstatt betraten, stieg ihnen der Geruch von heißem Metall in der Nase, und der helle Klang eines Hammers zeigte an, dass die Mittagspause hier bereits zu Ende war. »Gott zum Gruß, Magister Fuchs! Ich freue mich, Euch zu sehen.« Harnisch wischte sich die Hände mit einem Lappen ab und überließ es seinem Altgesellen, einen kunstvollen Truhenbeschlag weiter zu bearbeiten. »Ihr wart viel unterwegs in den letzten Monaten.«

»Reparaturarbeiten – nicht der Rede wert.« Fuchs zuckte mit den Schultern. »Doch vorhin traf ich Floßmeister Bieberstein. Er hat ein mechanisches Spielzeug bei mir in Auftrag gegeben, dessen Konstruktion eine neue Herausforderung ist. Ein hüpfendes und pickendes Vöglein will er haben, so klein.« Er zeigte die Spanne zwischen Daumen und Zeigefinger.

»Das ist in der Tat klein!« Hanisch nickte beeindruckt. »Aber wie ich Euch kenne, habt Ihr den Plan dafür bereits im Kopf.«

»So ist es.« Fuchs nickte. »Und wenn Ihr wollt, kann ich ihn gleich für Euch zu Papier bringen.« Er öffnete die Werkzeugtasche und holte Papier und Stift daraus hervor. Vor den Augen des staunenden Kindes und des nicht minder beeindruckten Schmieds begann er zu zeichnen. »Was meint Ihr dazu?«, fragte er, indem er Hanisch die Skizze reichte. Der Meister studierte sie mit zusammengekniffenen Augen. »Es könnte funktionieren, aber es wird kniffelig.« Er kratzte sich unter dem dichten, graumelierten Bart. »Ich hoffe doch, Ihr erwartet nicht, dass ich Euch die Teile dafür schon nächste Woche liefere?«

»Gewiss nicht.« Fuchs schüttelte den Kopf. »Ich brauche zuvor noch einiges an Werkzeug und einen kunstfertigen Kannegießer, der mir den Körper des Vogels machen kann. Vielleicht könnt Ihr mir einen empfehlen, der sich auf so winzige Sachen versteht?«

»Das will ich meinen, schließlich ist meine Älteste mit dem Sohn von Meister Gänneweck verheiratet.« Hanisch lachte. »Der Meister beschäftigt seit einiger Zeit einen Wandergesellen aus Nürnberg und lobt dessen Geschick beim Anfertigen hübscher kleiner Büchsen für Nähnadeln.«

»Aus Nürnberg, sagt Ihr?« Der Magister rieb sich über das Kinn, bevor er nach der Skizze griff, um sie wieder in seiner Tasche zu verstauen.

»Die Nürnberger sind doch überall in den deutschen Landen bekannt für ihre hohe Kunstfertigkeit bei der Verarbeitung von

Metallen«, erzählte Hanisch derweil. »Was ihre Flaschner, Nadelmacher, Fingerhüter, Kunstschmiede und Uhrmacher herstellen, ist überaus begehrt. Ich würde meinen, von den Nürnbergern könnte selbst ein so gescheiter und geschickter Mann wie Ihr, Magister, noch etwas lernen!«

»Und ob!« Fuchs spürte, wie sein Blut allein bei der Vorstellung der Möglichkeiten, die ihm ein Besuch in Nürnberg eröffnen könnte, schneller zu kreisen begann. »Was würde ich allein darum geben, mich mal ein paar Stunden mit einem Astronomen wie Johannes Schöner zu unterhalten. Doch leider würde ein längerer Aufenthalt in Nürnberg mehr kosten, als meine bescheidenen Mittel hergeben.« Er seufzte ernüchtert. »Aber ich danke Euch für die Empfehlung und will Meister Gänneweck gleich morgen aufsuchen.«

Fuchs verabschiedete sich und trat mit Jonas an der Hand hinaus auf die Gasse. Er war noch keine zehn Schritt weit gekommen, als er seinen Namen hörte. Er drehte sich um. »Magister Fuchs!« Idermann schnaufte, als er ihn eingeholt hatte. »Ihr seid zurück? Wie schön!« Der stämmige Gassenmeister musterte Jonas mit einem fragenden Blick. Soll er doch denken, was er will, beschloss Fuchs, dem der Sinn nicht danach stand, seinen Nachbarn über die Herkunft des Kindes aufzuklären. »Ich sah Euch gerade aus der Werkstatt von Meister Hanisch kommen.« Idermann zuckte mit den Schultern. »Da dachte ich mir, wir könnten den Rest des Weges gemeinsam zurücklegen.« Fuchs nickte, obwohl er fand, dass Gassenmeister Idermann seine Gesellschaft in letzter Zeit recht häufig suchte.

Während sie gemeinsam zum Obertor gingen, spürte der Magister, wie Jonas ihn am Ärmel zupfte. »Dieses Nürnberg, das Ihr so gern besuchen würdet, ist das weiter weg als Meißen?«, erkundigte sich der Junge.

»Hat dir noch keiner gesagt, dass Kinder in der Gegenwart

erwachsener Männer den Mund halten sollen!«, rügte ihn Meister Idermann sogleich. »Ich halte nichts davon, Kindern das Fragen zu verbieten. Wie sollen sie sonst etwas lernen?« Fuchs warf seinem Nachbarn einen verärgerten Blick zu. »Sag mal, kannst du eigentlich schon lesen?«, fragte er, indem er die Hand des Jungen drückte.

»Ein bisschen«, Jonas nickte voller Stolz. »Die Mutter lehrt es mich seit einiger Zeit.«

»Sehr gut!« Fuchs lächelte zu ihm herab. »Dann werden wir deinen Unterricht in den nächsten Tagen mit ein wenig Geografie und Latein fortsetzen. Ich habe ein paar Landkarten daheim, die ich dir zeigen kann. Und außerdem die ›Noriberga‹ von Eobanus Hessus, eine ganz vorzügliche neue Beschreibung der Stadt Nürnberg in Hexametern.«

Kapitel 2

Sophia stellte den Reisigbesen in die Ecke. Sie ließ ihren Blick durch die Küche schweifen und nickte zufrieden. Töpfe und Pfannen waren geschrubbt, das saubere Geschirr ordentlich in Borden und Regalen aufgereiht. Die gemauerte Kochstelle unter dem gewaltigen schwarzen Rauchabzug war gefegt, die Asche stand daneben in abgedeckten Eimern. Da sie vor allem Buchenscheite verfeuert hatten, ließ sich eine wunderbare Waschlauge daraus machen. Hilda und Regina, die heute mit Sophia zum Küchendienst eingeteilt worden waren, versahen die Feuerlöcher schon mit Holz für den nächsten Morgen. Die jungen Mädchen tuschelten und kicherten dabei – unbeschwert und fröhlich wie zwei Schwalben. Sophia lächelte ihnen zu, als sie zur Tür ging. »Wenn ihr die Asche rüber ins Waschhaus gebracht habt, könnt ihr schlafen gehen!«

Im Hof vor dem Küchenhaus empfing sie ein kalter Wind. Er zerrte an ihrem Rock und dem Wolltuch, das sie sich um Kopf und Schultern gewickelt hatte. Dunkle Wolken jagten am Himmel über dem Brüderhof. Immer wieder verschlangen ihre hungrigen Schatten die helle Scheibe des Mondes, so dass der Weg vor Sophias Füßen in raschem Wechsel in Finsternis und Licht getaucht wurde. Sie ging zum Brunnen und lockerte den Griff der Haspel. Ein dumpfes Platschen verriet ihr den Moment, in dem der Eimer die Wasseroberfläche erreichte. Es war ein hartes Stück Arbeit, den gefüllten Bottich wieder nach oben zu kurbeln, und ihre Handflächen brannten, als sie ihn endlich über den Brunnenrand hieven konnte. Eilig wusch sie sich Gesicht und Hände, denn an diesem Abend konnte sie es kaum erwarten, zum Haupthaus zurückzukehren.

Die unteren Fenster des dreigeschossigen Gebäudes waren hell erleuchtet. Dahinter lag der große Saal, in dem sich die Bewohner des Brüderhofs zweimal am Tag zum Essen trafen. Er diente auch als Versammlungsraum, und Sophia wusste, dass die Brüder und Schwestern dort gerade über das Schicksal des Mannes entschieden, auf den sie ihre ganze Hoffnung gesetzt hatte, als sie vor vielen Wochen ihre Vaterstadt in Sachsen verlassen hatte – Nikolaus Storch, Wanderprediger und Schwager ihres Ehemanns Heinrich Fuchs.

Storch war im vergangenen Jahr überraschend in Pirna aufgetaucht, und sie hatten ihn einige Tage versteckt. Das Verhältnis der Schwäger war nicht das Beste, denn Magister Fuchs hielt den Wanderprediger für einen gefährlichen Träumer, dessen größtes Talent darin bestand, sich und andere in Schwierigkeiten zu bringen.

Sie selbst hatte den Alten auf Anhieb gemocht. Jedes Jahr im Frühling sandten die Brüdergemeinden in Mähren ihre Besten aus, um ihre Botschaft an andere Orte des Reiches zu tragen. Die Männer hatten auch die Aufgabe, Glaubensbrüdern, die in Bedrängnis geraten waren, den Weg in die Sicherheit einer neuen Gemeinschaft zu weisen. Die Reise ins Meißnische und nach Thüringen sollte seine letzte gewesen sein, hatte Storch ihr damals erzählt.

Tränen traten Sophia in die Augen, die sie rasch fortblinzelte. Sie biss die Zähne zusammen, während sie in der Eingangsdiele stehenblieb und lauschte.

Das auf- und abschwellende Gemurmel hinter der Tür zum großen Saal verriet ihr, dass die Versammlung sich in die Länge gezogen hatte. Zögernd machte sie sich daran, die Treppe hinaufzusteigen. Gemeinsam mit ihrem Sohn und dessen Amme Hanna bewohnte sie eine Kammer unter dem steilen Dach des Haupthauses. Der kleine Justus hatte den ganzen Tag geweint und gequengelt, weil er seinen nächsten Zahn bekam. In der Hoffnung, dass es Hanna gelungen war, ihn zum Schlafen zu bringen, öffnete sie die Tür.

Hanna lächelte ihr entgegen. Sie saß im Schein einer Öllampe und strickte Strümpfe. »Er schläft endlich«, flüsterte sie. Leise zog Sophia die Tür ins Schloss. Sie streifte die groben Holzpantinen ab und schlich sich auf Zehenspitzen zu Hannas Bett.

Justus schlief mit halb geöffnetem Mund. Seine langen Wimpern lagen wie Halbmonde auf den zarten Wangen, und sein Haar schimmerte im Lampenschein wie gesponnenes Gold. Er schien Fieber zu haben, denn sein Gesicht war gerötet und auf seiner Stirn standen winzige Schweißperlen. Aber die erfahrene Hebamme des Brüderhofs hatte ihr versichert, dass das häufig vorkomme, wenn Kinder zahnten, und kein Grund zur Sorge sei. Sophia drückte ihrem Kind einen Kuss auf die feuchte Stirn, bevor sie sich aufrichtete und das Tuch vom Kopf nahm. Sie hängte es an einen Nagel neben der Tür. »Und?«, fragte Hanna, ohne ihre Arbeit zu unterbrechen. »Sind sie unten schon zu einem Ergebnis gekommen?«

»Nein«, Sophia schüttelte den Kopf. »Sie reden noch.«

»Es ist auch eine schwere Entscheidung, bei der es nicht nur um das Leben ihres Bruders Nikolaus geht, sondern um das Wohl und Wehe der ganzen Gemeinde.« Hannas Nadeln klapperten leise, während sie, ohne hinzusehen, weitere Maschen aufnahm.

»Ich weiß.« Sophia schnaubte frustriert. »Aber ich muss ständig daran denken, dass er schon die wenigen Tage, die er sich bei uns daheim verstecken musste, kaum ertragen hat.« Das Stroh der Matratze raschelte, als sie sich auf ihr Bett setzte.

Hanna warf ihr einen mitfühlenden Blick zu. »Jeder Mensch leidet, wenn man ihn einsperrt.«

»Gewiss! Aber für einen Mann wie Nikolaus Storch, der auf seinen Wanderungen über das Land ein Leben lang nichts als freien Himmel über sich gehabt hat, muss der Felsenkerker unter dem Falkenstein die Hölle auf Erden sein.« Sophia zog die Knie an und umschlang sie mit den Armen. Dabei spürte sie, wie ihr erneut Tränen in die Augen stiegen. Diese Dünnhäutigkeit war etwas Neues für sie, doch über die Ursache wollte sie auf keinen Fall nachdenken.

»Selbst mit Hilfe von außen dürfte es beinah unmöglich sein, von dort zu entkommen.« Hanna seufzte. »Aber auch wenn Christophs waghalsiger Plan gelingen sollte, würde man hier zuerst nach dem Flüchtigen suchen. Ich bin mir sicher, dass viele der Brüder und Schwestern Angst davor haben, dass man sie verjagen wird – so wie es vor zwölf Jahren schon einmal geschehen ist.«

Sophia legte ihren Kopf auf die Knie und schloss die Augen. Es gab nichts, was sie dagegen sagen konnte. Als die mährischen Herren die Brüder und Schwestern von ihren Höfen vertrieben hatten, nachdem sich ihre Glaubensbrüder im fernen Münster von einem selbsternannten König in Krieg und Verderben hatten reißen lassen, mussten sie viele Wochen lang in Eiseskälte auf freiem Feld leben. Simon, der Schmied, und sein Weib Wally hatten in jenem Winter drei ihrer Kinder verloren.

Wie alle Bewohner des Brüderhofs waren die beiden nach Mähren gekommen, weil sie in ihrer Heimat wegen ihres Glaubens verfolgt wurden. Nur in Mähren konnten die Brüder und Schwestern in Christo ihres Lebens einigermaßen sicher sein, denn viele der mährischen Adligen gestatteten ihnen, Land zu kaufen oder zu pachten und ihren Glauben frei zu leben.

Sophia jedoch war aus einem anderen Grund hier: Sie hoffte, in der Gemeinde eine fremde Sprache zu erlernen. Es war die

Sprache, in der das geheimnisvolle Buch verfasst worden war, das einst zur Bibliothek des Pirnaer Dominikanerklosters gehört hatte und später in die Hände ihres Vaters geraten war.

Im Pestjahr 1532 hatte Sophia das Buch im väterlichen Kontor entdeckt; sie war gerade zehn gewesen und hatte sich nach dem Tod ihrer Mutter schrecklich verloren gefühlt. Seit jener Zeit trieb sie das Verlangen, das Buch lesen und verstehen zu können, war sie doch davon überzeugt, dass es eine Rezeptur enthielt, mit der man die Pest heilen konnte.

Sie hörte, wie Hanna das Strickzeug weglegte und aufstand. Gleich darauf wackelte das Bett, als Hanna sich neben sie setzte und einen Arm um ihre Schultern schlang. Die junge Frau, die Sophia als Amme für ihren Sohn angestellt hatte, war ihr in den letzten Monaten zur Freundin geworden. Hannas Geruch nach Wolle, Milch und Seife hüllte sie ein, und Sophia genoss die Wärme und den Trost der Umarmung einige Atemzüge lang.

»Bestimmt gibt es noch einen anderen Weg«, flüsterte Hanna eindringlich. »Ich kann mir vorstellen, dass die Brüder und Schwestern nichts unversucht lassen werden. Du weißt, dass die meisten von ihnen gute Menschen sind.«

»Du hast recht!« Sophia stand auf. Sie ging zu dem Holzeimer neben der Tür, um sich einen Becher Wasser zu schöpfen. Die Gemeinschaft war vielleicht nicht ganz so paradiesisch, wie Nikolaus Storch sie ihr in Pirna beschrieben hatte. Sophia fand ihre Art zu leben dennoch beeindruckend.

Hanna erhob sich und warf einen Blick auf das schlafende Kind. »Denk nur daran, wie freundlich sie uns aufgenommen haben, als wir hier mitten im Winter ankamen«, sagte sie und nahm ihre Strickarbeit wieder auf.

Sophia machte ein zustimmendes Geräusch. Während sie trank, erinnerte sie sich daran, wie sie in Verlegenheit geraten war, als man sie damals nach dem Grund für die gefährliche, kräftezehrende Reise quer durch Böhmen und Mähren gefragt hatte. Schließlich war sie fest davon überzeugt gewesen, Nikolaus Storch hier anzutreffen. Erschrocken und ratlos hatte sie die Nachricht von seiner Inhaftierung auf Burg Falkenstein vernommen. In Storch hätte sie einen Vermittler für ihre außergewöhnliche Bitte gefunden. Was sollte sie nun sagen? Lügen wollte sie nicht.

So hatte sie vom Besuch des Wanderpredigers bei seinem Schwager erzählt und von den Gesprächen, die sie und Storch in Pirna geführt hatten. »Was er über seinen Glauben und das Leben in eurer Gemeinde berichtete, hat mir keine Ruhe gelassen. Ich bin hier, weil ich mehr darüber erfahren möchte.« Sie hatte erwartet, dass die Mitglieder der Gemeinde sie erst einmal mit Skepsis betrachten würden. Doch stattdessen hatten sich gleich mehrere Brüder bereit erklärt, sie und Hanna im Glauben zu unterweisen. Die Tatsache, dass sie junge Frauen waren und es auf dem Hof eindeutig mehr Männer gab, mochte dabei den Ausschlag gegeben haben.

Mittlerweile hatten Sophia und Hanna schon etliche Stunden Unterricht erhalten, wobei ihnen aufgefallen war, dass es sowohl in der Auslegung des Glaubens als auch in der Ausübung Unterschiede zwischen den Mitgliedern der Gemeinde gab. Sie hatten herausgefunden, dass die Bewohner vieler Brüderhöfe in Glaubensfragen strenge Regeln befolgten und Abweichler oder Zweifler kaum in ihrer Mitte duldeten. Das hatte schon oft dazu geführt, dass sich Glaubensgemeinschaften spalteten. So hatten sich die täuferischen Asylanten in Nikolsburg vor zwei Jahrzehnten über der Frage entzweit, ob sie im Falle eines Krieges zum Schwert greifen sollten oder nicht.

Ihr Streit hatte dazu geführt, dass die meisten, die es strikt abgelehnt hatten, eine Waffe zu führen, nach Austerlitz ausgewandert waren. Nur ein kleines Grüppchen war geblieben und hatte vor den Toren der Stadt einen eigenen Brüderhof gegründet. Die Brüder und Schwestern hatten damals beschlossen, jeden bei sich aufzunehmen, der bereit war, der Gewalt abzuschwören, auch wenn er ihre Glaubensgrundsätze nicht vollständig teilen mochte. Nikolaus Storch, so hatte sie erfahren, war einer der Ersten gewesen, die um Aufnahme baten.

Nachdem Sophia einen zweiten Becher Wasser getrunken hatte, schlüpfte sie in ihre Holzschuhe und schlang sich das Wolltuch um. »Ich fülle den Eimer noch mal auf«, erklärte sie. »Falls das Fieber im Laufe der Nacht weiter steigt, müssen wir Justus kalte Umschläge machen.« Sie glaubte nicht daran, dass das wirklich nötig werden könnte. Aber die Versammlung musste nun allmählich ihrem Ende zugehen, und mit etwas Glück, würde sie gleich erfahren, zu welchem Ergebnis die Brüder und Schwestern gekommen waren.

Hinter der Tür zum Versammlungsraum vernahm sie noch immer Stimmengewirr. Obwohl es ursprünglich nicht ihre Absicht war zu lauschen, ging sie näher heran. Wenn sie die Wortfetzen, die durch die geschlossene Tür drangen, richtig deutete, erörterten sie im Versammlungsraum verschiedene Vorschläge, Storch heimlich und ohne großes Aufsehen zur Flucht zu verhelfen.

Aber Bruder Peter, den die Bewohner des Hofs im Herbst zu ihrem Ältesten gewählt hatten, hielt dagegen. Offenbar sah er in der Einkerkerung eine Prüfung im Glauben, die es tapfer zu bestehen galt. »Entsinnt Euch der Ideale unseres Glaubens! Widersteht der Arglist des Teufels! Jesus lehrt uns: Liebet Eure Feinde und tut Gutes jenen, die Euch verfolgen«, mahnte er die Gemeindemitglieder. »Viele vor uns haben für unseren Glauben gelitten und sind für ihn gestorben. Und wir sollten stets bereit sein, ihnen darin zu folgen, meine Brüder und Schwestern!«

»Genauso ist es! Wenn unser Herrgott es zugelassen hat, dass die Soldaten des Königs Bruder Nikolaus fangen konnten, müssen wir's erdulden, so wie schon unsere Väter die immerwährende Verfolgung tapfer ertrugen.« Das war die Stimme einer Frau. »Vor allem aber denke ich, wir dürfen die Gemeinschaft nicht wegen eines Einzelnen gefährden!«

Sofort entbrannte eine lautstarke, hitzige Debatte über die Frage, ob die alten Ideale des Märtyrertums noch erstrebenswert wären, oder ob der Dienst am Glauben nicht auf andere Weise besser geleistet werden könne. Sophia kannte die Argumente. Mit einem unguten Gefühl im Bauch trat sie hinaus in die Nacht.

Da sich die Wolken mittlerweile verzogen hatten, fand sie den Weg zum Brunnen ohne Schwierigkeiten. Er lag in der Mitte des rechteckigen Platzes, um den der Brüderhof angelegt worden war. Links davon sah sie den dunklen Umriss der Töpferei, wo Christoph mit seinem Bruder Johannes arbeitete. Gleich daneben standen die Schmiede und die Bäckerei. Auf der anderen Seite gab es eine Schuhmacherwerkstatt, die Stellmacherei, den Geflügelhof und mehrere Scheunen. Umgeben waren die Gebäude von Obstwiesen und Gärten. Was die kleine Gemeinde zum Leben benötigte, stellten ihre Mitglieder selbst her oder erwarben es im Tausch gegen die eigenen Erzeugnisse von Brüderhöfen in der Umgebung. Wie die Brüder und Schwestern beteiligten sich Sophia und Hanna die meiste Zeit des Tages an der Arbeit auf dem Hof. Sie halfen in der Küche, bei der Versorgung des Federviehs und, weil sie ohnehin einen Säugling zu versorgen hatten, bei der Beaufsichtigung der jüngsten Kinder.

Gerade als Sophia mit dem gefüllten Eimer zum Haus zurückkehrte, öffnete sich die Tür zum großen Saal. Die Versammlung war zu Ende, die Brüder und Schwestern kamen heraus. Manche eilten gleich zu ihren Kammern, andere blieben noch in kleinen Grüppchen stehen. Ihren ernsten Gesichtern versuchte Sophia zu entnehmen, zu welchem Ergebnis die Diskussion geführt hatte.

Als Christoph auf sie zukam, ahnte sie die schlechte Nachricht. »Sie haben alle Befreiungsvorschläge abgelehnt«, sagte sie. Christoph nickte. Sie blickte auf den Eimer in ihrer Hand. Sterben soll er, dachte sie, damit sie einen Märtyrer aus ihm machen können! Wut und Enttäuschung brannten in ihrem Inneren.

Christoph legte ihr eine Hand auf die Schulter. Er und seine Frau Filomena waren die Ersten gewesen, mit denen Sophia nach ihrer Ankunft auf dem Brüderhof Freundschaft geschlossen hatte. »Du musst das verstehen«, seine Stimme klang brüchig. »Auch hier in Mähren sind wir nur geduldet, abhängig allein von der Gnade großer Herren. Nun, da die Zeiten wieder unruhiger werden, weil alle Zeichen auf Krieg zwischen dem Kaiser und den evangelischen Fürsten stehen, könnten wir erneut zum Spielball der Mächtigen werden.«

Sophia sah die Sorgenfalten auf der Stirn des Töpfers. Sie schluckte, weil sie wieder an die toten Kinder des Schmieds denken musste. Doch als er weitersprach, leuchteten Christophs Augen. »Aber auch wenn es Rückschläge gibt, je unentbehrlicher wir uns machen durch das Geschick unserer Hände und die Klugheit unserer Köpfe, desto sicherer wird unser Leben hier werden, glaub mir.« Er schenkte Sophia ein aufmunterndes Lächeln. »Immerhin gibt es nicht nur im Mährischen, sondern auch drüben bei den Österreichern so manchen Herrn, der uns wohlgesinnt ist.«

Sophia nickte widerstrebend. Der Nutzen, den der hiesige Adel in Form von Diensten und Steuern aus dem Fleiß der Brüder und Schwestern zog, war unbestreitbar. Aber dem Gefangenen auf dem Falkenstein half das im Augenblick wenig. »Johann von Fünfkirchen ist einer jener Herren, die uns nur allzu gern auf ihrem Land sehen würden«, fügte Christoph hinzu. »Und warum haben die Häscher des Königs Bruder Nikolaus dann ausgerechnet zu ihm auf den Falkenstein gebracht?« Sophia sah ihn entgeistert an.

»Leider kann er sich nicht dieselben Freiheiten herausnehmen wie seine mährischen Nachbarn, denn er steht unmittelbar bei König Ferdinand in der Pflicht«, fuhr Christoph fort. »Auch wenn er meist auf Falkenstein lebt, sind Burg und Ländereinen nicht sein Besitz, sondern ein Lehen des Königs, das der jederzeit zurückfordern und einem anderen Gefolgsmann übergeben kann. Johann von Fünfkirchen steckt in einer Zwickmühle.« Christoph hob die Hände. »Wir dürfen ihm seine Lage nicht noch dadurch erschweren, dass wir einen Gefangenen des Königs aus seinem Kerker verschwinden lassen. Du weißt, auch mein Herz blutet, wenn ich an Bruder Nikolaus denke. Aber ich sehe keinen Weg, wie wir ihn befreien könnten, ohne der Gemeinschaft Schaden zuzufügen.«

Sein offener Blick beraubte Sophia aller Gegenargumente. »Natürlich«, sagte sie und legte ihm die Hand auf den Arm. »Ich habe längst begriffen, dass der Plan, euch auf die Burg zu schleichen, um Bruder Nikolaus zur Flucht zu verhelfen, allzu leicht hierher zurückverfolgt werden könnte. Ich danke dir, dass du dich auf der Versammlung trotzdem dafür eingesetzt hast!« Sie lächelte unter Tränen.

Christoph nickte ihr zu und machte sich auf den Weg zu seiner Werkstatt. Sophia beobachtete, wie er mit weit ausholenden Schritten und geraden Schultern davonging – ein Mann, der eins mit sich und dem Allmächtigen war, trotz aller Schmerzen und Kümmernisse, die der Herr für ihn bereithalten mochte. Sie spürte ein sehnsuchtsvolles Ziehen in ihrer Brust und wünschte, sie könnte ebenso zuversichtlich in ihrem Glauben ruhen. Aber auch ihr irdisches Dasein war von Unsicherheit und Verlusten geprägt. Als sie ihre Mutter verlor, zerbrach die heile Welt ihrer Kindheit. Der letzte Rest davon entschwand an dem Tag, an dem der Vater sie zu Onkel und Tante ins ferne Leipzig schickte. Das Buch, das sie heimlich mitgenommen hatte, war ein Anker für sie geworden. Inzwischen war es mehr als das: Es enthielt ihre Hoffnung auf ein besseres Leben bereits in dieser Welt.

Nachdenklich rieb sich Sophia die kalte Nase. Während sie die Treppe erklomm, die unters Dach führte, reifte ein Gedanke in ihrem Kopf. Den Anstoß dazu hatte Christophs Bemerkung über den Herrn auf Falkenstein gegeben.

Als Sophia die Tür ihrer Kammer öffnete, legte Hanna sofort das Strickzeug beiseite. »Erzähl!«, forderte sie. »Sie haben sich gegen einen Befreiungsversuch entschieden«, Sophia stellte den Eimer neben die Tür und schälte sich aus ihrem Tuch, »weil der allzu leicht hierher zurückverfolgt werden könnte. Bruder Peter hat sie überdies an die Glaubensideale ihrer Väter erinnert – die Bereitschaft, jederzeit für ihren Glauben zu sterben.«

»Dann ist der arme Mann endgültig für diese Welt verloren?« Hanna wirkte erschüttert. »Möge Gott ihm beistehen!«

»Nein«, Sophia kniete sich vor Hanna auf den Boden, »noch ist er nicht verloren!« Sie griff nach den Händen ihrer Freundin. Wenn das, was sie vorhatte, gelingen sollte, brauchte sie Hannas Unterstützung noch nötiger als während ihrer Reise von Pirna nach Mähren. »Hör mir zu«, verlangte sie sanft. »Johann von Fünfkirchen, der Herr auf Falkenstein, steckt in einer Zwickmühle, hat mir Christoph erzählt. Er hat seinem Lehnsherrn König Ferdinand Treue geschworen und muss dessen Befehlen Folge leisten, obwohl er den Täufern im Grunde gewogen ist. Deshalb werde ich einen Plan ersinnen, Storch zu befreien, der es Johann von Fünfkirchen ermöglicht, dem König gegenüber das Gesicht zu wahren.«

»Was für einen Plan?« Hanna schüttelte verständnislos den Kopf. »Den werde ich mir überlegen, sobald ich in der Burg bin und mehr über die dortigen Verhältnisse in Erfahrung gebracht habe«, versicherte Sophia. »Du willst auf die Burg gehen?« Hanna klang entsetzt. »Natürlich! Für eine Frau, die bereit ist, jede Arbeit zu verrichten, dürfte das nicht allzu schwer sein.« Sophia sah ihrer Freundin eindringlich in die Augen. »Und wenn ich erst mal dort bin, kann ich meinen Plan allein durchführen, ohne einen der Bewohner des Brüderhofs in Gefahr zu bringen.«

»Das kannst du nicht!« Hanna befreite ihre Hände. »Auf gar keinen Fall!«

»Ich bin keine von ihnen!«, verteidigte sich Sophia. »Sollte es notwendig werden, kann ich jederzeit ehrlichen Herzens schwören, dass ich ganz und gar aus eigenem Antrieb gehandelt habe.«

»Das kannst du nicht!«, wiederholte Hanna. Sie packte Sophia bei den Schultern und schüttelte sie. »Du bist schwanger!«

Sophia machte sich los und stand auf. Das Kind in ihrem Bauch war etwas, worüber sie nicht sprechen wollte, nicht einmal mit Hanna. Sie hatte sich lange Zeit geweigert, es zur Kenntnis zu nehmen. Das kleine Wesen schien zu spüren, dass sie dafür noch nicht bereit war, denn anders als bei ihrer ersten Schwangerschaft, hatte sie weder mit Übelkeit noch mit Schwindel zu kämpfen. »Es geht mir gut«, erklärte sie mit fester Stimme. »Ich habe die weite Reise nicht unternommen, um kurz vor dem Ziel aufzugeben. Hanna, du weißt, dass ich hier bin, um das Buch zu entschlüsseln. Und du hast versprochen, mir dabei zu helfen!«

Kapitel 3

Wolf Schumann lag auf dem Rücken – nackt und außer Atem. Nach dem Liebesspiel war Margaretha von ihm gestiegen, kaum dass er sich des letzten Tropfens seines Samens entledigt hatte. Er war in jeder Hinsicht erschöpft und hätte gern ein wenig geruht. Noch vor Sonnenaufgang war er aufgestanden und nach Dresden geritten, um so zeitig wie irgend möglich in der Kanzlei des Herzogs vorstellig zu werden. Da man ihn in der Stadt erst am Abend zurückerwartete, hatte er sich in Pillnitz eine Pause in Margarethas Armen erlaubt. Viel Ruhe war ihm dabei nicht vergönnt gewesen, und weil er sich jetzt nicht schnell genug erhob, schubste die Freifrau ihn mit dem Ellenbogen unsanft aus ihrem Bett. »Ihr dürft Euch entfernen, um Euch zu reinigen!« Wären ihre Worte nicht von einem Lächeln begleitet gewesen, hätte er sich gefühlt wie ein Lakai, der nach getaner Arbeit davongescheucht wurde.

Während er das Zimmer verließ, um auf dem heimlichen Örtchen die scheußliche Hülle aus vernähtem Schafsdarm loszuwerden, die Margaretha ihm jedes Mal über den Penis zog, knirschte er mit den Zähnen. Margaretha war eine liebreizende junge Witwe. Zumindest wirkte sie auf den ersten Blick so. Sie hatte lockiges goldblondes Haar und veilchenblaue Augen in einem zarten herzförmigen Gesicht. Mit den kleinen festen Brüsten, der schmalen Taille und dem breiten Becken entsprach ihr Körper ganz und gar dem Schönheitsideal der Zeit. Selbstverständlich hatte es Schumann gereizt, mit ihr ins Bett zu steigen. Doch Margaretha hatte auch einen ausgeprägten Willen und einen äußerst eigensinnigen Kopf. Sie lebte in ständiger Fehde mit der Familie ihres verstorbenen Gatten, den weitverzweigten Bünaus. Aber für einen Ratsherrn war es wünschenswert, über die verschiedenen Verpflichtungen und Interessen der adligen Herrschaften Bescheid zu wissen. Zum anderen gab es für Wolf Schumann noch einen sehr persönlichen Grund, der Edelfrau seine Dienste großzügig zur Verfügung zu stellen: Bereits bei ihrer ersten Begegnung auf dem Dresdener Schlosshof hatte Margaretha keinen Hehl aus ihrer besonderen Abneigung gegen Christoph von Carlowitz gemacht – einen der mächtigsten Männer am Hofe von Herzog Moritz. Wolf Schumann hasste den herzoglichen Rat, und er hatte die Absicht, Carlowitz zu schaden, wo er nur konnte.

Nachdem es ihm endlich gelungen war, sich der Monstrosität, die sein männliches Glied verhüllte, zu entledigen, wusch er sich in der bereitstehenden Wasserschüssel. Zum wiederholten Mal dachte er darüber nach, wo Margaretha diese lusttötenden Hüllen eigentlich herhatte. Gab es in Dresden Händler, die so etwas feilboten?

Noch immer nackt kehrte Schumann anschließend in die Schlafkammer zurück. Wie üblich stand eine kleine Mahlzeit auf dem Tischchen neben dem Bett bereit, und Margaretha reichte ihm lächelnd ein gefülltes Glas. Er nahm es und trank, wobei er sich bemühte, keine Miene zu verziehen, denn der einfache Meißner Landwein war alles andere als ein Genuss. Ebenso verhielt es sich mit dem krümeligen Käse und dem trockenen Brot.

Während er auf einem Bissen davon herumkaute, ging ihm durch den Sinn, dass sein Pferd wohl gerade bessere Kost bekam als er selbst. Bereits bei seinem ersten Besuch in dem winzigen Gutshaus hatte er bemerkt, dass die Freifrau mit dem

Geld sparsamer wirtschaften musste als seine Hausfrau daheim. Doch obwohl das Essen zu wünschen übrig ließ und auch das Vergnügen zwischen den Laken nicht immer nach seinem Geschmack war – die Neuigkeiten, die er dabei zu hören bekam, waren es wert. Daher zierte er sich nicht, als Margaretha ihm noch ein Stück von dem säuerlich schmeckenden Käse in den Mund schob. »Esst, mein Lieber!«, verlangte sie. »Man sagt zwar, ein guter Hahn dürfe nicht fett sein, doch zu mager soll er auch nicht werden, wenn er seinen Zweck erfüllen soll.«

Schumann blickte pikiert auf den Finger, den sie ihm in die Rippen bohrte. Er gab sich schließlich Mühe, seinem Körper im Sattel und auf dem Fechtboden Abwechslung vom Sitzen in der Kämmerei zu bieten. Zweimal wöchentlich besuchte er die Badestube und ließ sich regelmäßig Haar und Bart scheren. Anders als so mancher schmerbäuchige Ratsherr konnte er zu Recht stolz auf sein Äußeres sein.

Margaretha lachte. »Wenn Ihr weiter so finster dreinschaut, erzähle ich Euch nicht, was ich über die neusten Unternehmungen des Carlowitzchens auf dem Reichstag zu Worms erfahren habe.«

Hastig würgte Wolf den Käse hinunter. Wahrscheinlich würde er später Magenschmerzen davon bekommen, aber er hatte das Fläschchen für seine Magentinktur heute in einer Dresdener Apotheke neu befüllen lassen. Er hob einen von Margarethas zierlichen Füßen auf seinen Schoß und begann ihn hingebungsvoll zu massieren. Die beabsichtigte Wirkung trat prompt ein: Die Freifrau seufzte vor Wonne und fing ohne Umschweife an zu erzählen.

»Sowohl Herzog Moritz als auch Herzog August sollen Carlowitz diesmal beauftragt haben, gewisse Angelegenheiten für sie zu regeln.«

»Was will denn Moritz' jüngerer Bruder vom Kaiser?«, unterbrach Wolf.

»Karl soll ihm helfen, Streitigkeiten um das Stift Merseburg zu klären. August ist dort seit letztem Jahr Administrator. Und Moritz liegt im Streit mit Bayern. Man erzählt sich jedoch, der Kaiser würde Carlowitz in Worms ständig vertrösten.« Margaretha lachte spöttisch. Sie legte Schumann ihren zweiten Fuß auf den Schoß.

»Carlowitz soll indes an Moritz geschrieben haben, dass er dem Herzog von jeglichem Bündnis abrate – vor allem von einem mit dem Schmalkaldischen Bund.« Ihre Stimme klang entrüstet.

Schumann wusste, dass die Freifrau von Bünau vor ihrer Heirat Hofdame bei Elisabeth von Sachsen gewesen war. Obwohl Herzogin Elisabeth inzwischen auf ihrem Witwensitz in Rochlitz lebte, besaß sie noch immer großen Einfluss. Sie war die Schwester Philipps von Hessen, der der Schwiegervater von Herzog Moritz war, aber auch einer der Hauptleute des Schmalkaldischen Bundes – eines Bündnisses evangelischer Fürsten und Städte. Außerdem war Elisabeth sowohl die Cousine des sächsischen Kurfürsten Johann Friedrich als auch des Herzogs Moritz von Sachsen. Im vergangenen Jahr hatten sich die Widersprüche zwischen den beiden sächsischen Vettern weiter zugespitzt.

»Darüber hinaus soll Carlowitz berichtet haben, dieser Reichstag lasse sich seltsam an und werde unordentlich gehalten. Es ginge schier zu Rate, wer da wolle«, erzählte Margaretha weiter. Schumann nickte. Er konnte sich vorstellen, dass sich die Stimmung im Lande auch auf dem Reichstag widerspiegelte. Gegenwärtig herrschten überall Misstrauen und Unsicherheit. Es gab kaum noch Zweifel daran, dass der Kaiser sich nun, da er sowohl mit den Türken als auch mit den Franzosen Frieden gemacht hatte, den Feinden im eigenen Reich zuwenden würde. Das waren vor allem die Fürsten und Reichsstädte, die sich im Schmalkaldischen Bund zusammengeschlossen hatten.

Erstaunt sah er auf, als Margaretha zu lachen begann. »Stellt Euch vor«, prustend hielt sie sich eine Hand vor den Mund, »Granvella, der Rat des Kaisers, soll Carlowitz versprochen haben, zwei junge Löwen für Moritz zu beschaffen! Die wünscht sich der Herzog angeblich seit Langem.«

Schumann verstand nicht, was es dabei zu lachen gab. Der Wunsch ihres Landesherrn, solche Tiere zu besitzen, war gut nachzuvollziehen, da der Löwe ein überaus majestätisches Wappentier war. Aber selbstverständlich hatte ein Weib keine Ahnung davon, dass es hierbei um die Repräsentanz von Macht und Größe ging. Er verbiss sich jedoch eine entsprechende Bemerkung, knetete Margarethas Zehen und spitzte weiter die Ohren.

»Das erscheint mir kindisch und eitel, angesichts dessen, worum es auf dem Reichstag in Wahrheit geht«, erklärte die Freifrau. »Was meint Ihr denn, worum es geht?« Wolf Schumann hatte dazu seine eigene Meinung, doch es konnte nie schaden, sie mit den Ansichten anderer zu vergleichen.

»Es scheint zwar, als würde Kaiser Karl in Worms nach einer gütlichen Einigung zur Frage der beiden Religionen in seinem Reich suchen, aber in Wirklichkeit will er herausfinden, welche Fürsten und Städte er für einen Krieg gegen die Evangelischen gewinnen kann – oder wer im Kriegsfall wenigstens neutral bleiben würde«, sagte Margaretha. Schumann nickte; das sah er ebenso. »Und Carlowitz ist dabei, unseren Herzog vor des Kaisers Karren zu spannen«, fügte sie hinzu, wobei sich ihr zartes Gesicht vor Abscheu verzog. »Die Kurfürstenwürde, die dafür herausspringen soll, ist die Möhre, die Karl vor Moritz' Nase baumeln lässt. Kein Wunder, dass Carlowitz in Sachsen immer verhasster wird.« Sie schwieg eine Weile. »Doch das, mein lieber Wolf, scheint nicht die Ursache für Eure tiefe Abneigung gegen den Mann zu sein. Oder irre ich mich?«

Schumann musste ihren Fuß in diesem Augenblick heftig

gedrückt haben, denn mit einem spitzen Schrei schlug sie aus und traf ihn dabei so ungünstig, dass er sich krümmte und aufjaulend an seine Hoden griff. Obwohl es höllisch wehtat, bewahrte der Schmerz ihn zumindest vor der Verpflichtung, eine Antwort auf ihre Frage geben zu müssen. Was hätte er sagen sollen?

Etwa, dass der Rat des Herzogs ihn seit zwei Jahren schlicht und einfach erpresste? Ebenso wie Schumann wollte Carlowitz unbedingt in den Besitz eines Buches aus der aufgelösten Bibliothek des Pirnschen Klosters gelangen.

Schumanns leiblicher Vater, der letzte Subprior, hatte es zusammen mit wertvollen Messgerätschaften versteckt, als sich im Kloster die ersten Auflösungserscheinungen bemerkbar machten. Die Männer, die den Schatz später unrechtmäßig an sich gebracht hatten, waren inzwischen tot. Wolf Schumann hatte sie nicht mit eigener Hand getötet, doch er hatte jemanden damit beauftragt. Das geheimnisvolle Buch, von dem es hieß, es enthalte das Rezept für ewiges Leben, begehrte er am meisten.

Leider wusste Carlowitz ebenfalls von dessen Existenz. Er hatte Schumann überwachen lassen, um ihn eines Tages mit seinem Wissen über jene dunklen Taten zu konfrontierten. Carlowitz hatte davon abgesehen, ihn dem Henker auszuliefern, doch dafür hatte er ihn zu seinem willfährigen Diener gemacht. Der herzogliche Rat hatte ihm die Aufgabe übertragen, das Buch im Auge zu behalten. Bisher hatte Schumann kaum eine Möglichkeit gesehen, sich gegen den Mann zu wehren, der so hoch in der Gunst des Landesfürsten stand. Aber je höher einer stieg, desto tiefer konnte er fallen, und Carlowitz machte sich gegenwärtig Feinde im ganzen Land. Wer weiß, ob sich am Ende nicht sogar jemand fand, der bereit war, einen Verräter an Gott und Vaterland zu meucheln?

»Ach, tut doch nicht so, als hätte ich Euch entmannt!« Margarethas Stimme holte Schumann aus einem Nebel von Schmerz und Rachefantasien. »Lasst mich mal sehen!« Sie stand mit einem nassen Lappen neben dem Bett und versuchte damit an sein Gemächt zu kommen. Er schob ihre Hände beiseite und erhob sich ächzend. »Ich bitte Euch, bemüht Euch nicht! Es war nur ein kurzer Schmerz, nichts weiter.« Das war glatt gelogen. Aber er biss die Zähne zusammen und griff nach seiner Hose. »Es ist spät geworden, ich muss mich auf den Heimweg machen«, nuschelte er.

»Ihr solltet vorher unbedingt noch ein Glas Wein trinken!« Margaretha warf den Lappen weg und griff nach der Weinkanne. »Ihr habt mir auch noch gar nichts davon erzählt, was man dieser Tage in Pirna über die betrübliche Entwicklung der Ereignisse im Reich denkt! Gewiss gibt es dort gut evangelisch gesinnte Bürger, die meinen, dass Moritz sich gegen unseren Glauben versündigen würde, wenn er in der Bündnisfrage auf Carlowitz hörte?«

Schumann brummte etwas, das Zustimmung, aber auch alles andere bedeuten konnte, während er eilig das Wams über sein Hemd zog. Er wusste, dass die Freifrau ebenso auf Neuigkeiten erpicht war wie er. Noch immer stand sie in Kontakt mit ihrer einstigen Herrin, die im Namen der evangelischen Sache von Rochlitz aus korrespondierte und brennend an Informationen aus allen Teilen des Landes interessiert war. Allerdings gab es aus Pirna zurzeit nicht viel zu berichten. Auch wenn mancher Ratsherr am häuslichen Herd über die Politik des Herzogs murren mochte, bei der letzten Ratsversammlung hatte niemand ein Wort des Widerspruchs gewagt.

Als er kurze Zeit später auf sein Pferd stieg, hätte er am liebsten ein Loblied auf die derzeitige Männermode angestimmt – bewahrte die dick gepolsterte Schamkapsel seine geprellten Hoden doch vor einem direkten Kontakt mit dem harten Sattel. Gemächlich ritt er durch die Auen am Elbufer stromaufwärts.

Nach einem schneereichen Winter führte der Fluss zurzeit wieder reichlich Wasser, sodass die Wiesen zum Teil überschwemmt waren. Er richtete sich im Sattel auf und ließ seine Augen über die grünende Flur schweifen. In den letzten Wochen hatte der Frühling Einzug gehalten. Er hatte die Weiden mit hellgrünen Schleiern bedeckt und die ersten Blumen aus der Erde gelockt.

Wenn er seine derzeitige Lage überdachte, schien es ihm, als wäre das Glück endlich zu ihm zurückgekehrt: Amalia, sein Weib, war nach vielen Mühen wieder schwanger. Mit Gottes Hilfe würde er im Sommer endlich einen Sohn und Erben bekommen! Und solange Carlowitz im Dienst des Herzogs in der Fremde weilte, fühlte Schumann sich beinah, als wäre er wieder sein eigener Herr.

Für die Überwachung der Fuchsin, die in Mähren das Buch übersetzte, hatte er bereits im Herbst gesorgt. Sophia hatte Pirna damals mit ihrem kleinen Sohn und dessen Amme Hanna verlassen. Sie ahnte nicht, dass Hanna in Wahrheit einem anderen diente. Schumann war inzwischen von ihrer Ankunft in Nikolsburg unterrichtet worden. Der Magister wähnte Weib und Kind indes in Leipzig bei Sophias Onkel.

Schumann empfand Genugtun, wenn er daran dachte, wie mitgenommen der gute Mann noch immer wirkte, wenn er ihm zufällig in den Gassen der Stadt begegnete. Nachdem Heinrich Fuchs so unvermittelt von seinem Weib verlassen worden war, hatte er seinen Kummer zunächst im Wein ertränkt. Seit Weihnachten hatte sich der Magister jedoch ganz und gar in seiner Arbeit vergraben. Damit er dennoch nicht auf den Gedanken kam, in nächster Zeit in Leipzig nach seinem Weib zu sehen, hatte Schumann ihm nach Ostern einen Brief in Sophias Handschrift zukommen lassen. Darin stand, dass sie sich leider gezwungen sehe, noch länger im Hause ihres Onkels zu verweilen.

Den Brief, den die Fuchsin ihrem Mann tatsächlich aus Mähren geschickt hatte, konnte Schumann dank der Unterstützung des Gassenmeisters Idermann abfangen, bevor er in die Hände des Magisters gelangte. In rührenden Worten hatte Sophia ihren Gemahl beschworen, er möge ihr den überstürzten Aufbruch verzeihen.

Schumann lächelte zufrieden in sich hinein. Er plante, nach und nach einen Keil zwischen die Eheleute zu treiben. Wenn er es geschickt anstellte, würde sich Fuchs eines Tages gar entschließen, sein Weib wegen böswilligen Verlassens zu verklagen und die Scheidung zu verlangen. Mit einer derart übel beleumdeten Frau ohne männlichen Schutz würde Schumann später leichtes Spiel haben – immerhin hatte er mit ihr nicht nur wegen des Buches noch eine Rechnung offen.

Die Gedanken lenkten ihn so sehr ab, dass er die Ankunft am Copitzer Fähranleger verpasste. Da der Gaul aber seinen Weg in den Stall kannte, stoppte er abrupt vor der hölzernen Plattform, wodurch sein unaufmerksamer Reiter schmerzhaft gegen den Sattelkopf prallte.

Wolf stöhnte auf, mühte sich von seinem Pferd und führte es am Zügel auf die schwankende Fähre. Mit zusammengebissenen Zähnen warf er dem Fährmann die eineinhalb Pfennige für die Überfahrt zu. Dabei ignorierte er das spöttische Grinsen der jungen Milchmägde ebenso wie die mitfühlenden Blicke der beiden Fuhrleute, die neben ihrem hochbeladenen Wagen standen. Während der Flussüberquerung blickte er geradeaus ans andere Ufer, wo sich hinter einer drei Mann hohen Mauer aus Sandstein die Dächer und Türme Pirnas erhoben. In den nächsten Tagen, so schwor er, würde er den Sattel meiden wie der Teufel das Weihwasser!

Kapitel 4

Du bist also hier, weil du Arbeit suchst?« Auf den ersten Blick wirkte Oswald Paneisen, der Verwalter des Herrn von Fünfkirchen, wie ein behäbiger Mönch. Er war von untersetzter Statur, hatte einen kahlen, runden Schädel und ein pausbäckiges Gesicht. Während er mit Sophia sprach, hielt er die Hände über dem Bauch gefaltet. Seine Stimme klang leutselig, aber seine braunen Augen musterten sie aufmerksam. Da Sophia sich in den zurückliegenden Wochen gründlich umgehört hatte, war sie auf der Hut. Ein Mann, der es als unehelicher Sohn einer leibeigenen Magd geschafft hatte, die rechte Hand des Burgherrn zu werden, musste außer Beharrlichkeit und Durchsetzungsvermögen noch ein paar besondere Talente besitzen. »Du siehst nicht aus wie eine Bauerndirne, klingst aber auch nicht, als wärst du in Nikolsburg aufgewachsen.« Er kratzte sich am Schädel und blickte nachdenklich auf ihre soliden Lederschuhe. »Woher stammst du, Weib?« Die Frage kam scharf wie ein Peitschenhieb.

Sophia hatte damit gerechnet und sich ihre Geschichte zurechtgelegt. Sie war trotzdem darauf bedacht, so nah wie möglich an der Wahrheit zu bleiben, zum einen, um überzeugender zu wirken, zum anderen, weil sie hoffte, dass der himmlische Vater ihr die Lüge so womöglich nur als halbe Sünde anrechnen würde. »Ich komme aus dem Meißnischen. Mein Ehemann hat im Herbst entschieden, dass wir hierherziehen, um bei den Brüdern und Schwestern in Christo zu leben. Er hatte sich taufen lassen, als ein Wanderprediger in unsere Stadt kam und heimlich deren Glauben predigte«, erzählte sie. »Doch unterwegs befiel meinen Eheherrn ein hitziges Fieber, und er starb, kurz bevor wir Nikolsburg erreichten.«

»Warum fragst du nicht auf einem der Bruderhöfe nach Arbeit und Unterkunft?«, erkundigte sich Oswald und legte den Kopf schief.

Sie wusste, dass es nun darauf ankam. Darum hatte sie ihre nächsten Sätze in der Abgeschiedenheit ihrer Dachkammer geübt. »Man würde erwarten, dass ich mich ihrem Glauben anschließe«, sagte sie. »Das will ich nicht! Ich bin hier, weil ich es nicht wagte, mich meinem Eheherrn zu widersetzen. Das Weib sei dem Manne Untertan, heißt es in der Bibel.« Sie holte tief Luft. »Doch jetzt, da der meinige tot ist, steht es mir frei zu gehen, wohin ich will, und gut evangelisch zu bleiben außerdem!« Sie hatte gehört, es sei noch gar nicht lange her, dass der Herr von Fünfkirchen auf seinen Gütern den evangelischen Glauben befohlen habe, und einige seiner Untertanen täten sich noch damit schwer, vom alten Glauben zu lassen.

»So, so. Evangelisch willst du bleiben.« Der Burgverwalter rieb sich das glattrasierte Kinn und sah sie nachdenklich an. »Welche Arbeiten kannst du verrichten? Kannst du nähen, spinnen oder weben?« Sophia schüttelte den Kopf. »Ich könnte putzen, das Federvieh versorgen oder die Schweine«, schlug sie vor. Oswald stieß ein bellendes Lachen aus. »Für den Schweinestall ist eine wie du gewiss nicht geeignet!«

»Ich mag Schweine! Das sind gescheite Tiere«, widersprach Sophia, da sie sein Zögern nicht verstand. »Wie bitte? Niemand mag Schweine«, Oswald verzog das Gesicht. »Außer sie drehen sich an einem Spieß über dem Feuer.«

»Ich könnte in der Küche helfen«, schlug Sophia hoffnungsvoll vor. »In der Küche?« Oswalds Gesicht hellte sich ein wenig auf. »Dort werden wieder mehr Hände gebraucht, wenn der

Herr in den nächsten Tagen aus Prag zurückkommt. Aber ...« Er ließ seine Augen noch einmal über ihre Gestalt schweifen und schüttelte dann entschieden den Kopf. »Nein, besser nicht!«

»Aber warum denn nicht?« Sophia musste sich kaum Mühe geben, um den Anschein einer Frau zu erwecken, die verzweifelt nach Brot und Unterkunft suchte. Sollte es ihr nicht gelingen, hier auf der Burg eine Arbeit zu finden, würde sie es niemals schaffen, Nikolaus Storch aus dem Verlies zu befreien, und sollte sie dabei scheitern, wären alle bisherigen Mühen und Entbehrungen umsonst gewesen.

Der Burgverwalter schien ihre Not zu spüren, denn seine Stimme wurde eine Spur freundlicher. »Blasius, der Küchenmeister, führt ein strenges Regiment und duldet keinerlei Widerworte. Du scheinst mir, trotz deiner Beteuerungen, Schwierigkeiten mit der Unterordnung zu haben.« Er hob den Zeigefinger, als Sophia den Mund zu einer Erwiderung öffnete. »Siehst du, was ich meine? Man merkt, dass du aus der Stadt kommst, wo man euch Weibern andere Freiheiten gestattet.«

Sophia biss sich auf die Lippen. Menschenkenntnis schien eines von Oswalds besonderen Talenten zu sein, doch eine ihrer größten Stärken war Beharrlichkeit. »Darum kann ich auch lesen und schreiben – in Deutsch und Latein. Ich kenne mich mit Kräutern aus, kann brauen, kochen und backen«, erklärte sie selbstbewusst. »Ich lerne schnell, und wenn es nötig ist, kann ich durchaus den Mund halten.«

»Lesen und schreiben kannst du also – in Deutsch und Latein!« Oswald stieß ein Schnauben aus, das verdächtig nach einem Lachen klang. Sophia fragte sich, ob es nicht besser gewesen wäre, diesen Umstand unerwähnt zu lassen, denn vermutlich brauchte man eine Frau mit solchen Fähigkeiten in einer Burg so nötig wie ein zweiköpfiges Kalb.

Der Burgverwalter betrachtete sie mit neu erwachtem Interesse. »Hm, wenn man dazu bedenkt, dass du erst vor Kurzem deinen Mann auf seinem letzten Weg begleitet hast – Gott möge seiner Seele gnädig sein!« Mit einem Ausdruck auf dem Gesicht, der überhaupt nicht zu diesen Worten passte, bekreuzigte er sich, und Sophia tat es ihm unwillkürlich nach. »Außerdem bist du recht ansehnlich – hast sogar noch alle Zähne, wie's scheint. Du könntest auch bei Tisch bedienen – zumindest solange man noch nicht viel davon sieht.« Er zeigte auf ihre Hände und zwinkerte ihr zu. »Ich kenne die Geste. Hab sie oft genug bei meinem Weib gesehen, wenn sie wieder mal gesegneten Leibes war – obgleich es Gott gefiel, all die Kindlein, die sie mir gebar, wieder zu sich zu nehmen, noch bevor sie ihren ersten Schritt getan hatten.«

Erschrocken zog Sophia die Hände von der kaum sichtbaren Wölbung ihres Bauches zurück.

Oswald legte ihr beruhigend seine Hand auf die Schulter. »Mach dir keine Sorgen deshalb! Auf einen Schreihals mehr oder weniger kommt es auf so einer Burg nicht an«, versicherte er. »Wenn du fleißig und ehrlich bist, wird es hier ein Auskommen für dich und das Kind geben.« Dankbar lächelte Sophia ihn an. Er deutete auf das Bündel, das sie neben sich abgestellt hatte. »Komm, ich zeige dir, wo du schlafen kannst, und führe dich in die Küche.«

Sie war erstaunt, dass der Verwalter der Burg sich Zeit dafür nahm, denn seine Aufgaben waren vielfältig. Es gehörte nicht nur die Instandhaltung der Burganlage und die Organisation der gesamten Wirtschaft einschließlich der Tierhaltung dazu, sondern auch die Vorratshaltung für den Burgherrn, dessen Gäste und Mannen sowie die zahlreichen Bediensteten. Sophia schätzte, dass es auf einer Burg wie Falkenstein schnell mehr als zweihundert Menschen werden konnten.

Oswald erklärte ihr, die Gesindekammern befänden sich hauptsächlich in den Fachwerkbauten neben den Stallungen. Er führte sie aber nicht dorthin, sondern zu einem der kleineren Nebengebäude. »Hier unten ist die Kämmerei. Da sitze ich an den Tagen, an denen unser Herr sich die Abgaben der Bauern bringen lässt«, erklärte er. »Darüber wohne ich mit meinem Weib. Unter dem Dach gibt es noch zwei freie Kammern. Eine davon sollst du haben.« Er führte sie die hölzerne Stiege hinauf und öffnete eine schmale Tür.

Sophia trat ein. Die Kammer war winzig – ein Stuhl, ein Bett und ein kleiner Tisch mit einer Waschschüssel standen darin. Aber gegenüber der Tür befand sich ein Fenster, vor dem sich Sophia ein atemberaubender Blick über das frühlingsgrüne Land bot. Bis nach Nikolsburg, umrahmt von den Pollauer Bergen, konnte sie sehen. Hoch über der Stadt mit ihren niedrigen Dächern thronte wie ein Spiegelbild des Falkensteins die eindrucksvolle Burg der Liechtensteiner.

»Unser Land, wie Gott es gemacht hat. Schön, nicht wahr?« Sophia riss sich von dem Anblick los und sah zu Oswald, der wartend neben der Tür stand. »Ich bringe dich jetzt erst mal zur Küche, dort wird sich alles Weitere finden.«

Schnell folgte Sophia dem Verwalter wieder auf den Burghof.

Wie auf dem Brüderhof war auch hier ein separates Gebäude für die Küche errichtet worden. Sophia wusste, dass das vor allem auf die Brandgefahr zurückging. Sie folgte Oswald durch das offenstehende Tor und staunte schon wieder. Der riesige Raum war beeindruckend. Unter einem Tonnengewölbe nahm die große Feuerstelle den meisten Platz ein. Über dem riesigen gemauerten Herd hingen unter dem Kaminabzug mehrere mit Zacken versehene Stangen. Solche Kesselhaken hatte auch die Köchin im Haus ihres Vaters genutzt, um Töpfe über dem Herd höher oder tiefer zu hängen. Dadurch konnte sie ganz einfach die Kochhitze und die Kochgeschwindigkeit erhöhen oder verlangsamen.

Überall an den Wänden standen auf Holzborden kupferne Pfannen und Kessel, irdene Krüge, Schüsseln und Grapen, steinerne Mörser und hölzerne Wannen. Es brodelte, dampfte, zischte und brutzelte. Der beißende Rauch des Holzfeuers mischte sich mit den Gerüchen von Fett, Fisch, Fleisch und Gewürzen. Aus dem Backofen in der Ecke duftete es nach frischem Brot.

An zwei langen Tischen saßen Mägde, die Geflügel rupften, Gemüse putzten und schnitten, Erbsen und Linsen verlasen und Teig walkten. Drei halbwüchsige Burschen flitzten auf Zuruf hin und her – brachten Wasser und Holz herbei, trugen Abfall fort, fegten den Boden und spülten Geschirr.

»Mein lieber Blasius, das hier ist Sophia, eine neue Magd. Wenn der Herr zurück ist, kann sie im großen Saal bedienen helfen, ansonsten wird sie sich um Ružena kümmern.« Oswald war an einen kleinen Mann herangetreten, der neben der Herdstelle auf einem Holzklotz stand und mit dem Löffel in einem Kessel rührte, aus dem es köstlich duftete.

Den gestrengen Küchenmeister hatte sich Sophia ganz anders vorgestellt. Blasius war beinah das genaue Gegenteil des Verwalters – klein, mager und mindestens fünfzehn Jahre jünger. Auf dem Kopf trug er eine graue Leinenkappe, deren lange Zipfel an seinen Wangen herabhingen. Darunter schauten wilde schwarze Locken hervor. Zusammen mit dem olivfarbene Hautton und den dunklen Augen gaben sie ihm ein südländisches Aussehen.

Blasius nahm den Löffel aus dem Kessel und betrachtete Oswald mit hochgezogenen Brauen. »Heißt das, dass sich diese Gänse hier«, er deutete auf den langen Holztisch, an dem mehrere Frauen und Mädchen schweigend und mit gesenkten Köpfen ihrer Arbeit nachgingen, »nun wieder ausschließlich um die Küche kümmern können?«

Sophia erwartete, dass der Verwalter ihn wegen seines unverschämten Tons zurechtweisen würde, doch Oswald zuckte nur mit den Achseln. »Das sagte ich doch gerade«, brummte er. Dann wandte er sich an Sophia. »Eins der Mädchen soll dich herumführen, damit du dich auf der Burg zurechtfindest. Anschließend kommst du zu mir in die Kämmerei, und ich werde dich mit Ružena bekannt machen.« Noch ehe Sophia ihn fragen konnte, wer Ružena sei, hatte er sich bereits zu den Küchenmägden umgedreht. »Und ihr seid freundlich zu ihr, denn sie ist hier in der Fremde und hat eben erst den Mann verloren«, erklärte Oswald, bevor er Sophia zunickte und die Küche verließ.

»Auch das noch«, knurrte Blasius und wedelte missmutig mit dem Löffel. Sophia wischte sich einen Spritzer Suppe aus dem Gesicht und sah sich um. Sieben Augenpaare starrten sie neugierig an. Auch die drei Küchenjungen hatten sich inzwischen am Herd eingefunden. Prompt erntete der, der Blasius am nächsten stand, eine Kopfnuss. »Glotzt nicht wie Kälber, wenn der Schlachter kommt!« Der zweite Junge, der sich nicht schnell genug wegduckte, bekam den Kochlöffel übergezogen. »Marsch an die Arbeit, neugierige Nichtsnutze! Und du, Magda, erklärst der Neuen, was sie wissen muss. Hopp, hopp!«

Eine rundliche Magd mittleren Alters, die dabei war, einen Berg Zwiebeln zu hacken, seufzte erleichtert und legte das Messer beiseite. Sophia ging zu ihr hinüber. Die anderen Mägde senkten die Köpfe und arbeiteten schweigend weiter. Nachdem Blasius sich davon überzeugt hatte, dass jeder in der Küche tat, was zu tun war, wandte er sich mit einem gereizten Schnauben wieder dem Suppenkessel zu.

Kaum hatte der Meister ihnen den Rücken gekehrt, beäugten die Mägde die Neue in ihrer Mitte ungeniert. Auch Sophia betrachtete die Frauen und Mädchen voller Neugier. Immerhin würde sie eine Zeit hierbleiben und bei der Ausführung ihres Vorhabens vielleicht Hilfe benötigen. Je schneller sie sich mit ihnen anfreundete, desto besser. Sie probierte es mit einem Lächeln, das von Magda und ein paar der jüngeren Mädchen erwidert wurde. Nur eine hagere grauhaarige Frau am Nachbartisch kniff die Lippen zusammen und zerrte weiter an den Federn der toten Gans auf ihrem Schoß. Magda fasste nach Sophias Arm. »Komm, ich zeige dir die Burg!« Sie sprach deutsch, jedoch mit einem weichen Singsang, an dem Sophia sofort erkannte, dass Magdas Muttersprache Böhmisch war.

»Ist er immer so schlecht gelaunt, der Küchenmeister?«, fragte Sophia, nachdem sie die Küche verlassen hatten. Magda schmunzelte. »Der hat keine schlechte Laune. Er kann nur nicht zeigen, wenn er sich freut, *drahoušku*.« Sophia musste lachen, doch dann vergaß sie sowohl den Küchenmeister als auch ihre Frage nach Ružena. Noch nie in ihrem Leben war sie auf einer Burg gewesen. Ein kurzer Ausflug auf das Schloss auf dem Sonnenstein zählte nicht, denn im Gegensatz zum Falkenstein gab es dort nur eine hölzerne Palisade statt der steinernen Ringmauer, und die Anlage war viel kleiner und bescheidener in ihren Ausmaßen.

Zuerst zeigte Magda ihr den Pallas, das ansehnlichste Gebäude der Burg. »Hier findest du die Räume des Burgherrn und selbstverständlich auch den Rittersaal.« Sie führte Sophia die breite Treppe hinauf in einen großen Raum. Der Rittersaal war mit Teppichen geschmückt und besaß einen riesigen Kamin. In der Mitte stand ein langer Tisch, um den sich Bänke und am Kopfende zwei hohe Stühle mit geschnitzten Rückenlehnen gruppierten. »In ein paar Tagen, wenn der Herr aus Prag kommt, wird er hier mit seinen Gästen tafeln.« Sie seufzte. »Das wird wieder Arbeit für uns geben, sage ich dir.«

Draußen zeigte Magda auf den schlanken runden Turm neben dem Pallas. »Das ist der Kapellenturm. Aber seit wir evangelisch sind, müssen wir zum Gottesdienst alle in die Kirche im Dorf gehen.« Sophia konnte ihrer Miene keinen

Hinweis darauf entnehmen, ob Magda das bedauerte oder guthieß. »Warum liegen dort Blumen?« Sophia deutete auf ein Sträußchen frischer Wiesenblumen direkt neben der Turmmauer. »Die sind für die Traufkinder.« Magda seufzte. »Dann werden also noch Taufen in der Kapelle durchgeführt?«, fragte Sophia weiter. »Aber nein! Ich sagte nicht Taufkinder, sondern Traufkinder.« Sophia, die damit nichts anfangen konnte, überlegte, ob sie durch eine weitere Frage ihre Unwissenheit eingestehen sollte. »Das sind bedauernswerte Kindlein, die tot zur Welt kamen oder kurz nach der Geburt starben, sodass sie nicht getauft werden konnten«, fuhr Magda da schon flüsternd fort. »Wie du sicher weißt, ist ihnen ein christliches Begräbnis verwehrt. Damit ihre Seelen dennoch irgendwann ins Himmelreich kommen, begräbt man sie unter der Traufe einer Kirche oder Kapelle.«

Sophia, die von einem solchen Brauch bisher noch nie gehört hatte, hob fragend die Augenbrauen. »Der Vorteil ist doch klar zu sehen.« Magda wedelte ungeduldig mit der Hand. »Weiht der Priester das Wasser in der Kirche, wird es zu Weihwasser!« Langsam begriff Sophia die eigenartige Logik. »Und wenn es auf das Kirchendach regnet, wird auch dieses Wasser geweiht?«

»So ist es!« Magda strahlte sie an wie eine Mutter, deren Kind soeben seinen ersten Schritt gemacht hat. »Das Traufwasser tropft herab und segnet die ungetauften Würmer, deren Körper in der Erde darunter ruhen, damit ihre armen Seelchen in den Himmel steigen können.« Magdas Lächeln wurde traurig. »Natürlich hilft das jetzt, da die Kapelle kaum noch benutzt wird, auch nicht mehr.«

Sprachlos angesichts solch abergläubischer Bräuche sah Sophia auf die Blumen. Sie fragte sich, was wohl Pfarrer Lauterbach daheim in Pirna dazu gesagt hätte. »Aber jetzt komm!« Magda berührte sie am Arm. »Du hast ja noch nicht mal die halbe Burg gesehen.«

Nach einem Rundgang durch die Stallungen, wo es neben Pferdeställen und Hundezwinger auch einen Verschlag mit Ziegen gab, zeigte Magda ihr den Hühnerhof und den Kräutergarten, in dem Petersilie und Schnittlauch kräftig zu sprießen begannen.

Durch ein kleines Tor gelangten sie schließlich in den geräumigen ersten Burghof, durch den Sophia bei ihrer Ankunft gekommen war. Da es auf Burg Falkenstein, die auf einem hohen Kalksteinsockel stehe, keinen Brunnen gebe, erklärte ihr die rundliche Magd, hänge die gesamte Wasserversorgung von der großen Zisterne ab, die sich dort befinde. Jetzt, im Frühjahr, sei sie reichlich gefüllt. Dennoch würden sämtliche Bewohner der Burg angehalten, das Wasser sparsam zu benutzen, denn ein trockener Sommer könne den Vorrat rasch schwinden lassen. Sophia wurde einmal mehr bewusst, wie gesegnet ihre Vaterstadt in dieser Hinsicht war. In der unmittelbaren Umgebung Pirnas gab es mehrere Quellen, aus denen stets gutes, reines Wasser in die Stadt floss.

Als sie wieder zum Küchengebäude zurückgekehrt waren, deutete Magda auf ein Gemäuer linker Hand, vor dessen Türöffnung sich ein eisernes Gitter befand. »Dort geht es zu den Felsenkellern, wo die meisten Vorräte gelagert werden. Aber dafür haben außer dem Burgherrn nur der Verwalter und der Hauptmann der Wache einen Schlüssel.« Magda senkte die Stimme. »Schließlich ist da unten auch das Verlies.«

Dazu, aber vor allem zu dem Mann, der dort gefangen saß, hatte Sophia eine Menge Fragen. Doch sie biss sich auf die Lippen, denn zum jetzigen Zeitpunkt würde sie damit womöglich Verdacht erregen. Eine Fremde, die hier war, weil sie dringend Arbeit und Unterkunft brauchte, würde sich kaum um einen alten Täufer scheren, der auf der Burg gefangen saß. Aber vielleicht konnte sie Magda dazu bringen, von sich aus mehr zu erzählen. »Es muss furchtbar sein, in diesem finsteren Felsenkeller zu sitzen! In der Fronfeste bei uns daheim haben die Zellen zumindest kleine Fenster«, bemerkte sie. Magda lachte. »Wer dort sitzt, soll auch nicht die Aussicht genießen, sondern seine Sünden bereuen – so wie der alte Ketzer, den sie vor ein paar Monaten hergebracht haben.«

»Ein Ketzer?« Sophia gab sich ahnungslos. »Was hat er denn angestellt?«

»Na, was wohl? Gepredigt haben wird er, und anschließend hat er wahrscheinlich alles getauft, was nicht bei drei auf den Bäumen war.« Magda zuckte mit den Schultern. »So sind sie eben, diese Wiedertäufer.«

»Ich dachte bisher, die hiesigen Herren würden sie auf ihren Ländereien willkommen heißen.«

»Die vielleicht, aber der König nicht. Vor ein paar Jahren haben Ferdinands Soldaten den Brüderhof in Steinebrunn überfallen, der zum Herrschaftsgebiet derer von Fünfkirchen gehörte. Ihre Gefangenen haben sie damals auf den Falkenstein geschleppt, wo sie im Felsenkeller saßen, bis der König sie als Galeerensklaven an die Welschen verkaufen ließ.« Sie schnaubte abfällig. »Das hat unserem Herrn gar nicht geschmeckt. Aber er musste es ebenso dulden wie heute.«

Das bestätigte, was Sophia bereits wusste – der Burgherr befand sich in einem Dilemma, und noch immer grübelte sie, wie sie sich den Umstand zunutze machen könnte. Es half alles nichts, sie musste mehr erfahren! »Droht dem Ketzer nun dasselbe?«, erkundigte sie sich vorsichtig. »Wer weiß?« Magda zuckte mit den Achseln. »Zuerst war die Rede davon, dass er öffentlich verbrannt werden sollte – zur Abschreckung für die anderen, hieß es. Aber mittlerweile scheint man den Alten vergessen zu haben, und die Soldaten des Königs sind auch wieder weg.«

Sophia atmete auf. Nikolaus Storch war nicht in unmittelbarer Lebensgefahr – wenn man einmal davon absah, welche

Auswirkungen monatelange Kerkerhaft in einem finsteren Loch auf die Gesundheit des alten Mannes haben musste. »Und wer bewacht ihn jetzt?« Sie wusste, es war nicht ungefährlich, die Frage zu stellen, aber wenn sie nichts riskierte, würde sie es auch nicht schaffen, den Wanderprediger zu befreien. »Der Wastel«, gab Magda bereitwillig Auskunft. »Er ist der Einzige, den sie dagelassen haben. Doch der sitzt nur rum. Sogar das Essen muss immer eine von uns zu dem Alten runtertragen.« Magda grinste. »Der Wastel stolziert vorneweg und tut wichtig wie ein Gockel auf dem Mist.«

»Magda!« Die befehlsgewohnte Stimme des Küchenmeisters schallte über den Burghof. »Was stehst du dort und plauderst, während in der Küche die Arbeit wartet? Möge der Herr dir die Zunge im Maul verdorren lassen, pflichtvergessenes Weibsstück!« Sophia zuckte zusammen, aber Magda verdrehte nur die Augen. »Und möge dich der Schlag treffen, du aufgeblähte Blase!«, flüsterte sie. »Den Weg zu Oswalds Haus findest du gewiss allein, *drahoušku*.« Sie zwinkerte Sophia zu und kehrte ohne übermäßige Eile zurück zur Küche.

Während Sophia zum Haus des Verwalters hinüberging, fiel ihr ein, dass sie noch immer nicht wusste, wer Ružena war. Welche Aufgabe hatte der Verwalter ihr zugedacht, und warum war es dafür wichtig, dass sie Lesen und Schreiben konnte?

Kapitel 5

Sophia fand den Burgverwalter in der Kanzlei, wo er über Zahlenkolonnen in einem Buch brütete, das sie lebhaft an die Geschäftsbücher im Kontor eines Kaufmanns erinnerte. Er winkte sie herein, wandte sich dann aber wieder den Zahlen zu. Da Sophia noch genau wusste, wie ungehalten ihr gutmütiger Vater reagiert hatte, wenn ihn jemand beim Rechnen störte, setzte sie sich still auf den Mauersims in der kleinen Fensternische neben seinem Tisch. Bis auf eine große, mit Eisenbändern beschlagene Truhe war der Raum fast leer.

Unter dem Fenster, direkt neben ihrem Kopf, entdeckte Sophia ein kleines Loch in der Mauer, dessen Bedeutung sich ihr erschloss, als ihr einfiel, was der Verwalter vorhin zu ihr gesagt hatte: Hier saß er an den Tagen, an denen die Bauern ihre Abgaben auf der Burg entrichteten. Bevor sie damit an der Reihe waren, standen sie gewiss eine Zeitlang vor dem Haus – warteten und unterhielten sich miteinander. Wer hier in der Fensternische saß, konnte ihre Gespräche mithören, ohne selbst wahrgenommen zu werden. Ob die Untertanen des Herrn von Fünfkirchen wussten, dass man sie belauschte? Sophia mutmaßte, dass die Öffnung im unebenen Mauerwerk aus Bruchstein von außen kaum auffallen dürfte.

Der Verwalter schien mit dem Ergebnis seiner Rechnung endlich zufrieden zu sein, denn er schlug das Buch mit einem erleichterten Stöhnen zu. »Komm mit, damit ich dich meiner

Ružena vorstellen kann!«, wandte er sich an Sophia, die bereits aufgestanden war.

Er sperrte die Kämmerei mit einem der zahlreichen Schlüssel, die er an einem großen Eisenring an seinem Gürtel trug, zu und führte sie die hölzerne Treppe zu den Räumen im zweiten Stock hinauf. Dort öffnete er eine Tür und betrat vor ihr die geräumige Kammer.

Sophia blieb abwartend stehen. Das Fenster war geschlossen, und um auch das kleinste bisschen Zugluft abzuhalten, hing ein Vorhang aus schwerem Stoff davor. Neben dem Bett und in einer kleinen Gebetsecke brannten Kerzen. Der Geruch, der ihr entgegenschlug, zeugte von Hoffnungslosigkeit, Siechtum und Leid. Sophia begann zu ahnen, dass die Aufgabe, die Oswald für sie vorgesehen hatte, weder angenehm noch leicht sein würde. Als er sie heranwinkte, holte sie Luft und trat entschlossen an das hohe Bett, das von einem Baldachin überspannt und auf drei Seiten von Vorhängen umschlossen wurde. Das Geräusch mühsam pfeifender Atemzüge lenkte ihre Aufmerksamkeit auf die Frau, die halbaufgerichtet gegen einen Berg Kissen gelehnt lag.

»Das ist Ružena, mein Weib«, vernahm sie nun Oswalds Stimme. Nur mit Mühe konnte sie ihr Erschrecken verbergen, denn die Kranke war beinah bis auf das Skelett abgemagert.

Als Ružena die Augen aufschlug, dachte Sophia jedoch, dass Oswalds Weib früher eine Schönheit gewesen sein musste – ihre Augen strahlten in einem smaragdenen Grün, und die zarten Knochen unter der wächsernen Haut deuteten auf einen zierlichen Körperbau. Ruženas langes Haar, früher wohl blond, war zu einem dünnen verfilzten Zopf geflochten, der vom Kissen bis über die Bettkante hing.

Schon in Nikolsburg war ihr aufgefallen, dass Ehen zwischen Böhmen und Deutschen keine Seltenheit waren – was wohl auch dadurch begünstigt wurde, dass die meisten Menschen hier mehr oder weniger beide Sprachen beherrschten. Im Allgemeinen blieb man dennoch lieber unter sich.

Oswald beugte sich zu seiner Frau herab und ergriff ihre zerbrechliche Hand. »Das ist Sophia, die neue Magd, von der ich dir erzählt habe«, sagte er leise. »Sie wird sich jetzt um dich kümmern, wenn ich tagsüber nicht da bin. Den Mägden, die bisher reihum nach dir gesehen haben, bleibt ja kaum Zeit, auf etwas anderes als deine grundlegendsten Bedürfnisse zu achten. Mit Sophia wird es viel besser für dich werden, du wirst schon sehen!«

Ein schwaches Nicken signalisierte, dass Ružena ihn verstanden hatte. Oswald strich ihr liebevoll über die eingefallene Wange, richtete sich auf und nahm ein verkorktes Fläschchen vom Hocker neben dem Bett. »Die Tinktur hier musst du ihr geben, wenn ihre Schmerzen stärker werden. Einen Löffel voll – nicht mehr, hörst du?« Sophia nickte. »In der Küche steht immer etwas Hühnerbrühe bereit«, fuhr er fort. »Aber meist isst Ružena nur ein paar Löffel, die sie auch nicht immer bei sich behalten kann. Gib ihr Wein mit Wasser verdünnt, wenn sie trinken will. Und hier findest du frische Wäsche.« Er klappte die Truhe unter dem Fenster auf. Ein Hauch von Lavendel schwebte durch den Raum und verlor sich, nachdem Oswald den Deckel vorsichtig geschlossen hatte.

Sophia glaubte den Schatten eines Lächelns auf Ruženas Gesicht zu sehen, bevor die Kranke krampfhaft zu husten begann. Oswald eilte an ihre Seite, schob ihr noch ein Kissen in den Rücken und hielt sie an den Schultern aufrecht, während ihr knochiger Leib sich verzweifelt aufbäumte und ihre Hände sich in die Bettdecke krallten. Er blieb an ihrer Seite und sprach beruhigend auf sie ein, solange der Anfall dauerte. Dann lehnte er neben ihr an den Kissen und wirkte beinahe so erschöpft wie die Kranke.

Sophia bemerkte, dass zu den bräunlichen Sprenkeln auf

dem weißen Leinen der Bettdecke ein paar frische rote Spritzer hinzugekommen waren. Sie feuchtete den Lappen an, der neben einer Wasserschüssel auf einem kleinen Tisch lag, und trat an das Bett. Vorsichtig wischte sie über Ružena̶s schweißfeuchtes Gesicht und tupfte das Blut von ihren rissigen Lippen. Die Kranke hatte die Augen geschlossen und ließ es teilnahmslos über sich ergehen.

Oswald entkorkte das Fläschchen und flößte ihr langsam und geduldig einen Löffel der Tinktur ein. Sophia fragte sich, was die Arznei wohl enthalten mochte und ob Oswald sie bei einem umherziehenden Quacksalber gekauft hatte oder ob es hier irgendwo einen kundigen Bader oder Arzt gab.

»Woher habt Ihr die Tinktur?«, fragte sie. »Ein Arzt gab sie mir. Einer, der weit über unsere Gegend hinaus in dem Ruf steht, mehr Kranke zu heilen als jeder andere. Der Mann hat Ružena vor ein paar Wochen untersucht. Er sagte, heilen könne er sie nicht, mir aber etwas geben, was ihre Leiden ein wenig lindern würde. Er riet, die Tinktur sparsam zu verwenden. Und dann sagte er noch, dass mein Weib den Sommer wohl nicht mehr erleben werde.« Die letzten Worte hatte er nur geflüstert. Er erhob sich, trat ans Fenster und wischte sich verstohlen über die Augen. Sophia fielen die Worte ein, mit denen Oswald die Entdeckung ihrer Schwangerschaft kommentiert hatte, und sie begriff, dass er Ružena sehr lieben musste. Die Atemzüge seiner Frau klangen inzwischen ein wenig ruhiger, und es machte den Anschein, als wäre sie eingeschlafen.

Nachdem der Burgverwalter das Fenster wieder geschlossen und sich umgedreht hatte, wirkte er gefasst und ruhig wie zuvor. »Ich werde Blasius sagen, dass er dir alles geben soll, was du verlangst. Wir haben hier zwar auch eine kleine Küche, aber du sollst deine Zeit nicht mit Kochen und Spülen vergeuden, sondern dich ausschließlich um Ruženas Bedürfnisse kümmern.« Als Sophia fragend die Augenbrauen hob, deutete er auf die

Gebetsecke, wo auf einem Pult eine aufgeschlagene Bibel lag. »Lies ihr daraus vor, wann immer sie danach verlangt. Die Worte der Heiligen Schrift sind ein großer Trost, den ich ihr viel zu selten spenden kann, weil meine Pflichten mich manchmal den ganzen Tag über von hier fernhalten. Auch jetzt muss ich gleich wieder fort und die Ausbesserungsarbeiten an der Schildmauer hinten am Rondell begutachten.« Mit einem kurzen Nicken verabschiedete er sich. »Lass es mich heute Abend wissen, wenn du noch etwas anderes benötigst.«

Sophia kehrte in die Kammer zurück und setzte sich auf einen Stuhl neben dem Krankenlager. Ružena schlief noch immer, und so nahm sich Sophia Zeit, darüber nachzudenken, zu welchen Maßnahmen Meister Arnold greifen würde. Im Kopf memorierte sie jene Kräuter, von denen sie wusste, dass sie bei Lungenbeschwerden halfen: Für Tausendgüldenkraut, Salbei und Thymian war es noch zu früh – obwohl sie die beiden letzten Kräuter in getrockneter Form gewiss in der Küche finden konnte.

Nur war die Wirkung frisch gepflückter Heilkräuter viel stärker und angesichts der Schwere des Leidens der armen Frau eindeutig vorzuziehen. Sollte es hier auf der Burg jedoch getrocknete Huflattichblüten geben, dürften diese noch das meiste ihrer Heilkraft besitzen, da die neue Ernte erst wenige Wochen her war.

Dann fiel Sophia ein, dass sie gestern auf dem Weg zum Falkenstein an mehreren Stellen Lungenkraut entdeckt hatte, das mit seinen blau-roten Blüten und den weiß gepunkteten Blättern kaum zu übersehen war, und selbstverständlich Wegerich und Löwenzahn. Außerdem musste es hier auch Geißfuß geben, den man jetzt im Frühling an Waldrändern, Bächen und Flussufern wirklich überall finden konnte. Sie beschloss, Magda später nach alldem zu fragen.

Nachdem sie sich vergewissert hatte, dass die Kranke warm

zugedeckt war, löschte sie die vielen Kerzen, zog den Vorhang beiseite und stieß die Fensterläden auf. Die Frühlingssonne tauchte den Raum in ein freundliches Licht. Reinlichkeit und gute Luft, so dachte Sophia, das würde Meister Arnold auf jeden Fall verordnen. Leise öffnete sie den Deckel der Wäschetruhe, um frische Laken herauszuholen. Dazwischen entdeckte sie wie erwartet einen Beutel mit getrockneten Lavendelblüten, den sie ebenfalls an sich nahm.

Sie ließ ihren Blick durch die Kammer schweifen, begriff aber schnell, dass sie hier nicht finden würde, was sie benötigte. Zwar empfand sie eine gewisse Scheu, sich ohne ausdrückliche Erlaubnis in einer fremden Wohnung umzusehen, doch dann sagte sie sich, dass der Burgverwalter darauf vertraute, dass sie es seiner kranken Frau so angenehm wie möglich machen würde. In der winzigen Küche, der Sophia gleich ansah, dass dort schon längere Zeit niemand mehr am Herd gestanden hatte, entdeckte sie auf einem Wandbord einen Teller. Mit seinem aufwändigen Blumenmuster und der weißen Glasur fiel er unter all dem einfachen irdenen Geschirr sofort ins Auge.

Während Sophia die Lavendelblüten aus der Wäschetruhe darauf verteilte, überlegte sie, ob er wohl aus Christophs Werkstatt stammte. Sie trug ihn in Ruženas Kammer und stellte ihn neben das Arzneifläschchen ans Bett. Rasch zerrieb sie noch einige lila Blüten zwischen Daumen und Zeigefinger, um den Duft zu verstärken. Anschließend trug sie das Nachtgeschirr zur Latrine und holte frisches Wasser. Dabei traf sie auf eins der Mädchen aus der Küche. Die junge Magd war ihr aufgefallen, weil sie sie zuvor ein wenig eingehender und kecker gemustert hatte als alle anderen.

»Sag mal, du bist wohl an einem Sonntag geboren«, fragte das Mädchen schnippisch. Sophia schüttelte verständnislos den Kopf. »Na hör mal, jede von uns hat doch gehofft, dass Oswald sie aussucht, um seine Frau in ihren letzten Tagen zu pflegen.«

Die Magd verzog ärgerlich das hübsche Gesicht. »Mal eine Zeit von der Plackerei in der Küche wegzukommen – davon träumen wir schließlich alle. Aber nein, du kommst hier an, erzählst ihm eine mitleiderregende Geschichte, von der nur unser Herrgott allein wissen wird, ob sie sich so zugetragen hat, und schon bekommst du die beste Gesindekammer und die leichteste Arbeit noch dazu.« Sie legte den Kopf schief und kniff misstrauisch die Augen zusammen. »Dabei bist du eine Fremde, die hier keiner kennt!« Sie warf den dunklen Zopf über die Schulter und starrte Sophia, die sprachlos über diesen Ausbruch mit ihrem Wassereimer in der Hand dastand, herausfordernd an. »Aber es wird sich noch herausstellen, ob das, was du Oswald weisgemacht hast, wirklich stimmt!«, verkündete sie, schnappte sich ihren Eimer und stolzierte davon.

Zuerst wollte Sophia ihr hinterherlaufen, um noch einmal in Ruhe mit ihr zu reden. Aber im nächsten Augenblick wurde ihr klar, dass sie hier mit vernünftigen Argumenten nichts ausrichten konnte. Jeder Erklärungsversuch würde das Mädchen in seiner Eifersucht und seinem Misstrauen nur bestärken. Seufzend füllte Sophia ihren Eimer. Dabei fiel ihr Blick auf einen Mann, der mit einem Stück Brot in der einen und einem Krug Bier in der anderen Hand auf einer leeren Pferdetränke saß. Er musste einer der Wachmänner sein, denn er trug einen Brustharnisch und zu seinen Füßen lagen ein Helm und eine Hellebarde. Unverschämt grinste er sie an. Hatte er gehört, was das Mädchen ihr vorgeworfen hatte?

Von einer anderen Magd, die ihr eine Stunde später Hühnerbrühe für Ružena und Hirsebrei sowie einem Krug Sauermilch für ihr eigenes Mittagsmahl brachte, versuchte Sophia mehr über die dunkelhaarige Magd zu erfahren. Doch Mila, so hatte sie sich vorgestellt, war schon wieder an der Tür. »Das war bestimmt Lenka. Aber ich muss schnell wieder in die Küche zurück, sonst ergeht es mir noch wie Magda.« Sie bedachte

Sophia mit einem vielsagenden Blick. »Die wäre auch besser dran gewesen, wenn sie ihre Zeit nicht mit dir vertrödelt hätte.«

Nachdem sie die Tür hinter Mila geschlossen hatte, fühlte Sophia sich plötzlich sehr allein. Obwohl es noch keinen Tag her war, seit sie sich von ihrem Sohn verabschiedet hatte, vermisste sie ihn schon jetzt. Sie fragte sich, wie lange es wohl dauern mochte, bis sich ihr eine Möglichkeit bieten würde, in den Felsenkeller zu gelangen, in dem Storch gefangen saß. Zweifel beschlichen sie, ob ihr Plan, den Alten auf eigene Faust zu befreien, überhaupt gelingen konnte. Vielleicht würde sie Wochen oder Monate auf dieser Burg zubringen und am Ende gar nichts erreichen. Die Gewissenbisse, die Sophia verfolgten, seit sie beschlossen hatte, ihr Kind in Hannas Obhut zurückzulassen, drohten sie zu überwältigen. Doch sogleich schalt sie sich für ihren Kleinmut, denn schließlich hatte sie den ersten Teil des Plans bereits erfolgreich verwirklicht: Sie hatte hier eine Anstellung erhalten und schon ein paar nützliche Einzelheiten erfahren. All das waren untrügliche Zeichen dafür, dass Gott auf ihrer Seite war! Sophia wischte sich energisch über die Augen, dann holte sie einen Löffel und begann mit Appetit ihren Brei zu essen.

Trotzdem war sie beinah froh darüber, als Ružena erneut zu husten begann und davon erwachte. Glücklicherweise war der Anfall diesmal nicht ganz so schlimm und ging schnell wieder vorbei. Es gelang Sophia anschließend sogar, ihr eine halbe Tasse Brühe zu verabreichen. Leider dauerte es nicht lange, bis die Kranke das meiste davon wieder erbrach.

Nachdem Sophia Ružena gewaschen und die Laken gewechselt hatte, war die Frau vollkommen erschöpft wieder eingeschlafen. Es war später Nachmittag, als Sophia einfiel, dass sie selbst kaum etwas gegessen hatte. Sie ging in die Küche, schlang den kalten Hirsebrei hinunter und trank die Sauermilch gleich aus dem Krug.

Als Ružena gegen Abend wieder aufwachte, bat sie Sophia, ihr aus der Bibel vorzulesen, die auf dem Pult in der Gebetsecke lag. Da Oswalds Frau nicht um eine bestimmte Stelle gebeten hatte, schlug Sophia das Buch wahllos auf und landete mitten im Markus-Evangelium. Eine Zeitlang hörte die Kranke aufmerksam zu, doch als Sophia an die Stelle kam, wo Jesus die Händler aus dem Tempel jagte, fielen ihr erneut die Augen zu. Schon wollte Sophia das Buch weglegen, da blieben ihre Augen an den Worten hängen, die Jesus seinen Jüngern später auf den Weg gab: »Habt Glauben an Gott! Wahrlich, ich sage euch: Wer zu diesem Berge spräche: Heb dich und wirf dich ins Meer!, und zweifelte nicht in seinem Herzen, sondern glaubte, dass geschehen würde, was er sagt, so wird's ihm geschehen. Darum sage ich euch: Alles, was ihr betet und bittet, glaubt nur, dass ihr's empfangt, so wird's euch zuteilwerden!«

Kapitel 6

Eine Woche später waren die Burg und ihre Bewohner Sophia schon um einiges vertrauter. Während Lenka noch immer mit bösen Blicken schoss, wenn Sophia die Küche betrat, schienen die anderen Mägde ihr die Bevorzugung durch Oswald nicht weiter zu verübeln. Magda hatte ihr sogar anvertraut, dass es ein paar der jüngeren Mädchen fast ebenso sehr davor gegraut hatte, sich um die todkranke Ružena zu kümmern wie davor, dem Gefangenen das Essen ins Verlies zu bringen. Insbesondere Mila, die erst fünfzehn Lenze zählte, hätte immer wieder versucht, sich vor der einen oder anderen Aufgabe zu drücken. Seit sie das wusste, versuchte Sophia, es so einzurichten, dass sie ihr Mittagsmahl und die Brühe für Ružena dann holte, wenn es an der Zeit war, den Gefangenen zu versorgen. Da der Küchenmeister zu dieser Stunde mit Oswald den Speiseplan und die Vorratshaltung besprach, herrschte in der Küche nun ein anderer Ton.

»Du musst das nicht tun«, sagte Magda, als Sophia sich am dritten Tag ungefragt ein Messer nahm, um ihr beim Zwiebelhacken zu helfen. »Oswald hat doch ausdrücklich gesagt, dass du nur bei Tisch bedienen sollst, wenn der Herr da ist, und ansonsten seine Frau pflegst.«

»Ich sehe doch, wie viel ihr hier zu tun habt«, entgegnete Sophia und griff schon nach der nächsten Zwiebel. »Ružena braucht mich gerade nicht. Sie hat heute einen ausgesprochen guten Tag, und außerdem ist der Pfarrer jetzt bei ihr.«

»Heute ist es ruhig in der Küche!«, sagte Mila, die Pfefferkörner in einem steinernen Mörser stampfte. Eine Prise davon musste ihr in die Nase geraten sein, denn sie nieste plötzlich und konnte nicht mehr damit aufhören. Schließlich war sie gänzlich außer Atem. »Mila hat recht«, erklärte Magda an ihrer statt. »Wie es hier aussieht, wenn es viel zu tun gibt, wirst du erleben, wenn der Burgherr morgen kommt.«

»Wie ist er denn so, der Herr von Fünfkirchen?«, fragte Sophia. Alles, was sie bisher wusste, war, dass er den Täufern wohlgesinnt war – jedoch nicht so sehr, dass er sich ihretwegen eines Treuebruches gegenüber seinem Lehnsherrn, dem König von Böhmen, schuldig machen würde. »Er ist alt«, sagte Lenka herablassend.

»Alt? Er zählt noch keine fünfzig Jahre«, protestierte Magda. »Sag ich doch – alt! Und außerdem noch nicht einmal verheiratet«, erklärte Lenka mit Nachdruck. Sie stieß Mila, die ihr im Alter nahestand, mit dem Ellenbogen an. »Das findest du doch auch seltsam, nicht wahr Mila?« Das blasse blonde Mädchen ließ den Flussbarsch fallen, den es gerade mit dem Messer entschuppen wollte. Der Fisch schlitterte über die Tischkante, klatschte auf den Boden und rutschte unter den Tisch. Mila riss erschrocken die Augen auf, während ein anderes Mädchen zu kreischen begann und die schmallippige grauhaarige Magd beide mit einem Blick bedachte, der sie wahrscheinlich in Kröten verwandeln sollte. Erschrocken krabbelte Mila unter den Tisch, um nach dem flüchtigen Fisch zu suchen. Lenka prustete, die beiden Küchenjungen lachten lauthals.

Sophia sah sich nach dem Küchenmeister um und stellte erleichtert fest, dass Blasius noch nicht zurückgekehrt war. »Aber warum hat der Herr in diesem Alter noch kein Weib?«, fragte sie, denn der Adel verheiratete seine Söhne und Töchter gewöhnlich recht jung.

Lenka zuckte mit den Achseln, doch Magda nahm sich der

Frage mit Begeisterung an. Ausführlich berichtete sie darüber, dass sich Johann von Fünfkirchen in seiner Jugend unsterblich in eine Tochter des Liechtensteiners verliebt habe und sie sich in ihn. Leider hatte der Vater der Jungfer andere Pläne, und sie musste einen ungarischen Adligen zum Manne nehmen. Immerhin erfuhr Sophia noch, dass der Burgherr trotz dessen ein fröhliches Leben führte, wenn er auf Falkenstein weilte, häufig zur Jagd ritt, zahlreiche Freunde einlud und mit ihnen gern aß und trank. Darum, so flüsterte Magda hinter vorgehaltener Hand, sei er stets knapp bei Kasse.

Kaum war Blasius wieder in die Küche zurückgekehrt, verstummte das Gespräch. Kurz danach atmete Sophia erleichtert auf, denn sie waren endlich auf dem Grund der Zwiebelschüssel angekommen. Sie ging mit Magda hinaus, um sich am Brunnen Hände und Gesicht zu waschen. In der Küche hatte sich derweil zwischen Mila und Lenka ein heftiger Streit entsponnen. Die beiden Mädchen bemerkten dabei nicht, wie der Küchenmeister sich ihnen mit hochrotem Kopf und erhobener Schöpfkelle näherte.

»Nein, ich bin erst gestern unten gewesen. Heute bist du dran!«, rief Lenka. »Aber ich habe es dafür an den drei Tagen vorher getan«, jammerte Mila. Tränen stiegen ihr in die Augen. »Mir doch egal!« Lenka verschränkte die Arme unter der Brust, um zu zeigen, dass sie nicht bereit war nachzugeben. »Mich graust es aber da unten«, heulte Mila. »Denkst du etwa, mich nicht?«, raunzte Lenka. »Und außerdem stinkt es dort ärger als über der Abortgrube!«

Im nächsten Augenblick jaulten beide Mädchen auf, denn Blasius hatte sie bei ihren langen Zöpfen gepackt. »Verwünschte Zankteufelinnen«, brüllte er. »Wollt ihr wohl endlich Eure ungewaschenen Mäuler halten! Eine von Euch bringt dem Gefangenen jetzt das Essen, oder ich sorge dafür, dass der Herr Euch morgen in die Zankgeige stecken lässt!« Er stieß sie von sich und verschwand im hinteren Teil der Küche, wo er zwischen Säcken und Fässern rumorte.

Die Mädchen blickten einander schweigend an. Schließlich zuckte Mila, die ganz offensichtlich die Nachgiebigere war, mit den Schultern. Sie griff nach einer Holzschale und einem großen Kanten Brot und machte sich mit schleppenden Schritten auf den Weg zur Tür.

Sophia folgte ihr ein paar Augenblicke später und holte sie in der Nähe des Pallas ein. Auf solch eine Gelegenheit wartete sie nun schon seit Tagen. Der Streit der Mädchen war ein Geschenk Gottes, das sie unverzüglich zu nutzen gedachte. »Ich kann das tun, wenn du dich zu sehr fürchtest«, bot sie Mila an und zeigte auf die Schüssel, in der eine wässrige Suppe schwappte. Mit dem Gericht, das in dem großen Kupferkessel über dem Herd kochte, hatte sie wenig zu tun, das sah Sophia sofort. »Meinst du das ernst?« Mila zog ungläubig die blonden Augenbrauen hoch. Sophia nickte. »Mir macht das nichts aus«, fügte sie hinzu und lächelte zuversichtlich. »Gott der Herr möge dich segnen für dein gutes Herz!«, flüsterte das junge Mädchen erleichtert, bevor es ihr die Schüssel und das Brot überließ. »Aber nimm dich vor Wastel in Acht, der versucht immer, uns unter den Rock zu fassen oder an die Brust!«

»Keine Bange, ich kann mich wehren«, versicherte Sophia. Dabei dachte sie an das Messer, das sie in einer besonderen Tasche ihres Rockes bei sich trug und mit dem sie auf ihrer langen Reise im letzten Herbst mehrfach gedroht hatte, um sich in den Herbergen aufdringliche Kerle vom Leib zu halten. Nachdem Hanna von einem Gang auf den Abort mit einem blutigen Kratzer auf der Brust zurückgekommen war, hatte Sophia darauf bestanden, dass sie sich bewaffneten und sich auch im Umgang mit dem Messer übten. Von ihrer Freundin Maria hatte sie schon vor Jahren gelernt, wohin man einen Mann treten musste, um ihm richtig wehzutun, und welche Körperteile außerdem gut erreichbar und besonders empfindlich waren. Mila schenkte ihr ein schüchternes Lächeln. »Ich warte oben, bis du wiederkommst.«

Dann begleitete sie Sophia am Pallas vorbei zu dem Gemäuer, dessen Eingang mit einer Gittertür versperrt war.

»He, Wastel!« Mila rüttelte den Soldaten, den Sophia bereits am Tag ihrer Ankunft in der Nähe der Zisterne gesehen hatte, an der Schulter. Der Mann wirkte aus der Nähe noch ungepflegter und roch zudem penetrant nach Schweiß, Bier und Urin. Er schrak zusammen, sprang auf und nahm Haltung an. Als er sah, wer ihn aus dem Schlaf gerissen hatte, lehnte er seine Hellebarde gegen die Wand, gähnte und kratzte sich den Bart. »Na, wen haben wir denn da?« Er kniff seine verschwiemelten Äuglein zusammen. Mila schob Sophia vor. »Sie ist neu hier und heißt Sophia. Heute bringt sie dem Gefangenen das Essen«, erklärte sie hastig. »Schau, schau!« Wastel grinste und streckte seine Hand nach Sophia aus. Sie hatte damit gerechnet und wich ihm geschickt aus. »Wag es ja nicht, mich mit deinen Dreckpfoten anzufassen«, zischte sie und funkelte ihn an. Sie wunderte sich selbst, wie leicht ihr so etwas inzwischen fiel. Niemand würde in ihr die wohlerzogene Tochter aus einem ehrbaren Bürgerhaus wiedererkennen. Wastel zuckte mit den Schultern. »Na, dann herein in die gute Stube«, nuschelte er. Mit einem Schlüssel, den er unter seinem Brustharnisch hervorzog, sperrte er das Gitter auf.

Sophia achtete darauf, hinter ihm zu bleiben, während er sie in einen kurzen Gang führte. Er endete an einer Felsenwand, in der ein mannshohes finsteres Loch klaffte. Daneben steckte in einer eisernen Halterung eine brennende Fackel. Wastel ergriff sie und drehte sich noch einmal nach Sophia um. »Achte auf deine Füße, sonst stolperst du am Ende und fällst auf deine hübsche Nase! Wäre schade drum.« Als Sophia schwieg, setzte er boshaft hinzu: »Mäuse und Spinnen gibt's hier unten auch in rauen Mengen. Krabbelt überall rum, das Teufelszeug – kriecht in jede noch so kleine Ritze!« Grinsend drehte er sich um und ging voraus.

Der Gang war eng und abschüssig. Sophia vermutete, dass es sich dabei um eine natürliche Öffnung im Kalkstein handelte. An einigen Stellen waren unregelmäßige Stufen in den Felsen geschlagen worden. Einmal verschätzte sie sich in der Tritthöhe und strauchelte. Dabei hätte sie um ein Haar die Schüssel fallen gelassen; die kalte Brühe schwappte über ihre Hand und nässte ihr Mieder. Sie hätte den Weg gern langsamer fortgesetzt, doch sie fürchtete, den Wachmann mit der Fackel zu verlieren, die mittlerweile ihre einzige Lichtquelle war. Unruhig zuckte der Feuerschein über die rauen Felswände und narrte ihre Sinne, indem er dämonische Fratzen darübertanzen ließ. Die Härchen an Sophias Unterarmen stellten sich nicht nur wegen der zunehmenden Kälte auf. Neben dem Knirschen ihrer Schritte vernahm sie Geräusche, die hier unten viel lauter klangen und seltsam verzerrt – es rieselte und tropfte, schabte und scharrte, maunzte verstohlen und fiepte verschreckt. Zum Rauch der Fackel und den feuchten Ausdünstungen des Berges gesellte sich bald ein modrig fauliger Geruch, der Sophia den Atem nahm. Sie begriff, warum sich die Mädchen so davor grausten, hierherzukommen. Der Gestank nahm zu, als sie vor einer weiteren vergitterten Tür anhielten.

Wastel steckte die Fackel in einen Ring an der Wand und schaute sich nach Sophia um, die flach durch den Mund atmete und die Suppenschüssel krampfhaft gegen ihren Bauch gedrückt hielt. Er machte eine Kopfbewegung zur Gittertür. »Das ist der teuflische Geruch des alten Ketzers, der da drinnen hockt. Ist kaum auszuhalten, nicht wahr? Ich hoffe, der erstickt bald an seinem eigenen Mief oder der König lässt ihn endlich verbrennen!« Sophia gab sich alle Mühe, sich ihr Entsetzen nicht anmerken zu lassen. Wie konnte es ein Mensch nur länger als eine Stunde aushalten, in vollkommener Finsternis und ganz allein in diesem Loch zu sitzen? Würde sie Nikolaus Storch überhaupt wiedererkennen, oder wartete dort eine Gestalt auf sie, die nichts Menschliches mehr an sich hatte? In diesem Augenblick schoss ihr durch den Sinn, dass es im Gegenzug überhaupt nicht wünschenswert wäre, dass Storch sie wiedererkannte. Mit einer spontanen Äußerung könnte er sie verraten. Doch ihr blieb keine Zeit, sich weiter zu sorgen, denn Wastel hatte das Gitter entriegelt und leuchtete mit der Fackel in die kleine Höhle. »Los, beeil dich«, knurrte er, »bevor uns der Teufelsodem noch umbringt!« Er winkte sie ungeduldig an sich vorbei, vermied es jedoch, selbst das Gelass zu betreten.

Sophia machte ein paar beherzte Schritte und blieb dann wie vom Donner gerührt in der Mitte der Zelle stehen. Was sie sah, ließ sie sogar für einige Augenblicke den infernalischen Gestank vergessen. Schon bei ihrer letzten Begegnung war Storch ein alter Mann von beinah asketischem Aussehen gewesen; jetzt wirkte er wie die eingetrocknete Mumie aus der ägyptischen Wüste, die sie einmal auf einer Messe in Leipzig gesehen hatte. Seine Füße, die direkt vor ihr lagen, waren schwarz und verschrumpelt – und wenn sie sich nicht täuschte, fehlten zwei seiner Zehen. Die löchrigen Lumpen enthüllten mehr von seinem restlichen Körper, als sie verbargen; der Gefangene bestand nur noch aus Haut und Knochen. Sein langer verfilzter Bart sorgte dafür, dass sie von seinem Gesicht kaum etwas sah, bis auf die tief in den Höhlen liegenden Augen. Daran, dass sie im Schein der Fackel zuckten, erkannte Sophia, dass der Mann auf dem modernden Stroh noch am Leben war.

Sie vergaß ihre Furcht, er könne sie erkennen, hockte sich neben ihn und stellte die Schüssel ab. Vorsichtig berührte sie seine Hand, um ihm das Brot hineinzulegen. »Ich bringe Euch Suppe«, sagte sie leise. »Ihr müsst sie unbedingt essen!« Vergeblich forschte sie in seinem Gesicht nach einer Regung, aber als sie sich erheben wollte, spürte sie einen leichten Druck an ihren Fingern. Sie hörte den Gefangenen flüstern. Es war nur ein einziges Wort, doch sie hatte es deutlich gehört.

»Jetzt mach schon, Weib«, nörgelte Wastel. Er hatte die Fackel wieder in den Eisenring gesteckt und rasselte mit dem Riegel der Zellentür. »Aber er hat kaum noch Wasser«, erklärte sie und hob einen halbleeren Krug vom Boden auf. »Wen schert's?« Der Wachmann zog ein abweisendes Gesicht. »Der ist nur ein verstockter Ketzer. Wenn es ihn dürstet, dann kann er das schon mal als Vorbereitung auf das Höllenfeuer ansehen, in dem er bald braten wird!« Er bekreuzigte sich und spuckte auf den Boden. »Es ist die Pflicht eines guten Christenmenschen, sich auch um jene zu sorgen, die vom Wege abgekommen sind!«, sagte Sophia beharrlich. »Och, Schätzchen, wenn du dich als gute Christin um jemanden sorgen willst, dann fang doch lieber bei mir an!« Er machte eine obszöne Hüftbewegung und lachte. Sophia begriff, dass weitere Vorhaltungen bei ihm auf taube Ohren stoßen würden. »Ich werde Meister Oswald davon berichten, wie pflichtvergessen du deinen Dienst an dem Gefangenen versiehst«, fauchte sie wütend. Am liebsten wäre sie dem faulen Hundsfott an die Gurgel gegangen. Wastel lachte noch lauter, was an den Wänden der Höhle einen schaurigen Widerhall erzeugte. »Der Verwalter hat mir gar nichts zu sagen«, erklärte er schließlich. »Nicht einmal der edle Herr von Fünfkirchen kann mir Befehle erteilen. Ich bin Soldat im Dienste König Ferdinands!« Er warf sich in die Brust und wirkte enttäuscht, als Sophia ihn nur verächtlich ansah. Doch dann sprang er blitzschnell nach vorn, packte sie am Arm und zerrte sie aus der Zelle. Während er mit einer Hand das Gitter zuschlug und den Riegel vorschob, hatte er den anderen Arm fest um ihren Oberkörper geschlungen. Hektisch tastete Sophia nach der Öffnung ihrer Rocktasche und bekam endlich den Griff des Messers zu fassen. Aber Wastel stieß sie von sich, nachdem er ihr schmerzhaft in die Brust gezwickt hatte. Sophia stolperte nach vorn und fing sich mit beiden Händen an der Felswand ab. Der Wachmann bedachte sie mit einem unverschämten Grinsen, während er die Fackel aus der Halterung nahm. »Bist eine rechte Wildkatze, was? Dabei kannst du froh sein, dass du mit mir hier unten bist. Ein anderer würde das vielleicht ausnutzen.« Das kannst du ja versuchen, dachte Sophia, und ihre Hand fuhr wieder in die Rocktasche. Wastel beachtete sie zum Glück nicht weiter und marschierte in Richtung Ausgang.

Sophia atmete befreit auf, als sie kurze Zeit später hinter ihm auf den Burghof trat. Sie war heilfroh, dass Mila Wort gehalten und dort auf sie gewartet hatte. Das Mädchen strahlte dankbar und flüsterte: »Morgen gehe ich wieder, versprochen!« Sophia fürchtete, dass die kleine Magd ihr den Schrecken noch an der Nasenspitze ablesen konnte. Sie versuchte das Bild von Storchs schwarzen, verstümmelten Füßen aus ihrem Kopf zu verbannen, und probierte ein Lächeln. »Ach, so schlimm war's nun auch wieder nicht«, behauptete sie. Das war eine glatte Lüge, die der himmlische Vater ihr aber gewiss verzeihen würde. »Nein, nein!«, wehrte Mila ab. »Morgen gehe ich, und übermorgen ist Lenka dran, die gemeine, kleine Schabe!« Sophia wusste, dass es Misstrauen erregen würde, wenn sie weiter darauf bestand, die unbeliebte Pflicht freiwillig zu übernehmen. Sie musste auf ihre nächste Gelegenheit warten und hoffte, bis dahin noch mehr über die Gewaltenteilung auf der Burg zu erfahren. Wie schlecht sie darüber unterrichtet war, hatte sie gerade erlebt. In der Zwischenzeit würde sie beten, dass Gott weiter seine Hand schützend über seinen treuen Diener Nikolaus Storch halten möge. Immerhin war sein Verstand noch einigermaßen klar, denn Nikolaus Storch hatte sie beim Namen genannt – deutlich, aber leise genug, damit sein Wächter es nicht hören konnte. Was immer die Soldaten des Königs ihm angetan hatten, es war ihnen bisher nicht gelungen, den Wanderprediger zu brechen.

Kapitel 7

In bester Stimmung trat Wolf Schumann aus den düsteren Räumen der Kanzlei auf den Hof des Residenzschlosses hinaus. Ein Blick auf die Sonne, die ihren Scheitelpunkt beinah erreicht hatte, sagte ihm, dass es Mittagzeit war. Prompt begann auch sein Magen zu knurren, denn nach einem eiligen Mahl in der Früh war er in scharfem Tempo nach Dresden geritten, um möglichst zeitig in der Kanzlei vorzusprechen.

Auch heute hatte er die Ratsangelegenheiten in der herzoglichen Kanzlei zügig und vor allem erfolgreich abwickeln können. Bürgermeister Hoffmann, aber auch Kämmerer Walter, waren bestimmt äußerst zufrieden, war es ihm doch gelungen, dabei auch noch das Stadtsäckel zu schonen. Weniger erfreut würden die Pirnaer Ratsherren allerdings auf ein Gerücht reagieren, das ihm soeben zu Ohren gekommen war: Herzog Moritz, so hieß es, plane, das Schloss auf dem Sonnenstein zu einer Festung auszubauen. Einen genauen Zeitpunkt für den Beginn der Bauarbeiten an den Befestigungsanlagen hatte Schumann nicht in Erfahrung bringen können, aber ihm war versichert worden, dass dafür bereits Pläne vorlägen.

Schumann wusste, eine Befestigung des Sonnensteins konnte nicht ohne Auswirkungen auf die Stadt bleiben, die unmittelbar zu dessen Füßen lag. Welche Konsequenzen es im Kriegsfall haben mochte, konnte nur der Allmächtige selbst wissen. Für Schumann jedenfalls waren die Pläne ein eindeutiges Zeichen dafür, dass der Herzog sich zu rüsten begann, unabhängig von seinen Bemühungen, einen bewaffneten Konflikt zwischen dem Kaiser und den Evangelischen abzuwenden. Daher dürften seine Pläne für den Sonnenstein auch Margaretha von Bünau und deren einstige Herrin in Rochlitz interessieren.

Schumann hatte vor, seine Buhle vor den Pirnaer Ratsherren, davon in Kenntnis zu setzen, am besten noch heute, und anschließend ein, zwei Stunden mit ihr zwischen den Laken zu verbringen. Da er sein Weib, um das Ungeborene in keinster Weise zu gefährden, schon seit Wochen nicht mehr angerührt hatte, stand ihm der Sinn nun häufiger danach. Zunächst allerdings gelüstete es den Stadtschreiber nach einem kräftigen Mahl. Aus der Hofküche, die wie die Kanzlei im Westflügel untergebracht war, drangen neben herrischen Befehlen und lautem Geklapper auch die Düfte von Braten und frischem Brot. Da diese Genüsse jedoch dem Herzog und seinen Hofleuten vorbehalten waren, würde Schumann sich ein Gasthaus in der Stadt suchen müssen.

Zielstrebig marschierte er hinüber zu den Stallungen, um sein Pferd zu holen, als am Tor an der Elbseite des Schlosses Tumult entstand. Von Neugier getrieben blieb der Stadtschreiber stehen und blickte zur prachtvoll verzierten Fassade des Georgenbaus. Ein Trupp aus mehr als zwanzig Reitern, die zwei junge Männer auf prunkvoll aufgezäumten Pferden umringt hatten, galoppierte in den Schlosshof. In einem der beiden erkannte Schumann sofort den Herzog, den er bereits bei anderen Gelegenheiten zu Gesicht bekommen hatte. Der andere, von untersetzter Statur, Moritz in den feinen Gesichtszügen aber dennoch ähnlich, musste dessen jüngerer Bruder August sein. Gespannt sah Schumann zu, wie die hohen Herren aus den Sätteln stiegen.

Beim Anblick der edlen Pferde schlug sein Herz schneller, doch als Moritz und August näherkamen, hatte er nur noch Augen für die Fürstenbrüder. Er erinnerte sich, dass ihr Vater Heinrich ursprünglich vorgehabt hatte, das Herzogtum zwischen beiden Söhnen aufzuteilen. Aber der gerade mal volljährige Moritz hatte es nach dem Tod des Vaters geschafft, Alleinherrscher im albertinischen Sachsen zu werden. Den jüngeren August hatte er an den Hof König Ferdinands geschickt. Noch im letzten Jahr war die Rede davon gewesen, dass das Einvernehmen der Brüder seitdem nicht das Beste sei.

Nun beobachtete Schumann, wie Moritz sein federgeschmücktes Barett abnahm, das rotblonde Haupt unbefangen zu seinem Bruder neigte und ihm etwas erzählte, worüber August herzlich zu lachen begann. Der Herzog stimmte in das Gelächter ein und legte seinem Bruder im Gehen den Arm um die Schultern. Wolf Schumann gelangte zu der Überzeugung, dass sich das Verhältnis der Fürstenbrüder gewandelt haben musste. Freilich mochte dazu beigetragen haben, dass der Herzog den Jüngeren erst im letzten Jahr zum Verwalter des Bistums Merseburg ernannt und ihm zusätzlich die Regierung über mehrere Städte übertragen hatte – wenngleich unter Vorbehalt.

Die Gruppe um die beiden Fürsten schritt so dicht an Schumann vorbei, dass der Stadtschreiber Gelegenheit hatte, die schimmernde goldfarbene Seide zu betrachten, aus der Moritz' Wams gefertigt worden war, und den feinen Spitzenkragen zu bewundern, der sein Hemd am Hals zierte. Schumanns Augen wanderten tiefer zu den geplusterten knielangen Hosen des Herzogs aus schwarz-gold-gestreiftem Brokat und blieben an der Schamkapsel des Herrschers hängen. Während der gepolsterte Hosenlatz bei der Mehrzahl der Männer eher eine halbrunde Form hatte, erinnerte dieser hier an eine Gurke und ließ seinen Träger geradezu provokant potent erscheinen.

Ob der junge Herrscher damit von seiner eher schmächtigen Statur ablenken wollte? Schumann musste ein Grinsen unterdrücken. Schnell hob er den Blick und sah sich um. Aber alle, die in seiner Nähe standen, blickten ebenfalls auf das Fürstenpaar, das jetzt stehenblieb, weil August seinem Bruder etwas zuflüstern wollte. Schumann konnte erkennen, dass der Herzog stechend blaue Augen hatte, während die seines Bruders eher grün waren. Ganz nach der Mode – und wohl auch um den Anschein herrschaftlicher Würde zu unterstreichen – trugen beide Bärte. Trotzdem sah man ihnen an, dass sie das zwanzigste Lebensjahr kaum überschritten hatten.

Der Stadtschreiber war so mit Schauen beschäftigt, dass er erst bemerkte, dass ein Mann aus der Gruppe an ihn herangetreten war, als er angesprochen wurde. »Schumann! Gut, dass Ihr gerade hier seid!« Christoph von Carlowitz verzog die Lippen zu einem Lächeln, das seine Augen nicht erreichte. »Euer Wohlgeboren«, stammelte Schumann. »Ihr seid wieder bei Hofe?«

»Im Grunde bin ich schon wieder auf dem Sprung nach Zörbig«, entgegnete Carlowitz. Tatsächlich wirkte er in seinen staubbedeckten Stiefeln und dem zerknitterten Umhang, als wäre er in Dresden nur auf der Durchreise. »Umso besser, dass ich Euch heute hier antreffe.« Schumann hielt den Atem an. Was würde der herzogliche Rat nun wieder von ihm verlangen? »Da ich schon lange nichts mehr von Euch gehört habe, wollte ich Euch demnächst selbst schreiben. Doch nun könnt Ihr mir sofort berichten, wie es mit der Entschlüsselung des Buches vorangeht – das spart mir Zeit und Tinte.« Der Tadel in den fast beiläufig geäußerten Worten war nicht zu überhören. »Das Letzte, was ich von Euch erfuhr, war, dass die Fuchsin und ihr Magister ein Codebuch dafür gefunden hätten.«

Der Stadtschreiber täuschte einen Hustenanfall vor, während er hastig überlegte, ob Carlowitz davon gehört haben könnte, dass Sophia inzwischen mit dem Buch in Mähren war. Doch dann fiel ihm auf, wie fahl die Gesichtshaut des Mannes war, unter dessen Augen dunkle Ringe lagen. Im blonden Bart des Adligen entdeckte Schumann eine graue Strähne, die ihm bei ihrem letzten Treffen noch nicht aufgefallen war. Das Wams des Rates – gleichwohl aus teurem Stoff und reich bestickt – schien um den Bauch herum zu weit zu sein. Es war nicht zu übersehen, dass sein Träger um einiges schlanker war als zu dem Zeitpunkt, da das Kleidungsstück gefertigt worden war. Wenn ein Mann von Adel in solch einem Aufzug bei Hofe erschien, hatte er wohl seitdem keine Gelegenheit mehr gehabt, sich etwas Passendes schneidern zu lassen. Nein, Christoph von Carlowitz, der in den letzten Monaten ununterbrochen unterwegs gewesen war, um auf dem Reichstag in Worms und anderswo die Interessen seines Herrn wahrzunehmen, konnte unmöglich Zeit gehabt haben, sich um Lappalien zu kümmern, die nichts mit seinen unmittelbaren Amtsgeschäften zu tun hatten. Andererseits – es gab kaum etwas, das Schumann dem Mann nicht zutraute.

»Die Sache geht voran«, versicherte er darum allgemein. »Aber es wird wohl noch eine Weile dauern, bis ich Euch erste Ergebnisse melden kann.« Erstaunlicherweise schien sich Carlowitz damit zufriedenzugeben. »Gut Ding will Weile haben – das sagte ich Euch doch, mein Lieber.« Er strich sich über seinen Spitzbart und nickte gelassen. Schumann spürte, wie er sich entspannte und sein Verstand wieder besser arbeitete. Sofort beschloss er, die Gunst der Stunde für sich zu nutzen. »Allerdings hätte ich noch eine Bitte, Euer Wohlgeboren«, sagte er.

»Nur heraus damit!« Carlowitz wedelte ungeduldig mit der Hand, in der er seine ledernen Handschuhe hielt. »Magister Fuchs wünscht sich, wie ich erfahren habe, nichts sehnlicher, als eine Reise nach Nürnberg zu unternehmen«, begann Schumann eilig. Fragend hob der herzogliche Rat die blonden Augenbrauen. »Dort könnte er seine – mit Verlaub bereits recht beachtlichen – Fertigkeiten als Mechanikus vervollkommnen.

Gespräche mit gelehrten Männern wie dem bekannten Nürnberger Astronomen Johannes Schöner wären ihm beim Bau weiterer astronomischer Uhren bestimmt ebenfalls nützlich«, führte Schumann aus. Als er sah, dass Carlowitz noch immer nicht ganz verstand, worauf er hinauswollte, fügte er hinzu: »Ich hörte, der Herzog plant eine Erweiterung des Dresdener Schlosses.« Er deutete auf den prächtigen Südflügel, dessen Fassade ein Relief mit der Darstellung Gottvaters, umrankt vom Baum des neuen Lebens, zierte. »Es dürfte ihm nicht gefallen, dass er ständig das in Stein gehauene Bekenntnis seines Onkels zur Kirche Roms vor Augen hat. Möglich, dass ihm der Sinn dann auch nach einer neuen Uhr für den Hausmannsturm steht.« Schumann wies nach rechts. »Vielleicht braucht er dafür einen Mann mit speziellen Kenntnissen?«

»Mag sein«, entgegnete Carlowitz, der mit seinen Gedanken ganz woanders zu sein schien. »Doch worauf wollt Ihr hinaus?«

»Kurzum, dem Magister mangelt es an Geld für seine Reisekasse und auch ein Empfehlungsschreiben von einem Mann Eures Ranges könnte ihm von Nutzen sein.« Schumanns Stimme hatte einen schmeichlerischen Klang angenommen. »Soweit ich weiß, wart Ihr schon oft in Nürnberg – zuletzt während des Reichstags anno 1543 – und habt dort auch die Bekanntschaft einiger Gelehrter gemacht.«

»Nun, wenn es darum geht – ein Empfehlungsschreiben für den Magister kann ich Euch zukommen lassen. Allerdings«, Carlowitz tippte mit den Handschuhen in der rechten auf seine linke Hand, »sollte Fuchs nicht besser in Pirna bleiben und mit seinem Weib an der Entschlüsselung des Buches arbeiten?«

»Ach!« Schumann verzog die Lippen. »Mit dem Codebuch schafft das sein Weib auch allein.« Er machte eine wegwerfende Handbewegung. »Zumal sich die Fuchsin ausschließlich damit befassen kann, wenn sie der alltäglichen Sorge um das Wohl und Wehe ihres Eheherrn enthoben ist.«

»Nun gut, wenn Ihr meint.« Carlowitz nickte kurz. »Was allerdings die Reisekosten betrifft«, sein durchdringender Blick fixierte den Stadtschreiber, »dafür kann der Rat Eurer Stadt dem guten Manne doch sicher ein Geschenk aus der Stadtkasse machen. Bei den zahlreichen Privilegien, die Pirna genießt, muss sie gut gefüllt sein.« Noch während Carlowitz sprach, stieg er auf das Pferd, das ihm einer der Stallburschen auf seinen Wink zugeführt hatte. Pflichtschuldig erstattete Schumann seinen Dank, doch Carlowitz hatte dem Pferd bereits die Zügel schießen lassen und galoppierte zum Tor hinaus.

Es war Abend, als Wolf Schumann sein Pferd von der Fähre aufs Pirnaer Ufer führte. Erst als er bemerkte, dass der Wachmann am Elbtor ihn bei der Begrüßung erstaunt ansah, fiel ihm auf, dass er selbst den kurzen Weg vom Fähranleger zum Untermarkt niemals zu Fuß zurücklegte, wenn er zu Pferde unterwegs gewesen war.

Doch heute war es ihm recht so. Er hatte ein paar überaus befriedigende Stunden mit Margaretha verbracht. Nachdem er angedeutet hatte, dass er aus Dresden denkwürdige Neuigkeiten mitgebracht hatte, war sie so zuvorkommend gewesen wie schon lang nicht mehr. Dreimal hatte er sie an diesem Nachmittag bestiegen, und nun fühlte er sich angenehm ermattet.

Doch so verlockend ihm jetzt auch der Gedanke erschien, sofort nach Hause zu gehen, um sich nach einem ausgiebigen Abendmahl und einem Becher Wein zu Bett zu begeben – morgen war Ratssitzung. Deshalb musste er heute Abend noch ein Gespräch mit dem Kämmerer führen, um sich dessen uneingeschränkter Unterstützung für einen Vorschlag zu versichern, den er seinen Ratsfreunden zu unterbreiten gedachte.

So erklärte er Amalia, die es sich als gute Hausfrau trotz ihres wachsenden Leibesumfangs nicht nehmen ließ, ihn bei seiner Rückkehr selbst an der Haustür zu empfangen, dass er heute mit ihrem Onkel speisen würde. Dann drückte er dem herbeigeeilten Hausknecht die Zügel seines Pferdes in die Hand. Um zum Haus des Kämmerers zu gelangen, musste Schumann lediglich ein paar Schritte am Rathaus vorbei über den Markt gehen.

Wie er es erwartet hatte, wollten Walther und sein Weib sich soeben zu Tische setzen. »Rasch, Regina, bring noch ein Gedeck für den Herrn Stadtschreiber!«, wies die füllige Walpurga ihre Magd an, kaum dass Schumann dazu gekommen war, eine Begrüßung vorzubringen. »Setzt Euch, mein Lieber«, drängte sie ihn dann. »Ihr scheint einen harten Ritt hinter Euch zu haben und einen überaus anstrengenden Tag.«

»In der Tat«, mischte sich nun auch der Kämmerer ein. »Ihr wirkt ein wenig verausgabt und hohläugig, mein Guter. Ein ordentliches Essen wird Euch jetzt guttun, und vielleicht solltet Ihr auch mal wieder mehr Zeit im Bett verbringen.«

Wolf Schumann verbiss sich eine wahrheitsgemäße Antwort ebenso wie ein zweideutiges Grinsen. Stattdessen murmelte er einen höflichen Dank und setzte sich. Aus Erfahrung wusste er, dass der Kämmerer auch an gewöhnlichen Wochentagen stets reichlich auftischen ließ. Da heute Freitag war, gab es zunächst Eier, die mitsamt ihrer Schale auf einen hölzernen Heringsspieß gesteckt worden waren. Überrascht betrachtete Schumann die verschiedenfarbige Masse im Inneren, die so gar nicht dem entsprach, was er erwartet hatte.

»Für die Grünen wird die Masse aus Weißbrot, Ei und Milch mit fein gehackter Petersilie gemischt«, erklärte Walpurga, die seinen Blick bemerkt hatte, stolz. »Für die Blauen benutze ich getrocknete und zerstoßene Veilchenblüten und die Gelben sind mit echtem Safran gemacht. Aber das Schwierigste ist, den Brei dann durch das winzige Loch in die ausgeblasenen Eierschalen zu kriegen.« Schumann, der das so genau gar nicht wissen wollte, lobte zu ihrer Freude dennoch überschwänglich den feinen Geschmack. »Wolf, hört auf, meiner Hausfrau Honig ums Maul zu schmieren«, verlangte Walter, zwinkerte seinem Weib dabei jedoch liebevoll zu. »Erzählt stattdessen endlich, was Euch nach einem langen Tag in Dresden noch am Abend vor der Ratssitzung in mein Haus treibt!«

Um nicht allzu offensichtlich auf sein Ziel zuzusteuern, berichtete Schumann zunächst von seiner überraschenden Begegnung mit Herzog Moritz und August. Insbesondere Walpurga verlangte, dass er das Äußere der beiden Fürsten bis ins kleinste Detail beschrieb. Auch die Magd Regina lauschte mit glühenden Wangen, während sie als zweiten Gang Fladen mit einer Füllung aus frischem Barsch auftrug.

Das mit Apfelstückchen und Mandelmilch vermischte Fischfleisch war saftig und grätenfrei und zerging regelrecht auf Schumanns Zunge. Er biss noch einmal von dem Fladen ab, der außen herrlich knusprig gebacken war, kaute genüsslich und spülte den Happen mit einem Schluck guten Rheinweins nach, der vorzüglich dazu passte. Erst dann berichtete er über sein Gespräch mit Christoph von Carlowitz. Schon auf dem Weg nach Pirna hatte er sich gründlich überlegt, an welchen Stellen er ein paar Änderungen am genauen Wortlaut der Unterhaltung vornehmen und welche er ganz weglassen wollte.

»Auch ich war erstaunt, davon zu hören, dass der Ruhm des Magisters als geschickter Mechanikus mittlerweile bis nach Dresden gedrungen ist«, sagte er zwischen zwei weiteren Bissen. »Und als ich dem Rat des Herzogs dann erzählte, ich hätte davon gehört, dass Fuchs seine Fähigkeiten und Kenntnisse gern bei Meistern und Gelehrten in Nürnberg vervollkommnen würde, da bot der edle Herr von Carlowitz sogar an, ein Empfehlungsschreiben für den Magister zu verfassen.« Walpurga riss die Augen auf, und auch Walter wirkte sichtlich beeindruckt. »Außerdem sagte er, dass der Rat unserer Stadt sich unter diesen Umständen gewiss nicht lumpen ließe und dem wackeren Mann ein kleines Geschenk aus der Stadtkasse für die Reisekosten zukommen lassen würde.« Schumann musste innehalten, weil sich der Kämmerer an seinem Fisch verschluckt hatte. Nachdem Walter wieder Luft bekam und sein Gesicht nicht mehr ganz so rot war, brachte Schumann sein bestes Argument ins Spiel. »Er sagte auch, dass Herzog Moritz in Dresden weitreichende Pläne habe und am Schloss seiner Vorgänger kaum einen Stein auf dem anderen lassen wolle. Denkbar sei, dass er sich eine kunstvolle astronomische Uhr auf einem der Türme einbauen lasse.« Er senkte seine Stimme zu einem beschwörenden Flüstern. »Stellt Euch nur vor, was es bedeutete, wenn einer der Bürger unserer Stadt ihm diese Uhr baute!«

»Also ich finde ja, dem Magister kann solch eine Reise nur guttun«, mischte sich zu seiner Überraschung Walters Hausfrau ein. »Der arme Mann wirkt so bedrückt, seit seine junge Frau im letzten Jahr mit dem Buben zu ihrem Oheim nach Leipzig gereist ist. Es kam ja auch sehr überraschend. Niemand hier versteht das – vor allem, weil bekannt ist, dass er seine Frau regelrecht auf Händen getragen und auch das Kindchen abgöttisch geliebt hat. Man munkelt ja, das Ganze hätte was mit dem Wiederauftauchen des stattlichen blonden Malers zu tun.« Die Wangen der Frau glühten, und ihre Augen funkelten. »Es ist schon ein rechtes Wunder, dass der junge Mann noch am Leben ist, nachdem alle glaubten, er sei ein Opfer des Erzbösewichts geworden, der um ein Haar unsere schöne Stadt niedergebrannt hätte, bevor er selbst für seine Schandtaten auf den Scheiterhaufen musste. Auf dem Markt erzählt man sich jedenfalls, Weyners Tochter und Maler hätten davor schon eine Weile …«

»Schweig, Weib!«, verlangte Walter energisch. Walpurga unterbrach ihren Redeschwall und biss beleidigt in ihren Fladen. Dabei warf sie ihrem Eheherrn jedoch einen Blick zu, der nichts Gutes bedeuten konnte. Auf einmal war Schumann ausgesprochen froh darüber, dass Walter seine Nichte Amalia nicht in seinem eigenen Haus hatte erziehen lassen.

Der Kämmerer nahm einen Schluck von seinem Wein und lehnte sich zurück. Er klaubte ein paar Krümel des Fladenteigs aus seinem schwarzen Bart, steckte sie sich in den Mund und kaute eine Weile darauf herum. Dann beugte er sich vor und fixierte Schumann mit durchdringendem Blick. »Mit anderen Worten, mein guter Wolf, ich soll dem Rat morgen empfehlen, dem Magister ein Sümmchen aus dem Stadtsäckel für eine Reise nach Nürnberg zukommen zu lassen?«

Schumann lächelte. »Ihr seid ebenso scharfsinnig wie weitblickend, Kämmerer, und werdet mir gewiss darin zustimmen, dass sich dies später für unsere Stadt durchaus bezahlt machen kann.«

Alex Walter brummte etwas Unverständliches, bevor er sich und seinem Gast Wein nachschenkte. Mit einer Handbewegung brachte er sein Weib dazu, rasch aufzustehen. »Ich werde dann mal nachsehen, ob die Hollerküchlein für den Nachtisch fertig sind«, erklärte Walpurga verschnupft, und Schumann befand, dass der Kämmerer seinem Weib wirklich zu viel durchgehen ließ.

Nachdem Walpurga die Stube verlassen hatte, sah der Kämmerer den Stadtschreiber kopfschüttelnd an. »Das mag alles sein. Aber wisst Ihr, was ich mich frage?« Zu Schumanns Erleichterung schien er keine Antwort zu erwarten, denn er sprach sofort weiter. »Warum setzt ausgerechnet Ihr Euch für Magister Fuchs ein? Bisher hatte ich nicht den Eindruck, dass der Mann Euch sonderlich sympathisch ist – ganz gleich, welche Verdienste er sich erworben hat. Im Gegenteil, ich bin sogar davon überzeugt, dass Ihr ihn verabscheut, seitdem er Weyners Tochter geehelicht hat – das Weib, das Euch zweimal abgewiesen hat. Versteht mich nicht falsch!« Walter runzelte besorgt die Stirn, und Schumann, dem gar nicht bewusst gewesen war, dass er sich halb von seinem Sitz erhoben hatte, tat, als wollte er sich ein paar Krümel von der Hose wischen, bevor er sich wieder setzte. »Ich habe das damals auch nicht verstanden, denn ich hielt Euch eindeutig für den besseren Mann.« Walter lächelte. »Sonst hätte ich Euch schließlich nicht meine Nichte zur Frau gegeben!«

Schumann, dem es gelungen war, seine verkrampften Kiefermuskeln wieder zu lockern, lächelte nun auch. »Als guter Christenmensch habe ich mich inzwischen entschlossen, alten Groll ein für alle Mal abzutun und den braven Mann so zu schätzen, wie er es verdient«, versicherte er, obwohl er dabei spürte, wie sich das gute Essen in seinem Magen in reine Säure verwandelte, die ihm die Kehle ätzte. Er griff nach seinem Becher, um den üblen Geschmack hinunterspülen.

Glücklicherweise deutete Walter die Geste anders, denn er hob ebenfalls seinen Becher und sagte feierlich: »Dann lasst uns darauf trinken, dass Bürgermeister Hoffmann und die Mehrheit der Ratsfreunde einer Beteiligung der Stadt an den Reisekosten des Magisters morgen zustimmen werden, obwohl ich mir dessen im Grunde jetzt schon sicher bin!«

Sie stießen an, und die beruhigende Gewissheit, den Magister schon bald für viele Monate aus dem Weg zu haben, half mehr gegen Schumanns Magenschmerzen als der Wein.

Kapitel 8

Am Morgen spürte Sophia beim Aufstehen jeden Muskel ihres Körpers, insbesondere ihre Beine und der Rücken schmerzten vom vielen Laufen und Stehen. Die Schwangerschaft hatte ihr bisher keinerlei Probleme bereitet, aber heute hätte sie alles darum gegeben, ein oder zwei Stunden länger im Bett liegen zu dürfen.

Nachdem Johannes von Fünfkirchen am Tag zuvor auf der Burg eingetroffen war, hatte sie erstmals erlebt, was in der Küche zu geschehen hatte, um den Burgherrn zu verköstigen. Noch vor dem Morgengrauen hatte der Küchenmeister die Mägde und Küchenjungen sowie zahlreiche Helfer in ihre Arbeiten eingewiesen. Selbst Ruženas Pflege hatte an diesem Tag hintanstehen müssen, denn Oswald hatte ihr und Magda befohlen, den großen Saal im Pallas gründlich zu säubern und auszuschmücken.

Dafür hatten sie gemeinsam mit einigen Dorfkindern noch im Morgentau körbeweise Blumen auf den Wiesen unterhalb der Burg gepflückt, die sie in wassergefüllten Schalen und Gefäßen auf der Tafel und in den Ecken des Saales aufstellten. Nachdem der Steinboden gefegt und Wandteppiche ausgeklopft worden waren, hatten sie das Tafelgeschirr poliert, bis es glänzte. Feierlich hatte Oswald zum Schluss das silberne Salzgefäß in Form eines großen Schiffes mit Segeln aus Perlmutt in die Mitte der Tische gestellt. Darüber war es später Mittag geworden, aber Sophia musste am frühen Abend wieder in die

Küche, um beim Verzieren der angerichteten Speisen mit kandierten Früchten und Blüten zu helfen.

Die wohl anstrengendste Aufgabe an diesem Tag war den Küchenjungen zugefallen. Stundenlang drehten sie am heißen Herdfeuer die Bratspieße mit den Hühnern und Gänsen, bis deren Fleisch gar und knusprig war. Die schweren Platten und Schüsseln hatten dann ein paar stämmige Dorfburschen im Laufschritt vom Küchengebäude zum Festsaal im Pallas geschleppt. Die Eile war vonnöten, damit die Gerichte zumindest noch lauwarm auf die Tafel ihres Herrn gelangten.

Johannes von Fünfkirchen hatte Gäste mitgebracht – drei adlige Herren, die mit ihm gemeinsam am Kopfende des langen Tisches saßen. Der Küchenmeister hatte darum drei verschiedene Suppen, ein Fischgericht aus Aal und ein weiteres aus Hecht, diverse Pasteten sowie geröstete Gänse und Hühner mit unterschiedlichen Soßen zubereiten lassen. Zum Abschluss des Mahls gab es Kuchen und süße Gelees.

Zusammen mit Lenka hatte Sophia die Herren bei Tisch bedient und ihnen später immer wieder Wein nachgeschenkt. Längst hatte sie gespannt auf die Gelegenheit gewartet, den Burgherrn aus nächster Nähe zu erleben. Sie wollte wissen, was für ein Mann er war. Aber sie war hauptsächlich damit beschäftigt gewesen, sich der zudringlichen Finger seiner Gäste zu erwehren. Das hatte ihre volle Aufmerksamkeit erfordert, denn schließlich konnte sie die adligen Herren nicht wie den unverschämten Wachmann offen in ihre Schranken weisen. Überdies musste sie darauf achten, dass sie dem Burgherrn und seinen Gästen weder den Wein noch die Soßen in den Schoß kippte.

Johannes von Fünfkirchen – von seinen Freunden Hans genannt – war von mittlerer Statur, hatte ein blasses Gesicht und melancholische braune Augen. Entgegen der gegenwärtigen Mode trug er keinen Bart. Sein dunkles Haar war kurz geschnitten und begann an den Schläfen bereits zu ergrauen.

Auch wenn er gestern in voller Rüstung in den Burghof eingeritten war, ähnelte er aus der Nähe eher einem Gelehrten als einem Ritter. Sein Benehmen bei Tisch, so viel hatte Sophia mitbekommen, unterschied sich allerdings nicht von dem seiner adligen Freunde: Sie sprachen laut und prahlerisch, stopften das gute Essen in sich hinein, ohne ein Wort darüber zu verlieren, und tranken viel zu viel Wein. Immerhin hatte der Burgherr als Einziger nicht versucht, sie oder Lenka auf seinen Schoß zu ziehen oder ihnen unter den Rock und in die Bluse zu fassen.

Da der Burgherr und seine Gäste nach einem raschen Morgenmahl zur geplanten Jagd aufbrachen, von der sie erst am nächsten Tag zurückkehren sollten, verlief das Leben auf der Burg zunächst wieder in den Bahnen, die Sophia schon fast vertraut waren.

Am Morgen war sie erneut damit beschäftigt gewesen, Ružena zu waschen und ihren Rücken anschließend mit Branntwein abzureiben. Sie hatte sich daran erinnert, dass Meister Arnold eine solche Behandlung angeordnet hatte, als die alte Doro, vor Marten und Maria Wirtin der Blauen Schürze, an einem bösen Lungenkatharr erkrankt war. Auch Ružena schien diese Maßnahme regelmäßig etwas Entspannung und Erleichterung zu verschaffen. Vor dem Essen gab Sophia der Kranken nun immer eine Tasse jenes Aufgusses zu trinken, den sie aus ein paar Handvoll gekeimtem Weizen und den Blättern des Lungenkrauts zubereitet und zusammen mit einigen Löffeln Honig eine Stunde lang in dunklem Bier gesotten hatte.

Nach dem Kochen hatte sie den Sud abgeseiht und in Tonflaschen gefüllt, sodass ihr ein Vorrat zur Verfügung stand. Der Brühe für Ružena setzte sie stets die fein gehackten Blätter von Geißfuß und Löwenzahn zu. Tatsächlich hatte der Appetit der Kranken seitdem ein wenig zugenommen, und sie erbrach sich auch nicht mehr so oft. Dennoch war auch Sophia mittlerweile klar, dass der Arzt, der Oswald versichert hatte,

Ružena werde den Sommer nicht überleben, wohl recht hatte. Das, woran Oswalds Weib litt, ließ sich nicht kurieren – es verzehrte ihre Lebenskraft und schien sie von innen her allmählich aufzufressen. Dabei war nicht nur ihre Lunge betroffen, auch die anderen Organe arbeiteten nicht, wie sie sollten, und Ruženas Schmerzen wurden immer stärker. So war Sophia mit Oswald übereingekommen, die Dosis der opiumhaltigen Tinktur zu erhöhen.

Gegen Mittag ging Sophia in die Küche, um das Essen zu holen. Magda war wieder einmal dabei, Zwiebeln zu schälen und zu hacken. Lenka musste die Fleischreste des gestrigen Festmahls von den Knochen schaben und zerkleinern. Der Küchenmeister bereitete aus einem Teil davon mit allerlei Kräutern und Gemüse eine Suppe für die Bediensteten zu, von der auch Sophia eine Schüssel abbekam. Einen anderen Teil schöpfte er in einen gesonderten Kessel und goss reichlich Wasser dazu.

Dann rief er Lenka und Mila zu sich. »Ihr bringt heute das Essen zu den Gefangenen!«, ordnete er an. Während Lenka ohne zu murren nach dem Kessel mit der wässrigen Suppe griff, nahm Mila den großen Korb mit altem Brot nur zögernd auf. Sophia wunderte sich, weshalb heute so viel Essen zu dem Gefangenen gebracht wurde. Sie hoffte auf eine Gelegenheit für einen erneuten Besuch bei Nikolaus Storch und folgte daher den beiden Mägden, die vor ihr über den Burghof gingen. Dabei bemerkte sie Lenkas gerötete Wangen und fragte sich, worauf die junge Magd sich wohl freuen mochte. Mila tat das eindeutig nicht, denn ihre Schritte wurden immer langsamer.

Kurz hinter dem Pallas stellte Lenka dann den Kessel ab, um auf Mila zu warten. Dabei konnte sie vor lauter Aufregung kaum stillstehen. »Hast du denn noch gar nichts über die Räuber gehört, die der Herr und seine Männer unterwegs gefangen haben?«, fragte sie. Noch bevor Mila antworten konnte, fügte sie atemlos hinzu: »Magda hat erzählt, der Hauptmann soll ein besonders hübscher Kerl sein und dazu noch mutig und verwegen!«

Sophia spitzte die Ohren, denn auch sie hatte noch nichts davon erfahren, dass jetzt mehr Gefangene im Verließ saßen. Freilich hatte sie von den Räubern eine ganz andere Vorstellung als Lenka, und Mila schien es ähnlich zu gehen.

»Nein, ich habe sie nicht gesehen und Magda gewiss auch nicht. Erinnere dich – als die edlen Herrschaften eintrafen, haben wir in der Küche geschwitzt, damit sie möglichst schnell ihr Essen bekamen!« Sie setzte eine tadelnde Miene auf. »Und was soll mutig und verwegen daran sein, Reisenden an der Landstraße aufzulauern, um sie dann auszurauben und umzubringen?«

Sophia hätte beinah hinzugefügt, dass ihr Vater oft von Gräueltaten berichtet hatte, die von Wegelagerern begangen wurden. Auch auf ihrer Reise nach Nikolsburg hatte man ihr und Hanna in den Herbergen immer wieder von solchen Vorfällen berichtet. Sie hatten es daher vermieden, allein zu reisen, sondern sich meist größeren Gruppen von Kaufleuten angeschlossen – vorzugsweise solchen, in deren Begleitung noch andere Frauen waren.

Für Lenka, die wohl nie aus der unmittelbaren Umgebung ihres Dorfes herausgekommen war und nichts als die tägliche Plackerei auf den Feldern und auf der Burg kannte, schien die Vorstellung von einem freien Leben im Wald etwas Unwiderstehliches zu haben. Das konnte Sophia an den glänzenden Augen des jungen Mädchens erkennen.

»Was meinst du wohl, was die mit einem hübschen Mädchen wie dir anstellen würden?« Sophia hatte sich die Frage einfach nicht verkneifen können. Lenka schien ihr die Einmischung ausnahmsweise nicht übelzunehmen. »Vielleicht würden sie mich mitnehmen, und der Räuberhauptmann würde mich dann zu seiner Braut machen«, antwortete sie verträumt, und Sophia wusste nicht, ob sie über so viel Einfalt schimpfen oder lachen sollte. »Dann würdest du wahrscheinlich irgendwann neben ihm am Galgen enden.«

Lenka antwortete nicht, sondern wickelte sich mit verklärtem Blick das Ende ihres dunklen Zopfes um den Finger. Mila kicherte. Doch dann wanderten ihre Augen hinüber zum Verlies, und ihre Heiterkeit schwand. Es war offensichtlich, dass ihr auch die Ankunft der verruchten Räuber den verhassten Gang in das finstere Gewölbe nicht versüßen konnte.

Sophia nutzte die Gunst des Augenblicks und hielt ihr die beiden Schüsseln hin, die sie in den Händen trug. »Wenn du das hinüber zu Oswalds Haus trägst und bei Ružena bleibst, bis ich wieder da bin, gehe ich für dich in den Keller.« Sie deutete auf die Gittertür, vor der Wastel hockte und kopfschüttelnd zu ihnen herübersah. Mila zögerte nur kurz. Dann nickte sie mit einem dankbaren Lächeln und nahm Sophia die Schüsseln ab. Lenka schien nicht einmal mitzubekommen, dass Mila sie verließ.

Sophia griff nach dem Brotkorb und stieß Lenka mit dem Ellenbogen an. »Komm mit! Dann kannst du dich gleich mit eigenen Augen überzeugen, ob es sich lohnen würde, für die Kerle da unten den Hals zu riskieren«, sagte sie und ging voraus.

Wastel, der heute gar nicht schläfrig wirkte, warf sich sogleich in die Brust, als er sie empfing. »Na, meine Schönen, ihr könnt es wohl gar nicht erwarten, die berüchtigten Räuber mit eigenen Augen anzusehen, die unser Herr gefangen hat? Seid beide viel neugieriger als die kleine Mila, nicht wahr?« Er kniff Lenka, die nicht schnell genug ausweichen konnte, in die Wange. Das Mädchen zuckte zurück und hätte dabei beinah die Suppe aus dem Kessel verschüttet. »Nimm deine Pfoten weg!«, knurrte sie.

»Wir sind nicht hier, um zu schwatzen und zu gaffen, sondern weil der Küchenmeister befohlen hat, dass wir den Gefangenen das Essen bringen«, wies Sophia ihn zurecht. »Also schließ auf und lass uns das erledigen!«

»He, he!« Der Wachmann zog ein beleidigtes Gesicht. »Wenn ihr zwei Hübschen ein bisschen netter zu mir wärt, könnte ich euch so manches über die Untaten des Schwarzen Kasimier und seiner Mannen erzählen«, säuselte er. »Jetzt sperr schon auf, wir haben nicht den ganzen Tag Zeit«, verlangte Sophia ungerührt. Doch während Wastel nach dem Schlüssel an seinem Gürtel suchte, flüsterte Lenka ihm zu: »Stimmt es denn, dass sie einem Kaufmann aus Prag den Bauch aufgeschlitzt haben, um an die Edelsteine zu kommen, die er verschluckt hatte, als die Räuber seinen Wagen überfielen?«

»Das und noch viele andere Abscheulichkeiten haben sie getan«, versicherte Wastel mit einem Grinsen, das seine Zahnstummel entblößte. »Gern berichte ich dir mehr darüber, wenn du später noch mal herkommst, Kleine.«

Lenka ging nicht auf das Angebot ein, aber der Widerstreit zwischen Misstrauen und Neugier spiegelte sich deutlich auf ihrem noch kindlichen Gesicht mit den großen braunen Augen. Sophia beschloss, ein ernstes Wort mit dem Mädchen zu reden, während sie dem unverschämten Wachmann in den Felsengang folgten. Da sie inzwischen wusste, was sie erwartete, fand sie den Weg hinab die Dunkelheit diesmal weniger beängstigend. Die ganze Zeit überlegte sie fieberhaft, wie sie es einrichten könnte, einige Augenblicke allein mit Nikolaus Storch zu sprechen.

Unten steckte Wastel seine Fackel wieder in die eiserne Halterung, bevor er sich daranmachte, die nebeneinanderliegenden Zellen aufzuschließen. Lenka hatte den schweren Suppenkessel auf den Gang gestellt, und Sophia setzte den Brotkorb daneben ab. Zu ihrer großen Erleichterung ergab es sich ganz von selbst, dass der Wachmann sie in die Zelle des Täufers schickte, während er Lenka wichtigtuerisch zu den gefangenen Räubern begleitete. Ein kurzer Blick hatte Sophia gezeigt, dass von den abgerissenen Gestalten keinerlei Gefahr ausging. Der Schwarze Kasimier und seine zwei Kumpane lagen auf dem Boden und richteten sich mühsam auf, als sich ihre Zellentür öffnete. Mehr Bewegungsfreiheit stand ihnen nicht zur Verfügung, da man sie alle mit den Füßen in den Stock geschlossen hatte.

Sophia schlüpfte in Storchs Zelle, holte seine leere Schüssel und füllte sie mit Suppe. Als sie sah, dass weder Mila noch der Wachmann zu ihr schauten, suchte sie rasch die größten Brotstücke aus dem Korb. Der alte Wanderprediger lag wie bei ihrem letzten Besuch auf seiner Strohschütte. Sophia stellte die Schüssel ab, drückte ihm das Brot in die Hand und kniete sich trotz des Schmutzes und des atemberaubenden Gestanks dicht neben ihn. »Ich bin gekommen, um Euch hier herauszuholen«, flüsterte sie. »Ihr müsst Euch nur noch ein wenig gedulden.«

»Keine Angst, meine Liebe, ich gehe gewiss nicht fort«, erwiderte Storch mit einem Zwinkern und deutete auf seine Füße. Sophia musste sich überwinden, um dorthin zu schauen, denn der grausige Anblick der schwarzen, mumienhaften Haut hatte sie in den letzten Nächten bis in ihre Träume verfolgt. Es schien ihr, als würde am linken Fuß des Alten eine weitere Zehe fehlen. »Was ist geschehen?«, fragte sie erschüttert. »Hat man Euch gefoltert?«

»Nein, nein«, entgegnete Storch. »Aber in den ersten Monaten hatten sie mich in den Stock geschlossen und meine Schenkel darin derart eingeklemmt, dass ich meine Füße irgendwann nicht mehr spüren konnte.« Er seufzte. »Habt Ihr denn gar keine Schmerzen«, fragte Sophia. »Anfangs ja, aber inzwischen spüre ich nichts mehr.« Er verzog den Mund zu einem traurigen Lächeln. »Das Schlimmste daran ist, dass die Mäuse inzwischen begonnen haben, meine Zehen vor meinen Augen hinwegzutragen.«

Zorn und Mitleid ließen Tränen in Sophias Augen steigen,

und dann spürte sie auch noch, dass ihr schlecht wurde. Sie ballte die Fäuste hinter ihrem Rücken und bemühte sich, langsam durch den Mund zu atmen. Doch die Bemühung, sich ihre Schwäche nicht anmerken zu lassen, misslang.

»Du musst nicht um mich weinen, Kind!«, flüsterte der alte Wanderprediger. »Ich bin ganz und gar in Gottes Hand. Wenn es unserem Herrn gefällt, wird er mich zu sich holen, und bis dahin werde ich frohen Herzens sein Werk verrichten – ob nun mit oder ohne Zehen.«

»Ich hole Euch hier raus!«, versicherte Sophia, als sie wieder sprechen konnte.

»Befiehl dem Herrn deine Wege und hoffe auf ihn, er wird's wohlmachen und wird deine Gerechtigkeit heraufführen wie das Licht und dein Recht wie den Mittag«, entgegnete der Alte gelassen. Doch dann weiteten sich seine Augen. Er griff unvermittelt nach Sophias Hand, drückte sie kurz und stieß sie dann von sich. Die Warnung, die er ihr auf diese Art zukommen lassen wollte, verstand sie erst, als hinter ihr die barsche Stimme des Wachmanns ertönte: »He, wie lange brauchst du denn noch, um dem Kerl eine Schüssel Suppe und ein Stück Brot zu bringen?«

Sie stand so rasch auf, dass ihr schwarz vor Augen wurde, und trat mit einem unschuldigen Lächeln auf den Gang hinaus, wo Lenka bereits mit dem leeren Kessel in der Hand auf sie wartete. Dem enttäuschten Ausdruck auf dem Gesicht des Mädchens konnte sie entnehmen, dass der Anblick der Gefangenen sie offenbar ernüchtert hatte. Sophia stieß einen erleichterten Seufzer aus, denn damit hatte sie zumindest eine Sorge weniger. Dem misstrauischen Blick aus Wastels zusammengekniffenen Augen begegnete sie mit einem Angriff: »Der Mann dort ist todkrank und wird sterben, wenn er nicht die Hilfe eines Wundheilers erhält!«

Der Wachmann starrte sie mit offenem Mund an. Dann entfuhr ihm ein wütendes Schnauben, und Sophia wich zurück, weil sie fürchtete, er würde sie gleich schlagen. Doch er spuckte nur auf den Boden, drehte sich ohne ein Wort um und zog die Fackel aus der Wandhalterung. »Der Herr behüte uns vor närrischen Weibern«, hörte Sophia ihn murmeln, als sie kurz darauf zum Ausgang zurückkehrten. Sie war fast geneigt, dem widerlichen Kerl darin zuzustimmen, denn soeben war sie ausschließlich ihrem Gefühl gefolgt und hatte es an der einfachsten Umsicht fehlen lassen. Wahrscheinlich musste sie Gott noch dafür danken, dass er Wastel zu solch einem prahlerischen Trottel gemacht hatte!

Andererseits war Storchs Zustand bedenklich. Wenn es ihr nicht bald gelang, ihn von hier fortzubringen, würde er sterben – dessen war sie sich nun sicher. Dennoch stand fest, dass der alte Wanderprediger seine Zelle kaum aus eigener Kraft verlassen konnte, geschweige denn die Burg. Obwohl der Alte gewiss weniger wog als sie selbst, war sie nicht stark genug, ihn zu tragen. Eine Welle der Mutlosigkeit überrollte Sophia, und während sie hinter Lenka und Wastel dem Ausgang entgegenstolperte, spürte sie, dass ihr Tränen über die Wangen liefen. Mit einer wütenden Bewegung wischte sie sich über das Gesicht.

Lenka warf ihr einen bösen Blick zu, als sie den Burghof betraten, was Sophia zunächst auf die enttäuschten Erwartungen des Mädchens beim Anblick der gefangenen Räuber zurückführte. »Sag bloß, du hast deinen Plan, Räuberbraut zu werden, beim Anblick deines Künftigen aufgegeben?«, spöttelte sie. »Oder bist du sprachlos, weil er so überwältigend hübsch und verwegen ist, wie Magda behauptet?« Solche Neckereien, hatte sie in den letzten Tagen bemerkt, waren gang und gäbe unter den Mägden, sobald Blasius die Küche verließ. Keine von ihnen, nicht einmal die zurückhaltende Mila, war dabei jemals um eine Antwort verlegen gewesen.

Doch Lenka ließ den Suppenkessel fallen, sodass er laut scheppernd ein Stück davonrollte, stemmte die Fäuste in die Hüften und funkelte Sophia wütend an. »Denk bloß nicht, dass wir hier alle so dumm sind wie der Wastel!«, fauchte sie. »Ich jedenfalls habe genau gehört, dass du mit dem alten Ketzer getuschelt hast.« Wie bei ihrer ersten Begegnung glomm Argwohn in ihren Augen auf. »Du bist eine von ihnen, stimmt's? Das habe ich doch gleich gewusst!«

Sophia durchfuhr ein Schreck. Wie viel von ihrer Unterhaltung mit Storch hatte das Mädchen belauscht, und was sollte sie auf Lenkas Vorwurf entgegnen? Wenn sie alles abstritt, würde sie den Verdacht der Küchenmagd wahrscheinlich weiter nähren, und das war in jeder Hinsicht gefährlich. Niemals könnte sie Storch befreien, wenn man sie zu ihm ins Felsenverlies sperrte! Auch würde sich niemand finden, der kommen würde, um sie zu retten, denn sie war mutterseelenallein in der Fremde. Einen Augenblick fühlte sie sich wie gelähmt bei dieser Vorstellung, doch dann begann sie zu lachen. Es klang nicht sonderlich heiter, verschaffte ihr aber dennoch Erleichterung und vor allem Zeit, um nachzudenken. Rasch sagte sie sich, dass es am überzeugendsten klingen würde, wenn sie nah an der Wahrheit blieb.

Zufrieden sah sie, dass Lenka diese Reaktion nicht erwartet hatte. »Was für ein Unfug«, erklärte sie schließlich. »Mädchen, du hast eindeutig zu viel Fantasie. Aber du hast recht, der arme Mann tut mir tatsächlich leid. Deshalb habe ich mich mit ihm unterhalten. Stell dir nur einmal vor, wie du dich fühlen würdest, wenn du seit vielen Wochen ganz allein im Finsteren hocken würdest!«

»Er ist ein Wiedertäufer«, unterbrach Lenka sie empört. »Der Pfarrer in unserem Dorf sagt, diese Ketzer kommen alle in die Hölle, weil sie die Heiligen Sakramente verachten und dadurch Gott, unseren Herrn und Jesus Christus beleidigen!«

»Das mag ja sein.« Sophia lächelte versöhnlich. »Aber wie er so dalag, erinnerte er mich an meine Freundin Maria, die letztes Jahr in der Fronfeste unserer Stadt gefangen saß und einer furchtbaren Tat beschuldigt wurde, die sie gar nicht begangen hatte.«

»Was hat man ihr denn vorgeworfen?«, fragte das Mädchen nach kurzem Zögern. Sophia atmete auf, denn die Ablenkung schien zu funktionieren. »Sie soll einen Landknecht erstochen und ihm die Börse gestohlen haben.« Lenka kniff argwöhnisch die Augen zusammen. »Was? Eine Frau soll einen Landknecht getötet haben? Du willst mich schon wieder für dumm verkaufen!« Sophia lachte. »Du kennst Maria nicht! Sie ist zwei Köpfe größer als du, und an Kraft kann sie es mit vielen Männern aufnehmen. Maria hat jahrelang Schiffe flussaufwärts gezogen und war in letzter Zeit sogar Königin der Bomätscher – so werden die Schiffszieher bei uns an der Elbe genannt.«

»Königin? Was soll das nun wieder heißen?« Lenka krauste ihre Nase. »Die Königin oder der König ist für die Bomätscher so was wie der Küchenmeister für uns«, erklärte Sophia. »Dann müssen die Männer tun, was sie bestimmt?« Lenkas klang noch immer skeptisch, aber ihre Augen leuchteten plötzlich interessiert. »So ist es«, bestätigte Sophia. »Aber sie tun das freiwillig, denn sie haben sich Maria selbst als ihre Königin gewählt.«

Es war Lenka anzusehen, dass ihr das Prinzip einer Wahl nicht vollkommen verständlich war. Über sie und die meisten Menschen, die sie kannte, bestimmte ein Grundherr oder der von ihm eingesetzte Stellvertreter. »Warum haben sie eine Frau gewählt und keinen Mann?«

»Maria war die Tochter des vorherigen Königs. Aber nicht nur das – sie konnte als Einzige von ihnen lesen und schreiben, weil ich ihr das beigebracht hatte«, erzählte Sophia. »Dadurch war sie viel besser in der Lage, mit den Steuermännern der

Schiffe über den Lohn für ihre Männer zu verhandeln und deren Anliegen in der Stadt zu vertreten.« Auf Lenkas Wangen bildeten sich rote Flecke, so wie vorhin, als sie noch davon geträumt hatte, eine Räuberbraut zu werden. »Erzähl weiter!«, forderte sie ungeduldig.

Sophia fühlte sich inzwischen wie die orientalische Prinzessin, von der ihr der alte Professor einst erzählt hatte. Nacht für Nacht hatte sie einen Sultan mit ihren Geschichten unterhalten – nur, damit der grausame Mann sie nicht hinrichten ließ. Sophia wusste, dass auch ihr Leben ganz schnell auf dem Spiel stehen könnte, wenn es ihr nicht gelang, die kratzbürstige Lenka bei Laune zu halten.

Kapitel 9

Niklas legte den Silberstift weg, verschränkte die Hände hinter dem Kopf und streckte den schmerzenden Rücken. Das Knurren seines Magens zeigte an, dass es auf die Mittagszeit zuging. Luc hatte am Morgen erneut darauf bestanden, dass Niklas ihn gleich nach dem Frühstück in seine Zeichenkammer begleitete. Der junge Meister nutzte den kleinen hellen Raum im hinteren Teil des Hauses, um an Entwürfen für neue Bilder zu arbeiten. Dem Lärm des geschäftigen Treibens in Hof und Werkstatt konnte er nirgendwo entgehen, aber keiner, außer seinem Vater, hatte das Recht, ihn hier zu stören.

Seit Niklas bei den Cranachs lebte, war es noch nie vorgekommen, dass Luc einem Gesellen erlaubt hatte, ihm in der Zeichenkammer über die Schulter zu schauen. Doch momentan entwarf der ehrgeizige junge Meister kein Gemälde, sondern einen ungewöhnlich großen Holzschnitt. Das Blatt musste später von zwei Stöcken gedruckt werden. Im Grunde handelte es sich auch um zwei Bilder, die den Unterschied zwischen der wahren Religion Christi und der falschen Lehre der römischen Kirche zeigen sollten. Gerade jetzt, da überall die Rede davon war, der Kaiser rüste zum Krieg gegen die evangelisch gesinnten Fürsten und Städte in seinem Reich, war dergleichen gut zu verkaufen.

Obwohl die Herstellung eines Holzschnitts fast so aufwändig und teuer war wie die eines einzigartigen Gemäldes, ließen sich davon viele billige Abzüge machen. So konnte es sich auch das einfache Volk leisten, ein Bild aus der berühmten Cranach-Werkstatt an die Wand zu hängen. Zuerst hatte Luc mit Niklas nur Fragen des Formschnitts besprechen wollen, denn vor seiner Ausbildung zum Maler war Niklas bei einem Holzschneider in der Lehre gewesen. Aber dann hatte der junge Meister begonnen, das Konzept des Bildes zu erklären, und Niklas hatte ungefragt seine Vorstellungen beigesteuert. Vor allem für die Verspottung der katholischen Abgötterei waren ihm gleich mehre Bildideen gekommen. Am Ende hatte Luc ihn gefragt, ob er nicht den Entwurf für diesen Teil des Blattes übernehmen wolle. Niklas hatte freudig zugestimmt, obwohl er wusste, dass dies zu weiteren Spannungen zwischen ihm und den älteren Gesellen in der Cranach-Werkstatt führen könnte.

Innerhalb des letzten Jahres war er in Wittenberg vom Hilfsarbeiter zum Ersten unter den Gesellen aufgestiegen. Jeder, dem er davon erzählte, riss ungläubig Maul und Augen auf. Manchmal, wenn Niklas danach war, erklärte er, dass er seine Ausbildung zum Maler bereits beendet hatte, bevor es ihn auf höchst abenteuerliche Weise von Pirna nach Wittenberg verschlug. Aber meist hatte er keine Lust, über die beängstigende Zeit zu sprechen, in der er – als Folge eines Mordanschlags – sämtliche Erinnerungen an sein früheres Leben verloren hatte. Flößer hatten ihn damals halbtot aus der Elbe gefischt, gesund gepflegt und anschließend in ihr Dorf im Gebirge mitgenommen. Fast ein Jahr hatte er als Holzfäller bei ihnen gelebt und gearbeitet. Später, in Cranachs Werkstatt, hatten sich zuerst seine Hände ihrer Kunstfertigkeit entsonnen.

Auch jetzt zeichneten sie fast von selbst, und so versank Niklas bereits nach wenigen Augenblicken wieder in seiner Arbeit, zumal er dabei anderen Geräuschen gegenüber taub war. Die Zeit, in der er in Sankt Marien zu Pirna Wandbilder gemalt hatte, während um ihn herum noch Maurer, Steinmetze und

Glaser ihrem Tagwerk nachgingen, hatte ihn das gelehrt – und hier, in der betriebsamen Werkstatt, kam es ihm wieder zugute. Dem fetten Mönch, der von der Kanzel predigte, setzte er mit gekonnten Strichen einen Dämon in den Nacken, der ihm mittels eines Blasebalgs teuflische Gedanken ins Ohr pustete. Der Prediger trug die Züge, die Niklas dem Ablassprediger Tetzel auf dem Spottbild in der Pirnaer Marienkirche verliehen hatte. Dabei erinnerte er sich daran, wie der Pirnaer Superintendent Lauterbach bei seinen Predigten immer gegen den abergläubischen Unsinn gewettert hatte, den die alten Weiber mit geweihten Kerzen anstellten. Rasch zeichnete er einem Mönch unterhalb der Kanzel eine große und unanständig aufgerichtete Kerze vor den Bauch. Dann strichelte er dem Mönch zur Linken einen Umhang aus Zobelpelz auf die Schulter und ließ dem zur Rechten einen Satz Spielkarten aus der Kapuze purzeln.

Luc schnaubte belustigt auf, als er sich zu ihm herüberbeugte. »Großartig!« Er legte seine Zeichnung neben die von Niklas. »Die lasterhaften Mönche bilden nun das Pendant zu unserem Kurfürsten, der das Kreuz auf sich genommen hat, den wahren Glauben gegen Papst und Kaiser zu verteidigen.« Er deutete auf den Vordergrund seines Bildes. Dort stand Johann Friedrich vor der Kanzel, auf der Martin Luther predigte, und verrenkte sich den Kopf, um dem Betrachter direkt ins Angesicht zu blicken. »Die Haltung ist ein wenig unnatürlich«, sagte Niklas schmunzelnd. »Aber die Absicht, die dahintersteht, wird auch der Dümmste begreifen: Wie hältst du es mit der Religion? Das ist genial!«

Luc lachte. »Du hast recht, der Ärmste muss den Kopf verdrehen wie ein Uhu!« Dann tippte er mit dem stumpfen Ende seines Stifts auf Niklas' Zeichnung. »Auch hier sieht jeder gleich den Gegensatz zwischen all den lächerlichen Messhandlungen der Katholiken, ihren Altar- und Glockenweihen oder der letzten Ölung.« Der Stift wanderte zurück zu seiner eigenen

Skizze. »Und den einzig wahren Sakramenten – Taufe und Abendmahl.«

Niklas lächelte zufrieden. Mit dem überragenden Meister, der nur wenig älter war als er selbst, Hand in Hand zu arbeiten, gefiel ihm außerordentlich – zumal diese Harmonie etwas vollkommen Neues war. Zu Beginn ihrer Zusammenarbeit hatte Rivalität im Vordergrund gestanden. Der alte Lucas Cranach fühlte sich durch Niklas an seinen Sohn Hans erinnert, der vor einigen Jahren in Italien gestorben war. Luc hatte seinen älteren Bruder um den ersten Platz im Herzen seines Vaters beneidet, und die Bevorzugung eines Wildfremden war ihm erst recht ein Dorn im Auge gewesen. Niklas hatte sich Mühe gegeben, bescheiden aufzutreten und durch nichts auch nur den Anschein zu erwecken, er wolle Luc den Rang in der Werkstatt streitig machen. Nun schien es so, als hätte sich ihr Verhältnis ausgerechnet dadurch entspannt, dass er sein Licht nicht länger unter den Scheffel stellte und seine Meinung frank und frei äußerte.

»Wir sollten den Himmel auf beiden Bildern noch gegensätzlicher gestalten. Unschuldige Engelchen aufseiten der Wahrheit, Blitz und Donner über den Häuptern der Frevler am Glauben. Was meinst du?« Luc kratzte sich das kurzgeschorene kupferfarbene Haar. »Ja, und statt der Engel einen Mönch auf den Knien – vom Donner gerührt«, fügte Niklas hinzu. Der junge Meister schlug sich auf die Schenkel und lachte. »Genau so!«

Ein Klopfen an der Tür unterbrach den angeregten Austausch. Die Tür öffnete sich, und Lucs Schwester steckte den Kopf herein. »Was gibt's denn?«, fragte der junge Cranach ungehalten. Auch Niklas erntete einen vorwurfsvollen Blick. Aber er zuckte gelassen mit den Schultern. Was konnte er dafür, dass Anna sich in ihn verguckt hatte und es stets einzurichten wusste, dass sie dort auftauchen konnte, wo er gerade beschäftigt war?

Auch jetzt schenkte sie ihm ein bezauberndes Lächeln, bevor sie sich herabließ, ihrem Bruder zu antworten. »Der Vater schickt mich«, sagte sie und warf herausfordernd einen der rotblonden Zöpfe zurück. »Ich soll Niklas ausrichten, dass Besuch für ihn gekommen ist. Der Mann wartet in der Küche.«

»Er kommt gleich«, raunzte Luc mit einer scheuchenden Handbewegung. »Und jetzt mach die Tür zu und verschwinde!« Anna zog einen Schmollmund, während sie der brüderlichen Autorität mit der Geschwindigkeit einer Schnecke Folge leistete.

Als sie fort war, drehte sich Luc mit hochgezogenen Brauen zu Niklas um. »Anna mag dich, sogar sehr, das ist kaum zu übersehen, und als Tochter des erfolgreichsten Malers zwischen Rhein und Elbe wäre sie die ideale Ehefrau für dich.« Niklas erstarrte, denn bisher hatte er es nicht gewagt, solche Überlegungen anzustellen. »Selbstverständlich weißt du, dass meine älteste Schwester Ursula letztes Jahr einen angesehenen Juristen mit den besten Aussichten auf eine Karriere bei Hofe geehelicht hat und dass meine Schwester Barbara mit Christian Brück verheiratet ist. Der Mann ist einer der Räte des Kurfürsten. Ich denke, dass unser Vater für seine jüngste Tochter eine ähnlich vorteilhafte Verbindung anstrebt.« Niklas lächelte schief. »So etwas dachte ich mir schon«, sagte er. Luc nickte. Seine Brauen senkten sich, und seine Augen glitzerten spekulativ. »Ich könnte mir aber durchaus vorstellen, dass Anna den Alten zu überreden vermag, einen armen, jungen Maler als Schwiegersohn zu akzeptieren – falls sie sich das in den Kopf setzt. So wie ich es sehe, wirst du nicht immer mittellos bleiben. Wenn du es geschickt anstellst, könntest du bald als Meister deine eigene Werkstatt eröffnen.«

Niklas spürte, dass er vor Freude errötete. So deutlich hatte der junge Cranach noch nie zugegeben, dass er ihn als talentierten Maler betrachtete.

»Anna hat von klein auf gelernt, was es bedeutet, die Hausfrau eines Malers zu sein. Sie ist in der Lage, einen Haushalt zu führen, und kennt sich gleichzeitig in den Belangen der Werkstatt aus. Ich glaube, du magst sie ebenfalls, obwohl sie manchmal eine rechte Plage sein kann.« Sein Lachen schwankte zwischen Ärger und Belustigung. »Alles in allem könntest du kaum eine bessere Wahl treffen!« Er sah Niklas an, als wollte er ergründen, wie es um dessen Gefühle bestellt sei.

Niklas holte Luft. Ja, er mochte Anna. Sie war mitfühlend und verfügte über ein frisches, freies Wesen, das ihn anzog. Aber würde dies reichen für eine glückliche Ehe? Denn sein Herz, so fürchtete er, hing noch immer an der Frau, der er sich vor drei Jahren versprochen hatte. Bevor sie ihren Bund mit einer Heirat besiegeln konnten, hatten finstere Mächte sie gewaltsam auseinandergerissen. Kunz, ein heruntergekommener Landsknecht, hatte versucht, ihn in einem Kahn auf der Elbe zu töten. Niklas merkte, wie ihm bei der Erinnerung daran ein Schauer überlief.

»Noch ist Anna zu jung für eine Ehe. Aber sollte sie dich in einem Jahr noch immer so anhimmeln, könnte ich vielleicht ein Wort für euch bei dem Alten einlegen. Doch bis dahin erwarte ich, dass du dich im Zaum hältst, sonst ich reiß dir die Eier ab!« Der anfangs wohlwollende Ton gewann an Schärfe. »Verstanden?« Luc boxte Niklas schmerzhaft vor die Brust. »Jetzt mach, dass du in die Küche kommst, sonst trabt sie hier gleich wieder an«, schnauzte er.

Niklas erhob sich schweigend, doch Luc packte ihn am Arm. »Ich muss nachher hinauf zum Schloss. Aber du kannst schon mal in der Werkstatt das Porträt des Kurfürsten in der Truhe mit den alten Druckstöcken suchen. Schau es dir an und sag mir später, ob du meinst, dass wir es noch verwenden könnten!«

Wie immer herrschte in der großen Küche fröhliches Durcheinander. Eine der Mägde machte sich am Herd zu schaffen, wo in einem großen Kupferkessel der Eintopf fürs Mittagsmahl köchelte. Es roch verführerisch nach Speck und Bohnen. Lucs Frau Barbara stand dort und kostete die Suppe mit einem langen Holzlöffel. Der vierjährige Lucas hing an ihrem Rockzipfel und quengelte, weil er schon wieder Hunger hatte. Während ihm eine ältere Magd einen Kanten Brot in die Hand drückte, schleppte ein Knecht zwei Eimer Wasser herbei. Am Tisch hackte das Küchenmädchen Schnittlauch und Petersilie, dabei summte sie eine Bauernweise. Der Knecht brummte mit, während er die Eimer ins große Fass neben dem Herd schüttete. Auf einem Schemel in der Ecke hockte ein bärtiger Mann in einer abgetragenen Jacke, dem Anna Bier in einen Becher goss. Als er den Kopf hob, durchfuhr Niklas ein freudiger Schreck.

»Melchior!« Er stürzte auf den Flößer zu, der aufsprang und ihn in eine Umarmung zerrte, die seine Rippen knacken ließ und ihm die Luft aus der Lunge presste. »Niklas, alter Pinselkleckser! Wie geht es dir?« Der dröhnende Bass ließ das Küchenmädchen erschreckt zusammenzucken. Klein-Lucas quietschte vergnügt und ließ seinen Brotkanten fallen. Melchior und Niklas lachten, schlugen einander auf die Schultern, küssten sich auf die bärtigen Wangen und priesen lautstark den Herrn, der sie erneut zusammengeführt hatte. Melchior gab auch Anna einen Kuss, bevor er den Becher hob, um ihn auf die Gesundheit seines Freundes zu trinken. Niklas nahm der Tochter des Hauses den Krug aus der Hand, um seinem Freund Bescheid zu tun. Indes hüpfte Lucs Sprössling vor ihnen auf und ab und krähte begeistert.

»Verschwindet aus meiner Küche!« Frau Barbara schwang drohend ihren Löffel. »Euer Gebrüll führt noch dazu, dass sich das Mädchen in den Finger schneidet oder der Kleine den Kessel umreißt.«

»Bitte verzeiht!« Melchior machte eine ungelenke Verbeugung, dann hob er das Brot auf. Niklas nahm Klein-Luc auf den

Arm und strich ihm beruhigend über den Lockenschopf. »Schau, das ist mein Freund Melchior. Er ist Holzfäller und Flößer. Darum ist er so stark wie ein Bär«, erklärte er. »Wenn du auch so werden willst, musst du ordentlich futtern und immer tun, was deine Mutter sagt.« Der rotblonde Bub blinzelte ungläubig, doch er griff nach dem Kanten, den Melchior ihm hinhielt. Niklas stellte den Kleinen wieder auf den Boden und nahm seinen Freund beim Arm. »Komm, zur Feier unseres Wiedersehens lade ich dich ins Wirtshaus am Markt ein. Da können wir reden und trinken, ohne Frau Barbaras wohlgeordneten Haushalt durcheinanderzubringen.« Er warf Lucs Hausfrau ein entschuldigendes Lächeln zu und zog Melchior mit sich. Anna blickte ihm enttäuscht hinterher.

Die Marktschänke war zur Mittagszeit fast voll. An den Tischen drängten sich die gut betuchten Studenten der Universität, denen das Essen und die strenge Aufsicht in den Bursen gleichermaßen widerstrebten. Die Luft war zum Schneiden dick, der Lärm ohrenbetäubend.

Geschickt lotste Niklas seinen Freund zu einem Tisch in einer kleinen Nische. Die Suppe, die ihnen die robuste Magd ungefragt vorsetzte, roch nicht so gut wie die in Cranachs Küche, und Niklas wusste, dass auch das Bier schlechter war. Aber dafür konnte er sich mit Melchior unterhalten, ohne dass Anna und der Rest des Cranachschen Haushalts bei jedem ihrer Worte die Ohren spitzten.

Die Freunde hatten sich vor einem halben Jahr zum letzten Mal gesehen, und dementsprechend groß war ihr Redebedarf. Als die Suppe gegessen und das zweite Bier bestellt war, wusste Niklas, dass der alte Hans noch immer wohlauf war und ihm Grüße bestellt hatte, dass Caspar Vater geworden war und Melchior selbst sich soeben verlobt hatte. »Doch nicht etwa mit der Magd aus Hinterhermsdorf«, erkundigte sich Niklas lachend, »der mit den Löckchen?«

Melchior nickte breit grinsend. »Doch – genau mit der! Schon als ich sie das erste Mal beim Tanz im Arm hielt und ihre großen Brüste spürte, die sich so wundervoll weich an meinen Körper schmiegten, wusste ich, dass Magda die Richtige ist«, schwärmte er. »Gleich nach meiner Rückkehr wird Hochzeit gefeiert.« Niklas hob überrascht die Augenbrauen, und Melchiors Ohren begannen zu glühen. »Und noch bevor das letzte Blatt von den Bäumen fällt, werde ich Vater«, fügte er mit einem Augenzwinkern hinzu. Niklas hob seinen Bierkrug. »Auf dich und die Kraft deiner Lenden!«

Das künftige Vaterglück seines Freundes brachte ihm die wehmütige Erinnerung an seinen eigenen Sohn und dessen Mutter, die das Weib eines anderen geworden war, während sie ihn für tot gehalten hatte. Nachdem seine Erinnerungen vollständig zurückgekehrt waren, hatte er sich eine kleine Weile der trügerischen Hoffnung hingegeben, Sophia entgegen aller Vernunft und Sitte doch noch für sich zu gewinnen. Heute schämte er sich dafür, wie er sie damals bedrängt und zu einer überstürzten Flucht getrieben hatte. In einem Brief hatte sie ihm klargemacht, was sie von ihm erwartete: Er sollte nach Wittenberg zurückkehren, um sich voll und ganz seiner Kunst zuzuwenden. Ein großer Maler solle er werden und sie ein für alle Mal vergessen.

Er hatte sein Bestes gegeben, ihre Wünsche zu erfüllen, doch der letzte Satz ihres Briefes geisterte immer wieder in seinem Kopf umher. Zwei Dinge würde er tun, beschloss er: Zum einen würde er Melchior bitten, Valentin Arnold in Pirna einen Brief zu überbringen. Der Bader war ebenso sein Freund wie der Sophias. Arnold würde wissen, ob es ihr und seinem Sohn gut ging. Darüber hinaus wusste er eine weitere Möglichkeit, sich dessen zu versichern. »Bitte richte Johanna meinen Gruß aus, wenn du wieder daheim bist«, bat er Melchior. »Frag sie, ob die Frau auf dem Bild in Sicherheit ist.« Sein Freund schaute verwundert, doch er schluckte die Frage, die ihm allzu offensichtlich auf der Zunge lag, mit einem kräftigen Zug aus seinem Bierkrug hinunter. Wie alle Bewohner des Weilers Krummhermsdorf im Elbsandsteingebirge war Melchior davon überzeugt, dass Johanna eine Vila war, die die Gabe des zweiten Gesichts besaß. Er war daran gewöhnt, dass Leute ihr die seltsamsten Fragen stellten. Daher würde er Niklas' Botschaft getreulich ausrichten und einen Weg finden, ihn die Antwort wissen zu lassen.

Die Freunde verabschiedeten sich, nachdem sie die Schänke verlassen hatten. Melchior musste sich sputen, denn die Flößer waren mit ihrer Fracht, die gleichzeitig ihr Reisegefährt war, unterwegs nach Magdeburg. Niklas machte sich nach seiner Rückkehr ins Haus der Cranachs daran, den Auftrag zu erfüllen, den ihm Luc einige Stunden zuvor gegeben hatte.

In der hintersten Ecke der Werkstatt standen zwei Kisten, in denen die alten Druckstöcke aufbewahrt wurden. Niklas musste sich die Schlüssel vom alten Meister holen, denn obwohl viele der Stöcke schon seit Jahrzehnten nicht mehr benutzt worden waren, besaßen sie einen erheblichen Wert. Solange sie unbeschädigt waren, konnte man sie bei Bedarf jederzeit nutzen, um neue Abzüge herzustellen – wie Luc es mit dem Porträt des Kurfürsten vorhatte.

Nachdem Niklas in der ersten Kiste nicht fündig geworden war, öffnete er die zweite. Der Druckstock mit dem Brustbild Johann Friedrichs lag obenauf. Er holte ihn heraus und wollte den Deckel wieder zuklappen, da blieb sein Blick an ein paar alten Drucken hängen, die sich auch in der Truhe befanden. Sie mussten von Luc stammen, denn sein Name stand darauf und eine Jahreszahl.

Der junge Meister hatte auf dem Blatt eine Hexenverbrennung abgebildet, die anno 1540 in Wittenberg stattgefunden hatte. Doch im Gegensatz zu den üblichen Darstellungen, zeigte es die vier Verurteilten nach der Hinrichtung. Sie waren tot, daran bestand kein Zweifel, obwohl das Feuer ihre Körper kaum versengt hatte. Auch die Balken, an die man sie gebunden hatte, waren nicht verkohlt, ringsum aber lagen Aschehaufen. Es musste eine besonders grausame Hexenverbrennung gewesen sein, bei der man die Verurteilten über kleinem Feuer geschmaucht hatte, während der Qualm sie langsam und qualvoll erstickte. Eine der Hexen – das hatte Niklas den Zeilen über dem Bild entnehmen können – war ein altes Weib, das man wegen Buhlschaft mit dem Teufel und Wetterzauber verurteilt hatte. Er erinnerte sich noch gut, dass im Sommer vor sechs Jahren die schlimmste Dürre seit Menschengedenken geherrscht hatte. Von März bis September gab es sengende Hitze und kaum Regen, wodurch viele Brunnen und Flüsse vertrockneten und ganze Viehbestände eingingen. Brände wüteten in den Wäldern genauso wie in etlichen Städten.

Die alte Frau, die Umgang mit dem Henker und dem Schinder pflegte, wurde beschuldigt, die Weiden mit Gift bestreut zu haben, damit das Vieh starb und sie es schinden konnte. Der junge Cranach schrieb, er habe das Flugblatt zur Abschreckung für die schändlichen Rotten aus Bettlern, Schindern, Henkersknechten und Hirten gemalt, die das Land unsicher machten. Der alte Cranach, das wusste Niklas, war vor fünf Jahren Wittenbergs Bürgermeister gewesen. Er entsann sich, dass es auch sein eigener Vater damals mit der Angst zu tun bekam – die Mulde war fast ausgetrocknet und in Grimma kursierten ebenfalls Gerüchte über heruntergekommene Gestalten, die in Scharen übers Land zogen und sich von Bettelei oder Diebstahl ernährten, weil sie es durch ehrliche Arbeit nicht vermochten.

Niklas löste die Schnur und trat mit dem Blatt an ein Fenster, um es gründlicher betrachten zu können. Es war ohne Frage außergewöhnlich – wie das meiste, das Luc erschuf. Dennoch stieß es Niklas ab. Es ließ ihn daran zweifeln, ob die aufkeimende Freundschaft zwischen ihm und dem jungen Meister im Laufe der Zeit zu einem starken Band werden würde, zu einer Freundschaft, wie er sie für Melchior empfand oder für Valentin Arnold. Beide Männer hegten keinerlei Vorurteile gegen Menschen, denen das Leben übel mitgespielt hatte und die ihr Leben außerhalb einer Gemeinschaft fristen mussten, denn sie standen durch ihre Herkunft ebenfalls weit am Rand. Die Angst vor Hexen und Zauberei war ihnen fremd, wenn auch aus vollkommen unterschiedlichen Gründen. Melchior, in seiner engen Verbundenheit mit der Natur und allen Wesen darin, betrachtete deren Existenz als Teil der Schöpfung und nicht als Beweis für den Einfluss des Teufels. Für Meister Arnolds forschenden Geist existierte ohnehin nichts, was er nicht sehen oder beweisen konnte, abgesehen von Gott – vielleicht.

Der junge Lucas Cranach dagegen besaß das gelassene Selbstverständnis eines Sohnes aus gutem Hause, dem eine strahlende Zukunft bereits in die Wiege gelegt worden war. Luc betrachtete die Ordnung der Welt als gottgegeben und verdammte, was diese Ordnung bedrohte. Beklommen fragte sich Niklas, ob Johanna, die Vila, im gelehrten Wittenberg ebenfalls in Gefahr geraten könnte, als Hexe verbrannt zu werden. Er ließ die Blätter in die Truhe fallen, warf den Deckel zu und schloss ab. Von seinen Lippen, so schwor er, würde in diesem Haus kein Sterbenswörtchen über Johanna kommen.

Kapitel 10

Obwohl Sophia rechtschaffen müde war, fand sie an diesem Abend keinen Schlaf. Mit offenen Augen lag sie auf dem schmalen Bett in ihrer Kammer unter dem Dach und lauschte den Geräuschen der Nacht. Der Wind strich um die Mauern und ließ lose Fensterläden klappern. Ein Stockwerk unter ihr schnarchte Oswald in seiner Kammer. Schritte knirschten im Sand auf dem Burghof, dann hörte Sophia leises Gemurmel. Das mussten die Männer der Burgwache sein, die sich auf ihrem Rundgang begegnet waren. Ganz in der Nähe erklang der langgezogene, klagende Ruf eines Käuzchens, der schon bald in einem rauen »Kuwitt, kuwitt« Antwort fand. Ein Schaudern überkam Sophia, denn sie musste daran denken, dass Petter, der Kutscher ihres Vaters, ihr einmal erzählt hatte, das heiße »Komm mit! Komm mit!«, und bedeute, dass bald ein Mensch in Rufweite sterben müsse. Gertrud hatte Petter gescholten – abergläubischen Unfug hatte sie seine Worte genannt. Aber später hatte Sophia beobachtet, wie die Köchin verstohlen ihr Silberkreuz unter dem Brusttuch hervorgeholt und es dreimal geküsst hatte.

Wem galt der Ruf des Todesvogels heute Nacht? Würde Ruženas sehnlicher Wunsch, der Herr möge sie von ihrem Leiden erlösen und zu sich nehmen, endlich Erfüllung finden? Sophia wusste aber auch, dass die Erdenzeit des alten Wanderpredigers mit jedem Tag im Felsenkerker schneller ablief. Es grenzte bereits an ein Wunder, dass der Mann überhaupt noch am Leben war – allein in Finsternis und Schmutz und ohne Versorgung der abgestorbenen Füße. Aber sooft sie ihr Hirn in den vergangenen Tagen auch gemartert hatte, ihr war bisher kein gangbarer Weg gewiesen worden, ihn zu befreien. Ihr ursprünglicher Plan, den Burgherrn dazu zu bringen, dass er die Flucht heimlich unterstützte, erschien ihr inzwischen unsinnig.

In den Wochen auf der Burg hatte sie endgültig begriffen, dass sie sich auf ein Abenteuer eingelassen hatte, dem noch weniger Aussicht auf Erfolg beschieden war, als sie anfangs angenommen hatte. Immer wieder war sie darauf gestoßen worden, wie einfältig die Vorstellung gewesen war, die sie sich von dem Leben hier gemacht hatte. Sie hatte angenommen, die Rolle, die sie sich ausgesucht hatte, wäre perfekt für die Durchführung ihres Plans. Zwar hatte sie während der Reise viele Erfahrungen gesammelt und war in der Lage, halbwegs glaubwürdig zu erscheinen, doch für eine einfache Magd war es auf dem Falkenstein im Grunde unmöglich, ein ungestörtes Gespräch mit dem Herrn der Burg zu führen.

Immer wenn Sophia Johann von Fünfkirchen zu Gesicht bekommen hatte, war er von anderen Menschen umringt gewesen, und es war undenkbar, dass eine niedere Bedienstete ihn um eine Unterredung unter vier Augen bat. Dazu könnte es allenfalls kommen, wenn der edle Herr sie in sein Bett holte. Daran schien der Herr von Fünfkirchen, dem Allmächtigen sei Dank, aber kein Interesse zu haben – und Sophia glaubte, dass sie sich dazu auch nie überwinden würde. Trotz alldem konnte und wollte sie Storch noch nicht verloren geben. Sie dachte an die ruhige Zuversicht, die der alte Mann ausgestrahlt hatte, und wünschte sich wieder einmal, ihr eigener Glaube wäre genauso stark und tief.

In den letzten Tagen hatte sie immer wieder Augenblicke erlebt, in denen aller Mut sie verließ und sie sich verzweifelt nach Trost und Zuspruch durch Menschen sehnte, denen sie am Herzen lag. Dabei war ihr bewusst geworden, dass es ihr bisher – selbst in den dunkelsten Stunden, in denen sie geglaubt hatte, alles verloren zu haben – daran nie gemangelt hatte. Nach dem Tod der Mutter hatte sich Gertrud, die herzensgute Köchin ihrer angenommen, und Marten, der junge Lehrling des Vaters, war wie ein Bruder für sie gewesen. Auch der Vater hatte irgendwann den bodenlosen Kummer um den Verlust seiner Frau überwunden und Sophia wieder in sein Herz gelassen. Vielleicht aus einem Gefühl der Schuld heraus hatte er ihr stets mehr Freiheiten eingeräumt, als Mädchen gewöhnlich gestattet wurden.

Und später, an dem Tag, an dem Marten ihr die Nachricht vom Tod des Vaters überbringen musste, waren Niklas und Heinrich da gewesen. Beide liebten sie damals schon, auch wenn sich der Magister ihr erst viel später offenbart hatte. Er war wiederum nicht von ihrer Seite gewichen, nachdem sie hatte miterleben müssen, wie ein skrupelloser Landsknecht Niklas auf einem Kahn auf der Elbe ein Messer zwischen die Rippen stieß und ihr Geliebter in den Fluten versank. Kurz darauf hatte Heinrich Fuchs ihr und ihrem ungeborenem Kind Schutz vor öffentlicher Schande geboten, indem er sie zur Frau genommen hatte. Von seiner Liebe hatte er jedoch erst gesprochen, als er sicher gewesen war, dass sie für ihn dasselbe empfand. Niklas' wundersame Rückkehr im vergangenen Jahr hatte dann sämtliche Gewissheiten ins Wanken gebracht.

Ausgerechnet in diesen aufwühlenden Tagen hatte Sophia auch noch herausgefunden, dass sie den letzten Schlüssel für die Enträtselung des Geheimnisses, das sie schon ihr ganzes Leben beschäftigte, in Mähren finden würde. Zum ersten Mal fragte sie sich, ob ihr Entschluss, sofort aufzubrechen, nicht eine Flucht vor den Schwierigkeiten gewesen war, mit denen sie und der Magister damals zu kämpfen hatten. Hatte sie damit im Grunde nicht genau das Gleiche getan wie er, der unter dem

Vorwand, jede wache Stunde für den Einbau der Uhr am Rathaus zu benötigen, zu Meister Arnold ins Baderhaus gezogen war? Sie hatte ihm verübelt, dass er sie mit all ihren verwirrten Gefühlen daheim zurückgelassen hatte. Die Erkenntnis, dass sie Heinrich nun seine eigene Medizin – nur in viel höherer Dosis – kosten ließ, beschämte sie zutiefst. Durfte sie dennoch darauf hoffen, dass er ihr verzieh? Würde die Tatsache, dass sie sein Kind unter dem Herzen trug, dabei helfen? Oder vergrößerte es das Unrecht, das sie ihm angetan hatte? Freilich war es zur Umkehr längst zu spät, und auch hier gab es inzwischen Menschen, denen sie sich verpflichtet fühlte.

Die dünne Matratze knisterte, und ein paar Strohhalme piekten unangenehm, als sie sich auf die Seite drehte. Aus der Kammer unter ihr erklang das qualvolle Husten der Sterbenden, das in einem Röcheln endete. Sophia wusste, dass sie Ružena jetzt nicht verlassen konnte und auch Oswald nicht, der sie ihr anvertraut hatte. Gewiss, der Verwalter war ein strenger Mann, der auch bereit war, hart zu strafen, wenn es notwendig erschien. Zu ihrem Entsetzen hatte Sophia gestern miterlebt, wie er Lenka vor den Augen der versammelten Küchenmannschaft mit einer Rute den blanken Hintern versohlt hatte. Das Mädchen hatte am Abend zuvor versäumt, den Hühnerstall zu verriegeln, und ein Fuchs hatte sich nachts am Federvieh gütlich getan. Sophia selbst hatte bisher nur Freundlichkeit von Oswald erfahren. Seit einigen Tagen holte der Verwalter sogar das Wasser für sie aus der Zisterne, weil er der Meinung war, es könnte ihrem Kind schaden, wenn sie zu schwer trug.

Mit Wehmut dachte Sophia erneut an den Vater des Kindes, denn der Magister hatte derlei Aufgaben während ihrer ersten Schwangerschaft ebenso selbstverständlich für sie erledigt.

Nun vernahm sie von unten Oswalds Schritte, das Schaben von Stuhlbeinen auf den hölzernen Dielen und dann das Gemurmel seiner tiefen Stimme.

Doch nicht nur wegen Oswald und Ružena musste sie auf dem Falkenstein bleiben – auch ihr Versprechen an Nikolaus Storch würde erst mit dem Tod des Wanderpredigers erlöschen. Bis dahin würde sie weiter auf eine Gelegenheit sinnen, ihn aus seinem Kerker zu befreien, und sei es nur, damit der Alte seinen letzten Atemzug unter Gottes freiem Himmel tun konnte.

Nach einer Weile verstummten die Geräusche im Haus, und in der einsetzenden Stille spürte Sophia Bewegungen in ihrem Bauch, die an das sanfte Flossenschlagen einer Forelle erinnerten, die an einer geschützten Stelle im Fluss verharrt. Es war nicht das erste Mal, dass sich das Kind in ihrem Leib bewegte. Es schien ihm gutzugehen. Es wuchs und würde schon bald wesentlich mehr Aufmerksamkeit beanspruchen, als sie ihm zurzeit schenken konnte.

Mit einem Mal überkam Sophia eine geradezu überwältigende Sehnsucht nach dem Kind, dass sie zurückgelassen hatte, um ihre selbstgewählte Aufgabe hier zu verrichten. Während sich ihr Herz schmerzhaft zusammenzog, strömten Tränen über ihr Gesicht, die sie schon viel zu lange zurückgehalten hatte. »Justus«, flüsterte sie. »Mein lieber kleiner Junge!« Lebhaft sah sie sein pausbäckiges Gesichtchen mit den blauen Kulleraugen vor sich. Sie roch den einzigartigen, wunderbaren Duft, der jener winzigen Kuhle in seinem Nacken, genau an der Stelle, wo sein Kopf in den Hals überging, entströmte. Sie spürte die Wärme des kleinen lebendigen Körpers. Voller Wehmut dachte sie daran, dass ihr Sohn in den nächsten Tagen sein erstes Lebensjahr vollenden würde. Vielleicht lief er bereits, wenn sie ihn wiedersah! Als ihr bewusst wurde, dass Heinrich und Niklas des Nachts vielleicht von ähnlichen Gedanken und Gefühlen heimgesucht wurden, liefen ihre Tränen noch stärker. Sie krümmte sich schluchzend in ihrem Bett zusammen. Doch irgendwann versiegte auch dieser neue Sturzbach. Ihr Herz schlug wieder ruhiger, während sie schwor, einen langen Brief an ihren Ehemann zu schreiben, sobald sie die Burg verlassen konnte. Bis in die kleinste Einzelheit würde sie ihm all die Fortschritte schildern, die Justus bis dahin gemacht haben würde, und sie würde ihm auch endlich davon berichten, dass er noch einmal Vater werden würde. Dabei spürte sie erneut den Bewegungen des Kindes in ihrem Bauch nach. »Keine Angst, kleine Forelle!«, murmelte sie, bevor sie in den Schlaf hinüberglitt. In dieser Nacht träumte sie von einem kleinen Mädchen mit grauen Augen und schwarzen Locken, das lachend über eine Wiese lief, den ausgebreiteten Armen seines Vaters entgegen.

»Heinrich?«, murmelte sie, als jemand sie sanft, aber nachdrücklich an der Schulter rüttelte. Verwirrt schlug sie die Augen auf und blickte in Oswalds Gesicht, das im Schein einer Unschlittlampe düster und bedrohlich wirkte. Unwillkürlich umklammerte sie ihre Decke und wich an die Wand zurück, an der das Bett stand.

»Nein«, stammelte Oswald, »hab keine Angst!« Er wischte sich mit der freien Hand übers Gesicht. »Bitte!« Seine Geste wirkte so hilflos, dass Sophia die Decke losließ. »Was ist geschehen?«, erkundigte sie sich.

»Ružena, sie quält sich, bekommt kaum noch Luft und scheint schlimmere Schmerzen zu leiden als je zuvor.« Oswalds Schultern zuckten beim Versuch, ein Schluchzen zu unterdrücken. »Du weißt, wie das ist«, stieß er hervor. »Bitte komm und hilf!« Er streckte die Hand aus, und Sophia, die bereits auf der Bettkante saß, erhob sich. Sie schlüpfte ohne Strümpfe in ihre Schuhe und hielt sich nicht damit auf, Rock und Mieder anzulegen. Stattdessen schlang sie ihr wollenes Tuch um die Schultern und folgte Oswald ins untere Stockwerk. Im Stillen bat sie Gott um seinen Beistand für Ružena, deren Schmerzensschreie inzwischen durch das ganze Haus hallten. Sophia wusste nicht, wie viel Zeit vergangen war, bis es ihr mit Oswalds Hilfe endlich gelungen war, der Leidenden ein paar Löffel der Tinktur einzuflößen, die sie nicht wieder sofort erbrach. Nachdem die Arznei zu wirken begann, hatten sie Ružena gewaschen und die Laken gewechselt. Als die Kranke dann eingeschlafen war, waren auch sie vollkommen erschöpft gewesen und irgendwann eingenickt – Oswald auf der Kante des Bettes und Sophia auf dem Stuhl davor.

Hufgetrappel, Hundegebell und laute Rufe weckten sie im Morgengrauen. Während Oswald sofort aufsprang und davoneilte, schlurfte Sophia mit schmerzendem Rücken zum Fenster und spähte hinaus auf den Burghof. Überrascht entdeckte sie Johann von Fünfkirchen, der mit seinen Freunden von der Jagd kam. Noch gestern hatte es geheißen, vor dem Nachmittag sei mit der Rückkehr der Jagdgesellschaft nicht zu rechnen. Doch anstelle des erlegten Wildes luden die Knechte, mit denen sie ausgeritten waren, einen Mann von ihrem Planwagen. Sophia beobachtete, wie der Burgverwalter zu seinem Herrn eilte. Bereits nach kurzem Wortwechsel drehte sich Oswald um und kam mit großen Schritten zum Haus zurückgelaufen, wobei er winkte und gestikulierte. Sophia öffnete das Fenster. »Bring meine Reitstiefel heraus und den Umhang! Rasch!«

Sie eilte in die Diele, wo sie Stiefel und Umhang neben der Tür wusste, ergriff beides und trat aus dem Haus. Oswald ließ sich auf die Treppe plumpsen und winkte sie ungeduldig zu sich. Während sie ihm in die langschäftigen Stiefel half, erklärte er knapp: »Ich muss los, den Wundarzt suchen. Einer der Herren ist bei der Jagd vom Pferd gestürzt und hat sich das Bein gebrochen. Ziemlich üble Sache! Es blutet, und man kann den zersplitterten Knochen sehen.«

»Ich könnte helfen und später auch dem Arzt zur Hand gehen«, bot Sophia sofort an. »Unter diesen Umständen wird es nicht einfach werden, den Knochen einzurichten und das Bein zu schienen. Allein kann er das kaum schaffen.« Sophia wusste genau, wovon sie sprach, denn einst hatte sie dem Magister dabei geholfen, das gebrochene Bein von Petter, dem Kutscher, zu versorgen. Dennoch hatte sie das Angebot nicht aus reiner Nächstenliebe gemacht, sondern weil sich dabei endlich die ersehnte Gelegenheit ergeben könnte, den Burgherrn allein zu sprechen. Zu ihrer Enttäuschung schüttelte Oswald sofort den Kopf. »Dazu gibt es hier genug kräftige Männer, von denen mancher im Krieg schrecklichere Wunden gesehen hat. Du kümmerst dich um Ružena, der es weit schlechter geht!«, erklärte er mit Nachdruck und war schon auf dem Weg zu den Stallungen, bevor Sophia ein Gegenargument eingefallen war. Überdies hatte Oswald recht, wenn er sie an die Bedürfnisse der Sterbenden erinnerte. Sie blickte hinüber zum Pallas, wo die Knechte die Bahre mit dem Verletzten gerade durch die Tür trugen. Gut, dann würde sie weiter nach einer Möglichkeit suchen, den Herrn unter vier Augen zu sprechen.

Es war Nachmittag, als Oswald zurückkehrte. Sophia hatte längst die Suppe zu sich genommen, die Magda eilig vorbeigebracht hatte. Zuvor war es ihr sogar gelungen, Ružena ein paar Löffel Brühe und verdünnten Wein einzuflößen. Jetzt saß sie am Bett der Kranken, der sie bis vor wenigen Augenblicken aus der Bibel vorgelesen hatte.

Oswald steckte den Kopf zur Tür herein. Er roch nach Schweiß und Pferd. »Wie geht es meinem Weib?«, erkundigte er sich leise. »Sie ist soeben eingeschlafen.« Sophia erhob sich und legte das Buch beiseite. »Essen und Trinken wollte sie kaum, aber wenigstens sind die Schmerzen nicht mit solcher Heftigkeit wiedergekommen wie in der Nacht.«

»Das ist gut«, flüsterte er.

Sophia bemerkte die Erschöpfung in seinen Zügen und dass er sich gegen den Türrahmen stützte, als könnten seine Beine den massigen Körper kaum noch tragen. »Es sind noch Brot und Käse da und auch etwas Suppe, die ich Euch aufwärmen kann«, bot sie an. Oswald nickte dankbar und ging voraus in die kleine Küche, die auf der anderen Seite des Flurs lag.

Während Sophia über dem Herdfeuer die Suppe erwärmte, verschlang er bereits in großen Happen Brot und Käse. »Hat diesmal ewig gedauert, den Doktor ausfindig zu machen«, nuschelte er mit vollem Mund. »Zuerst war ich in Nikolsburg und wurde dort von einem der verdammten Brüderhöfe zum nächsten geschickt. Es war wie verhext: Jedes Mal, wenn ich ankam, war der Kerl schon wieder weg. Schließlich habe ich ihn in Poysdorf angetroffen, wo er den Hufschmied verarzten musste, den einer der Gäule böse erwischt hatte.« Oswald verzog das Gesicht, als würde er den Schmerz selbst verspüren.

Sophia sah ihn erstaunt an. »Wie? Ihr habt ihn auf den Brüderhöfen gesucht? Mir hat man erzählt, die Täufer dort hätten selbst kundige Ärzte und Bader?« Oswald lachte, wobei er ein paar Krümel auf den Tisch sprühte. »So ist es«, bestätigte er. »Ein paar sind sogar so geschickt, dass die anderen Pfuscher, die sich hier herum Ärzte nennen, es nicht mit ihnen aufnehmen können, aber Doktor Lienhard ist der Beste von allen. Wen schert es da, dass er dem Glauben der Täufer anhängt?«

Während Sophia die Suppe in eine Schüssel schöpfte und sie zusammen mit einem Löffel vor Oswald auf den Tisch stellte, versuchte sie, die Neuigkeit zu verdauen. Der Arzt, den der Verwalter auf Geheiß seines Herrn geholt hatte, war Täufer – ein Glaubensbruder von Storch. Ihr wurde klar, dass sie es unbedingt schaffen musste, mit dem Doktor über den Gefangenen zu sprechen!

»Ist das der Arzt, der Eure Frau untersucht und Euch die Tinktur gegeben hat?«, fragte sie hoffnungsvoll. Falls es so war, würde Oswald den Mann, wenn er schon einmal hier war, gewiss erneut an Ruženas Krankenbett holen.

Der Verwalter hatte den Löffel ignoriert und die Suppe gleich aus der Schüssel geschlürft. Bevor er ihr Antwort gab, rülpste er und wischte sich über den Mund. »So ist es.« Er stieß einen Seufzer aus. »Auch wenn ich weiß, dass selbst der begnadetste Arzt ihr nicht mehr zu helfen vermag, werde ich ihn abermals zu ihr bitten.«

»Natürlich!« Sophia trug die leere Schüssel zum Spülstein. »Vielleicht kann er noch eine stärkere Medizin gegen ihre Schmerzen zubereiten.« Sie hoffte inständig, dass der gepriesene Doktor Lienhard das tatsächlich vermochte, aber gleichzeitig ersehnte sie seine Hilfe für Nikolaus Storch. Wahrscheinlich würde auch der Arzt nichts tun können, um den Wanderprediger aus seinem Kerker zu befreien. Aber vielleicht hätte er eine Arznei parat, die er ihr überlassen konnte. Sophia würde sich etwas einfallen lassen müssen, um sie dem Gefangenen zu verabreichen, aber sie verspürte weit mehr Zuversicht als gestern Abend. Gott schien ihre Gebete erhört zu haben. Es konnte kein Zufall sein, dass ausgerechnet in dem Augenblick, in dem sie Hilfe am nötigsten brauchte, ein Glaubensbruder Storchs auf der Burg ankam!

Die nächsten Stunden verbrachte Sophia in gespannter Erwartung. Oswald kam erst am Abend wieder. Er brachte einen Mann mit, der auf den ersten Blick ganz und gar unauffällig wirkte. Doktor Lienhard hatte sein vierzigstes Lebensjahr gewiss überschritten. Er war von mittlerer Statur, und sein ursprünglich braunes Haar fing bereits an zu ergrauen. Nichts an seinem Äußeren wies darauf hin, dass er Täufer war. Im Gegensatz zu den meisten Männern auf den Brüderhöfen, trug er Haar und Bart sehr kurz, und statt des kegelförmigen schwarzen Filzhuts mit der breiten Krempe hatte er ein braunes Barett auf dem Kopf. Auch seine Jacke war modisch kurz, statt bis ans Knie hinabzureichen, und anstelle der festen Schuhe, die auf den Brüderhöfen üblich waren, trug er Reitstiefel. Über seiner Schulter hing an einem Lederriemen ein Medizinkasten, wie ihn auch Meister Arnold mit sich führte, wenn er Kranke besuchte.

Er erwiderte flüchtig Sophias Gruß, reichte ihr seinen Umhang und trat dann sogleich ans Bett der Kranken. Oswald ließ den Arzt nicht aus den Augen, der nun Ružena Hand ergriff und so leise zu ihr sprach, dass selbst Sophia, die nur wenige Schritte entfernt stand, nichts verstehen konnte. Da sie aber mehrfach beobachtet hatte, was Meister Arnold tat, wenn er zu einem Schwerkranken gerufen wurde, wusste sie, dass Lienhard währenddessen den Puls und die Atmung der Frau sowie die Temperatur ihrer Haut kontrollierte. So konnte er einen ersten Eindruck von ihrem Allgemeinzustand gewinnen. Dabei zeigte sein Gesicht einen konzentrierten Ausdruck, der keine Rückschlüsse auf das zuließ, was er davon halten mochte. Ruženas Lippen verzogen sich mühsam zu einem Lächeln – zum Sprechen war sie heute zu schwach.

Eigentlich hatte Sophia erwartet, dass der Arzt seine Untersuchung nun fortsetzen würde, indem er ihr in den Mund sah, ihr Brust und Rücken abhörte, den Körper abtastete und zum Schluss noch den Urin beschaute, den sie dafür extra aufgehoben hatte. Doch Lienhard rückte den Stuhl ans Bett und ließ sich in aller Ruhe darauf nieder. Dann sprach er weiter, strich Ružena dabei über die Stirn und ergriff schließlich wieder ihre Hand. Sophia sah zu Oswald hinüber, der seine Ungeduld dadurch zu verbergen suchte, dass er die Bibel vom Betstuhl nahm. Statt aber zu lesen, blätterte er lediglich die Seiten um. Einige Zeit später stieß Ružena einen tiefen, befreiten Seufzer aus, schloss die Augen und schlief ein. Ihre Züge waren so friedlich und entspannt, wie Sophia sie noch nie gesehen hatte. Lienhard erhob sich und schob leise den Stuhl zurück. Dann verließ er das Zimmer. Oswald folgte ihm, und da es für sie gerade nichts zu tun gab, schloss sich Sophia ihnen an.

Oswalds Einladung auf einen Krug Bier und ein Abendessen lehnte der Doktor mit einem Kopfschütteln ab. »Danke, aber für mein leibliches Wohl wurde gesorgt. Euer Herr ließ mir mehr auftischen, als ich gewöhnlich in zwei Tagen zu mir nehme.« Seine Stimme hatte einen weichen, aber fremden Klang.

Die Wochen, die Sophia auf dem Brüderhof verbracht hatte, dessen Bewohner zum größten Teil aus den Tälern der Alpen geflohen waren, hatten ihr Ohr für den Klang der verschiedenen Dialekte geschärft. Lienhard stammte eindeutig nicht von dort.

Oswald, der damit der Höflichkeit Genüge getan hatte, kam nun auf das zu sprechen, was auch Sophia beschäftigte. »Was habt Ihr mit meinem Weib gemacht?«, erkundigte er sich mit gerunzelter Stirn. »Es grenzt wirklich an ein Wunder, denn ihre Schmerzen schienen auf einmal ganz und gar verschwunden zu sein!«

Ein wachsamer Ausdruck huschte über das schmale Gesicht des Arztes. »Oh nein«, versicherte er entschieden. »Wunder wirken kann allein der Vater im Himmel! Aber ich habe Eurem Weib gesagt, dass es nur noch wenige Tage dauern kann, bis er sie zu sich ruft und sie seiner Wunder auf ewig teilhaftig werden wird. Das hat sie ihre Schmerzen einstweilen vergessen lassen.«

Sophia sah, wie Oswald bei diesen Worten regelrecht in sich zusammensank, und Mitleid erfasste sie. Hatte der Burgverwalter sich entgegen seiner eigenen Worte noch Hoffnung darauf gemacht, dass Ruženas Zustand sich bessern könnte?

»Könnt Ihr denn gar nichts mehr tun?«, fragte er jetzt mit heiserer Stimme. »Vielleicht könntet Ihr noch eine andere Tinktur für sie mischen?«

»Das Mittel, das ich Euch gab, ist bereits sehr stark«, entgegnete Lienhard und hob abwehrend die Hände. »Es tut mir leid!« Dann blickte er sich nach Sophia um, die noch immer den Umhang des Arztes über dem Arm trug. »Wie ich sehe, habt Ihr auf meinen Rat gehört und eine Magd angestellt, die sich ausschließlich um Euer Weib kümmern kann. Das ist gut. Ich werde mich jetzt verabschieden, denn auf einem der Brüderhöfe wartet noch ein Patient auf mich.«

Gleich nachdem der Arzt gegangen war, wandte Sophia sich an Oswald: »Wenn Ihr nichts dagegen habt, gehe ich noch eine Runde über den Burghof spazieren. Seit ich heute Morgen auf diesem Stuhl aufgewacht bin, schmerzt mein Rücken.« Das stimmte, war aber nur die halbe Wahrheit. Als Oswald schweigend nickte, nahm sie ihr Wolltuch und schlüpfte zur Tür hinaus. So schnell es möglich war, ohne Aufsehen zu erregen, überquerte sie den Burghof. Bei den Stallungen angekommen, sah sie sich um. Die Dämmerung war bereits weit fortgeschritten, und die Stallburschen schienen zum Essen in die große Gesindestube der Burg gegangen zu sein. Wie sie es erwartet hatte, führte Lienhard gerade sein Pferd aus einer der hohen Stalltüren.

Sophia trat ihm in den Weg. »Ich muss Euch sprechen, Doktor – allein!« Sie deutet mit dem Kopf zum Stall.

»Ihr seid die Magd, die sich um das Weib des Verwalters kümmert, nicht wahr?« Es war schon so dunkel, dass sie das Gesicht des Arztes nicht mehr genau erkennen konnte, doch seine Stimme klang sehr vorsichtig. »Falls Ihr ein Mittel von mir wollt«, er brach ab und deutete auf ihren Bauch, den sie so geschickt unter ihrer gefältelten Schürze verbarg, dass man schon Erfahrung haben musste, um ihre Schwangerschaft zu erkennen. »Damit handele ich nicht. Und nicht nur wegen Eures Seelenheils rate ich Euch dringend davon ab, es bei irgendeiner Pfuscherin zu versuchen!«

»Was?« Sophia wich einen Schritt zurück und legte schützend die Hände auf ihren Leib. »Nein! Warum sollte ich das wollen?«

»Weil es das ist, worum mich hübsche, aber törichte Mägde am häufigsten bitten, wenn sie mich allein sprechen wollen«, sagte Lienhard abfällig. »Dann muss ich Euch sagen, dass Ihr gerade der Tor seid, Doktor«, Sophia konnte den Ärger, der nun in ihr aufwallte, einfach nicht unterdrücken, »denn Ihr urteilt vorschnell ohne Kenntnis der Fakten und zieht daher falsche Schlüsse!«

Lienhard stieß vernehmlich die Luft aus. »Sieh an, eine Magd, die sich auf Rhetorik versteht! Nun, dann könnte es in der Tat interessant sein, Euch zuzuhören.« Er führte sein Pferd zurück in den Stall, und Sophia folgte ihm.

Drinnen empfing sie ein kräftiger, aber anheimelnder Geruch nach Pferdemist und Stroh. Es war so dunkel, dass sie aufpassen mussten, nicht über ihre eigenen Füße zu stolpern oder gegen die Boxen zu stoßen, in denen einige Pferde unruhig scharrten und schnaubten. »Also, was wollt Ihr? Und fasst Euch bitte kurz!« Lienhards Stimme klang abwartend. Da der Arzt es ohnehin nicht sehen konnte, verdrehte Sophia die Augen und schüttelte den Kopf. Wie sollte sie ihm auf die Schnelle erzählen, dass sie am liebsten seine Unterstützung bei der Flucht eines Gefangenen von der Burg haben wollte?

»Habt Ihr Eure lockere Zunge inzwischen verschluckt, oder was?«, hakte Lienhard nach. »Ihr wisst, dass Nikolaus Storch, Euer Glaubensbruder, hier gefangen gehalten wird?«, begann sie. »Ja. Aber was schert das Euch?«, entgegnete Lienhard kurz angebunden. »Es geht ihm schlecht«, erklärte Sophia. »Seine Füße sind abgestorben und schon ganz schwarz und verschrumpelt, und die Mäuse schleppen seine Zehen fort.« Der Arzt schwieg und ließ auch sonst durch nichts erkennen, wie er darüber dachte. »Ich glaube nicht, dass er noch lange leben wird, wenn ihm keiner hilft!«, fügte sie mit Nachdruck hinzu.

»Glaubt mir, ich wäre der Letzte, den man zu ihm ließe!« Er stieß ein bitteres Lachen aus. »Aber wenn Ihr mir ein Mittel gebt, das ihm helfen würde, dann könnte ich es ihm bringen«, entgegnete sie. »Am besten wäre es freilich, wenn wir einen Weg finden würden …«

»Mag sein«, schnitt der Arzt ihr das Wort ab. »Trotzdem verstehe ich noch immer nicht, warum Ihr Euch dermaßen um das Wohlergehen eines Fremden sorgt, der noch dazu ein Täufer ist.« Das Misstrauen in seiner Stimme war nicht zu überhören, doch auf diese Frage war Sophia gefasst.

»Nikolaus Storch ist kein Fremder für mich«, sagte sie wahrheitsgemäß. »Er ist ein Verwandter meines Mannes.«

»Warum ist Euer Mann dann nicht hier?«, fragte Lienhard scharf. »Weshalb erlaubt er seinem schwangeren Weib, sich in Gefahr zu bringen?«

»Er ist gestorben.« Diese Notlüge ging Sophia wie üblich schwer von der Zunge – doch es musste sein, denn eine wahrheitsgemäße Erklärung würde viel zu viel Zeit kosten. Lienhard schwieg so lange, dass Sophia glaubte, er wolle gar nichts mehr sagen. »Wenn das Fleisch tatsächlich so weit abgestorben ist, wie Ihr mir schildert, kann höchstes noch eine Amputation der Füße und wahrscheinlich auch der Unterschenkel sein Leben retten«, erklärte er schließlich.

Sophia stöhnte leise auf. Dann schrak sie zusammen, weil aus der Dunkelheit des Stalls eine schrille Frauenstimme ertönte. »Worauf wartest du, Wastel – oder hast du noch nicht genug gehört? Lenka hat recht, sie ist eine von denen! Sperr das verlogene Miststück zu ihrem Verwandten, dem alten Ketzer, ins Felsengewölbe! Dann kann man sie gemeinsam ersäufen wie einen Wurf Katzen!«

Panik ergriff Sophia, und um ein Haar wäre sie davongestürzt. Dann wurde ihr bewusst, dass Flucht sinnlos war. Wohin sollte sie laufen, zu Fuß und in der Dunkelheit? Wie betäubt stand sie da, und auch Doktor Lienhard rührte keinen Finger, als der Wachmann sie grob am Arm packte und aus dem Stall zerrte.

Kapitel 11

Magister Fuchs warf einen prüfenden Blick auf die Uhr am Giebel des Rathauses. Der Zeiger rückte auf die vergoldeten römischen Ziffern der Neun, und einen Augenblick später läutete das kleine Glöckchen unter dem Dachreiter exakt neunmal. Fuchs spürte, wie sich seine Brust weitete, und seine Lippen verzogen sich zu einem Lächeln. Was er empfand, war berechtigter Stolz, denn erst in der letzten Woche war es ihm gelungen, das Uhrwerk der Rathausuhr durch den Einbau eines Schlagwerks zu komplettieren. Wie stets hatte auch dabei der Teufel im Detail gesteckt: Die Schlussscheibe, die mit ihren exakt bemessenen Lücken sicherstellen soll, dass tatsächlich nur die Anzahl Schläge an das Glöckchen abgegeben wird, die für das Anzeigen der entsprechenden Stunde notwendig ist, hatte mehrere Überarbeitungen in Meister Hanischs Schmiedewerkstatt benötigt, bis der Magister mit ihrer Funktion vollständig zufrieden war. Jedenfalls konnten die Pirnaer die genaue Zeit jetzt nicht nur ablesen, sondern auch weithin hören, und auch der Türmer von Sankt Marien konnte sich beim Nachschlagen der Stunden nun nach der Rathausuhr richten.

In der Vergangenheit war es immer mal wieder vorgekommen, dass der gute Mann die große Glocke zu spät oder auch gar nicht geläutet hatte. Die meisten Leute störte das nicht sonderlich – den Magister allerdings schon. Glücklicherweise hatte der Rat ihm mehrheitlich darin zugestimmt, dass es einer Stadt von der Bedeutung Pirnas gut zu Gesicht stünde, auch in dieser Beziehung für Ordnung zu sorgen. »Zeit ist Geld!«, hatte Fuchs den Ratsherren in Anlehnung an den antiken Gelehrten Theophrastus geschrieben.

Zufrieden rieb sich der Magister die Hände, bevor er nach dem neunten Glockenschlag die Freitreppe am Rathaus erklomm. Der Kämmerer hatte ihn zu sich bestellt, und Fuchs hoffte, dass er nun den noch ausstehenden Lohn für seine Arbeit ausgezahlt bekam. Das würde schnell erledigt sein, sodass er sich im Anschluss gleich wieder an seine Pläne für die Konstruktion des mechanischen Vogels setzen konnte, die er in den letzten Wochen wegen der Verzögerung beim Einbau des Schlagwerks hatte vernachlässigen müssen. Daher überraschte es ihn einigermaßen, dass Alex Walter ihm eigenhändig einen Stuhl an seinen Schreibtisch rückte.

»Bitte setzt Euch doch, Magister Fuchs, damit ich nicht die ganze Zeit zu Euch aufschauen muss!«, verlangte der Kämmerer mit einem verbindlichen Lächeln. Kaum hatte Fuchs Platz genommen, schenkte der Ratsherr ihm auch schon einen Becher Wein ein. Dem Magister schoss die Röte ins Gesicht. Sicherlich, er hatte im vergangenen Herbst, kurz nach der Abreise seines Weibes, eine Zeitlang mehr getrunken, als ihm gutgetan hatte, aber das war inzwischen vorbei. Hielt der Kämmerer ihn etwa für einen Säufer, mit dem man kein vernünftiges Gespräch führen konnte, ohne ihm zuvor einen Trunk zu spendieren? »Danke!«, sagte er lauter, als er beabsichtigt hatte. »Für mich bitte keinen Wein zu dieser frühen Stunde!«

»Ach, was!« Seine Worte perlten an Walter ab wie Wasser am frisch geputzten Gefieder einer Ente. »Das, was ich Euch gleich zu sagen habe, verlangt geradezu danach, dass wir es mit einem guten Schluck begießen!« Er füllte das Glas, auf dem in feinstem Gold das Wappen der Stadt mit Birnenbaum und Löwe prangte, bis zum Rand und schenkte sich auch selbst ein.

»Außerdem ist das hier kein Wein, sondern in Fässer abgefüllter Sonnenschein.« Walter hob sein Glas und ließ den Wein darin kreisen. Im Licht der Morgensonne, die durch das geöffnete Fenster fiel, funkelte er golden und kostbar. »Wein von den griechischen Inseln – deren antike Gelehrte Ihr so gern bemüht, mein lieber Magister.« Der Kämmerer lachte. »Der Teuerste, den ich im Ratskeller finden konnte – die Kanne zu sechs Groschen.«

»So viel kostet eine Beerdigung samt Sarg«, sagte Fuchs, den das übertrieben freundliche Gebaren des Kämmerers allmählich verdross. Er wollte weder teuren Wein noch zeitraubende Konversation, er wollte sein Geld haben und sich dann wieder in Ruhe seiner Arbeit widmen!

»Beerdigung? Sarg? Mann, was redet Ihr da!« Walter ließ das Glas sinken und wirkte auf einmal besorgt. »Schumann scheint tatsächlich recht zu haben«, murmelte er. »Mein lieber Fuchs, Ihr arbeitet zu viel und gönnt Euch zu wenige Freuden«, sagte er in einem väterlichen Ton, der Fuchs irritiert aufhorchen ließ. Bevor er etwas erwidern konnte, fuhr der Kämmerer fort: »Daher sollt Ihr wissen, dass der Rat beschlossen hat, Euch in Anerkennung der Dienste, die Ihr der Stadt erwiesen habt, zu den ausstehenden dreißig Gulden für den Einbau des Schlagwerks noch ein Geschenk von hundertfünfzig Talern zukommen zu lassen.« Fuchs, der glaubte, sich verhört zu haben, schüttelte benommen den Kopf. »Doch, doch«, versicherte der Kämmerer mit einem milden Lächeln. »Genauso verhält es sich! Allerdings ist eine kleine Bedingung an das Geld geknüpft.«

Ah, dachte der Magister, daher weht also der Wind. »Was soll ich dafür tun?«, erkundigte er sich vorsichtig. »Schaut nicht so misstrauisch!« Ein belustigtes Lächeln spielte um die Lippen des Kämmerers, während er sich zurücklehnte und die Hände vor der breiten Brust verschränkte. Es war offensichtlich, dass er es genoss, den Magister noch ein wenig zappeln zu lassen.

Wie einen Fisch an der Angel, dachte Fuchs verärgert. Am liebsten wäre er aufgestanden und gegangen. Aber hundertfünfzig Gulden waren eine Menge Geld – dafür konnte er sich zumindest anhören, was die Herren von ihm wollten, und wenn's ihm nicht gefiel, konnte er es ihnen immer noch abschlagen. »Was Ihr dafür tun sollt, wird Euch außerordentlich gefallen«, versicherte Walter. Na, das wollen wir sehen, dachte Fuchs grimmig. »Der Hohe Rat dieser Stadt erwartet, dass Ihr das Geld nutzt, um so bald wie möglich nach Nürnberg zu reisen, damit Ihr Eure Kenntnisse über den Bau von Uhren und Automaten bei den dortigen Meistern vervollkommnen könnt.«

Schon wieder glaubte Fuchs, sein Gehör habe ihn im Stich gelassen. Aber vielleicht war es auch sein Verstand – der gaukelte ihm nämlich vor, der Kämmer wolle ihm Geld geben, damit er sich davon einen seiner Träume erfüllen konnte! Er warf einen misstrauischen Blick auf sein Glas, das immer noch unberührt auf dem Tisch stand. Manchmal, wenn er so sturzbetrunken gewesen war, dass er kaum noch allein ins Bett zu gelangen vermochte, hatte er sich eingebildet, sein Weib würde darin liegen und seine liebende Umarmung erwarten. Aber das war ihm schon seit Monaten nicht mehr passiert, und von dem verdammten Griechenwein hatte er noch keinen Tropfen probiert!

Dann sah er, wie der Kämmerer ein beschriebenes Blatt vor ihn auf den Tisch legte. Es war aus schwerem, teurem Papier und trug ein Siegel, das drei Kleeblätter zeigte, die am Stiel vereinigt waren.

»Und dieses Empfehlungsschreiben dürfte Euch in Nürnberg die Türen jener gelehrten Männer öffnen, die Ihr so begierig zu sprechen wünscht.«

Fuchs schwirrte der Kopf. Er wollte fragen, von wem das Schreiben stammte und wie es kam, dass den Ratsherren Wünsche bekannt waren, die er bisher kaum jemandem anvertraut hatte. Aber die Zunge klebte an seinem Gaumen, sodass er zuerst nach dem Weinglas griff und es zur Hälfte leerte.

Der Kämmerer beobachtete ihn mit einem Schmunzeln, während er sein eigenes Glas nahm. »Nun, wie ist es – akzeptiert Ihr das Geschenk des Rates unter diesen Bedingungen?«

Fuchs nickte, denn er traute seiner Stimme noch immer nicht. Er hob das Glas, und Walter tat ihm Bescheid. Nachdem der Magister den Wein ausgetrunken hatte, fühlte er, dass er wieder ganz Herr seiner Sinne war. »Ja, ich akzeptiere das Geschenk. Bitte versichert die anderen Herren vom Rat meines großen Dankes! Sagt ihnen auch, dass ich die daran geknüpften Bedingungen getreulich erfüllen werde«, erklärte er ein wenig verspätet.

»Das werde ich tun, mein lieber Magister, das werde ich!« Der Kämmerer nickte ihm gnädig zu. »Achtet Ihr nur darauf, während der Reise Eure Kenntnisse zum Wohle und Gedeihen unserer Stadt zu mehren und am Ende gesund zurückzukehren!« Er senkte die Stimme. »Wie ich hörte, hat unser Herzog Großes mit seinem Schloss in Dresden vor. Dazu braucht er vielleicht einen Mann mit Euren Talenten.«

Fuchs nickte. Dann nahm er das Empfehlungsschreiben an sich, murmelte einen weiteren Dank und verließ die Kämmerei mit großen Schritten. Während er die Freitreppe hinabstieg, hatte er das Gefühl, auf Wolken zu schreiten. Mitten auf dem Markt, umgeben von geschäftigen Hausfrauen und körbetragenden Mägden, blieb er stehen, um Unterschrift und Siegel auf dem Schreiben genauer in Augenschein zu nehmen. »Christoph von Carlowitz«, flüsterte er beeindruckt. »Wie kommt einer der Räte des Herzogs dazu, mir ein persönliches Empfehlungsschreiben auszustellen?« Dann fiel ihm wieder ein, was Walter ihm über die Pläne des Herzogs erzählt hatte. Er konnte dennoch kaum glauben, dass der vielbeschäftigte Carlowitz sich nebenher noch um Derartiges kümmerte.

»Macht Platz!«, vernahm er eine heisere Stimme und wurde im nächsten Augenblick unsanft zur Seite geschoben. Das beherzte Eingreifen eines bulligen Fleischergesellen hatte im letzten Moment verhindert, dass der Magister unter die Räder eines Karrens geriet, der mit Bierfässern beladen den Eingang des Ratskellers ansteuerte. Fuchs bedankte sich. Sein Retter bückte sich wortlos, klaubte das Empfehlungsschreiben vom Pflaster und drückte es dem Magister in die Hand.

Während der Mann zu den Fleischbänken weiterging, faltete Fuchs das kostbare, aber nun beschmutzte Blatt zusammen und verstaute es unter seinem Wams. Dann machte er sich auf den Weg zur Badergasse. Wäre sein Weib daheim gewesen, hätte er zuerst ihr von seinem unverhofften Glück erzählt – so aber war sein Freund Valentin derjenige, mit dem er es zu teilen wünschte.

In der Badestube ging es um diese Tageszeit gemächlich zu. Heinrich Fuchs wurde von intensiven Düften nach Rosmarin, Lavendel und Melisse empfangen, denn Jakob war gerade dabei, Kräuteraufgüsse anzusetzen. Nebenbei beaufsichtigte der Gehilfe des Baders zwei Mägde, die schon den ersten Zuber mit heißem Wasser füllten. »Seid mir gegrüßt, Magister Fuchs«, rief Jakob über die Schulter. »Noch einen Augenblick, dann habe ich Zeit für Euch!« Er zerrieb die getrockneten Kräuter in einem großen steinernen Mörser.

Da der junge Mann wegen der Wärme und Feuchtigkeit in der Badestube lediglich mit einer knielangen Hose bekleidet war, konnte Fuchs das Spiel der Muskeln unter der glatten Haut seines Rückens bewundern. Mit den lockigen schwarzen Haaren, den samtbraunen Augen und den offenen, ebenmäßigen Zügen war Jakob ein verteufelt hübscher Bursche und noch dazu der heiterste Mensch, den der Magister je kennengelernt hatte. Nur die lange, gezackte Narbe, die sich von seiner linken Schläfe bis zum Unterkiefer zog, deutete darauf hin, dass das

Leben auch für ihn nicht nur glückliche Momente bereitgehalten hatte. Im Gegenteil – aus der Zeit, die Fuchs als Dauergast in Arnolds Haus verbracht hatte, wusste er, dass der Bader den jungen Jakob vor Jahren aus den Fängen eines grausamen Meisters befreit hatte.

Endlich warf Arnolds Gehilfe die Kräuter in einen Kessel mit kochendem Wasser, den er sogleich vom Feuer nahm. Dann drehte er sich um und kam mit einem Lächeln auf Fuchs zu. »Ich hoffe, ich kann etwas für Euch tun und Ihr seid nicht nur auf der Suche nach meinem Meister. Der ist nämlich heute schon früher als sonst zu seinen Patientenbesuchen aufgebrochen.« Jakob wurde für einen Augenblick ernst. »In der Vorstadt vor dem Schifftor hat es zwei neue Fälle von Schweißfieber gegeben.«

»Das ist äußerst bedauerlich.« Fuchs ließ offen, ob er damit Arnolds Abwesenheit oder das erneute Aufflackern der Krankheit meinte.

»Ihr könnt jedoch hier auf ihn warten und Euch die Zeit mit einem erfrischenden Bad vertreiben.« Jakob zwinkerte dem Magister zu und machte eine einladende Geste zu dem Zuber, in den die beiden Mägde eben den letzten Eimer dampfenden Wassers schütteten.

Schon wollte Fuchs auf das Angebot eingehen, doch dann fiel ihm ein, dass er die Zeit besser nutzen könnte, indem er sich bei den Fuhrherren der Stadt danach erkundigte, auf welchem Weg er am schnellsten nach Nürnberg gelangen würde. Möglicherweise wollte gar jemand in den kommenden Tagen eine Fahrt in die Richtung unternehmen.

»Ich habe noch zu tun«, sagte er mit einem Kopfschütteln. »Aber richtet dem Meister bitte aus, dass ich am Abend wieder vorbeikomme. Ich habe überaus erfreuliche Neuigkeiten.« Neugierig riss Jakob die Augen auf, doch Fuchs lächelte nur geheimnisvoll und verabschiedete sich. Er freute sich schon darauf,

Arnolds Gesicht zu sehen, wenn er ihm davon erzählte, was ihm in der Kämmerei widerfahren war.

Bis zum Abend hatte der Magister tatsächlich alle notwendigen Erkundigungen eingezogen. Morgen, so dachte er zuversichtlich, würde er alles Weitere geregelt haben, sodass er sich noch vor Sonntag auf den Weg nach Franken machen konnte. Mittlerweile fühlte er sich so lebendig wie schon lange nicht mehr. Daher waren die Worte, mit denen Valentin Arnold ihn am Abend empfing, wie ein kalter Wasserguss für sein vorfreudig erregtes Gemüt.

»Sagt bloß, Ihr habt endlich günstige Nachrichten von Eurem Weibe? Sophia kommt wohl doch eher nach Haus als erwartet?« Der Bader schien nun zu merken, dass mit seinem Freund etwas nicht stimmte, denn er hielt in seinem Redefluss kurz inne. »Hoffentlich heißt das nicht, dass ihre Tante den Folgen ihres Sturzes am Ende doch noch erlegen ist?« Arnold rieb sich verlegen die lange Nase. Er suchte Jakobs Blick, der die Stube eben mit einem Krug Wein in der einen und drei Bechern in der anderen Hand betreten hatte. Mit einem anmutigen Schulterzucken drückte der Gehilfe seinem Meister den Krug in die Hand und stellte anschließend die Becher auf den Tisch. Dann ließ er sich ganz selbstverständlich auf einem der freien Stühle nieder und musterte den Besucher nachdenklich. Arnold, offenbar froh, dass er etwas tun konnte, schenkte den Wein aus und reichte jedem einen randvollen Becher.

Mittlerweile hatte Heinrich Fuchs sowohl sein Gleichgewicht als auch die Sprache wiedergefunden. Ohne auf die Worte seines Freundes einzugehen, zog er das Empfehlungsschreiben aus seinem Wams. Er reichte es Arnold über den Tisch und fügte lächelnd hinzu: »Und falls Euch das als Grund für meine Freude nicht reicht, so merket auf: Unsere Ratsherren ließen mir darüber hinaus noch ein Geschenk von hundertfünfzig Gulden zukommen, damit ich die Reise nach Nürnberg auch antreten kann.«

Jakob schnappte vernehmlich nach Luft, und auch Valentin Arnold war aufrichtig beeindruckt. Nachdem der Bader das Empfehlungsschreiben entfaltet und gründlich studiert hatte, gab er es zurück und griff nach seinem Becher. »Dann lasst uns darauf trinken, dass Eure Reise unter einem glücklichen Stern stehen möge und sich alle Hoffnungen erfüllen, die Ihr daran knüpft, mein Freund!«

»Werdet Ihr nach Eurer Rückkehr unsere Uhr am Rathaus mit einem Figurenspiel krönen, wie die Nürnberger eins haben?«, erkundigte sich Jakob, nachdem sie getrunken hatten. »Warum nicht?«, entgegnete Fuchs mit einem Schmunzeln. »Heute ist ein Tag, an dem mir alles möglich erscheint!«

Eine Weile versuchten sich der Bader und sein Gehilfe nun in der Vorstellung zu übertrumpfen, welch aufsehenerregende Erfindungen der Magister im Anschluss an seine Reise machen würde. Fuchs fand Jakobs Idee von einem mit Wasserkraft betriebenen winzigen Bohrer, mit dessen Hilfe man die Fäulnis aus einem kranken Zahn holen könne, durchaus überdenkenswert. Obgleich das Problem, womit das entstandene Loch dauerhaft zu verschließen sei, ihm vorerst unlösbar erschien.

»Wir müssen allerdings bedenken, dass die Badestube Eures Meisters nicht direkt am Fluss steht, sodass für den Antrieb nur Muskelkraft infrage käme«, warf er ein. »Spätestens dann, wenn Ihr täglich mit hängender Zunge in einer Tretmühle strampelt, würdet Ihr mich dafür verfluchen!«

Jakob lachte. »Ihr solltet die alte Handelsstraße über Leipzig nehmen«, sagte Arnold unvermittelt. »Dort stattet Ihr Eurem Weib einen Besuch ab und reist anschließend weiter nach Nürnberg.«

Der Magister fühlte sich ertappt, denn damit hatte sein Freund bewiesen, dass kaum etwas vor ihm zu verbergen war.

»Es wäre ein Umweg von mehreren Tagen«, entgegnete er. Selbstverständlich hatte er mit dem Gedanken gespielt, ihn dann aber rasch verworfen. »Nein, nein! Ich reise auf dem kürzesten Weg über meine Vaterstadt Zwickau und dann weiter über Hof nach Franken. Leipzig werde ich auf meiner Rückreise im Herbst aufsuchen.« Er rang sich ein zuversichtliches Lächeln ab. »Bis dahin dürfte Sophias Tante mit Gottes Hilfe genesen sein.«

»Und falls nicht, sagt Ihr dem Onkel endlich, dass er eine andere Pflegerin für sie finden muss. Seine Nichte ist nun mal Euer Weib und gehört in Euer Haus!«, erklärte Valentin. Seine Augen blitzten, sodass der Magister an einen Raben denken musste, der ein Stück Käse verteidigte. Fuchs wusste, dass der Bader Sophia ähnlich freundschaftliche Gefühle entgegenbrachte wie ihm. Dennoch kam ihm heute zum ersten Mal in den Sinn, dass Arnold sie wahrscheinlich ebenfalls vermisste.

»Das werde ich!«, versprach er mit fester Stimme.

Kapitel 12

Der Tag, an dem die fünf Strauchdiebe gehängt werden sollten, versprach der erste heiße Tag des Jahres zu werden. Nach zwei Wochen, in denen es fast ununterbrochen geregnet hatte, strahlte die Sonne bereits am Morgen von einem zartblauen Himmel. Der Duft zahlloser Lindenblüten, die sich über Nacht geöffnet hatten, hing honigsüß in der Luft. Ein Bienenschwarm summte in der Krone des Baumes, unter dem Sophia stand. Vögel zwitscherten in seinen Zweigen, und ein warmer Luftzug strich ihr übers Gesicht wie eine zärtliche Hand.

Während sie mit den Bewohnern der Burg und des Ortes Falkenstein darauf wartete, dass der Pfarrer den reuigen Sündern die letzten tröstenden Worte mit auf den Weg gab, konnte sie ihren Blick nicht von dem Galgen wenden. Er hatte wohl schon seit Jahrhunderten hier, auf dem höchsten Berg der Umgebung, seinen Platz. Die neue Holzkonstruktion war auf einem uralten gemauerten Fundament errichtet worden und bestand aus drei Pfosten. Dazwischen waren dicke Balken angebracht worden, über die man Hanfseile geworfen hatte. Die nachlässig geknüpften Knoten ließen Sophia daran zweifeln, ob der hiesige Henker etwas von seinem Handwerk verstand. Der grobschlächtige Mann schwankte ein wenig, während er mit verschränkten Armen im Hintergrund stand. Sophia war überzeugt davon, dass er nicht mehr nüchtern war. Obwohl die Luft über dem Platz sich zunehmend erwärmte, überlief sie ein Frösteln, und sie schlang die Arme um ihren Leib.

Mittlerweile hatte der blutjunge Pfarrer im schwarzen Talar seine Aufgabe beendet. Der Henker trat vor. Er half dem ersten Verurteilten, die hohe Leiter zu erklimmen, die an den oberen Balken gelehnt worden war und vom Henkersknecht festgehalten wurde. Der Räuber, ein schlaksiger Bursche, der sein zwanzigstes Lebensjahr nicht mehr erreichen würde, zitterte am ganzen Körper und murmelte unablässig das Vaterunser. Auf ein letztes Wort hatte er kopfschüttelnd verzichtet. Oben legte der Henker ihm mit erstaunlich sicheren Griffen die Schlinge um den Hals. Ein Stöhnen ging durch die Menge, als er den Verurteilten von der Leiter stieß. Wie Sophia schon befürchtet hatte, brach das Genick des armen Kerls nicht sofort. Stattdessen wand er sich zappelnd und zuckend am Strick, der ihm langsam die Luft abschnürte, wobei seine verzweifelt aufgerissenen Augen beinah aus den Höhlen sprangen. Das währte so lange, bis sich der Henkersknecht auf ein Zeichen seines Meisters an die Beine des Jungen hängte, worauf dessen Körper endlich erschlaffte.

Sophia hatte die Augen geschlossen, um das ebenso grausame wie unwürdige Schauspiel nicht länger ansehen zu müssen. Sie schrak auf, als sie von hinten am Arm gepackt wurde. »Schau es dir gefälligst an, verräterisches Weibsstück!« Wastels bier- und zwiebelgeschwängerter Atem schlug ihr warm ins Gesicht.

»Das ist's, was dir blühen wird, sobald du dein Balg zur Welt gebracht hast! Aber vorher darfst du noch eine Zeit unter meiner ganz besonderen Obhut im Felsenkeller verbringen.« Er brachte sein Gesicht so nah an ihres, dass sie die Essensreste, die in seinem ungepflegten Bart hingen, nicht nur sehen, sondern auch riechen konnte. Ihr Magen begann zu rebellieren, und als sie sich mit einem heftigen Ruck von ihm losriss, geriet sie ins Straucheln.

Der Burgschmied, gegen den sie prallte, murrte zwar, half ihr aber, auf den Beinen zu bleiben, indem er sie mit seinen riesigen vernarbten Pranken auffing. »Wastel, halt dein Maul und lass die Frau in Ruhe!«, knurrte er. »Noch hat unser Herr den Fall nicht entschieden. Du hast kein Recht, seinem Urteil vorzugreifen.«

»Wie das aussehen wird, kann sich jeder an einer Hand abzählen!« Der Wachmann grinste hämisch. »Das Weib ist eine Ketzerin, die sich in verräterischer Absicht auf einer Burg des Königs eingeschlichen hat. Dass sie noch immer frei umherläuft, liegt nur daran, dass der Verwalter seine Hand über sie hält.« Er spuckte aus und verfehlte Sophias Rock dabei knapp. »Aber wenn Oswalds Weib das Zeitliche gesegnet hat, braucht er sie nicht mehr – und dann ist sie dran. Wirst schon sehn!«

Obwohl in diesem Augenblick der zweite Verurteilte die Leiter bestiegen hatte und der Henker ihm den Strick um den Hals legte, drehten sich immer mehr Zuschauer nach ihnen um. Hin- und hergerissen zwischen Wut und Scham hätte Sophia die Richtstätte am liebsten verlassen. Aber erstens stand sie eingekeilt zwischen all den Menschen, und zweitens hatte Oswald ausdrücklich darauf bestanden, dass sie der Hinrichtung bis zum Schluss beiwohnte. Während er am frühen Morgen Magda an Ruženas Bett geholt hatte, hatte er Sophia selbst hierher begleitet.

Mittlerweile stand der Verwalter ganz vorn neben dem Pfarrer, vergewisserte sich aber hin und wieder, dass sie noch da war. Sophia war noch immer übel. Sie spürte, wie der Schweiß ihr Kleid unter den Achseln und am Rücken immer mehr durchnässte. Trotzdem drückte sie das Kreuz durch und hob das Kinn. Sie richtete ihre Aufmerksamkeit darauf, gleichmäßig zu atmen, und ignorierte die Frauen und Männer, die sie anstarrten, soweit es in der drangvollen Enge auf dem Platz möglich war. Dabei hoffte sie, dass niemand merkte, was wirklich in ihr vorging. So gern sie dem widerlichen Wastel entgegengeschleudert hätte, dass sie überhaupt keine Täuferin sei und der Burgherr sie gewiss nicht dafür verurteilen werde, dass sie sich Sorgen um einen verwirrten Verwandten mache – sicher war sie sich dessen keineswegs. Seitdem der Wachmann sie vergangene Woche aus dem Pferdestall gezerrt und unter den abenteuerlichsten Anschuldigungen zu Oswald gebracht hatte, stand sie im Haus des Verwalters unter Arrest. Sie durfte es nicht mehr allein verlassen, und Oswald sprach nur noch das Nötigste mit ihr. Er war auch nicht bereit gewesen, sich Erklärungen von ihr anzuhören, sondern hatte mit versteinerter Miene darauf hingewiesen, dass sie Gelegenheit bekomme, sich zu rechtfertigen, sobald der Burgherr sie am nächsten Gerichtstag vor seinen Stuhl bringen lasse. So lange würde sie wie gehabt ihren Pflichten gegenüber seiner Frau nachkommen, wobei die Sterbende mit alldem nicht belastet werden dürfe. Sophia verstand, dass der Verwalter sie heute mitgenommen hatte, um ihr zu zeigen, dass sein Herr kein milder Richter war.

Aber sosehr man sich auch das Maul über sie zerreißen mochte, Sophia wurde für die Zuschauer wieder unwichtig, als der dritte Räuber – ein kleiner dürrer Mann mit verschorftem Kopf und räudigem Bart – anfing, sich gegen den Griff des Henkers zu wehren. Statt Reue zu zeigen und sein Urteil fügsam hinzunehmen wie seine beiden Kumpane, begann er um sich zu treten und zu geifern wie ein tollwütiger Hund. Dabei lästerte er Gott und beschimpfte die Obrigkeit auf unflätigste Art. Während der Henker und dessen Knecht alle Hände voll zu tun hatten, den Tobenden zu bändigen und auf die Leiter zu hieven, breitete sich unter den Zuschauern Unruhe aus. Manche lachten, andere begannen den Verurteilten zu schmähen, aber nicht wenige gaben dem Henker die Schuld daran, dass die Hinrichtung aus dem Ruder zu laufen drohte.

»Was macht der denn da vorn?«, empörte sich der Schmied. »Der schafft es nicht mal, dieses dürre Männchen ordentlich festzuhalten!« Dabei krempelte er die Ärmel seines mit Brandlöchern übersäten Hemdes auf, als wollte er gleich selbst Hand anlegen. »Kein Wunder«, brummte ein alter grauhaariger Mann, dessen Rücken so verkrümmt war, dass er einen Stock benötigte, um nicht vornüberzufallen. »Der ist voll wie ein Weinfass im Herbst! Abgesehen davon, wenn er was von seinem Handwerk verstünde, hätte er schon vorher gemerkt, was das für ein Vogel ist, und vernünftig vorgesorgt.«

»Genau!«, stimmte ein pickliger, hochaufgeschossener Bursche ihm zu, in dem Sophia einen der Küchenjungen erkannte. »Einen Knebel hätte er bereithalten müssen – das weiß doch jeder!«

Während auch noch einer der Pferdeknechte und zwei Wäscherinnen ihre Ansichten zu dem Geschehen am Galgen verkündeten, gewann Sophia den Eindruck, dass die meisten Leute auf dem Platz glaubten, mehr von einer ordnungsgemäßen Hinrichtung zu verstehen als Henker und Knecht zusammen. Beinah erleichtert stieß sie die Luft aus, als die beiden Männer es endlich geschafft hatten, dem tobenden Räuber oben auf der Leiter die Schlinge umzulegen. Dessen schrilles Geschrei endete mit einem Röcheln, als sie ihn anschließend hinabstießen, aber wie beim ersten Gehenkten, brach auch sein Genick nicht sofort. Da der Henker ihm die Erlösung aber verweigerte, zuckte der Sünder noch am Strick, als seine bußfertigen Kumpane der Tod schon längst ereilt hatte.

»Bleiben die jetzt hier für immer hängen«, fragte ein kleiner semmelblonder Junge seinen Vater, auf dessen Schultern er die Hinrichtung verfolgt hatte. »Nein, mein Sohn, nicht für immer!« Der Mann, wohl ein Bauer aus der Gegend, strich ihm mit seiner schwieligen Hand über den Kopf. »Aber für eine Weile. Ihre Kadaver sollen anderen vor Augen führen, was mit ihnen geschieht, wenn sie Böses tun.«

»Zumindest, wenn sie nicht vorher von einem Leichendieb

gestohlen werden«, brummte der Schmied neben Sophia, während er sich anschickte, die Richtstatt zu verlassen.

»Was will ein Dieb mit einer Leiche?« Neugierig und ungläubig zugleich zupfte der Kleine an der Lederschürze des baumlangen Mannes. Der Schmied blieb stehen und beugte sich zu ihm herab. »Weißt du denn nicht, dass Sünderfett, eine Salbe aus dem Fett von Gehenkten, ein wunderbares Mittel gegen das Gliederreißen ist?« Der Junge schüttelte den Kopf. »Natürlich nicht«, sagte der Schmied lachend. »Für solche Wehwehchen bist du noch viel zu jung. Aber eingenommen soll es auch gegen Schwindsucht und Geisteskrankheit helfen. Und wenn man den Daumen eines Gehenkten in ein Fass hängt, verdirbt das Bier darin nicht so schnell.«

»Lass den Schmied in Ruhe, der muss wieder an seine Arbeit!« Der Bauer fasste das Kind an der Hand und zog es mit sich. Der Kleine stolperte neben seinem Vater den steilen Weg hinunter, wobei er sich immer wieder nach dem Schmied umsah.

Am Fuß des Berges angekommen, zerstreute sich die Menge. Den kürzesten Weg hatten die Bauern aus dem Dörfel, und während die Falkensteiner bald darauf nach rechts abbogen, mussten die Burgbewohner der Straße folgen, die linker Hand wieder bergauf führte. Dabei fand Sophia sich an der Seite des Verwalters wieder. Oswald erwähnte das Geschehen auf der Richtstatt mit keinem Wort und schwieg eisern, bis sie oben auf der Burg angekommen waren und sich die Tür seines Hauses hinter ihnen geschlossen hatte. Dort entließ er zuerst Magda. »Danke! Du kannst dich nun wieder an deine Arbeit für Blasius machen. Aber halte dich breit, heute Abend noch einmal herzukommen.«

Magda, die einzige unter den Mägden, die sich traute, hin und wieder ein Wort an Sophia zu richten, wenn sie das Essen brachte, warf ihr einen ermutigenden Blick zu, bevor sie ging. Sophia musste schlucken, denn dieses Zeichen der Anteilnahme ging ihr mehr unter die Haut als Wastels bösartige Spekulationen.

Oswald betrachtete sie mit gefurchter Stirn. »Der Herr wünscht dich heute Abend vor dem Abendmahl zu sehen!«, sagte er leise.

Sophia riss die Augen auf. Das Kind in ihrem Leib, das den Schreck wohl mitbekommen hatte, bewegte sich so heftig wie noch nie zuvor. Schützend legte sie die Hände auf ihren Bauch. »Aber Ihr habt doch gesagt, der nächste Gerichtstag sei erst in drei Wochen?«, sagte sie mit zittriger Stimme. Gleichzeitig schalt sie sich für ihre Angst, denn im Grunde sehnte sie den Augenblick der Entscheidung herbei. Es erschien ihr weit besser, zu wissen, was sie erwartete, als länger in Ungewissheit auszuharren.

Kurz blitzte Mitgefühl in Oswalds braunen Augen auf, und beinah schien es so, als würde er die Mauer, die er in der letzten Woche zwischen ihnen errichtet hatte, überwinden, doch dann schüttelte er den Kopf. »Nun will er dich eben vorher sprechen«, sagte er in abweisendem Ton. »Und ich kann dir nur raten, dich in jeder Hinsicht fügsam und reumütig zu zeigen!« Nachdem er noch einen Blick in Ruženas Kammer geworfen und für einen kurzen Moment den mühsamen Atemzügen seines schlafenden Weibes gelauscht hatte, schickte er sich an, seinen täglichen Pflichten auf der Burg nachzugehen. »Denk an das, was du heute Morgen miterleben musstest, sobald du vor dem edlen Ritter von Fünfkirchen stehst!«, mahnte er, bevor er das Haus verließ.

Sophia blieb allein zurück. Auf unsicheren Beinen wankte sie in die kleine Küche, goss sich einen Becher Wasser ein, wobei sie eine Lache auf dem Fußboden hinterließ, und sank schließlich auf einen Schemel. Während sie das Wasser in winzigen Schlucken trank, wehrte sie sich mit aller Macht gegen die Panik, die sie zu überrollen drohte. Kopflose Angst, so sagte sie sich, nutzte ihr am allerwenigsten – ganz im Gegenteil! Nur wenn sie ruhig blieb, den Mut nicht verlor und sich auf ihren Verstand verließ, konnte es ihr gelingen, sich und ihr Kind zu retten. Selbst wenn das Gespräch mit Lienhard ein ausgesprochen unglückliches Ende genommen hatte, wollte sie den alten Wanderprediger in seinem Felsenkerker noch nicht verloren geben. Erst der Tod, so hatte sie sich geschworen, sollte sie von den Verpflichtungen entbinden, die sie hier übernommen hatte. Wer weiß, dachte sie, vielleicht würde sich heute die langersehnte Gelegenheit ergeben, Johann von Fünfkirchen allein zu sprechen? Beim Gerichtstag – so viel hatte sie in Erfahrung gebracht – war stets eine Menge Volk anwesend, und darüber hinaus würde Oswald, der seinem Herrn auch als Schreiber diente, jedes Wort notieren, das sie von sich gab. Allerdings hatte Oswald vorhin nicht den Eindruck vermittelt, als würde er heute Abend anwesend sein. Aber selbst wenn – Sophia glaubte, den Verwalter inzwischen gut genug zu kennen. Der Mann war seinem Herrn treu ergeben und schien auch keinen grundsätzlichen Hass auf die Täufer zu hegen. Der Grund, dass er ihr inzwischen ablehnend gegenüberstand, lag darin, dass er ihr nicht verzeihen konnte, dass sie ihn und seine sterbende Frau für ihre eigenen Pläne benutzt hatte. Das musste besonders schwer für ihn wiegen, da er ihr, einer Fremden, von Anfang an vertraut und sie ausgesprochen freundlich behandelt hatte.

Sophia starrte in die erkaltete Asche im Herd und hatte auf einmal einen bitteren Geschmack im Mund. Es stimmte – sie hatte Oswald und Ružena Unrecht getan, und dafür schämte sie sich. Dennoch war sie nicht in der Lage, Gott um Verzeihung für ihre Verfehlung zu bitten, weil sie wusste: Käme sie wieder in eine solche Lage, würde sie dasselbe noch einmal tun.

Den Rest des Tages verbrachte Sophia damit, die kleine Küche gründlich aufzuräumen, wenn sie nicht damit beschäftigt war, Ružena zu versorgen. Doch die Kranke dämmerte vor sich hin und wollte inzwischen nicht einmal mehr von der Brühe trinken, die sie ihr immer wieder anbot. Sophia ahnte, dass die Ärmste nun unmittelbar an der Schwelle des Todes stand, den sie schon lange herbeisehnte. Als der Abend anbrach, wäre Sophia nicht imstande gewesen, genau Rechenschaft darüber abzulegen, was sie im Einzelnen getan hatte, denn ihre Gedanken waren immer wieder zu dem bevorstehenden Gespräch mit dem Burgherrn zurückgekehrt. Dabei hatte sie sich unzählige Varianten und Konstellationen ausgemalt, unter denen die Unterredung stattfinden würde, doch nichts davon hatte sie auf das vorbereiten können, was geschah, als Oswald sie schließlich abholte.

Anstatt sie direkt in den Pallas zu bringen, schlug der Verwalter die Richtung ein, die zu den Felsenverliesen in der Nähe des Rondells führte. Vor dem vergitterten Eingang schien Wastel bereits auf ihr Erscheinen gewartet zu haben. Während er den Verwalter übertrieben freundlich begrüßte, bedachte er Sophia mit einem Grinsen, das dafür sorgte, dass sich jedes einzelne Haar in ihrem Nacken aufrichtete. Obwohl sie nicht verstand, was hier vor sich ging, war sie bemüht, den schmierigen Kerl weder ihre Abscheu noch ihre Angst sehen zu lassen.

»Nun führe uns endlich zu dem Gefangenen, Soldat!«, verlangte Oswald mit ausdruckslosem Gesicht, als Wastel gar nicht mehr damit aufhören wollte, Sophia zu fixieren wie ein Kater die Maus, die er in die Enge getrieben hatte.

»Aber selbstverständlich – mit Vergnügen!« Wastel öffnete die Gittertür, betrat den dunklen Gang und entzündete eine Fackel.

Wie beim ersten Mal folgte Sophia ihm mit klopfendem Herzen und schweißnassen Händen, nur dass diesmal die schweren Schritte des Verwalters hinter ihr zu hören waren. Warum führte Oswald sie hier herunter? Auch wenn ihr die Ungewissheit zu schaffen machte, glaubte sie nicht, dass er sie sofort hier einsperren lassen würde. Wozu hätte er ihr dann sagen sollen, dass der Burgherr sie zu sprechen wünsche? Sie war sicher, dass Johann von Fünfkirchen keinen Fuß in den trostlosen Teil seiner Burg setzen würde. Oder sollte es lediglich eine weitere Demonstration der Schrecken sein, die ihrer harrten, falls der Burgherr zu einem ungünstigen Urteil über sie gelangen würde?

Während sich ihre Füße über den unebenen Untergrund tasteten und sie die Angst und den Moder roch, den die engen Felsenwände ausdünsteten, musste sie wieder daran denken, was der Wachmann ihr heute Morgen an den Kopf geworfen hatte. War es wirklich denkbar, dass man sie nach Ruženas Tod hier unten einsperren würde? Bei dieser Vorstellung wurde ihr übel.

»Komm.« Oswalds ruhige Stimme und sein fester Griff um ihren Arm gaben Sophia die Kraft weiterzugehen. Würde der Verwalter zulassen, dass sie ihr Kind – umgeben von Unrat, Finsternis und Kälte – ganz allein zur Welt bringen musste? Allerdings hatte sie noch immer keine genaue Vorstellung davon, wie groß Oswalds Einfluss auf den Burgherrn tatsächlich war. Vertraute Johann von Fünfkirchen dem Urteil seines Verwalters auch in Fragen der Rechtsprechung? Oder würde er ihren Fall womöglich gar seinem Lehnsherrn, dem böhmischen König, überlassen? Immerhin hatte der widerliche Wastel ihr Gespräch mit Doktor Lienhard so dargestellt, als hätten sie mit der Befreiung des Gefangenen gleichzeitig Verrat am obersten Herrn des Landes geplant. Dabei hatte Sophia von Flucht nun wirklich nicht gesprochen, auch wenn sie knapp davor gewesen war. Zum wiederholten Mal fragte sie sich, welche Folgen ihr wenig umsichtiges Handeln für den Doktor gehabt haben mochte. Sie hatte seither nichts mehr von ihm gehört und hoffte nun, dass sein Ruf als guter Arzt ihm hinreichend Schutz gewährte.

Inzwischen standen sie unmittelbar vor der Zelle, in der Nikolaus Storch eingesperrt war. Wastel öffnete das Schloss am rostigen Eisengitter, und Oswald führte sie hinein. Trotz ihrer eigenen Angst hatte Sophia zunächst nur Augen für den Gefangenen, dessen Zustand sich seit ihrem letzten Besuch nicht wesentlich verändert zu haben schien.

Der Alte richtete sich bei ihrer Ankunft mühsam auf. Sophia bemerkte sofort den wachsamen Ausdruck, mit dem er Oswald musterte. Sie hatte keine Ahnung, ob er den Verwalter kannte oder lediglich ahnte, dass der korpulente Mann eine wichtige Position auf der Burg innehatte. Aber das lauernde Grinsen auf Wastels Gesicht war Storch offenbar nicht entgangen.

»Ich hoffe, Ihr stört Euch nicht daran, dass ich sitzenbleibe«, sagte er. »Aber wie Ihr sehen könnt, haben die hungrigen Mäuse in Eurem Verlies von meinen Füßen nicht so viel übriggelassen, als dass ich damit große Sprünge machen könnte.« Mit einiger Anstrengung schob er seine Beine in den Lichtkreis der Fackel.

Selbst Sophia, die den Anblick des schwärzlichen Fleisches noch in frischer Erinnerung hatte, konnte einen Laut des Erschreckens nicht unterdrücken. Oswald, sonst immer standhaft wie eine alte Eiche, begann zu schwanken. Dann stürzte er aus der Zelle auf den Gang, wo er sich würgend übergab. Verdutzt drehte sich Wastel nach ihm um. Sophia hingegen wäre beinah in hysterisches Lachen ausgebrochen, als der alte Wanderprediger sie spitzbübisch angrinste und mit seinen buschigen weißen Augenbrauen wackelte. Sie presste sich die Hände vor den Mund. Dafür erntete sie von Oswald, als er mit bleichem, aber entschlossenem Gesicht in die Zelle zurückkam, den ersten verständnisvollen Blick seit Tagen.

Dann kam der Verwalter zu dem, was offenbar sein Anliegen war. »Die Frau hier«, er deutete auf Sophia, »behauptet, sie sei mit dir verwandt. Entspricht das der Wahrheit, Alter?«

»So ist es«, bestätigte Storch knapp. »Was kannst du uns

über ihre Herkunft und Familie noch erzählen?«, wollte Oswald wissen. »Nun, da gibt es nichts Besonderes zu erzählen«, der Wanderprediger kratzte sich den Bart, wobei gleich mehrere Flöhe aufgeschreckt das Weite suchten. Oswald und Wastel wichen ein Stück zurück, und Storch nutzte die Gelegenheit, um noch einmal Sophias Blick zu suchen. Sie hob warnend die Augenbrauen und hoffte, er werde daraus den Schluss ziehen, wirklich nur das Allernötigste preiszugeben.

»Sie ist das Weib des Mannes, der zuerst mit meiner Schwester verheiratet war. Da sie im Meißnischen zu Hause sind, habe ich die beiden aber schon eine Zeitlang nicht mehr gesehen.«

Oswald nickte, als wäre er mit dieser Auskunft zufrieden. »Ist sie ebenfalls eine Täuferin, wie der Soldat des Königs behauptet?«, erkundigte er sich und zeigte mit dem Finger auf Wastel.

Nun schüttelte Storch entschieden den Kopf. »Nein, das kann ich mir nicht vorstellen«, erklärte er mit Nachdruck. »Ihr müsst nämlich wissen, dass ihr Ehemann rein gar nichts vom Glauben der Täufer hielt, als ich ihn zuletzt traf.«

Sophia hielt erschrocken die Luft an. War anfangs noch alles gutgegangen, stellte dieser Satz sie als Lügnerin hin. Doch wenn sie dem widersprach, würde sie das in Oswalds Augen nicht noch unglaubwürdiger erscheinen lassen?

»Allerdings, ich sagte es bereits, ist es ein Weilchen her, dass ich ihn zuletzt sprach. Möglicherweise hat der gute Mann inzwischen doch zum wahren Glauben zurückgefunden«, sinnierte Storch, dem Sophias Schreck nicht entgangen sein konnte. »Denn während seiner Ehe mit meiner Schwester hing er unserem Glauben voll Inbrunst an. Das war allerdings zu einer Zeit, in der die junge Frau hier noch ein Kind gewesen sein dürfte.«

Oswald brummte vor sich hin, während Sophia erleichtert ausatmete und Wastel rot anlief. Der Wachmann konnte sich nicht mehr beherrschen und fuhr den Gefangenen an: »Hör auf zu schwätzen und gib endlich zu, dass sie nur hier ist, weil sie dir zur Flucht verhelfen will, alter Ketzer!«

»Halt den Mund und warte, bis du gefragt wirst!«, wies der Verwalter ihn streng zurecht. »Deine Meinung ist hinlänglich bekannt. Aber nun hat mein Herr mich geschickt, um diesen Zeugen zu befragen.« Er wandte sich wieder an den Gefangenen. »Dennoch würde mich interessieren, was du dazu zu sagen hast. Sprich!«

Der Wanderprediger bedachte Sophia mit einem eigentümlichen Blick. »Nun ja, auch wenn man es nicht sofort merkt, so ist das zweite Weib meines Schwagers doch ein wenig einfältig.« Er zuckte bedauernd mit den Schultern. »Aber dafür hat unser Herr sie eben mit einem guten Herzen gesegnet, und mein Schwager hatte oft alle Hände voll zu tun, ihre übertriebene Fürsorge für notleidende Kreaturen in vernünftige Bahnen zu lenken.« Er stockte und fasste Sophia nachdenklich ins Auge. »Wo ist er überhaupt? Ich kann mir nicht denken, dass er ihr gestatten würde, sich auf einer Burg als Magd zu verdingen – immerhin ist er Magister.«

»Sie sagte, dass er auf dem Weg hierher verstarb«, antwortete Oswald. Der Alte ließ den Kopf hängen – ob aus Trauer oder weil er mittlerweile erschöpft war, konnte Sophia nicht sagen. Ihr jedenfalls fehlten glatt die Worte angesichts seiner Beredsamkeit und der Selbstverständlichkeit, mit der er die Wahrheit für sie zurechtgebogen hatte. »Oh je«, murmelte Storch. »Möge Gott seiner armen Seele gnädig sein!«

»Plante sie nun deine Flucht oder nicht?«, hakte der Verwalter noch einmal nach. Der alte Mann sah auf und verzog seinen Mund zu einem traurigen Lächeln. Dann deutete er auf seine Füße. »Einfältig ist die Gute zwar, aber doch nicht vollkommen blödsinnig. Als sie mich hier unten zufällig vorfand, sah sie, dass es bald mit mir zu Ende gehen würde.«

»Gut.« Mit einer entschiedenen Handbewegung beendete Oswald die Befragung. »Ich weiß jetzt, was ich meinem Herrn zu berichten habe.« Doch Nikolaus Storch fand die Kraft, sich noch einmal für sie zu verwenden. »Ich bitte Euch, Herr«, sagte er. »Bestraft das törichte Weib nicht für seine Dummheit. Heißt es nicht in der Heiligen Schrift: Selig sind, die da geistlich arm sind; denn das Himmelreich ist ihr.«

»Wie kannst du es wagen, den Burgverwalter über das Wort Gottes zu belehren, Ketzer!«, zischte Wastel. Aber Oswald brachte ihn mit einem Blick, der nichts Gutes für den Wachmann verhieß, zum Schweigen. »Darüber wird mein Herr entscheiden, nachdem er alles gehört hat, was es in dieser Angelegenheit zu wissen gibt«, erklärte der Verwalter, bevor er die Zelle verließ, und Sophia musste ihm wohl oder übel folgen.

Schweigend kehrten sie zurück auf den Burghof, wo Sophia gierig die milde Abendluft einatmete. Kaum hatte Wastel das Gitter zum Felsenkeller hinter ihnen versperrt, donnerte Oswald los: »Seit wann ist der Gefangene in diesem erbärmlichen Zustand? Wer hat das verschuldet? Und vor allem – warum wurde es mir verschwiegen?«

Empört wies der Wachmann sämtliche Schuld von sich. Seine Kameraden seien dafür verantwortlich gewesen, den Gefangenen in den Stock zu schließen. Nachdem man sie auf des Königs Geheiß woandershin beordert habe und er als Einziger auf dem Falkenstein zurückgeblieben sei, habe er es immerhin unterlassen, den Alten weiter festzuschließen. »Natürlich bin ich davon ausgegangen, dass nach wie vor der oberste Lehnsherr Eures Herrn über das weitere Schicksal des Ketzers zu entscheiden hat«, behauptete er frech. »Schließlich haben Glaubensfragen nichts mit der militärischen Sicherheit der Burg und den anderen Verwaltungsangelegenheiten zu tun, die der Herr von Fünfkirchen Euch in seiner Abwesenheit erledigen lässt.«

Oswald schnaubte wie ein angriffslustiger Stier, packte den

Kerl an seinem verlotterten Wams und zerrte ihn zu sich heran, sodass dieser ihm direkt in die Augen sehen musste. Weil der Verwalter fast einen halben Kopf größer war, stand Wastel dabei schließlich auf den Zehenspitzen. Das gab ein derart absurdes Bild, dass Sophia sich trotz der ernsten Situation ein Schmunzeln nicht verkneifen konnte. »Hör mir jetzt ganz genau zu, du pflichtvergessener Wurm von einem Söldner!« Oswalds raues Flüstern klang noch gefährlicher als sein Donnern zuvor. »Du gehst noch heute Abend hinunter und verlegst den Mann in eine saubere Zelle mit frischem Stroh! Anschließend mistest du den Schweinestall, in dem du ihn bisher gehalten hast, aus – eigenhändig!« Um seinen Worten Nachdruck zu verleihen, schüttelte er Wastel noch einmal, sodass Sophia zu hören glaubte, wie dessen Zähne klapperten. »Dabei werden dir zwei Männer der Burgwache auf die Finger schauen, die dich auch in Zukunft bei deiner Arbeit unterstützen werden.« Die Art, wie er das Wort »unterstützen« betonte, zeigte klar, dass damit nichts anderes als Wastels Überwachung gemeint war. »Allerdings glaube ich, dass deine Versetzung vom schönen Falkenstein an einen weitaus ungemütlicheren Ort unmittelbar bevorsteht.« Mit einer verächtlichen Handbewegung stieß er Wastel von sich. Der Söldner wirkte, als würde er gleich vor Wut ersticken, wagte aber offensichtlich keine Widerworte.

Während er leise fluchend davonstolperte, drehte Oswald sich zu Sophia um. Er musterte sie so sorgfältig von oben bis unten, als stünde er ihr heute zum ersten Mal gegenüber. Auf das, was er sah, konnte er sich offenbar keinen Reim machen, denn nach einer Weile seufzte er und kratze sich am Nacken. »Ach was! Mag der edle Herr doch aus dir schlau werden«, sagte er, bevor er sie am Arm fasste und über den Burghof führte.

Kapitel 13

Zum Teufel mit Euch, Weib!« Wolf Schumann zerrte an der Bettdecke, die seine Frau ihm mit Gewalt wegzog. Zuvor hatte sie ihn bereits mehrfach an der Schulter gerüttelt – jedes Mal etwas heftiger. Aber der Stadtschreiber hatte des Nachts erst spät ins eheliche Bett gefunden. Beim Umtrunk mit seinen Ratsfreunden Kittel, Süssemilch, Nack und Walter war man am Ende in Nickel Nacks guter Stube gelandet, wo es einen herrlich sonnenverwöhnten Ungarwein gegeben hatte, und nun war er nicht bereit, sich des Schlummers noch vor dem Morgengrauen berauben zu lassen. »Lasst mich gefälligst schlafen! Was ist nur in Euch gefahren, dass Ihr Euch so aufführt?« Die Frage war berechtigt, denn derlei hatte sich in seiner beinah zweijährigen Ehe mit der Nichte des Kämmerers noch nicht ereignet. Abgesehen von einem heftigen Dissens in der Frage der Kleiderordnung während des Beischlafs in der ersten Woche ihrer Ehe, war sie stets bestrebt gewesen, ihm eine fügsame und umsichtige Hausfrau zu sein. Für gewöhnlich war Amalia so auf sein Wohlergehen bedacht, dass sie seine Wünsche erriet, bevor er sie aussprechen musste.

Als sie ein ängstliches Wimmern ausstieß und flüsterte: »Das Kind! Ich glaube, es kommt zu früh!«, fuhr Wolf alarmiert in die Höhe. »Was soll das heißen – es kommt zu früh! Meint Ihr etwa jetzt?« Er griff sich mit beiden Händen an den weinumnebelten Kopf, bevor er auf dem Schemel neben dem Bett hektisch nach Licht und Zunderbüchse tastete. Während er vergeblich versuchte, einen Funken zu schlagen, der ausreichte, den Docht des kleinen Öllämpchens anzuzünden, stöhnte Amalia laut. »Ja, jetzt«, presste sie durch die Zähne. »Ihr müsst nach der Hebamme schicken, mein Herr!«

Wolf, dem es endlich gelungen war, den Lampendocht zum Brennen zu bringen, blickte seine Frau erschrocken an. Ihr Gesicht war puterrot, sie schwitzte und fror gleichzeitig, und ihr Atem ging so rasch, als wäre sie eben die Treppe zum Schloss hinaufgerannt. »Aber es ist zu früh!«, protestierte er und wies anklagend auf ihren Leib, der sich unter der Bettdecke wölbte. »Die Hebamme hat gesagt, dass mein Sohn erst in vier Wochen zur Welt kommen wird.«

Statt einer Antwort entfuhr Amalia erneut ein Stöhnen. Sie schüttelte den Kopf so heftig, dass Wolf von ihrem weizenblonden langen Zopf getroffen wurde. Dabei kroch ein eigenartiger Geruch unter der Bettdecke hervor, und gleichzeitig spürte Wolf, dass die Matratze unter ihm feucht wurde. Angeekelt sprang er aus dem Bett und schlug die Decke zurück. Da Amalias Nachthemd nach oben gerutscht war, konnte er sehen, wie sich ihr praller Leib unter der nächsten Wehe zusammenzog. Sie riss die Augen auf, während ihre Finger sich in die durchnässte Matratze krallten. Obwohl sie ihre Lippen so fest aufeinanderpresste, dass alles Blut aus ihnen wich, konnte sie nicht verhindern, dass ihr erneut ein schmerzvolles Stöhnen entfuhr. Hastig warf Wolf die Decke wieder über ihren Körper. »Es ist zu früh«, stammelte er. »Gewiss ist es das!«

»Wenn Ihr nicht sofort die Wehmutter herschafft, wird es vielleicht zu spät sein, Schumann!«, fauchte Amalia und starrte ihn voller Wut an. »Achtet auf Eure Worte«, wies er sie überrascht zurecht, doch angesichts der Umstände verzichtete er darauf, sie darüber zu belehren, dass es ihr zukam, ihre Rolle als Hausfrau mit allen Pflichten jederzeit demütig hinzunehmen. Stattdessen zog er sich seine Beinkleider an, schlüpfte in seine

Schuhe und ging, um den Hausknecht zu wecken. Nachdem er dem verschlafenen Kerl gedroht hatte, ihn grün und blau zu schlagen und anschließend ohne Lohn aus dem Haus zu werfen, sollte er es wagen, ohne die Wehmutter wiederzukommen, trieb er Köchin und Magd aus den Betten.

»Die Hausfrau liegt in den Wehen«, rief er. »Nach der Hebamme habe ich geschickt, das Übrige ist Frauensache. Eilt euch!«

Da allgemein bekannt war, dass der werdende Vater bei einer Geburt ohnehin nur im Weg war und an Schlaf unter diesen Umständen auch nicht mehr zu denken war, beschloss Wolf, dort weiterzumachen, wo er vor wenigen Stunden aufgehört hatte. Das, so hatte er gehört, empfahl sich, wenn man sich nicht recht wohlfühlte, weil man am Vorabend zu tief ins Glas geschaut hatte. Dazu musste er allerdings in den Keller hinunter, wo in einem besonderen Gelass, zu dem nur er den Schlüssel besaß, die Fässer mit den teuren Weinen standen. Während er sich mit einer Kerze in der einen und einem Krug in der anderen Hand die steilen Stufen hinabmühte, die in die alten Tonnengewölbe unter seinem Haus führten, versuchte er sich daran zu erinnern, wann er zum letzten Mal so viel Wein getrunken hatte wie am gestrigen Abend.

Er konnte sich beim besten Willen nicht darauf besinnen. Selbstverständlich gönnte auch er sich am Ende eines langen Tages ein Glas guten Weins, aber um den Teufel Sauf machte er gewöhnlich einen großen Bogen. Selbst unter den ehrbaren Ratsherren fiel er damit auf wie ein weißer Rabe, und gelegentlich wurde diese Enthaltsamkeit spöttisch kommentiert. Der Stadtschreiber nahm es gelassen hin, da er genau wusste – je mehr ein Mann trank, desto mehr redete er und desto mehr erfuhr ein halbwegs nüchterner Zuhörer von ihm. Doch gestern – ja, da hatte er wahrhaftig Grund zum Feiern gehabt und seine Prinzipien für einen Abend beiseitegeschoben. Weil er aber auf wenig Erfahrung zurückgreifen konnte, wie mit den Folgen umzugehen sei, würde er nun probieren, was die anderen Herren empfohlen hatten.

Als Wolf den Schlüssel in das Schloss der Gittertür am hintersten Kellergewölbe stecken wollte, spürte er, dass er zu zittern begann. In der Eile hatte er darauf verzichtet, Wams und Jacke anzuziehen, und das Leinenhemd reichte nicht aus, seinen übermüdeten Körper vor der Kälte zu schützen, die auch jetzt – zu Beginn der warmen Jahreszeit – hartnäckig in dem alten Gemäuer nistete. Aber obwohl ihm die Zähne klapperten, überkam ihn doch ein wärmendes Gefühl des Stolzes, als er sah, dass sein Vorrat an edlem Wein dem im Keller des Ratsherrn Nickel Nack in nichts nachstand. So entschied er sich, einen Krug von dem vorzüglichen Frankenwein zu zapfen, der einem Vergleich mit Nacks Ungarischem durchaus standhalten konnte. Er stellte die Kerze auf das Fass, hielt den Krug unter den geöffneten Hahn und sog mit geschlossenen Augen den fruchtigen Duft des Rebensaftes ein, der nun den dumpfen Geruch überlagerte, den die alten Sandsteinmauern ausschwitzten.

Schumann schloss den Hahn, als ihm das leiser werdende Plätschern anzeigte, dass der Krug gleich voll sein musste. Während er die Kerze vom Fass nahm, schnalzte er genüsslich mit der Zunge. Ja, ein guter Wein brauchte Zeit, um zu reifen, ebenso wie ein gutes Geschäft! Von dem Handel, den er gestern Abend mit den Ratsfreunden begossen hatte, würde er vielleicht erst profitieren, wenn sein Sohn zur Schule ging – aber dann richtig. Auf diesen angenehmen Gedanken folgte allerdings ein schmerzhafter Stich in seinem Magen. Würde Amalia heute ihre Pflicht erfüllen und ihm den Sohn gebären? Oder würde sie dabei ein weiteres Mal versagen?

Wolf hatte den Weinkrug oben in seiner Stube fast zur Neige geleert, als das Klappen der Haustür und Stimmengewirr in der Halle die Ankunft der Wehmutter verkündeten. Er wankte zur

Tür und musste sich draußen am Geländer festhalten. Zum Glück blieb es ihm erspart, die eigenartig wippenden Treppenstufen hinuntersteigen zu müssen, weil ihm sein Hausknecht mit dem stämmigen Weib bereits entgegenkam.

»Gott zum Gruß, Stadtschreiber«, rief die Frau mit – wie er fand – viel zu lauter Stimme. »Dann wollen wir mal sehen, ob Euer Knecht die Wahrheit gesagt hat, als er behauptete, Euer Weib läge in den Wehen!« Wolf widerstand dem Drang, sich die Ohren zuzuhalten. »Es ist zu früh«, nuschelte er. Die Hebamme stellte einen großen Weidenkorb auf dem Treppenabsatz ab und verschränkte die Arme unter ihrem umfangreichen Busen. Dabei bedachte sie ihn und den Knecht gleichermaßen mit einem beruhigenden Lächeln. »Am Ende sind es nur die Senkwehen«, erklärte sie munter. »Aber das werde ich mir gleich ansehen!«

»Ja, tut das.« Wolf versuchte, eine möglichst würdevolle Position einzunehmen. »Aber wehe, die Wiege bleibt diesmal wieder leer!«

Die resolute Frau trat einen Schritt auf ihn zu und schüttelte den Kopf, wobei ihr die sittsame weiße Haube noch tiefer in die Stirn rutschte. »Soll das eine Drohung sein?«, sagte sie. »Dann lasst Euch gesagt sein, dass Ihr Euch der Blasphemie schuldig macht, wenn Ihr glaubt, ich könne göttliche Wunder wirken! Meine Aufgabe ist es nur, Eurem Weib beizustehen, während sich sein Wille durch sie erfüllt.« Sie tippte ihm mit dem Zeigefinger an die Brust, sodass sein mühsam gehaltenes Gleichgewicht ins Wanken geriet. »Versteht Ihr das?«

Während Schumann sich erneut am Geländer festklammerte, drehte sich die Frau seelenruhig nach dem Hausknecht um. »Du sorgst dafür, dass dein Herr was Festes in den Magen bekommt und anschließend seinen Rausch ausschläft!« Noch ehe Wolf dazu kam, sich zu verbitten, dass sie in seinem Hause Befehle erteilte, hatte sie ihren Korb ergriffen. Mit leicht verschwommenem Blick beobachtete er, wie sie zügig in den zweiten Stock hinaufstieg. Ganz allmählich dämmerte ihm, dass sie wusste, wo sich die Schlafkammer befand – schließlich hatte er sie auch holen lassen, als Amalia ihre erste Leibesfrucht verloren hatte.

»Kommt, Herr!« Wolf schüttelte abwehrend den Kopf, als der Knecht versuchte, seine verkrampften Finger vom Treppengeländer zu lösen. »Ich bringe Euch hinunter in die Küche. Dort finden wir gewiss noch etwas Brot und ein Stück von dem Braten, den die Köchin gestern Abend gemacht hat. Nachdem Ihr gegessen habt, bringe ich Euch in meine Kammer, wo Ihr Euch ausschlafen könnt.«

Wolf wollte protestieren und den Kerl anherrschen, was er sich erlaube, ihn zu behandeln wie einen alten Tattergreis. Doch die Zunge wollte ihm nicht recht gehorchen, und seine Füße schienen auch uneins darüber zu sein, welche Richtung sie einschlagen mussten. So ließ er es zu, dass der kräftige Knecht ihm den Arm um die Schultern schlang, um ihn die Treppe mehr hinabzuziehen, als zu geleiten. Dabei fühlte er sich an jenen Tag erinnert, an dem er ein Elixier zu sich genommen hatte, das ihm sein ehemaliger Kommilitone Lapidius verkauft hatte. Es sollte seinem Geist ermöglichen, den Körper zu verlassen, um unauffällig an jeden gewünschten Ort zu gelangen. Das Ganze hatte darin geendet, dass er getobt und das Haus zusammengeschrien hatte, weil er geglaubt hatte, Höllenflammen würden ihn verschlingen, während sein leiblicher Vater und sein Ziehvater sich gemeinsam über ihn lustig machten.

Das entwürdigende Gefühl, das ihn noch lange verfolgt hatte, war mit einem Schlag wieder da und verging auch nicht, als Wolf nach dem Essen in der winzigen Kammer lag und darauf wartete, dass das schmale Bett unter ihm aufhörte zu schaukeln wie ein Elbkahn. Das Einzige, was er dem entgegensetzen konnte, war die Genugtuung, die es ihm bereitet hatte, den verfluchten Giftmischer Lapidius später in seiner Alchimistenküche zu töten. Grund dafür war gewesen, dass der ehemalige Mönch herumerzählt hatte, was Wolf ihm über die Existenz eines geheimnisvollen Buches mit dem Rezept für den Stein der Weisen verraten hatte.

Stöhnend wälzte sich der Stadtschreiber vom Rücken auf die linke Seite. Obwohl er die Augen schon längst nicht mehr offenhalten konnte, fand sein Geist keine Ruhe. Das verdammte Buch! Der brennende Wunsch, sich seiner Macht endlich bedienen zu können, wütete seit Jahren in ihm wie ein verzehrendes Fieber. Alles, wirklich alles, würde er dafür wagen, denn der Gewinn war nichts Geringeres als die Unsterblichkeit. Nur wer den Stein der Weisen herstellen konnte, der würde sie auch für seinen irdischen Leib erwerben! Erst vor wenigen Tagen hatte ihn in der Angelegenheit des Buches ein weiteres Schreiben aus Mähren erreicht. Es stammte von Hanna, und die Amme hatte ihm darin berichtet, dass Sophia Fuchs sich mittlerweile als Magd auf eine Burg geschlichen hatte, um den Mann zu befreien, der ihr die Sprache beibringen konnte, in der das Buch verfasst war. Es sprach für die Widernatürlichkeit der Fuchsin, dass sie ihren Sohn dafür bei Hanna gelassen hatte.

Eine Zeitlang hatte Wolf den Umstand bedauert, dass Sophia sein Werben jedes Mal zurückgewiesen hatte – doch heute fragte er sich, ob ihm dadurch nicht einiges erspart geblieben war. Ohnehin glaubte er inzwischen, dass es eher die Arglist des Teufels war, die ihn verlockte, dieses Weib fast ebenso zu begehren wie das Buch, das sie mit in die Ehe gebracht hätte. Doch das Buch würde ihm in nicht allzu ferner Zukunft gehören, und wenn es ihm gelänge, Magister Fuchs, der inzwischen auf dem Weg nach Nürnberg war, weiszumachen, dass es sich überhaupt nicht lohne, sobald wieder nach Pirna zurückzukehren, würde er sein Gelüsten nach dem Weib vielleicht irgendwann befriedigen können.

»Herr, Ihr müsst aufstehen!« Im ersten Augenblick dachte Wolf, der Beginn des Tages würde sich noch einmal wiederholen, doch es war nicht Amalia, sondern der Hausknecht, der ihn an der Schulter rüttelte. »Ratsherr Walter sitzt oben in der Stube, und seine Hausfrau ist schon vor einer Weile angekommen, um Eurem Weib beizustehen.«

»Was, der Kämmerer ist hier?« Der Stadtschreiber richtete sich auf und hielt sich den Schädel, in dem tausend Teufel wie Bergleute mit Spitzhacke und Schlegel zu werken schienen. Dazu passte, dass er einen höllischen Durst verspürte und sein Magen wie Feuer brannte. Nie – wirklich nie wieder, das schwor er bei Gott – würde er dem Saufteufel noch einmal so in die Hände spielen!

»Hier, nehmt!« Der Knecht drückte ihm einen Becher in die Hand, aus dem ein herber Kräuterduft stieg. »Die Hebamme meinte, das hilft Euch, wieder auf die Beine zu kommen, bis das Kind da ist. Ihr sollt es aber langsam und in kleinen Schlucken trinken, wenn Ihr nicht wollt, dass es gleich wieder rauskommt.«

Angesichts seines Zustandes, zu dem sich auch noch ein grässliches Stechen in den Augen gesellte, als der Hausknecht die Läden vor dem kleinen Fenster öffnete, folgte Wolf dem Rat gewissenhaft. Zwar schmeckte das Gebräu sowohl bitter als auch süß und salzig und eine Zeitlang hatte er das Gefühl, er müsse es wieder erbrechen, aber es half wirklich. Nachdem er sich gewaschen, rasiert und ordentlich bekleidet hatte, fühlte er sich in der Lage, Alex Walter gegenüberzutreten.

Der Oheim seiner Frau begrüßte ihn mit einem gutmütigen Lachen. »Bei Gott, Schumann, Ihr seht noch schlimmer aus als ich bei der Geburt meines ersten Sohnes! Kommt her und trinkt einen Becher von Eurem guten Frankenwein mit mir!«

Langsam und vorsichtig schüttelte Wolf den Kopf. »Nein, Kämmerer, vielen Dank!« Er setzte sich und begriff nun erst, was sein Gast gesagt hatte. »Wie kommt Ihr an den Frankenwein, Walter? Den Schlüssel zum Kellergelass, in dem er lagert, trage ich stets bei mir!« Er tastete nach seinem Gürtel, doch der Schlüssel war, wo er sein sollte.

»Das weiß ich, mein Bester, das weiß ich!« Walter schlug sich vergnügt auf die Schenkel. »Und eben darum habe ich Eurem Knecht auch befohlen, den Wein herbeizuschaffen, während Ihr noch schliefet!«

Das dröhnende Lachen des Kämmerers ließ Wolf schmerzhaft zusammenzucken. Er kniff die Augen zu. »Wie weit ist mein Weib denn mittlerweile?«, fragte er, nachdem sich Walter beruhigt hatte. Dabei fiel ihm auf, dass er keine Ahnung hatte, wie spät es eigentlich war. Draußen, so viel hatte er schmerzhaft erfahren, schien jedenfalls die Sonne.

»Keine Angst, es kann nicht mehr lange dauern, hat meine Walpurga versichert!« Walter beugte sich vor und schlug Wolf väterlich auf die Schulter. »Nach zwölf Geburten, weiß sie das so gut wie jede Wehmutter, glaubt mir!« Da öffnete sich die Tür. »Wünscht Ihr vor dem Abendessen vielleicht noch eine kleine Mahlzeit für Euch und den Herrn Kämmerer?«, erkundigte sich die Köchin. »Abendessen? Was soll das?« Wolf starrte die Frau entgeistert an. »Sagt mir lieber, wann mein Sohn zur Welt kommt!«

Die Köchin erlaubte sich ein kleines Lächeln. »Es ist eben an der Zeit, mit den Vorbereitungen für das Abendessen zu beginnen, Herr«, entgegnete sie. »Und wenn man der Wehmutter und der Frau Kämmerin glauben darf, könnt Ihr Euer Kind noch vor dem Feierabendläuten in Augenschein nehmen.«

»Dann ist es umso wichtiger, dass Euer Herr sich vorher stärken kann.« Während Wolf immer noch abzuschätzen versuchte, wie spät es sein mochte, übernahm Alex Walter erneut die Rolle des Hausherrn. »Und mir könnte das ebenfalls nicht schaden!« Dabei klopfte er sich schmunzelnd auf seinen ausladenden Bauch. »Vergesst auch nicht, einen zweiten Becher mitzubringen, damit ich meinen Wein mit dem werdenden Vater teilen kann!«

Bei diesen Worten hob Wolf den Kopf. »Für mich nur Wasser!«, rief er der davoneilenden Köchin nach.

Walter lachte. »Man merkt Euch an, dass Ihr das Trinken nicht gewohnt seid, mein guter Schumann. Wenn Ihr Euch dabei nicht immer zieren würdet wie eine Jungfer, würde es Euch jetzt schon viel besser gehen!«

»Oh nein!« Schumann richtete sich auf und verschränkte die Arme. »Das würde es, wenn ich mich gestern beim Trinkgelage zurückgehalten hätte.«

»Also, ich bitte Euch, Stadtschreiber!«, rief der Kämmerer entrüstet. »Wie sagte doch unser kürzlich entschlafener Doktor Luther? Ein Rausch ist zu ertragen, die Trunksucht aber nicht.« Er nahm einen Schluck aus seinem Becher und leckte sich genüsslich die Lippen. »Ihr müsst zugeben, dass wir gestern Grund zum Feiern hatten!«

Schumann nickte, denn das sah er auch so. Gemeinsam mit Walter, Süssemilch, Nack und Kittel hatte er begehrte Kuxe für eine Fundgrube in der Nähe von Glashütte erwerben können.

Vor zwei Jahren, als man noch hinter vorgehaltener Hand über den sensationellen Fund von Granatkörnern auf dem Hennenberg munkelte, hatte es einen wahren Ansturm von Interessenten auf die Anteilsscheine gegeben. Obwohl Schumann, dank seiner häufigen Aufenthalte in der herzoglichen Kanzlei, zeitig von der einmaligen Gelegenheit Wind bekommen hatte, waren er und die Pirnaer Ratsherren zunächst leer ausgegangen. Doch da die Erschließung einer neuen Fundstätte anfangs stets Kosten verursacht hatte, statt Geld einzubringen, fielen die ersten Kuxe meist nach einiger Zeit ins Retardat. Konnte der Inhaber die notwendigen Zubußen nach einer gewissen Frist nicht entrichten, wurden die Anteilsscheine in der Regel weiterverkauft. Das war diesmal erstaunlich schnell gegangen.

»Trotzdem wird es noch viel Zeit, Geld und Geduld kosten, bis so viel Gold auf dem Hennenberg gewonnen wird, dass uns die Kuxe was einbringen«, murmelte er nachdenklich.

»Ach was! Wart Ihr es nicht, der uns gesagt hat, der Bergbau sei nichts für Feiglinge?« Der Kämmerer lachte spöttisch und hob seinen Becher. »Sollte Euch der Mut ausgerechnet heute, wo Ihr Vater werden wollt, in die Hosen gerutscht sein?« Walter nahm einen kräftigen Schluck Wein, bevor er fortfuhr: »Das alles haben wir doch vor Jahr und Tag eingehend besprochen und gegengerechnet. Erst danach haben wir einhellig beschlossen, uns auf das Wagnis einzulassen – vor allem deshalb, weil der zu erwartende Gewinn das, was der Silberbergbau heutzutage einbringt, bei Weitem übersteigen wird.«

»Gewiss«, bestätigte Schumann. »Schließlich verursacht die Erzgewinnung in der Tiefe enorme Kosten, da der Aufwand immer höher wird. Gleichzeitig wurden die Ausbeuten allmählich geringer. Seit ein, zwei Jahren mehren sich die Anzeichen dafür, dass es mit dem großen Berggeschrei schon bald vorbei sein dürfte.«

»Ihr sagt es, Schumann, Ihr sagt es!« Während er sprach, warf der Kämmerer immer wieder besorgte Blicke an die hölzerne Balkendecke. Genau darüber lag die Schlafkammer, in der seine Nichte seit einer Weile so laut schrie, dass man es vermutlich auf dem gesamten Untermarkt hören konnte. »Bergstädte wie Sankt Annaberg oder Sankt Joachimsthal, deren Einwohnerzahlen wegen überreicher Silberfunde innerhalb weniger Jahre die von Dresden oder gar Leipzig überstiegen, werden heutzutage nicht mehr aus dem Boden gestampft.«

Unser gesamter Gewinn, dachte Wolf, hängt von der chymischen Mutation ab, durch die das Gold am Ende aus den Granatkörnchen herausgeholt werden soll. Nicht zum ersten Mal beschlichen ihn Zweifel an dem geheimnisvollen Verfahren, das ihm sein Gewährsmann am Dresdener Hof beschrieben hatte. Was, wenn der Alchimist, der es beaufsichtigen sollte, ebenso ein Scharlatan war wie Lapidius? Zwar hatte Schumann diese Sorgen seinen Geschäftsfreunden nicht mitgeteilt, doch er vermutete, dass der vorsichtige Goldschmied Marten Meller aus genau diesem Grund im letzten Moment Abstand von dem gesamten Unternehmen genommen hatte.

Noch bevor sich in seinem Magen das schmerzhafte Ziehen einstellen konnte, das ihm bei dieser Überlegung zu schaffen machte, fiel Schumann ein, dass ihm in absehbarer Zeit ein wesentlich zuverlässigeres Arkanum zur Verfügung stehen würde: Der Stein der Weisen – das Mittel, das nicht nur jede Krankheit heilen und ihm zu Unsterblichkeit verhelfen konnte, sondern auch jeden Stoff auf Erden in einen anderen umzuwandeln vermochte!

Während Alex Walter sich großzügig an den Quarkkrapfen und Honigküchlein bediente, die die Köchin inzwischen aufgetragen hatte, trank Wolf nur ein wenig Brunnenwasser. Er brütete über der Frage, wie lange es wohl noch dauern würde, bis er die Übersetzung des geheimnisvollen Buches endlich in Händen hielt. Zunächst einmal hing es davon ab, wie lange die Fuchsin brauchen würde, um die Sprache zu erlernen, in der es verfasst war. Aber da das Weib das Lateinische mindestens so gut beherrschte wie er selbst und überdies sogar ein paar Brocken Griechisch gelernt hatte, würde sie dafür höchstens ein Jahr benötigen. Die eigentliche Entschlüsselung des Textes konnte dann nicht allzu lange dauern – vielleicht noch ein halbes Jahr. Und dann …

»Da! Hört Ihr?« Der Kämmerer streckte die fetttriefende Hand mit dem angebissenen Krapfen zur Decke. »Nein«, Schumann schüttelte den Kopf, »Ich höre nichts.«

»Eben! Jetzt ist Ruhe!« Walter bedachte ihn mit einem verschwörerischen Grinsen. »Das bedeutet, Ihr seid wahrscheinlich gerade Vater geworden, mein Lieber!«

»Tatsächlich!« Schumann sprang so eilig auf, dass er den Stuhl umkippte. Viel schlimmer war allerdings, dass dabei auch der pochende Schmerz in seinem Kopf zurückkehrte. Inzwischen war Alex Walter ebenfalls aufgestanden und zur Tür gegangen. In erwartungsvollem Schweigen stiegen sie die Treppe in den zweiten Stock hinauf. Um ein Haar hätte Wolf die Tür der Schlafkammer vor den Kopf bekommen, welche des Kämmerers Weib just in dem Augenblick aufriss, in dem er nach der Klinke greifen wollte.

Walpurga wirkte erhitzt, und das lockige graue Haar, das unter ihrer verrutschten Haube hervorschaute, war so zerzaust, als hätte eine Schar Spatzen darin genistet. Aber sie strahlte übers ganze Gesicht.

»Gerade wollte ich Euch holen, Stadtschreiber, damit Ihr sehen könnt, was für ein wunderhübsches Töchterchen Amalia Euch geboren hat.« Sie trat zurück, um Platz für die Hebamme zu machen, die ihm einen winzigen Säugling, nackt, aber sauber gewaschen, präsentierte.

»Da, seht nur! Es ist alles dran an Eurer Tochter!« Sie streckte ihm das Kind entgegen. »Natürlich ist sie sehr klein, aber wirklich erstaunlich kräftig für ein Achtmonatskind, und alles deutet darauf hin, dass sie mit Gottes Hilfe überleben wird.« Sie lächelte ebenso beseligt wie die Frau des Kämmerers.

»Eine Tochter?« Schumann wich zurück und deutete auf das neugeborene Kind. Dann drehte er sich zu Alex Walter um und schüttelte den Kopf – fassungslos. »Eure Nichte hat ein Mädchen zur Welt gebracht!«, krächzte er.

»Ja, ja, das sehe ich, mein lieber Schumann, das sehe ich!« Der Kämmerer klopfte ihm bei den Worten unablässig auf die Schulter. »Und was für ein hübsches Exemplar!« Er ließ von

Wolf ab, beugte sich über das Kind und kitzelte es am Bauch. Dabei stieß er gurrende Laute aus, die den Stadtschreiber an einen balzenden Täuberich denken ließen.

»Ihr könnt wirklich stolz sein, Schumann!«, rief Walters Frau mit strahlenden Augen.

Schumann nickte ihr höflich zu. »Ich danke Euch für Eure Unterstützung und bin auch froh, dass das Kind lebt«, sagte er reserviert. »Stolz werde ich jedoch an dem Tag sein, an dem mein Weib mir einen Sohn schenkt.« Ohne die Hebamme mit dem Kind weiter zu beachten, trat er an das Bett. Einen Augenblick sah er in Amalias erschöpftes, aufgedunsenes Gesicht und auf die Strähnen goldenen Haars, die nass und dunkel vom Schweiß auf dem Kissen lagen. »Ich möchte, dass Ihr Euch jetzt ganz und gar darauf konzentriert, Euch von der Geburt zu erholen, meine Liebe!« Ein wenig unbeholfen bückte er sich, um ihre Hand zu tätscheln. »Für das Kind werden wir eine Amme einstellen«, fügte er hinzu. Dann drehte er sich nach der Wehmutter um, die den Säugling inzwischen an Walters Frau weitergereicht hatte. »Kennt Ihr eine, die Ihr empfehlen könnt?«

Die Frau stemmte die Hände in die Hüften und legte den Kopf schief. »Gewiss. Aber erfahrungsgemäß ist die Milch der eigenen Mutter immer das Beste für die Gesundheit des Kindes, und außerdem haben die meisten Mütter auch den Wunsch, ihr Kind selbst zu stillen«, sagte sie.

»Mein Weib«, entgegnete Schumann betont langsam, »hat den Wunsch, mir so bald als möglich einen Sohn zu schenken. Soweit ich weiß, kann eine Frau, die ihrem Kind nicht selbst die Brust gibt, eher wieder empfangen. Daher werdet Ihr für dieses«, er deutete, ohne hinzuschauen, in die Richtung, in der die Kämmerin den winzigen Säugling in vorgewärmte Tücher hüllte, »eine Amme besorgen. Erst dann bekommt Ihr Euren vollen Lohn!« Ohne ein weiteres Wort verließ er das Zimmer.

»So wartet doch!« Schwere Schritte wurden hinter ihm auf

der Treppe laut. Aber Schumann hielt nicht inne – zu heftig wütete die Enttäuschung in seinem Inneren. Am liebsten wäre er in die Vorstadt gegangen, um seinen Ärger auf dem Fechtboden loszuwerden. Doch die Glockenschläge von Sankt Marien sagten ihm, dass es dafür bereits zu spät war. Auch wäre es grob unhöflich, den Kämmerer und sein Weib sofort zu verabschieden – zumal die Küchenmagd gerade das Geschirr fürs Abendessen in die Stube trug.

»Bitte lasst uns vor dem Essen noch in den Hof gehen!«, forderte er Walter mit einem Kopfnicken auf. »Ich brauche Luft.«

Als sie im Küchengarten nebeneinander auf der Bank saßen, legte der Kämmerer ihm die Hand auf die Schulter. »Ich weiß, Ihr seid enttäuscht! Die meisten Männer wünschen sich ein paar stramme Söhne, bevor sie sich über ein Mädchen freuen können.«

Schumann seufzte. »So ist es!«

»Aber das liegt nun mal in Gottes Hand! Bedenkt doch, selbst unserem Landesherrn wurde jüngst als erstes Kind eine Tochter geboren.« Der Kämmerer schmunzelte. »Ihr könntet Eure ebenfalls Anna nennen.«

»Von mir aus, soll sie heißen wie des Herzogs Tochter«, stimmte Schumann zu. »Vielleicht ist es ein gutes Omen.« Er rieb sich die Augen. »Wie ich kürzlich hörte, ist Herzogin Agnes bereits wieder gesegneten Leibes und kann ihrem Gemahl ein zweites Kind schenken, bevor das erste ein Jahr alt wird!«

Kapitel 14

Die Gemächer des Burgherrn befanden sich im zweiten Geschoss des Kapellenturms. Sophia fiel auf, dass sie weniger bequem eingerichtet waren als die Stuben in ihrem Vaterhaus. Darüber konnten nicht einmal die farbenfrohen Wandteppiche hinwegtäuschen, die mit Jagdszenen und biblischen Motiven geschmückt waren. Sie wirkten zwar wertvoll, schienen aber die Kälte, die selbst um diese Jahreszeit in den dicken Mauern saß, nicht wirklich abzuhalten. Da es keinen Kamin gab, hatte man Feuerschalen aufgestellt. Die Kammer, zu der Oswald sie führte, schien ein rein privater Rückzugsort zu sein. Neben einem kleinen Tisch, auf dem außer einem Tintenglas und einem Federmesser ein paar Briefe lagen, befand sich ein überraschend gut gefülltes Bücheregal. In der anderen Ecke stand ein Betpult mit einem schlichten silbernen Kruzifix.

Johann von Fünfkirchen saß mit übergeschlagenen Beinen auf einem altertümlichen Scherenstuhl, dessen niedrige Lehne seinem Rücken kaum Halt bot. Er las im letzten Licht der Sonnenstrahlen, die durch das kleine Fenster fielen, in einem Buch. Bisher hatte Sophia ihn hauptsächlich in Reitkleidung gesehen, zu der er mitunter sogar den militärisch wirkenden Brustharnisch trug. Heute war der Burgherr in ein schlichtes graues Wams und eine dunkelrote geschlitzte Hose gekleidet. Seine schlanken Beine steckten in schwarzen Strümpfen, und statt der Reitstiefel trug er weiche Lederschuhe mit Silberschnallen.

Das Buch ließ er auf den Schoß sinken, als Oswald gegen den Rahmen der geöffneten Tür klopfte.

Fünfkirchen nickte seinem Verwalter zu und winkte ungeduldig mit der Hand. »Nur herein, mein guter Oswald!« Ein schmales Lächeln umspielte seinen Mund. »Bring das Weib her und berichte, was du über ihr Treiben auf der Burg herausgefunden hast!«

Der Burgherr lehnte sich zurück und betrachtete Sophia ebenso aufmerksam wie sein Verwalter zuvor auf dem Hof. Doch während Oswald die Enttäuschung im Gesicht gestanden hatte, weil er seine Einschätzung von Sophia angesichts der jüngsten Ereignisse neu bedenken musste, vermittelte sein Herr ihr das entwertende Gefühl, er habe sie bisher überhaupt nicht wahrgenommen. Sophia richtete sich dennoch kerzengerade auf, hob das Kinn und blickte dem Burgherrn furchtlos – wie sie hoffte – in die Augen. Der wirkte für einen Moment verdutzt, zog dann aber die Augenbrauen zusammen.

»Diese Magd wirkt keineswegs schuldbewusst«, richtete er das Wort an seinen Verwalter. »Vielmehr scheint sie unverschämt und aufsässig zu sein.« Er verschränkte die Hände vor der Brust und wippte mit dem einen Fuß. »Daraus lassen sich zwei Schlüsse ziehen: Entweder ist sie eine besonders verstockte Lügnerin und Betrügerin oder aber unschuldig und ausgesprochen dumm.«

Oswald seufzte. »Ich fürchte, dass weder das eine noch das andere zutrifft, mein Herr«, erklärte er ungewohnt zögerlich. »Du hast meinen Auftrag, die Aussagen des Soldaten zu überprüfen, doch wohl erfüllt?«, erkundigte sich Fünfkirchen. Seine hohe Stirn legte sich in Falten, sein Blick wurde stechend. »Selbstverständlich, mein Herr!«, versicherte Oswald ein wenig beleidigt. »So habt Ihr befohlen, und genauso habe ich es ausgeführt.«

»Na also, dann lass dir die Worte nicht wie Würmer aus der

Nase ziehen!« Der Burgherr legte sich einen Finger an den Nasenflügel. »Stimmt es nun, dass sie eine Täuferin ist, ein unzüchtiges Verhältnis mit diesem Doktor Lienhard unterhält und obendrein die Flucht des alten Wanderpredigers aus dem Felsenkerker plant, der ihr Verwandter sein soll?«

»Ihr verstorbener Mann war ein Verwandter des Gefangenen.« Oswald nickte bekümmert. »Und das hat sie mir tatsächlich verschwiegen. Allerdings sieht es so aus, als wäre sie ihm hier nur zufällig begegnet.« Um ein Haar hätte Sophia erleichtert ausgeatmet – diesen Teil ihrer Geschichte hatte der Verwalter ihr also abgenommen.

»Den Eindruck, sie hätte den Täuferarzt gekannt, hatte ich von vornherein nicht«, fuhr Paneisen fort. »Wie könnte sie da Unzucht mit ihm getrieben haben? Der Wastel allerdings ist bekannt dafür, dass er den Mägden nachsteigt, wann immer er Gelegenheit findet.« Oswalds Stimme hatte einen abfälligen Klang angenommen. »Deshalb glaube ich vielmehr, dass er mit seiner Geschichte davon ablenken wollte, dass die Magd und der Doktor ihn selbst bei der Unzucht überrascht haben.« Sophia beeilte sich, die Augen niederzuschlagen und brav zu nicken.

Doch der Burgherr beachtete sie nicht weiter. »Das stimmt mit dem überein, was Lienhard bei seiner Befragung behauptet hat«, sagte er nachdenklich.

»Sie hat allerdings zugegeben, den Doktor um eine Medizin für den Gefangenen gebeten zu haben«, fuhr Oswald fort, und sein Gesicht verfinsterte sich. »Nachdem ich jedoch gesehen habe, in welchem Zustand der Mann sich befindet, kann ich ihr daraus nicht einmal einen Vorwurf machen.« Fünfkirchen merkte auf. »Wie das?« In wenigen Sätzen schilderte Oswald, wie er Storch im Felsenkeller vorgefunden und welche Konsequenzen er daraus gezogen hatte.

Der Burgherr sprang auf, sodass das Buch von seinen Knien

flog und auf dem Boden landete. ›De incertitudine et vanitate scientiarum‹, Von der Ungewissheit und Eitelkeit der Wissenschaften, entzifferte Sophia den Titel. Der Verfasser, Agrippa von Nettesheim, war einer jener Gelehrten, die Heinrich Fuchs besonders schätzte. Ganz zu Beginn ihrer Bekanntschaft hatte er ihr ein Büchlein geschenkt, in dem Agrippa die Vortrefflichkeit und Überlegenheit des weiblichen Geschlechts gegenüber dem männlichen herausstellte. Wer Agrippas Bücher las, dachte sie, dessen Verstand würde sich vernünftigen Argumenten kaum entziehen.

»Noch heute werde ich dafür sorgen, dass dieser verkommene, pflichtvergessene Tölpel die Burg verlässt!« Der Burgherr erhob die Stimme kaum, doch die roten Flecken, die sich auf seinen schmalen Wangen abzeichneten, sprachen für seinen Zorn. »Die Tatsache, dass er unseren Mägden nachstellt, ist dafür allein schon Grund genug!«

Sophia hob überrascht die Augenbrauen, denn angesichts dessen, was sich die adligen Gäste der Burg unter den Augen des Hausherrn bei ihr und Lenka herausgenommen hatten, klang dieses Urteil ungewohnt streng. Allerdings galten auch in dieser Hinsicht für die hohen Herren andere Regeln als für einen einfachen Soldaten.

Fünfkirchen marschierte aufgebracht von einer Wand der Kammer zur anderen und wieder zurück. Dabei hatte er die Hände hinter dem Rücken verschränkt und die Stirn gefurcht. »Als ob ich nicht schon genug Ärger hätte, weil dieser alte Zausel von einem Täufer sich ausgerechnet auf den Falkensteiner Ländereien von des Königs Soldaten erwischen ließ! Warum hat er nicht aufgepasst? Die Täufer wissen schließlich, dass Ferdinand seine Soldaten hier auf die Jagd nach ihnen schickt, weil er es nicht wagt, die mährischen Herren zu vergrämen. Am Ende machen seine Glaubensbrüder mir auch noch Vorwürfe dafür, dass er in meinem Kerker zu Tode kam. Sie werden denken, dass ich die nachlässige Grausamkeit gutheiße, mit der das Söldnerpack ihn behandelt hat!« Er schüttelte den Kopf. »Dabei haben diese Kerle mir wie Läuse im Pelz gesessen!«

»So ist es, mein Herr«, pflichtete Oswald ihm bei. »Wir mussten sie monatelang durchfüttern, und dazu haben sie auch noch unser gutes Bier gesoffen, als wäre es Wasser. Eure Leute werden Euch und Gott danken, wenn auch der Letzte von ihnen verschwunden ist!«

»Nur was fangen wir mit dem Alten im Verlies an?« Fünfkirchen blieb stehen und stieß aufgebracht Luft durch die Nase aus. »Mich deucht, der König hat ihn vergessen. Doch wenn ich ihn auf freien Fuß setze und das spricht sich bis nach Prag herum, könnte ich in Teufels Küche geraten!« Der Burgherr ließ sich wieder auf seinen Stuhl fallen, klaubte das Buch vom Boden auf und schlug es sorgfältig zu. »Dabei will ich nur meine Ruhe haben – genauso wie die Leute auf ihren Brüderhöfen. Die sind fleißig und redlich und halten sich an das Gebot, ihren Glauben nicht unter meinen Leuten zu verbreiten. Sie bringen Wissen und Handwerkskunst aus ihren Heimatländern zu uns, zahlen pünktlich ihre Abgaben und liefern uns exzellente Waren zu vernünftigen Preisen.« Er hob ratlos die Hände. »Warum sollte ich sie also unnötig gegen mich aufbringen? Es ist wirklich ein Jammer, dass König Ferdinand solch eine Furcht vor allem hat, was nicht in Rom abgesegnet wurde! Aber muss er diesen armen Teufeln deswegen bis in den letzten Winkel unseres Landes nachstellen?«

Sophia holte vernehmlich Luft. Sie hatte genug gehört und trat einen Schritt vor, um ihre Karten auf den Tisch zu legen. Der Burgherr schien sich ihrer Anwesenheit erst jetzt wieder zu entsinnen und sah sie überrascht an. »Edler Herr von Fünfkirchen«, begann sie, »es ist offensichtlich, dass Ihr in einem scheußlichen Dilemma steckt. Ihr möchtet nicht, dass der alte Mann in Eurem Kerker zugrunde geht, könnt ihn aber aus

Rücksicht auf Euren Lehnsherrn nicht freilassen – was Ihr gern tätet, weil Ihr großherzig und gerecht seid.« Erfahrung hatte sie gelehrt, dass die meisten Männer ein viel besseres Bild von sich selbst hegten als Frauen, daher schluckten sie einen weiblichen Rat stets besser, wenn er zusammen mit einer Schmeichelei verabreicht wurde.

Fünfkirchen blinzelte, als hätte er Staub in die Augen bekommen, und Oswald öffnete erschrocken den Mund. Doch ehe er etwas hervorbringen konnte, sprach Sophia schon weiter: »Ihr braucht daher eine Lösung, mit der Ihr beide Seiten zufriedenstellt.«

»Willst du etwa behaupten, du hättest eine solche Lösung für mich parat, Weib?« Die Augenbrauen des Burgherrn schoben sich steil nach oben.

Entschlossen reckte Sophia das Kinn – für weibliche Zurückhaltung hatte sie keine Zeit. »Ja, ich habe eine Lösung für Euch! Allerdings würde ich die gern unter vier Augen mit Euch besprechen.« Sie warf Oswald, der sie immer noch offenen Mundes anstarrte, einen flehenden Blick zu. »Je weniger Menschen auf der Burg davon wissen, desto mehr Erfolg wäre der Sache beschieden!«

Auf einmal kam Leben in Oswalds massige Gestalt. »Ich bitte Euch, Herr, verzeiht dem törichten Frauenzimmer! Ihre Einfalt scheint doch größer zu sein, als ich dachte!« Er packte Sophia am Arm, um sie aus dem Raum zu schaffen, aber der Burgherr gebot ihm mit erhobener Hand Einhalt. »Mein guter Oswald, nicht gar so schnell! Einfältig oder nicht – mutig ist sie, das muss ich sagen. Und Mut ist eine Eigenschaft, die ich zu schätzen weiß. Also lass uns für eine Weile allein, damit sie sagen kann, was sie zu sagen hat.« Er lächelte, und sein ganzes Gesicht veränderte sich dadurch auf überraschende Weise. Sophia war beinah geneigt, es als edel zu bezeichnen. »Es wird zumindest zu meiner Urteilsfindung beitragen.«

Oswalds Blick irrte zwischen ihm und Sophia hin und her. Fassungslosigkeit lag darin. Doch dann nickte er, verließ den Raum und schloss die Tür hinter sich. Sophia sah sich Johann von Fünfkirchen endlich allein gegenüber. All ihre Sinne schärften sich, Ängste und Zweifel traten in den Hintergrund, denn das war der Augenblick, in dem es darauf ankam.

»Bitte, setzt Euch!« Überrascht sah sie, wie der Burgherr auf einen zweiten Scherensessel deutete. »Wer immer Ihr auch sein mögt, eine einfache Magd ganz gewiss nicht. Glaubt nur nicht, mir wäre entgangen, dass Ihr den Titel meines Buches gelesen habt!« Er klopfte auf den Agrippa auf seinen Knien. »*Nemo enim potest personam diu ferre.*«

Nun war es an Sophia, ihre Überraschung zu verbergen. Umständlich rückte sie den Stuhl so zurecht, dass sie dem Burgherrn gegenübersitzen konnte. »Es war nie meine Absicht, mich hinter einer Maske zu verbergen«, sagte sie dann. »Bitte verzeiht, wenn ich diesen Eindruck bei Euch erweckte!«

Fünfkirchen nickte zum Zeichen, dass er verstand und sie fortfahren solle. »Vielmehr zwangen mich unglückliche Umstände, die Stelle einer Magd auf Burg Falkenstein anzunehmen, wo ich meinen armen Verwandten eingekerkert vorfand.« Sie sah keinen Grund, ihm ihre ganze Geschichte auf die Nase zu binden, gedachte allerdings, weiter nah an der Wahrheit zu bleiben. »Ganz zufällig?« Der Spott in der Stimme des Burgherrn war nicht zu überhören. »Nein, Ihr habt recht – wahrscheinlich eher, weil Gott meine Schritte hierherlenkte, um ihm beizustehen«, Sophia sah Johann von Fünfkirchen fest in die Augen, »und Euch zu helfen!«

Der Burgherr trommelte auf dem Deckel des Buches herum, ob aus Ungeduld oder Nachdenklichkeit, konnte Sophia nur raten. Dennoch beeilte sie sich, nun zum Kern zu kommen. »Ihr könntet den König glauben lassen, Nikolaus Storch wäre in seinem Kerker gestorben«, schlug sie vor, »indem Ihr ihn heimlich aus der Burg schaffen und statt seiner einen Sack mit den Resten eines der gehenkten Räuber verscharren lasst.« Sie zuckte mit den Achseln. »Es wird nicht weiter auffallen, wenn am Galgen einer fehlt – wie ich hörte, gibt es auch in dieser Gegend Leichenräuber.«

»Allerdings!«, knurrte der Burgherr. »Der Henker macht jedes Mal ein riesiges Fass auf, wenn ihm wieder einer das Einkommen geschmälert hat. Aber selbstverständlich ist so etwas auch nicht förderlich für mein Ansehen als Grundherr, und deshalb steht jetzt einer meiner Wachleute Tag und Nacht neben dem verfluchten Galgen.«

»Da müsste man sich natürlich etwas einfallen lassen«, überlegte Sophia laut.

»Aber selbst dann ...« Der Burgherr schien tatsächlich Geschmack an dem Thema zu finden. »Wie wollt Ihr es anstellen, Euren Verwandten von der Burg zu schaffen? Wenn ich es richtig verstanden habe, ist der arme Mann nicht einmal mehr fähig, aus eigener Kraft zu stehen.«

Sophia holte Luft, denn nun kam der Teil ihres Plans an die Reihe, den sie unter gar keinen Umständen vor Oswalds Ohren hatte ausbreiten wollen. »Ružena, die Frau Eures Verwalters, wird in den nächsten Tagen sterben.« Sie zögerte, ihre Ausführungen fortzusetzen, denn obwohl sie keinen anderen Ausweg sah, kam ihr das, was sie vorschlagen wollte wie Leichenschändung vor. »Jeder auf der Burg weiß, dass Oswald Euch schon seit vielen Jahren treue Dienste erweist«, fuhr sie mit trockenem Mund fort.

Fünfkirchen nickte, doch sein Blick zeigte, dass er keine Ahnung hatte, worauf Sophia hinauswollte. »Es würde daher niemanden wundern, wenn Ihr – in Anerkennung dieser Dienste – für die Beerdigung seines geliebten Weibes einen besonders schönen und vor allem großen Sarg anfertigen ließet.«

»Das ist ein christlicher Gedanke, den ich auch gern in die

Tat umsetzen werde«, stimmte der Burgherr ihr zu. »Aber wie soll das dabei helfen, den Gefangenen heimlich von der Burg zu bringen?«

Sophia spürte, wie sie bei diesen Worten vor Scham errötete, denn christlich war ihr Plan nun wahrlich nicht. »Ružena ist klein und zierlich und besteht inzwischen nur noch aus Haut und Knochen. Nikolaus Storch ist auch kaum besser dran.« Sie senkte den Blick und murmelte: »Zusammen müssten sie bequem in einen etwas größeren Sarg passen.« Fünfkirchen schwieg, und weil sie unablässig auf ihre im Schoß gefalteten Hände starrte, konnte sie nicht sehen, was er von ihrer Idee hielt. Doch dann fiel ihr etwas ein, das sie bisher noch gar nicht bedacht hatte, und sie hob rasch den Kopf. »Selbstverständlich müssten Löcher in den Sarg gebohrt werden, damit der arme Mann unterwegs nicht erstickt!«

»Potz Blut!« Der Burgherr starrte sie an, als hätte sie sich vor seinen Augen gehäutet wie eine Schlange. »Wie konnte Euch nur jemals einer für eine Täuferin halten – Euch scheint vielmehr gar nichts heilig zu sein!« Obwohl er ungehalten wirkte, entging Sophia nicht die Anerkennung, die in seinen Augen aufblitzte. Jetzt, davon war sie überzeugt, würde der edle Herr von Fünfkirchen bis an sein Lebensende nicht mehr vergessen, wer sie war. Da sie inzwischen alles gesagt hatte, was es zu sagen gab, schwieg sie. Auch der Burgherr brütete eine Weile stumm vor sich hin. Während es in der Kammer schnell vollends dunkel wurde, sodass sie die Gesichtszüge ihres Gegenübers kaum noch erkennen konnte, dachte Sophia über den größten Haken an ihrem Plan nach: Würde sie Nikolaus Storch dazu bewegen können, sich zu einer Toten in den Sarg zu legen, um seine Flucht vom Falkenstein zu ermöglichen? Oder würde er das als würdelos oder, schlimmer noch, als einen Verstoß gegen Gottes Gebot ablehnen – kurzum: Würde er den Märtyrertod im Felsengewölbe der abenteuerlichen Flucht vorziehen? Aber selbst wenn er in Sophias Plan einwilligen sollte – wie viel Lebenszeit würde ihm noch bleiben angesichts seiner absterbenden Beine? Neulich, im Stall, war ihr keine Zeit geblieben, den Doktor danach zu fragen, ob es für den Gefangenen unter diesen Umständen überhaupt noch Rettung gab. Auch auf die Frage, wohin sie Storch schließlich bringen sollte, hatte sie bisher keine befriedigende Antwort gefunden. Wenn sie ihn auf seinen Brüderhof schaffte, würde sich das rasch herumsprechen, und dann bestand die Gefahr, dass auch die Männer des Königs Wind davon bekamen.

Sie schrak zusammen, als der Burgherr plötzlich aufstand, zur Tür ging und eine Glocke läutete, die dort angebracht war. Kurze Zeit später waren Schritte zu hören, dann erschien ein Diener mit einem Licht. »Mein Herr wünscht?«, erkundigte sich der hagere Mann mit einer Verbeugung. »Lass den Doktor zu mir bringen, Barthel!«, befahl Fünfkirchen. Bevor der Bedienstete ging, um dem Wunsch seines Herrn nachzukommen, entzündete er die Kerzen an einem silbernen Leuchter auf dem Tisch.

»Doktor Lienhard ist hier?«, fragte Sophia hoffnungsvoll. Der Arzt würde die Antwort auf die meisten ihrer Fragen kennen! »Er hat heute noch einmal nach meinem Gast gesehen, der von seinem Pferd fiel, als uns bei der Jagd eine Bache in die Quere kam.«

»Oh, wie unglücklich«, sagte Sophia, die sich aus Höflichkeit genötigt fühlte, wenigstens etwas zu erwidern. Fünfkirchen winkte ab. »Ach, na ja! Das hätte weitaus schlimmer enden können, wenn es uns nicht gelungen wäre, das wütende Vieh zu erlegen. Leider mussten wir es dann auch noch zurücklassen, weil der Wagen für den armen Kaunitz gebraucht wurde.«

Der Doktor hatte sich offenbar ganz in der Nähe aufgehalten, denn schon bald öffnete sich die Tür erneut, und der Diener geleitete Lienhard herein. Als der Arzt Sophia im vertrauten Gespräch mit dem Herrn der Burg entdeckte, weiteten sich seine Augen irritiert. Doch er fasste sich rasch, deutete eine Verbeugung an und wartete neben der Tür darauf, dass Johann von Fünfkirchen das Wort an ihn richten würde.

»Das Weib, das Euch vor ein paar Tagen durch unbedachtes Handeln in eine missliche Lage brachte, mein lieber Doktor, hat mir soeben einen Vorschlag unterbreitet, zu dem ich gern Eure Meinung hören würde. Aber vielleicht wäre es besser, wenn Ihr Euch vorher setzen würdet.« Fünfkirchen deutete mit knapper Geste auf den Schemel neben dem Tisch – die einzige noch verfügbare Sitzgelegenheit in der Kammer. Kaum hatte der Doktor darauf Platz genommen, nickte der Burgherr Sophia zu. »Dann legt dem Doktor noch einmal dar, wie Ihr seinem Glaubensbruder aus meinem Verlies in die Freiheit verhelfen wollt!«

Während Sophia ihren Plan erneut schilderte, wurde sie den Verdacht nicht los, dass sich Johann von Fünfkirchen prächtig unterhalten fühlte. Jedenfalls ließ er den Doktor, auf dessen Gesicht sich zunächst Misstrauen, dann Unglaube und schließlich Fassungslosigkeit spiegelten, keinen Moment aus den Augen – dabei nistete ein vergnügtes Grinsen im Mundwinkel des Burgherrn. Sophia hätte schwören können, dass es ihm außerordentlich gefiel, den Mann derart zu verblüffen. Sie selbst konnte der Situation nur wenig Komik abgewinnen. Dafür, fand sie, stand zu viel auf dem Spiel. Dem Arzt schien es ähnlich zu gehen, denn als sie mit ihren Ausführungen fertig war, sah er den Burgherrn an, ohne eine Miene zu verziehen. »Und das«, fragte er, »soll alles mit Eurer Billigung geschehen?«

»Warum nicht?«, Fünfkirchen zuckte mit den Schultern. »Es sieht nicht so aus, als würde ich dabei ein großes Risiko eingehen. Selbstverständlich müsste der Alte, sollte er die Flucht tatsächlich überleben, zunächst eine Weile verschwinden. Später, wenn Gras über die Sache gewachsen ist, kann er still und heimlich zu seinen Brüdern zurückkehren.« Der Burgherr hob den Zeigefinger. »Allerdings wären die gut beraten, wenn sie ihn dann nicht mehr fortließen!«

Zum ersten Mal, seit sie am Morgen erfahren hatte, dass der Burgherr sie sehen wollte, entspannte sich Sophia ein wenig. Nun kam es allerdings darauf an, was Lienhard zu alldem sagen würde. Sie suchte den Blick des Doktors, doch der forschte im Gesicht des Burgherrn nach Anzeichen dafür, dass diese Unterhaltung eine Falle oder zumindest ein geschmackloser Scherz war.

»Es könnte glücken«, sagte er schließlich, doch in seiner Stimme schwang Vorsicht. Dann sah er Sophia an. »Bruder Nikolaus ist mit dem Plan einverstanden?«

»Er weiß noch nichts davon«, gestand sie.

»Und dabei sollte es vorerst bleiben«, erwiderte der Arzt. Als Sophia ihn besorgt und fragend ansah, sagte er: »Haltet Euch einmal vor Augen, Ihr solltet eine Zeitlang, womöglich gar einige Stunden, in einem geschlossenen Sarg bei einer Leiche liegen.« Während er innehielt und seine Worte wirken ließ, fühlte Sophia, dass sie ein kalter Schauder überlief und ihr Herz wie ein gefangener Vogel in ihrer Brust zu flattern begann. Es war nicht so, dass sie noch gar keinen Gedanken an diese Frage verschwendet hatte, aber andere waren bisher dringender gewesen. »Ich weiß nicht, ob ich das lange aushalten könnte«, gestand sie schließlich. »Selbst wenn ich wüsste, dass es dabei um mein Leben geht!«

Johann von Fünfkirchen hatte sich inzwischen erhoben und begann wieder umherzugehen. »Nur wenige Menschen könnten das!«, sagte er. »Im Krieg gegen die Türken hatte ich einen Kameraden, der im Anschluss an eine Schlacht verwundet und unter Leichen begraben wieder zu sich kam. Seine körperlichen Wunden heilten nach einiger Zeit, aber noch heute schreckt er des Nachts gepeinigt aus dem Schlaf und schreit, weil er sich wieder an jenem Ort wähnt.«

Doktor Lienhard nickte. »Das würde ich dem alten Mann gern ersparen, zumal ihm die Monate im Kerker schon genug zugesetzt haben. Darüber hinaus bestünde auch die Gefahr, dass er sich verraten könnte, wenn er im Sarg der guten Ružena anfinge zu stöhnen und zu schreien.«

Sophia war froh, dass Oswald die makabre Unterhaltung nicht mit anhören musste – auch so würde es schwer werden, ihm und Ružena nachher wieder in die Augen zu sehen. Zu ruhelos, um länger im Sitzen zu verharren, erhob sie sich. »Dann habt Ihr hoffentlich ein Mittel, um ihn so lange zu betäuben, bis wir ihn gefahrlos dort herausholen können«, sagte sie, während sie ihre Schürze glattstrich.

»Das habe ich.« Lienhard, der keinerlei Anzeichen von Unruhe erkennen ließ, schien sich nicht daran zu stören, dass er als Einziger im Raum noch immer saß. »Aber Ihr werdet es ihm verabreichen müssen!«, fügte er hinzu.

»Halt!« Der Burgherr blieb stehen und streckte gebieterisch seine Hand aus. »Ihr denkt doch nicht, dass ich zulassen kann, dass dieses Weib«, er machte eine Kopfbewegung in Sophias Richtung, »noch einmal den Kerker meiner Burg betritt? Oh nein!« Energisch schüttelte er sein Haupt. »Auch wenn ihre Schuld nicht so schwer wiegt, wie es zunächst schien, so hat sie doch ein pflichtvergessenes und höchst eigensinniges Verhalten an den Tag gelegt – und da dies öffentlich geworden ist, wird von mir erwartet, dass ich es entsprechend ahnde.« Sophia blickte ihn erschrocken an, denn damit hatte sie nach alldem gewiss nicht mehr gerechnet. »Da sie gesegneten Leibes ist, werde ich von einer körperlichen Züchtigung auf dem Burghof absehen. Was ich ein wenig bedauere.« Als Sophia ein empörter Ausruf entwich, drehte er sich mit einem süffisanten Lächeln zu ihr um. »Seht Ihr, meine Liebe, genau das meine ich: Auch wenn Ihr offensichtlich nicht in den Stand hineingeboren wurdet, den Ihr jetzt bekleidet, fehlt es Euch doch am grundsätzlichen Verständnis für Euren Platz in dieser Welt. Nach dem, was ich bisher an Euch wahrnehmen konnte, glaube ich kaum, dass Euer Vater oder Gemahl ihrer Pflicht in der Hinsicht nachgekommen sind.«

Sophia dachte an ihren herzensguten Vater und an ihren geliebten Magister. Beide hatte sie mit ihrem Eigensinn oft an den Rand der Verzweiflung getrieben, doch beiden wäre es nie in den Sinn gekommen, sie zu schlagen. Das außergewöhnliche Glück, das ihr damit zuteilgeworden war, stärkte sie auch jetzt. »Was habt Ihr stattdessen vor?«, fragte sie ruhig.

»Sobald das Weib meines Verwalters seinen letzten Atemzug getan hat, werdet Ihr die Burg für immer verlassen«, erklärte der Burgherr in schneidendem Tonfall. »Ohne Lohn!« Sophia schwieg und biss sich auf die Zunge, damit ihr kein Wörtchen von dem entschlüpfte, was sie gerade dachte: Ein Jahr meines Lebens gäbe ich, könnte ich ein Scheit mehr in das Feuer legen, das der Teufel eines Tages unter deinem knochigen, adelsstolzen Arsch entzünden wird!

Aber Fünfkirchen hatte sich längst dem Doktor zugewandt, der noch immer auf seinem Schemel hockte. »Da ich annehme, dass Ihr Eure hervorragende Kenntnis des menschlichen Körpers nicht nur aus Büchern und der Betrachtung Eurer Kranken gewonnen habt, nehme ich an, dass Ihr wisst, wie man einen Gehenkten vom Galgen stiehlt?« Dem Burgherrn schien es Antwort genug, dass Lienhard schwieg und keine Miene verzog. »Hab ich es mir doch gedacht«, murmelte er und rieb sich die Hände. »Auf jeden Fall wird dem Wachmann, der die Richtstatt heute noch bewacht, schon morgen eine dringlichere Aufgabe zugeteilt werden. Außerdem werdet Ihr dafür sorgen, dass mir ein ebenso geschickter wie verschwiegener Schreiner auf einem der Brüderhöfe ganz schnell einen Sarg mit allem notwendigen Drum und Dran für das Weib meines treuen Verwalters fertigt – zum Preis eines gewöhnlichen, versteht sich!«

Johann von Fünfkirchen machte eine großzügige Geste. »Aber als Zeichen meiner freundlichen Gesinnung gegenüber Euren Brüdern und Schwestern im Glauben dürft Ihr den Gefangenen heute und am Tag von Ruženas Tod mit Medizin versorgen.« Er wedelte mit seiner schlanken Gelehrtenhand. »Tut mit ihm, was immer Ihr für richtig haltet!«

Da es schien, als hätte Fünfkirchen das Gespräch damit beendet, erhob sich Lienhard und trat an Sophias Seite. Auch zum Abschied verneigte er sich nur flüchtig. »Ich werde gemäß Eurer Wünsche handeln, mein Herr!«

»Das solltet Ihr, mein lieber Doktor, das solltet Ihr.« Die Augen des Burgherrn verengten sich zu schmalen Schlitzen. »Denn falls man den Gefangenen in diesem Sarg entdeckt, seid Ihr derjenige, der seinen Kopf dafür in die Schlinge stecken muss – seid Euch dessen stets gewiss!«

Sophia vergaß vollkommen zu knicksen, als sie hinter dem Arzt den Raum verließ, denn sie war damit beschäftigt, sich weitere Höllenqualen für den heuchlerischen Ritter auszudenken. Bevor sie auf den Burghof traten, berührte sie Lienhard am Arm. Im Schatten des Portals blieben sie stehen, wobei sich Sophia mit einem aufmerksamen Blick vergewisserte, ob jemand in der Nähe war. »Dass Ihr die Durchführung dieser Flucht ganz allein bewerkstelligen müsst und am Ende auch noch Euren Kopf dafür hinhalten sollt, wenn etwas schiefgeht, werde ich nicht zulassen!«, erklärte sie mit leiser, aber fester Stimme.

Aber Lienhard schüttelte den Kopf und deutete auf die kleine Wölbung unter ihrer Schürze. »Ein Weib wirft bei jeder Geburt das eigene Leben für ein anderes in die Waagschale Gottes«, unterbrach er sie. »Meine Mutter hat das zwölfmal überstanden, bis sie den Preis beim dreizehnten Kind entrichten musste.« Er bedachte sie mit einem traurigen Lächeln. »Glaubt Ihr, ich hätte weniger Mut als sie oder Ihr?«

»Wart Ihr das dreizehnte Kind?«, fragte Sophia leise. »Nein, ich war das erste.« Lienhard seufzte. »Jedes Mal, wenn es so weit war, dass die Wehen sie überkamen, hockte ich mich in eine Ecke und begann zu beten – bis alles vorbei war. Jedes Mal glaubte ich, meine Gebete hätten ihr geholfen. Erst nach ihrem Tod begriff ich, dass beten allein nie genug ist. Man muss bereit und fähig sein, selbst etwas zu tun!«

»Wurdet Ihr deshalb Arzt?«, schloss Sophia. »Ja«, bestätigte Lienhard. Dann setzte er sich das Barett, das er immer noch in der Hand gehalten hatte, in einem verwegenen Winkel auf den Kopf. »Anders als unsere Brüder und Schwestern in Christo habt Ihr nicht nur gebetet, sondern einiges gewagt, um Bruder Nikolaus aus seinem Kerker zu holen. Nun werde ich vollenden, was Ihr begonnen habt!«

»Es ist mein Plan, und darum werde ich Euch weiter nach Kräften unterstützen«, protestierte Sophia. Doch Lienhard fasste nach ihrer Hand und drückte sie. »Keine Angst, Euer Plan ist so gut, dass er mit Gottes Hilfe gelingen mag! Ihr habt recht, der armen Ružena stehen höchstens noch drei oder vier Tage bevor, dann wird unser Herr sie endlich erlösen. Doch in dieser Zeit braucht sie Euch mehr denn je!« Er sah Sophia eindringlich in die Augen, und sie nickte schließlich. Sie würde keine Gelegenheit haben, sich neben dieser Aufgabe noch um anderes zu kümmern. »Sobald es vorbei ist und Ihr die Burg verlassen müsst«, fuhr der Doktor fort, »begebt Ihr Euch unten im Dorf ins Haus der Witwe Steinauer. Es ist das letzte Haus direkt am Wald. Dort werde ich Euch finden, wenn ich den Alten sicher von der Burg gebracht habe. Betet solange, wenn Ihr wollt!« Er gab ihre Hand frei, doch Sophia hatte noch eine letzte drängende Frage.

»Wird Nikolaus Storch überleben?« Lienhard stieß einen tiefen Seufzer aus. »Wir sind am Ende alle in Gottes Hand!«

Kapitel 15

»Simmel, Arsch und Zwirn!« Der Fluch entschlüpfte Fuchs, als er vor den Mauern Nürnbergs von seinem Pferd stieg. Er biss die Zähne zusammen, atmete durch und reihte sich hinter einem schmächtigen Bauern mit einer Kiepe voll Lauch und Rüben in die Schlange der Wartenden vor dem Laufer Tor ein. Wie konnte er nur darauf verfallen, die einwöchige Reise von Zwickau nach Nürnberg auf einem Gaul zurückzulegen? Waren ihm das milde Wetter und das allgegenwärtige Jubilieren der Vöglein in Gottes freier Natur zu Kopfe gestiegen? Aber er vermutete, dass viel eher der Wein schuld war, den er mit seinem Freund Wolter getrunken hatte, während sie Erinnerungen an ihre gemeinsame Studienzeit wiederbelebten.

Oft waren sie damals sonntags, anstatt zur Messe zu gehen, gemeinsam auf die Dörfer hinausgeritten und hatten den Bauernburschen beim Tanz die Mädchen abspenstig gemacht – was so manches Mal in einer handfesten Keilerei endete. Doch obwohl sie dabei mehr Prügel einsteckten, als sie austeilen konnten, hatten sie gelacht und sich als ganze Kerle gefühlt, wenn sie abends in die Stadt zurückkehrten und die geliehenen Pferde zurückbrachten.

»Und nun schau mich an!« Zufrieden hatte Wolter seinen stattlichen Bauch getätschelt. »Heute bin ich ein allseits geachteter Arzt und hab selbst einen Stall mit guten Pferden. Aber weil ich auf die kaum noch raufkomme, fahre ich lieber mit dem

Wagen.« Dann hatte er Fuchs zugezwinkert und gefragt: »Und wie steht's mit dir, Freund Heinrich?« Der Magister hatte mit den Schultern gezuckt. »Ein gut bezahlter Arzt ist aus mir, wie du weißt, nicht geworden. In meinem Stall gibt's nur eine dürre Ziege und eine verhätschelte Sau. Aber auf ein Pferd käme ich wohl noch ohne Hilfe. Wenn ich eins hätte, müsste ich mich nicht in einem Reisewagen durchrütteln lassen und das Gejammer der anderen Fahrgäste ertragen.« So war es gekommen, dass Wolter ihn am nächsten Morgen in den Stall geführt hatte, wo neben dem Kutschpferd und einer Schimmelstute ein rotbrauner Wallach mit breiter Kruppe und freundlichen Augen stand. »Für die Weiterreise sollst du meinen Vulpes haben, mein lieber Henricus«, hatte Wolter gewitzelt. »Dann hast du wenigstens einen guten Grund, auf dem Rückweg wieder bei mir abzusteigen!«

Bei anhaltend schönem Frühlingswetter hatte Fuchs es in den ersten Tagen tatsächlich genossen, die Landschaft vom Rücken seines Pferdes aus zu betrachten. Er folgte der Via Imperii, der uralten Handelsstraße, die sich hinter Hof durch die bewaldeten Höhenzüge des Fichtelgebirges schlängelte und ihn dann am Rand der Fränkischen Alb entlangführte. An der viel befahrenen Straße reihten sich Städte, Dörfer und Weiler wie Perlen auf einer Schnur. Überall gab es Gasthäuser, in denen der Reisende Speis und Trank sowie ein Bett für die Nacht bekommen konnte. Dennoch hatte der Magister manches Mal das Gefühl gehabt, er wäre tagelang durch dichten Wald geritten, der erst unmittelbar vor den Toren Nürnbergs endete.

Die gewaltige Stadtmauer, die mit Wehrtürmen gespickt war wie ein Igel mit Stacheln, beeindruckte ihn. Vor ihm erhob sich, als breitschultriger Wächter, der Turm des Laufer Tors mit einem Helm aus roten Ziegeln. Um das Tor und den dahinterliegenden Zwinger zu erreichen, musste man – ähnlich wie in Pirna – den Stadtgraben auf einer Holzbrücke überqueren. Die

Kontrolle durch den Wachmann davor nahm einige Zeit in Anspruch. Dennoch blieb Fuchs auf der breiten Gasse hinter dem Tor noch einmal stehen und schaute sich um. Menschen eilten und drängten an ihm vorbei. Zu seinem Erstaunen stellte er fest, dass er sich trotz des wunden Hinterns und der ziehenden Schmerzen im Rücken so frisch und tatkräftig fühlte wie seit Langem nicht mehr. Eigentlich hatte er vorgehabt, sich zuerst ins Barfüßerviertel zu begeben, um den Eltern von Meister Gänneweks Gesellen den Brief ihres Sohnes zu überbringen. Der junge Kannegießer hatte versichert, sie würden ihm behilflich sein, eine saubere, preiswerte Unterkunft in der Stadt zu finden.

Doch Fuchs hatte die Nacht in Lauf, nicht mal drei Meilen vor den Toren Nürnbergs, verbracht und war im Morgengrauen aufgebrochen. Dem Stand der Sonne nach zu urteilen, war es noch längst nicht Mittag. »Sagt, gute Frau, wie komme ich zur Neuen Gasse?«, wandte er sich kurzentschlossen an ein junges Weib mit einem Kleinkind auf dem Arm und einem rotznäsigen Buben am Rockzipfel. »Geht einfach weiter am Laufer Schlagturm vorbei«, erklärte sie und zeigte geradeaus. »Am Heumarkt geht nach links, bis Ihr an den Spitalkirchhof kommt. Da beginnt die Neue Gasse.« Der Magister bedankte sich. Ein Gang zu Fuß war für ihn nach den Tagen im Sattel eine Wohltat, und das Pferd hatte nichts dagegen, wie ein Hund am Zügel hinter ihm herzutrotten.

Bevor er sich auf die Suche nach einem Quartier machte, wollte er sein Empfehlungsschreiben im Haus des Astronomen Schöner abgeben. Er hatte dem Professor, nachdem er dessen Abhandlung über den ›Computus Ecclesiasticus‹, die Festrechnung der Kirche, gelesen hatte, einen Brief geschrieben. Wie Schöner war er der Ansicht, dass es höchste Zeit wurde, eine Kalenderreform durchzuführen, denn mittlerweile hinkte der Kalender dem Jahreslauf der Sonne um fast zehn Tage hinterher. Kein Wunder, denn die gegenwärtige Zeitrechnung stammte noch aus dem vierten Jahrhundert nach Christi Geburt! Bei dem Gedanken, dass er dem berühmten Mathematiker und Astronomen seine Überlegungen und Fragen dazu bald persönlich stellen konnte, verspürte der Magister eine geradezu kindliche Vorfreude. Der wissenschaftliche Austausch, der inspirierende Streit über neue Gedanken und Ideen – das hatte ihm in den vergangenen Jahren mehr gefehlt, als ihm bewusst gewesen war.

Die Neue Gasse trug ihren Namen mit Recht – die meisten ihrer Häuser waren aus festem Sandstein gebaut und mit schönen Portalen verziert. In Gegensatz zu den Fachwerkhäusern, die je nach Mitteln und Geschick der Bauherren stets ein wenig krumm und schief aussahen, bildeten Mauern und Kanten hier rechte Winkel und glatte Flächen. Vor den soliden Eingangstüren lag weniger Unrat, und sogar die Hühner, die in der Sonne scharrten, sahen sauberer aus und besser genährt als anderswo, fand der Magister.

Er erkundigte sich bei zwei kleinen Buben, die mit ihren Steckenpferden fröhlich umhersprangen, in welchem Haus Professor Schöner wohne. »Unser Vater wohnt da, wo wir wohnen«, erklärte der größere, der höchstens vier Jahre alt sein konnte. »Dort!« Er zeigte auf ein Haus mit geschwungenem Portal. »Wie heißt das Pferd?«, fragte er übergangslos. Fuchs lächelte. »Das heißt Fuchs – so wie ich. Und du?«

»Ich bin der Hans, und mein Bruder heißt Lorenz!« Er drehte sich nach dem Jüngeren um, doch der war inzwischen auf seinem Steckenpferd davongaloppiert. Hans rannte hinterher.

Der Magister band sein Pferd an einem Eisenring neben dem Portal fest und klopfte. Anstelle einer Magd öffnete ihm ein Jüngling in schlichter Studentenkleidung.

»Ich bin Magister Heinrich Fuchs. Ich komme aus dem Meißnischen und bin eben in Nürnberg eingetroffen. Bevor ich mich auf die Suche nach einem Quartier mache, wollte ich Professor Schöner ein Empfehlungsschreiben des Herrn von Carlowitz überreichen, in der Hoffnung, dass er in den nächsten Tagen Zeit für ein Gespräch mit mir findet.« Fuchs holte den Brief unter seinem Wams hervor und wollte ihn dem Jungen reichen, doch seine ausgestreckte Hand erstarrte in der Luft.

»Lass die Umstände! Bring den Mann zu mir hoch, Andreas. Sofort!« Die Stimme, die aus dem Nichts kam, klang dumpf und eigentümlich, sodass Fuchs sich fragte, ob sie überhaupt menschlich war. Der junge Student verzog keine Miene. Zuerst bat er den Gast einzutreten, dann schloss er seelenruhig die Tür. Und als er dann begann, die Wand anzuschreien: »Ja, Vater! Sofort, Vater!«, entsann sich der Magister, dass er das Haus eines Wissenschaftlers und Erfinders betreten hatte. Er schaute genauer hin und entdeckte, dass sich in der Wand eine Öffnung mit einem Trichter befand. Dahinter musste ein Schacht liegen, der ins zweite Stockwerk führte. Fuchs nickte anerkennend, während er Andreas die Treppe hinauf folgte.

Professor Schöner saß, der frühsommerlichen Wärme zum Trotz, in eine Decke gehüllt im Lehnstuhl. Wie Fuchs vermutet hatte, befand sich neben dem Sessel des Hausherrn ein ähnlicher Messingtrichter wie unten in der Halle. Andreas überreichte seinem Vater das Carlowitzsche Schreiben. Während der Professor es mit zusammengekniffenen Augen überflog, sah Fuchs sich neugierig um.

Ähnlich wie in der Kammer, in der er selbst seinen Studien nachging, gab es auch hier außer einem Schreibtisch voller Bücher, Karten und Notizen noch einen zweiten. Darauf lagen allerlei Werkzeuge und Instrumente, sodass er eher einer Werkbank glich als einem Möbelstück.

Fuchs entdeckte ein scheibenförmiges Astrolabium und eine Armillarsphäre – auch Weltmaschine genannt – aus mehreren gegeneinander drehbaren Metallringen, die zusammen die

Form einer Kugel ergaben. Er wusste, dass sie die Umlaufbahnen der Planeten darstellten und dass es die Scheiben des Astrolabiums ermöglichten, sowohl die Position der Sterne festzustellen, als auch Datum, Uhrzeit und Himmelsrichtung. Dahinter stand ein Quadrant, der beinah so aussah wie jener, den er selbst besaß.

Fuchs reckte den Hals, um das kompliziert gebaute Instrument daneben besser erkennen zu können. Das Oberteil bestand ebenfalls aus einer Scheibe mit einer Skala. Vor dieser befand sich in einem gewissen Abstand eine zweite halbrunde Scheibe. Aufgrund der Markierungen am unteren Rand vermutete er, dass dies ein Winkelmesser war, doch aus der Entfernung konnte er sich natürlich täuschen. Das Unterteil war aus drei quadratischen Platten gefertigt, die sich wahrscheinlich kippen ließen und auf denen ebenfalls Kreisformen zu erkennen waren. Am Fuß des Instruments war ein weiterer Winkelmesser senkrecht montiert.

Lautes Räuspern riss Fuchs aus seinen Betrachtungen. Er hatte gar nicht bemerkt, dass Schöners Sohn bereits gegangen war. Reichlich verspätet und daher etwas verlegen entbot er dem hochgeschätzten Gelehrten seinen Gruß.

»Willkommen, mein lieber Henricus Vulpes!«, krächzte Schöner. »Ich habe Euren klugen Brief vor ein paar Wochen erhalten und freue mich, Euch nun leibhaftig vor mir zu sehen!«

»Ich fühle mich außerordentlich geehrt, dass Ihr mich trotz Eurer schlechten gesundheitlichen Verfassung empfangt, Professor!« Fuchs richtete sich auf. Er sah ein erheitertes Schmunzeln auf Schöners Lippen, doch musste er kein studierter Arzt sein, um dem angestrengten Atem, den eingesunkenen Wangen und den trüben Augen zu entnehmen, dass der Mann unter heftigen Schmerzen litt. »Ich möchte Euch auch nicht lange belästigen, sondern ...«

»Nonsens«, unterbrach ihn Schöner ungeduldig. »Warum

glaubt hier eigentlich jeder, mich mit Samthandschuhen anfassen zu müssen? Wen ich wann und wie lange empfange, bestimme ich selbst! Ich bin überzeugt, dass mich ein Gespräch mit einem Mann von wachem Verstand zumindest für kurze Zeit von der Plage ablenken wird, mit der unser Herr mich in den letzten Jahren meines Lebens straft. Aber bitte«, mühsam hob er seine rechte Hand, »fühlt Euch frei, Euch zunächst einmal alles anzuschauen, was Euer Interesse weckt, und scheut Euch keinesfalls zu fragen, wenn Euch etwas unbekannt erscheint!«

Fuchs lächelte, denn das war ein Angebot, dem er kaum widerstehen konnte. Er trat an den Tisch und deutete auf das Instrument mit der Scheibe, dem Winkelmesser und den kippbaren Messingquadraten darunter. »Wozu dient das hier?«

»Dies ist ein Torquetum, das ich vor Jahren selbst entworfen und gemeinsam mit Meister Ambrosius, dem geschicktesten Mechanikus, den es in dieser Stadt jemals gab, gebaut habe. Es ist ein astronomisches Instrument, das die Armillarsphäre und das Astrolab in sich vereinigt. Dadurch kann man sowohl die Koordinaten eines Himmelskörpers als auch dessen aktuelle Höhe und die Uhrzeit nach ungleichen Stunden bestimmen.«

»Ah«, der Magister erinnerte sich. »Davon habe ich schon einmal in einer Schrift aus Paris gelesen. Dort wurde es als Turquet bezeichnet. Doch die beigefügte Zeichnung war so ungenau, dass ich mir die Benutzung nicht recht erklären konnte.«

»In ein paar Tagen, wenn es mir wieder besser geht, kann ich sie Euch gern demonstrieren«, bot Schöner an.

»Dann will ich hoffen, dass das Wetter so günstig bleibt wie in den letzten Tagen«, stimmte Fuchs zu.

Schöner nickte. »Nur keine Sorge, die gegenwärtige Konstellation der Planeten weist auf eine längere Schönwetterperiode hin! Wir werden noch mindestens zwei Wochen lang kaum eine Wolke am Himmel haben – das versichere ich Euch.« Der

Magister, der die Augen noch immer nicht von dem Tisch mit den Instrumenten lassen konnte, entsann sich, dass Schöner regelmäßig Kalender und Prognostika verfasste, die sich über die Grenzen Nürnbergs hinaus großer Beliebtheit erfreuten. Mit seinen Versuchen, anhand der Sterne sogar das Wetter vorauszusagen, erregte er einiges Aufsehen.

Neben dem Astrobalbium sah Fuchs auch ein Triquetrum, ein parallaktisches Lineal, mit dem sich Winkel außerordentlich exakt messen ließen. Da es eines der gebräuchlichsten astronomischen Geräte war, besaß er es selbstverständlich auch. Dann entdeckte er ein Nocturlabium und griff danach. Er wusste, dass man bei der Sternenuhr Datum und Uhrzeit ablesen konnte, indem man durch das Loch in der Mitte ihrer Scheibe den Polarstern fixierte und über einen langen Zeiger zumeist den großen Bären anvisierte. Dieses Stück hier war besonders kunstvoll gearbeitet und mit schmückenden Gravuren versehen. Bei einem Freund in Zwickau hatte Fuchs das Nocturlabium schon mehrfach ausprobiert. Er stellte es zurück und bemerkte, dass daneben Kompass und Zirkel griffbereit lagen, auch wenn der Professor hier bestimmt schon seit Jahren nicht mehr gearbeitet hatte – das legten die dicken Gichtknoten an seinen Fingergelenken nahe.

»Ja, die Zeit, in der ich Himmelsgloben baute und sie auf Reichstagen und Messen an die Reichen und Mächtigen verkaufte, sind längst vorbei«, bestätigte Schöner. Dabei bedachte er seine steifen Finger mit einem gequälten Lächeln. »Meine zwei schönsten habe ich vor fünfzehn Jahren Kurfürst Johann Friedrich verehrt – dem Beschützer unseres Glaubens.«

Fuchs erinnerte sich, dass der Kurfürst wie Luther und Melanchthon zu Schöners Gönnern zählte. Offenbar verstand der Professor es weit besser als er selbst, sein Wissen und Können mit dem Geschäftlichen zu verbinden. Das große Haus mit seiner gediegenen Einrichtung zeugte davon. Als von unten

Kinderlachen und die fröhliche Stimme einer Frau erklangen, schüttelte er den Kopf, um einen Anflug von Neid zu vertreiben.

»Aber setzt Euch her. In letzter Zeit lerne ich selten neue Menschen kennen, die etwas Gescheites zu sagen haben. Manchmal komme ich wochenlang kaum aus dem Haus. Wahrscheinlich muss ich wegen meiner schlechter werdenden Gesundheit mein Lehramt demnächst aufgeben.« Er seufzte. »Es ist nicht nur die Gicht, die mich immer wieder anfällt wie ein reißender Wolf, sondern auch heimtückische Schmerzen an der Galle und in den Nieren«, klagte er. »Und meinem Arzt fällt nichts Besseres ein, als mir dagegen Abführmittel, Aderlässe und heiße Bäder zu verordnen. Meine Säfte seien aus dem Gleichgewicht geraten, weshalb mein Gehirn Schleim produziere, der unter dem Einfluss der Schwerkraft in meinen Rumpf und die Glieder sackte, behauptet er.«

»Paracelsus ist der Ansicht, dass sich die Gicht durch Diät heilen lässt. Das Befinden werde sich bessern, sobald der Kranke Fleisch, Butter, Käse und Wein vermeide und sich mehr bewege«, warf Fuchs ein.

»Ja, ja«, knurrte der Professor und sank noch ein Stück tiefer in seinen Sessel. »Die Theorie kenne ich. Angeblich bekommt die Gicht, wer zu viel frisst, säuft und hurt.« Sein Lachen klang wie das Krächzen eines alten Raben. »Hätte ich all das mal öfter getan, anstatt die meiste Zeit den Wissenschaften zu widmen, dann wüsste ich wenigstens, wofür ich jetzt gestraft werde! Ist es nicht lächerlich, dass jemand wie ich, der sogar eine Schrift mit Rezepturen für den gemeinen Mann verfasst hat, sich nicht einmal selbst zu heilen weiß?«

»Das geht auch den meisten Ärzten so«, murmelte Fuchs, der das Thema nicht vertiefen wollte. Es gab gute Gründe, weshalb er der Medizin abgeschworen hatte. »Was haltet Ihr eigentlich vom neuen Weltbild des Nikolaus Kopernikus?«, fragte er, um dem Gespräch eine andere Wendung zu geben, aber auch, weil ihn diese Frage brennend interessierte. Er hatte Kopernikus' Schrift ›De revolutionibus orbium coelestium‹, die vor zwei Jahren hier in Nürnberg gedruckt worden war, gründlich studiert und vieles darin sehr einleuchtend gefunden. Dennoch schien kaum jemand in der gelehrten Welt die Theorie, dass sich die Erde um die Sonne drehen könnte, ernst zu nehmen. Sie war nicht wirklich neu, nein, doch bisher hatte noch keiner so viele gute Argumente dafür gefunden wie der gelehrte Domherr aus dem preußischen Ermland. »Oder teilt Ihr als Mathematiker etwa die Meinung, die Ossiander in seinem Vorwort zu Kopernikus' Schrift vertritt, das Ganze sei ein bloßes Rechenhilfsmittel, eine mathematische Hilfskonstruktion zur einfacheren Berechnung der Planetenbahnen?«, erkundigte sich Fuchs.

»Bei Gott, nein! Der Mann ist Theologe und weiß nicht, wovon er spricht. Aber dennoch«, Schöner hob beschwörend die Stimme, »Kopernikus erklärt die Präzession des Frühlingspunktes durch eine langsame Bewegung der Erdachse. Dazu benutzt er bei der Beschreibung der Planetenbahnen Überlagerungen von gleichförmigen Kreisbewegungen mit einem Zentrum in der Nähe der Sonne. Ich bitte Euch, Magister – das wirft alles über den Haufen, was man bisher als gesichert ansah«, brummte er und schüttelte den Kopf. Sein altväterlicher weißer Bart plusterte sich dabei wie eine frisch gestärkte Halskrause.

»Gewiss! Denn beinah alle anderen Astronomen folgten seit Ptolemäus der Auffassung Hipparchs, der als Ursache für die Präzession eine langsame Drehung der Fixsternsphäre annahm. Seit tausendfünfhundert Jahren scheint das als unabänderliches Gesetz festzustehen.«

Den Zweifel, den der Magister in seiner Stimme mitschwingen ließ, überhörte Schöner. »Und das nicht ohne Grund! Man muss nicht Mathematiker sein, um zu erkennen, dass es eine Drehung der Erdachse gar nicht geben kann. Bei dieser Bewegung müsste man doch einen Fahrtwind spüren, meint Ihr nicht auch?« Schöner runzelte die weißen Brauen. »Fallende Gegenstände würden dann eine schräge Bahn besitzen, genauso wie Sachen, die man von einem fahrenden Wagen wirft.«

»Ja, schon. Aber wie schräg diese Bahn wäre und ob man den Fahrtwind spüren würde, hinge stark von der Geschwindigkeit des Wagens ab«, gab Fuchs zu bedenken. »Führe er im Schritttempo oder noch langsamer, würden wir kaum Wind im Gesicht spüren, und der Winkel eines herabfallenden Gegenstandes wäre viel kleiner als bei einem Wagen in rascher Fahrt. Also wäre es theoretisch möglich, dass der Winkel so klein ist, dass wir ihn mit bloßem Auge weder erkennen noch genau messen können.« Er breitete seine Hände aus. »Schließlich zweifelt längst keiner mehr daran, dass die Erde rund ist, obwohl wir das aufgrund ihrer Größe ebenfalls nicht ohne Weiteres erkennen!« Da der Professor mit zusammengekniffen Lippen dasaß und schwieg, fühlte sich Fuchs bemüßigt, weitere Argumente ins Feld zu führen. »Aber diese vollkommen unregelmäßigen Umlaufbahnen der Planeten, die sich nach Hipparchs Berechnungen ergeben, scheinen doch nicht mit der Realität übereinzustimmen. Außerdem richtete er sich bei seinen Beobachtungen nach der Zeit zwischen zwei Mondfinsternissen. Was ist, wenn ...«

»Ihr habt mich vorhin nach meiner Meinung als Mathematiker gefragt, lieber Magister«, fiel ihm Schöner ins Wort. »Als Vertreter der logischsten Wissenschaft auf Erden kann ich Euch nur sagen, dass Kopernikus mit seiner Theorie, alle Planeten würden sich in perfekten Kreisen bewegen, keinesfalls recht haben kann. Daher bin ich nach wie vor der gleichen Ansicht wie unser großer Martin Luther: Kopernikus war ein Narr, der die ganze Astronomie umkehren wollte!«

Für Schöner schien das Thema beendet, und als höflicher Gast musste Fuchs sich damit zufriedengeben. Er war enttäuscht, denn gerade von Johannes Schöner, der den Himmel kannte wie kaum ein anderer, hatte er eine größere Akzeptanz für neue Denkweisen erwartet. Doch wie die meisten Menschen, mit denen er sich inzwischen über die Arbeit des Kopernikus unterhalten hatte, klebte Schöner offenbar so fest am Wissen der Antike, dass er einfach nicht fähig war, seinen Blick davon zu lösen.

Allerdings, fragte sich Fuchs, wie würde er selbst sich fühlen, wenn er so alt wäre wie der Professor heute? Würde er sich dann auch noch für neue und zunächst abwegig erscheinende Gedanken begeistern – vor allem wenn sie das, worauf sein gesamtes Lebenswerk basierte, vollständig auf den Kopf stellten? Nachdenklich blickte er auf die dicken geröteten Fingergelenke des alten Gelehrten.

»Aber kommen wir nun lieber zu Euch, Magister!« Schöner lächelte wohlwollend. »Ihr schriebt in Eurem Brief, dass Ihr nach Nürnberg kommen wolltet, um Euer Wissen und Eure Fertigkeiten in der Kunst der Mechanik zu erweitern. Ihr batet mich darum, Euch jenen Meistern zu empfehlen, die ich derzeit für die Besten ihres Faches halte. Auch wenn ich selbst schon lange keine Instrumente mehr gebaut habe, so habe ich mich doch stets darum bemüht, zu erfahren, welche neuen Entwicklungen es auf diesem Gebiet gibt«, erklärte er mit einem gewissen Stolz. »Und wie Ihr gleich sehen werdet, habe ich mich nach Erhalt Eures Briefes auch noch einmal umgehört. Bringt mir rasch den Stapel Papiere von der linken Seite meines Tisches!«, forderte er.

Nach kurzem Suchen überreichte der Professor seinem Gast nicht nur eine Liste der geschicktesten Rot- und Feinschmiede, Kompass- und Zirkelmacher, sondern dazu noch ein kleines Empfehlungsschreiben von seiner eigenen Hand. »Jeder Einzelne dieser Männer wird bereit sein, Eure Fragen zu beantworten«, fügte er hinzu. »Das versichere ich Euch. Nur bei Meister Ambrosius habe ich Zweifel. Der Mann war bis vor Kurzem noch der trefflichste Mechanikus weit und breit! Von ihm hättet Ihr mehr lernen können als von allen anderen zusammen! Nach dem Tod seines einzigen Sohnes im letzten Jahr, soll er allerdings nicht mehr derselbe sein.« Der Professor schüttelte betrübt den Kopf. »Man erzählt sich, er würde seitdem seine Werkstatt vernachlässigen und sich im Keller seines Hauses vergraben. Aber wie dem auch sei – die Meister auf der Liste zählen alle zu den besten, die Ihr in Nürnberg finden könnt. Sucht sie auf!«

Fuchs, der mit so freundlichem Entgegenkommen nicht einmal in seinen kühnsten Träumen gerechnet hatte, bedankte sich gerührt. »Meine Reise in Eure wunderschöne Stadt scheint wahrhaft unter einem günstigen Stern zu stehen!« Er ging davon aus, dass Schöner ihn nun verabschieden würde, doch stattdessen wandte sich der Professor nach dieser Bemerkung übergangslos dem Fachgebiet zu, mit dem er sich in den letzten Jahren hauptsächlich beschäftigte – der Astrologie.

»Die wichtigsten Voraussetzungen für eine gesicherte Prognose über den Einfluss der Gestirne auf alle Bereiche unseres Lebens sind neben der aufmerksamen Beobachtung der Gestirne natürlich Kenntnisse in Geometrie und Arithmetik sowie der richtige Umgang mit den astronomischen Instrumenten und Handbüchern. Das, mein lieber Fuchs, unterscheidet einen wissenschaftlich arbeitenden Astrologen von all den Wahrsagern, Zauberern und Quacksalbern, die nichts vorhersagen können, was nicht vor ihrer Nasenspitze liegt, und den Leuten mit ihrem Geschwafel nur das Geld aus der Tasche ziehen wollen!«

Nachdem er ausführlich erklärt hatte, welche Berechnungen er anstellte, um ein vernünftiges Horoskop zu erstellen, seufzte er. »Natürlich ist all das ungleich herausfordernder für mich, wenn es sich bei dem Mann, für den ich das Horoskop schreibe, um eine interessante Persönlichkeit handelt.« Er beugte sich mühsam nach vorn und musterte Fuchs einige Augenblicke aufmerksam. »In Eurem Fall würde mich diese Aufgabe wieder einmal reizen!«

Der Magister hob abwehrend beide Hände. Über seine Zukunft wollte er gegenwärtig wirklich nichts wissen. »Ich bitte Euch, mein lieber Fuchs!« Schöner schien sich die Sache mit dem Horoskop in den Kopf gesetzt zu haben. »Ihr wollt mir doch nicht erzählen, dass Ihr keine einzige Frage zu dem habt, was die Zukunft für Euch bereithält?«

Den Magister fröstelte es mit einem Mal – natürlich hatte er eine Frage an seine Zukunft. Doch die Antwort genau darauf war, was er auch am meisten fürchtete! Würde er weiterleben können mit der Gewissheit, dass Sophias Liebe zu ihm erloschen war und sie nie mehr zu ihm zurückkehrte? Er hatte den Gedanken seit seiner Abreise aus Pirna erfolgreich vermieden. Jetzt schnürte er ihm beinah die Luft zum Atmen ab. Entschieden schüttelte er den Kopf. »Nein, Professor! Dank Eurer Hilfe weiß ich schon jetzt, dass meine Reise nach Nürnberg nicht umsonst gewesen ist, und das reicht mir vollkommen!«

Kapitel 16

Die Witwe Steinauer war eine unscheinbare Frau, die ihren Lebensunterhalt als Näherin verdiente. Sie hatte keine Fragen gestellt, als Sophia am Abend nach Ruženas Tod an ihre Tür geklopft und erklärt hatte, Doktor Lienhard habe sie geschickt. Stattdessen hatte sie Sophia hereingebeten, das karge Abendmahl mit ihr geteilt und sie anschließend in die Scheune geführt, die unmittelbar an das Haus angebaut worden war. Vom Heu und Stroh, das dort lagerte, war um diese Jahreszeit nicht mehr viel übrig, aber als Unterlage für einen warmen Schlafplatz reichte es allemal.

Sophia breitete die Decke, die die Steinauerin ihr gegeben hatte, über die knisternden Halme, zog die Schuhe aus und legte sich nieder. Sie schob sich das Bündel mit ihren wenigen Habseligkeiten unter den Kopf und nutzte ihren Umhang als Bettdecke. Obwohl sie glaubte, in dieser Nacht kaum schlafen zu können, streckte sie erleichtert ihre Glieder aus und schloss die Augen. Das Heu roch tröstlich und vertraut. Die Geräusche der Nacht klangen anders als oben auf der Burg, aber nach einiger Zeit enträtselte Sophia die meisten doch: Das verstohlene Huschen der Mäuse wurde ab und an von leisem Gackern aus dem Hühnerstall unterbrochen. Die Kuh und die beiden Ziegen teilten sich den Stall daneben. Sophia hörte, wie die Tiere sich im Schlaf bewegten. In einem benachbarten Gehöft bellte ein Hund, und kurz darauf antworteten ihm ringsum andere. Wahrhaft unheimlich wirkten dagegen die Laute aus dem nahen Wald, dessen Bewohner Sophia weniger vertraut waren. Das Knacken und Rauschen, Fiepen und Fauchen konnte sie kaum zuordnen, und mancher Schrei klang in ihren Ohren geradezu menschlich. Obwohl sie sich nicht für sonderlich abergläubisch hielt, war sie heilfroh, dass Walpurgis bereits vorbei war und die gefürchteten Raunächte in der Winterzeit lagen. Dann jedoch fielen ihr die Leichen der Räuber auf dem Galgenberg ein, und ihre Einbildungskraft beschäftigte sich nun mit weitaus irdischeren Gefahren.

Bis auf die Burg hatte es sich vorgestern herumgesprochen, dass ein unverschämter Leichendieb einen der Gehängten abgeschnitten und beiseitegeschafft hatte. Warum der Kerl allerdings den Strick dagelassen hatte, verstand keiner so recht. Schließlich war allgemein bekannt, dass sich daraus wertvolle Amulette herstellen ließen, und da diese ihren Träger unverwundbar machten, brachten sie ebenso klingende Münzen ein wie die Leiche des Gehängten. Neben dem Burgherrn selbst war Sophia die Einzige, die wusste, dass der dreiste Dieb gar nicht vorhatte, Leichenteile zu Geld zu machen. Sie faltete ihre Hände und erflehte im Gebet den Segen Gottes für Doktor Lienhard und Nikolaus Storch. Nur wenn der himmlische Vater seine schützende Hand in den kommenden Stunden über sie breiten würde, konnte die waghalsige Flucht des Wanderpredigers gelingen.

Ružena hatte am Morgen, kaum dass die Sonne aufgegangen war, ihren letzten Atemzug getan. Oswald, der ihre Hand gehalten hatte, war noch eine ganze Weile reglos am Bett seiner Frau sitzen geblieben. Aus Rücksicht auf seine Trauer, aber auch aus Scham, hatte Sophia die Kammer solange verlassen. Auf den Wiesen unterhalb der Burg hatte sie einen Korb frischer Blumen gepflückt. Die wollte sie später in Krüge und Schalen stellen, um die kleine Kapelle unter dem Turm damit zu schmücken. Dort sollte Ruženas Leichnam einen Tag und eine Nacht lang aufgebahrt werden, damit alle Bewohner der Burg Gelegenheit bekämen, Abschied zu nehmen. Das hatte Johann von Fünfkirchen als Zeichen besonderer Wertschätzung für seinen Verwalter angeordnet. Der große Sarg, den der Burgherr gestiftet hatte, war aus Eichenholz und hatte einen Sockel mit einer schlichten, aber hübschen Schnitzerei. Vier Männer waren nötig gewesen, um den schweren Kasten vom Wagen zu heben. Sophia kannte den Zimmermann, der ihn am Vortag auf die Burg gebracht hatte. Der Mann – ihr fiel sogar wieder ein, dass er Jeremias hieß – hatte im zeitigen Frühjahr beim Bau einer Scheune auf dem Brüderhof geholfen. In einem unbeobachteten Augenblick hatte er Sophia gestern einen gefalteten Zettel in die Schürzentasche gesteckt. Doktor Lienhard schrieb, er werde sich auf der Wiese unterhalb der Burg mit ihr in Verbindung setzen, sobald ihn die Nachricht von Ruženas Tod erreicht habe.

Kaum hatte Sophia heute Morgen die ersten Blumen in ihren Korb gelegt, hatte sie vom Waldrand einen leisen Pfiff vernommen. Sie hob den Kopf und sah den Doktor, der sein Pferd im Schatten der Eichen angebunden hatte. Er wirkte gelassen wie bei einem Sonntagsspaziergang, doch an der Art, wie er die Schultern hochzog, konnte Sophia seine innere Anspannung ablesen.

»Wie geht es jetzt weiter?«, fragte sie statt einer Begrüßung. »Was müssen wir als Nächstes tun?«

»Ich habe alles genau durchdacht«, erklärte der Doktor. »Heute Nacht wird mir jemand dabei helfen, den betäubten Gefangenen aus seinem Kerker zu holen und in das Geheimfach im Sarg zu legen.« Er nickte ihr aufmunternd zu. »Jemand, dem ich voll und ganz vertrauen kann! Und da der Burgherr persönlich dafür gesorgt hat, dass die Wache vor dem Felsenkeller abgezogen wurde und mir außerdem den Schlüssel überlassen hat, konnte ich die Leiche des gehenkten Räubers bereits dort unten in einer leeren Zelle verstecken.«

»Der Schreiner, der den Sarg gebracht hat«, schlussfolgerte Sophia, »der hat den toten Räuber gleich mitgebracht!«

Lienhard nickte. »Und wenn ich heute Abend auf die Burg reite, um Ružena die letzte Ehre zu erweisen, werde ich Bruder Nikolaus den Trank verabreichen. Sobald die Wirkung eintritt, schaffe ich ihn mit Jeremias in die andere Zelle und lege statt seiner den toten Räuber aufs Stroh. Vor aller Ohren erzähle ich dem Herrn von Fünfkirchen, dass ich den Tod des gefangenen Täufers festgestellt habe.«

»Aber jeder wird sofort erkennen, dass der Tote einer der gehenkten Räuber ist«, wandte Sophia ein.

»Deswegen werde ich auch behaupten, Bruder Nikolaus sei an einem ansteckenden Fieber gestorben. Ich werde anbieten, ihn in ein festes Leichentuch zu schnüren, damit man ihn gefahrlos begraben kann.« Lienhard lächelte boshaft. »Diese Aufgabe wird der Burgherr übrigens Wastel anvertrauen.«

Im Nachhinein wunderte sich Sophia etwas über die offensichtliche Schadenfreude des Doktors, denn bisher hatte sie angenommen, die Brüder und Schwestern in Christo wären mit ihren strengen Moralvorstellungen über solche Gefühle erhaben. Am Morgen allerdings waren ihr andere Fragen wichtig gewesen: »Aber wie holen wir Bruder Nikolaus später wieder aus dem Sarg und bringen ihn weg, ohne dass es jemand bemerkt?«

»Dazu werde ich Eure Hilfe benötigen!« Lienhard atmete tief ein und langsam wieder aus. »Was ich mir ausgedacht habe, wird Euch nicht gefallen, aber mir kam nichts Besseres in den Sinn.« Er griff nach ihren Händen und blickte ihr ernst in die Augen. »Wenn der Trauerzug am Waldrand vorbeikommt, brauche ich eine Ablenkung, die alle Aufmerksamkeit auf sich zieht. Also werdet Ihr Euch dem Verwalter vor die Füße werfen und ihn darum anflehen, dass er sich bei seinem Herrn dafür verwendet, Euch wieder in seine Dienste zu nehmen.«

»Nein!« Mit einer Geste des Abscheus versuchte Sophia,

ihm ihre Hände zu entziehen. »Ich soll den armen Mann in seiner Trauer stören? Mit solch verlogenem Mummenschanz?«

»Ihr müsst!« Lienhard verstärkte seinen Griff, seine Stimme klang beschwörend. »Jammert, weint und schreit – tut so, als hinge Euer Überleben davon ab! Stellt Euch vor, es gäbe niemanden sonst auf der ganzen Welt, der Euch Nahrung und Obdach geben könnte!«

»Das kann ich nicht!«, flüsterte Sophia. »Nicht nach alldem, was ich ihm und Ružena schon angetan habe. Es muss einen anderen Weg geben!«

»Den gibt es nicht! Die Strecke von der Burg bis zum Friedhof ist nicht besonders lang, und der Waldrand ist die beste Stelle, an der sich Jeremias mit dem Wagen verstecken kann. Der Trauerzug muss dort halten, und die Leute müssen mit einem Spektakel abgelenkt werden, damit wir Bruder Nikolaus unbemerkt aus dem Sarg holen und zum Wagen schaffen können!« Sowohl sein Griff als auch seine Stimme waren unerbittlich gewesen. »Versagen wir hier, wird er morgen mit Ružena beerdigt. Lebendig!« Sophia hatte zitternd Luft geholt, dann hatte sie genickt. »Also gut! Ich werde es tun!« Lienhard hatte ihre Hände losgelassen und ihr die Tränen von den Wangen gewischt. »Es wird Gottes Wille sein, den Ihr ausführt«, hatte er versichert.

Bis in den späten Nachmittag hinein war Sophia dann mit Magda beschäftigt gewesen, Ruženas Leiche zu waschen, sie in ihren schönsten Sonntagsstaat zu kleiden und für die Aufbahrung herzurichten. Mittlerweile war auch der Pfarrer aus Falkenstein zur Burg heraufgekommen, um Ruženas Aussegnung vorzunehmen. Dicht an dicht mit Oswald und etlichen Verwandten und Freunden des Verwalterpaares hatte Sophia in der Schlafkammer der schlichten Zeremonie beigewohnt. Aber noch während Oswald mit drei anderen Männern den Sarg zur Kapelle trug, hatte sie ihr Bündel packen und die Burg verlassen müssen.

Das Heu raschelte, als sich Sophia auf ihrem Lager in der winzigen Scheune umdrehte. Der schwache Duft, der ihr in die Nase stieg, erinnerte sie an den bevorstehenden Sommer – in dem sie erneut ein Kind zur Welt bringen würde. Sie rief sich in Erinnerung, dass sie all das hier tat, damit sie endlich das Buch entschlüsseln konnte, dessen geheime Rezepturen dafür sorgen würden, dass das Leben ihrer Kinder und das vieler anderer Menschen nicht täglich durch Krankheit und frühen Tod bedroht wäre. Ja, Lienhard hatte recht – es war Gottes Wille, den sie erfüllen half!

Gegen Morgen musste sie doch eingeschlafen sein, denn sie erwachte erst, als die Steinauerin sie an der Schulter rüttelte. »Steht auf! Es ist noch Haferbrei im Kessel über dem Herd und ein wenig Milch im Krug auf dem Tisch.«

»Wie spät mag es sein?« Verwirrt sah sich Sophia in der dämmrigen Scheune um. »Es hat gerade acht geschlagen, als ich aus der Haustür trat.« Die Witwe deutete auf das Bündel unter ihrem Arm. »Ich muss gehen, um meine Näharbeiten auszuliefern.« Sie nickte Sophia zu. »Ihr werdet Euch auch allein zurechtfinden, Haus und Hof sind nicht groß.«

Nachdem sie fort war, erhob sich Sophia, schlüpfte in ihre Schuhe und schnürte das Mieder. Sie schüttelte den Umhang aus und legte ihn ordentlich gefaltet auf die Decke. Dann verließ sie die Scheune. Gegen die helle Morgensonne blinzelnd suchte sie im Hof nach einem Brunnen und fand ihn im Gemüsegarten hinterm Haus. Dort wusch sie sich Gesicht und Hände, bevor sie sich auf den gemauerten Rand setzte und ihren Zopf löste. Zuerst fuhr sie mit den Fingern durch ihr Haar und zupfte die Halme ab, die sich darin verfangen hatten. Dann kramte sie einen Kamm aus ihrem Bündel und kämmte die langen kastanienbraunen Strähnen sorgfältig aus. Die Sonne ließ die Perlmutteinlagen des Kamms in allen Regenbogenfarben schillern. Er hatte ihrer Mutter gehört und war für eine einfache Magd eigentlich zu auffällig und teuer, aber Sophia hatte es nicht über sich gebracht, ihn zurückzulassen. Nachdem sie ihr Haar erneut geflochten und aufgesteckt hatte, zog sie die schlichte graue Leinenhaube darüber und schüttelte ihren Rock aus. Sie war hungrig und freute sich auf das Morgenmahl, von dem die Steinauerin gesprochen hatte. Dennoch umrundete sie das weiß gekalkte eingeschossige Haus erst einmal neugierig. Das Dach war mit einfachen Holzschindeln gedeckt, und rechts neben dem Türbogen befand sich ein quadratischer Anbau mit einem hohen, schlanken Kamin.

Sophia trat ein und stellte fest, dass dort die Küche mit dem gemauerten Herd war. Wie bei ihr daheim hatte der Ruß die Wände geschwärzt, während Stube und Schlafkammer weiß gekalkt waren. Diese Räume befanden sich links von der Küche und rechter Hand gelangte sie direkt in den Stall, der genau den gleichen weißen Innenanstrich hatte wie das restliche Haus. Er war leer, obwohl Sophia an der hinteren Wand eine mit frischem Heu gefüllte Raufe entdeckte. Wahrscheinlich hatte die Witwe ihre Tiere schon in der Früh zur Weide gebracht. Auch die Hühner, die in dem kleinen Gelass in Holzbuchten wohnten, scharrten bereits draußen im Hof. Lediglich eine braune Henne noch saß im Stroh und blinzelte Sophia aus schwarzgoldenen Äuglein träge an. Es roch nach Staub und Mist.

Nachdem Sophia den lauwarmen Brei in eine Schale gefüllt hatte, setzte sie sich an den Küchentisch und aß. Ihre Gedanken waren bereits bei dem Auftritt, den sie in drei Stunden am Waldrand liefern musste. Sie hatte sich wieder und wieder durch den Kopf gehen lassen, was sie sagen und tun würde, doch zum größten Teil würde all das sowieso davon abhängen, wie die Trauergäste auf sie reagierten. Auf jeden Fall musste es ihr gelingen, die Leute so lange abzulenken, wie Lienhard und Jeremias brauchen würden, um Nikolaus Storch unbemerkt fortzuschaffen.

Das Ganze würde Sophia nicht nur deshalb Überwindung kosten, weil sie sich zutiefst schämte, Ruženas Trauerzug zu stören – nein, sie war es einfach nicht gewohnt, Aufsehen zu erregen. Bescheidenheit, so hatte man ihr von klein auf immer wieder gesagt, sei sowohl Zier als auch Pflicht eines tugendsamen Weibes. Wie es Frauen nicht zukomme, in Gegenwart von Männern als Erste das Wort zu ergreifen – ja überhaupt viel zu reden –, so hatten sie sich auch außerhalb des Hauses züchtig und zurückhaltend zu verhalten. Frauen, die öffentlich Aufsehen erregten, waren entweder von schlechter Moral oder von so hohem Rang, dass sie allein deshalb auffielen. Wieder einmal wünschte sich Sophia, sie wäre so frei aufgewachsen wie ihre Freundin Maria, die sich weder gescheut hatte, einer ganzen Mannschaft von Bomätschern Befehle zu erteilen, noch, deren Interessen gegenüber den Steuermännern der Schiffe zu vertreten. Hinzu kam, dass Maria allein durch ihre Statur und Haarfarbe alle Blicke auf sich zog.

Um sich abzulenken, aber auch um die Gastfreundschaft der Witwe Steinauer zu vergelten, ging Sophia nach dem Essen hinaus in den Gemüsegarten und begann Unkraut zu jäten. Damit hatte sie alle Hände voll zu tun, denn im Frühjahr schossen die unerwünschten Pflänzchen schneller aus dem Erdreich, als man »Amen« sagen konnte. Ehe sie sich's versah, schlug die Kirchturmuhr zehn. Als die Steinauerin kurz darauf mit einem neuen Bündel Näharbeit unter dem Arm zurückkehrte, hatte sich Sophia bereits am Brunnen gewaschen und war im Begriff, das Haus zu verlassen. Die Witwe fragte nicht, wohin sie wolle oder was sie vorhabe. Dafür war Sophia dankbar, weil ihr so erspart blieb, die hilfsbereite Frau mit einer Lüge abzuspeisen. Stattdessen bedankte sie sich für Obdach und Essen und ging rasch in die Scheune, wo sie Umhang und Bündel holte.

Schnell fand sie die vereinbarte Stelle im Wald, an der Jeremias und der Doktor bereits mit dem Wagen standen. Hätte sie nicht gewusst, wo sie suchen musste, wäre sie vorbeigelaufen, denn beide hatten das Gefährt so geschickt mit abgebrochenen Zweigen getarnt, dass man es vom Weg aus nicht sehen konnte. »Wo ist das Pferd?«, fragte sie nach der Begrüßung. Lienhard deutete in den Wald. »Das haben wir dahinten auf der Lichtung zum Grasen angebunden. Zu leicht könnte es uns durch ein Wiehern verraten.«

»Ist der Trauerzug erst um die nächste Biegung verschwunden, haben wir Zeit, es zu holen und wieder anzuschirren«, ergänzte Jeremias. Der Schreiner war ein kräftiger Mann, der die traditionelle Kleidung der Täufer trug, mit dem knielangen schwarzen Rock und dem kegelförmigen schwarzen Hut mit breiter Krempe. Sophia vermutete, dass er noch jung war, trotzdem hatte er bereits einen dichten lockigen Bart, der ihm bis zur Mitte der Brust reichte. Nur seine runden blauen Augen, mit denen er Sophia freundlich, aber auch ein wenig belustigt ansah, wollten nicht recht zu diesem würdevollen Bild passen.

Jeremias lief einmal um Sophia herum und wandte sich dann dem Doktor zu. »Wenn die Leute glauben sollen, sie wüsste nicht, wohin und hätte die ganze Nacht im Wald verbracht«, sagte er und kratzte sich den Nacken, »müsste sie dann nicht ein wenig zerraufter aussehen?«

»Das stimmt!« Bevor Sophia wusste, wie ihr geschah, zog Lienhard ihr die Haube vom Kopf und begann ihre mühsam hergerichtete Frisur zu zerzausen, während Jeremias eine Handvoll Tannennadeln und altes Laub zusammenklaute und sie darüber verteilte. Eingehend begutachteten beide ihr Werk anschließend.

»Sie sollte sich noch ein bisschen Schmutz auf die Wangen reiben!«, entschied Jeremias. Der Doktor nickte. »Und auf ihren Umhang.« Sophia, schwankend zwischen Ärger und Belustigung, stieß ein unwilliges Schnauben aus. Aber die beiden hatten recht. Also kniete sie sich auf den Waldboden und vollendete ihre Verwandlung in die verzweifelte Bittstellerin mit ein wenig Erde.

»Besser!«, verkündete Lienhard. »Viel besser!«, echote der Schreiner. Unter anderen Umständen hätte Sophia gelacht, doch gerade schnürte ihr die Aufregung den Hals zu. Das Glockengeläut der nahen Jakobuskirche bedeutete, dass der Trauerzug die Burg verlassen hatte und der alles entscheidende Augenblick kurz bevorstand. Sie spürte, wie ihre Hände zitterten und ihr Herz aufgeregt pochte.

»Wird es nötig sein, den Sarg zu öffnen?«, fragte sie leise. »Aber nein!« Jeremias schüttelte den Kopf. »Das wäre viel zu umständlich. Über dem Boden befindet sich eine Lade, die sich herausziehen lässt. Wir holen unseren Bruder heraus, schließen die Lade und tragen ihn in den Wald. So einfach!« Er rieb sich die Hände und lächelte zuversichtlich.

»Trotzdem wird es eine Weile dauern«, gab Sophia zu bedenken. »Keine Sorge!« Der Doktor, dem ihre Aufregung nicht entgangen war, legte eine Hand auf ihre Schulter. »Sobald Ihr losschreit und die Leute nach vorn laufen, um zu schauen, was es gibt, sind wir schon auf dem Trauerwagen. Es wird schnell gehen!«

»Aber woher weiß ich, dass ihr es geschafft habt? Ich werde euch nicht sehen können, wenn die Leute um mich herumstehen«, krächzte Sophia, die auf einmal eine trockene Kehle bekam. Jeremias stieß ein kurzes, bellendes Geräusch aus. Sophia hatte den Laut heute Nacht schon einmal gehört und sich gefragt, ob das ein Hund war, der sich im Wald herumtrieb. »Sobald Ihr einen Fuchs bellen hört, ist es geschafft. Dann könnt Ihr den Weg freigeben.«

Lienhard hob den Kopf und lauschte. »Ich glaube, sie kommen! Rasch macht Euch auf den Weg!« Er gab Sophia einen kleinen Schubs. Sofort lief sie zum Wegrand zurück. Kaum war sie unter den Bäumen hervorgetreten, sah sie schon den Pfarrer in seinem schwarzen Talar. Er hielt ein schlichtes Holzkreuz in den Händen und schritt vor den beiden Pferden einher, die den Wagen mit dem Sarg zogen. Gleich dahinter ging Oswald Panneisen, gefolgt von Freunden und Verwandten.

Sophia erkannte Magda und ein paar Leute, die sie gestern bei der Aussegnung gesehen hatte. Sie holte tief Luft, ballte die Fäuste und sprang auf den Weg. Dabei stieß sie einen so furchtbaren Schrei aus, dass eines der Pferde scheute und versuchte, zur Seite auszubrechen – der Trauerzug geriet ins Stocken. Sophia achtete weder auf die Flüche des Kutschers noch auf die empörten Ausrufe der Trauernden – sie warf sich vor die Füße des Pfarrers, umklammerte dessen Beine und jammerte dabei lauthals.

»Ich bitte Euch, habt Erbarmen mit einer armen Witwe! Glaubt mir, ich bin noch ärmer dran als die Jungfrau Maria, als sie das Jesuskindlein gebar, denn ich habe keinen Mann an meiner Seite und auch keinen Stall, wo ich mich aufs Stroh legen kann, wenn meine Stunde kommt zu gebären!« Sie schluchzte laut und drückte ihr Gesicht an den staubigen Talar, der nach ranzigem Fett und billigem Wein stank. An dem Stimmengewirr ringsum merkte sie, dass die Leute tatsächlich näherkamen.

»Das ist die Magd, die Ružena versorgt hat«, rief eine Frauenstimme. »So beruhigt Euch doch, Weib!« Der Pfarrer wand sich und versuchte vergebens, seine Beine aus Sophias Klammergriff zu befreien. »Kommt später zu mir in die Kirche, wenn Ihr meine Hilfe braucht, aber stört hier nicht den Leichenzug!«

»Um der Liebe Gottes willen!«, heulte Sophia. »Ich werde samt meinem Kindlein auf der Landstraße zu Schanden gehen, wenn der Herr von Fünfkirchen mir nicht erlaubt, weiter auf seiner Burg zu arbeiten.« In den nächsten Satz legte sie all ihren Zorn, den sie angesichts dieser Ungerechtigkeit tatsächlich empfand. »Er hat mir doch nicht einmal Lohn gezahlt, sodass ich mir mein Brot nun erbetteln muss!«

»Soweit ich hörte, warst du eigensinnig und ungehorsam«, versuchte der Pfarrer die Entscheidung des Burgherrn zu verteidigen. »Und sie steht im Verdacht, eine Wiedertäuferin zu sein!«, rief eine schrille Frauenstimme. »Sie hat sich doch nur um ihren alten Verwandten gesorgt«, mischte sich Magda ein. »Es ist schon hart von unserem Herrn, dass er sie dafür ohne Lohn und Brot davonjagt. Findet Ihr nicht auch, Herr Verwalter?«

»Schließlich soll sie sich gut um Euer armes Weib gekümmert haben«, pflichtete ihr eine andere Frau bei. Sophia hob den Kopf und riskierte einen Blick auf die Beine der Menschen, die sich inzwischen um sie geschart hatten. Dabei suchte sie nach Oswalds derben Lederstiefeln. Da sie das Schuhwerk oft genug geputzt hatte, bemerkte sie rasch, dass der Verwalter links von ihr stand und unbehaglich von einem Bein aufs andere trat. Sogleich heulte sie noch lauter und schwor, sie sei zeit ihres Lebens gut evangelisch gewesen und habe auch nicht vor, etwas daran zu ändern.

»Diese Wiedertäufer sind doch bekannt dafür, dass sie alles leugnen, sobald man sie erwischt!« Die schrille Stimme überschlug sich nun fast. »Die kommen aus aller Herren Länder zu uns, machen sich überall breit und nehmen anständigen Leuten wie meinem seligen Mann die Arbeit weg!«

»Anständigen Leuten? Das ich nicht lache!«, entgegnete eine tiefe Männerstimme. »Dein Alter hat doch lieber gesoffen, statt zu arbeiten, und schließlich hat der Saufteufel sich auf der Treppe des eigenen Hauses das Genick gebrochen. Jeder hier weiß das, Schröderin!« Die Frau kreischte vor Wut und übertraf dabei an Lautstärke sogar noch Sophias Geheule. »Halt sofort dein ungewaschenes Maul, Hunzinger!«

Manche lachten, aber ein paar der Trauergäste schienen ihre

Ansichten auch zu teilen. »Trotzdem sind das Fremde, die hier nichts zu suchen haben! Die wollen ja nicht mal so sein wie wir. Sie igeln sich ein auf ihren Brüderhöfen und holen Jahr für Jahr mehr von Ihresgleichen nach.«

»Eben! Wo soll das hinführen, frage ich euch?«

»Das tun die doch nur, weil man sie überall verfolgt und einsperrt. Sie tun keinem was zuleide, aber in ihrer Heimat werden sie verbrannt oder ersäuft!«, hielt ein anderer Mann dagegen. »Was ist denn so schlimm daran, dass sie Gott auf andere Art verehren als unsereiner?«

Sophia ließ die Beine des Pfarrers los, wischte sich übers Gesicht und sah sich überrascht um. Ohne ihr weiteres Zutun hatten sich inzwischen sämtliche Trauergäste um sie versammelt, und ein Wort ergab das andere. Schwerfällig wollte sie sich erheben, doch da bahnte sich Oswald einen Weg durch die Leute, streckte ihr die Hand entgegen und zog sie auf die Beine.

»Ich werde mich bei unserem Herrn für dich verwenden«, sagte er und blickte ihr zerknirscht in die Augen. »Ich verspreche es!« Dann holte er seinen Geldbeutel hervor und drückte ihr einen Silbertaler in die Hand. »Jetzt zier dich nicht und nimm das Geld!«, schalt er sie.

Sophia gewann den Eindruck, er verberge hinter seinen barschen Worten echte Gewissensbisse. In einer heißen Welle schoss ihr das Blut in die Wangen. »Ich danke Euch!«, murmelte sie und vergewisserte sich dabei, dass von Jeremias und dem Doktor keine Spur mehr zu sehen war. Lediglich ein paar wippende Zweige zeigten die Stelle an, an der sie mit ihrer Last im Gebüsch des Waldes verschwunden sein mussten.

»Können wir uns nun endlich wieder auf den Weg machen, um die arme Frau würdevoll unter die Erde zu bringen?«, fragte der Pfarrer voller Widerwillen. »Verzeiht!« Sophia wandte sich ausdrücklich an Oswald. »Es war die Verzweiflung, die mich trieb, Eure Trauer zu stören.« Und Gott weiß, dass ich damit die Wahrheit spreche, fügte sie im Stillen hinzu. Oswald nickte. Dann folgte er den Leuten, die sich wieder hinter dem Wagen einreihten. Der Pfarrer strich seinen Talar glatt. Er hob das Kruzifix und gab dem Kutscher damit das Zeichen zum Aufbruch.

Mit reumütig gesenktem Blick blieb Sophia am Wegrand stehen. Aber kaum war der Trauerzug hinter der nächsten Biegung verschwunden, raffte sie ihren Rock und rannte in den Wald.

Kapitel 17

Ohne festes Ziel schlenderte Heinrich Fuchs zwischen den Buden und Ständen umher. Auf dem Obstmarkt von Nürnberg wurde feilgeboten, was Bauern und Hökerweiber zu Beginn des Sommers auch daheim verkauften: Zwiebeln und Spinat, Lauch und Karotten, Beeren und Kräuter aus dem Stadtwald, die ersten Erbsen und Kirschen. Auch hier priesen die Verkäufer ihre Waren lautstark an, während Hausfrauen und Mägde verbissen um den besten Preis feilschten. Was den Magister tatsächlich beeindruckte, war, dass der Obstmarkt nur einer unter Nürnbergs Handelsplätzen war. Nördlich der Pegnitz gab es im Osten den Heumarkt, in westlicher Richtung den Wein- und Milchmarkt, südlich, auf der St.-Lorenzer-Seite, befanden sich der Ross- und Kornmarkt. Auf einer Insel mitten im Fluss lag der Saumarkt. Fuchs war ganz Auge und Ohr, während er sich mit der Menge treiben ließ, und gelangte schließlich auf den Hauptmarkt, der von all diesen Plätzen zweifellos der interessanteste war.

Was hier zum Kauf lockte, hatte eine weite Reise hinter sich – wie jene goldgelben Zitronen, deren frischer Geruch Fuchs an seine Studienzeit in Italien erinnerte, oder die süßen Orangen, neben denen rote Granatäpfel prunkten. Am Schönen Brunnen dagegen, wo es ruhiger war, weil dort auch die Fernhändler und Geldwechsler ihren gewichtigen Geschäften nachgingen, stiegen ihm die scharfen, belebenden Aromen von Gewürzen aus aller Herren Länder in die Nase. All das führte ihm erneut vor Augen, dass Nürnberg eine der zentralen Handelsstädte des Reichs war und Verbindungen in alle Himmelrichtungen unterhielt – nach Frankreich, Oberitalien und Österreich ebenso wie nach Flandern und Brabant, Polen oder Böhmen. Die Nürnberger behaupteten mit berechtigtem Stolz, dass in ihrer Stadt das Herz Europas schlage.

Der Magister genoss die vielfältigen Reize, die seine Sinne belebten und die Melancholie fernhielten. Beschwingten Schrittes folgte er den Menschen, die jetzt in Scharen zur Mitte des Platzes drängten, wo sie stehenblieben, die Köpfe in den Nacken legten und gespannt zur Fassade der Frauenkirche schauten. Keiner, der hier zur Mittagszeit unterwegs war, wollte das »Männleinlaufen« versäumen! Die astronomische Kirchenuhr mit ihrem leuchtend blauen Zifferblatt ähnelte der, die Fuchs für das Pirnaer Rathaus gebaut hatte. Nur war sie – wie alles in Nürnberg – selbstverständlich viel größer. Die Aufmerksamkeit des Magisters galt den Figuren, die sich unter der Uhr befanden, im Zentrum der Kaiser mit goldenem Zepter. Schlag zwölf Uhr war es endlich so weit: Die beiden Herolde neben dem Kaiserstuhl hoben ihre Fanfaren und bliesen dreimal. Sogleich begannen Flötenbläser und Trommelschläger lautlos zu spielen, während ein Ausrufer sein Glöckchen läutete und dazu den Mund bewegte.

Unter den Doppelschlägen zweier Glocken flogen die beiden Türchen neben dem Kaiser auf. Aus dem rechten traten sieben Kurfürsten, angetan mit roten Mänteln. Sie trugen die Krönungsinsignien, die sie dem Kaiser präsentierten. Dreimal umrundeten sie ihn, bevor sie wieder verschwanden. Die Türchen schlossen sich, und die Leute auf dem Platz gingen weiter ihrer Wege.

Nur der Magister blieb noch stehen – vor seinem geistigen Auge sah er an der Fassade des heimischen Rathauses bereits sein eigenes Spielwerk. Das Pirnaer Stadtwappen schwebte ihm vor, wobei der rote Löwe zu jeder vollen Stunde die Anzahl der Glockenschläge mit einer Tatze am Stamm des Birnbaumes nachschlagen würde. Darüber, wie sich die Löwentatze mit dem Uhrwerk koppeln ließe, grübelte Fuchs gerade nach, als ihn jemand grob anrempelte, sodass er sich unversehens auf dem schmierigen Pflaster wiederfand. Über ihm erklang eine empörte Stimme: »Warum steht Ihr auch mitten im Weg und haltet Maulaffen feil? Am helllichten Tag! Habt Ihr denn nichts zu tun, Kerl, so wie jeder anständige Christenmensch in unserer Stadt?«

»Was fällt Euch ein«, grollte Fuchs, während er sich aufrappelte. Seine Handflächen brannten, und in seinem rechten Knie pulsierte ein stechender Schmerz. Der andere schnitt ihm mit einer herrischen Handbewegung das Wort ab, dabei blitzte an seinem Mittelfinger ein goldener Siegelring. »Wo auch immer Ihr herkommt, hier seid Ihr in der freien Reichsstadt Nürnberg! Müßiggang wird hier nicht geduldet – merkt Euch das gefälligst! Zeit ist eines der wichtigsten Güter in unserer Stadt!« Der Blick, den er bei dieser Tirade über den Mantel des Magisters schweifen ließ, sorgte dafür, dass auch Fuchs an sich herabsah.

Zum ersten Mal bemerkte er die abgewetzten Stellen an den Ärmeln und Taschen des Talars, zu denen sich nun noch zwei hässliche Schmutzflecke auf Kniehöhe gesellten. Unter den hochmütigen eisblauen Augen des Mannes fühlte sich der Magister fast wie eine Küchenschabe. Das war ihm zum letzten Mal passiert, als er es an seinem ersten Studientag gewagt hatte, den vorlesenden Professor mit einer Frage zu unterbrechen. Aber da ihm bewusst war, dass er längst kein grüner Bursche mehr war, hob er wütend den Kopf, bereit, den aufgeblasenen Kerl in seine Schranken zu weisen.

»Was erdreistet Ihr Euch!«, knurrte er. »Ihr wart es doch, der mich umgerannt hat!« Doch dann blieb sein Blick an einer kleinen Dose hängen – sie baumelte an einer schweren Goldkette vor der Brust des Mannes –, und alles andere wurde auf einen Schlag unwichtig. Mit angehaltenem Atem bestaunte Fuchs die kleinste Uhr, die er jemals zu Gesicht bekommen hatte – ein komplettes Räderwerk, untergebracht in einem Döschen, das man mit der Hand umschließen konnte! Selbstverständlich wusste er, dass es solche Uhren mittlerweile gab, aber ihre Herstellung war aufwendig und teuer, sodass niemand, den er kannte, sich solch ein Stück leisten konnte. Es juckte ihn in den Fingern, die Hand danach auszustrecken, es genauer in Augenschein zu nehmen und sofort bis in die kleinsten Bestandteile zu zerlegen. Anschließend würde er es wieder zusammensetzen, um Funktionsweise und Machart zu begreifen. Mit erregt klopfendem Herzen fragte er sich, was sich mit solch winzigem Uhrwerk noch anstellen ließe. Im selben Augenblick aber raffte der Besitzer des Wunderwerks, der die ganze Zeit auf ihn eingeredet hatte, ohne dass auch nur ein einziges seiner Worte zu Fuchs durchgedrungen wäre, die pelzverbrämte Schaube über der Brust zusammen, drehte sich um und stolzierte davon.

Der Magister schüttelte den Kopf. Er fühlte sich berauscht wie nach dem Genuss von zu viel Wein. Doch das schmerzhafte Pochen in seinem Knie rief ihm wieder ins Bewusstsein, was sich ereignet hatte, bevor er in den Bann der Uhr geraten war. Neben ihm stand jetzt eine ältere Handwerkerfrau, vor ihr auf dem Pflaster zwei randvolle Einkaufskörbe. Sie schnaufte empört und schüttelte den Kopf.

»Das war der Sohn vom alten Tucher – der doud immer su bimberlaswichdi!« Ehe der Magister fragen konnte, was das bedeutete, fuhr sie fort: »Als sein Vater im letzten Jahr gestorben ist, hat er das Handelsgeschäft geerbt und das prächtige neue Haus dazu. Das reinste Schloss mit all den Türmchen und Erkern! Drüben in der Hirschelgasse könnt Ihr Euch mit eigenen Augen davon überzeugen.« Während sie sprach, richtete sie ihre Schürze über dem verwaschenen Kleid aus grauem Leinen. Ihre

Haare steckten unter einer formlosen Haube, die Füße in groben Lederpantinen. Kleidung, die ihren Zweck erfüllte, dachte Fuchs mit einem Blick auf seinen eigenen Mantel, ohne zu verschönern oder gar zu schmücken. Die Frau ließ sich weiter über das sagenhafte Schloss der Tuchers aus. »Da ist so viel Platz drin, dass man wohl zehn Familien unterbringen und immer noch drin tanzen könnt! Stimmt's?« Das letzte Wort galt einem Bäcker in mehlbestäubter Schürze.

Der Mann balancierte ein langes Brett mit Lebkuchen auf der Schulter, deren süßer Duft den Magen des Magisters verlangend knurren ließ. Der Bäcker nickte der Frau zu. »Genau so ist es!«, bestätigte er. »Ich sag's Euch ja immer wieder, Frau Nachbarin, bald wird der junge Tucher genau wie der Alte im Rat sitzen! Seit Ewigkeiten gibt's da immer einen Tucher – am Ende meist als Bürgermeister oder Losunger.« Die Frau zuckte die Schultern, als wäre die Tatsache so unabänderlich wie das Wetter oder der Wechsel der Jahreszeiten. »Das ist eine von den alteingesessenen Familien und eine der reichsten dazu«, erklärte sie Fuchs. »Ich glaube, es gibt keine Himmelsrichtung, in der die Tucher ihre Handelsgeschäfte nicht betreiben.«

Der Magister, der sich inzwischen vergeblich bemühte, den stinkenden Matsch des Nürnberger Pflasters aus seinem Gelehrtenmantel zu entfernen, begriff nur, dass der Kerl, dem er das zu verdanken hatte, zu einer der Nürnberger Patrizierfamilien gehörte, die die Macht in der Stadt unter sich aufgeteilt hatten.

»Aber Ihr wisst ja, wie das ist, mein Guter«, wandte sie sich erneut dem Lebkuchenbäcker zu. »Der Teufel scheißt immer auf den größten Haufen! Mittlerweile haben die Tucher so viel, dass sie gar nicht mehr wissen, wie arg sich kleine Leute für ihr täglich Brot schinden müssen!« Sie bückte sich nach den Körben, während ihr Nachbar den Kopf schüttelte. Mehl stob in kleinen Wölkchen aus seinem Bart. »Recht habt Ihr, meine Beste! Die raffen, was das Zeug hält, verachten die einfachen

Leute und glauben, sie könnten sich am Ende sogar den Weg ins Paradies erkaufen, indem sie halt was Mildtätiges stiften!« Er rückte mit geübten Handgriffen das Brett zurecht. »Dabei steht's in der Heiligen Schrift geschrieben, dass eher ein Kamel durch ein Nadelöhr ginge, als dass ein Reicher ins Himmelreich käme. Und unser Martin Luther – Gott hab ihn selig – hat auch gesagt, dass da weder Geld noch Gebete helfen, sondern ganz allein der Glaube!«, rief er, bevor er sich auf den Weg machte. Die Frau mit den Körben schickte sich ebenfalls zum Gehen an, aber zuvor riet sie dem Magister: »Ihr solltet Euer Gewand besser auswaschen – am Brunnen drüben!«

Der Schöne Brunnen ragte, einer Pyramide gleich, auf der rechten Seite des Marktplatzes empor. Die filigranen, mehrstöckigen Reihen aus Bögen und Türmchen, zwischen denen vergoldete und bemalte Figuren standen, schienen auf den ersten Blick den geschickten Händen eines Holzschnitzers entsprungen zu sein. Doch wenn man nähertrat, konnte man erkennen, dass das Kunstwerk ganz und gar aus Sandstein gemeißelt war, ebenso wie das Becken, in das sich aus acht eisernen Rohren kühles Nass ergoss. Anders als beim Erlpeterbrunnen in Pirna, so hatte Fuchs gehört, entsprang die Quelle, die den Schönen Brunnen speiste, nicht in unmittelbarer Nähe. Stattdessen musste das Wasser durch ein unterirdisches Kanalsystem in die Stadt geleitet werden. Nachdem es ihm gelungen war, zumindest den gröbsten Schmutz von dem schwarz gefärbten Barchent zu entfernen, beschloss Fuchs, den Kompassmacher Striegler aufzusuchen, dessen Name ganz unten auf der Liste des Professors stand.

In der letzten Woche hatte er die geschicktesten Rot- und Messingschmiede Nürnbergs besucht. Tatsächlich hatten sie all seine Fragen nach der Zusammensetzung ihrer Legierungen, nach den speziellen Werkzeugen und Fertigungsverfahren bereitwillig beantwortet. Für Fuchs stand fest: Ohne das Empfehlungsschreiben des Professors hätten sie sich einem Fremden gegenüber niemals so auskunftsfreudig gezeigt.

Bevor Fuchs sich auf den Weg zu Meister Striegler machte, der irgendwo hinter der Jakobskirche wohnte, kaufte er sich an einer Wurstbraterei ein Weckla mit einem halben Dutzend knuspriger, fingerlanger Bratwürste darin. Das schnelle, aber wohlschmeckende Mahl wurde in Nürnberg allerorten feilgeboten, und Fuchs hatte es in den letzten Tagen schätzen gelernt. Er aß im Gehen, leckte sich zwischendurch den Senf von den Fingern und schluckte den letzten Bissen, bevor er die Pegnitz auf der Fleischerbrücke überquerte. Auch dieser Ort war ihm inzwischen vertraut. Im Fleischhaus auf der Sebalder Seite verkauften die Fleischer ihre Waren, während auf der hölzernen Galerie, die wie ein Schwalbennest über dem Fluss hing, das Vieh gleich an Ort und Stelle geschlachtet wurde. Der Platz war gut gewählt, denn an dieser Stelle war die Pegnitz am schmalsten und floss entsprechend schnell. Aus diesem Grund wurden hier allerdings auch zahlreiche Mühlen betrieben, und die Schlachtabfälle verfingen sich oft in den Mühlrädern oder im Gestrüpp am Ufer. Jetzt, unter der Mittagssonne, stank es im wahrsten Sinne des Wortes zum Himmel, sodass der Magister seine Schritte unwillkürlich beschleunigte. Auf der Lorenzer Seite wandte er sich nach links, ging an der Lorenzkirche vorbei und fand in der Zirkelschmiedsgasse hinter St. Jakobus bald das Haus, das Schöner ihm beschrieben hatte.

Doch es schien so, als wäre der Kompassschmied ausgezogen, denn über dem Schornstein war kein Rauch zu sehen und sämtliche Fensterläden waren geschlossen. Unschlüssig, was er als Nächstes unternehmen sollte, sah Fuchs sich auf der Gasse um. Die meist zweistöckigen Fachwerkhäuser standen eng aneinandergeschmiegt. Weil die Fassaden ein wenig krumm und schief waren, wirkten sie wie Trunkenbolde, die sich auf dem Heimweg von der Schänke gegenseitig stützten. Fuchs hielt

Ausschau nach jemandem, der ihm vielleicht hätte sagen können, wohin Meister Striegler gezogen war, doch zur Mittagszeit wirkte die Gasse wie ausgestorben. Dann entdeckte er einen mageren Kerl, der mit verschränkten Armen im Hauseingang gegenüber an der Wand lehnte. Als der ihn verschlagen angrinste, wurde dem Magister bewusst, dass er ihm heute schon einmal begegnet war. Während Fuchs seinen Mantel am Schönen Brunnen säuberte, hatte der Mann mit der abgewetzten schwarzen Lederkappe und dem spärlichen Bart dort Wasser getrunken. Blitzartig tauchte noch ein anderes Bild in der Erinnerung des Magisters auf: Er war ihm auch gestern begegnet, kurz bevor er den Hof des Zirkelschmieds betreten hatte! Mit wenigen Schritten überquerte Fuchs die Gasse. »Warum verfolgt Ihr mich!«, herrschte er ihn an. »Was wollt Ihr?«

»Was Reinfeld will, ja, das fragt Ihr Euch, aber was Ihr wollt, das weiß Reinfeld.« Der Kerl kicherte und tippte Fuchs mit seinem langen, knochendürren Zeigefinger an die Brust.

Der Magister trat einen Schritt zurück. Jeder wusste, dass große Städte wie Nürnberg hinter ihrer glanzvollen, rechtschaffenen Fassade auch eine Art Schattenwelt verbargen, in der manche, vom Glück weniger begünstigt, krummen oder gar dunklen Geschäften nachgingen. Ein Fremder, der die Verhältnisse nicht kannte und kaum Verbindungen in der Stadt hatte, war leichte Beute. Vorsichtig blickte er sich um. Doch die Gasse blieb leer – bis auf den Hund, der vor dem Nachbarhaus in der Sonne döste, und ein paar Spatzen, die an einem Haufen Pferdeäpfel pickten.

»Ihr glaubt wohl, Reinfeld lauert Euch auf? Um Euch auszurauben gar?« Der Kerl kicherte erneut und entblößte Zähne, die klein und spitz waren wie die eines Marders. »Gschmarri«, er schnaubte abfällig. »Ein jeder kann sehen, dass bei Euch nichts zu holen ist. Aber der Meister wünscht trotzdem, dass Reinfeld Euch zu ihm bringt.«

»Mag sein«, erwiderte Fuchs, und das ungute Gefühl in seinem Magen verstärkte sich. Dieser Kerl, der von sich selbst sprach wie von einer dritten Person, war ihm nicht geheuer. »Aber ich habe keine Lust, mit Euch zu gehen.«

Reinfeld zwinkerte ihm zu. »Oh doch, die habt Ihr wohl«, versicherte er. Erstaunt bemerkte Fuchs, dass eins seiner Augen braun, das andere aber blau war wie der wolkenlose Sommerhimmel. Er konnte sich nicht erinnern, jemals einem Menschen mit verschiedenfarbigen Augen begegnet zu sein. »Weil Ihr wisst, dass Meister Ambrosius Euch hundertmal mehr beibringen kann als all die Stümper, an deren Türen Ihr bisher geklopft habt.«

Fuchs starrte ihn an, vollkommen überrumpelt von der Wendung des Gesprächs. Er hatte den legendären Mechanikus – Schöners zweifelnden Worten zum Trotz – selbstverständlich als Ersten aufgesucht. Es hatte ihn einige Mühe gekostet, das Haus hinter der Sebalduskirche in einer der Gassen, die bergauf zur Festung führten, zu finden. Eine ältere Magd mit verkniffenem Gesicht hatte ihm die Tür geöffnet. Nachdem er sein Anliegen erklärt hatte, war sie wieder im Haus verschwunden, um schließlich mit der Antwort ihres Herrn zurückzukehren. »Der Meister hat keine Zeit. Schleichd's Euch!« Dann hatte sie ihm die Tür vor der Nase zugeschlagen. Der Magister ärgerte sich noch immer über die unfreundliche Abfuhr. Und jetzt stand dieser seltsame Mensch vor ihm und behauptete, sein Meister hätte es sich anders überlegt?

»Hobb kumm, mir genger!« Reinfeld drehte sich um und ging los, ohne sich noch einmal zu vergewissern, dass Fuchs ihm folgte. Schwankend zwischen Neugier und Misstrauen sah der Magister ihm hinterher. »Verdammt!«, murmelte er, als ihm klar wurde, dass die Neugier längst gesiegt hatte. Selbst wenn er dabei seinen Hals riskierte, er durfte die Gelegenheit, den legendären Mechanikus zu treffen, nicht verstreichen lassen! Er eilte

Reinfeld nach, konnte ihn aber erst an der Pegnitz wieder einholen. Im Laufschritt überquerten sie die Barfüßerbrücke und liefen über den Salzmarkt. Kurz darauf standen sie auch schon vor dem Haus von Meister Ambrosius. Wie die meisten Handwerkerhäuser Nürnbergs war es unten aus Sandsteinquadern gefügt, auf denen man die oberen Geschosse in billiger Fachwerkbauweise errichtet hatte. Allerdings fand sich an der Fassade weder ein Schild noch ein Hauszeichen und auch sonst kein Hinwies auf das Handwerk des Hausherrn. Das war ungewöhnlich, und Fuchs hatte sich schon bei seinem ersten Besuch darüber gewundert. Nur ein Meister mit außerordentlichen Fähigkeiten, dessen Produkte überall begehrt waren, würde darauf verzichten, auf diese Weise neue Kunden anzulocken.

Reinfeld öffnete die Tür und winkte den Magister herein. »Wartet«, sagte er, während er eine Öllampe entzündete und dann eine Treppe hinabstieg.

Neugierig sah Fuchs sich um. Im unteren Geschoss befand sich außer der Küche nur ein einziger großer Raum – die Werkstatt des Mechanikers. Er hatte den Eindruck, dass dort kaum noch gearbeitet wurde. Auf mehreren Tischen lagen Werkzeuge und ein paar halbfertige Instrumente, aber sie waren mit Staub bedeckt. Im Kamin hatte schon lange kein Feuer mehr gebrannt, die Fenster waren schmutzig und blind. Doch in der abgestandenen Luft hing noch immer ein unverkennbarer Geruch: Eisen, Messing und Kupfer – vermischt mit einem Hauch Öl. Fuchs dachte, dass hier in guten Zeiten außer Ambrosius noch ein, zwei Gesellen und mehrere Lehrlinge gearbeitet haben mussten. Er vermutete, dass der trostlose Zustand der Werkstatt heute die Gemütslage des Meisters widerspiegelte. Vielleicht war der Mechanikus nach dem Tod seines Sohnes schwermütig geworden und hatte jegliches Interesse an der einst geliebten Arbeit verloren? So etwas kam vor, insbesondere bei älteren Menschen. Es würde auch erklären, warum Ambrosius ihn so unfreundlich abgewiesen hatte. Aber dann hätte der Meister es sich gewiss nicht noch einmal anders überlegt und den merkwürdigen Reinfeld ausgeschickt, ihn zu suchen. Was trieb der Kerl überhaupt im Keller, und warum dauerte das so lange? Fuchs lauschte, doch von unten drang kein Laut herauf.

Die Stille im Haus wurde nur vom gleichmäßigen Ticken einer Uhr unterbrochen. Die Wanduhr im gotischen Stil schien der einzige Gegenstand zu sein, der regelmäßig entstaubt und gewartet wurde. Ihr eisernes, kunstvoll bemaltes Zifferblatt mit der Mondphase zog Heinrich Fuchs magisch an. Er trat näher, um alles genauer in Augenschein zu nehmen. Das Uhrwerk war in vier diagonal gestellten Eckpfeilern befestigt, die oben und unten durch Querstäbe verbunden waren. Sie endeten in einem kleinen Glockenstuhl, gekrönt von einer eisernen Kreuzblume. Fuchs presste seinen Kopf seitlich gegen die Wand, um einen besseren Blick ins Innere des Uhrwerks zu gewinnen. Das Geh- und Schlagwerk bestand aus vierspeichigen, hintereinander angeordneten Eisenrädern, und der Stundenschlag erfolgte durch einen Hellebardenhammer über der innen verzahnten Schlossscheibe. Angetrieben wurde das Ganze durch geschmiedete Gewichte. Als Fuchs Schritte auf der Kellertreppe vernahm, gelang es ihm nur mit Mühe, sich von dem Wunderwerk der Uhrmacherkunst loszureißen.

»Gefällt Euch mein Meisterstück?«

Fuchs drehte sich um – und blickte in das Gesicht eines Zyklopen mit einem riesigen, bedrohlich starrenden Auge. Einen erschrockenen Atemzug später erkannte er, dass es sich dabei lediglich um eine sphärisch geschliffene große Linse handelte.

»Oh«, mit einer beiläufigen Handbewegung klappte der Mann die Linse nach oben. »Bitte verzeiht meine Gedankenlosigkeit!« Er lächelte flüchtig. »Ich bin Meister Ambrosius. Es freut mich, dass Ihr meiner Einladung gefolgt seid, verehrter Magister Fuchs!« Nachlässig wischte er die ölverschmierten Hände an einem Stück Sackleinen ab. »Ihr seid in Nürnberg, um die neusten Entwicklungen auf dem Gebiet der Mechanik zu studieren, wie ich hörte?«

»In der Tat bin ich hier, um zu lernen«, bestätigte Fuchs. Er hatte beschlossen, Ambrosius die Initiative bei diesem Gespräch zu überlassen. Nachdem er die Uhr gesehen hatte, deren Schlagwerk eben mit hellem Klang die zweite Mittagsstunde verkündete, drängte es ihn mehr denn je, eine längere Unterhaltung mit dem Meister zu führen. Doch es lag auf der Hand, dass der Mann auch etwas von ihm wollte. Was konnte das sein? Schweigend verfolgte der Magister, wie Ambrosius den Stirnreif mit der Vergrößerungslinse abnahm und ihn auf den Tisch legte. Der Mechaniker schien die sechzig überschritten zu haben. Haar und Bart waren bereits ergraut, doch seine Bewegungen wirkten noch immer sicher und kraftvoll. Ambrosius zwinkerte und massierte die roten Druckstellen auf seiner Stirn. »Wegen eines Trauerfalls habe ich meine Werkstatt eine Zeitlang vernachlässigt. Mittlerweile beabsichtige ich aber, wieder Aufträge anzunehmen – allerdings in bescheidenerem Umfang als früher, denn mir fehlen nun die geschickten Hände meines Sohnes.« Er presste die Lippen zusammen und schloss für einen Moment die Augen. Als er sie wieder öffnete, brannte in ihnen eine solche Entschlossenheit, dass sein Gesicht um Jahre verjüngt wirkte.

Dieser Mann, sagte sich Fuchs, ist keinesfalls von Trauer gebrochen – im Gegenteil, er wirkt wie einer, der ein Ziel vor Augen hat und die Kraft, es zu verwirklichen. Gespannt wartete er auf die nächsten Worte des Meisters. Warum hatte Ambrosius Erkundigungen über ihn eingezogen, und warum hatte sich Reinfeld in den letzten Tagen regelrecht an seine Fersen geheftet? Was wollten die beiden von ihm – dem Fremden?

Kapitel 18

Als sie die Stelle erreichte, an der Jeremias seinen Planwagen versteckt hatte, hämmerte Sophias Herz, und in ihrem Kopf war nur Platz für einen Gedanken: Ist Nikolaus Storch noch am Leben? Während Doktor Lienhard oben auf dem Wagen stand und sich über die leblose Gestalt auf der Ladefläche beugte, war der Schreiner verschwunden. Sophia ging davon aus, dass er dabei war, das Pferd von der Lichtung zu holen. Atemlos betrachtete sie das konzentrierte Gesicht des Arztes, wagte jedoch nicht, etwas zu sagen oder näherzutreten.

Endlich hob Lienhard den Kopf. »Er schläft noch, aber er atmet gleichmäßig, und sein Puls ist stabil.«

»Und seine Füße? Könnt Ihr ihm helfen?«

»Damit beschäftigen wir uns, wenn wir ihn in den sicheren Unterschlupf gebracht haben.« Der Doktor breitete eine Decke über den Schlafenden und sprang vom Wagen. Mittlerweile war Jeremias mit dem Pferd zurückgekehrt, und Lienhard half ihm, anzuschirren. »Wir sollten sehen, dass wir die Höhle schnell erreichen«, sagte er leise. »Wenn er unterwegs aufwacht, könnte er desorientiert sein und unruhig. Dann müssen wir ihn vielleicht fesseln und knebeln, was ich gern vermeiden möchte!« Der Schreiner nickte wortlos und stieg auf den Bock. Doktor Lienhard half Sophia auf die Ladefläche, kletterte hinterher und zurrte die Plane fest. Nun war es im Inneren des Wagens so düster, dass Sophia kaum etwas erkennen konnte, als sie sich auf ihrem Bündel niederließ. Den Doktor, der ihr gegenüber Platz nahm, sah sie nur als dunklen Umriss. Im nächsten Augenblick hörte sie Peitschenknallen, ein Ruck ging durch den Wagen, und schon rumpelte das Gefährt immer schneller über den unebenen Waldboden. Sie klammerte sich mit beiden Händen an eine Verstrebung und wagte erst wieder loszulassen, als der Wagen die Straße erreichte.

»Wohin fahren wir?«, fragte sie ein wenig atemlos. »Es gibt in der Nähe Höhlen«, sagte der Doktor. »Manche sind natürlichen Ursprungs, andere wurden von Menschenhand geschaffen. Ein paar liegen so versteckt, dass nur wenige Menschen überhaupt davon wissen. In eine dieser Höhlen bringen wir Bruder Nikolaus.«

Sophia spürte, wie ein Teil der Anspannung von ihr abfiel. Der Doktor, sagte sie sich, weiß, was er tut. Nun machte sich bei ihr die Müdigkeit bemerkbar. Sie döste ein, schreckte allerdings wieder auf, als der Wagen über eine steinigere Strecke rumpelte. Nikolaus Storch begann ebenfalls unruhig zu werden. Erst zuckten seine Hände, dann rollte sein Kopf haltlos von einer Seite zur anderen und schließlich riss er die Augen auf. Selbst im Halbdunkel unter der Plane konnte Sophia erkennen, dass seine Pupillen riesengroß waren und das Weiße gespenstisch leuchtete.

Sofort griff Doktor Lienhard nach der rechten Hand des Alten und bedeutete Sophia, dessen Linke festzuhalten. »Bruder Nikolaus!« Er sprach in einem ruhigen, bestimmten Ton. »Hab keine Angst! Alles ist gut, denn du bist nun frei.«

Der Blick des Kranken flackerte, kein Erkennen lag darin und erst recht kein Verstehen. Es schien, als wären sowohl sein Verstand, als auch seine Seele weit, weit weg. Sophia fragte sich, woraus das Schlafmittel bestand, das Lienhard ihm verabreicht hatte. Um einen so langen, tiefen Schlaf hervorzurufen, musste es eine starke Wirkung haben, und die ging meist mit ebenso starken Nebenwirkungen einher. Sie strich über die feuchte Stirn des alten Mannes.

»Wir bringen Euch in Sicherheit«, versprach sie. »Ihr erinnert Euch doch an mich? Ich bin Sophia, das Weib Eures Schwagers Heinrich. Und das ist Doktor Lienhard. Auch er hat Euch im Kerker besucht. Wisst Ihr noch?« Storch riss die Augen auf und versuchte sich aufzusetzen, doch Lienhard drückte ihn zurück. »Ihr müsst liegenbleiben!«

Dann hörte Sophia Hufgetrappel – eine ganze Gruppe von Reitern schien ihnen draußen auf der Straße entgegenzukommen. Schon brüllte jemand in barschem Ton: »He, du!« Sophia durchfuhr ein Schreck, denn sie erkannte die Stimme. Das war einer der Jagdfreunde des Burgherrn! »Siehst du nicht, dass hier Herren von Stand kommen? Mach den Weg frei, oder ich werde dir zeigen, wo dein Platz ist, Wiedertäufer!« Jeremias schnalzte mit der Zunge, woraufhin sich der Wagen ruckend in Bewegung setzte und auf den holprigen Wegrand auswich.

Mit einem verstörten Schrei und einer Kraft, die sie nicht erwartet hatte, bäumte Storch sich auf. Dabei entriss er Sophia seine Hand und krallte sie in ihren Oberschenkel. Der Doktor reagierte blitzschnell – warf sich auf den Kranken, um ihn mit seinem Körper zu fixieren und zerrte gleichzeitig mit den Zähnen den Korken aus einem Fläschchen, das er in der Hand gehabt haben musste. Sophia begriff, was er vorhatte, rutschte näher heran, packte Storchs Kopf, klemmte ihn zwischen ihre Knie und hielt ihm die Nase zu. Als der Alte den Mund aufriss, um Luft zu holen, goss ihm Lienhard den Inhalt des Fläschchens in den Rachen. Erbarmungslos presste er ihm anschließend die Hand auf den Mund, sodass Storch gezwungen war zu schlucken.

Mit angehaltenem Atem lauschte Sophia auf das, was sich währenddessen auf der Straße abspielte, denn die Reiter, die den Wagen bereits hinter sich gelassen hatten, kehrten noch einmal um. Sie hörte die Männer leise miteinander reden, verstand aber nicht, worum es ging. War womöglich einer von ihnen durch

Storchs Schrei aufmerksam geworden? Ein gemeines Lachen erklang, dann knallten mehrere Peitschenschnüre gleichzeitig auf die Plane des Wagens. Das erschreckte Pferd wieherte schrill und voller Panik. Sophia wurde gegen den Doktor geschleudert, als das Tier lospreschte, wobei sich der Wagen gefährlich nach rechts neigte. Sie krallte sich an Lienhard fest. Geistesgegenwärtig schlang er beide Arme um sie, während er selbst mit dem Rücken gegen eine Verstrebung krachte. Unter Verwünschungen, wie Sophia sie noch nie aus dem Mund eines Täufers gehört hatte, kämpfte Jeremias um die Kontrolle über Pferd und Wagen. Das Gefährt schlingerte noch ein paar Mal nach links und rechts, aber dann beruhigte sich das verschreckte Tier allmählich und verfiel in einen ruhigen Trab.

»Geht es Euch gut?« Sophia nickte, worauf Lienhard sie losließ, um sich den lädierten Rücken zu reiben. Benommen sackte sie auf ihr Bündel, holte tief Luft und spürte, wie ihr vor Erleichterung schwindelig wurde. Wieder einmal hatte der Herr seine Hand schützend über sie gehalten, denn außer einem gewaltigen Schreck war ihnen nichts Schlimmes widerfahren. Selbst Storch, der bei dem Tumult gegen die Wand gerollt war, schien unverletzt.

»Katharina?«, krächzte der Wanderprediger, nachdem ihn der Doktor eilig abgetastet hatte. »Bist du es wirklich, kleine Schwester?« Er drehte sein Gesicht zu Sophia und lächelte. Sie wusste nicht, was sie sagen sollte, und warf dem Doktor einen hilflosen Blick zu.

»Ja!« Lienhard beugte sich nah über das Gesicht des Alten. »Das ist deine Schwester, Bruder Nikolaus. Sie wird dich nach Hause bringen.« Er erwiderte Sophias Blick und hob auffordernd die Augenbrauen. Sie begriff – alles, was Storch dazu brachte, sich zu beruhigen, war angeraten. »Mein lieber Bruder, alles wird gut!«, flüsterte sie und brachte ein zittriges Lächeln zustande.

Der alte Mann griff nach ihrer Hand und ließ sie auch nicht los, als ihm die Augen zufielen und er erneut einschlief. Durch die unbequeme Sitzposition begann Sophias Rücken zu schmerzen, zumal die Straße allmählich zu einem holprigen Feldweg wurde, der nur noch aus Kurven zu bestehen schien. Dennoch wagte sie nicht, ihre Position zu verändern, aus Angst, Storch könnte noch einmal erwachen, bevor sie das rettende Ziel erreicht hatten. Endlich brachte Jeremias das Pferd zum Stehen.

Lienhard erhob sich und schlug die Plane zurück. »Das letzte Stück müssen wir zu Fuß zurücklegen«, erklärte er, während er mit schmerzverzerrtem Gesicht vom Wagen kletterte. Sophia hörte, dass Jeremias schon dabei war, das Pferd abzuschirren.

Vorsichtig befreite sie ihre Hand aus den Fingern des Alten. Ihre Sorge, Storch könne dabei aufwachen, erwies sich als unbegründet – es schien sogar, als wäre er in eine noch tiefere Betäubung gesunken als zuvor. Vollkommen reglos lag er da und rührte sich nicht einmal, als das Pferd, von dem schweren Geschirr befreit, übermütig wieherte. Sophias Füße waren eingeschlafen und kribbelten, als sie auf allen vieren zum hinteren Ende des Wagens kroch. Dort stand schon Jeremias, packte sie bei den Oberarmen und hob sie mit Schwung von der Ladefläche. Als er sie auf den Boden stellen wollte, knickten ihr die Beine weg, aber der Schreiner fing sie auf und führte sie zu einem Felsbrocken am Wegrand.

Dort saß Sophia dann, bewegte vorsichtig die Füße und schaute sich um. Sie fand sich inmitten bewaldeter Hügel, weit und breit war keine Menschenseele zu sehen, und neben ihrem Sitzplatz führte ein schmaler Pfad sanft bergan. Zahllose Vögel zwitscherten, aber dann vernahm sie ein lautes Keckern, das beinah wie spöttisches Gelächter klang. Gleich darauf segelte links von ihr ein roter Schatten durch die Luft, dem sogleich ein zweiter folgte. Zwei Eichhörnchen jagten um eine dicke Buche.

Hurtig sprangen sie von einem Ast zum nächsten, wobei sie ihre buschigen Schwänze als Steuerruder nutzten. Sophia legte den Kopf in den Nacken, um ihr Treiben bis in den Wipfel des Baumes zu verfolgen.

Inzwischen war Jeremias hinten auf den Wagen geklettert. Zuerst warf er dem Doktor Sophias Bündel zu, der es zusammen mit seinem Medizinkasten und einer großen Kiste auf den Rücken des Pferdes band. Dann hob der Schreiner den schlafenden Storch auf seine Arme und stieg breitbeinig von der schwankenden Ladefläche. Unten angekommen, rückte er seine sperrige Last noch einmal zurecht und stapfte den Pfad bergauf, Lienhard – das beladene Pferd am Zügel führend – folgte ihm. Und Sophia schloss sich den Männern an.

Der schmale Weg führte zunächst in den Wald hinein, wo es schattig war und still. Es roch nach frischem Grün, und das verrottende Laub des vergangenen Jahres federte ihre Schritte ab wie ein dicker Teppich.

Sophia atmete tief ein und fühlte sich, als wäre sie selbst aus einem Kerker befreit worden. Allmählich wurde der Pfad steiler und glich nun eher einem Wildwechsel als einem Weg für Menschenfüße. Die Bäume wuchsen in größeren Abständen, dafür behinderten Felsbrocken, niedrige Büsche und Brombeeranken das Vorankommen. Weil es in der Nachmittagssonne stetig bergauf ging, begann Sophia zu schnaufen und zu schwitzen. Sie sehnte sich nach einem Schluck Wasser, doch Jeremias, dessen Beine und Rücken aus Eisen zu bestehen schienen, ging ohne Unterbrechung weiter. Vor Anstrengung keuchend, wischte sie sich mit dem Zipfel ihres Rockes den Schweiß von der Stirn.

Der Doktor drehte sich nach ihr um. »Wir sind gleich da«, versicherte er. »Die Höhle liegt noch unterhalb des Gipfels, und ganz in der Nähe gibt es eine Quelle mit gutem, frischem Wasser.«

Vor allem seine letzten Worte bewirkten, dass Sophia ihre ganze Kraft zusammennahm, um weiter den steilen Pfad hinaufzustapfen. Schwer atmend blickte sie sich um, als Jeremias und der Doktor endlich stehen blieben.

»Leg ihn hier ab!« Lienhard deutete auf einen hüfthohen Kalksteinbrocken, dessen ebene Oberfläche wie eine Altarplatte aussah. »Für das, was ich nachher tun muss, brauche ich Tageslicht.«

Der Schreiner nickte. So vorsichtig, wie ein Vater seinen Erstgeborenen in die Wiege betten würde, lud er Storchs reglosen Körper auf dem sonnendurchwärmten Felsen ab. Sophia schob ihren zusammengefalteten Umhang unter den Kopf des alten Mannes. Während Jeremias seine Jacke auszog, die Ärmel aufkrempelte und sich daran machte, das Pferd von seiner Last zu befreien, kontrollierte der Doktor Puls und Atmung des Kranken. Als Jeremias ihm den Medizinkasten reichte, klappte er den Deckel auf und kramte ein gedrechseltes hölzernes Rohr heraus. Er schob das Hemd des Alten beiseite und setzte das breite Ende des Rohrs auf dessen Brust. Indem er sein rechtes Ohr gegen das schmale Ende presse, lauschte er dem Herzschlag seines Patienten. Sophia kannte diese Untersuchung von Meister Arnold, der dafür einfach Papier benutze, das er zusammenrollte.

»Es ist wahrlich ein Wunder«, murmelte Lienhard. »Unser alter Bruder hat das Herz eines jungen Burschen!« Er packte das Rohr weg, beugte sich erneut über den Alten und hob mit zwei Fingern zuerst dessen linkes, dann das rechte Augenlid. Anschließend drehte er sich mit sichtbarer Erleichterung zu Sophia um. »Der Herr muss meine Hand geführt zu haben, als ich die Mixtur für diesen Betäubungstrank zusammenstellte! Bruder Nikolaus schläft noch ein Weilchen. Derweil sollten wir essen und trinken.«

Nachdem Jeremias mit dem Wasser zurückgekehrt war, verteilte der Doktor Brot, Speck und drei verschrumpelte kleine Äpfel unter ihnen. Dabei erklärte er, was er später zu tun gedachte. »Die Nekrosen sind bei Bruder Nikolaus bereits so weit fortgeschritten, dass ich mich genötigt sehe, ihm beide Beine knapp oberhalb des Knies zu amputieren.« Sophia holte erschrocken Luft, und Lienhard warf ihr einen prüfenden Blick zu, bevor er fortfuhr. »Es wird ein schweißtreibendes, blutiges Werk, das ich unmöglich allein vollbringen kann. Aber Bruder Nikolaus wird nur überleben, wenn wir jetzt schnell und entschlossen handeln!«

Der Schreiner ließ die Hand mit dem Speck sinken, von dem er eben abbeißen wollte. »Mögen die gottlosen Hunde, die ihm das angetan haben, gleichzeitig mit Pest und Krätze geschlagen werden!« Er spuckte aus.

Sophia starrte auf ihr Brot und verspürte kaum noch Hunger. Sie dachte daran, wie sie dem Magister vor zwei Jahren zur Hand gegangen war, als dieser Petters Bein gerichtet hatte. Dabei hatte er zwei von Vaters Knechten gebraucht, die Petter festhalten mussten, obwohl er den alten Kutscher ebenfalls mit einem Betäubungstrank ruhiggestellt hatte. Doch wie stark dessen Wirkung tatsächlich sei, lasse sich schwer einschätzen, hatte er ihr erklärt. Obwohl die ganze Prozedur nur wenige Augenblicke gedauert hatte, war Petter brüllend vor Schmerzen erwacht, während Heinrich mit ihrer Hilfe, die verschobenen Knochen wieder eingerichtet hatte. »Der Schmerz allein könnte ausreichen, ihn umzubringen«, sagte sie leise. Dabei verschwieg sie, dass ihr auch Zweifel kamen, ob sie es aushalten konnte, das mit anzusehen.

Sie entsann sich, wie Meister Arnold erzählt hatte, dass viele Bader vor einer Amputation zwei Flaschen Branntwein bräuchten – eine für ihren Patienten, damit er die Schmerzen aushalte und die zweite für sich selbst, damit sie sein Geschrei währenddessen ertrügen.

Aber Lienhard schüttelte lächelnd den Kopf. »Keineswegs! Durch Gottes Eingebung kam mir vor ein paar Jahren eine Schrift des Paracelsus in die Hände. Er beschrieb darin Versuche, die er mit dem Oleum vini dulce machte. Dabei ließ er Hühner die Substanz einatmen und fand heraus, dass sie nicht nur einschliefen, sondern auch keinen Schmerz mehr empfanden. Ich bin mir sicher, hätte der Herr den großen Medicus nicht kurz darauf zu sich genommen, hätte Paracelsus auch den nächsten logischen Schritt unternommen. Nun, wie auch immer«, der Doktor nahm einen Bissen von seinem Apfel und schluckte ihn halbzerkaut hinunter, »mir war es vergönnt, das Verfahren am Menschen zu erproben, und ich habe damit bisher nur die besten Erfahrungen gemacht. Die Herstellung der Substanz erfordert Wissen um die Alchemie, Geduld und vor allem Erfahrung. Die Anwendung dagegen ist nicht schwer, aber ich werde dabei Eure Hände benötigen, Sophia.« Lienhard beugte sich über den Eimer und trank einige Schlucke Wasser aus der hohlen Hand. Danach wandte er sich an den Schreiner. »Bruder Jeremias, du musst mir nachher ebenfalls assistieren. Aber zunächst wirst du ein Feuer entzünden, noch mehr Wasser holen und es in einem Kessel zum Kochen bringen.«

Jeremias schlang den Speck hinunter und schielte dabei zu Storch, der noch immer reglos dalag. Um ihn vor der Sonne zu schützen, hatte der Doktor zwei Äste schräg in den Boden gerammt, und Sophia hatte ein Tuch dazwischen aufgespannt.

Lienhard erhob sich, kaum dass er den letzten Bissen Brot geschluckt hatte. Er entnahm seinem Medizinkasten mehrere Instrumente, Beutel, Fläschchen und Schächtelchen. Nachdem er den Deckel wieder geschlossen hatte, benutzte er ihn als Tisch, stellte eine große Schüssel darauf und legte die Instrumente hinein. Sophia stand auf, um dem Doktor zur Hand zu gehen. Sie vertraute ihm, auch wenn sie von diesem Oleum vini dulce nie etwas gehört hatte.

»Nehmt den Branntwein!« Der Doktor zeigte auf eine Steingutflasche. »Gießt ihn über die Instrumente und achtet darauf, dass sie von allen Seiten damit benetzt werden. Dann könnt Ihr mir bei den Pflastern helfen, indem Ihr diese Kräuter und den Schafskot im Mörser zerstoßt.«

Obschon ihr tausend Fragen durch den Kopf schwirrten, machte sich Sophia daran, die Spatel, Zangen, Messer zu putzen. Branntwein, das wusste sie ebenfalls von Meister Arnold, bewirkte – warum auch immer –, dass sich Wunden weniger entzündeten und besser verheilten. Trotzdem war ihr nicht wohl dabei, als sie die Flüssigkeit über das gezackte Blatt der Knochensäge rinnen sah. Später half sie Lienhard schweigend bei der Herstellung der Pflaster.

Unterdessen schleppte Jeremias unermüdlich Holz und Wasser herbei, entzündete das Feuer und hängte den Kessel an einem eisernen Dreibein darüber auf. Als das Wasser kochte, hatte der Doktor seinen Patienten bereits ausgezogen. Haar und Bart des alten Mannes wimmelten von Läusen, sein Körper, der nur noch aus Haut und Knochen bestand, war übersät von Prellungen und Kratzspuren. Er verströmte einen solch erbärmlichen Gestank, dass sich Sophia gezwungen sah, durch den Mund zu atmen. Aber sie wusste, dass sie jetzt keine Schwäche zeigen durfte, und griff beherzt zu. Mit ihrer Hilfe hatte der Doktor den Alten schon bald gründlich von oben bis unten gewaschen und rasiert. Zum Schluss zogen sie ihm ein frisches Hemd über.

Jeremias fegte die zerlumpten Kleider und Haare mit einem Kiefernzweig zusammen und warf alles ins Feuer, wo es qualmend und stinkend verbrannte. »Lösch die Flammen anschließend!«, befahl der Doktor. »Achte darauf, dass nicht mehr das kleinste Fünkchen glimmt! Es könnte unser aller Tod sein.«

Der Schreiner nickte, doch dann sah er auf und runzelte die Stirn. »Aber wie willst du ohne Feuer das Eisen zum Glühen bringen, mit dem du die Wunden an den Stümpfen ausbrennen musst?«

»Diese barbarische Methode wende ich schon seit Langem nicht mehr an. Auch wenn sie unsinnigerweise noch immer überall gelehrt wird, schadet sie mehr, als dass sie nützt und verursacht darüber hinaus unnötigen Schmerz.« Der Arzt wirkte ungehalten. »Also tu, was ich dir gesagt habe!«, befahl er schroff und ging davon.

»Schon gut«, brummte der Schreiner, während er sich daranmachte, das Feuer mit einem Schwall Wasser zu löschen. Anschließend begrub er die Feuerstelle unter einer dicken Erdschicht, die er festtrampelte. »Möge Jesus Christus, unser Herr, unserem Bruder Nikolaus beistehen in seiner Not!«, murmelte er dabei.

Im Gegensatz zu Jeremias hatte Sophia zumindest eine Vermutung, was der Doktor tun würde. Im letzten Jahr hatte Meister Arnold ihren Ehemann gebeten, ihm eine Schrift seines großen Vorbilds – des französischen Baders Amboise Paré – zu übersetzen.

Der Franzose hatte die Erfahrung gemacht, dass es die Heilung förderte, wenn man große Blutgefäße abband, anstatt sie mit einem glühenden Eisen zu versengen, um die Blutung zu stoppen. Arnold hatte in Erwägung gezogen, die Methode selbst auszuprobieren, war jedoch besorgt gewesen, dass der Patient dabei verbluten könnte. Sie nahm sich vor, Notizen zu allem anzufertigen, was sie während der Amputation beobachten und erfahren würde, um sie dem Bader nach ihrer Rückkehr zu übergeben.

Indes begann sich der Wanderprediger auf seinem steinernen Lager zu regen: Unruhig warf er den Kopf von einer Seite zur anderen, dabei murmelte er unverständliche Satzfetzen, seufzte und wimmerte. Sophia strich ihm beruhigend über die Stirn. »Habt keine Angst«, versicherte sie, obwohl sie nicht sicher war, dass sie damit zu ihm durchdrang. »Ihr seid jetzt in Sicherheit und unter Freunden.«

Zu ihrer Erleichterung kehrte Lienhard kurze Zeit später zurück. Er stellte ein Stundenglas und einen Weidenkorb auf dem Stein ab. Was er aus dem Korb zog, sah für Sophia wie eine gewöhnliche Rindsblase aus, an der sich ein kurzes hölzernes Rohr befand, das mit einem Pfropfen verschlossen war. Das Ganze ähnelte den Wasserbeuteln, die Hirten mitunter bei sich trugen. Nur das flache ovale Holzstück, dass unter der Öffnung befestigt war, konnte sich Sophia nicht erklären.

»Hier drin«, Lienhard wies auf die Rindsblase, »befindet sich das segenspendende Oleum vini dulce. Auf den ersten Blick sieht es aus wie Wasser, doch ist es äußerst flüchtig und hochentzündlich. Selbst in bedeutender Entfernung von einer Flamme kann es zu brennen beginnen. Vermischt es sich mit Luft, kann es gar zu einer Explosion kommen, wie man sie aus Bergwerken kennt. Lässt man jedoch die nötige Vorsicht walten, so ist sein Nutzen unvergleichlich. Ihr werdet es erleben.« Er zog den Pfropfen aus dem Rohr, schob das ovale Holzstück zwischen Storchs halbgeöffnete Lippen und winkte Sophia, näher zu treten. »Ihr sollt dafür sorgen, dass Bruder Nikolaus die Dämpfe inhaliert.« Er legte ihre linke Hand um das Holzrohr, sodass sie es zwischen Daumen und Zeigefinger fixierte, während ihre Handfläche gleichzeitig den Mund des Wanderpredigers verschloss. »Er soll ausschließlich die Dämpfe einatmen – keine Luft!« Flink zog er eine Holzklammer mit Metallfeder aus der Tasche und klemmte damit die Nasenflügel des Alten zu. »Nur dann wird seine Bewusstlosigkeit so tief, dass er keinerlei Schmerz verspürt – was auch immer ich ihm angedeihen lasse.«

Gewissenhaft befolgte Sophia die Anweisungen des Arztes, und schon nach kurzer Zeit atmete der Wanderprediger tiefer. Seine blasse Gesichtshaut wurde rosig wie die eines Säuglings, aber auch der Ausdruck des Gesichts veränderte sich auf verblüffende Weise: Zuerst wirkte es entspannt, dann glücklich und schließlich regelrecht fröhlich.

Lienhard befahl Jeremias, einen breiten Ledergurt um Storchs Oberschenkel zu schlingen und ihn mit aller Kraft festzuziehen »So verhindern wir, dass Bruder Nikolaus während der Amputation zu viel Blut verliert.« Nachdem der Doktor den Sitz des Gurtes geprüft hatte, wandte er sich wieder Sophia zu. Er hob die schlaffen Lider seines Patienten und begutachtete die nach oben gedrehten Pupillen.

»Es ist so weit!«, verkündete er. »Nun aber rasch ans Werk. Auch unter diesen günstigen Umständen gilt es für mich immer noch, schneller zu sein als der Tod!« Er warf einen kritischen Blick auf das Stundenglas. »Auf jeden Fall müssen wir die Operation beendet haben, bevor der letzte Sand durchgerieselt ist.«

Sophia sah, wie er mit einer gebogenen Klinge ohne Zögern in das Fleisch des Beines schnitt, das Jeremias mit beiden Händen festhielt. Blut schoss hervor, ergoss sich über den Boden und zog sofort die ersten Fliegen an. Sein Geruch überlagerte schon bald den harzigen Duft der Kiefern und verursachte Sophia Übelkeit. Ihre Finger begannen zu zittern. Sie drehte den Kopf weg und biss die Zähne zusammen. Bemüht, sich ausschließlich auf ihre Aufgabe zu konzentrieren, beobachtete sie Storchs Gesicht. Leider konnte sie die Geräusche der Amputation nicht so einfach ausblenden. Doch auch als das schreckliche Knirschen der Knochensäge einsetze, rührte der Wanderprediger keinen Muskel.

Jeremias dagegen gab ein gequältes Stöhnen von sich. »Macht die Augen zu und atmet!«, empfahl ihm Lienhard. »Übergeben könnt Ihr Euch, sobald ich fertig bin.«

Endlich verstummte das Geräusch der Säge. Aus den Augenwinkeln sah Sophia, wie der Schreiner zum nächsten Busch rannte; einen Augenblick später hörte sie ihn husten und würgen.

»Was tue ich hier eigentlich?«, brummte er, als er zurückkehrte. »Schließlich bin ich Schreiner und kein Fleischer!« Er spuckte aus. »Außerdem könnte alles viel schneller gehen, wenn du das Brandeisen genommen hättest! Gott sei's gedankt, dass unser armer Bruder nicht mitbekommt, wie du mit beiden Händen in seinem blutenden Fleisch wühlst!«

»Du tust deine Christenpflicht, Bruder«, entgegnete Lienhard. »Und meine Pflicht ist es, dafür zu sorgen, dass Bruder Nikolaus am Leben bleibt. Also lass mich das nach bestem Wissen und Gewissen erledigen! Ich schreibe dir auch nicht vor, wie du einen Schrank zu bauen hast.«

Der Schreiner ächzte. »Der Herr möge mich davor bewahren, dass ich dabei jemals deiner Hilfe bedarf!« Eine Zeitlang arbeiteten die beiden Männer schweigend. Sophia, der es allmählich schwer fiel stillzustehen, blickte auf. Der Sand im Stundenglas war noch nicht einmal zur Hälfte durchgerieselt.

»Atmet er gleichmäßig?«, fragte der Doktor unvermittelt. Sophia sah wieder auf die Rindsblase, die sich in regelmäßigen Abständen zusammenzog und wieder aufblähte. »Es scheint so«, sagte sie. Lienhard seufzte erleichtert. »Ich preise den Herrn jeden Tag dafür, dass er mich auch noch diese wundersame Wirkung des süßen Vitriols erkennen ließ!«

»Habt Ihr es zuvor auf andere Weise angewandt«, fragte Sophia und verscheuchte mit ihrer freien Hand eine Fliege, die sich auf dem Gesicht des Wanderpredigers niederlassen wollte. »Oh ja, besonders bei Krämpfen des Magens! Innerlich angewendet wirkt es belebend, krampflösend und blähtreibend. Mit Terpentin gemischt kann es Gallensteine auflösen, und in einer sehr starken, gesättigten Abkochung mit Farnwurzelkraut habe ich es erfolgreich zur Austreibung des Bandwurms genutzt«, berichtete der Doktor lebhaft.

Im Geiste wiederholte Sophia jedes seiner Worte, um es sich für Meister Arnold zu merken. Dann setzte das schreckliche

Knirschen der Knochensäge erneut ein, und sie wünschte sich, sie könnte ihre Ohren mit Bienenwachs verschließen, wie der griechische Seefahrer Odysseus, von dem ihr der Magister erzählt hatte. Ihr ohnehin schon malträtierter Rücken schmerzte immer mehr, und ihre Blase drückte auch schon wieder. Während es ihr vorkam, als rieselte der Sand im Stundenglas unendlich langsam, schien dem Doktor die Zeit davonzulaufen.

»Nein, nicht da festhalten!«, fuhr er Jeremias an. »Hier muss deine Hand liegen! Sonst nähe ich am Ende noch deine ungeschickten Finger an unseres Bruders Bein.«

»Ungeschickte Finger?«, empörte sich der Schreiner. »Die hat mir keiner mehr nachgesagt, seit ich die Lehrzeit bei meinem Vater, Gott hab ihn selig, beendete!«

Dann endlich hatte der Doktor den letzten Stich gesetzt und den letzten Knoten geknüpft. »Geschafft!« Er richtete sich auf. »Und jetzt rasch weg damit!« Mit blutigen Fingern deutete er auf die Rindsblase mit dem Betäubungsmittel. Sophia zog das Rohr zwischen Storchs Lippen hervor und nahm die Klammer von seiner Nase.

»Atmet er noch?«, fragte Lienhard, während Jeremias ihm etwas Wasser über die Hände goss. Sophia beugte sich vor und betrachtete das Gesicht des Alten. »Ja, es scheint ihm gutzugehen.« Sie verzog die Nase. Der Geruch, den der Wanderprediger verströmte, war nicht unangenehm, sondern im Gegenteil prickelnd und aromatisch, aber auch sehr durchdringend.

»Dann wird er gleich aufwachen.« Der Doktor nickte zufrieden. »Bruder Jeremias, vergrab das hier!« Er zeigte auf die abgetrennten Beine, die nutzlos und schaurig anzusehen auf der Erde lagen. »Und streu Erde auf das Blut, bevor es Aasfresser und Raubtiere anlockt! Sophia, kommt her! Ihr müsst mir helfen, die Verbände anzulegen!«

Sie waren noch nicht damit fertig, da schlug ihr Patient die Augen auf. »Ja, schau einer an – im Paradies sieht es doch tatsächlich aus wie unten auf der Erde!«, rief er fröhlich. »Und es gibt Engel und Engelinnen!« Der Alte strahlte Lienhard und Sophia an. »Schwangere Engelinnen!« Er klatschte begeistert in die Hände. »Ach, wie entzückend!« Selig grinsend lag er da, während Sophia den Doktor entgeistert ansah. »Was sagt man eigentlich auf den Brüderhöfen zu den Nachwirkungen Eures süßen Vitriols?«

Lienhard zuckte mit den Schultern. »Nichts, denn bisher habe ich noch nie gewagt, es bei einem meiner Brüder anzuwenden. Viele unter ihnen halten Schmerz für eine Prüfung Gottes und glauben, es würde sie dem Himmel näherbringen, wenn sie ihn klaglos erdulden.«

»He, Engelein!«, flötete der Alte. »Komm näher, damit ich dich genau ansehen kann! Mir scheint gar, dass du aussiehst wie das süße junge Weib, dass sich mein Schwager geangelt hat, der schlaue Fuchs.« Mit brüchiger Stimme begann er zu singen: »Wie wohl ich alt und gar erkalt', noch tut mich Lieb' erhihihitzen ...« Dabei warf er Sophia solch lüsterne Blicke zu, dass sogar der Doktor errötete. »Hört einfach nicht hin«, murmelte er betreten. »Es hat nichts zu bedeuten, und wie ein Zecher nach einem Vollrausch wird er später nichts mehr davon wissen.«

Doch Sophia erinnerte sich, wie Heinrich ihr erzählt hatte, Nikolaus Storch habe in jungen Jahren in Zwickau so feurig gepredigt, dass ihm besonders die Frauen in Scharen nachgelaufen seien – sehr zum Ärger ihrer Männer. Als der alte Wanderprediger auch noch anfing, ihr Kusshände zuzuwerfen, musste sie lachen, und ihr war, als würden im selben Augenblick alle Ängste und Sorgen von ihr abfallen. Gemeinsam mit Lienhard und Jeremias hatte sie das Unmögliche geschafft: Nikolaus Storch war aus dem Felsenverlies auf dem Falkenstein befreit und noch immer am Leben!

Später, nachdem sich Jeremias mit dem Wagen wieder auf

den Rückweg gemacht hatte und Storch auf seinem Lager in der Höhle eingeschlafen war, entfachte Sophia ein Feuer. Kurz darauf kehrte der Doktor vom Wasserholen zurück. Mit einem erleichterten Seufzer ließ er sich neben Sophia ins Gras fallen. Eine Weile betrachteten sie schweigend den lavendelfarbenen Abendhimmel, an dem immer mehr Sterne zu leuchten begannen, aßen das letzte Brot und tranken Quellwasser dazu. Während sich die ersten Fledermäuse auf Insektenjagd machten, erklang aus dem nahen Wald der Ruf einer Eule.

»Ihr habt Euch wacker geschlagen«, sagte Lienhard schließlich. »Ich glaube nicht, dass ich die Amputation unter freiem Himmel ohne Eure Hilfe hätte bewerkstelligen können. Und wahrlich, nicht jedes Weib in Eurem Zustand hätte einen Tag wie diesen durchgestanden, ohne auch nur einmal zu klagen!«

Erstaunt blickte Sophia zu ihm hinüber. Er hatte sich an der Quelle gründlich gewaschen – Haupthaar und Bart waren noch feucht. Seine Augen glitzerten im Schein des Feuers wie polierter Bernstein, und Sophia bemerkte erfreut die Anerkennung, mit der er sie musterte. »Dennoch verdankt Nikolaus Storch seine Rettung hauptsächlich Eurem findigen Kopf«, entgegnete sie bescheiden.

»Und Eurem Mut«, erwiderte Lienhard beharrlich und sah ihr über die Flammen hinweg in die Augen. »Ich hoffe, Euch ist bewusst, dass ich Euch auch die nächsten Wochen und Monate noch ein gerüttelt' Maß davon abverlangen werde!« Er senkte die Stimme. »Vorerst darf niemand erfahren, dass Bruder Nikolaus noch lebt. Also werden wir ihn hier in der Höhle versteckt halten und gesund pflegen müssen. Da es äußerst merkwürdig wäre, wenn ich oder Jeremias monatelang verschwinden würden, müsst Ihr ihn in dieser Zeit pflegen und versorgen.«

Sophia schlang die Arme um den Leib und blickte zu Boden. Obwohl sie bereits geahnt hatte, dass es so kommen musste, wurde ihr das Herz schwer, wenn sie daran dachte, dass sie ihren

Sohn kaum vor Weihnachten wiedersehen würde. Sie hatte ihn im letzten Jahr allein zur Welt gebracht, und um ein Haar wären sowohl Justus als auch sie verblutet, hätte Meister Arnold sie nicht durch einen Zufall gefunden. Würde ihr Ähnliches nun auch bei der Geburt ihres zweiten Kindes bevorstehen? Sie begann zu frösteln.

Der Doktor erhob sich, warf eine Handvoll Zweige ins Feuer und setzte sich neben sie. Behutsam legte er seine Hand auf ihren Arm. »Fürchtet Euch nicht«, sagte er leise. »Ich bin überzeugt, dass Gott Euch nicht umsonst hierhergeführt hat! Hat unser Herr seine schützende Hand während Eurer weiten Reise nicht ebenso über Euch gehalten wie auf dem Falkenstein?« Sanft drückte er ihren Arm. »Er muss etwas Wunderbares mit Euch vorhaben, anders kann es gar nicht sein!«

Kapitel 19

Bitte, Magister Fuchs, tut mir den Gefallen und kommt mit hinauf in meine Stube!« Ambrosius machte eine Geste nach links, wo eine hölzerne Treppe ins obere Stockwerk führte. »Seid mein Gast auf einen kühlen Trunk und hört Euch an, was ich zu sagen habe.« Er nickte Reinfeld zu, der am Fuß der Treppe stand und nur auf einen Befehl seines Meisters zu warten schien. »Bring uns zwei Seidel Rotbier!«

»Wie Ihr wünscht, Meister! Sogleich, Meister!« Der kleine Mann nickte dienstbeflissen und wieselte davon.

An der Treppe wollte Fuchs seinem Gastgeber den Vortritt lassen, doch Ambrosius nötigte ihn, als Erster hinaufzusteigen. Er hatte die Treppe fast erklommen, da sah er oben einen geharnischten Mann stehen – das Schwert in der rechten, einen langen Speer in der linken Hand. Erschrocken bleib er stehen, aber dann begriff er, dass es sich dabei nur um eine leere Rüstung handeln konnte.

Kaum hatte der Magister jedoch seinen Fuß auf die nächste Stufe gesetzt, hob der Geharnischte den linken Arm und öffnete mit dem Speer das Visier. Zum Vorschein kam ein starres Gesicht mit dunklen Augen unter drohend zusammengezogenen Brauen. Gleichzeitig hob der Ritter die rechte Hand mit dem Schwert zum Gruß. Fuchs geriet aus dem Tritt. Er stolperte über die nächste Stufe, seine Hand verfehlte das Geländer, und zum zweiten Mal an diesem Tag landete er auf seinen

Knien. Keuchend vor Schmerz rappelte er sich auf. »Was zum Teufel …« Doch die Worte blieben ihm im Hals stecken, als der geharnischte Mann ihm zunickte, wobei das Visier wieder herunterklappte. Dann senkte er auch die Arme und stand steif und leblos da wie zuvor. Am Fuß der Treppe erklang leises Lachen.

»Bitte, mein Lieber, verzeiht einem alten Mann, der es noch immer nicht lassen kann, Schabernack zu treiben!« Zügigen Schrittes erklomm Ambrosius die Treppe. »Ich hoffe sehr, Ihr habt Euch bei Eurem Sturz nicht verletzt!«

Fuchs biss die Zähne zusammen und schüttelte den Kopf. Der Schmerz war bedeutungslos, verglichen mit seinem Bedürfnis, zu verstehen, was er gerade gesehen hatte. Er drehte sich zu seinem Gastgeber um, der einige Treppenstufen unter ihm stehengeblieben war. »Bei Hephaistos, dem Urvater aller Schmiede!«, rief er. »Wie habt Ihr das gemacht, Meister Ambrosius?«

»Ich habe gar nichts gemacht! Ihr wart das, indem Ihr Euer Gewicht hierher verlagert habt.« Ambrosius betrat die nächste Stufe. Erneut hob der Ritter den linken Arm, öffnete das Visier und grüßte mit dem Schwert in der Rechten. Jetzt erkannte Fuchs, dass das Gesicht unter dem federgeschmückten Helm aus Holz geschnitzt und kunstvoll bemalt war. »Im Inneren hat der gute Götz einen Mechanismus aus allerlei Gestängen und Gelenken, der sich unter dem Boden fortsetzt. Durch das Betreten zweier Stufen wird er in Gang gesetzt.«

Ambrosius stieg die Treppe hinauf und blieb neben seinem Gast stehen. »Die Entlastung derselben bewirkt, dass er anschließend mit dem Kopfe nickt. Dabei klappt das Visier von allein zu und seine Arme sinken wieder zurück in die Ausgangsposition. Es ist eine Spielerei, ohne jeden Nutzen, außer dem, zu überraschen und zu erfreuen.« Er klopfte mit dem Fingerknöchel gegen den Brustharnisch der Figur und öffnete dann die Tür. Noch ganz unter dem Eindruck des fantastischen Schauspiels folgte der Magister ihm.

Kaum hatten sich die beiden Männer in der Stube auf den gegenüberliegenden Polstern einer Fensterbank niedergelassen, erschien Reinfeld mit zwei Krügen Bier. Nachdem er ebenso schnell wieder verschwunden war, prostete Ambrosius dem Magister zu. »Lasst uns trinken auf den Triumph des erfinderischen menschlichen Geistes über rohe Gewalt!«

Fuchs dachte an die deutlich sichtbaren Kampfspuren auf der Rüstung draußen vor der Tür. »Wie seid Ihr, ein Handwerker, zur Rüstung eines Ritters gekommen, Meister?«

»Sagt, Magister, ist die Kunde von dem fränkischen Ritter Götz von Berlichingen schon bis zu Euch ins Meißner Land gedrungen?«, fragte Ambrosius.

»Götz von Berlichingen?« Fuchs zuckte mit den Schultern. Ritter und Adel, das waren nicht die Kreise, in denen er verkehrte. »Den Namen habe ich noch nie gehört.«

Ambrosius lachte. »Diese Antwort würde ihm überhaupt nicht gefallen«, rief er. »Er hält sich nämlich für überaus wichtig. Wie ich hörte, schreibt er mittlerweile sogar an seinen Lebenserinnerungen.« Der Meister trank ein paar Schlucke Bier, rülpste und wischte sich mit der Hand über den Mund. »Nun, in jungen Jahren war er jedenfalls ein rechter Hallodri, der sich ohne Bedenken von einer Fehde in die nächste stürzte. Er behauptete zwar, ein freier Ritter zu sein, focht aber stets für die Seite, auf der er die größte Beute wähnte. Anno 1525 beging er den Fehler seines Lebens, als er den schwäbischen Bauern, die sich gegen ihre Herren erhoben hatten, sein Schwert zur Verfügung zu stellte – er behauptete später, sie hätten ihn dazu gezwungen.« Es war Ambrosius nicht anzusehen, was er davon hielt. »Der Kaiser ließ ihn zwar am Leben, verbannte ihn aber für die nächsten zwanzig Jahre auf seine Burg. Als Karl die Acht vor drei Jahren aufhob, weil er den alten Götz als Anführer im Türkenfeldzug brauchte, sorgte das für einiges Aufsehen.«

Fuchs trank noch einen Schluck aus seinem Krug. Die seltsame rote Farbe des Nürnberger Bieres hatte ihn zuerst abgeschreckt, doch der Geschmack, mild und zugleich würzig, mundete ihm.

Ambrosius hob mit vielsagendem Blick die rechte Hand. »Dazu müsst Ihr wissen, dass Götz seine Schwerthand schon mit Anfang zwanzig durch eine Kanonenkugel verlor.«

Ungläubig hob Fuchs die Augenbrauen. »Ein Ritter, der mit einer Hand kämpft? Wie mag das gegangen sein? Für mich klingt das nach einem Wunder!«

»Wunder«, Ambrosius schnaubte verächtlich. »Die sind für einfältige Naturen, die nicht verstehen, dass wir in diesem Jahrhundert die Türen zu einer völlig neuen Zeit öffnen. Wir segeln zu neuen Horizonten! Wir entdecken Länder, von denen wir noch vor fünfzig Jahren nicht einmal etwas ahnten, dringen tief in die Erde vor, um ihre Schätze zu nutzen, enträtseln gar den Himmel und den Lauf der Gestirne!« Er fixierte den Magister mit einem eigentümlich brennenden Blick. »Auch Ihr müsst ihn kennen, den Drang, immer mehr wissen zu wollen und was machbar erscheint zu erproben – koste es, was es wolle!«

Heinrich Fuchs schwieg und nahm einen Zug aus seinem Bierkrug. Tief in seinem Inneren wusste er, dass Ambrosius recht hatte – das war der Kern seines Wesens, auch wenn er in der Zeit mit Sophia an seiner Seite geglaubt hatte, die Liebe sei das Wichtigste.

Ambrosius lächelte fein, stellte den Bierkrug ab und erhob sich, um eine Truhe an der gegenüberliegenden Wand zu öffnen. Daraus kramte er ein unförmiges Päckchen hervor, das in Leinwand gewickelt war. »Für uns ist das einzig wahre Wunder der Mensch mit seiner Fähigkeit, unermüdlich Neues hervorzubringen. Seht her!« Er schlug die letzte Lage Stoff zurück. Was darunter zum Vorschein kam, sah auf den ersten Blick wie der Handschuh einer Rüstung aus. Dann bemerkte Fuchs, dass sich an der langen Stulpe eine mit Scharnieren befestigte Klappe befand. Auch hingen allerlei Riemen und Schnallen daran. »Seht genau her!« Ambrosius drückte auf einen Knopf an der Außenseite des Handgelenks und bog dann alle vier Finger der Eisenhand zur Handfläche. Es hörte sich an, als würde er den Hahn einer Büchse spannen. Ein weiterer Druck auf einen Knopf, der sich unter dem ersten befand, bewirkte, dass sich die Hand zur Faust ballte. Als der Meister die Knöpfe erneut betätigte, sprangen alle Finger mit lautem Knacken wieder in die gestreckte Position zurück. Mit Druck auf einen dritten Knopf ließ sich der Daumen einwärtsbiegen, und ein vierter Knopf ermöglichte es, das Handgelenk zu bewegen. »Nun, was sagt Ihr?«

»Eine mechanische Hand!« Der Magister konnte kaum die Augen abwenden. »Die Konstruktion ist sinnreich und bewunderungswürdig. Noch nie hörte ich von einer künstlichen Hand, bei der sich jedes einzelne Fingerglied bewegen lässt. Für gewöhnlich werden immer zwei Finger zu einem Block zusammengefasst, wobei man nur Mittel- und Zeigefinger bewegen kann – und allenfalls noch den Daumen.« Ehrfürchtig berührte Fuchs das kalte Metall mit den Fingerspitzen. »Darf ich?«

»Nur zu! Nehmt sie und schaut sie Euch so lange an, wie es Euch beliebt!« Der Mechaniker unterstrich die Worte mit einer einladenden Geste.

Fuchs griff zu und wog die Prothese mit beiden Händen. »Das sind mindestens drei Pfund, würde ich sagen.« Er spähte in die Armschiene. »Ich denke, Ihr habt den Mechanismus im Handteller untergebracht und die Federn in den einzelnen Gelenken untereinander verbunden? Verschiedene Sperrungshebel verhindern, dass die Fingerglieder von allein wieder zurückspringen.« Er strich über den Stulpen unterhalb des Handgelenks. »Wahrscheinlich läuft hier alles an einem Bolzen zusammen.« Als er die Eisenhand auf das Tuch zurücklegte, entfuhr ihm ein Seufzer. Nur allzu gern würde er den Mechanismus genauer untersuchen und herausfinden, was er zu leisten imstande war. Taugte die Hand nur zum Halten der Zügel, oder konnte der Ritter damit tatsächlich ein Schwert führen? Wie war es um die feinere Motorik der Finger bestellt – konnte er damit auch kleine Dinge halten, vielleicht gar schreiben? »Habt Ihr dieses Wunderwerk gebaut?«

»Ja. Das ist die zweite, verbesserte Variante der Eisernen Hand, die ich für den alten Götz gebaut habe.« Das Funkeln seiner Augen zeugte vom Stolz auf seine Leistung.

Erstaunt sah Fuchs ihn an. »Dann fertigt Ihr außer Uhren und Instrumenten auch künstliche Hände?«, fragte er.

»Eher selten.« Ambrosius wickelte die eiserne Hand wieder ein und legte sie vorsichtig zurück in die Truhe. »Wie Ihr Euch denken könnt, sind solche Prothesen sehr teuer. Auch der edle Herr von Berlichingen konnte mich letzten Endes nicht mit klingender Münze entlohnen. Stattdessen wollte er mich mit seiner alten Rüstung abfinden.«

»Kein gutes Geschäft.« Fuchs verzog den Mund.

»Das dachte ich zunächst auch. Was sollte ich mit einer Rüstung anfangen? Aber mein Sohn überredete mich, darauf einzugehen. Schon von Kindesbeinen an hatte er die absonderlichsten Einfälle.« Ambrosius lächelte wehmütig. »Und seitdem steht ein Ritter vor meiner Stubentür, der jeden begrüßt, der die Treppe heraufkommt. Ihr habt es selbst erlebt.«

Fuchs wusste nicht, was er sagen sollte. Er hatte selbst zwei Kinder verloren, und der Schmerz in den Augen des Meisters erinnerte ihn an die Zeit, in der er vor Trauer fast verrückt geworden war.

»Aber dann starb mein Sohn kurz nachdem er Meister geworden war«, fuhr Ambrosius leise fort. »Mehr schlecht als recht führe ich die Werkstatt nun mit Reinfelds Unterstützung. Aber der Gute hat nicht einmal das Zeug dazu, ein Gesellenstück zu fertigen. Er zuckte mit den Schultern. »Und in den letzten Tagen ist mir bewusst geworden, dass es so nicht weitergehen kann.«

»Warum stellt Ihr nicht wieder ein oder zwei Gesellen ein?«, fragte Fuchs.

»Ich bin noch nicht bereit dazu, auch wenn die Zunft mich mittlerweile drängt. So eine Sache will schließlich wohlbedacht sein. Jeder Nürnberger Geselle, den ich jetzt einstellte, könnte sich Hoffnungen machen, später meine Werkstatt zu übernehmen. Würde ich allerdings vorübergehend einen Fremden anstellen, könnte ich mich derweil in aller Ruhe nach einem geeigneten Nachfolger umsehen.« Ambrosius trank und warf seinem Gast dabei über den Rand seines Kruges einen spekulierenden Blick zu. »Wie wäre es, wenn Ihr bei mir arbeiten würdet, Magister? Selbstverständlich nicht als Geselle, sondern aus freien Stücken, um zu lernen, während Ihr mit mir arbeitet. Als Reinfeld mir berichtete, dass Ihr sowohl in der Mechanik als auch in der Medizin bewandert seid, hielt ich das für ein Zeichen des Himmels.«

Dem Magister fiel es wie Schuppen von den Augen: Natürlich – das war der Grund für die unverhoffte Einladung! Der Fremde, den er zunächst so unfreundlich von seiner Schwelle gewiesen hatte, musste Ambrosius im Nachhinein wie ein Geschenk Gottes erschienen sein, der Schlüssel zur Lösung seiner gegenwärtigen Probleme. Fuchs fühlte sich hin- und hergerissen. Einerseits eröffnete sich ihm soeben eine einmalige Gelegenheit, andererseits konnte er sich nicht für so lange Zeit in Nürnberg verpflichten. Spätestens im Herbst musste er in Leipzig sein, um sein Weib nach Hause zu holen. Schon wollte er sich erklären, doch der Mechanikus kam ihm zuvor. »Ich verstehe, dass Ihr zögert. Es ist eine recht ungewöhnliche Idee, und für Euch kommt sie gänzlich überraschend. Mein Vorschlag ist darum, dass Ihr jetzt geht und überschlaft, was ich Euch angeboten habe. Entscheidet in Ruhe, ob Ihr meinen Vorschlag annehmen und mehr lernen wollt, als Ihr Euch zu Beginn Eurer Reise jemals erträumt habt! Falls Ihr dann wieder an meine Tür klopft, so verschreibt Ihr Euch mir auf Jahr und Tag. Ihr arbeitet für mich, und zum Lohn weihe ich Euch in all meine Geheimnisse ein!«

Tief in Gedanken suchte der Magister kurze Zeit danach den Weg hinunter zum Fluss. Wie er wieder auf die Sankt Lorenzer Seite gelangt war, daran konnte er sich später nicht mehr erinnern, denn die ganze Zeit dachte er darüber nach, ob er auf das Angebot eingehen konnte, das Ambrosius ihm unterbreitet hatte.

Kapitel 20

Es war früh am Morgen, als sich Sophia auf den Weg zur Quelle machte. Die vergangenen Tage waren noch einmal warm gewesen. Doch letzte Nacht hatte es geregnet, und nun verbargen sich Wald und Berge hinter weißen Nebelschleiern. Sophia konnte kaum einen Steinwurf weit sehen. Aber sie war den Weg so oft gegangen, dass ihr jede Biegung, jeder Stein und jede Wurzel vertraut waren, darum schritt sie sicher voran. Auf dem Nacken trug sie das Joch, an dem die beiden Wassereimer hingen, und im Tuch vor ihrer Brust schlief Clara. Sie hatte ihr Kind im Heumonat geboren, während eines heftigen Landregens. Die Wehen hatten bereits in der Nacht eingesetzt und sich bis zum Mittag zu solcher Intensität gesteigert, dass sie glaubte, es würde sie zerreißen. Der alte Wanderprediger, der auf seinem Lager in der anderen Ecke der Höhle unablässig Gebete gemurmelt hatte, war dabei keine Hilfe gewesen. Doch dann war Lienhard gekommen, und als der Regen endlich aufhörte und die Wolken eine blutrote Abendsonne enthüllten, hatte sie lachend und weinend zugleich ein perfektes kleines Mädchen im Arm gehalten. Clara war mit einer Glückshaube und einer Menge schwarzer Haare auf dem Kopf geboren worden.

»Niemand, der Heinrich Fuchs kannte, wird Zweifel daran hegen, dass dies seine Tochter ist«, hatte Storch gesagt, als sie ihm das Kind gezeigt hatte. Seltsamerweise hatte er weder in der Zeit davor noch später jemals wieder von seinem Schwager gesprochen. Sophia war froh darüber, denn sie war bisher noch nicht bereit gewesen, dem Alten den wahren Grund ihrer Reise nach Mähren zu enthüllen. Anfangs war es ihr wichtig gewesen, dass sich Storch von der Amputation und den Strapazen der langen Kerkerhaft erholte. Dann hatte Claras Geburt alles andere für einige Zeit unwichtig erscheinen lassen. Aber vor ein paar Tagen hatte sich Sophia eingestanden, dass es allmählich keine Entschuldigung mehr für ihr Zögern gab. Der Zeitpunkt, da sie Nikolaus Storch die Wahrheit offenbaren und sich seinem Urteil unterwerfen musste, war gekommen. Davon, wie er auf ihre Bitte reagierte, würde es abhängen, ob sie das Buch in absehbarer Zeit entschlüsseln konnte. Weil für sie so viel davon abhing, hatte sie beschlossen, den Doktor als Verbündeten zu gewinnen. Ein Mann von solchem Wagemut und Forschergeist würde den möglichen Nutzen des Buches erkennen und ebenso wie sie darauf brennen, es lesen zu können. Deshalb hatte sie Lienhard bei seinem letzten Besuch darum gebeten, Hanna aufzusuchen, der sie nicht nur ihren Sohn anvertraut hatte, sondern auch das Buch. In einem Brief hatte sie Hanna gebeten, es dem Doktor auszuhändigen.

Als Sophia die Quelle erreichte, begann sich der Nebel allmählich zu lichten. Sie stellte die Eimer ab und knotete das Tuch auf. Nachdem sie das schlafende Kind ins Gras gebettet hatte, entkleidete sie sich. Wie jeden Tag nutzte sie die ungestörte Morgenstunde, um sich zu waschen. Aus ihrer Schürzentasche holte sie einen kleinen Tiegel mit Seife, die sie selbst aus Pottasche und Fett hergestellt hatte. Da sie hier in der Abgeschiedenheit genug Zeit zum Experimentieren gehabt hatte, war es ihr nach zahlreichen Fehlschlägen gelungen, den Geruch mit Rosmarin und Lavendel deutlich zu verbessern. Sie beschloss, heute auch ihr Haar zu waschen. Es reichte ihr bis zur Taille und benötigte selbst bei warmem Wetter Stunden, um zu trocknen. Obwohl sie tagsüber meist ein Kopftuch darüber geknotet trug, waren die rotbraunen Strähnen den Sommer über von der Sonne gebleicht worden, sodass sie nun golden schimmerten. Nach dem Waschen fröstelte Sophia in der kühlen Morgenluft. Dessen ungeachtet blickte sie forschend an sich herab, bevor sie sich wieder ankleidete. Im Gegensatz zu ihrer ersten Schwangerschaft, die kaum Spuren auf ihrem Körper hinterlassen hatte, zeichnete sich auf der Haut ihres Bauches nun ein Netz dünner weißer Linien ab, und die Bauchdecke wirkte nicht mehr so straff wie früher. Dagegen hatten sich an ihren Armen und Beinen kräftige Muskeln entwickelt, und ihre Fußsohlen waren durch das Barfußgehen von einer Schicht Hornhaut überzogen. Vom täglichen Wäschewaschen waren ihre Hände rau und rot geworden. Sophia betrachtete ihre gebräunten Arme und fragte sich, ob ihr Gesicht wohl eine ähnliche Farbe angenommen hatte. Gewiss blühten die Sommersprossen darauf prächtiger denn je. Doch dann schüttelte sie den Kopf und begann zu lachen. Wie sie aussah, scherte niemanden – sie selbst am allerwenigsten!

Clara war inzwischen aufgewacht und machte durch Geschrei auf sich aufmerksam. Sophia hob sie auf und gab ihr die Brust. Sie genoss das Gefühl mit allen Sinnen und dankte Gott täglich aufs Neue, dass sie bei ihrer Tochter erleben durfte, was ihr bei Justus versagt geblieben war. Hin und wieder spürte sie einen heftigen Stich im Herzen, weil ihr Ältester Hanna mittlerweile für seine Mutter halten musste. Doch dann schalt sie sich für ihre Eifersucht. Hanna liebte ihren Sohn, als wäre er ihr eigener. Deshalb ging es Justus gut – und das war alles, was zählte! Sophia wiegte ihre Tochter so lange auf den Armen, bis der Kleinen die Augen zufielen. Anschließend füllte sie die Eimer mit Wasser, schulterte das Joch und machte sich an den Abstieg zur Höhle. Dabei fragte sie sich, wie lange sie wohl noch hier ausharren müssten. Lienhard hatte bisher nichts dazu gesagt. Nur einmal hatte er angedeutet, dass an eine Rückkehr auf den

Brüderhof erst im Winter zu denken sei. Zu einer Zeit, in der sich die meisten Menschen vor Kälte und Schnee hinter dem Herd verbargen, würde sich die Nachricht nur schwer verbreiten – und bis zum Frühjahr gab es längst wichtigere Neuigkeiten.

In der Zwischenzeit hatte die höhersteigende Sonne die Nebelschleier gelichtet. Vor der Höhle war der alte Wanderprediger dabei, ein Feuer zu entfachen. »Guten Morgen, liebes Kind!«, rief er und winkte.

Sophia fand es erstaunlich, wie schnell sich Nikolaus Storch mit dem Verlust beider Beine abgefunden hatte. Nie war in den vergangenen Monaten eine Klage über seine Lippen gekommen und auch kein Wort des Bedauerns. »Ich kann mich wahrhaft glücklich preisen!«, hatte er stattdessen erklärt. »Ich bin dem finsteren Verlies lebendig entronnen, sehe den Himmel über mir, spüre die Sonne wieder und befinde mich inmitten von Gottes herrlicher Natur. Was will ich mehr?«

Sophia stellte die Eimer ab, holte den eisernen Kessel und füllte ihn mit Wasser. Als das Feuer brannte, hängte sie ihn am Dreibein darüber auf.

Während sie darauf wartete, dass das Wasser zu kochen begann, schnürte sie das Tuch auf, nahm das schlafende Kind heraus und legte es in einen Weidenkorb, den sie mit dem Tuch bedeckte. Storch beobachtet ihr Tun mit einem Lächeln. »Hast du dich schon entschieden, ob du sie taufen lassen wirst, wenn wir nach Nikolsburg zurückkehren?«, fragte er.

»Noch nicht.« Sophia seufzte. Daheim in Pirna hätte ihre Tochter das Sakrament der Taufe bereits wenige Tage nach der Geburt empfangen. Das war der Ritus, dem sowohl Katholiken als auch Lutheraner folgten, und Sophia wären nie Zweifel an seiner Notwendigkeit gekommen. Doch inzwischen hatte sich ihr Horizont erweitert, und als Lienhard ihr angeboten hatte, einen verschwiegenen protestantischen Pfarrer zu suchen, der bereit wäre, Clara hier draußen zu taufen, hatte sie gezögert.

Hauptsächlich, weil es ein Wagnis gewesen wäre, ihr Versteck preiszugeben, aber auch, weil ihr der Akt der Taufe in Wahrheit nicht mehr unabdingbar für das Seelenheil ihres neugeborenen Kindes erschien. Der Doktor hatte ihr bei seinem nächsten Besuch einige Schriften zur Frage der Säuglingstaufe mitgebracht. »Die Argumente, welche die Brüder und Schwestern in Christo gegen die Kindstaufe ins Feld führen, erscheinen mir durchaus schlüssig.« Sophia holte Hafermehl aus der Vorratsecke und stellte zwei Holzschüsseln bereit, während sie sich mit Storch unterhielt. »Ein kleines Kind, das noch nichts begreift und das Wort Gottes nicht versteht, kann sich auch nicht zu ihm bekennen. Luther selbst widerspricht sich, wenn er sagt: Glaube muss vor oder in der Taufe da sein, sonst wird das Kind nicht los von Teufel und Sünden. Andererseits aber schreibt er gegen die Erwachsenentaufe: Wenn das Wort beim Wasser ist, so ist die Taufe recht, obschon der Glaube nicht dazukommt.« Sie schüttelte sich, um das Unbehagen loszuwerden, das sie jedes Mal befiel, wenn sie darüber grübelte.

Den scharfen Augen des Alten war das nicht entgangen. »Aber du zweifelst in deinem Herzen an dem, was dein Verstand weiß«, stellte er fest.

Sophia verzog das Gesicht, es fiel ihr schwer, ihre Gefühle in Worte zu fassen. »Seit ich auf dem Falkenstein war, wollen mir die Traufkindlein nicht aus dem Sinn, die dort an der Mauer der Kapelle begraben liegen. Die Hoffnung ihrer Mütter, die Weihe des Wassers in der Kapelle würde selbst das Regenwasser auf dem Dach heiligen und ihren ungetauften Kindern damit den Weg ins Himmelreich öffnen, erscheint mir absurd. Aber ich verstehe nur zu gut, was sie sie dazu trieb: Eine Mutter will, dass es ihrem Kind gut geht – dafür ist sie bereit, beinah alles zu tun oder zu glauben.« Das Wasser im Kessel begann zu brodeln. Sophia gab zwei Handvoll Mehl hinein. Derweil hatte der Wanderprediger seine Augen geschlossen, sodass sie dachte, er wäre wieder einmal mitten im Gespräch eingeschlafen. Schweigend rührte sie im Kessel, damit die Suppe weder anbrennen noch überkochen konnte.

Unvermittelt öffnete der Alte seine Augen. »Ob und wann du die Kleine taufen lässt, ist nicht wichtig«, sagte er. »Denn der Vater im Himmel wacht über sie, ganz gleich, welche Riten wir in seinem Namen auf Erden vollziehen.«

Sophia ließ den Quirl fahren und sah ihn an, unsicher, ob sie ihn richtig verstanden hatte. In ihre Diskussionen mit Lienhard hatte Storch sich bisher nie eingemischt. Daher hatte sie gedacht, dass die Notwendigkeit der Erwachsenentaufe für ihn eine unumstößliche Tatsche sei. »Dann ist die Taufe in Euren Augen kein heiliges Sakrament?«

Er bemerkte ihre Verwirrung und lächelte. »Vergiss das Umrühren nicht, sonst bekommst du den Kessel später nicht mehr sauber«, mahnte er. Sophia griff nach dem Quirl und bemerkte, dass die dickflüssige Suppe schon ein wenig ansetzte. Sie rührte nun mit Fingerspitzengefühl, um das Angebrannte nicht mit dem Rest zu vermengen. »Da Gott unmittelbar zu jedem von uns spricht, ist keine Vermittlung zwischen ihm und einem wahrhaft Gläubigen nötig. Um dem Teufel zu entsagen und zu Gott zu finden, müssen wir nur auf unsere Herzen hören – mehr ist nicht vonnöten.« Er schlug mit den Händen gegen seine verstümmelten Beine. »Das habe ich begriffen, als meine Not am größten war.« Sophia wusste nicht, was sie sagen sollte. Sie fragte sich, was Heinrich wohl von den Einsichten seines Schwagers halten würde. Mehr noch als sie selbst, neigte ihr Ehemann dazu, Dinge zu hinterfragen, statt sie als gegeben hinzunehmen. Dennoch hatte er Sorge getragen, dass Justus innerhalb seiner ersten Lebenstage getauft wurde und der Akt von Pfarrer Lauterbach ordnungsgemäß verzeichnet worden war. Das war, ebenso wie der Nachweis der ehelichen Geburt, Voraussetzung für ein erfolgreiches Leben innerhalb der Gemeinschaft – egal ob in der Stadt oder auf dem Land. Schweigend nahm sie den Kessel vom Feuer und schöpfte die Suppe in zwei Schalen. Während sie noch etwas Honig hineinrührte, dachte sie darüber nach, dass ihr nie jemand begegnet war, der die Taufe an sich in Zweifel gezogen hätte – noch nicht einmal die Brüder und Schwestern in Christo taten das. Sie reichte dem Alten eine der Schalen und hockte sich mit ihrer eigenen neben ihn. »Ich fürchte, den meisten Menschen auf dem Brüderhof werden Eure Einsichten nicht gefallen«, sagte sie vorsichtig. »Mag sein.« Storch aß ein paar Löffel Suppe, bevor er weitersprach. »Aber ich werde es ihnen erklären. Manche werden es schnell begreifen, andere brauchen vielleicht ein wenig länger dazu, und einige werden sich meinen Worten womöglich ganz verschließen.« Seine Augen schienen von innen heraus zu leuchten, und Sophia war nicht in der Lage, den Blickkontakt von sich aus zu beenden. Ihre Zweifel schmolzen dahin wie ein Schneerest unter dem belebenden Strahl der Frühlingssonne.

Kaum dass sie ihr Frühstück beendet hatten, erwachte Clara. Wie meist um diese Zeit war das Kind gut gelaunt und gab zufrieden glucksende Laute von sich.

»Gib sie mir!«, verlangte Storch. »Meine Füße brennen wieder, als stünde ich mitten im Feuer. Doch sobald ich Clara auf dem Arm habe, vergehen meine Schmerzen.«

Sophia schnüffelte und schüttelte den Kopf. »Ich fürchte, vorher braucht sie eine frische Windel.« Während sie das strampelnde Kind von dem verschmutzten Tuch befreite, dachte sie zum wiederholten Mal darüber nach, wie es zugehen konnte, dass jemand Gliedmaßen spürte, die nicht mehr vorhanden waren. Doktor Lienhard hatte ihr versichert, dass dieses Phänomen nicht selten sei. »Warum das so ist, entzieht sich meinem Verständnis«, hatte er schulterzuckend erklärt. »In den meisten Fällen vergehen die Schmerzen mit der Zeit, doch manche Menschen spüren sie den Rest ihres Lebens.«

Als Sophia die Windel auswusch, hörte sie, wie Storch ihre Tochter mit einem alten Kinderreim unterhielt.

»Kommt ein Mäusel, will ins Häusel, kann nicht rein, bohrt sich gleich ein Löchel fein!« Er stupste mit dem Zeigefinger gegen Claras Bauch, wobei die Kleine lauthals lachte.

»Nun, mir scheint, als würde hier niemand die Dienste eines Arztes benötigen«, rief Lienhard, der mit einer hochbepackten Kraxe auf dem Rücken den Aufstieg zur Höhle erklomm, von Weitem.

»Ganz recht, Bruder Lienhard, uns geht's prächtig – wie du sehen kannst!« Der Wanderprediger hielt das Kind, das vergnügt krähte, in die Höhe.

Der Doktor schnappte nach Luft, als er bei ihnen ankam. Mit dem Hemdsärmel wischte er sich den Schweiß von der Stirn und wuchtete dann das schwere Holzgestell von seinem Rücken. »Ich habe euch Äpfel, Linsen und Bohnen mitgebracht«, erzählte er atemlos. »Auch etwas Butter, Honig und ein Dutzend Eier – vorausgesetzt, es sind alle heil geblieben.« Er löste die Schnüre, nahm vorsichtig einen Korb mit Deckel herunter und spähte hinein.

Sophia wischte sich die Hände an ihrer Schürze ab, nahm den Korb und trug ihn in die Höhle. Als sie zurückkam, hatte Lienhard auch den Rest der Mitbringsel abgeladen. Eins der Päckchen hielt er ihr lächelnd entgegen. »Das soll ich Euch von Hanna geben!«

Sophia ahnte, worum es sich handelte, trotzdem klopfte ihr Herz schneller, als sie das Päckchen entgegennahm. In ihren Fingerspitzen spürte sie ein Kribbeln. Am liebsten hätte sie die vertraute Hülle aus gewachstem Leder sofort entfernt und sich mit ihrem Schatz in eine ruhige Ecke zurückgezogen. Stattdessen bedankte sie sich, legte das Päckchen beiseite und bot dem Doktor einen Becher Kräuteraufguss an, der vom Frühstück übriggeblieben war. Clara, die bereits wieder Hunger hatte, begann zu quengeln. Sophia zog sich mit dem Kind zum Stillen auf ihr Lager in der Höhle zurück. Gedämpft drangen die Stimmen der beiden Männer zu ihr, die sich über die Ernte und die Fertigstellung der neuen Scheune auf dem Brüderhof unterhielten. Als Clara endlich satt war und schlief, wickelte Sophia das Buch aus. Ein Brief von Hanna lag dabei. Mit Freude und Bestürzung las Sophia, dass ihr kleiner Sohn inzwischen laufen konnte und Freude daran fand, den Hühnern hinterherzurennen, auch wenn er dabei häufig auf der Nase landete. Sophia biss sich auf die Lippen und konnte trotzdem nicht verhindern, dass sich ihre Augen mit Tränen füllten. Schnell wischte sie sich mit dem Rockzipfel übers Gesicht und griff nach dem Buch. Sie hatte keine Zeit, Trübsal zu blasen, denn ihr stand gleich ein Gespräch bevor, bei dem sich zeigen würde, ob all die Opfer, die sie bisher gebracht hatte, notwendig oder sinnlos gewesen waren. Also schickte sie ein letztes Stoßgebet zum Himmel und entsann sich eines guten Rates ihrer Tante: »Willst du einen Mann dazu bringen, dass er dir zuhört, dann stell ihm was zu essen auf den Tisch!« Rasch griff sie nach einem Beutel mit Haselnusskernen.

Als sie aus der Höhle trat, musste sie blinzeln, denn der nebelverhangene Morgen hatte sich mittlerweile zu einem klaren Herbsttag gemausert. Nachdem sich ihre Augen an die Helligkeit gewöhnt hatten, schweifte ihr Blick weit ins Land hinaus. Alles schien zum Greifen nah, wirkte klar konturiert und so kräftig gefärbt, als hätte es ein begnadeter Maler mit feinsten Pinselstrichen gemalt. Sophia setzte sich zu den Männern ans Feuer, öffnete den Beutel mit den Nüssen und reichte ihn an den Doktor weiter.

»Ich muss mit euch reden«, sagte sie und kam dann ohne Umschweife auf ihr Anliegen zu sprechen. »Der wahre Grund dafür, weshalb ich mich im letzten Jahr auf den Weg hierher gemacht habe, war nicht, dass es mich nach Unterweisung in eurem Glauben dürstete.« Der Doktor schob sich ein paar Nüsse in den Mund und hob fragend die Augenbrauen. Storch hingegen nickte, als hätte er längst auf diese Offenbarung gewartet. Sophia begann zu erzählen – davon, wie sie ihre Mutter verloren und das Buch gefunden hatte, von ihren fruchtlosen Versuchen, es zu lesen, von der Entdeckung des Codebuches und ihrer Erkenntnis, dass jener Zettel, den Storch im vergangenen Jahr in seiner Manteltasche gehabt hatte, in derselben Sprache geschrieben war wie das Buch. Die beiden Männer hörten schweigend zu und unterbrachen sie auch nicht, als sie beichtete, dass sie ihren Ehemann heimlich verlassen hatte, um Storch in Mähren zu suchen. Kurz schilderte sie, wie ihre Ehe mit Heinrich Fuchs zustande gekommen war und wie stark sie durch das plötzliche Auftauchen von Niklas erschüttert worden war.

Nachdem sie ihren Bericht beendet hatte, herrschte zunächst Schweigen. Innerlich bebend betrachtete Sophia die Gesichter der Männer. Lienhard hatte die hohe Stirn in Falten gelegt, seine Finger spielten gedankenverloren mit einer Haselnuss. Er wirkte abwesend, doch sein Blick streifte immer wieder das Buch auf Sophias Schoß. Nikolaus Storch hatte ebenfalls die Stirn gerunzelt, aber Sophia entdeckte auch ein belustigtes Funkeln in seinen wasserhellen Augen.

Schließlich begann der Alte leise zu lachen. »Da hat sich der schlaue Fuchs also zum zweiten Mal von einem Weib einfangen lassen, das tut, was es will, ohne ihn auch nur zu fragen!« Sophia, die glaubte, eine gewisse Schadenfreude aus diesen Worten zu hören, sah ihn fragend an.

Storch zwinkerte ihr zu. »Auch wenn der gute Heinrich sich einredet, die Schuld an allem zu tragen, was meiner Schwester und ihren Kindern zugestoßen ist, so war es doch stets Katharina, die in ihrer Ehe die Entscheidungen traf«, sagte er. »Dass du aus demselben Holz geschnitzt bist, habe ich schon in Pirna gemerkt.«

Lienhard erhob sich und verschränkte die Hände hinter dem Rücken. »Du solltest sie nicht noch bestärken in ihrem bedauerlichen Mangel an Respekt gegenüber dem Manne, dem sie im Angesicht Gottes Gehorsam versprach!«, rügte er. »Weißt du, wie ich das sehe«, der Wanderprediger zuckte mit den Achseln. »Ein Mann, der zulässt, dass sein Weib in einem kalten Ehebett auf dumme Gedanken kommt, hat es nicht anders verdient!«

Der Doktor musterte ihn irritiert, doch Storch fuhr gelassen fort: »Gehorsam schulden wir nur Gott und seinen Geboten. Respekt hingegen ist etwas, das sich Mann und Weib gegenseitig entbieten müssen, wenn eine Ehe glücken soll.«

Sophia schenkte dem Alten ein Lächeln, bevor sie das Buch aufschlug. »Wollt Ihr nicht wenigstens einen Blick in das Buch werfen, bevor Ihr mich verurteilt, Doktor?«, fragte sie. »Schaut Euch die Bilder an und sagt mir dann, ob Ihr nicht auch denkt, es sei fast jedes Opfer wert, diese Geheimnisse zu ergründen!«

Beinah widerwillig nahm der Doktor das Buch in die Hand. Aber schon nachdem er die ersten Seiten umgeblättert hatte, weiteten sich seine Augen, und er stieß hörbar den Atem aus. Am Anfang folgte sein Finger noch den Zeilen der verschlungenen Schriftzeichen, und Sophia konnte geradezu sehen, wie er sein Gedächtnis nach etwas Vergleichbarem durchforschte. Doch wie sie nicht anders erwartet hatte, zuckte er nach einer Weile mit den Schultern und schenkte seine gesamte Aufmerksamkeit den Abbildungen. Sie beobachtete, dass er einige der Pflanzenbilder im ersten Teil des Manuskripts intensiver betrachtete, hin und wieder eine Seite zurückblätterte, noch genauer hinschaute und dann jedes Mal ratlos den Kopf schüttelte. Mehrfach setzte er an, etwas zu sagen, blieb dann aber doch stumm. Schließlich entfaltete er vorsichtig die erste der Bildtafeln mit den Tierkreiszeichen, über denen auch Heinrich oft gegrübelt hatte. Mit dem Zeigefinger fuhr er die konzentrischen Kreise nach, auf denen Frauen zu sehen waren, die in Zubern saßen und Sterne in den Händen hielten. »Fische«, murmelte er. »Warum sind hier zuerst die Fische abgebildet – üblich ist es doch, mit der Tag- und Nachtgleiche im Frühjahr, also dem Kreis des Widders, zu beginnen?« Er blätterte weiter und verweilte lange bei den Bildern der badenden Frauen in den grünen Seen.

Storch, der aufmerksam zugeschaut, bisher aber kein Wort gesagt hatte, begann zu lachen. »Ist das zu fassen!«, rief er. »Diese Weiber keltern ihren Wein splitterfasernackt! Dabei gilt es hierzulande schon als unzüchtig, wenn sie ihre Röcke dafür ein Stück zu weit hochbinden.«

»Ich glaube nicht, dass sie Wein keltern. Schau dir die Röhrensysteme an. Mich erinnert das an antike Thermen, die ich in Rom gesehen habe. Ja, die Frauen baden. Obwohl …« Der Doktor runzelte die Stirn und blätterte zurück zum ersten Bild nach den Tierkreiszeichen. Es zeigte eine trichterförmige Öffnung, durch die Frauen in einen engen Kanal gelangten und von dort weiter in einen runden See wateten. »Dies könnte ein Sinnbild der weiblichen Anatomie sein«, erklärte er. »Wenn man sich anstelle der Frauenleiber den Samen des Mannes vorstellt, wie er während des Beischlafs in die Vagina und von da in die Gebärmutter gelangt, macht das durchaus Sinn.«

Der alte Wanderprediger schnaubte. »Müssten es dann nicht nackte Männer sein?«

»Nicht unbedingt! Zwar vertrat Thomas von Aquin die Theorie, dass der männliche Samen grundsätzlich männlicher Natur ist und die Zeugung eines Mädchens daher eher etwas Unvollständiges darstellt«, er warf Sophia einen entschuldigenden Blick zu, »doch gibt es daran inzwischen manch berechtigten Zweifel.«

»Ach«, Storch machte eine wegwerfende Handbewegung. »Theorien und Bücherwissen – zu nichts weiter nutze als dazu, Menschen den Kopf zu verstopfen!« Dann sah er Sophia an und seufzte. »Dass du Heinrich davongelaufen bist, weil dich seine Unentschlossenheit wütend gemacht hat, kann ich verstehen – nicht aber, dass du es wegen dieses Geschreibsels getan hast.« Er deutete auf das Manuskript, in dem Lienhard noch immer fasziniert blätterte.

»Aber ich bin inzwischen mehr denn je davon überzeugt, dass das Buch Rezepte gegen die Pest und andere furchtbare Krankheiten enthält!«, beharrte Sophia. »Und ich glaube, es ist Gottes Wille, dass ich es entschlüssele«, fügte sie mit fester Stimme hinzu. Der Wanderprediger zog seine buschigen weißen Augenbrauen zusammen. »Das glaubst du wirklich?«, fragte er.

»Ja.« Sophia nickte. Es war das erste Mal, dass sie darüber mit einem anderen Menschen sprach, doch es fühlte sich richtig an. Eine große Ruhe überkam sie, und für einen Augenblick war sie eins mit allem, was sie umgab – mit den beiden Männern, die neben ihr saßen, mit Clara, mit jedem Baum und Strauch, den Tieren, die sich darin verbargen, den Felsen, der Sonne, dem Himmel und dem Wind, der ihre erhitzten Wangen kühlte. Sie schloss die Augen und spürte, dass sich ein Lächeln auf ihrem Gesicht ausbreitete. Als sie die Augen wieder aufschlug, sah sie, dass Storch ihr Lächeln erwiderte.

Nach einer Weile blickte der Doktor auf, schaute ein wenig irritiert von einem zum anderen und vertiefte sich erneut in die Betrachtung der Bilder.

Sophia stand auf, um nach Clara zu sehen, fand das Kind noch immer schlafend auf ihrem Lager und kehrte zurück ans Feuer.

Inzwischen hatte Lienhard das Buch beiseitegelegt und starrte versunken in die Glut. Als er schließlich den Kopf hob, war sein Gesicht vollkommen konzentriert – es trug den Ausdruck, den Sophia auch gesehen hatte, kurz bevor er dem alten Wanderprediger die Beine amputiert hatte. »Auch ich glaube, dass Gott Euch zu uns geschickt hat, damit wir Euch helfen, das Buch zu entschlüsseln«, sagte er leise.

Der Wanderprediger kniff die Augen zusammen und kratzte sich den Bart. »Denkst du auch, es könnte Rezepte gegen den Schwarzen Tod enthalten?«, erkundigte er sich.

»Gut möglich«, sagte Lienhard. »Aber darüber werden wir erst Gewissheit haben, wenn sie das Buch übersetzt hat.«

»Lehrt mich die Sprache, und ich kann damit beginnen!«, wandte sich Sophia an Storch. »Das geht nicht so einfach, wie du dir das vorstellst.« Der Wanderprediger hob die Hände zu einer abwehrenden Geste, die Sophias Euphorie einen kleinen Dämpfer versetzte. Sie zog die Augenbrauen zusammen und blickte fragend von einem zum anderen. Der Doktor erwiderte ihren Blick mit eindeutigem Bedauern. »Du musst ihr Jovins Geschichte erzählen, Bruder Nikolaus, damit sie es versteht.« Storch nickte, und ein feierlicher Ernst trat auf sein Gesicht. »Bruder Jovin kam etwa zur gleichen Zeit nach Nikolsburg wie ich. Er war allein, doch in seinem Gepäck hatte er ein Buch, in das er fünfzig Familien eingetragen hatte, Männer, Frauen, Kinder – Name für Name und dahinter den Tag ihres Todes. Ein abgelegenes Tal in Südtirol war seit Jahrhunderten ihr Zuhause gewesen. Ihr Leben war hart und entbehrungsreich, und die Art, in der sie Gott ehrten, war noch nah an dem, was Jesus einst seine Jünger gelehrt hatte. Eines Tages jedoch kamen die Soldaten des Kaisers in ihr Tal, angeführt von zwei Priestern, die den Auftrag hatten, Ketzernester aufzuspüren. Sie brachten Feuer und Tod mit sich, und wer nicht innerhalb der ersten Tage starb, wurde auf der Flucht getötet. Nur Jovin und einigen wenigen gelang es zu entkommen. Eine Zeitlang versteckten sie sich in den Bergen, bis der Winter sie hinab in die Täler trieb. Dort hörten sie, dass es in Böhmen und Mähren Zufluchtsstätten für Menschen ihres Glaubens geben sollte. Begleitet von Hunger und Kälte zogen sie auf einsamen Wegen gen Osten.

Als Erste starben die Alten und die Kinder, doch auch die Jungen und Starken verloren ihre Kraft, ihre Hoffnung und schließlich das Leben. Nur Jovin, der den Namen eines jeden in seinem Buch festgehalten hatte, erreichte nach einem Jahr Nikolsburg. Er war halb verhungert und sah aus wie ein alter Mann, obwohl er noch nicht einmal vierzig war.« Der Wanderprediger fuhr sich mit beiden Händen übers Gesicht und holte tief Luft. »Nachdem er sich erholt hatte, schwor er, den Rest seines Lebens der Rettung verfolgter Glaubensgenossen zu widmen. Wie ich zog er Jahr für Jahr im Frühling aus, um unseren bedrängten Brüdern und Schwestern zu Hilfe zu eilen und ihnen einen sicheren Weg nach Böhmen oder Mähren zu weisen. Da er nunmehr der Einzige war, der die Sprache seines Heimattals noch verstand, schlug er vor, dass wir uns auf unseren Missionen mit Nachrichten in seiner Muttersprache verständigen sollten.« Der Alte schwieg und versank in seinen Erinnerungen.

»Unser himmlischer Vater hat Jovin eine Woche vor deiner Ankunft zu sich geholt«, sagte Lienhard leise. »Es scheint, als hätte er unsere Gemeinde damit zum Hüter der Erinnerungen an all die Menschen aus Jovins Heimattal gemacht. Auch deshalb kann es kein Zufall sein, dass Ihr mit dem Buch hierherkamt, Sophia Fuchsin!«

Sophia nickte, denn sie war zu aufgewühlt, um zu sprechen. Es schien, als wäre sie endlich am Ziel ihrer Reise angelangt – einer Reise, auf der sie sich seit jenem Tag befunden hatte, an dem sie das Buch im Kontor ihres Vaters zum ersten Mal in die Hand genommen hatte. Was Storch dann sagte, traf sie wie ein kalter Guss. »Nachdem du nun weißt, wie wichtig Jovins Sprache für uns ist, wirst du verstehen, dass die Entscheidung, sie dich zu lehren, nicht allein bei mir liegen kann. Du wirst deine Bitte zunächst allen Brüdern und Schwestern unserer Gemeinschaft vortragen müssen. Danach werden sie abstimmen – wie es bei uns Brauch ist.«

Kapitel 21

Heinrich Fuchs stand inmitten einer Sommerwiese. Es roch nach frischem Grün. Vom Waldrand wehte der Wind den Duft der Lindenblüten herüber. An den Grashalmen zu seinen Füßen glitzerten Tautropfen. Er hob den Kopf und entdeckte Sophia. Sie kam aus dem Wald und hielt ein Kind mit dunklen Locken an der Hand. Im nächsten Augenblick riss die Kleine sich los. Sie rannte auf ihn zu. Rasch breitete er seine Arme aus, fing sie auf und wirbelte sie im Kreis herum. Sie schlang ihre zarten Ärmchen um seinen Hals, jauchzte vor Freude. »Noch mal, Vater! Noch mal!«

Lautes Scheppern riss ihn aus dem Schlaf, das Traumbild zerrann. Mit geschlossenen Augen griff er nach dem Wecker, bezwang aber den Impuls, das Ding gegen die Wand zu schleudern. Es wäre reine Zeitverschwendung, denn Ambrosius würde ihm auftragen, die Weckuhr erneut zusammenzusetzen, wie zuvor schon einmal. Seither wusste er bestens, wie der verdammte Dosenwecker funktionierte: Nach einer Zeitspanne von exakt sechs Stunden war die Feder, die er vor dem Zubettgehen aufgezogen hatte, abgelaufen – dann löste sie einen kleinen Hammer aus, der zehnmal gegen die Glocke schlug. Die Aussparungen der Schlossscheibe waren so bemessen, dass sich das Ganze in der nächsten Viertelstunde dreimal hintereinander wiederholte. Die listige Erfindung des Meisters stellte sicher, dass niemand im Haus seine Zeit mit zu viel Schlaf vertat.

Gähnend stellte Fuchs den Wecker wieder ab. Bevor er aber die Decke zurückschlug, berührte er mit der Hand seine rechte Wange – genau an der Stelle, wo der er noch immer die Wärme der weichen Kinderhaut fühlte. Dann stand er auf, zog sich im Dunklen an, tappte die Stiege hinunter, benutzte den Abtritt und wusch sich in einem Holzzuber auf dem Hof.

Seitdem er sich entschlossen hatte, auf den Handel mit Meister Ambrosius einzugehen, waren ein paar Monate ins Land gegangen. Manchmal, wenn Fuchs nach der Arbeit, vollkommen übermüdet aus der Werkstatt in seine Kammer hinaufwankte, schien es ihm gar, als hätte er nie ein anderes Leben gehabt. Er überlegte, wann er zum letzten Mal die Sonne auf seinem Gesicht gespürt hatte. Seine wachen Stunden waren vollständig mit Arbeit ausgefüllt. Das mörderische Tempo, das Ambrosius dabei vorgab, akzeptierte er klaglos, schließlich bot es ihm die Chance, sein eigenes Wissen und Können stetig zu erweitern.

Neben kleineren Arbeiten bei der Reparatur von Räderwerken hatte der Meister ihn zunächst geheißen, die Eiserne Hand auseinanderzunehmen und ohne Hilfe wieder zusammenzusetzen – eine Plackerei, die Fuchs Wochen beschäftigt hatte. Seitdem er nun auch die Schwachstellen des Wunderwerks kannte, sann er darüber nach, wie er sie beheben könnte. Ambrosius hatte ihn ausdrücklich dazu ermutigt. Heute wollte er ihm seine Vorschläge unterbreiten, und die Skizzen dazu lagen schon griffbereit oben in der Kammer. Fuchs holte sie, bevor er sich zum Frühstück in die Küche begab.

Dort war Dorothea noch dabei, die dicke Gerstensuppe zu kochen, die im Hause des Mechanikus allmorgendlich auf den Tisch kam. Ihr flaches Gesicht mit den leicht vorstehenden braunen Augen, den fleischigen Lippen und dem fliehenden Kinn verschloss sich, kaum dass der Magister den Raum betreten hatte. Sein »Guten Morgen!« quittierte sie mit einer ruppigen Kopfbewegung, bevor sie sich wortlos zum Herd umdrehte. Daran, dass die Magd seinen Gruß lediglich mit einem Nicken erwiderte, hatte sich der Magister ebenso gewöhnt wie daran, dass sie seine Anwesenheit ansonsten ignorierte. Also goss er sich selbst einen Becher Buttermilch ein und setzte sich an den Tisch. Es war ihm ein Rätsel, wie es der Frau gelang, sogar mit ihrer breiten Kehrseite Missbilligung auszudrücken. Die Magd, die schon fast ihr ganzes Leben im Haus des Mechanikers arbeitete, betrachtete ihn als Eindringling und Störenfried. Fuchs dachte, dass es vielleicht an seiner ungewöhnlichen Rolle in diesem Haushalt lag.

Wie ein Geselle lebte und arbeitete er im Haus des Meisters, dessen Anordnungen und Wünschen er folgte. Im Gegenzug hatte Ambrosius ihm versprochen, ihn in alle Geheimnisse seines handwerklichen Könnens einzuweihen. Dennoch war Fuchs kein einfacher Handwerker, sondern ein Gelehrter. Er unterstand keiner Zunftordnung und war in jeder Hinsicht sein eigener Herr. In Belangen, die nicht unmittelbar mit der Arbeit in der Werkstatt zusammenhingen, behandelte der Meister ihn wie einen geschätzten Gast.

Während er trank, erinnerte Fuchs sich daran, wie er Ambrosius erklärt hatte, dass er im Grunde nichts lieber täte, als ein Jahr mit ihm zu arbeiten. Dennoch müsse er das Angebot ablehnen, weil er noch vor dem Winter nach Leipzig müsse, um Frau und Kind nach Hause zu holen. Zu seiner großen Verwunderung hatte der Meister sofort eine Lösung angeboten: Anschließend hatte Fuchs seinem Weib in einem Brief von der einmaligen Gelegenheit berichtet, beim genialsten Mechanikus, dem er je begegnet sei, zu lernen, und ihr den Vorschlag des Meisters unterbreitet, nach Nürnberg zu kommen, sobald es die Gesundheit ihrer Muhme erlaube. Es hatte Fuchs überrascht, dass Ambrosius dazu bereit war, und jetzt, nachdem er ihn immer besser kennenlernte, rührte ihn die freundliche Geste umso mehr.

Inzwischen kamen ihm allerdings Zweifel, ob sich Sophia mit dem Lebens- oder vielmehr dem Arbeitsrhythmus, den Ambrosius vorgab, anfreunden könnte. Würde sie sich damit zufriedengeben, ihren Ehemann nur in den kurzen Stunden der Nacht neben sich zu haben, in denen er wie ein Stein schlief? Auf Dauer wäre das ein trostloses, einsames Leben, denn sie hatte in Nürnberg weder Freunde noch Familie. Würde ihre ausgeprägte Neugier sie dann wieder zu Unternehmungen verleiten, die sie in Schwierigkeiten bringen und ihn von seiner Arbeit ablenken könnten? Außerdem befürchtete er, dass Dorothea seinem Weib mit ähnlicher Abneigung begegnen würde wie ihm selbst. Da die Magd eine Art Besitzanspruch auf ihren Herrn geltend machte, würde sie eine zweite Frau im Haus unweigerlich als Konkurrenz empfinden.

Fuchs hatte keine Ahnung davon, welche Höhen und Tiefen Magd und Herr in der Vergangenheit miteinander durchlebt hatten. Doch allein das Jahr, in dem Ambrosius aus Trauer um seinen einzigen Sohn kaum in der Lage gewesen war, sein Handwerk auszuüben, musste dabei hoch zu Buche schlagen. Der Meister war ein menschenscheuer Sonderling. Fuchs konnte nicht beurteilen, ob das schon immer so gewesen war oder ob ihn erst der Tod seines Sohnes derart verändert hatte. Schon möglich, dass die ältere Frau sich zurückgesetzt fühlte, weil Ambrosius ausgerechnet ihn, einen Fremden, so entgegenkommend behandelte. Dabei konnte er noch nicht einmal sagen, ob Dorotheas Abneigung lediglich passiv war, denn seit ein paar Tagen hegte er den Verdacht, dass jemand die Briefe und Papiere durchsucht hatte, die er in einer ledernen Tasche in seiner Kammer aufbewahrte. Nicht, dass etwas gefehlt hätte, das nicht, doch Professor Schöners Empfehlungsschreiben, das obenauf gelegen hatte, befand sich nun zwischen den Aufzeichnungen und Skizzen zum Spielwerk für die Pirnaer Rathausuhr.

Aber natürlich konnte ihn seine Erinnerung auch getrogen haben – möglich war ebenso, dass er das Blatt selbst dorthin gesteckt hatte, ohne es zu bemerken. Fuchs glaubte nicht, dass Dorothea lesen konnte, und daher war es unwahrscheinlich, dass sie ein Interesse an seinen Papieren hatte. Reinfeld dagegen, das Faktotum des Meisters, war trotz seiner verschrobenen Art durchaus des Lesens und Schreibens mächtig. Doch ihn hatte Fuchs noch nie in den oberen Stockwerken des Hauses gesehen – selbst in der Küche ließ sich der Kerl nur selten blicken. Immer wenn der Magister dem eigenartigen Mann begegnete, schien der geradewegs aus den Kellerräumen zu kommen, sodass er sich fragte, ob Reinfeld sein Domizil dort unten hatte.

Vielleicht ist es besser, wenn Sophia in Leipzig bleibt, solange er in Nürnberg war, sinnierte Fuchs, während er zusah, wie Dorothea die Suppe in zwei Schüsseln füllte und sie auf den Tisch stellte. Als sich die Küchentür öffnete und Meister Ambrosius den Raum betrat, hellte sich die Miene der Magd schlagartig auf. Ihre Kuhaugen glänzten, während sie den Meister begrüßte, ihm Milch eingoss, die Suppenschüssel hinstellte und den Löffel griffbereit danebenlegte. Der Magister dagegen musste sich seine Schüssel vom anderen Tischende angeln – seinen Löffel hatte er wohlweislich mitgebracht. Ambrosius schien weder die Fürsorglichkeit zu bemerken, mit der er umsorgt wurde, noch die grobe Nachlässigkeit, mit der Dorothea seinen Gast behandelte.

Bevor der Meister seine Suppe anrührte, entrollte er die Zeichnung, die Fuchs ihm auf den Tisch gelegt hatte. »Ah, wie ich gehofft hatte, habt Ihr sogar über die Konstruktion eines ganzen Armes nachgedacht«, lobte Ambrosius. »Und Ihr wollt das Ellenbogengelenk in einer Kugel mit Sperrzähnen bewegen, die sich durch Sperrhebel und Federn hemmen lassen und durch Zugseile ausgelöst werden. Allerdings frage ich mich, welches Material Ihr für die Seile verwenden wollt. Es müsste dünn und gleichzeitig äußerst reißfest sein.« Ambrosius nahm seine schwarze Kappe ab und kratzte sich den Kopf.

»Ich dachte an Seide. Oder habt Ihr einen besseren Vorschlag?« Fuchs zog nahm seinen Löffel und begann zu essen. »Darmsaiten!« Ambrosius rollte die Skizzen wieder zusammen und füllte seinen Becher mit Wasser. »Sie sind dünn genug, aber auch zäh und elastisch.« Der Magister deutete mit dem Löffel auf die Zeichnung. »Nicht zäh genug, fürchte ich. Zugkräfte und Reibung würden sie zu schnell reißen lassen. Ich denke, wir sollten uns auch von dem Gedanken an reines Metall verabschieden. Es ist einfach zu schwer!«

»Was schlagt Ihr vor?« Ambrosius nahm einen Schluck aus seinem Becher. »Wir könnten das Stahlblech an der Hand durch Spillbaumholz ersetzen«, erklärte Fuchs. »Das ist leichter, billiger und einfacher zu bearbeiten. Es hätte außerdem den Vorteil, dass wir in Daumen, Zeige- und Mittelfinger eine Nut schneiden könnten, die das sichere Führen eines Federkiels ermöglicht.« Die Eiserne Hand gestattete ihrem Träger zwar, eine Feder zu halten, doch war das Schreiben damit kaum möglich.

»Dann sollten wir es unbedingt ausprobieren.« Ambrosius hatte den Becher geleert und schlang nun eilig die Suppe hinunter. »Wenn es Euch recht ist, könnte ich gleich losgehen und besorgen, was wir dazu benötigen!«, schlug Fuchs vor – in der Hoffnung, endlich wieder einmal unter Menschen und an die frische Luft zu kommen.

Aber der Meister schob die leere Schüssel fort und schüttelte den Kopf. »Nein, ich brauche Euch gleich in der Werkstatt«, entschied er. »Heute Vormittag kommt der Spanier vorbei, damit ich mir sein Bein anschaue. Ich brauche Euch zum Übersetzen, und auch Euer medizinischer Rat könnte vonnöten sein.« Er setzte die Lederkappe wieder auf und erhob sich. »Also esst auf!«

Nachdem der Meister fort war, kratzte Fuchs schnell die letzten Löffel aus seiner Schüssel. Tatsächlich hatte Ambrosius ihm vor ein paar Tagen erzählt, dass ihn ein spanischer Kapitän aufsuchen wollte. Der Mann hatte jahrelang die Meere zwischen Spanien und der neuen Welt befahren und dabei ein Vermögen gemacht. Auf seiner letzten Fahrt war sein Schiff in einen schweren Sturm geraten, und ein Schiffsmast hatte ihm das linke Bein oberhalb des Knies zertrümmert. In einem Brief hatte er Ambrosius berichtet, dass er sich statt eines einfachen Stelzfußes in Paris ein künstliches Bein habe anfertigen lassen. Doch im Laufe der Zeit, so schrieb er, bereite ihm diese Prothese immer mehr Verdruss.

Nun war der Mann eigens aus Sevilla nach Nürnberg gekommen, weil er hoffte, dass Ambrosius ihm ein besseres mechanisches Bein fertigen würde. Gemeinsam mit dem Meister sollte Fuchs den verbliebenen Stumpf heute untersuchten. Dabei würde sich zeigen, was sie bei der Konstruktion der neuen Prothese berücksichtigen mussten.

Als der Magister die Werkstatt betrat, fand er sie verlassen, dafür stand die Tür zu den Kellerräumen offen, die für gewöhnlich verschlossen war. Die Neugier plagte ihn, denn diesen Teil des Hauses hatte er bisher noch nie betreten. War es möglich, dass Reinfeld seine Unterkunft dort unten hatte? Zwei Fackeln, die in Eisenhaltern an der Wand steckten, leuchteten dem Magister den Weg. Zu seinem Erstaunen waren Wände und Stufen nicht gemauert, sondern in Stein geschlagen. Er glaubte, dass der Sandsteinsockel, auf dem die Kaiserburg thronte, auch den Untergrund für die Häuser der Sebalder Seite bildete. Der große Kellerraum, in den er gelangte, bestätigte seine Vermutung. Er war ebenfalls direkt aus dem Felsen gehauen worden – an Wänden und Decke konnte Fuchs die Spuren der Schlageisen erkennen.

Ein unverkennbarer Geruch sagte ihm, dass er den Bierkeller

des Meisters gefunden hatte. Hier war es kühl und still. Weder Ambrosius noch Reinfeld waren zu sehen, aber auf einem der Fässer stand eine Öllampe. Fuchs nahm sie mit, als er in das angrenzende Gewölbe ging.

Dort fand er neben zahlreichen Bottichen und Zubern einen gemauerten Herd, an dem eine große eiserne Sudpfanne lehnte. Er spürte einen kühlen Luftzug und bemerkte in der Wand einen Lüftungsschacht, der schräg nach oben führte. Auch hier standen zahlreiche Fässer, aber es roch nach Sauerkraut und Rauch. An eisernen Haken hingen Speckseiten und geräucherte Schinken von der Decke. Das kleine Nebengelass dahinter war leer, bis auf eine halb zerfallene Truhe ohne Deckel. Schon wollte Fuchs umkehren, doch dann hörte er Stimmen und entdeckte eine zweite Treppe. Offenbar gab es noch ein zweites, tiefergelegenes Kellergeschoss.

Von seiner Neugier getrieben stieg er die Treppe hinab. Das erste Gewölbe, das er betrat, war ein Lager für mechanische Bauteile. Sie waren in hölzernen Regalen entlang der Wände aufbewahrt und wurden offenbar sorgfältig gepflegt. Das Gewölbe dahinter war hell erleuchtet – und Fuchs traute seinen Augen kaum. Es beherbergte eine komplett eingerichtete kleine Werkstatt. Wie im Lager war auch hier nirgendwo ein Stäubchen zu sehen. Die Werkbank war aufgeräumt, die Werkzeuge hingen griffbereit an der Wand daneben, und es gab sogar einen kleinen Schmiedeofen. Offenbar erstreckte sich das ausgeklügelte Belüftungssystem auch auf diesen Bereich des Kellers.

Neben der Werkbank stand Ambrosius im Gespräch mit seinem Faktotum. Hinter den beiden entdeckte Fuchs eine Rüstung und reckte den Hals, um besser zu sehen. Im Gegensatz zu dem Exemplar, das oben neben der Stubentür stand, zeigte dieses hier keinerlei Gebrauchsspuren und glänzte im Licht der zahlreichen Fackeln. In der gepanzerten rechten Faust steckte ein Schwert, in der linken ein langer Dolch. Fuchs vermutete, dass sich im Inneren ein ähnlicher Mechanismus verbarg wie in der Rüstung des alten Götz. Doch bevor er die Gelegenheit hatte, alles eingehender zu betrachten, bemerkte Reinfeld ihn und warf eine Decke über den Automaten.

»Ich habe mit Reinfeld das Lager kontrolliert und ihn beauftragt, unsere Vorräte an Material um Spillbaumholz zu erweitern«, sagte Ambrosius, als wäre die Anwesenheit des Magisters hier unten etwas Alltägliches.

Reinfeld dagegen warf Fuchs einen finstern Blick zu, bevor er die Augen niederschlug und nervös zu Boden sah. Dabei zuckte seine linke Schulter von Zeit zu Zeit unkontrolliert. Wieder einmal war Fuchs erstaunt über die Ähnlichkeit der Männer. Allerdings war Reinfeld deutlich jünger als der Mechaniker und auch größer, was man aber erst auf den zweiten Blick bemerkte, weil er den Kopf meist gesenkt und den Rücken gebeugt hielt. Hinzu kam, dass Reinfeld ebenso mager war wie Ambrosius und sich sein dünnes blondes Haar über der Stirn bereits gelichtet hatte.

Der Magister schrak zusammen, als Reinfeld sich plötzlich auf die Knie warf, während seine linke Hand nach vorn schoss. Er stieß einen triumphierenden Laut aus, fingerte mit der Rechten eine kleine Spanschachtel aus dem Wams, öffnete den Deckel mit den Zähnen und ließ zwei Kellerasseln hineinfallen. Bevor er sie schloss, konnte Fuchs noch sehen, dass in der Schachtel bereits etliche Exemplare krabbelten. Als sei nichts geschehen, erhob sich der Mann. »Reinfeld geht jetzt, um seine Aufträge zu erledigen!«, sagte er, den Blick wieder demütig gesenkt. Darauf verschwand er in den hinteren Kellerräumen.

Sprachlos sah Fuchs ihm hinterher. »Ihr müsst ihm seine Absonderlichkeiten nachsehen«, hörte er Ambrosius sagen. »Der Gute ist nicht der hellste Kopf und ein bissel narrisch dazu. Aber dafür ist er zuverlässig und mir treu ergeben.« Eine eigenartige Betonung hatte auf den letzten Worten gelegen, die den Satz fast wie eine Warnung klingen ließ. »Und er hält mustergültig Ordnung hier unten!«

»Schläft er auch im Keller?« Der Magister musste seine Neugier endlich befriedigen. »Ja«, erwiderte Ambrosius, als wäre dies eine Selbstverständlichkeit. »Er verbringt die meiste Zeit hier unten.«

»Aber wozu fängt er Kellerasseln?«

»Um sie an die Hühner zu verfüttern.« Ambrosius zuckte mit den Schultern. »Er schwört, sie würden davon größere Eier legen.« In der Hoffnung, doch noch einen Blick auf den Automaten werfen zu können, sah Fuchs sich um. »Woran arbeitet Ihr hier, wenn die Frage gestattet ist?«

»Na, was glaubt Ihr wohl? Vielleicht, dass ich Homunculi züchte – nach Anleitung dieses Verrückten, der sich Paracelsus nennt?« Ambrosius verzog spöttisch seinen Mund. »Oder denkt Ihr gar, ich hielte meinen Diener hier unten, um die winzigen, durchsichtigen Wesen, die nach vierzig Tagen aus meinem Samen gewachsen sind, nun vierzig Wochen lang von seinem Blut zu nähren, damit sie zu Menschlein heranreiften?«, Ambrosius lachte. »Aber nein! Ein Mann Eures Schlags würde derlei niemals unbewiesen glauben. Nun gut, wenn Ihr's denn unbedingt wissen wollt«, Ambrosius zog das Leinentuch vom Kopf des Automaten, »das hat mein Sohn Benedikt gebaut. Es sollte ein Automat werden, der die gesamte Mechanik, die nötig ist, um ihn zu bewegen, direkt in seinem Inneren trägt. Man sollte ihn überall aufstellen können. Ich erzählte Euch ja bereits, dass Benedikt ganz vernarrt in den Götz war. Als Junge ist er ständig die Stufen rauf- und runtergelaufen, um zu sehen, wie der Automat oben die Arme hebt und sich verneigt.« Der Meister holte tief Luft und blinzelte. »Kurz nach seiner Gesellenprüfung hat er dann bei einem Harnischmacher diese Rüstung entdeckt. Sie war Teil einer Massenanfertigung und noch dazu fehlerhaft.« Er nahm den Tanzmeister von der Werkbank und klopfte damit gegen den Brustpanzer, wobei ein heller Ton erklang. »Hört ihr's?«

»Das Eisenblech scheint mir recht dünn zu sein«, bemerkte Fuchs. »Genau! Darum konnte Benedikt das Ding billig bekommen. Als er es nach Hause brachte, verkündete er, dass daraus sein Meisterstück entstehen sollte. Weil er sich in den Kopf gesetzt hatte, die Altmeister damit zu überraschen, richtete er sich dafür die Werkstatt hier unten ein, und ich ließ ihn gewähren.« Ein wehmütiges Lächeln glitt über Ambrosius' zerfurchte Züge. »Schließlich war Benedikt mein einziges Kind! Aber weil er bei dem verfluchten Wettreiten an der Buchenklinge vom Pferd fiel und sich den Hals brach, ist sein Automat nie fertig geworden.«

»Ihr wollt ihn nicht vollenden?«, erkundigte sich Fuchs in der Hoffnung, dass er an dem Vorhaben möglicherweise beteiligt werden könnte.

»Seltsam«, sagte Ambrosius leise. »Dasselbe hat mich der gute Reinfeld heute auch gefragt. Bot mir gar seine Hilfe an, der arme Tor.« Er schwieg und wirkte einen Augenblick ganz und gar in sich selbst versunken. Nicht einmal das unheimliche Geräusch, das wie ein Schluchzen klang und den Magister erschrocken herumfahren ließ, schien er zu bemerken. Doch Fuchs war sich selbst nicht sicher, was er da gehört hatte, denn außer ihm und Ambrosius war nach Reinfelds Abgang niemand mehr hier.

Schließlich rieb sich Ambrosius mit beiden Händen übers Gesicht und sagte, als hätte es nie eine Unterbrechung ihres Gesprächs gegeben: »Vielleicht im Winter, wenn es oben in der Werkstatt nicht so viel zu tun gibt. Mit Euch als meinem Gehilfen sollte ich es schaffen, den Eppelein endlich zum Laufen zu bringen.«

»Eppelein?«, fragte der Magister, um zu überspielen, wie sehr ihn die beiläufig angebotene Zusammenarbeit an diesem Projekt in vorfreudige Stimmung versetzte. »Ist das wieder einer Eurer berühmten fränkischen Ritter?«

Ambrosius winkte ab. »Natürlich, aber von dem habt ihr in Sachsen vermutlich auch noch nie etwas gehört. Dafür kennt Ihr gewiss den Witz, den man sich seither in den deutschen Landen über die Nürnberger Gerichtsbarkeit erzählt: Die Nürnberger hängen keinen – sie hätten ihn denn schon.«

Fuchs schüttelte den Kopf. Den Spruch kannte er natürlich und hatte ihn selbst schon im übertragenen Sinne benutzt, wenn er zum Ausdruck bringen wollte, dass eine Sache längst noch nicht endgültig entschieden war. Aber im Zusammenhang mit einem Ritter namens Eppelein hatte er ihn bisher noch nie vernommen.

»Dachte ich's mir doch!« Der Meister spuckte auf den Boden. »Dann lernt Eppelein von Gailingen jetzt kennen!« Er klappte das Visier auf, und zum Vorschein kam das beinah lebensecht wirkende Gesicht eines Mannes mit großer Hakennase und Lippen, die zu einem grausamen Lächeln verzogen waren. Am meisten beeindruckten Fuchs allerdings die gläsernen Augen, die unter den dichten schwarzen Augenbrauen funkelten. Ebenso wie bei Reinfeld war eins davon braun und das andere blau. »Unglaublich!«, flüsterte er.

»Sie stammen aus Venedig und haben fast so viel gekostet wie die ganze Rüstung. Allerdings war es einfach unmöglich, hier in Nürnberg zwei in der gleichen Farbe aufzutreiben.« Ambrosius seufzte. Beinah ehrfürchtig berührte Fuchs die Wange des Ritters. »Ach, der Bildschnitzer hat ganz hervorragende Arbeit geleistet.«

»Die Gesichtsmaske hat Willibald Stoß geschnitzt, der Sohn vom alten Veit.« Ambrosius grinste. »Von dem werdet selbst Ihr schon gehört haben!« Der Magister nickte, denn über Veit Stoß gab es viele Geschichten: Ein Sturschädel soll er gewesen sein, der das Gesetz gern in die eigene Hand nahm. Dafür hatte der

Rat ihn sogar ins Loch gesperrt und gebrandmarkt. Fuchs ahnte aber auch, welch begnadeter Künstler der Mann gewesen sein musste, denn er hatte dessen Englischen Gruß in der Sankt-Lorenz-Kirche auf der anderen Seite der Pegnitz schweben gesehen.

»Aber das ist eine andere Geschichte«, sagte Ambrosius. »Ich wollte Euch ja über Eppelein von Gailingen berichten: Der war ein Raubritter, der vor über zweihundert Jahren unsere Straßen unsicher machte. Irgendwann wurde er gefangen und zum Tod am Galgen verurteilt. Bevor man das Urteil vollstrecken konnte, soll er jedoch mit seinem Pferd über die Mauer des Burggrabens gesprungen und entkommen sein.« Ambrosius grinste schadenfroh. »Hat ihm aber nicht viel genützt, denn statt ihn nur zu hängen, haben sie ihn nach seiner Ergreifung in der Pfalz aufs Rad flechten lassen. Tausend Taler hat sich der Nürnberger Rat das kosten lassen!«

»Wahrscheinlich sollte jeder sehen, wie weit der Arm der Hohen Herren reicht, damit man es besser lässt, gegen ihre Gesetze zu verstoßen«, sagte Fuchs.

»So ist es, mein Freund, es sollte jedem eine Warnung sein!« Ambrosius griff nach zwei gebogenen Stahlschienen, die auf der Werkbank lagen. »Aber nun lasst uns nach oben gehen, damit die gute Dorothea uns nicht suchen muss, wenn Kapitän Hernández eintrifft!« Er löschte die Fackeln und eilte davon, sodass Fuchs schon fast rennen musste, um ihm auf den Fersen zu bleiben. Und dabei war ihm, als hörte er verstohlene Schritte, die sich in eine andere Richtung entfernten.

Der Spanier stand schon oben in der Werkstatt. Seine schlanke schwarze Silhouette vor dem Fenster, durch das weißes Morgenlicht fiel, erinnerte Fuchs an ein umgedrehtes Ausrufezeichen. Stolz aufgerichtet stand er da. Das schmale Gesicht über der gefältelten Krause aus blütenweißer Brüsseler Spitze bildete den Punkt, in dem sich geballter Unmut zu einem Satz gesammelt hatte. Den schleuderte er Ambrosius entgegen, kaum dass der den Raum betreten hatte.

»Ihr mich lassen warten wie einen Boten!« Die spitz gezwirbelten Enden seines dunklen Schnurbarts zitterten vor Empörung. »Mein Name ist Diego Hernández, *con la madre de dios*! Ich bin Kapitän! Ich befahre Meere der Welt, *usted ignorante*! Ich habe keine Zeit! *Nunca!*« Dabei fuchtelte er mit der linken Hand so wild herum, dass der Magister befürchtete, das teure venezianische Glas in seiner Rechten, das Dorothea ihm offenbar mit dem besten Wein aus des Meisters Keller gefüllt hatte, könne zu Bruch gehen. Doch schon im nächsten Augenblick wich der Zorn des Mannes einem Ausdruck von Schmerz und Trauer. »Aber was ich rede? Kapitän – das war ich. Bevor der Mast.« Er machte eine Geste, als zerbräche er einen Ast. »Krack! Auf mein Bein!« Der Kapitän, der, wie zu erwarten, nur ein paar Brocken Deutsch beherrschte, wechselte ins Vulgärlatein. »Seither habe ich jeden Tag Schmerzen. Ah, *maldito*!« Hernández zeigte auf seine Beine. Da sein rechtes Bein mit einem schwarzen Seidenstrumpf bekleidet war und bis zum Knie in einem weichen, schwarzen Lederstiefel mit hohem Absatz und silberner Schnalle steckte, wirkte der klobige Panzerstiefel an seinem linken Bein umso befremdlicher. »Dabei habe ich viel Geld dafür bezahlt bei diesem Lothringer! Sein eisernes Bein würde mir so gute Dienste leisten wie mein altes, hat er versprochen. Aber seht selbst!« Mit gequältem Lachen kam Hernández ein paar Schritte auf sie zu, wobei er das eiserne Bein, das ein grässliches Quietschen erzeugte, unbeholfen hinter sich herzog.

Der Meister, den weder die vorwurfsvolle Tirade noch der jämmerliche Anblick, den der Spanier bot, erschüttert hatte, ergriff einen Schemel und stellte ihn direkt vor das Fenster. »Nehmt bitte Platz, Kapitän. Dann wollen wir uns Euer Problem eingehender anschauen.«

Der Magister übernahm es, die Worte zu übersetzen und sich

auch gleich selbst vorzustellen. »Wenn Ihr erlaubt, werde ich Euch behilflich sein! Ich bin Magister Heinrich Fuchs aus Sachsen und habe sowohl Medizin als auch Mechanik studiert.« Er nahm dem Spanier das noch volle Glas aus der Hand und stützte ihn, damit er sich mit dem starren eisernen Bein auf dem Schemel niederlassen konnte.

»Ein Medicus!«, schnaubte Hernández abfällig auf. »Mit Ärzten will ich nichts zu tun haben! Keiner von denen konnte mein Bein heilen. Der *cirujano* hat es abgesägt, als es brandig wurde und mir so wenigstens das Leben gerettet.«

»Ja«, stimmte Fuchs ihm zu, »der menschliche Körper ist wie ein komplizierter Automat und unser Wissen um seine Funktionsweise äußerst unzureichend, sodass wir in den meisten Fällen kaum etwas ausrichten können. Aber seid so freundlich und lasst mich wenigstens einen Blick darauf werfen, damit wir sehen können, ob wir vielleicht mit der Kunst der Mechanik Erleichterung verschaffen können!«

Kapitel 22

Nach dem gemeinsamen Gebet erhob sich Bruder Peter langsam und würdevoll von seinem Platz an der Stirnseite des langen Tisches. Der Älteste ließ seine Augen über die Gesichter der Frauen und Männer schweifen, die sich um ihn versammelt hatten. Sophia schien es, als begrüßte und würdigte er damit jeden Einzelnen. Etwas länger verweilte sein Blick auf den jungen Leuten, die in den letzten Monaten ihr fünfzehntes Lebensjahr vollendet hatten. Ihnen war es heute zum ersten Mal gestattet, an der großen Versammlung teilzunehmen und gemeinsam mit allen abzustimmen.

Neben dem Ältesten hatten der Prediger und der Verwalter des Hofes Platz genommen. Gemeinsam bildeten sie den Rat der Brüder – gewählt von der Gemeinschaft, um die Geschicke des Brüderhofs zu lenken. Sophia fand, dass die drei Männer auf den ersten Blick ein eigenartiges Gespann abgaben. Bruder Peter war eine imposante Erscheinung mit langem Bart, großer Nase und tiefliegenden dunklen Augen unter vorspringender Stirn. Er war ein tatkräftiger Mann, der seine Ansichten wortgewaltig vertrat und bei Entscheidungen nicht lange zögerte. Bruder Franz, der hagere Verwalter, schien sein ruhiger, bedächtiger Gegenpol zu sein. Zwischen den beiden wirkte der junge blonde Prediger blass und nichtssagend. Jedes Mal, wenn Sophia seine langatmigen, uninspirierten Predigten über sich ergehen ließ, dachte sie, dass Bruder Georg nicht das geringste Talent besaß. Außerhalb seiner kleinen Gemeinde würden ihm die Zuhörer einfach davonlaufen. Das machte ihn vollkommen ungeeignet für die Aufgabe, den Glauben der Brüder und Schwestern andernorts zu verkünden – so wie Nikolaus Storch es getan hatte. Sophia hatte inzwischen erfahren, dass es das Amt des Predigers in der Gemeinde früher nicht gegeben hatte, da jeder predigen konnte, der sich dazu berufen fühlte.

»Liebe Brüder und Schwestern, lasst uns zuvörderst davon sprechen, womit wir Küche und Kammern in diesem Jahr bevorraten wollen, welche Werkstätten wir errichten und was wir auf dem neuen Stück Land anbauen, das wir diesen Winter gerodet haben. Bruder Franz, du hast nun das Wort!« Der Älteste nickte dem Verwalter auffordernd zu. Der erhob sich, in der Hand das Buch, in dem er Einnahmen und Ausgaben des vergangenen Jahres notiert hatte.

Was er zu gestiegenen Erträgen, aber auch höheren Ausgaben, die das Anwachsen der Gemeinde im letzten Jahr verursacht hatte, erklärte, bekam Sophia nur am Rande mit. Auch ihr war es zum ersten Mal gestattet, einer Versammlung der Brüder und Schwestern beizuwohnen. Sie besaß zwar kein Mitspracherecht und durfte darum nicht bei den anderen am großen Tisch sitzen, aber heute würde die Gemeinde über die Bitte abstimmen, die sie dem Brüderrat bei ihrer Rückkehr vorgetragen hatte. Schon jetzt war ihr Mund vor Aufregung staubtrocken, und das Herz schlug ihr bis zum Hals.

Ihre Augen wanderten zur anderen Seite des Tisches, wo Nikolaus Storch neben Christoph und dessen Bruder Johann saß. Die beiden Männer hatten ihren Bruder Nikolaus vorhin auf einem Lehnstuhl in den Saal getragen. Seine Beinstümpfe waren nun unter dem Tisch verborgen, aber die Leiden der Kerkerhaft hatten auch Spuren auf seinem Gesicht hinterlassen, das grau und zerfurcht war wie die Rinde einer alten Eiche. Der wache Blick seiner hellen Augen bewies jedoch, dass in dem versehrten Körper nach wie vor ein ungebrochener Geist wohnte.

Während der Verwalter aufzählte, welche Vorräte sich gegenwärtig in Scheunen, Kellern und Vorratskammern befanden, hob der Alte den Kopf und schaute Sophia an.

Sie bemerkte, dass er genau neben dem Fenster saß, durch das sie die Versammlung im letzten Winter belauscht hatte. Ein Jahr war vergangen seit ihrer Ankunft in Mähren – ein Jahr, in dem sie kein Wort von ihrem Ehemann gehört hatte und keine Zeile vorangekommen war mit der Übersetzung des Buches. Entschlossen, dem aufkommenden Schmerz keinen Raum zu lassen, zog sich Sophia das wollene Tuch fester um die Schultern. Der dicke Stoff rieb über ihre empfindlichen Brüste, die sofort zu kribbeln begannen, obwohl sie Clara erst vor einer Stunde gestillt hatte. Ein Lächeln stahl sich auf Sophias Gesicht, während ihr bewusst wurde, dass ihr gerade im Überfluss geschenkt wurde, was sie nach der Geburt ihres Sohnes schmerzlich vermisst hatte – dennoch hoffte sie, dass die feuchten Stellen auf ihrem Mieder unter dem Tuch verborgen blieben. Ihre innere Anspannung löste sich, und sie begriff, wie dumm und undankbar es wäre, das vergangene Jahr als verlorene Zeit zu betrachten. Bruder Nikolaus musste ihre Gedanken erraten haben, denn er erwiderte ihr Lächeln, bevor er seine Aufmerksamkeit wieder dem Vortrag von Bruder Franz widmete. An der Art, wie er dabei die buschigen Brauen hob, erkannte sie, dass ihm nicht alles gefiel, was er zu hören bekam.

Kaum waren die Fragen der Bewirtschaftung des Hofes abgeschlossen, reckte der Alte seine knochige Hand in die Höhe. »Nachdem jetzt genug Worte zur Notdurft des Leibes gesagt wurden, möchte ich von der Notdurft unserer Seele sprechen, liebe Brüder und Schwestern«, rief er, noch bevor Bruder Peter dazukam, ihm das Wort zu erteilen. Die Köpfe der Versammelten wendeten sich ihm zu, und selbst jene, die schon etwas müde wirkten, merkten auf. »Ich habe in den letzten Wochen den Eindruck gewonnen, dass der Glaube in unserer Gemeinschaft erneut in strenge Regeln und Rituale gezwängt werden soll. Einige berufen sich dabei auf die Väter, weil es einfacher ist, ausgetretenen Wegen zu folgen, und scheinbar sicherer.«

Wie die meisten im Saal richtete auch Sophia ihren Blick unwillkürlich zur anderen Seite des Tisches. Bruder Peter hatte die Arme vor der Brust verschränkt und erweckte den Eindruck, als ginge ihn das gar nichts an. Bruder Franz kniff erbost die Lippen zusammen. Nur der junge Prediger schien bereit, die Herausforderung anzunehmen. »Aber was ist mit dem Wort Gottes, das uns in der Heiligen Schrift verkündet wurde? Ist das nicht der Weg, dem wir im Glauben folgen sollten?« Bruder Georg räusperte sich. »Oder worauf willst du hinaus, Bruder Nikolaus?«

»Die Heilige Schrift enthält Geschichten, die den Glauben für die Menschen verständlich machen sollen. Aber es braucht Worte, um sie aufzuschreiben, Worte, um sie zu erzählen. Worte benutzen wir auch im Gebet. Doch Gott bedarf ihrer nicht! Darum müssen wir unsere Herzen öffnen, um seine Botschaft zu empfangen, meine Brüder und Schwestern! Dazu bedürfen wir keiner äußeren Vermittlung, sondern nur des aufrichtigen Wunsches danach.« Nikolaus Storch unterstrich seine Worte mit lebhaften Gesten. Der volltönende Klang seiner Stimme schlug die Zuhörer ebenso in Bann wie die zuversichtliche Gewissheit, mit der er seine Ansichten verkündete. »Ich frage euch aber, sind eure Herzen offen für Gott? Warum lasst ihr dann den armen Bruder Georg für euch predigen? Was ist mit euch geschehen?«

Auf dem bleichen Gesicht von Bruder Georg leuchteten nun rote Flecken, und seine Stimme bebte vor Entrüstung. »Du warst nicht hier, als Gott unsere Gemeinschaft im letzten Jahr mit dem Fieber strafte. Diejenigen, die es überlebten, haben sich gefragt, warum Gott der Herr das tat. Ich sage, der Grund war offensichtlich: Wir sind abgefallen vom Glauben unserer Väter – vom wahren Glauben!«

»Und ich sage noch einmal, den wahren Glauben findet ihr nur im eigenen Herzen!«, entgegnete Bruder Nikolaus mit einem Lächeln. Schlagartig war es vorbei mit der aufmerksamen Ruhe im Saal. Die Brüder und Schwestern begannen erregt zu murmeln.

Aber bevor sie ernstlich ins Debattieren kamen, schob Bruder Peter seinen Stuhl zurück und erhob sich. »Wie dem auch sei«, erklärte er. »Es galt, das Überleben unserer Gemeinschaft zu sichern, und diese Herausforderung haben wir gemeistert. Ich denke, die Notdurft der Seele kann eine bessere Beachtung finden, sobald die ärgste Notdurft des Leibes gestillt wurde.«

»Amen«, sagte Bruder Franz nachdrücklich, und vor allem die Frauen im Saal nickten dazu. »Vor der heutigen Versammlung wurde eine außergewöhnliche Bitte an uns herangetragen – eine Bitte, die du, Bruder Nikolaus, ausdrücklich unterstützt hast.« Der Wanderprediger, dem er damit endgültig den Wind aus dem Segeln genommen hatte, nickte und schwieg.

Bruder Peter wirkte zufrieden, als er nach Sophias Buch griff, um es der Versammlung zu präsentieren. »Die Frage, über die wir abzustimmen haben, ist nicht einfach zu entscheiden, liebe Brüder und Schwestern: Sollen wir einem Weib, das bisher noch nicht den Wunsch geäußert hat, die Taufe zu erhalten, gestatten, Jovins Sprache zu lernen?«

Er musterte die Versammelten, und Sophia begriff, dass er sich allein deshalb gegen ihre Bitte aussprechen würde, weil Storch sich dafür eingesetzt hatte.

»Die Fuchsin hat den Wunsch geäußert, weil sie ein Buch lesen möchte, das angeblich in Jovins Sprache verschlüsselt wurde. Die Neugier auf das, was in dem Buch steht, ist der eigentliche Grund, weshalb sie sich auf den weiten Weg zu uns gemacht hat.« Seiner Stimme war deutlich anzuhören, was er davon hielt. Das Weib des Schmiedes meldete sich zu Wort. »Was denkst du, Ältester, worum es in dem Buch geht?« Bruder Peter schlug es auf und zeigte den Versammelten eine der Badeszenen. »Die Fuchsin glaubt, es wären Rezepte darin.«

Nach einem Augenblick des Schweigens begannen die Brüder und Schwestern zum zweiten Mal an diesem Abend durcheinanderzureden. Einige der Jüngeren erhoben sich von ihren Plätzen und reckten die Hälse, um einen besseren Blick auf das Bild zu haben.

Auch Sophia hielt es nicht mehr auf ihrem Stuhl. Sie sprang auf und versuchte sich mit lauter Stimme Gehör zu verschaffen. »Bitte schaut es Euch genauer an, Bruder Peter, vor allem die Abbildungen im hinteren Teil«, rief sie beschwörend. »Dann werdet Ihr verstehen, warum ich der Meinung bin, dass es in dem Buch um Heilmittel geht. Gar wirkmächtige Substanzen müssen es sein, sonst hätte sich niemand die Mühe gemacht, ihre Rezepturen zu verschlüsseln!«

Die Frau des Schmieds zog ein skeptisches Gesicht. »Vielleicht handelt es sich aber auch einfach um Rezepturen dafür, wie man den sauren grünen Wein genießbar machen kann, den diese Weiber«, sie deutete auf die Frauen in den Zubern, »gerade keltern. Ich frage mich allerdings, warum sie dabei splitterfasernackt sind?«

Als sich daraufhin immer mehr Leute nach vorn drängten, schlug Bruder Peter das Buch zu und ließ es auf den Tisch fallen. »In meinen Augen sind diese Bilder aufreizend und sittenlos«, rief er. »Und wir täten vielleicht besser daran, das Buch zu verbrennen, statt der Fuchsin dessen Übersetzung zu ermöglichen.«

Nachdem sich die Letzten wieder gesetzt hatten, war es im Saal so still geworden, dass Sophia das Klopfen ihres eigenen Herzens hören konnte. Doch sie hatte nicht vor, sich einschüchtern zu lassen. »Ihr habt vorhin das Fieber erwähnt, das im vergangenen Sommer viele eurer Brüder und Schwestern hinweggraffte«, sagte sie, im Bewusstsein, dass auch die Stimme des

Ältesten am Ende nur eine unter vielen sein würde, die es hier zu gewinnen galt. »Ich bin zuversichtlich, dass auch dagegen ein Mittel in dem Buche zu finden ist.« In etlichen Gesichtern las sie Zweifel, in einigen aber auch aufkeimendes Interesse. »Ja, ich bin sogar davon überzeugt, dass es ein Rezept gegen die Pest enthält!«, versicherte sie mit Nachdruck.

»Und ich glaube, dass es sogar etwas noch Wertvolleres birgt!« Sophia verschlug es die Sprache, denn mit der Unterstützung des Predigers hätte sie zuletzt gerechnet. Dem Ältesten schien es ebenso zu gehen. Bruder Peter war so verblüfft, dass er nicht einmal protestierte, als Bruder Georg das Buch vom Tisch nahm und der Versammlung erneut eine der zahlreichen Badeszenen präsentierte. »Unsere Schwester Katharina meint, die Bilder würden die Weinkelter zeigen.« Sein Finger tippte auf die Frauen in dem grünen Zuber. »Bruder Peter hält sie gar für sittenlos und aufreizend. Aber sie irren beide!« Er schwieg einen Moment und blickte mit leuchtenden Augen von einem Gesicht zum anderen. »Es ist das Sakrament der Taufe, das wir hier sehen, liebe Brüder und Schwestern.« Ein feierlicher Ernst lag in seiner Stimme. »Nicht der Kindstaufe, der Katholiken wie Protestanten irrtümlicherweise noch immer anhängen, nein, diese Frauen sind, wie man sieht, erwachsen. Sie lassen sich taufen im vollen Bewusstsein dessen, was sie tun.«

Selbst Sophia fand, dass seine Interpretation durchaus schlüssig klang. Sie fragte sich, warum sie selbst noch nie in diese Richtung gedacht hatte. Die Mitglieder der Gemeinde aber lauschten Bruder Georg mit angehaltenem Atem. Sie konnten sehen, dass er aus tiefstem Herzen an die Wahrheit seiner Worte glaubte. »Das ist eine Taufe, wie sie in der Gemeinschaft der Brüder und Schwestern in Christo vollzogen werden soll!« Einige nickten in stillem Einverständnis, und es war offensichtlich, dass der junge Prediger viele der Versammelten überzeugt hatte.

Bruder Nikolaus allerdings stieß ein Husten aus, das sich für

Sophia verdächtig nach einem unterrückten Lachen anhörte. Sie warf ihm einen mahnenden Blick zu und hoffte inständig, dass der Alte nicht ausgerechnet diesen Moment nutzen wollte, um der Gemeinde seine neu gewonnenen Einsichten zur Nutzlosigkeit der Taufe im Allgemeinen zu offenbaren. Indes war Bruder Georg mit dem Buch dicht neben sie getreten. Sie konnte riechen, dass er vor Aufregung schwitzte. »Es kann kein Zufall sein, dass unser Himmlischer Vater Schwester Sophia ausgerechnet in dieser Zeit der Prüfungen und des Zweifels zu uns sandte, liebe Brüder und Schwestern. Wir haben die Pflicht, ihr dabei helfen, das Buch zu entschlüsseln, denn es wird uns den Weg weisen, auf dem wir im Herrn wandeln. Gott hat Schwester Sophia auserwählt. Es ist nicht an uns, seinen Willen zu verstehen, wohl aber, ihn zu erfüllen!«

Als er sich bückte, um das Buch auf Sophias Schoß zu legen, kam ihr sein blasses junges Gesicht nah wie nie zuvor. Einen Atemzug lang brannten sich seine Augen in ihre, dann richtete er sich auf, ging zum Tisch und setzte sich wieder auf den Platz neben Bruder Peter.

Der Älteste brauchte einen Augenblick, um sich zu sammeln, bevor er die Brüder und Schwestern zur Abstimmung bat. Mit einer Mischung aus Bangen und Hoffen verfolgte Sophia, wie sich die Hände der Versammelten hoben – zuerst nur einige, doch zum Schluss gab es niemanden im Saal, der seine Zustimmung verweigerte.

Sophia stieß den Atem aus, den sie angehalten hatte, bis das Ergebnis feststand. Sie umklammerte das Buch, und ihr war schwindlig vor Erleichterung. Die abschließenden Worte des Ältesten bereiteten ihrer aufkommenden Euphorie jedoch ein rasches Ende. »Ich denke, wir sind uns ebenso einig darüber, dass wir Schwester Sophia nicht gestatten können, unsere Gemeinschaft zu verlassen, bevor sie die Übersetzung des Buches vollständig abgeschlossen hat.« Beifälliges Gemurmel zeigte, dass die Mitglieder der Gemeinde ihm zustimmten. »Und sollte sich herausstellen, dass Bruder Georg recht hat, muss das Buch als Zeugnis unseres Glaubens für immer hierbleiben. Seid Ihr damit einverstanden, Sophia Fuchsin?« Sophia schluckte. Es würde ihr nichts ausmachen, den Brüdern und Schwestern das Buch in diesem Falle zu überlassen. Aber die Vorstellung, dass sich ihre Rückkehr nach Pirna noch weiter hinauszögern würde, ließ ihren Hals eng werden. Da sie keine Wahl hatte, akzeptierte sie die Bedingungen mit einem stummen Nicken.

Kapitel 23

Während der Winter das Elbtal im vergangenen Jahr von Anfang Dezember bis Ende März in eisiger Umklammerung gehalten hatte, wodurch der Fluss zufror, sodass man ihn vielerorts sogar zu Fuß überqueren konnte, gewann Schumann nun den Eindruck, dass es anno 1546 schon Ende Januar Frühling werden wollte. Kurz nach Neujahr hatte es ein paar halbherzige Schneefälle gegeben, doch die dünne weiße Decke, die sie über die Hänge und Auen zwischen Pirna und Dresden gelegt hatten, war vor zwei Tagen von kräftigem Regen davongespült worden. Der Elbpegel war dadurch nur leicht gestiegen, sodass die Fährleute ihrer Arbeit noch immer nachgehen konnten. Der böige Wind, der heute aus Südost kam, fühlte sich kalt an, doch er roch bereits nach Frühling. Das spürten auch die Vögel, die in den kahlen Zweigen der Bäume am Fluss hockten und zwitscherten, was das Zeug hielt.

Schumann hatte sich zu Pferd auf den Weg nach Dresden gemacht, sobald die Tore Pirnas im Morgengrauen geöffnet worden waren. Die Amtsgeschäfte in der herzoglichen Kanzlei hatte er schnell erledigen können. Anschließend war er zur Frauenkirche geritten, in deren Nähe sich die Gasse befand, in der er seine Kindheit verbracht hatte. Er verabscheute diese ärmliche Gegend. Sie gehörte mittlerweile zur neuen Stadt, hatte bei seiner Geburt aber noch vor den Toren Dresdens gelegen. Neben Fischern wohnten dort viele Handwerker, die mit offenem Feuer arbeiteten – so wie sein Urgroßvater, der die Schmiede, die nun sein jüngerer Bruder Georg betrieb, errichtet hatte. Trotz seiner Abneigung gegen das Schmiedehandwerk im Allgemeinen und gegen die Werkstatt, in der sein Vater den jungen Wolf bis aufs Blut getriezt hatte, im Besonderen, hatte der Stadtschreiber im letzten Jahr damit begonnen, seinen Bruder regelmäßiger zu besuchen.

Es war nicht Bruderliebe, die ihn dazu trieb, sondern der Drang, Informationen zu sammeln. Schmiedemeister Georg Schumann war im letzten Jahr zum Viertelsmeister gewählt worden. Damit war sein Bruder zu einem Mann geworden, der die Sorgen und Nöte der einfachen Bürger kannte, aber auch darüber auf dem Laufenden war, was im Dresdener Rat vor sich ging. Wolf hatte schon früh begriffen, dass sich jede Form von Wissen für sein Fortkommen irgendwann als nützlich erweisen konnte. Doch seitdem ihm in Christoph von Carlowitz ein Gegner erwachsen war, der es meisterhaft verstand, sich Wissen zu beschaffen, um es gezielt einzusetzen, war das Sammeln von Informationen zu einer Obsession des Stadtschreibers geworden.

Heute war die Ausbeute, die er mitnahm, als er das Haus seiner Kindheit verließ, bescheiden. Georg war auf der Suche nach einem neuen Lehrbuben, vorzugsweise einem Jungen, dessen Vater Schmied war oder ein ähnliches Handwerk betrieb. Wolf hatte sich erinnert, dass er einen Eisengießer kannte, dessen Sohn gerade im rechten Alter war. Er hatte seinem Bruder versprochen, den Mann in Berggießhübel aufzusuchen und ihn zu fragen, ob er den Knaben bei einem angesehenen Schmiedemeister in Dresden in die Lehre geben wolle. Man konnte nie wissen, wozu Gefälligkeiten eines Tages gut sein mochten. Weil Wolf aber geplant hatte, den frühen Nachmittag bei Margaretha von Bünau zu verbringen, war er nach einem gemeinsamen Mittagsmahl rasch aufgebrochen.

Schumann ritt durch das Frauentor, das einst das wichtigste Tor im Osten Dresdens gewesen war, mittlerweile aber seine frühere Funktion an das Rampische Tor in der neuen Stadtmauer verloren hatte. Im Grunde bestand die herzogliche Residenz gegenwärtig aus drei Teilen: der alten Stadt, der neuen Stadt und Alten-Dresden auf dem linken Elbufer. Sie war ein ähnlich zusammengewürfeltes Gebilde wie das Schloss, das in Schumanns Augen eher eine willkürliche Ansammlung unregelmäßiger Bauten darstellte.

Schumann drückte sich den Filzhut tiefer in die Stirn, während er durch die engen Gassen hinter dem Schloss ritt. Wie an vielen Stellen in der Stadt wurde auch hier gebaut. Aber der Stadtschreiber war daran gewöhnt, dass er überall Haufen von Brettern und Ziegeln ausweichen musste. Nur das Pferd erschrak, als ihm eine jähe Böe einen leeren Korb vor die Hufe fegte. Schumann hielt die Zügel mit eiserner Hand und presste die Knie gegen die bebenden Flanken des Tieres. Es gelang ihm, einer alten Hökerin mit einer Kiepe voll Tongeschirr auszuweichen. Zum Dank überschüttete ihn das Weib mit einer Flut von Beschimpfungen, und ihr schrilles Keifen klingelte noch in seinen Ohren, als er die Brücke erreichte.

Seit ein paar Wochen waren sogar hier Bauarbeiten im Gange. Der Herzog hatte angeordnet, dass die Stadtbefestigung an der Elbe bis unmittelbar ans Ufer vorgerückt werden sollte. Zu diesem Zweck hatte man begonnen, die Brückenbögen vor dem Schloss mit Erde zuzuschütten. Der Staub, der dabei aufgewirbelt wurde, nahm Schumann die Sicht und ließ seine Augen tränen.

Auf der Mitte der Brücke, noch vor dem Zollhaus, erwischte ihn eine Böe, die einen weniger erfahrenen Reiter glatt vom Pferd geholt hätte. Der Hut wurde ihm vom Kopf geweht, und bevor er nur einen Finger rühren konnte, verschwand das gute Stück elbabwärts. Dabei fiel sein Blick auf einen Mann, der dabei war, die Brückenzinnen zu erklimmen. Oben angekommen breitete er die Arme aus und starrte hinab in den Fluss. Sein langer schwarzer Mantel verlieh ihm das Aussehen einer riesigen Krähe, bereit zum Abflug. »Teufel noch eins!«, knurrte Schumann, während er das Pferd instinktiv angaloppieren ließ und es näher an den Rand der Brücke trieb. Ohne darüber nachzudenken, stellte er sich in die Steigbügel und neigte sich so weit nach links, dass er im Vorbeireiten den Mantel des Mannes zu fassen bekam. Aus den Augenwinkeln sah er noch, wie der Kerl rückwärts auf die Brücke stürzte, und im nächsten Augenblick krachte er selbst schmerzhaft zu Boden, während sein Gaul mit wehender Mähne am Zollhaus vorbei nach Alten-Dresden trabte. Einer der Brückenwächter rannte schreiend hinterher.

Benommen rappelte Schumann sich auf. Es war nicht das erste Mal, dass er von einem Pferd gefallen war – beileibe nicht. Er war ein begeisterter Reiter und suchte manchmal auch zum reinen Vergnügen die Herausforderung im Sattel, aber noch nie hatte er sich zu einem derart gefährlichen Kunststück hinreißen lassen wie soeben. Dabei hatte er verdammtes Glück gehabt, denn er war dort gelandet, wo das steinerne Brückenpflaster von Holzplanken abgelöst wurde, die man im Verteidigungsfall schnell verbrennen konnte. Trotzdem hämmerte es in seinem Schädel und sein linker Knöchel schmerzte. Da er den Fuß bewegen konnte, ging er jedoch davon aus, dass er ihn nur verdreht hatte.

Suchend blickte er sich um. Der zweite Brückenwärter half nur wenige Schritte von ihm entfernt dem Mann auf die Füße, den Schumann gerade von den Zinnen der Brücke geholt hatte. Sein junges Gesicht mit dem sauber gestutzten Bart, umrahmt von lockigem braunem Haar, kam dem Stadtschreiber vage bekannt vor. Sein schwarzer Wollmantel, das konnte Schumann nun erkennen, war pelzgefüttert, das blaue Wams am Hals mit einer Goldstickerei verziert und das weiße Hemd, das darunter hervorblitzte, mit wertvoller Spitze gesäumt. All das, vor allem aber das edelsteingeschmückte Schwertgehenk, wies ihn als Mann von Adel aus.

Schumann war dieser Umstand im Augenblick vollkommen gleichgültig. »Seid Ihr von allen guten Geistern verlassen!«, schrie er gegen den Wind, der noch immer in heftigen Böen über die Brücke fegte. »Was hattet Ihr dort oben zu suchen, noch dazu bei diesem Wetter?«

Der Brückenwärter nickte bestätigend. »Ihr wärt nicht der Erste gewesen, den es vor meinen Augen über die Zinnen in den Fluss geweht hätte, das könnt Ihr glauben«, brummte er, während er sich daranmachte, den Staub vom Mantel des jungen Herrn zu klopfen. Der ließ den Kopf hängen und murmelte: »Das wäre das Beste gewesen, auf das ich hoffen durfte.«

Schumanns Wut explodierte. Ohne Rücksicht auf seinen schmerzenden Knöchel sprang er auf den Edelmann zu, packte ihn am pelzbesetzen Kragen seines Mantels und schüttelte ihn, dass ihm die Zähne klapperten. »Wenn Ihr Euch gegen Gott und Euch selbst versündigen wollt, dann tut es gefälligst da, wo es niemand sehen kann«, knurrte er. »Was wisst Ihr denn schon«, schrie der junge Mann. Dann riss er sich los und rannte in Richtung Schloss davon, als wären ihm sämtliche Teufel der Hölle auf den Fersen. Der Brückenwärter, ein älterer Mann mit grauem Bart und gutmütigen Augen sah ihm kopfschüttelnd nach. »Manch einem erscheint das Sterben leicht, sobald das Leben schwer wird.«

Der andere Wächter war inzwischen zurückgekehrt. Er hatte Schumanns Pferd dabei, was die Laune des Stadtschreibers erheblich verbesserte. »Wahrscheinlich wieder einer, der sich aus unerwiderter Liebe von der Brücke stürzen wollte«, mutmaßte er, während er Schumann die Zügel überreichte. »Das kommt immer mal wieder vor.« »Ich glaube nicht, dass der Liebeskummer hatte«, sagte der Graubärtige. »Als ich ihm aufhalf, murmelte er etwas von Kuxen, auf die er sein ganzes Geld gesetzt habe und die sich nun als vollkommen wertlos erwiesen hätten, weil die ganze chymische Mutation von Gold ein einziger Schwindel sei.«

»Also einer, der auf falsches Berggeschrei hereingefallen ist«, kommentierte sein Kamerad leidenschaftslos, bevor er sich wieder an Schumann wandte. »Nun, zum Glück scheint Ihr Euch bei der Rettung des Narren nicht ernsthaft verletzt zu haben.« Er musterte den Stadtschreiber anerkennend. »Das war ganz schön gewagt!« Schumann schnaubte verächtlich, denn im Nachhinein schien es, als hätte er damit weder dem Erretteten noch sich selbst einen Gefallen getan. Wortlos entrichtete er den Brückenzoll, dann hievte er sich auf den Rücken seines Pferdes und ritt nach Alten-Dresden hinüber.

Als er eine reichliche Stunde später das winzige Gut der Freifrau von Bünau erreichte, klapperten seine Zähne vor Kälte und Schmerz, und er war kaum in der Lage, allein vom Pferd zu steigen. Margarethas alter Diener hatte die größte Mühe, Schumanns Fuß mit dem geschwollenen Gelenk aus dem Stiefel zu bekommen. Mit zusammengebissenen Zähnen humpelte der Stadtschreiber anschließend die Treppe in den ersten Stock hinauf.

Margaretha riss erschrocken die Augen auf, als sie ihn sah, doch da sie praktisch veranlagt war, vermied sie es, ihn sofort mit Fragen zu quälen. Stattdessen setzte sie ihn vor dem Kamin in einen Lehnstuhl, schob einen Schemel unter seinen verletzten Fuß und breitete eine Decke über seinen Schoß. Dann eilte sie hinunter in die Küche. Schumann stöhnte erleichtert auf und schloss die Augen. Er bezweifelte mittlerweile, dass er es schaffen würde, heute noch nach Pirna zurückzukehren. Erneut verwünschte er sich für sein unüberlegtes Verhalten auf der Brücke. Einem Mann, der so dumm war, sein gesamtes Vermögen in Anteilsscheine für ein Bergwerk zu investieren, war ohnehin nicht mehr zu helfen. Schließlich konnte man bei einer solchen Unternehmung vorher nie mit Gewissheit sagen, ob sie Erfolg haben würde. Er selbst besaß, wie die meisten wohlhabenden Pirnaer Bürger, selbstverständlich auch ein paar Kuxe. Doch er hatte sie geschickt verteilt, um Gewinn und Verlust einigermaßen auszugleichen. Das meiste Geld hatte er in die vielversprechende Förderung der Granate auf dem Hennenberg investiert. Aber bei dieser Sache ging es schließlich um Gold, das edelste aller Metalle, und der zu erwartende Gewinn war entsprechend hoch. Darüber hinaus bestand eine große Wahrscheinlichkeit, dass die Unternehmung von Erfolg gekrönt sein würde, denn er hatte den Hinweis für die lohnende Investition vor einigen Jahren aus den gut informierten Kreisen des Dresdener Hofes erhalten.

Bei dieser Überlegung beschlich ihn ein eigenartiges Gefühl. Irgendetwas war ihm vorhin auf der Brücke entgangen, doch er bekam es einfach nicht zu fassen. Seine Gedanken zerfaserten, während ihn eine Schläfrigkeit überkam, die er um diese Tageszeit normalerweise nie verspürte.

Als er die Augen wieder aufschlug, war es draußen bereits dunkel. Jemand hatte ihm den Strumpf ausgezogen und den verletzten Knöchel mit einem Umschlag versehen, dem scharfer Zwiebelgeruch entstieg. Er fasste nach seinem Kopf und ertastete auch dort ein feuchtes Tuch.

Margaretha saß am Tisch und schrieb. Ihr blondes Haar, das sie am Hinterkopf zu einer Krone zusammengesteckt hatte, schimmerte im Kerzenlicht wie Gold. Dadurch bildete es einen scharfen Kontrast zu ihrem schmucklosen Hauskleid aus billigem grauem Wollstoff. Als Schumann ihr im Hof des Dresdener Schlosses zum ersten Mal begegnet war, hatte sie ein Kleid aus roter Seide getragen und darunter ein halb durchsichtiges Hemd mit Goldstickerei. Er wusste inzwischen, dass es das einzige Kleidungsstück war, in dem die Freifrau standesgemäß auftreten konnte, und dass die teuren Wachskerzen der einzige Luxus waren, den sie sich darüber hinaus leistete, da das Lesen und Schreiben beim trüben Licht einer Öllampe das Auge zu rasch ermüden ließ.

Ihm war noch kein Weib begegnet, das derartig viele Briefe schrieb und empfing wie Margaretha von Bünau. Der ständige Gebrauch von Feder und Tinte hatte mittlerweile unauslöschliche Spuren an Daumen, Zeige- und Mittelfinger ihrer rechten Hand hinterlassen. An Schumanns eigenen Fingern befanden sich ähnliche Schwielen und Flecken, allerdings war das Schreiben auch seine Profession. Der Stadtschreiber wusste, dass es zwischen ihm und der Edelfrau noch eine weitere Gemeinsamkeit gab – sie sammelten beide leidenschaftlich Informationen. Er lächelte sie an, als sie den Kopf hob.

»Inzwischen seht Ihr schon viel besser aus«, bemerkte sie, während sie Sand auf das frisch beschriebene Blatt streute. »Ich fühle mich auch besser«, bestätigte Schumann und deutete auf seinen Fuß. »Danke, dass Ihr Euch um meinen Knöchel gekümmert habt.«

»Ihr solltet den Umschlag noch nicht entfernen«, empfahl sie. »Er kühlt, und der Zwiebel-Salz-Brei darauf lässt die Schwellung an Eurem Knöchel schneller abklingen. Wie geht es Eurem Kopf?«

»Er schmerzt noch ein wenig, aber längst nicht mehr so wie vorher.« Der Stadtschreiber nahm das Tuch von seiner Stirn und roch daran. Erleichtert stellte er fest, dass der probate Zwiebel-Salz-Brei nur auf seinem Fuß gelandet war. »Eine Tinktur aus Arnika und Branntwein schien mir für Euren Kopf angemessener, Stadtschreiber.« Mit einem Lächeln auf den Lippen faltete Margaretha den Brief zusammen. Schumann starrte auf ihren herzförmigen Mund, während er darüber nachdachte, ob sein verletzter Knöchel es ihm heute erlauben würde, sie zu beschlafen. Am Ende fand er, dass ihre unweibliche Neigung, dabei stets obenauf sein zu wollen, heute auch für ihn reizvoll sein könnte.

Margaretha hatte den Tisch inzwischen abgeräumt und ihrer alten Magd dabei geholfen, das Abendessen aufzutragen – eine Suppe aus Kohl und Karotten, auf der sich nicht ein einziges Fettauge zeigte, dazu grobes Brot und, oh Wunder, ein Töpfchen Schweineschmalz. Den sauren Hauswein konnte der Stadtschreiber heute mit der Entschuldigung ausschlagen, dass sein angeschlagener Kopf im Augenblick nur Wasser vertrug. Margaretha hatte bisher nicht gefragt, wie er zu seinen Blessuren gekommen war, und er hatte noch nicht die Absicht, es ihr zu erzählen. Informationen waren neben der körperlichen Anziehung der Hauptgrund, weswegen sie miteinander verkehrten, aber gelegentlich machten sie sich ein Spiel daraus, zu ergründen, wer seine Neugier besser im Zaume halten konnte.

»Wusstet Ihr eigentlich schon, dass Herzog Moritz das Carlowitzchen vor ein paar Tagen nach Frankfurt zu den Schmalkaldenern gesandt hat?«, fragte Margaretha zwischen zwei Löffeln Suppe.

Schumann hob den Kopf und ließ die Brotscheibe sinken, die er gerade mit Schmalz bestrichen hatte. »Ich dachte, er ist noch immer wütend auf seinen Schwiegervater, weil der ihn im vergangenen Herbst bei Kalefeld dazu gebracht hat, Heinrich von Braunschweig-Wolfenbüttel in eine Falle zu locken?« Margaretha nickte. »Das ist er – vor allem auch deshalb, weil keiner so recht dran glaubt, dass er nichts von Philipps Plan wusste, den Herzog und seinen Sohn sofort gefangen zu setzen, kaum dass sie in seinem Lager angekommen waren.«

»Selbst im Schmalkaldischen Bund gibt es einige, die es für Unrecht halten, dass der Landgraf den wilden Heinz von Wolfenbüttel nun schon seit einem Vierteljahr in Ziegenhain gefangen hält«, bemerkte der Stadtschreiber, bevor er in sein Brot biss. »Darum würde Moritz ja gern einen Vertrag zwischen dem Herzog von Braunschweig und den Schmalkaldenern vermitteln«, erklärte Margaretha und nippte an ihrem Wein. »Das würde die

Schmach wiedergutmachen, die ihm sein Schwiegervater angetan hat, und überdies seine neutrale Position zwischen dem Kaiser und denen vom Schmalkaldischen Bund stärken.«

Schumann blickte sie skeptisch an. »Glaubt Ihr, er strebt allen Ernstes eine neutrale Stellung an – zwischen zwei wilden Hunden, die bereit sind, sich beim kleinsten Anlass gegenseitig an die Gurgel zu springen?«

Margaretha zuckte anmutig mit den Schultern. »Das weiß Gott, der Herr, allein! Mir erschiene es nur natürlich, wenn er sich endlich entschließen würde, dem Schmalkaldischen Bund beizutreten – schließlich teilen der Kurfürst und der Landgraf nicht nur seinen Glauben, sie sind auch seine Verwandten.«

»Nun, da habt Ihr wohl recht.« Schumanns Mundwinkel zuckten. »Seine Verwandtschaft muss man lieben, nicht wahr?«

Es wunderte ihn nicht, dass Margaretha in diesem Augenblick abrupt das Thema wechselte und damit ihr Spiel verlor. »Erzählt doch endlich, wie Ihr zu Euren Blessuren gekommen seid!«

»Es war ein Sturz vom Pferd«, gestand Schumann, bevor er ihr einen ausführlichen Bericht des Vorfalls auf der Elbbrücke lieferte. »Ich bin mir inzwischen sicher, dass ich diesem Verrückten schon einmal irgendwo begegnet bin«, sagte er zum Schluss. »Nun, nach Euerer Beschreibung ist er ein Höfling, und Ihr werdet ihm wohl bei einem Eurer Besuche im Schloss begegnet sein«, vermutete Margaretha und schenkte sich Wein nach.

»Das dachte ich zuerst auch.« Schumann nahm sich eine zweite Scheibe Brot. »Aber er trug an dem Tag keine vornehme Kleidung, sondern derbe Stiefel und eine Jacke aus grobem Tuch.« Er sah ihn auf einmal wieder deutlich vor sich. »Er hatte einen Knotenstock in der Hand. Das war an dem Tag, an dem ich auf den Hennenberg gestiegen bin, um ...« Das Brot entglitt seinen Fingern, und er wiederholte die Worte des Brückenwächters, der dem Mann heute aufgeholfen hatte: »Er murmelte etwas von Kuxen, auf die er sein ganzes Geld gesetzt habe und die sich nun als vollkommen wertlos erwiesen hätten, weil die ganze chymische Mutation von Gold ein einziger Schwindel sei.«

Margaretha sah ihn besorgt an. »Ihr redet wirr. Könnte es sein, dass Euer Kopf bei dem Sturz doch ein wenig mehr in Mitleidenschaft gezogen worden ist?«

Schumanns erster Impuls war es aufzuspringen, um sofort nach Pirna zurückzureiten. Er musste sehen, dass er die Kuxe für das Bergwerk auf dem Hennenberg verkaufte, bevor es sich herumsprach, dass es nicht funktionierte, das Gold aus den Granaten zu extrahieren! Daran, wie sehr seine Reputation darunter leiden würde, wenn er seinen Ratsfreuden eröffnen musste, dass er ihnen zu einem schlechten Geschäft geraten hatte, wollte er lieber nicht denken. Er kam zur Besinnung, als Margaretha aufstand und ihm besorgt die Hand auf die Stirn legte. »Fieber scheint Ihr jedenfalls nicht zu haben«, sagte sie. »Dann muss es doch eine Gehirnerschütterung sein.«

Er holte tief Luft, dann griff er nach ihrer Hand und zog sie an seine Lippen. Es besteht kein Grund zu übereilten Schritten, sagte er sich, denn den Fall, dass die Gewinnung des Goldes durch gewöhnliche alchimistische Methoden nicht gelingen würde, hatte er schon früher bedacht. Gewöhnliche Methoden waren etwas für gewöhnliche Menschen wie den jungen, dummen Edelmann auf der Brücke. Ihm dagegen würden schon bald die größten alchimistischen Geheimnisse offenliegen. Gold aus Granaten zu gewinnen würde für ihn ein Leichtes sein. »Nein, abgesehen von einem verstauchten Knöchel fehlt mir nichts«, versicherte er Margaretha und zog sie auf seinen Schoß. »Das kann ich Euch gleich beweisen.«

Kapitel 24

Sophia erhob sich und streckte ihren Rücken. Er schmerzte vom langen Sitzen, aber auch von der Arbeit im Brauhaus. Dort hatte sie am Morgen unzählige Eimer Wasser in den Sudkessel gegossen. Später hatte sie eine Stunde mit dem Braupaddel in der heißen Maische gerührt, bevor sie diese abgießen und den Kessel von den festen Rückständen der Mälze reinigen konnte. Anschließend hatte sie den Ofen unter dem Braukessel noch einmal geschürt, damit die abgegossene Vollwürze so rasch wie möglich zu kochen begann. Nachdem sie den Sud mit Hopfen versetzt hatte, musste sie erneut rühren – so lange, bis sich ihre Hände, Arme und Schultern wie totes Holz anfühlten. Erst spät, nachdem der Sud über Nacht kühl gestellt worden war, hatte sie sich mit dem Buch und ihren Aufzeichnungen in die Schreibstube zurückziehen können.

Die kleine Kammer lag unmittelbar neben dem Saal, in dem sich die Gemeinde zum Essen, aber auch zum Gebet versammelte. In der kalten Jahreszeit kamen die Brüder und Schwestern dort nach dem Abendmahl zusammen, um Handarbeiten zu verrichten, während sie sich Geschichten erzählten oder gemeinsam sangen, und meist wurde der große Ofen dann noch einmal angeheizt.

Zwei Monate waren vergangen, seit die Versammlung der Brüder und Schwestern Sophia gestattet hatte, die Sprache zu lernen, in der das Manuskript verfasst worden war. Seither verbrachte sie täglich ein paar Stunden mit Bruder Nikolaus. Während er sie unterrichtete, bürstete, massierte und salbte sie die Haut an seinen Beinstümpfen nach Doktor Lienhards Anweisungen. Danach half sie dem Alten dabei, die Übungen zu absolvieren, die ihm der Doktor zur Kräftigung der Muskeln verordnet hatte. Mittlerweile beherrschte sie die Sprache größtenteils, und Nikolaus Storch war in der Lage, sich aus eigener Kraft auf einem Wägelchen mit Rädern fortzubewegen. Jeremias, der findige Schreiner, hatte es gebaut. Das niedrige Gefährt ähnelte einem Stuhl, an dem sich statt der Beine Räder befanden. Bruder Nikolaus musste sich mit beiden Hände auf dem Boden abstoßen, wollte er von der Stelle kommen. Auf festem, ebenem Untergrund kam er damit ganz gut zurecht, ansonsten musste er sich mit Krücken behelfen.

Sophia war froh, dass Bruder Franz ihr angeboten hatte, die Schreibstube zu nutzen, als sie sich vor ein paar Tagen entschloss, mit der Übersetzung des Buches zu beginnen. Sie spürte noch immer die Wärme aus dem großen Saal, obwohl die Stimmen nebenan schon vor einer Weile verklungen waren. Im ganzen Haus war nun Ruhe eingekehrt. Aus den oberen Stockwerken, in denen sich die Schlafräume von mehr als zwanzig Familien befanden, drang kein Laut an ihr Ohr, außer dem gelegentlichen Knacken der Balken.

Sophia öffnete das Fenster und atmete gierig die kalte, feuchte Nachtluft ein. Auch im Hof war es still, und im gegenüberliegenden Haus, in dem sich die Schlafsäle der Heranwachsenden befanden, waren längst alle Lichter erloschen. Da sich der Mond seinem höchsten Stand näherte, musste es bald Mitternacht sein – höchste Zeit, zu Bett zu gehen. Sophia schloss das Fenster, kehrte an den Tisch zurück, verstöpselte das Tintenglas und sammelte die Blätter ein. Zufrieden war sie mit dem Ergebnis des heutigen Abends nicht.

Nachdem sie die ersten Seiten übersetzt hatte, musste sie

feststellen, dass sich ihr der Sinn des Textes noch immer nicht erschließen wollte. Sie hätte viel darum gegeben, wenn sie Jovin zu dem Buch hätte befragen können. Vielleicht hätte er etwas anzufangen gewusst mit Sätzen wie diesen: »Einer ist viele und viele sind einer, denn es gibt keinen Anfang, so wie es auch kein Ende geben kann. Alles geht aus allem hervor und wird wieder dazu, indem es vergeht. So wie das Wasser, das sich unaufhörlich wandelt und fließt und fließt – überallhin und doch wieder zurück. Es ist Eis und wird heiß, es wird Luft und wird Leben, aus der Quelle gegeben, in den Himmel zu streben.« Vage erinnerten sie diese Formulierungen an die alchemistischen Anleitungen, die sie im vergangenen Jahr gelesen hatte. Doch dort war es immerhin um konkrete Handlungen gegangen, die auszuführen waren, um ein bestimmtes Ergebnis zu erzielen. Davon war in dem entschlüsselten Text bisher keine Rede gewesen. Ob das Buch trotz der vielen Pflanzenbilder eher eine philosophische oder religiöse Abhandlung war? Könnte Bruder Georg mit seiner Vermutung, es handele sich um ein Glaubenszeugnis der Täufer, tatsächlich recht haben?

In der einen Hand die Lampe und in der anderen ihre Aufzeichnungen stieg Sophia die Stiege in ihre Kammer unter dem steilen Dach hinauf. Sie schlief dort mit Clara in einem Bett, während sich Justus und Hanna ein anderes teilten. Hinter den Türen, an denen sie vorbeikam, war es still, nur ab und an hörte sie ein Seufzen oder Ächzen, jemand hustete – es war fast, als lebte und atmete das Haus selbst im Schlaf. Nach den vielen Monaten in der Höhle fühlte sich Sophia hier geborgen, und meist schlief sie tief und und ohne zu träumen, kaum dass ihr Kopf das Kissen berührt hatte. Oben angekommen öffnete sie behutsam die Tür der Kammer. Sofort nahm sie den vertrauten Duft ihrer Kinder wahr: Milch, Quark und Karamell dominierten bei Clara, während sich bei Justus bereits erdige Noten hinzugesellten – und wie stets lag über all dem der Geruch feuchter

Windeln. Sophia wusste, dass er ihr selbst ebenso anhaftete wie die Süße der Milch, die ihren Brüsten entströmte.

Bevor sie das Licht löschte, schaute sie noch einmal zum benachbarten Bett. Auf dem Kissen mischten sich Hannas braune Strähnen mit den goldblonden Locken ihres Sohnes, der das Köpfchen im Schlaf an den Hals seiner Amme geschmiegt hatte. Sophia rieb sich müde übers Gesicht. Die ersten Tage nach ihrer Rückkehr auf den Brüderhof, in denen Justus sich meist hinter Hannas Rock versteckte, sobald Sophia ihn auf den Arm nehmen wollte, waren nicht leicht gewesen. Und obwohl ihr Sohn mittlerweile gern auf ihren Schoss krabbelte, um mit ihr zu spielen und sich auch von ihr herzen und kosen ließ – sobald er sich wehgetan hatte oder wenn er quengelig und müde wurde, ging er zu Hanna. Sophia kroch zu Clara unter die Decke und zog ihre Tochter zu sich, die noch fast ein Teil ihres eigenen Körpers war. Dabei wusste sie, dass sich das bald ändern würde, denn schon jetzt bekam die Kleine neben der Muttermilch ein wenig Brei – Claras ersten Zahn hatte Sophia bereits vor Wochen gespürt. Während sie in den Schlaf glitt, betete sie um einen zeitigen Frühlingsbeginn, denn der Händler aus Prag, der die Gemeinde hin und wieder aufsuchte, trieb dann wieder Handel im Meißnischen. Ihm wollte sie einen Brief mitgeben, in dem sie Heinrich davon erzählte, dass er eine Tochter bekommen hatte.

Die kommenden Tage reihten sich aneinander wie Perlen auf einer Schnur, und auch dieser Morgen hatte begonnen wie jeder in der Gemeinde: Nach einem gemeinsamen Gebet hatten alle im großen Speisesaal im Erdgeschoss den Morgenbrei gelöffelt, den die Küchenschwestern ihnen aufgetischt hatten. Anschließend hatte Bruder Franz all jene, die nicht ihren Gewerken nachgehen mussten, für die anstehenden Arbeiten eingeteilt. Neben dem Bierbrauen waren das vor allem die Arbeiten auf den Feldern und in den Gärten, Holzspalten, Korbflechten,

Besenbinden, Spinnen, Weben und Stricken. Aufgaben, die alltäglich anfielen wie Kochen, Waschen und die Versorgung des Viehs, wurden auch immer wieder neu verteilt, obwohl die Leitung meist in festen Händen lag. Hanna war in den Monaten von Sophias Abwesenheit diejenige gewesen, die sich hauptsächlich um die Betreuung der kleineren Kinder kümmerte. Sophia sah ihr hinterher, als sie mit Clara auf dem Arm und Justus an der Hand den Gang hinunterlief. An der geöffneten Tür des großen Raums, in dem sich der Kinderhort befand, warteten bereits zwei junge Mädchen, die sie bei der Beaufsichtigung der Kinder unterstützen. Sophia war aufgefallen, dass Hanna, die früher stets mit gesenktem Kopf und hochgezogenen Schultern umhergelaufen war, inzwischen einen aufrechten, fast beschwingten Gang hatte. Freundlich, aber bestimmt erteilte sie den Mädchen Anweisungen, nahm weitere Kinder in Empfang und tröstete nebenbei ein kleines Mädchen, das sich an der Tür gestoßen hatte.

Sophia verbrachte eine Stunde mit Bruder Nikolaus und versah dann wieder gewissenhaft ihre Arbeit im Brauhaus. Nach dem Mittagsmahl, das die meisten Brüder und Schwestern ebenfalls gemeinsam einnahmen, trat Bruder Franz an sie heran.

»Christoph, der Töpfer, bat mich, dich für den Nachmittag zu ihm in die Werkstatt zu schicken. Er braucht deine Hilfe!«

Sophia freute sich, denn Christoph und sein Weib waren die Ersten, mit denen sie und Hanna nach ihrer Ankunft in der Gemeinde Freundschaft geschlossen hatten. Sie fand den Töpfer gemeinsam mit seinem Bruder Johann beim Betrachten einiger Schüsseln und Krüge, auf denen der wässrige Glasurbrei, in den sie ihre Ware nach dem ersten Brand tauchten, bereits getrocknet war. Die ursprünglich graubraune Farbe des Tons war verschwunden. Das Geschirr würde später weiß glänzen wie das begehrte Porzellan aus dem fernen China, das allerdings so teuer war, dass es sich höchstens Könige und Fürsten leisten konnten.

Gewöhnliche Leute aßen von Tellern aus Holz oder Steingut, die Wohlhabenderen besaßen Zinngeschirr. Das teuerste Stück in Sophias Vaterhaus waren die goldenen Taufbecher gewesen, aus denen jedoch niemals getrunken wurde. Daher war es nicht verwunderlich, dass sich das weiße Geschirr des Brüderhofs beinah von allein verkaufte. Christoph und Johann hatten die Kunst seiner Herstellung aus ihrer Heimat mitgebracht.

»Ah, Schwester Sophia, du kommst gerade im rechten Augenblick!« Christoph stellte den Teller ab, den er von allen Seiten prüfend betrachtet hatte. Dann rückte er einen der Hocker an den langen Holztisch mit dem Geschirr, das vor dem Glasurbrand noch bemalt werden sollte. »Bitte, setz dich!« Er machte eine einladende Handbewegung, bevor er sich auf einem anderen Schemel niederließ. Johann nahm an der schmalen Seite des Tisches Platz. Christoph warf ihm einen Blick zu und hob erwartungsvoll die Augenbrauen.

Verwundert schaute Sophia vom einen zum anderen. Die beiden Brüder hätten verschiedener nicht sein können. Christoph, der Ältere, hatte störrisches strohblondes Haar, das auf seinem Kopf zahlreiche Wirbel bildete. Sein Gesicht war von einem dichten Bart überwuchert, der ihm bis zur Mitte der breiten Brust reichte. Johann dagegen war schmal gebaut, hatte glattes, dunkelbraunes Haar und war einer der wenigen Männer in der Gemeinde, die keinen Bart trugen. Seine großen grauen Augen wurden von mädchenhaft langen Wimpern beschattet, und das kleine Muttermal auf der linken Wange gab ihm ein verwegenes Aussehen, dem sein zurückhaltendes Wesen in keiner Weise entsprach.

Auch jetzt hatte er Schwierigkeiten, die Worte zu finden, die sein Bruder offensichtlich von ihm erwartete. Als sich Christophs dichte Brauen ungeduldig zusammenzogen, holte Johann ein Blatt aus dem Bund seiner Schürze. »Ich glaube, das gehört dir.« Mit verlegenem Lächeln schob er es über den Tisch.

Ein jäher Schreck durchzuckte Sophias Körper, ließ ihr Herz rasen und pulsierte bis in die Fingerspitzen, mit denen sie das Papier hastig an sich zog. Aber schon ein kurzer Blick genügte, und sie beruhigte sich wieder – es war jene Seite, auf der sie vor Wochen die unverständlichen Zeilen über das eine und das viele, das Wasser und den Himmel notiert hatte.

Sophia hatte sich bisher darüber ausgeschwiegen, was sie übersetzt hatte. Neben Passagen, zu denen ihr Verstand keinen Zugang fand, standen Sätze auf dem Pergament, die ihr mitunter den Atem raubten und über die viele der gottesfürchtigen Brüder und Schwestern wahrscheinlich entsetzt wären. Sie stellten die Ordnung der Welt, wie Sophia sie kannte, auf den Kopf und passten in keines der Glaubensdogmen, die sie bisher kennengelernt hatte. Der einzige Mensch, mit dem sie bisher gewagt hatte, darüber zu sprechen, war Bruder Nikolaus. Aber selbst ihm hatte sie noch nichts von den Rezepturen und Empfehlungen erzählt, die sie erst vor einigen Tagen entschlüsselt hatte.

Johanns höfliches Räuspern erinnerte sie daran, dass sie ihm noch eine Antwort schuldete. »Das muss ich gestern Abend verloren haben«, sagte sie rasch. »Danke, dass du es für mich aufgehoben hast!« Johann nickte. »Ich habe es heute Morgen auf dem Boden gefunden, als ich den Ofen im Versammlungsraum eingeheizt habe.« Er schien noch etwas auf dem Herzen zu haben, zögerte jedoch, es auszusprechen, und Sophia bemerkte, wie Christoph seinem Bruder unter dem Tisch mit dem Fuß anstieß. »Das da«, Johann zeigte auf die Blüten, die Sophia gekritzelt hatte, während sie über dem Text brütete, »das ist sehr ungewöhnlich.« Er schluckte und fügte rasch hinzu: »Aber es ist hübsch – wirklich!« Christoph schnaubte ungehalten und begann mit den Fingern auf den Teller zu trommeln, den er vor sich auf dem Tisch stehen hatte. »Und weil wir eine Bestellung für ein ganz besonderes Tafelgeschirr für den Herrn von Liechtenstein bekommen haben, da dachten wir ... also, da haben wir uns überlegt …« Er merkte, dass er sich verhaspelt hatte, und biss sich auf die Lippe. »Johann!«, knurrte Christoph mahnend. Der junge Töpfer holte Luft. »Ja, ich weiß«, murmelte er schuldbewusst, »ich soll sie fragen.« Er hob den Blick. »Würdest du unser Geschirr mit diesen Blüten bemalen, Schwester Sophia?«

»Das kann ich nicht!«, wehrte Sophia ab, die sofort an die quälenden Stunden denken musste, in denen ihre Tante versucht hatte, ihr das Sticken beizubringen. Die Ergebnisse waren jedes Mal eine Katastrophe gewesen.

»Aber du warst doch diejenige, die das gezeichnet hat?« Johann deutete auf das Blatt und sah sie fragend an.

»Ja, aber nur so nebenbei mit dem Federkiel. Es ist bestimmt ganz anders, mit Pinsel und Farbe zu malen«, wandte sie beharrlich ein, denn sie hatte Niklas früher häufig bei seiner Arbeit an der Staffelei und in der Kirche beobachtet.

»Filomena kann es dir beibringen«, mischte sich Christoph nun ungeduldig ein. »Sie hat viel Erfahrung damit, und so schwer ist das auch gar nicht. Aber jetzt nach der Geburt der Zwillinge, schafft sie es noch nicht, lange in der Werkstatt zu sitzen.« Sophia, die wusste, dass die schwierige Entbindung erst wenige Tage zurücklag, verzog mitfühlend das Gesicht. »Einfache Bemalungen hat Johann übernommen. Doch für so was«, Christoph zeigte auf Sophias Blütenranke, »fehlt es ihm ohnehin an Vorstellungskraft. Gibt es noch mehr solche Blüten in dem Buch, das du übersetzt?« Sophia nickte. »Dann geht es darin also doch um Pflanzen?«, fragte er mit schlecht verhohlener Neugier.

»Ich habe erst einen Teil übersetzt«, erklärte Sophia. »Du weißt, bevor ich damit begonnen habe, dachte ich, dass es um Blumen, Kräuter und Rezepturen geht, weil gleich zu Beginn zahlreiche Pflanzen darin abgebildet sind.« Sie stieß einen tiefen Seufzer aus, weil es ihr noch immer schwerfiel, sich einzugestehen, dass sie sich geirrt haben könnte. »Es ist auch gut möglich, dass die Rezepturen noch kommen, denn die Seiten am Ende sehen danach aus«, fügte sie mehr für sich selbst hinzu. »Aber zunächst scheint es um die Entstehung des Lebens zu gehen.« Das war die Antwort, die sie bisher allen, außer Storch, auf Fragen nach dem Stand ihrer Übersetzung gegeben hatte. Es war nur die halbe Wahrheit – aber mehr wagte sie im Augenblick nicht.

»Die Geschichte der Schöpfung! Dann stimmt es also, wenn Bruder Georg sagt, das Buch sei von einem unserer Glaubensgenossen geschrieben worden«, flüsterte Johann ehrfürchtig.

Sophia zuckte unbehaglich mit den Schultern. Sie wusste, wie sehr sich einige der Brüder und Schwestern wünschten, durch das rätselhafte Buch, das Sophia auf so schicksalshafte Weise zu ihnen geführt hatte, Bestätigung ihrer Glaubensgrundsätze zu erfahren – es war einer der Gründe, weshalb sie sich so schwer damit tat, darüber zu reden, was sie bisher über den Inhalt des Manuskripts wusste.

Auch jetzt, da sie den sehnsuchtsvollen Glanz in Johanns Augen sah, brachte sie es nicht fertig, geradeheraus zu sagen, dass sie bisher keine Hinweise darauf gefunden hatte. »Um das zu beurteilen, ist es noch zu früh«, entgegnete sie stattdessen. »Zuerst muss ich alles übersetzen.«

»Darum hat Bruder Franz auch vorgeschlagen, dich von allen anderen Arbeiten zu befreien, wenn du dich bereit erklärst, uns beim Bemalen der besonderen Stücke zu helfen«, versuchte Christoph sie zu überzeugen. »Du könntest vormittags unser Geschirr bemalen und hättest den Nachmittag für deine Arbeit an der Übersetzung frei.«

Das klang verlockend. Sophia würde schneller vorankommen und könnte sich außerdem eine Stunde Zeit nehmen, um mit Justus und Clara zu spielen und die Kleinen anschließend selbst zu Bett bringen. Bisher hatte Hanna das getan, damit sie die Abendstunden für die Arbeit am Manuskript nutzen konnte.

»Du könntest es wenigstens versuchen!«, drängte Christoph. »Johann wird dir erklären, wie es gemacht wird.«

Eifrig sprang der junge Töpfer auf. »Ich habe die Farben bereits angemischt.« Er wies auf einige Krüge im Regal neben dem Fenster. »Siehst du, es ist alles da: Kobaltblau, Kupfergrün, Antimongelb, Manganviolett! Diese Farben musst du vor dem Garbrand auftragen. Alle anderen darfst du erst danach verwenden. Das Gold aber wird erst nach dem allerletzten Brand aufgebracht.«

»Am besten lässt du dir morgen früh von Filomena die Handhabung der Pinsel zeigen«, schlug Christoph vor. »Sie weiß, wie man die Hand abstützen kann, damit man einen sicheren feinen Strich zeichnet, und welche Menge Farbe man mit dem Pinsel aufnehmen muss, damit nichts tropft und kleckst.«

»Also gut!« Sophia erhob sich und nahm das Blatt vom Tisch. »Ich werde es versuchen.« Selbst ohne die Aussicht, künftig den Nachmittag zur Entschlüsselung des Manuskripts nutzen zu können, hätte sie es nicht übers Herz gebracht, den Brüdern ihre Bitte zu verweigern.

Als sie zur Tür gehen wollte, vertrat Johann ihr mit einem schüchternen Lächeln den Weg. »Meinst du, es wäre Schwester Hanna recht, wenn ich um sie werben würde?«, fragte er leise.

Sophia sah, dass Christoph erleichtert ausatmete und etwas in seinen Bart murmelte. Es klang wie: »Endlich tut er 's Maul auf!« Ihr war nicht entgangen, dass Johann die Amme in den letzten Wochen immer wieder mit Blicken verfolgt und ihre Nähe gesucht hatte. Doch da er alles andere als ein Draufgänger war und Hanna trotz ihres neuen Selbstvertrauens die Scheu gegenüber Männern nicht ganz überwunden hatte, war es dabei geblieben. Ihr war aber aufgefallen, dass auch Hanna den jungen Töpfer immer wieder verstohlen gemustert hatte. Deshalb beschloss sie, offen mit Johann zu sprechen. »Ich denke, du gefällst ihr.« Dem jungen Mann schoss das Blut ins Gesicht, und seine Augen begannen zu strahlen. »Du solltest aber wissen, dass Hanna von einem Mann einst großes Unrecht angetan wurde. Sie hat Leid erfahren, das noch immer Schatten auf ihre Seele wirft.« Sie blickte Johann in die Augen, sah seine Ratlosigkeit, aber auch sein Mitgefühl. »Du wirst daher Geduld brauchen«, riet sie. »Aber gib nicht auf, sei vorsichtig und mutig zugleich!« Johann griff nach ihrer Hand und drückte sie so heftig, dass ihre Finger schmerzten. »Danke! Ich verspreche dir, dass ich deinen Rat beherzigen werde!« Er wirkte eifrig und aufgeregt wie ein Welpe. Sophia lächelte ihm aufmunternd zu und verließ die Werkstatt.

Innerlich aufgewühlt machte sie sich auf die Suche nach Bruder Nikolaus. Sie fand den Alten im großen Vorratslager des Küchengebäudes, wo er sich nützlich machte, indem er die Mausefallen kontrollierte. Als sie den fensterlosen Raum betrat, hob er die Öllampe, mit der er gerade unter eins der Regale geleuchtet hatte.

»Sophia, was bereitet dir solche Sorgen, dass du heute nicht mal ein Lächeln für mich übrig hast?«, fragte er nach einem Blick in ihr Gesicht. »Wegen der hier musst du dir jedenfalls keine Gedanken machen, die fressen uns nichts mehr weg.« Er zeigte auf einen Korb, in dem mindestens zehn tote Mäuse lagen.

Sophia half ihm, die leeren Fallen mit angebratenem Speck zu bestücken, während sie von dem Gespräch mit Christoph und Johann berichtete. »Ich habe es einfach nicht übers Herz gebracht, ihnen jetzt schon zu sagen, dass es in dem Buch nicht um die Erwachsenentaufe geht und auch sonst nichts darauf hindeutet, dass es von einem ihrer Glaubensbrüder verfasst worden sein könnte.«

»Die Entscheidung liegt bei dir.« Der Alte spannte den Bügel und setzte die Falle vorsichtig zurück auf das untere Regalbrett. »Doch ich rate dir, rechtzeitig darüber nachzudenken, was du ihnen am Ende erzählen willst. Hast du denn schon herausgefunden, was es mit den Pflanzen auf sich hat, die aussehen, als hätte unser Herrgott sie allesamt auseinandergenommen, durcheinandergeschüttelt und neu zusammengesetzt?« Der Alte rollte sein Wägelchen zum gegenüberliegenden Regal, um die Fallen, die dort lagen, zu begutachten. Sophia folgte ihm mit dem Korb. »Ja, und ich finde, du hast das soeben sehr schön beschrieben«, sagte sie. »Sie stellen Rezepturen dar und enthalten jeweils die Teile einer bestimmten Pflanze, die dafür verwendet werden müssen. Das ist der Grund, warum ich in den vergangenen Jahren auch nicht ein einziges Kraut finden konnte, das ihnen gleicht.« Sie nahm fünf weitere Mäuse entgegen, die der Alte ihr an den Schwänzen überreichte, und ließ sie in den Korb fallen. »Allerdings bin ich mir nicht immer sicher, wozu die Rezepte dienen sollen.« Das stimmte nicht ganz, denn sie hatte durchaus eine Theorie dazu. Doch falls diese sich als wahr erweisen sollte, wäre es ganz und gar ausgeschlossen, ihre Übersetzung allen Brüdern und Schwestern der Gemeinschaft zugänglich zu machen. Schon jetzt befand sich Sophia womöglich in großer Gefahr, sollte Bruder Peter oder einer der anderen Glaubenseiferer den Text in die Finger bekommen.

»Du solltest sie Bruder Lienhard zeigen, wenn er wieder herkommt.« Storch besichtigte die letzten Fallen und warf noch zwei Mäuse in den Korb. »Schau nur, wie fett die sind! Das wird heute Abend einen wunderbaren Nachtisch geben.« Sophia schüttelte sich, doch sie wusste, dass etliche der Brüder und Schwestern ganz versessen auf die kleinen Nager waren. Bruder Nikolaus hob tadelnd die weißen Augenbrauen. »Ich weiß gar nicht, was du hast, Mäuse schmecken vorzüglich – besonders wenn sie mit Honig bestrichen und dann in Mohn gewendet werden.« Sophia war froh, dass sie heute keinen Küchendienst hatte und den Biestern nicht das Fell über die Ohren ziehen musste, bevor sie ins heiße Öl geworfen wurden.

Kapitel 25

Heinrich Fuchs stand inmitten der Menschen, die in die Sebalduskirche geströmt waren, um die Nacht der Nächte zu feiern, die der Auferstehung des Herrn am Ostersonntag voranging. Eingeklemmt zwischen Meister Ambrosius auf der linken und dem großen, schwitzenden Fleischermeister auf seiner rechten Seite, spürte er im Nacken den feuchten Bier- und Knoblauchatem des Mannes, der hinter ihm stand. Er blickte auf die brennende Kerze in seiner Hand, während er den Osterchoral sang. Weil er aber ansonsten immer nur das blauleinene Festtagswams des Steinmetzes mit der schon etwas grau gewordenen Rüsche des Hemdkragens am nicht ganz sauberen Hals des Mannes betrachten konnte, sah er schließlich nach oben. Die Säule, neben der er stand, war mit einer Statue der Jungfrau Maria geschmückt. Das Licht der Kerzen schälte ihr Gesicht aus der Dunkelheit, das sich voll Wärme und Zuneigung über das Kind auf ihrem Arm neigte. Fuchs musste schlucken und spürte, wie seine Augen zu brennen begannen. In diesem Moment fühlte er sich inmitten all der erwartungsvoll gestimmten Menschen so verloren wie der Bettler vor dem Portal, in dessen Holzschale er vorhin eine Münze geworfen hatte. Doch selbst der einbeinige Krüppel hatte heute Nacht ein zahnloses Lächeln im Gesicht gehabt.

Der Magister hatte in den Ostertagen, in denen auch in Ambrosius' Werkstatt die Arbeit ruhte, Muse gehabt, sein Leben zu überdenken. Zwölf Briefe hatte er an Sophia geschrieben, seit er Pirna verlassen hatte, aber auf keinen davon hatte er Antwort erhalten. Natürlich ging er davon aus, dass nicht jeder tatsächlich ins Haus ihres Onkels gelangt war. Nur die Mächtigen und Reichen konnten ihre Nachrichten mit berittenen Boten versenden. Die Beförderung privater Briefe war mit allerlei Unwägbarkeiten verbunden, sodass es viele Wochen oder Monate dauern konnte, bis ein Brief den Empfänger erreichte. Andererseits verkehrten zwischen Nürnberg und Leipzig sogar im Winter regelmäßig Kaufleute und Reisende, sodass es schon mit dem Teufel zugegangen sein müsste, wenn keine einzige seiner Botschaften in Sophias Hände gelangt wäre. Außerdem hatte Ambrosius ihm versichert, dass sein Diener schon wisse, wem er die Post gegen ein kleines Entgelt anvertrauen könne, schließlich kümmere sich Reinfeld seit Jahren für ihn um diese Dinge. Sophias Schweigen musste also bedeuten, dass sie ihm gram war, weil er nicht selbst kam, um sie und Justus heimzuholen. Hätte sie sich dagegen entschlossen, gar nicht mehr zu ihm zurückzukehren, hätte sie ihm das längst mitgeteilt, da war sich Fuchs sicher.

Er selbst hatte seine Sehnsucht nun ein Jahr lang erfolgreich mit Arbeit betäubt – etwas, das ihm mit Alkohol bei Weitem nicht so gut gelungen war. Doch nun war es endgültig genug! Sein Vertrag mit Ambrosius würde in wenigen Wochen enden, trotzdem beschloss er in dem Augenblick, in dem das letzte Wort des Osterevangeliums verklang, dass er Ambrosius gleich morgen darum bitten wollte, ihn vorzeitig daraus zu entlassen. Keinen Tag länger wollte er warten! Er war nicht mehr der Jüngste, das hatte er diesen Winter daran gemerkt, dass seine Glieder am Morgen stets ein wenig steif waren – alle, bis auf eins. Aber nun, da die Tage wieder länger wurden und sich das Leben aufs Neue überall regte, hatte sich auch das geändert. Er wollte sein Weib endlich wieder mit seinen Armen umfangen, sie in seinem Bett haben und mit seinem Körper ehren.

Inzwischen, im milden Licht der verflossenen Zeit, wog die Kränkung, die Sophias Verhalten nach der Rückkehr Dorndorfs bei ihm hervorgerufen hatte, leicht. Selbstverständlich hatte sie die Widerauferstehung des totgeglaubten Malers als Wunder empfunden – genauso wie Niklas die Begegnung mit seinem Sohn! Für Niklas musste es die Hölle gewesen sein, gleich darauf zu begreifen, dass die Frau, die er liebte wie am ersten Tag, inzwischen das Weib eines anderen geworden war. Anstelle des Malers hätte Fuchs mit Sicherheit auch versucht, das Unmögliche möglich werden zu lassen, indem er seinen Anspruch weiter geltend machte. Sie waren damals alle drei vollkommen überfordert mit diesem Dilemma, und Sophia – die Weisheit in Person – hatte das einzig Richtige getan, indem sie fortgegangen war, damit sich die Wogen der aufgepeitschten Gefühle erst einmal glätten konnten.

Beschämt erinnerte sich der Magister daran, wie er vor ihren Augen mit Fäusten auf den Maler losgegangen war. Die Wut, die ihn dazu verleitet hatte, verspürte er längst nicht mehr – ganz im Gegenteil: Nachdem Sophia gegangen war, hatten er und Niklas zusammen geredet und getrunken. Nun ja, wenn er sich recht entsann, war das Trinken in jener Nacht die Hauptsache gewesen, doch am Ende konnten sie sich sogar wieder an das Gefühl der Freundschaft erinnern, das sie früher verbunden hatte.

Der Magister wusste nicht, ob sich diese Freundschaft irgendwann wiederbeleben ließ, aber immerhin hatten sie sich in gutem Einvernehmen getrennt. Doch nun war es an der Zeit, dass er sich auch mit seinem Weib versöhnte. Wer weiß, vielleicht konnte aus dem Traum von dem schwarzhaarigen kleinen Mädchen, den er seit dem Sommer immer wieder gehabt hatte, eines Tages noch Wirklichkeit werden? Fast ein Jahr hatte er in Nürnberg verloren, weil er zu dumm gewesen war, zu begreifen, worauf es in Wirklichkeit ankam.

Verärgert über sich selbst stieß er den Atem so heftig aus, dass die Kerze in seiner Hand erlosch. Meister Ambrosius, der es bemerkte, hob verwundert die Augenbrauen und hielt ihm seine Kerze hin, damit er sein Licht erneut daran entzünden konnte. »Passt auf, mein Freund, dass Euch das nicht noch einmal passiert«, flüsterte ihm der korpulente Bäcker zu. »Es gilt als schlechtes Omen für das neue Jahr!«

»Abergläubisches Geschwätz«, murmelte Ambrosius. »Nur ein Dummkopf würde einem Zufall höhere Bedeutung zumessen.«

»Ihr werdet schon sehen ...«, orakelte der Bäcker mit beleidigtem Schulterzucken. Der Mann mit dem Knoblauchatem zischte von hinten: »Still jetzt! Ihr stört die Andacht!«

Während sich Ambrosius nach der Messe sofort zu Bett begeben hatte, konnte der Magister in seiner Kammer einfach keinen Schlaf finden. Seit er in der Kirche den Entschluss gefasst hatte, sein Eheleben endlich wieder vom Kopf auf die Füße zu stellen, hatte ihn eine fiebrige Unruhe erfasst. Schließlich erhob er sich, zündete eine Lampe an und begann seine übersichtliche Habe zu sortieren.

Er faltete den warmen Winterumhang zusammen, den er sich erst hier in Nürnberg gekauft hatte, und packte ihn in seinen Reisesack, ebenso die dicken Wollstrümpfe und den Schal. Es folgten die beiden Wechselhemden und die dicke Ledermappe mit seinen Skizzen und Aufzeichnungen. Dabei legte er sich im Kopf bereits die Worte zurecht, mit denen er die Herren vom Rat davon überzeugen würde, ihm einen Vorschuss für den Bau eines Spielwerks für die Rathausuhr zu bewilligen. Doch abgesehen davon barg die Mappe auch zahlreiche andere Ideen, die nur darauf warteten, dass er sie daheim umsetzte. Dies bedenkend sagte er sich, dass es nicht stimmte, wenn er das Jahr in Nürnberg als verlorene Zeit ansah.

Als Nächstes sortierte Fuchs die Dokumente, die er unterwegs immer wieder vorzuzeigen hatte, nach ihrer Wichtigkeit. Das Carlowitzsche Schreiben und den Brief des Pirnaer Rates legte er obenauf.

Aber auch nachdem er alles wohlgeordnet vor sich sah, wollte sich seine Unruhe nicht legen. Entschlossen, die nötige Bettschwere mit einem Trunk Bier zu befördern, ergriff er die Lampe, tappte die dunkle Stiege hinunter, holte sich aus der Küche einen Krug und öffnete die Kellertür. Als er seinen Fuß auf die erste Stufe setzte, wehte ihm ein kühler Luftzug um die nackten Beine, der ihn schaudern ließ. Seine Lampe begann zu blaken. Schnell eilte er die Treppe hinab, suchte das richtige Fass und stellte den Krug unter den Zapfhahn. Der malzige und gleichzeitig angenehm würzige Geruch stieg ihm in die Nase und ließ seinen Mund wässern, während er beobachtete, wie sich die rotbraune Flüssigkeit schäumend daraus ergoss. Er hatte den Hahn gerade wieder sorgfältig geschlossen, als er aus der Tiefe des Kellers ein Klopfen vernahm. Es hörte sich beinah so an, als wäre jemand in der kleinen Werkstatt unten dabei, Metall zu bearbeiten. Doch der Meister lag oben in seiner Kammer und schlief – er hatte Ambrosius schnarchen gehört, als er die Stiege hinuntergegangen war!

Fuchs ließ den Krug stehen, ergriff die Lampe und tastete sich durch die finsteren Kellergewölbe zu der Treppe, die ins tiefergelegene Stockwerk führte. Schwacher Lichtschein glomm von unten herauf. Das Klopfen und Hämmern war nun deutlich zu hören, und auch der beißende Geruch erhitzten Metalls sagte ihm, dass er sich nicht getäuscht hatte. In der Werkstatt war jemand bei der Arbeit! Der Magister stellte die Lampe auf die oberste Treppenstufe und entledigte sich seiner Holzpantinen, um auf bloßen Sohlen hinunterzuschleichen.

Aus Angst, auf der unbeleuchteten Treppe ins Stolpern zu geraten, stützte er sich mit seiner Linken an der Wand ab. Der raue Sandstein schürfte über seine Handfläche, und die Kälte unter seinen nackten Füßen ließ ihn frösteln. Unvermittelt überkam ihn ein Gefühl akuter Gefahr, das ihm die Luft aus den Lungen presste und ihn innehalten ließ. Etwas Böses schien im Schatten zu lauern, bereit, ihn anzuspringen und niederzuwerfen. Dann hörte er gemurmelte Worte, und die Furcht verschwand so schnell, wie sie gekommen war. Er kannte die Stimme, obwohl sie jetzt nicht ihren gewohnten, leicht somnambulen Klang hatte, sondern erstaunlich selbstbewusst und kräftig, ja fast schon zornig klang.

»Wo bist du hingerollt, kleines Biest? Na, warte! Reinfeld wird dich finden!« Fuchs hörte ein Schaben und Schleifen, als kröche jemand auf allen vieren über sandigen Boden. »Ah, hab dich! Nun siehst du, Reinfeld bekommt am Ende, was er will!«

Der Magister machte zwei weitere vorsichtige Schritte treppab und lugte mit gerecktem Hals um die Ecke. Tatsächlich stand Reinfeld an der Werkbank und feilte an einem Rädchen. Auf dem Kopf trug er den Stirnreif mit dem Vergrößerungsglas, und um den Bauch hatte er sich die lederne Schürze des Meisters gebunden. Neben ihm stand Benedikts Automat, der leinenen Hülle ledig. Im Licht der Fackeln huschten rötliche Reflexe über das polierte Metall, sodass es schien, als leuchteten dämonische Augen durch das Visier des Helmes.

Hätte Fuchs nicht vorhin Reinfelds Stimme gehört, hätte er den Mann, der sich konzentriert über die Werkbank beugte, für den Meister selbst gehalten. Bisher war es noch nie vorgekommen, dass Ambrosius seinen Diener zu einer der feineren Arbeiten herangezogen hatte. Im Gegenteil, sosehr der Meister es schätzte, dass Reinfeld Ordnung im Lager hielt, sich um die Materialbeschaffung und das grobe Zurichten einzelner Metallteile kümmerte – bisher hatte er ihm stets die Eignung für komplexere Tätigkeiten abgesprochen.

Auch bei Eppelein hatte Reinfeld bisher nie Hand anlegen dürfen. Stattdessen hatte Ambrosius die letzten Arbeiten zur

Fertigstellung des komplizierten Mechanismus im vergangenen Winter ausschließlich mit Fuchs selbst geplant und ausgeführt. Inzwischen war der Automat, der auf Knopfdruck tatsächlich zwei Schritte nach vorn machen und dabei Schwert und Dolch präsentieren konnte, im Großen und Ganzen fertiggestellt. Allerdings hatte Ambrosius den Eppelein bisher noch nie vor Publikum vorgeführt, und Fuchs bedauerte sehr, dass er selbst das nun wohl nicht mehr erleben würde. Im Augenblick bestand allerdings die Gefahr, dass Reinfeld in einem Anfall von Selbstüberschätzung oder womöglich gar von geistiger Umnachtung, den wunderbaren Automaten beschädigte.

Fuchs fragte sich gerade, ob er dem Spuk ein Ende bereiten sollte, da drehte sich Reinfeld um. In der linken Hand hielt er den Messingschlüssel, mit dem die Feder im Inneren des Automaten aufgezogen werden musste, damit man ihn in Betrieb nehmen konnte. Fuchs war beim letzten Probelauf aufgefallen, dass der Schlüssel sich nur recht schwer auf die Welle schieben ließ. Im Inneren der Hülse schien sich noch ein Grat zu befinden. Doch bevor er dazugekommen war, ihn zu beseitigen, hatte Ambrosius ihn zu einer anderen Arbeit gerufen, und später hatte er das Ganze vergessen. Reinfeld hatte den Grat offenbar gefunden und abgefeilt, denn er hielt den Schlüssel nun ins Licht und fuhr mit dem rechten Daumen prüfend darüber. Dabei kniff er das linke Auge zu, um mit dem rechten besser durch das Vergrößerungsglas schauen zu können.

Auf seinem Gesicht lag ein Ausdruck von Sicherheit, Ruhe und Konzentration, den der Magister bisher noch nie an ihm wahrgenommen hatte. Durch seine wechselnden Ticks wirkte der Mann für gewöhnlich sprunghaft und unstet. Aber jetzt zuckte kein Muskel in seinem Gesicht, und er schien auch nicht den zwanghaften Drang zu verspüren, ein Bein ruckartig nach vorn zu bewegen. Mit einer Geste, die er sich bei Ambrosius abgeschaut haben musste, strich Reinfeld noch einmal über den

Schlüssel, bevor er ihn beiseitelegte und den Automaten vorsichtig umdrehte. Da er die Platte auf der Rückseite des Brustpanzers bereits abgenommen hatte, lag der Blick auf das Innenleben des Automaten mit seiner Vielzahl an Rädchen, Wellen und Federn frei. Reinfeld zog ein zusammengefaltetes Papier aus dem Bund seiner Schürze, strich es glatt und verglich es dann eine ganze Weile mit der Mechanik vor seinen Augen. Da das Blatt weder aus den Plänen des Meisters noch aus Fuchs' eigener Skizzensammlung stammen konnte, musste der Mann sich wohl eine eigene Zeichnung angefertigt haben.

Schließlich nickte Reinfeld zufrieden, steckte den Plan wieder ein und nahm den Schlüssel zur Hand. Er schob ihn auf die Welle an der Rückseite des Automaten, spannte die Feder und begab sich dann auf die andere Seite, um den Mechanismus auszulösen. Fuchs hörte es knacken, und dann ertöne das typische Klacken, das entstand, wenn die Metallzähne ineinandergriffen. Die Räder drehten sich, begleitet von einem leichten Quietschen, das dem Magister sagte, dass ein paar Tropfen Öl hier und da angebracht wären. Reinfeld musste das ebenfalls gehört haben, denn er hielt den Mechanismus an und langte nach dem Ölkännchen, das auf dem Wandbord bereitstand.

Der Magister trat leise den Rückzug an. Er hatte genug gesehen, um zu begreifen, dass der Meister sein Faktotum schwer unterschätzte, und wie es schien, hatte Reinfeld sich entschlossen, das zu ändern. Fuchs fand das angemessen, und er gönnte dem Mann die Gelegenheit, Ambrosius zu beweisen, dass er zu mehr taugte als zum Handlanger und Hausdiener. Der Meister hatte sich entschlossen, einen Gesellen aus Augsburg zur Probe einzustellen. Der Mann war der Schwager eines Zunftkollegen, hatte einen ausgezeichneten Leumund und schien außerdem ein freundlicher Mensch zu sein. Wollte Reinfeld also seine Stellung im Haushalt verändern, dann gab es dafür keinen besseren Zeitpunkt.

Kapitel 26

Als Sophia nach ihrer Arbeit in der Töpferwerkstatt in den Hof hinaustrat, rollte ein Wagen durch die Toreinfahrt. Das kräftige braune Pferd mit der sternförmigen Blesse auf der Stirn kam ihr bekannt vor, und zu ihrer Freude entdeckte sie auf dem Bock Jeremias. Sophia hatte ihn schon seit Wochen nicht mehr zu Gesicht bekommen, denn er lebte auf einem der weiter entfernten Brüderhöfe. Sie wusste, der einfallsreiche Handwerker hatte es sich in den Kopf gesetzt, einen Wagen zu bauen, in dem sich Bruder Nikolaus noch besser fortbewegen konnte, und sie fragte sich, welche Fortschritte er mittlerweile dabei gemacht hatte. Doktor Lienhard, der neben ihm saß, hob grüßend die Hand. Sophia eilte zum Brunnen und füllte einen Eimer mit Wasser. Sie freute sich, den Schreiner wiederzusehen, aber noch dringender wollte sie sich mit dem Doktor unterhalten. Es war ihr mittlerweile gelungen, viele der Rezepte zu übersetzen. Doch manche der Krankheiten, die sie heilen sollten, waren ihr vollkommen unbekannt, und bei anderen Rezepturen reichten ihre Kenntnisse nicht, um deren Wirksamkeit ausreichend beurteilen zu können.

Jeremias brachte den Wagen an der Pferdetränke zum Stehen. »Gott zum Gruß, Schwester Sophia!« Sein bärtiges Gesicht strahlte. »Ich habe etwas für unseren Bruder Nikolaus, was ihn den Verlust seiner Beine glatt vergessen lassen wird«, verkündete er geheimnisvoll, während der Doktor im Inneren des Wagens verschwand.

»Das wäre dann wohl ein Paar Flügel«, mutmaßte Sophia augenzwinkernd und goss das Wasser in den Trog. Jeremias lachte schnaubend auf. »Sehe ich etwa aus, als wäre ich der Allmächtige?« Er umrundete den Wagen und half dem Doktor, einen eigenartigen kleinen Wagen von der Ladefläche zu hieven. Das Gefährt sah aus wie ein Stuhl mit hoher Lehne und überlanger Sitzfläche. Anstelle der Beine hatte es drei Räder. Die hinteren wirkten gewöhnlich, während das vordere an beiden Seiten mit hölzernen Zahnrädern versehen worden war. Aus dem Kasten, der sich darüber befand, ragten zwei Kurbeln. »Wenn man hier dreht«, Jeremias bückte sich und legte seine Hände darum, »kann man sich aus eigener Kraft vorwärtsbewegen.«

Sophia schüttelte erstaunt den Kopf, als sich das Gefährt ruckelnd in Bewegung setzte. Im Vergleich zu dem bisherigen Wägelchen wirkte der Wagen geradezu fürstlich.

Inzwischen hatten sich einige Mitglieder der Gemeinde um sie versammelt, unter ihnen auch Johann und Christoph. Rufe des Staunens und der Bewunderung wurden laut. Um die Fahrtüchtigkeit seiner Konstruktion zu demonstrieren, forderte Jeremias einen kleinen Jungen auf, in den Wagen zu klettern und die Kurbeln zu bedienen. Der Steppke kniete sich hin und reckte seine kurzen Arme, um an die Kurbeln zu gelangen. Unter dem Jubel der Umstehenden schaffte er es tatsächlich, die Hofeinfahrt hinunterzufahren, bevor er schnaufend und hochrot im Gesicht wieder abstieg. »Bruder Nikolaus sollte das am besten selbst ausprobieren«, riet Doktor Lienhard. Die Töpfer rannten los, um den Alten zu suchen.

Sophia hatte sich inzwischen neben ihn gestellt, und während Jeremias von immer mehr Kindern belagert wurde, die lautstark darum bettelten, ein Stück mit dem Wagen fahren zu dürfen, nutzte sie die Gelegenheit für ein Gespräch mit dem Doktor. »Wenn Ihr nachher noch ein wenig Zeit habt, würde ich gern Eure Meinung zu einigen Rezepturen erfahren, auf die ich bei meiner Übersetzung des Manuskripts gestoßen bin«, sagte sie leise. Lienhards Augen begannen zu leuchten. »Ich habe mich schon gefragt, wie weit Ihr mittlerweile mit der Entschlüsselung des faszinierenden Werkes gekommen seid«, flüsterte er. »Habt Ihr herausfinden können, wer es verfasst hat?«

»Nicht namentlich«, Sophia zuckte bedauernd mit den Schultern. »Ich bin allerdings davon überzeugt, dass es eine Frau war.« Sie begegnete seinem Stirnrunzeln mit einem selbstbewussten Lächeln. »Ich denke, Ihr werdet mir zustimmen, wenn Ihr die Rezepturen gesehen habt.«

In den letzten Nächten hatte sie immer wieder darüber nachgedacht, ob sie es überhaupt wagen durfte, einen Mann in das einzuweihen, was sie herausgefunden hatte. Um besser beurteilen zu können, worauf sie gestoßen war, benötigte sie allerdings den Rat eines Menschen, der über weit bessere Kenntnisse auf dem Gebiet der Kräuterkunde und Medizin verfügte als sie selbst. Im Dunkel ihrer Kammer hatte sie sich verzweifelt gewünscht, Heinrich oder zumindest Meister Arnold darüber befragen zu können. Beiden hätte sie bedingungslos vertrauen können.

Aber dann hatte sie sich erinnert, dass Lienhard ohne Wenn und Aber bereit gewesen war, den gefährlichsten Teil bei der Rettung des alten Wanderpredigers aus dem Felsenverlies zu übernehmen. Und kurz darauf hatte sie sich bei Storchs Beinamputation mit eigenen Augen davon überzeugen können, wie mutig und unvoreingenommen sich der Doktor neue Kenntnisse zum Wohle seiner Patienten nutzbar machte.

Mittlerweile hatten Christoph und Johann den Alten gefunden. Sie setzten ihn in den Wagen, wo Jeremias ihm erklärte, wie das Gefährt zu bedienen sei. Storch zog skeptisch die weißen Augenbrauen zusammen, und Sophia gewann den Eindruck, dass die Aussicht auf eine Probefahrt ihn nicht halb so sehr begeisterte wie seine Zuschauer. Doch angesichts der gespannten Erwartung im Gesicht des Schreiners und der begeisterten Kinderrufe, wagte er keinen Protest. Mit einem Schulterzucken griff er nach den Kurbeln und begann kräftig zu drehen. Prompt setzte sich das Vorderrad in Bewegung, der Wagen rollte los.

Bereits nach einem kurzen Stück verschwand der letzte Ausdruck von Skepsis aus dem Gesicht des Alten. »He, he!«, rief er. »Damit komme ich beinah so schnell vom Fleck wie als junger Hüpfer.« Viel zügiger als die beiden Buben fuhr er die Hofeinfahrt hinunter. Sophia und der Doktor folgten ihm mit den anderen durch das Tor hinaus auf den Weg. Dort ging es noch steiler bergab, sodass der Wagen ordentlich Fahrt aufnehmen konnte.

Die ersten Zuschauer waren zurückgeblieben, weil sie nicht mehr Schritt halten konnten, als es laut krachte und der Wagen mit jähem Ruck stehenblieb. Bruder Nikolaus wurde nach vorn geschleudert und landete bäuchlings im Staub. Entsetzt schlug Sophia ihre Hände vor den Mund. Während sie zu ihm rannte, sendete sie ein Stoßgebet zum Himmel, der Alte möge sich bei diesem Sturz nicht ernsthaft verletzt haben. Lienhard und Christoph erreichten ihn als Erste.

»Fehlt dir etwas, Bruder Nikolaus?«, erkundigte sich der Töpfer, während er ihn aufhob.

»Was für eine Frage!« Der Alte schnaubte entrüstet. »Ein paar gesunde Beine – was sonst?« Mit beschämtem Gesicht stand Jeremias derweil vor seinem Wagen. »Die Hinterachse ist gebrochen«, murmelte er. »Wie konnte das geschehen?«

Lienhard schlug ihm im Vorübergehen auf die Schulter. »Kopf hoch! Bruder Nikolaus scheint nichts weiter passiert zu sein.«

»Geb's Gott!«, jammerte der Schreiner. »Ich schaue mir den Alten gleich noch mal an. Untersuch du solange, warum die Achse gebrochen ist!«, rief der Doktor ihm zu.

Tatsächlich hatte Bruder Nikolaus durch den Unfall lediglich abgeschürfte Handflächen und einen blutigen Kratzer auf der Stirn davongetragen. Sophia spülte die oberflächlichen Wunden mit Wasser, und Lienhard strich eine Salbe aus Johanniskraut und Ringelblumenextrakt darauf, bevor er sie verband. Anschließend folgte er Sophia hinauf in ihre Kammer. Das erwartungsvolle Funkeln seiner Augen war ihr nicht entgangen. Sie hatte keine Zweifel mehr daran, dass es richtig war, ihn einzuweihen. »Nun erzählt schon, was Ihr gefunden habt! Ist es das erhoffte Mittel gegen die Pest? Und worauf gründet sich eigentlich Euer Glaube, ein Weib habe dieses Buch geschrieben?«, fragte er ungeduldig, während sie den Riegel vorlegte, ihre Matratze anhob und ein Bündel Papier darunter hervorholte.

»Bei allen Rezepturen, die ich bisher entschlüsseln konnte, scheint es sich entweder um Heilmittel für Kinderkrankheiten oder Frauenleiden zu handeln«, sagte Sophia. »Also war kein Rezept gegen die Pest darunter«, stellte Lienhard bedauernd fest. »Und was das Übrige betrifft: Es gibt durchaus Ärzte, die sich auf Frauenleiden spezialisiert haben – auch wenn ich zugeben muss, dass wir das meiste davon lieber den Wehmüttern überlassen«, räumte er ein. »Sie verfügen auf diesem Gebiet über weit mehr Erfahrung und über Wissen, das bis zur Geburt von Kain und Abel zurückreichen dürfte.«

»Wenn Ihr alles gesehen habt, werdet Ihr mir dennoch recht geben, dass nur eine Frau all diese Rezepturen und Anwendungen aufgeschrieben haben kann«, sagte Sophia nachdrücklich. »Auch was das Mittel gegen die Pest betrifft, bin ich noch nicht bereit, meine Hoffnungen gänzlich zu begraben. Habt Ihr schon einmal von der Rachenpest gehört?« Er schüttelte erstaunt den Kopf. »Nein. Was soll das sein?«

Sie reichte ihm einige Blätter und beobachtete, wie er konzentriert las. Aber schon nach kurzer Zeit hellten sich seine

Züge auf. Er trat einen Schritt näher ans Fenster, und sie hatte den Eindruck, dass ihn die Lektüre zunehmend fesselte. Sophia wunderte sich nicht. Obwohl es nicht danach aussah, als würde es sich bei der beschriebenen Krankheit um den Schwarzen Tod handeln, so schien das Übel doch mit ähnlicher Grausamkeit zuzuschlagen. Es verbreitete sich rasch und tötete die Erkrankten innerhalb weniger Tage. Die Tatsache, dass es sich dabei hauptsächlich um Kinder handelte, fand Sophia besonders bestürzend. Die Verfasserin des Textes hatte kein Wundermittel dagegen parat. Aber sie kannte Maßnahmen, die Verbreitung der Seuche einzudämmen, und beschrieb auch eine Operation, die als letztes Mittel angewendet werden könne, um Leben zu retten.

Nach einer Weile hob der Doktor den Blick. »Ja!« Er nickte heftig. »Ich weiß wohl, welche Krankheit hier beschrieben ist. Mir ist sie unter dem Namen Kinderwürger bekannt, aber mancherorts bezeichnet man sie auch als Halsbräune. Aus anfänglichen Bläschen entwickeln sich jauchig stinkende, grau-weiße Geschwüre, die sich überall im Rachen ausbreiten und schließlich einen lederartigen Belag bilden. Du hast es selbst gelesen.« Sophia nickte stumm. »Nach meiner Erfahrung endet die Erkrankung bei Kleinkindern meist tödlich, und sogar schneller, wenn man versuchte, die Beläge im Rachen zu entfernen. Der Tod tritt durch Ersticken ein«, beendete er seinen Vortrag in sachlichem Ton. »Ich finde es überaus interessant, dass der Schreiber dieses Textes«, er deutete auf das Papier in seiner Hand, »ebenso wie ich die Auffassung vertritt, die Krankheit breite sich über Erreger von Mensch zu Mensch aus, sodass nur eine strenge Isolation der Kranken und peinliche Sauberkeit ihre seuchenartige Ausbreitung verhindern.« Er seufzte. »Leider ist das den Leuten im Ernstfall meistens schwer begreiflich zu machen – zumal die meisten Ärzte Anhänger der Miasmentheorie sind und in ihrer Beschränktheit alles andere für Unsinn halten.«

»Meister Arnold, der Bader des Pirnaer Rates, würde Euch da vollkommen zustimmen. Aber was haltet Ihr von den Empfehlungen der Verfasserin«, Sophia lächelte. »Nach meinem Dafürhalten«, erwiderte der Doktor schmunzelnd, »sind das lauter vernünftige Verordnungen. Die beschriebene Operation kann ich als Ultima Ratio ebenfalls befürworten.«

»Sie erscheint mir sehr gefährlich«, wandte Sophia ein. »Nicht, wenn man weiß, wo man schneiden muss«, entgegnete der Doktor. »Gebt mir Tinte und Papier, dann kann ich es Euch zeigen.« Eine Zeitlang folgte Sophia gebannt seinen Erklärungen. Doch dann erinnerte sie sich daran, dass es noch mehr gab, wonach sie ihn heute fragen wollte.

»Entfalten diese Rezepturen nach Eurer Ansicht ebenfalls die gewünschte Wirkung?« Sie zog weitere Blätter aus dem Stapel und schob sie ihm über den Tisch. Er stand auf, ging zum Fenster und begann erneut zu lesen. Sophias Hände wurden feucht, als sie sah, wie seine Augenbrauen schon nach wenigen Zeilen in die Höhe schossen. »Ein Löffel Pulver vom getrockneten Kraut der Ackerminze in Wasser vor dem Zubettgehen eingenommen – von der Frau oder dem Manne«, murmelte er. »Fünf Blätter von der Weinraute werden über Nacht in einen Becher Wasser gelegt und das Wasser am anderen Morgen getrunken. Die Wirkung setzt zuverlässig ein nach Jahr und Tag. Frische Samen der wilden Möhre, zerstoßen und mit Wasser eingenommen, je nach Bedarf?« Er ließ die Blätter sinken und drehte sich zu Sophia um. »Es ist nicht so, dass ich die Wirkung bisher in irgendeiner Weise erprobt hätte«, versicherte er. »Schließlich weiß ich, was die Peinliche Halsgerichtsordnung des Reiches zu derlei Praktiken sagt: Wenn jemand einem Weibsbild ein lebendig Kind abtreibt oder auch Mann oder Weib unfruchtbar macht und solch Übel vorsätzlich herbeiführt, soll der Mann mit dem Schwert und die Frau, so sie es auch an ihr selbst täte, ertränkt oder sonst zum Tod gestraft werden.« Er holte Luft. »Aber nach allem, was ich bisher darüber gehört habe, sollen diese Mittel einigermaßen zuverlässig sein.«

»Wer hat Euch das erzählt?«, wollte Sophia wissen. »Kräuterweiber, Wehmütter, eines Henkers Weib. Wer sonst?« Lienhard zuckte mit den Schultern. »Ein paar davon haben, soweit ich weiß, mittlerweile auch die Strafe erhalten, die das Gesetz des Kaisers vorsieht, wenn man derlei weitergibt oder anwendet.« Sophia, für die all das nicht wirklich überraschend war, zögerte einen Augenblick, bevor sie wagte, die nächste Frage zu stellen. »Doch wie denkt Ihr selbst über diese Dinge?«

Der Doktor setzte sich auf die Kante von Hannas Bett. Er fuhr sich mit beiden Händen übers Gesicht und sah dann zu Sophia auf. »Die Jurisprudenz habe ich zwar nicht studiert, doch ich habe mir sagen lassen, dass es Kaiser Maximilian war, der vor mehr als eineinhalb Jahrhunderten das Verhüten und Abtreiben der Leibesfrucht erstmals unter Todesstrafe stellen ließ. Des Menschen Gesetz ist das eine – obgleich man gut daran tut, sich daran zu halten, wenn man lange leben möchte.« Seine Lippen verzogen sich zu einem schmalen Lächeln. »Die andere Sache, die es hier zu bedenken gilt, ist Gottes Gebot. ›Du sollst nicht töten!‹ ist der Grundsatz, der mir dabei am wichtigsten erscheint. Und darum würde ich selbst es niemals in Betracht ziehen, eines der Mittel anzuwenden.«

Sophia kaute auf ihrer Lippe. Sie fragte sich, was sie in Betracht gezogen hätte, wenn es ihr wie ihrer Freundin Maria ergangen wäre. »Und wenn eine Frau Euch danach fragen würde, die schwanger wurde, nachdem Männer ihr Gewalt angetan haben?«, stieß sie hervor.

Lienhard schüttelte den Kopf. »Was kann das arme Kindlein, das dabei entstand, dafür?«, fragte er. »Auch ein solches Kind braucht die Liebe einer Mutter«, sagte er mit Nachdruck. Sophia dachte, dass es wahrscheinlich nicht jede Frau über sich bringen würde, ihr Kind unter solchen Umständen zu lieben. »Aber wie denkt Ihr darüber, die Empfängnis von vornherein zu verhindern?«, bohrte sie weiter. »Damit ließe sich gewiss so manches Leid verhindern«, stimmte Lienhard zu. Dadurch ermutigt, entschloss sich Sophia, eine weitere Frage zu stellen. »Habt Ihr schon mal vom Niembaum gehört? Seine Samen, seine Blätter und auch alle sonstigen Bestandteile scheinen eine gar wundersame Wirkung nicht nur auf diesem Gebiet, sondern auch gegen eine Vielzahl von Krankheiten und alle möglichen anderen Plagen zu haben.«

»Niembaum? Lasst mich überlegen.« Der Doktor kratzte sich die sandfarbenen Stoppeln an seinem Kinn. »Ich entsinne mich, irgendwo gelesen zu haben, dass es im fernen Indien einen solchen Baum geben soll. Zeigt doch mal, was Ihr dazu gefunden habt!« Sie reichte ihm das nächste Blatt, und er überflog es mit zusammengekniffenen Augen. »Es wirkt zuverlässig gegen Läuse und allerlei Ungeziefer und sogar gegen das Sumpffieber – höchst interessant! Aber warum habt Ihr hier die Zeichen von Mars und Venus danebengemalt?«

Sophia errötete. »Ich verwende sie im alchemistischen Sinn für Mann und Weib. Das Öl des Niembaums soll bei beiden die Fruchtbarkeit unterdrücken.«

Lienhard schüttelte den Kopf. Nach einem Moment des Zögerns gab er ihr die Blätter zurück. »Eure Matratze ist keineswegs der geeignete Ort, um diese Seiten zu verstecken«, lenkte er ab. »Ich hoffe, Euch ist klar, wie gefährlich es für Euch werden kann, wenn jemand das hier findet!« Als Sophia nickte, erhob er sich, um ihr eindringlich in die Augen zu schauen. »Ich kann Euch nur raten, diese Passagen Eurer Übersetzungen zu verschlüsseln, so wie es ihre Verfasserin tat. Denkt Euch einen eigenen Code dafür aus und verratet ihn keinem, hört Ihr!«

»Wenn ich Euren Rat befolge, dauert es noch viele Monate, bis ich fertig bin.« Sophia senkte den Kopf und stieß einen tiefen Seufzer aus. Noch immer hatte sie keine Nachricht von ihrem Ehemann erhalten, und es gab Tage, da war sie nah dran, alles hinzuwerfen, um auf der Stelle heim nach Pirna zu reisen.

»Wer nach Erkenntnis strebt, sollte auch bereit sein, den Preis dafür zu zahlen! Aber ich denke, das wisst Ihr bereits.« Er legte seine Hand auf ihren Arm. »Sorgt dafür, dass er nicht auch von Euren Kindern entrichtet werden muss, wenn sie ihre Mutter verlieren! Ich werde Bruder Jeremias indes bitten, dass er eine Truhe mit Geheimboden für Euch fertigt.« Er lächelte. »Der Gute liebt solche Arbeiten. Und es bedeutet, dass der arme Bruder Nikolaus nicht so schnell seine nächste Probefahrt absolvieren muss.« Sophia, die sich sogleich besser fühlte, erwiderte sein Lächeln.

Nachdem er gegangen war, strich sie die Blätter glatt und ordnete sie wieder in der richtigen Reihenfolge. Der Doktor hatte recht, sie musste vorsichtiger sein und durfte sich nicht zu stark von Gefühlen beeinflussen lassen, wenn sie ihr Werk zu einem guten Ende bringen wollte.

Kapitel 27

Niklas ließ den Silberstift sinken und studierte erneut das blasse Gesicht der jungen Frau. Ihr Züge waren ebenmäßig, die Haut rein und klar – eine ausgesprochene Schönheit aber war sie nicht. Dafür war ihre Nase zu derb, die Lippen waren zu schmal und ihre Augen standen zu weit auseinander. Sie schien sich unwohl zu fühlen in dem höfischen Kleid aus Samt und steifem Damast, dessen dunkle Farbe ihr wenig schmeichelte. Die weiten, gepufften Ärmel ließen ihre schmalen Schultern breiter wirken, während das Kleid am Hals, wo es mit gefältelter weißer Spitze besäumt war, eng anlag. Das streng zu einem Knoten gebundene Haar und der züchtige Schleier, der ihre Stirn bedeckte, ließen sie älter wirken, als sie war. Während er zeichnete, beschäftigte sie sich damit, einen Brief zu schreiben. Doch soweit er es von seinem Platz aus beurteilen konnte, hatte sie in der vergangenen Stunde nicht mehr als drei oder vier Zeilen zu Papier gebracht. Auch jetzt starrte sie auf die geschlossene Tür, während die Tinte an der Spitze ihrer Feder längst getrocknet war. Ihre geröteten Augen und die geschwollenen Lider ließen ihn vermuten, dass sie eine schlaflose Nacht hinter sich und überdies geweint hatte.

Niklas kannte den Grund dafür. Am zweiten Tag nach seiner Ankunft in Dresden hatte ihm der Hofmeister versichert, dass Herzogin Agnes momentan keine Zeit habe, für ein Porträt zu sitzen – nicht einmal dann, wenn der Meister, der es malen sollte, Lucas Cranach hieße. Ihr Sohn sei erkrankt. Niklas hatte schon befürchtet, dass er unverrichteter Dinge nach Wittenberg zurückkehren müsse. Umso mehr hatte es ihn überrascht, dass am Morgen ein Hofdiener in seine bescheidene Herberge gekommen war, um zu verkünden, die Herzogin wünsche, ihn in einer Stunde zu sehen. Noch immer fragte er sich, warum sie ihm gestattet hatte, mit den Skizzen für das Porträt zu beginnen. Auf keinen Fall lag es daran, dass sich ihr Sohn inzwischen auf dem Weg der Besserung befand. Da es ihm jedoch nicht zustand, sie danach zu fragen, hatte er sich nach der förmlichen Begrüßung sogleich an die Arbeit gemacht. Die Herzogin hatte seine Anwesenheit ignoriert und damit begonnen, den Brief zu schreiben.

Oberflächlich betrachtet mochte sie dabei ruhig und gelassen wirken, dachte Niklas, doch dem geübten Auge eines Malers entgingen weder ihre hochgezogenen Schultern noch die Anspannung in der Hand, die die Feder hielt.

Als sich die Türklinke bewegte, schien es fast, als wollte Agnes aufspringen, doch sie richtete ihren Rücken nur noch ein wenig gerader auf, nahm das Kinn zurück und legte die Feder auf den Tisch. Ein junger Diener trat herein, eine Hand auf dem Rücken, in der anderen einen Brief, den er der Herzogin reichte. »Ein Brief aus Hessen, Euer Gnaden!« Er zog sich zurück und schloss die Tür ohne ein Geräusch. Im ersten Augenblick hatte Agnes erleichtert gewirkt, doch während sie das Siegel brach, bildeten sich zwischen ihren schmalen Augenbrauen zwei steile Falten.

Niklas zog ein neues Blatt aus seiner Mappe, um auch diesen Ausdruck festzuhalten. Dabei fragte er sich, was der junge Cranach wohl später aus all seinen Skizzen machen würde. Hatte Luc die Absicht, ein offizielles Porträt der sächsischen Herzogin zu fertigen, oder sollte es ein kleines, intimeres Bild werden? Weder der junge Meister noch sein Vater hatten ihm vor seiner Abreise aus Wittenberg mehr darüber verraten. Niklas hatte sogar das Gefühl gehabt, dass es über den Auftrag aus Dresden

Uneinigkeit gab zwischen Vater und Sohn. Am Ende hatten sie jedenfalls entschieden, dass er nach Dresden fahren sollte, um ein paar aussagekräftige Skizzen der sächsischen Herzogin anzufertigen. Niklas war in jeder Hinsicht erfreut darüber. Zum einen zeigte es ihm, wie hoch die Cranachs seine Kunstfertigkeit mittlerweile einschätzten, und darüber hinaus trauten sie ihm zu, dass er in der Lage war, ihre Werkstatt am Hof eines Fürsten angemessen zu vertreten. Selbstverständlich war er auch neugierig darauf gewesen, mit eigenen Augen zu sehen, wie es dort zuging.

Über den Herzog und seine Gemahlin hatte er schon so manche Geschichte gehört, sowohl von einfachen Leuten beim Bier in einer billigen Schänke als auch von den besser unterrichteten Tischgästen im Hause Cranach. Moritz hatte seine Frau vor fünf Jahren gegen den ausdrücklichen Willen seiner Eltern geheiratet – aus Liebe, so erzählte man sich. Er war damals gerade zwanzig gewesen, die Braut kaum vierzehn. Niklas musterte die Herzogin und versuchte sich vorzustellen, wie sie damals ausgesehen haben mochte. Auf keinen Fall war sie eines jener Mädchen, die schon mit weiblichen Reizen spielen, bevor sie überhaupt mannbar sind. Überdies schien Agnes eher sanft und fügsam zu sein, auch wenn gegenwärtig die Sorge um ihr Kind einiges zu dem Eindruck beitragen mochte. Ihren Vater, Landgraf Philipp von Hessen, hatte sich der junge Moritz damals zum Vorbild auserkoren. Vielleicht hatte die Bewunderung auf seine Tochter abgefärbt? Auch die Tatsache, dass Moritz' eigene Mutter herrschsüchtig und hochfahrend gewesen war, musste ein formbares stilles Mädchen für ihn reizvoll gemacht haben.

Abgesehen davon, dass Niklas nun im wahrsten Sinn des Wortes Gelegenheit hatte, sich sein eigenes Bild zu machen, führte ihn der Auftrag auch in unmittelbare Nähe von Pirna, wo sein eigener Sohn lebte. Er war davon überzeugt, dass Sophia spätestens im Herbst mit ihrem Kind dorthin zurückgekehrt sein musste. Noch im vergangenen Jahr hatte ihn in Wittenberg ein Brief von Meister Arnold erreicht, in dem der Bader davon berichtet hatte, dass sie wegen eines Unfalls ihrer Tante länger in Leipzig geblieben sei. Ihr Ehemann, der Magister, habe sich derweil entschlossen, den Sommer über zu Studienzwecken nach Nürnberg zu reisen. Niklas hatte nicht vor, sich den Fuchsens ungeladen aufzudrängen, doch er hatte Valentin Arnold bei seiner Ankunft in Dresden benachrichtigt. Der Bader hatte ihm inzwischen ausrichten lassen, dass er in der Stadt sei und sich mit ihm treffen wolle.

Während Niklas seinen Stift schnell und sicher über das Papier führte, versuchte er zu erraten, von wem der Brief stammen mochte, der Agnes aus ihrer Heimat erreicht hatte. Hatte ihr Vater, Landgraf Philipp, ihn geschrieben oder ihre Mutter Christine? Auf keinen Fall schienen die Neuigkeiten, die er enthielt, dazu beizutragen, dass sich die Herzogin besser fühlte. Niklas hörte sie leise seufzen, dann scharrten die Beine ihres Stuhls über die hölzernen Bohlen des Fußbodens und ihre Feder kratzte wieder übers Papier. Das Schreiben ging ihr nun schneller von der Hand, denn schon nach kurzer Zeit streute sie Sand über das Blatt und griff nach einem weiteren.

Als Niklas das nächste Mal von seiner Skizzenmappe aufblickte, schien sie fertig zu sein. Ihre Augen, die fast so blau wie seine waren, schauten ihn direkt an. Er fragte sich dennoch, ob sie ihn wirklich sah.

»Was für eine schreckliche Mutter ich doch bin«, flüsterte sie so leise, als spräche sie zu sich selbst. »Ich halte es nicht aus, neben seiner Wiege zu sitzen und zuzuschauen, wie er krampfhaft atmet. Dabei muss ich immer auf die kleine Kuhle unter seiner Kehle schauen. Die zarte Haut dort wird bei jedem Atemzug nach innen gezogen, als müsste er die Luft durch sie hindurchsaugen.« Indem die Herzogin ihren Stuhl ein wenig verrückte, ließ sie keinen Zweifel daran, dass sie tatsächlich das Gespräch mit dem fremden Maler suchte. »Auch das pfeifende Geräusch, das er dabei macht, hört sich so an. Und sein kleines Gesicht ist schrecklich blass und blau verfärbt um Mund und Nase.« Niklas wusste nicht, was er darauf sagen sollte, aber ihr verzweifelter Blick und der Schmerz in ihrer Stimme griffen ihm ans Herz. »Aber weder die beiden Doktoren noch die Kinderfrau wollen heute Morgen zugeben, dass nur ein Wunder meinen kleinen Albrecht noch retten kann.« Ein unterdrücktes Schluchzen erschütterte ihren Körper und ließ ihre Schultern beben.

Niklas legte Stift und Mappe auf den Boden und stand auf. Er vergaß, dass er die Herzogin von Sachsen vor sich hatte. Sie war kaum älter als Anna Cranach und hatte ihrem Mann schon zwei Kinder geboren. Nun sollte sie eins davon verlieren – ausgerechnet den Sohn, auf den der Herzog seine Dynastie gründen wollte. Man munkelte in Dresden, dass Herzog Moritz seinen Rat Komerstadt bereits angewiesen habe, ein Abkommen mit dem Kaiser zu treffen, wonach der kleine Albrecht noch als Säugling zum Bischof von Magdeburg ernannt werden sollte. Für die Schultern seiner jungen Frau musste das eine übermenschliche Last sein. Wie zum Gebet hielt Agnes die Finger im Schoß verschränkt – so fest, dass sich die Nägel in die Haut über ihren Fingerknöcheln gruben.

»Ihr seid gewiss keine schlechte Mutter«, sagte Niklas entschieden. »Dass Ihr es kaum ertragen könnt, Euren Sohn leiden zu sehen, ist der Beweis dafür.« Ohne zu überlegen, griff er nach ihren schmalen Händen und umschloss sie mit seinen eigenen. Sie ließ es geschehen, nur ihre blauen Augen weiteten sich überrascht. »Auch ich habe einen Sohn«, fuhr Niklas sanfter fort. »Allein der Gedanke, ihn so sehen zu müssen, verstört mich zutiefst.« Als ihm bewusst wurde, dass er zu ihr sprach, als wäre sie eine gewöhnliche Bürgersfrau, löste er seine Hände und stand auf.

Auch Herzogin Agnes erhob sich. »Ich werde nun gehen!«, sagte sie. »Bitte verzeiht, Euer Gnaden, falls mein Verhalten Euch beleidigt haben sollte!« Niklas senkte den Kopf und trat zurück. »Ich bin kein Höfling und es gewohnt, meinem Herzen frei zu folgen.« Im Stillen verfluchte er seine Unbesonnenheit. Ihr Tadel würde ihm weniger ausmachen, wenn er nur für sich selbst einstehen müsste. Doch er war im Auftrag der Cranach-Werkstatt gekommen, und alles, was er hier tat, würde auch auf seine Meister zurückfallen.

»Es gibt nichts, was ich verzeihen müsste, Maler.« Agnes schüttelte den Kopf und lächelte traurig. »Ich brauchte Trost, und Ihr habt ihn mir gespendet, so wie ein wahrer Christ es tun sollte. Möge Gott Euch dafür segnen!«

Niklas war erleichtert. Besonders Lucas der Jüngere hätte es ihm arg verübelt, wenn er die Gelegenheit, die Albertiner als Auftraggeber zu gewinnen, verspielt hätte. Die Herzogin wirkte gefasst und schien ihm tatsächlich nichts nachzutragen. »Mein Sohn braucht mich jetzt!«, erklärte sie. »Kommt morgen zur gleichen Stunde wieder.«

Niklas blickte ihr nach, als sie den Raum verließ. Sie ging mit geradem Rücken und hocherhobenem Kopf, wie man es von der Gemahlin eines Landesfürsten erwartete. Doch er nahm das Bild eines unglücklichen Mädchens mit, das man in die Kleider einer Herzogin gesteckt hatte.

Bedrückt räumte er seine Zeichenmaterialien zusammen, während ein Hofdiener schon darauf wartete, ihn nach draußen zu bringen. Es war derselbe junge Mann, der ihn am Morgen im Wirtshaus abgeholt hatte. Er hatte ein offenes, freundliches Gesicht, wache blaue Augen, und auf seinen rosigen Wangen zeigte sich gerade der erste dunkle Flaum. Niklas schätzte ihn auf höchstens sechzehn Lenze. »Wie heißt du?«, fragte er, als er dem Burschen durch die verwinkelten Gänge und Treppen des alten Schlosses folgte. »Georg.« Der Junge wirkte überrascht und erfreut zugleich. Vermutlich kam es nicht oft vor, dass jemand etwas über den Menschen wissen wollte, der unter der Livree des Herzogs steckte. »Dienst du schon lange hier im Schloss«, erkundigte sich Niklas weiter.

»Gewiss doch«, Georg blieb stehen und lächelte verschmitzt. »Schließlich bin ich hier geboren worden. Mein Vater war Diener bei Herzog Georg – daher mein Name. Und meine Mutter war bis zu ihrer Heirat Zimmermädchen auf dem Schloss.«

»Wie ist es denn, unter Herzog Moritz zu dienen?«, fragte Niklas, den es nach seiner Bekanntschaft mit der Herzogin nun auch drängte, etwas über ihren Gemahl zu erfahren.

Georg wurde ernst, dann sah er sich um, als wollte er sich vergewissern, dass niemand sie hören konnte. »Nicht so glanzvoll, wie Ihr vielleicht denkt«, sagte er leise. »Wenn sich der Herzog ärgert, kann er sehr ungehalten werden. Dann brüllt er und wirft mit Sachen. Wer da nicht flink die Beine in die Hand nimmt, handelt sich Beulen ein oder blaue Flecken. Und wenn Moritz richtig zornig wird, kommt man ihm besser gar nicht in die Quere.« Er rieb sich das linke Ohr, dessen Krempe eingerissen war und wulstig vernarbt. »Selbst die Herzogin hat Angst vor seinem Jähzorn.«

Niklas blickte ihn mitfühlend an, doch Georgs Miene erhellte sich bereits wieder. Er führte Niklas eine Treppe hinab und erzählte weiter: »Aber seit ein paar Monaten lebt sein Bruder wieder hier im Schloss. Der ist ganz anders. Er isst und trinkt gern und hat meistens gute Laune. Hin und wieder macht er sogar einen Schwatz mit uns einfachen Leuten. Erst letzte Woche hat er mir gesagt, dass er mich als persönlichen Diener haben will und mit dem Hofmeister darüber reden wird.« Georg strahlte stolz. Sie waren inzwischen bei einer Tür angekommen, die hinaus in den Schlosshof führte. Niklas schlug dem jungen Mann zum Abschied freundschaftlich auf die Schulter. »Dann wünsche ich dir Glück für deine neue Stellung«, sagte er und zwinkerte ihm zu. »Bis dahin möge Gott dich schützen und dir deine flinken Beine erhalten!«

Niklas trat auf den gepflasterten Schlosshof hinaus, als die Glocken soeben die Mittagsstunde einläuteten. Er zog den Hut tiefer in die Stirn und schritt zügig aus. Obwohl es schon April war, pfiff noch immer ein eisiger Wind aus Böhmen herüber, und am Morgen hatten die Pfützen auf dem Markt eine zerbrechliche Haut aus Eis gehabt. Durch das Pirnaische Tor gelangte er zu seiner Herberge in der Vorstadt. Mit Behagen stellte er fest, dass der Kamin im Schankraum bereits angeheizt war.

Am Tisch davor wartete Valentin Arnold auf ihn. Der Bader hatte sich in den vergangenen eineinhalb Jahren kaum verändert. Sein scharf geschnittenes Gesicht mit der vorspringenden Nase und den aufmerksamen dunklen Augen war Niklas so vertraut, als hätte er es gestern zum letzten Mal gesehen. Entgegen aller Moden hatte Meister Arnold sein langes schwarzes Haar im Nacken mit einem Lederband zusammengebunden, seine Wangen waren glattrasiert. Er verzog den breiten Mund zu einem fröhlichen Grinsen.

»Da seid Ihr ja endlich, Maler! Ich habe mir inzwischen schon mal ein Kännchen Bier auf Eure Kosten genehmigt.« Er hob den Tonkrug und nahm einen ordentlichen Schluck, während Niklas seine Zeichenutensilien auf den Tisch legte. »Schließlich seid Ihr ein gemachter Mann, nun, da man Euch mit Eurer Kunst sogar an den Hof unseres Landesfürsten bestellt hat«, neckte ihn der Bader. Niklas schnaubte belustigt auf, bevor er zur Theke ging und nach der Wirtin rief. Er schnupperte den Dünsten nach, die aus der Küche wehten, und versuchte herauszufinden, was sie in dem großen Eisenkessel herumrührte. »Es ist Linseneintopf mit Blutwurst«, half Arnold ihm auf die Sprünge. »Fein gewürzt mit Majoran, wenn meine Nase mich nicht trügt.«

Zufrieden seufzend ließ sich der Maler auf einen Stuhl fallen. »Ist es denn so schweißtreibend, eine Herzogin zu malen?«, frotzelte Arnold. Er langte nach der Mappe mit den Zeichnungen. »Schon«, bestätigte Niklas. »Vor allem, wenn man es für die anspruchsvollsten Meister in ganz Sachsen tut.« Konzentriert betrachtete der Bader ein Bild nach dem anderen. »Sie sieht nicht besonders glücklich aus«, resümierte er nach einer Weile, schloss die Mappe und legte sie zurück. »Ihr Sohn ist krank, und sie fürchtet um sein Leben«, erklärte Niklas kurz angebunden. Er hatte keine Lust, jetzt über fremder Leute Kinder zu reden.

»Aber Ihr könnt mir vielleicht etwas Erfreulicheres berichten – über Justus, meinen eigenen Sohn.« Er lehnte sich erwartungsvoll zurück. »Mittlerweile läuft er längst herum und stellt gewiss allerlei Unfug an. Spricht er denn schon richtig?« Besorgt bemerkte er, dass sich Meister Arnolds Stirn in Falten legte. »Leider kann ich Euch gar nichts über den Kleinen berichten. Schließlich habe ich ihn ebenso lang nicht mehr gesehen wie Ihr.«

»Sagt bloß, Sophia ist noch immer nicht zurück aus Leipzig!« Niklas war verblüfft. »Was meint denn Magister Fuchs dazu?« Betrübt schüttelte der Bader den Kopf. »Seitdem er sich entschlossen hat, bei Meister Ambrosius in die Lehre zu gehen, habe ich nichts mehr von ihm gehört.«

»In die Lehre? Bei Meister Ambrosius?«, echote Niklas, zunehmend verwirrt. In Pirna schien nichts so zu sein schien, wie er es erwartet hatte. Arnold nahm noch einen Schluck Bier und sah dabei aus, als müsste er sich stärken für das, was er zu berichten hatte. »Im letzten Brief, den ich gegen Ende des Sommers aus Nürnberg erhielt, schrieb mir der Magister, dass Meister Ambrosius der begnadetste Mechanikus sei, dem er je begegnet sei. Die Möglichkeit, von ihm zu lernen, sei einmalig. Daher habe er eingewilligt, sich auf ein Jahr bei ihm zu verdingen.« Er schloss die Augen und schien kurz nachzudenken. »Ich werde ihn also erst im Sommer wiedersehen, fürchte ich.«

»Und Sophia?«, fragte Niklas matt. Der Bader zuckte mit den Schultern. »Sie ist noch in Leipzig, nehme ich an. Fuchs wird ihr von seinen Plänen berichtet haben. Vielleicht ist es ihr angenehmer, in der Zeit seiner Abwesenheit im Haus ihres Onkels zu bleiben. In Pirna würde man sich das Maul darüber zerreißen, wenn sie ausgerechnet jetzt zurückkehren würde, wo ihr Ehemann nicht in der Stadt ist.«

Niklas nahm den Hut ab und kratzte sich im Nacken. Die Botschaft, die ihm Johanna, die Vila, im letzten Herbst durch die Flößer hatte ausrichten lassen, kam ihm in den Sinn. »Sie ist in Sicherheit, solange sie bleibt, wo sie ist!« Bei dem Gedanken wurde ihm wohler, und er griff nach seinem Bierkrug, den ihm die Wirtin inzwischen gebracht hatte. »Ihr habt recht«, pflichtete er Arnold bei. »In Leipzig sind Sophia und der Junge besser aufgehoben.«

Das Verhalten des Magisters verwunderte ihn allerdings. Immerhin war der Mann tief getroffen gewesen, als ihn sein Weib Hals über Kopf verlassen hatte. Niklas trank sein Bier und dachte an den Abend, den er und Fuchs gemeinsam mit einem Fässchen Wein verbracht hatten, nachdem Sophia sie beide allein gelassen hatte. »Wisst Ihr, dass Fuchs mir versprochen hat, einen Weg zu finden, wie ich am Leben meines Sohnes teilhaben könnte. Ob er sich daran wohl noch erinnert?« Arnold schwieg, weil er auf die Frage wohl auch keine Antwort hatte.

Nachdem er den Rest seines Biers getrunken hatte, wechselte er das Thema. Er berichtete Niklas, dass Hans Hohlfeld ihm bei seinem letzten Besuch Grüße aufgetragen habe. Der alte Flößer sei noch erstaunlich rüstig und stolz darauf, nun Urgroßvater zu sein. Die Wirtin brachte zwei Schüsseln ihres deftigen Linseneintopfs, und beide Männer machten sich hungrig darüber her. Meister Arnold schaffte es dennoch, nebenher zu erzählen –

von Maria und ihren Zwillingsbuben, von dem neuen Maler, den Magister Lauterbach für die weitere Ausgestaltung der Marienkirche gewonnen hatte, und den Neuerungen, die Jakob in der Badestube eingeführt hatte.

Am nächsten Morgen machte sich Niklas schon früh auf den Weg zum Schloss. Vielleicht konnte er sich noch einmal mit dem Diener Georg unterhalten, bevor er bei der Herzogin erscheinen musste. Der Junge schien ein aufgeweckter Bursche zu sein, der seine Augen und Ohren überall hatte. Aber kaum hatte er den Markt erreicht, begannen nach und nach auf allen Kirchtürmen Dresdens die Glocken zu läuten. Niklas blickte sich erschrocken um, weil er zuerst glaubte, irgendwo in der Stadt wäre ein Feuer ausgebrochen. Erst als einige der Passanten stehenblieben, ihre Hüte abnahmen und die Hände zum Gebet falteten, begriff er, dass sich die Befürchtungen der jungen Herzogin bewahrheitet hatten: Der kleine Albrecht war gestorben!

Kapitel 28

Sophia war am Vormittag damit beschäftigt gewesen, einen Satz Apothekergefäße mit fantastischen Pflanzen zu bemalen. Als sie die Töpferwerkstatt verließ, fühlten sich ihre Beine vom langen Sitzen steif an, sodass sie beschloss, einen Umweg über die Obstwiesen zu machen, bevor sie zum Mittagsmahl ins Haupthaus zurückkehren musste. An der neuen Scheune blieb sie stehen, schirmte ihre Augen gegen die helle Mittagssonne ab und spähte zum Dach hinauf. Vor Wochen hatte sie dort den ersten Storch entdeckt. Einsam hatte er auf dem Dachfirst gesessen, während eisige Böen in sein schmutziges Gefieder fuhren. Der Anblick hatte sie traurig gestimmt, und sie hatte befürchtet, das erschöpfte Tier irgendwann verendet auf dem Hof zu finden. Stattdessen hatte sich eines Tages ein zweiter zerzauster Vogel eingefunden, den der erste mit freudigem Klappern begrüßt hatte. Inzwischen hatten die beiden auf dem Wagenrad, das Jeremias noch im Herbst dort aufgesteckt hatte, ein riesiges Nest errichtet, und alle Bewohner des Hofes hielten es für ein glückverheißendes Zeichen, dass mittlerweile fünf Junge darin hockten.

Im Obstgarten entdeckte Sophia Bruder Nikolaus. Er saß auf seinem Wägelchen, hatte den Rücken gegen den Stamm eines Apfelbaums gelehnt und sein Gesicht der Sonne zugewandt. Von der Schramme, die er sich bei der wilden Fahrt in dem Kurbelwagen zugezogen hatte, war nur noch eine dünne rote Linie zu sehen. Auch seine Handflächen waren inzwischen einigermaßen verheilt. Der schuldbewusste Jeremias hatte Storch beim letzten Besuch ein Paar robuste Lederhandschuhe mitgebracht, die er tragen konnte, wenn er mit seinem Wägelchen unterwegs war. Die getigerte Katze des Hofes hatte es sich auf seinem Schoß gemütlich gemacht. Die Miene des Alten erhellte sich, als er Sophia sah.

»Setz dich einen Augenblick zu mir in die Sonne«, sagte er, »und erzähl mir von den Fortschritten, die du bei der Übersetzung des Buches gemacht hast. Du hast schon eine Weile nicht mehr davon gesprochen, aber ich merke dir an, dass du erneut auf etwas Außergewöhnliches gestoßen sein musst.«

Sophia zog das wollene Tuch von ihren Schultern, legte es auf den Boden und setzte sich darauf. Während sie noch überlegte, wie sie die komplexen Zusammenhänge erklären sollte, die ihr selbst erst nach und nach bewusst geworden waren, holte sie Luft. Sie schmeckte das frische Grün auf ihrer Zunge und nahm den Geruch des alten Mannes wahr, der ihr inzwischen so vertraut war. Die Katze auf seinem Schoss begann zu schnurren, als er ihr Fell kraulte. »Inzwischen habe ich es geschafft, den Teil vollständig zu entschlüsseln, in dem die badenden Frauen abgebildet sind.«

»So wie du dreinschaust, geht es dabei nicht um die richtige Art, Wein zu keltern«, stellte der Alte schmunzelnd fest. »Nein!« Sophia lachte. »Die Bilder sind auch kein Zeugnis loser Sitten, obwohl Bruder Peter seine Ansicht durch den Text dennoch bestätigt finden würde.« Nachdem sie sich noch einmal versichert hatte, dass außer ihnen niemand sonst im Obstgarten weilte, begann sie zu erzählen: »Es ist vielmehr eine Beschreibung, die jener ähnelt, die der Engländer Thomas Morus vor dreißig Jahren über die erfundene Insel Utopia verfasst hat.« Sie unterbrach sich, weil sie merkte, dass der Alte offenbar keine Ahnung hatte, wovon sie sprach.

»Auf der Insel Utopia gibt es weder König noch Adel. Wie

hier auf dem Brüderhof gehört das Eigentum allen gemeinsam«, erklärte sie. »Alle müssen täglich sechs Stunden arbeiten, die restliche Zeit sollen sie nutzen, um sich geistig zu bilden. Jeder darf glauben, woran er will. Wie die Brüder und Schwestern eurer Gemeinde verabscheuen die Utopier den Krieg.« Das waren die Punkte, die ihr am meisten zugesagt hatten. »Geld gibt es bei ihnen nicht, und Gold hat keinen Wert.« Sophia schmunzelte. »Sie verwenden es, um Nachttöpfe daraus zu machen und Fesseln für ihre Sklaven.« Missbilligend runzelte der Alte seine Stirn. »Sklaven? Ich glaube nicht, dass mir dieses Utopia gefällt.«

»Ja«, räumte Sophia ein. »Das war eine der Vorstellungen des Engländers, die mich abgestoßen haben.«

»So, so. Und welche noch?«

»Er schien es selbstverständlich zu finden, dass auch in seiner idealen Welt Männer über das Leben der Frauen bestimmen!« Der Alte legte den Kopf in den Nacken und begann zu lachen. Die getigerte Katze sprang erschrocken auf und suchte das Weite.

»In dem Punkt gibt es einen ganz entscheidenden Unterschied zwischen Morus und der Verfasserin des Textes, den ich entschlüsseln konnte«, betonte sie. »In ihrem Utopia sind Mann und Frau einander gleichgestellt. Alles was Männern erlaubt ist, gilt für Frauen ebenso. Über Vorhaben, die alle betreffen, wird gemeinsam abgestimmt, und mit der Ausführung eines jeden Plans wird die Person beauftragt, die nach Meinung aller am besten dazu geeignet ist. Liebe gilt in dieser Gemeinschaft als Grundlage für alles, insbesondere für eine Ehe. Liebt man einander nicht mehr, so darf man auseinandergehen und eine neue Bindung eingehen. Die einzige Bedingung dafür ist, dass beide weiterhin Sorge für ihre Kinder tragen. Eine Ehe kann nicht nur zwischen Mann und Frau eingegangen werden, sondern auch zwischen Männern oder zwischen Frauen.« Sophia lächelte, denn den nächsten Gedanken fand sie besonders interessant. »Und wenn eine Frau mehrere Männer heiraten will oder ein Mann mehrere Frauen, ist das ebenfalls erlaubt, wenn es die Zustimmung des anderen findet.«

Bruder Nikolaus schüttelte den Kopf. »Sodom und Gomorra! So was kann sich nur ein Weib ausgedacht haben«, murmelte er. »Was bin froh, dass der Herr mich stets vor der Versuchung bewahrt hat, mir selbst eins zu nehmen!« Er warf Sophia einen strengen Blick zu. »Du hast diese Geschichte doch hoffentlich ebenso verschlüsselt wie die gefährlichen Rezepturen?« Als Sophia nickte, atmete er erleichtert aus. »Wenn ein gelehrter Mann seine Fantastereien von einer besseren Welt drucken lässt, mag er damit durchkommen – einer Frau, die so was schreibt, würde man unterstellen, der Teufel habe ihr die Feder geführt.« Sophia blickte in die Äste des Apfelbaums, in dem inzwischen Hunderte von Bienen die duftig weißen Blüten umschwärmten. Seufzend gestand sie sich ein, dass der Alte wohl recht hatte. Aber die Blätter mit ihrer Übersetzung lagen wohlverwahrt in der Truhe mit dem doppelten Boden, die Jeremias ihr erst in der vergangenen Woche voller Stolz überreicht hatte.

Sophia erhob sich, weil sie sich vor dem Mittagsmahl noch oben in ihrer Kammer waschen wollte. Nachdem sie sich verabschiedet hatte, schlenderte sie über die blühende Wiese zurück zum Hof.

Dort vergaß sie ihr Vorhaben, als sie schon von Weitem den Planwagen entdeckte, der vor der Töpferei Halt gemacht hatte. Das Gefährt gehörte einem Prager Händler, der zweimal im Jahr den Brüderhof besuchte, um das begehrte weißglasierte Geschirr zu erwerben, für das Christoph und Johann in ganz Mähren gerühmt wurden. Sophias Herz schlug aufgeregt, während ihre Beine ganz von allein Kurs auf die Töpferwerkstatt nahmen. Weil der Mann seine Waren sogar bis hinüber ins Meißnische vertrieb, hatte sie ihm vor seiner ersten Fahrt im Jahr einen Brief für ihren Ehemann mitgegeben. Heute, so machte sie sich selbst Mut, ist gewiss eine Antwort von Heinrich gekommen!

Zögernd hielt sie inne, als sie sah, dass Hanna hinter dem Wagen in ein Gespräch mit dem Händler vertieft war. Sie nahm an, dass ihre Freundin den kleinen drahtigen Mann schon nach einem Brief gefragt hatte, und versuchte an Hannas Gesichtsausdruck abzulesen, ob die Antwort positiv ausgefallen war. Der Händler schaute unzufrieden drein. Er hatte seinen schwarzen Hut abgenommen und kratzte sich das kurzgeschorene dunkle Haar, während er auf Hanna einredete. Die Wangen ihrer Freundin waren rot angelaufen, sie hatte die Lippen fest zusammengepresst und schüttelte mehrfach den Kopf. Dann ließ sie ihn einfach stehen und lief mit wehendem Rock zu den Ställen hinüber.

Sophia fragte sich, was zwischen ihnen vorgefallen sein mochte, aber da drehte sich der Händler mit einem ärgerlichen Schnauben um. Als er Sophia sah, weiteten sich seine Augen erschrocken. Hatte er sich ihrer Freundin gegenüber womöglich Frechheiten erlaubt? Das würde den Auftritt erklären: Anscheinend hatte Hanna ihm eine ordentliche Abfuhr erteilt. Sophia schmunzelte, während sie auf den Planwagen zuschritt.

Der Händler breitete beide Arme aus und hob die Schultern. »Ich bin untröstlich, schöne Frau, denn ich habe leider wieder keine Antwort für Euch! Als Entschuldigung mag gelten, dass ich Euren Brief nicht persönlich bei Eurem Gemahl abliefern konnte. Aber ich versichere Euch, ich habe ihn einem zuverlässigen Boten anvertraut!« Er nickte beflissen. Sophia nickte ebenfalls – sprechen konnte sie nicht, weil es ihr kaum gelang, ihre Enttäuschung hinunterzuschlucken. Johann und Christoph schleppten derweil eine schwere Kiste aus der Töpferei. Das Stroh, in das sie ihre zerbrechliche Ware gepackt hatten, hing an ihren Kleidern. Der Händler klappte die Plane am hinteren Teil des Wagens auf, und Sophia nutzte die Gelegenheit, um zum Haus zurückzukehren. Der Appetit aufs Mittagessen war ihr vergangen.

Oben in der engen Kammer war es stickig. Sophia trank ein paar Schlucke lauwarmes Wasser aus dem Krug auf dem Tisch und zog anschließend Mieder und Rock aus. Nachdem sie das restliche Wasser benutzt hatte, um sich zu waschen, legte sie sich, nur mit ihrem Hemd bekleidet, aufs Bett. Wieder einmal dachte sie darüber nach, den Brüderhof zu verlassen. Wenn sie Nikolsburg morgen mit dem Prager Händler verließen, könnten sie mit ein wenig Glück in einem Monat in Pirna sein. Jetzt war das Reisen leichter als im Herbst, wenn die Straßen aufgeweicht waren oder gar im Winter bei Eis und Schnee. Allerdings würde sie dann ihr Versprechen, zu bleiben, bis sie das Buch vollständig entschlüsselt hatte, brechen, und was Hanna von solch einem überstürzten Aufbruch halten würde, war schwer zu sagen.

Sie hielt es inzwischen nicht mehr für ausgeschlossen, dass sich ihre Freundin dafür entscheiden könnte, hierzubleiben. Im Gegensatz zu Sophia, die in Pirna nicht nur ihren Mann, sondern auch Freunde wie Maria, Marten oder Meister Arnold zurückgelassen hatte, barg die Stadt für Hanna nichts als leidvolle Erinnerungen. Hier auf dem Brüderhof dagegen wurde Hanna wegen ihres Fleißes, ihrer Hilfsbereitschaft und ihres freundlichen Wesens von allen geschätzt.

Ein paar Tage vor dem Osterfest hatte Bruder Peter sie gefragt, ob sie nicht gemeinsam mit den anderen Taufwilligen dieses Jahres die Taufe nach Art der Brüder und Schwestern in Christo empfangen wolle. Sophia war erstaunt gewesen, als Hanna erklärt hatte, zu diesem Schritt fühle sie sich noch nicht bereit. Später hatte sie bemerkt, mit welch sehnsüchtigem Gesichtsausdruck ihre Freundin danebenstand, während die blumenbekränzten jungen Menschen in den weißen Hemden mit dem Wasser der Quelle übergossen wurden, um von ihren Sünden gereinigt und im Namen Gottes wiedergeboren zu werden. Noch immer konnte sich Sophia Hannas Zaudern nicht erklären. Dabei hatte sich ihre Freundin viel bereitwilliger und schneller in das Leben auf dem Brüderhof eingefügt als Sophia, die es nicht lassen konnte, alles zu hinterfragen. Aber wie sah es in Hannas Seele wirklich aus? Sophia blickte zu den Dachbalken hinauf und lauschte dem zornigen Brummen einer Fliege, die an den Butzenglasscheiben des winzigen Fensters vergebens einen Ausweg suchte. Ohne Hanna wird die weite Reise mit zwei kleinen Kindern weitaus anstrengender werden, dachte sie.

In der unteren Etage des Hauses wurden Schritte und Rufe laut, die anzeigten, dass die Mittagspause vorbei war. Seufzend erhob Sophia sich – mit Gottes Hilfe würde ihr schon eine Lösung für das Problem einfallen, wenn es erst einmal so weit war. Sie war gerade damit fertig geworden, ihr Mieder zu schließen, und nestelte noch am Band ihres Rockes, da klopfte es flüchtig.

Bruder Georg trat ein, ohne ihre Aufforderung abzuwarten, und zog die Tür rasch hinter sich zu. Er sah aus, als wäre er die drei Stockwerke zu ihrer Kammer heraufgerannt, denn er atmete heftig und sein gewöhnlich blasses Gesicht leuchtete wie eine Pfingstrose.

»Es ist gut, Schwester Sophia, dass ich dich endlich einmal allein antreffe«, keuchte er, während er sich mit dem Ärmel seines Wamses den Schweiß von der Stirn wischte. Sophia musterte ihn irritiert. Obwohl sie es seinem Einsatz zu verdanken hatte, dass es ihr von der Versammlung gestattet worden war, Jovins Sprache zu erlernen, fühlte sie sich in seiner Gegenwart stets ein wenig unwohl. Woran das lag, konnte sie bisher nicht ergründen, denn außer dem Umstand, dass er entsetzlich langweilige Predigten hielt, konnte sie Bruder Georg kaum etwas vorwerfen. »Ich muss unbedingt mit dir reden!« Sophia hob fragend ihre Augenbrauen. Der Prediger wischte seine Handflächen an der Hose ab, während sie ungeduldig darauf wartete, dass er sich erklären würde. »Zum einen«, begann er endlich, »soll ich mich im Auftrag des Rates der Ältesten danach erkundigen, wie weit du mit der Entschlüsselung des Buches gekommen bist. Was kannst du mir über seinen Inhalt sagen?« Er faltete die Hände vor der Brust und blickte sie erwartungsvoll an.

»Über den gesamten Inhalt kann ich noch nicht allzu viel sagen«, wehrte sie ab. »Es schien mir geraten, zuerst mit dem hinteren Teil zu beginnen, der die Rezepturen enthält. Wie du weißt, hoffte ich, darin ein Mittel gegen die Pest zu finden.« Bruder Georg runzelte die Stirn. »Und? Hast du es gefunden?« Sophia schüttelte den Kopf.

»Hm.« Bruder Georg zupfte an seinem dünnen Barthaar. »Vielleicht wäre es besser, du würdest einen Mann hinzuziehen, der sich auf das Studium von Schriften versteht. Zeig mir doch einfach, was du bisher zu Papier gebracht hast!«

»Das ist überaus großzügig von dir, Bruder.« Sophia rang sich ein Lächeln ab, während sie angestrengt darüber nachdachte, wie sie das Angebot ablehnen konnte, ohne dass der Prediger den Eindruck gewann, sie habe etwas zu verbergen. »Aber da ich das meiste davon bereits mit Bruder Lienhard diskutieren konnte, musst du deine Zeit wirklich nicht dafür vergeuden«, beteuerte sie. »Schließlich hast du neben deinem Amt als Prediger auch noch die Kinder der Gemeinde zu unterrichten. Von meinem Mann weiß ich, wie anstrengend und fordernd die Tätigkeit des Schulmeisters ist.«

»Ach ja, dein Mann.« Bruder Georg verschränkte die Arme vor der Brust. Dabei ließ er seine Augen durch die kleine Kammer schweifen, und sein Blick blieb für einen Moment an der neuen Truhe hängen. Das Sonnenlicht, das durch das geöffnete Fenster fiel, spiegelte sich auf dem polierten Holz des Deckels. Der Schlüssel, der an einem Band zwischen Sophias Brüsten hing, schien auf einmal zu glühen, sodass sie sich nur mit Mühe davon abhalten konnte, danach zu greifen. Bruder Georg räusperte sich. »Das führt mich zu meinem zweiten Anliegen.« Ein mitfühlender Ausdruck lag auf seinem Gesicht. »Du hast traurig ausgesehen nach deinem Gespräch mit dem Händler. Ich nehme an, dass dein Mann ihm auch diesmal keinen Brief für dich mitgeben wollte.« Sophia schluckte. Diese Wendung des Gesprächs gefiel ihr genauso wenig. »Wenn ihn nicht einmal die Nachricht von der Geburt seiner Tochter dazu bewegen kann, dir zu verzeihen, kannst du wohl davon ausgehen, dass er seine Ehe vor Gott bereits als geschieden betrachtet«, sagte Bruder Georg mit sanfter Stimme. Sophia spürte, wie sie trotz der stickigen Wärme in der Kammer ein Schaudern überkam. »Du solltest dich ernsthaft fragen, ob es unter diesen Umständen nicht das Beste wäre, wenn du dich endgültig entschließen würdest, hierzubleiben. Sobald du dich taufen lässt, bist du nach unserem Gesetz frei, eine neue Ehe einzugehen.« Die Augen des Predigers verweilten kurz auf ihrem Busen, bevor er ihr wieder treuherzig ins Gesicht blickte. »Wir haben etliche unverheiratete Brüder in unserer Gemeinde, von denen dich jeder gern zum Weibe nähme. Auch ich«, er breitete die Arme aus, »habe schon darüber nachgedacht, liebe Schwester!«

Sophia hatte auf einmal das Gefühl, keine Luft mehr zu bekommen. »Bitte geh jetzt!«, stieß sie hervor. Er zuckte bedauernd mit den Schultern, bevor er sich zu Tür wandte. »Ich sehe, dass du noch etwas Zeit brauchst«, sagte er. »Komm zu mir, wenn du so weit bist!«

Nachdem sich die Tür hinter ihm geschlossen hatte, sackte Sophia auf das Bett und vergrub das Gesicht in ihren Händen. Das Herz tat ihr weh. Sie fragte sich, ob sie für die Entschlüsselung des Buches auch mit Heinrichs Liebe zahlen musste.

Kapitel 29

Die Sonne weckte Heinrich Fuchs am nächsten Morgen später als gewöhnlich, und obwohl er sich beim Anziehen beeilte, kam er zu spät zum Morgenmahl in die Küche.

»Der Meister hat schon gegessen«, beschied ihm Dorothea. Die Magd hatte bei seinem Eintreten am Spülstein gestanden und dort einen Topf mit Scheuersand bearbeitet. Aber nun wischte sie sich flugs die feuchten Hände an der Schürze ab und schnitt ihm eine dicke Scheibe vom frischgebackenen Osterbrot ab, die sie mit einer großzügigen Portion Butter bestrich. »Wollt's vielleicht noch ein bisserla Mus dazu oder Honig«, erkundigte sie sich.

Dem Magister, der sich gerade Wasser in einen Becher gegossen hatte, blieb der Mund offenstehen. »Danke, ja – Mus bitte!«, sagte er ein wenig verspätet. Mit einem Lächeln, dass die Magd sonst ausschließlich für ihren Herrn reserviert hatte, setzte Dorothea ihm den Teller vor. »Wohl bekomm's! Sobald Ihr aufgegessen habt, erwartet Euch der Meister in der guten Stube. Er hätt' eine Überraschung für Euch, soll ich ausrichten.«

Während Fuchs mit Genuss kaute, fragte er sich, was es mit der Überraschung wohl auf sich haben mochte und ob sie womöglich der Grund dafür war, dass Dorothea ihre Feindseligkeit gegen ihn so plötzlich begraben hatte. Leider würde er sich ihres neugewonnenen Wohlwollens nun nicht mehr lange erfreuen, dachte er, vorausgesetzt, es handelte sich dabei nicht ohnehin nur um eine Eintagsfliege.

Oben in der Stube erwartete ihn ein ungewöhnlicher Anblick: Meister Ambrosius trug ein blütenweißes Hemd mit gestärkter Rüschenkrause am Hals, darüber ein fast neues Wams aus dunkelblauem Schamlott, eine farblich passende Pluderhose und weiße Strümpfe. Statt der abgewetzten Lederkappe saß heute eine schwarze Samtmütze auf seinem Kopf. Da er sich erst vor wenigen Tagen beim Besuch der Badestube auch den Bart hatte scheren lassen, wirkte er nun tatsächlich wie ein erfolgreicher Meister seiner Zunft. Davon abgesehen war er so aufgekratzt, als wandelte er auf Freiersfüßen, was aber auch dem Rotwein geschuldet sein mochte – ein halbvolles Glas stand vor ihm auf dem Tisch. »Gleich kommt hoher Besuch, mein Freund!«, verkündete der Meister augenzwinkernd. »Der ehrbare Herr Tucher, der erst vor Kurzem Alter Genannter im Rat geworden ist, hat sich angekündigt. Er will sich den Eppelein anschauen.«

Während Fuchs noch überlegte, ob der ehrbare Herr womöglich der Gleiche war, der ihn im Frühsommer vor der Frauenkirche erst umgerannt und dann beschimpft hatte, erzählte Ambrosius vergnügt weiter: »Ich glaube, wenn er ihn erst gesehen hat, wird er ihn auf der Stelle kaufen wollen. Der Benedikt und der, die kennen sich aus ihrer Schulzeit, und als Bub war er manchmal bei uns in der Werkstatt. Nicht genug hat der kriegen können von den kleinen Spielwerken, die ich damals gebaut habe!« Dann erst schien er zu bemerken, dass Fuchs noch immer wartend vor ihm stand. »Setzt Euch zu mir, mein Freund!« Er goss Rotwein in ein zweites Glas. »Lasst uns zuvor noch einen Schluck trinken und darüber sprechen, wie es weitergehen soll, wenn Euer Jahr um ist.«

Der Magister setzte sich, doch während er an dem Wein nippte, beschlich ihn das Gefühl, dass er und Ambrosius unterschiedliche Vorstellungen von der nahen Zukunft haben könnten.

»Ich weiß es schon seit ein paar Tagen, habe Reinfeld und Dorothea aber ausdrücklich dazu verdonnert, die Goschen zu halten«, verkündete Ambrosius nun. »Aber Ihr, Magister Fuchs, werdet nachher die Ehre haben, den Eppelein erstmalig vorzuführen, denn ohne Euch hätte ich ihn längst noch nicht beendet!«

Fuchs glaubte zu verstehen, weshalb sich Reinfeld ausgerechnet jetzt bemühte, seine Fähigkeiten unter Beweis zu stellen. Gewiss würde Ambrosius' Diener nachher bei der Demonstration vor dem ehrbaren Herrn Tucher dabei sein, um damit herauszurücken. Generös beschloss Fuchs, den jungen Mann seinerseits damit zu überraschen, dass er ihm den Vortritt ließ. Doch zunächst wollte er seine Bitte vorbringen, was ihm notwendig zu tun schien, bevor sich Ambrosius in weiteren Zukunftsvorstellungen erging, in denen er eine Rolle spielen könnte. Der Meister mochte ein Sonderling sein, aber im Grunde hatte er das Herz auf dem rechten Fleck, und so hoffte Fuchs, dass Ambrosius ihn verstehen würde.

»Lasst mich eine Bitte äußern, bevor Ihr weitersprecht, Meister«, begann er ohne Umschweife. Ausführlich legte er die Überlegungen dar, die ihm gestern während der Ostermesse gekommen waren. Fuchs hoffte, die rechten Worte gefunden zu haben, und schloss: »Darum bitte ich Euch von ganzem Herzen, mich gütlich vorzeitig aus unserem Vertrag zu entlassen, Meister Ambrosius. Zwar könnte ich behaupten, es sei göttliche Erleuchtung, die mich in der letzten Nacht überkam, doch so hoch will ich nicht greifen. Ich glaube, es war mein Herz, das endlich wahr und ehrlich zu mir gesprochen hat – so wie ich jetzt zu Euch, Meister.« Er nahm das Glas, um seine Kehle zu befeuchten, die vom vielen Reden, aber auch vor Aufregung, ganz trocken geworden war. Während seiner Erzählung hatte er zahlreiche Gefühle auf dem Gesicht des Älteren gesehen – Überraschung und Mitgefühl, aber auch Trauer und Enttäuschung waren darunter gewesen.

Ambrosius trank ebenfalls und schwieg noch eine Zeitlang. Dann stieß er einen tiefen Seufzer aus. »Ich hätte es ahnen müssen«, sagte er schließlich. »Wenn Ihr von Eurem Weib spracht, dann war dieser sehnsuchtsvolle Glanz in Euren Augen. Und da sie nun mal nicht bereit war, meiner Einladung nach Nürnberg zu folgen, war es logisch, dass Ihr irgendwann zu ihr reisen würdet. Allerdings hoffte ich dennoch …« Er brach ab, zog die Kappe von seinem Kopf und schleuderte sie achtlos auf den Tisch. »Ach, was soll's! Der Herrgott gibt, der Herrgott nimmt – so geht's nun mal im Leben.« Er verzog den Mund zu einem schiefen Grinsen. »Dann schleicht Euch halt – meinen Segen dazu sollt Ihr haben!« Als Fuchs sich gerührt bedanken wollte, winkte der Meister ab. Er wischte sich kurz über die Augen, bevor er sich die samtene Kappe wieder über den kahlen Schädel zog.

Von unten ertönte nun ein energisches Klopfen. Ambrosius erhob sich. »Aber Strafe muss sein!«, verkündete er mit sardonischem Lächeln. »Den Eppelein, den werd ich heute vorführen, dass Ihr's nur wisst!« Heinrich Fuchs nickte erleichtert und folgte dem Meister die Treppe hinab, wo Dorothea den Gast bereits hereingebeten hatte.

»Ah, da seid Ihr ja, mein guter Meister Ambrosius!«, rief der junge Patrizier, indem er mit gönnerhafter Geste die Arme ausbreitete. Wieder trug er Kleider, deren Stoffe von ausgesuchter Qualität waren und ein Vermögen gekostet haben mussten – Fuchs, als Sohn eines Tuchmachers, erkannte das mit einem Blick. Das Samtbarett war mit Straußenfedern geschmückt, die jede Kopfbewegung Tuchers mit hochmütigem Wippen unterstrichen. Ihren Wert vermochte der Magister nicht einmal zu schätzen. Der blonde Bart des Kaufmanns war sorgfältig gestutzt, und Fuchs roch sogar noch aus fünf Schritten Abstand den Duft seiner Pomade. Tuchers Lächeln gefror, als er Fuchs hinter dem Meister bemerkte. Immerhin erinnert er sich an mich, dachte der Magister grimmig.

»Ich freue mich, Euch wieder einmal in meiner Werkstatt zu haben, werter Herr Tucher«, begrüßte Ambrosius seinen Gast. »Das hier ist Magister Heinrich Fuchs aus Sachsen.« Einen Augenblick schien er irritiert, als er sah, mit welch eisiger Höflichkeit der Magister den Kopf neigte und wie abfällig der junge Kaufmann den Mund verzog.

Tuchers lautes Händeklatschen ließ ihn das schnell vergessen. »Zeigt mir, wo Ihr Benedikts fabelhaften Automaten versteckt habt, Meister Ambrosius!« Sein Blick glitt über die Werkbänke und den Ausstellungstisch.

»Dazu müsst Ihr schon mit mir in den Keller kommen«, Ambrosius nahm die Fackel, die Dorothea für ihn angezündet hatte, und ging voran. Tucher folgte ihm, und der Magister schloss sich den beiden an. Er war davon ausgegangen, dass Reinfeld unten auf sie warten würde – doch obwohl die Kellergewölbe bereits von Fackeln erleuchtet waren, konnte er den Diener nirgendwo entdecken.

Inzwischen hatte Ambrosius seine Fackel neben der Werkbank in eine Halterung gesteckt. Der Automat trug wieder seine Leinenhülle, die der Meister nun mit schwungvoller Geste herunterzog. »Darf ich vorstellen: der berüchtigte Raubritter Eppelein von Gailingen – zurück in Nürnberg, um sich demütigst vor einem der ehrenwerten Herren vom Stadtrat zu verneigen!« Er trat zur Seite, damit sein Gast die Gelegenheit bekam, den Automaten von allen Seiten eingehend zu betrachten.

Während Tucher die Rüstung umkreiste und Meister Ambrosius ihm zufrieden schmunzelnd mit den Augen folgte, hielt sich Heinrich Fuchs im Hintergrund. Er hatte sich die erste Vorführung des Automaten in den letzten Wochen stets anders ausgemalt. in seiner Vorstellung hatten sie den Eppelein zum ersten Mal im Versammlungsraum des Zunfthauses vor einem sachverständigen Publikum gezeigt, mit dem sie anschließend, vorzugsweise bei einem guten Mahl mit reichlich Wein und Bier, eingehend die Details und Schwierigkeiten der Konstruktion diskutieren konnten. Doch wer weiß, ob man ihn dort überhaupt zugelassen hätte – immerhin war er kein Mitglied der Zunft, und er hatte beim Bau des Automaten auch nur einen geringen Beitrag geleistet. Kurz überlegte er, ob er erwähnen sollte, dass Reinfeld an dem Automaten in der vergangenen Nacht noch die letzten störenden Kleinigkeiten behoben hatte, doch dann beschloss er, davon erst zu sprechen, wenn Tucher gegangen war.

Der Patrizier hatte seine Besichtigung mittlerweile beendet und auf einem Schemel Platz genommen, den der Meister für ihn bereitgestellt hatte. Erwartungsvoll beugte er sich vor, als Ambrosius feierlich verkündete: »Und nun, werter Herr Tucher, wird der alte Eppelein zum ersten Mal einem Nürnberger Ratsherrn seine Ehrerbietung erweisen!« Tuchers Augen, für gewöhnlich kühl und distanziert, begannen zu leuchten. »Nur zu! Auch wenn das mehr als hundert Jahre zu spät kommt, kann ich es kaum erwarten!«, rief er und klatschte in die Hände wie ein Kind im Angesicht eines neuen Spielzeugs.

Obwohl Heinrich Fuchs den Eppelein schon mehrfach in Funktion gesehen hatte, spürte er, dass auch sein Herz rascher zu schlagen begann, als Ambrosius den Schlüssel nahm, um den Automaten aufzuziehen.

Fuchs fragte sich, ob der Meister bemerkte, dass das Aufziehen heute viel besser funktionierte als beim letzten Mal. Doch Ambrosius zog den Schlüssel ab, ohne ein Wort zu verlieren, und drückte dann mit geheimnisvollem Lächeln den Knopf. Anschließend ging er zur Seite und lehnte sich an die Werkbank, denn von dort aus konnte er die Reaktionen seines hohen Gastes am besten beobachten.

Tucher reckte den Hals, sobald es im Inneren des Automaten zu rattern und zu klacken begann. Er riss die Augen auf, als sich der rechte Unterarm des Ritters mit dem Dolch in der gepanzerten Faust langsam hob. Während gleich darauf die Linke mit dem Schwert folgte, begann er auf seinem Schemel zu zappeln, und als die Schwertspitze das Visier anhob, machte er Anstalten aufzuspringen.

»Bleibt sitzen, verehrter Herr Tucher, ich bitte Euch!«, rief Ambrosius warnend. »Wir wollen doch nicht, dass Euch etwas zustößt, denn wie Ihr wisst, ist dies die erste Demonstration des Automaten vor einem Gast.« Der junge Kaufmann, dem das belustigte Augenzwinkern des Meisters offenbar entgangen war, hielt sofort inne. »Ja, meint Ihr denn, es könnte gefährlich werden?«, fragte er. »Sagt Ihr es mir!« Der Meister wackelte mit dem Kopf. »Schaut dem wüsten Raubritter ruhig in die Augen, wenn Ihr es wagt!«

Tucher, der nun merkte, dass Ambrosius sich nur einen Spaß mit ihm erlaubt hatte, erhob sich forsch und trat so dicht an den Automaten heran, dass seine Nasenspitze beinah die geschnitzte Hakennase in Eppeleins grimmigem Gesicht berührte. Dann trat er einen Schritt zurück und schüttelte verwirrt den Kopf. »Der schaut tatsächlich so echt aus – man könnt fast glauben, Eppelein, der verfluchte Kerl, sei aus der Hölle zurückgekehrt«, flüsterte er ehrfürchtig. Der Magister stimmte ihm im Stillen zu. Obwohl er die meisterliche Schnitzarbeit in den letzten Wochen oft genug betrachtet hatte, spiegelte sich das Licht der Fackeln heute besonders lebhaft in den künstlichen Augen. So blitzten sie boshaft, und es schien, als würde sich der grausame Mund des Ritters im nächsten Augenblick öffnen, um ein höhnisches Gelächter auszustoßen.

Tucher kehrte zu seinem Hocker zurück, nachdem er sich sattgesehen hatte. Der Meister trat an den Automaten und betätigte den zweiten Knopf, der den Mechanismus erneut auslösen und den Ritter wieder in seine Ausgangsposition zurückbewegen sollte. Klickend begann das Räderwerk erneut zu laufen, und der Ritter neigte mit einer kurzen, ruckartigen Bewegung den Kopf zur Brust. Doch dann ertönte metallisches Knirschen, der Automat erbebte und stand auf einmal still. Schwert und Dolch verharrten an ihrem Platz, das Visier blieb geöffnet. Die Augen des Ritters starrten kalt und böse auf den Meister herab, auf dessen Gesicht sich Verwirrung und Ratlosigkeit ausbreiteten. »Das verstehe ich nicht«, murmelte er, bevor er sich verlegen an seinen Gast wandte. »Ich befürchte, dass soeben etwas kaputtgegangen ist im Inneren des Automaten!«

»Wahrscheinlich klemmt das Visier«, sagte Fuchs, der jetzt bereute, dass er Ambrosius noch nichts von Reinfelds nächtlichem Treiben erzählt hatte. Der vermaledeite Kerl musste den Automaten dabei beschädigt haben, was wiederum dafürsprach, dass Ambrosius die Fähigkeiten seines Dieners richtig beurteilt hatte. Verärgert über sich selbst stieß Fuchs die Luft aus. »Lasst mich helfen!«, sagte er, eilte zur Werkbank und ergriff die Zange. »Ich kann das sicher wieder in Ordnung bringen.«

Aber Ambrosius hatte sich bereits seine Fußbank geholt, sie vor dem Automaten aufgestellt und war daraufgeklettert. »Gebt her!« Ungeduldig streckte der Meister die Hand nach der Zange aus. Fuchs zögerte, wollte einwenden, dass er die Reparatur müheloser erledigen könne, weil er größer sei als Ambrosius, der sich selbst auf der Fußbank noch auf die Zehenspitzen stellen musste, um an dem Visier arbeiten zu können. Aber dann begriff er, dass er den Meister damit vor Tucher noch mehr beschämen würde.

Als Ambrosius ungehalten zischte, reichte er ihm das Werkzeug, trat rasch beiseite und beobachtete, wie der Meister versuchte, das Visier mit der Hand zu schließen. Zunächst sah es aus, als würde das gelingen, doch kaum hatte Ambrosius die Metallschiene zwei Fingerbreit nach unten bewegt, ertönte ein scharfes Klacken, gefolgt von einem Sirren. Ambrosius stieß einen grässlichen Schrei aus, fasste sich an den Kopf, taumelte gegen den Automaten, verlor den Halt und stürzte, wobei er die Rüstung umriss.

In der Annahme, der Meister habe einen Schwächeanfall erlitten oder ihn habe – was Gott verhüten möge – gar der Schlag getroffen, sprang Fuchs hinzu. Als er den Meister an der Schulter packte, um ihn umzudrehen, bemerkte er die Pfütze, die sich immer rascher unter dem Kopf des Gestürzten ausbreitete und den Sandsteinboden des Kellers dunkel färbte.

»Was ist passiert?«, fragte Tucher, der neben ihn getreten war, in harschem Ton.

Der Magister quittierte die Frage mit einem ungehaltenen Schnauben. »Helft mir, ihn umzudrehen!«, forderte er. »Aber vorsichtig! Er muss sich bei seinem Sturz verletzt haben.«

Der junge Patrizier wurde blass. »Dann lasse ich besser nach einem Arzt schicken«, sagte er und wollte gehen. Fuchs hielt ihn am Arm fest. »Ich bin Arzt«, knurrte er. »Und nun fasst endlich mit an, sonst verblutet er uns am Ende noch!«

Widerwillig griff Tucher zu, aber als sie den Verletzten auf den Rücken gelegt hatten, keuchte er entsetzt auf. »Mein Gott«, stammelte er. »Was ist das?« Dieselbe Frage stellte sich der Magister ebenfalls. Fassungslos standen beide vor Ambrosius, dessen rechtes Auge an die Decke starrte, während aus dem linken ein fingerdicker Metallbolzen ragte. »Ist er noch zu retten?«, fragte Tucher mit bebender Stimme.

»Das glaube ich nicht«, Fuchs kniete sich hin und tastete nach einer Vene am Hals des Meisters. Dann schüttelte er den Kopf. »Ich spüre keinen Puls. Der Bolzen muss die Augenhöhle durchschlagen haben und ist wahrscheinlich ins Gehirn eingedrungen. Niemand hätte es vermocht, ihn unter diesen Umständen zu retten.« Sein Blick schweifte zu dem Automaten, der zwei Schritt entfernt auf dem Boden lag. Der Sturz musste den blockierten Mechanismus ausgelöst haben, denn beide Arme waren wieder gesenkt, die Waffen zeigten mit ihren Spitzen nach unten und das Visier war geschlossen. »Ich frage mich, woher der Bolzen gekommen ist?«, sagte er mehr zu sich selbst.

»Aus dem Automaten wird er gekommen sein. Woher sonst?« Tucher zuckte mit den Schultern. »Ihr habt selbst gehört, wie Meister Ambrosius gesagt hat, dass etwas kaputtgegangen sein muss da drinnen!«

»Ja, möglicherweise«, räumte Fuchs ein, obwohl er nicht so recht an diese Erklärung glaubte. Schließlich kannte er das Räderwerk im Inneren des Automaten und wusste, dass es dort keinen Bolzen gab, der im Falle einer Blockierung mit solcher Kraft hervorschießen könnte. Da er für den Meister nichts mehr tun konnte, erhob er sich, um den Automaten aus der Nähe in Augenschein zu nehmen.

Tucher musste ihm seine Zweifel angesehen haben, denn er nahm die Fackel und sah sich argwöhnisch um. »Oder meint Ihr gar, jemand hätte auf den Meister geschossen? Womöglich hält sich der Meuchelmörder noch irgendwo hier versteckt!«

Wie zur Antwort auf diese Frage, erklangen nun Schritte aus dem angrenzenden Lagerraum, doch sie entfernten sich nicht, sondern steuerten geradewegs auf die Werkstatt zu. »Halt! Wer da?«, rief Tucher erschrocken, und dann erschien auch schon Reinfelds dürre Gestalt im Durchgang zur Werkstatt. »Meister?«, rief der Diener. »Mich deucht, Ihr habt nach Reinfeld gerufen.«

Fuchs, der sich soeben bemühte, das Visier der Rüstung zu öffnen, drehte sich um. Reinfeld starrte ihn einen Augenblick verständnislos an, doch dann entdeckte er die Leiche seines Meisters. Seine Augen weiteten sich entsetzt, als er den Bolzen sah. Langsam, wie unter Zwang, bewegte er sich auf seinen Herrn zu und sank neben ihm in die Knie. Er strich immer wieder zärtlich über das erstarrte Gesicht, wobei es ihn nicht zu stören schien, dass er seine Finger mit dem Blut aus der zerstörten Augenhöhle befleckte. Dann griff er nach der Hand des Toten und presste sie mit einer hilflosen Geste gegen seine Wange. Ein hoher klagender Ton drang aus seinem Mund.

Wie gebannt beobachtete Fuchs die verstörende Szene. Selbst Tucher vergaß den Meuchelmörder, ließ die Fackel sinken und verfolgte, wie Reinfeld mit dem Oberkörper zu pendeln begann, während sein Heulen immer lauter wurde. Doch dann schein sich der Patrizier seiner Würde zu entsinnen. »Schluss damit!«, rief er und hob die Hand. »Lass das Greinen! Geh nach oben in die Küche und sag meinem Diener, er soll losgehen und so schnell wie möglich zwei Männer der Stadtwache auftreiben und herbringen! Und einer der Gerichtsschöffen muss sofort benachrichtigt werden. Was hier passiert ist, bedarf der genaueren Prüfung!« Allerdings schienen seine Worte nicht zu Reinfeld durchzudringen, denn der reagierte nicht und setzte seine schaurige Totenklage fort. Erst als Tucher zu ihm ging und ihn unsanft an der Schulter packte, endete das Heulen. Dafür begann der Mann haltlos zu schluchzen, warf sich über den Leichnam und krallte die Finger ins Gewand des Toten.

Wütend und ratlos zugleich stampfte der junge Patrizier mit dem Fuß. »Ja, ist dieser Kerl denn narrisch geworden?«, rief er. Magister Fuchs hockte noch immer neben dem Automaten und versuchte vergeblich zu verstehen, was geschehen war. War der Tod des Mechanikers die Folge eines Unfalls? Oder hatte Tucher doch recht, und es handelte sich um einen sogfältig geplanten Mord?

Schwerfällig wie ein alter Mann erhob er sich. »Ihr habt recht, Ratsherr Tucher, die Sache muss genau untersucht werden! Wenn Ihr erlaubt, benachrichtige ich jetzt Euren Diener.«

»Natürlich«, Tucher nickte. »Macht schnell und kommt schnell zurück!«

Fuchs ahnte, dass Tucher der Gedanke, mit der Leiche des

Meisters, dem verrückten Reinfeld und einem hypothetischen Mörder allein gelassen zu werden, nicht behagte. »Ich beeile mich!«, versicherte er und nahm die Fackel, die Reinfeld achtlos neben sich auf den Boden gelegt hatte. Dann hastete er durch die Kellergewölbe und eilte die Treppe hinauf. Keuchend riss er die Tür zur Küche auf, wo Tuchers Diener am Tisch hockte und sich einen Krug Bier schmecken ließ.

Dorothea, die derweil mit den Vorbereitungen fürs Mittagsmahl begonnen hatte, fuhr herum. Fuchs vermutete, dass ihm der Schrecken noch im Gesicht geschrieben stand, denn die Magd reagierte auf seinen Anblick so verstört, als wäre ein Gespenst in ihrer Küche erschienen. Das Messer, mit dem sie Wurzelgemüse geputzt hatte, glitt ihr aus der Hand und fiel geräuschvoll zu Boden.

»Bei der Vorführung des Automaten hat es einen schrecklichen Unfall gegeben. Meister Ambrosius ist tot«, sagte Fuchs, kaum dass er wieder Luft bekam. Die Magd begann zu wanken, ihre Finger suchten Halt an der Kante des Tisches. »Euer Herr will, dass Ihr sofort loslauft und zwei Männer der Stadtwache und einen der Gerichtsschöffen herbringt!«, gab Fuchs Tuchers Anweisungen weiter, bevor er Dorothea sanft am Arm fasste. »Ihr solltet Euch setzen, gute Frau!«

Die Magd riss sich los. »Lasst mich!«, schrie sie und wich ein Stück zurück, als wäre er der Teufel in Person. Der Mann hatte sich inzwischen erhoben. »Sagt meinem Herrn, dass ich schon unterwegs bin!«, rief er, griff nach seinem Umhang und verließ die Küche mit der gebotenen Eile.

Unschlüssig blickte Fuchs zu Dorothea, die mit kreidebleichem Gesicht und bebenden Lippen neben dem Herd stand. Die robuste Magd wirkte dermaßen erschüttert, dass er sich fragte, ob er es wagen konnte, sie allein zu lassen. Sie mit in den Keller zu nehmen schien erst recht keine Option zu sein. »Soll ich Euch vielleicht zu den Nachbarn begleiten?«, fragte er.

»Dann müsstet Ihr nicht allein bleiben. Die Magd des Silberschmieds oder die Hausfrau des Fingerhutmachers könnten Euch beistehen.« Aber Dorothea hob abwehrend beide Hände. »Geht!«, krächzte sie. »Lasst mich allein!«

»Seid Ihr sicher?«, erkundigte sich der Magister besorgt. »Ja! Verschwindet!« Das klang schon wieder ganz nach der Dorothea, die Fuchs kannte. Er nickte und machte sich auf den Rückweg in den Keller.

Dort war es mittlerweile still geworden. Reinfeld, der mit geschlossenen Augen neben der Leiche seines Meisters kniete, hatte die Hände gefaltet und schien zu beten – zumindest legten seine fortwährenden Lippenbewegungen das nahe. Tucher hantierte an der Rüstung herum. Offensichtlich war es ihm gelungen, das Visier mit roher Gewalt zu öffnen. Empört sah Fuchs auf das verbeulte Blech und den Hammer in der Hand des Patriziers. Nur jemand, der keine Ahnung hatte, wie viel Mühe, Zeit und Scharfsinn der Meister und sein Sohn auf den Bau des einzigartigen Automaten verwendet hatten, konnte sich derart ignorant verhalten! Um Beherrschung ringend stieß er hervor: »Euer Diener ist auf dem Weg, Ratsherr!«

Tucher starrte ihn mit zusammengekniffenen Augen an. »Steht nicht herum, kommt gefälligst her«, blaffte er Fuchs an. »Und sagt mir, wie Ihr Euch das erklärt!« Anklagend zeigte er auf die kunstvoll geschnitzte Lindenholzmaske.

Fuchs trat näher und erkannte sofort, was Tucher meinte. Die grimmige Visage des Automaten war eine groteske Spiegelung des zerstörten Gesichts seines Meisters – denn während das linke Glasauge des Eppelein gefährlich glitzerte, war seine rechte Augenhöhle schwarz und leer. Der Magister beugte sich darüber, entdeckte eine tiefe Scharte in der Mitte des unteren Augenlids und befühlte sie mit dem Finger. »Es sieht so aus, als wäre der Bolzen hier herausgeschossen«, sagte er fassungslos. Suchend ließ er das Licht seiner Fackel über den Boden wandern, bis er winzige Glasstücke im Staub glitzern sah. »Das rechte Auge muss dabei zersplittert sein.«

»Schaut ganz so aus!«, bestätigte Tucher, der offenbar zur selben Erkenntnis gekommen war. »Die Frage ist allerdings, wie es dazu kommen konnte!«

»Das frage ich mich auch«, murmelte Fuchs, ging in die Knie und brachte die Fackel näher an das schartige schwarze Loch. Soweit er wusste, gab es kein Bauteil unter dem Helm, das dem Bolzen, der Ambrosius getötet hatte, auch nur entfernt ähnelte. Daran, dass es sich um einen Unfall gehandelt haben könnte, glaubte er immer weniger. »Ich muss den Automaten öffnen, damit ich die Mechanik genauer untersuchen kann«, erklärte er. »Womöglich hat sich jemand daran zu schaffen gemacht.« Fuchs konnte nicht verhindern, dass sich sein Kopf unwillkürlich zu Reinfeld drehte. Was hatte der unglückselige Kerl nur mit dem Automaten angestellt?

»Ihr glaubt also, der Automat sei absichtlich manipuliert worden, und derjenige, der das getan hat, wollte ihn als Mordwerkzeug benutzen?« Tucher runzelte die Stirn, der Blick des Magisters war ihm offenbar nicht entgangen. »Aber Ihr glaubt doch wohl nicht, dass dieser Simpel dazu in der Lage war!«

Noch bevor Fuchs etwas dazu sagen konnte, war Ambrosius' Diener aufgesprungen. Abgrundtiefer Hass verzerrte seine Züge, sodass der Magister an jene dämonischen Fratzen erinnert wurde, mit denen Steinmetze die Traufen an Kirchdächern verzierten. »Der ist schuld daran, der allein!«, kreischte Reinfeld und zeigte mit blutbeschmierten Fingern auf Fuchs. »Der sächsische Satan hat meinen lieben Meister auf dem Gewissen! Voll Arglist und Tücke hat er sich in diesem Haus eingeschlichen und sich festgesetzt wie eine blutsaugende Zecke. Auf die Seele meines Meisters hatte er es abgesehen.«

Fuchs, der sich fühlte, als hätte ihm jemand ein Brett vor den Kopf geschlagen, schüttelte sich, wobei der letzte Rest von Mitleid, den er für den Unglückswurm empfunden hatte, von ihm abfiel. »Wie kommst du zu solchen Anschuldigungen?«, donnerte er. »Gerade du! Schließlich habe ich mit eigenen Augen gesehen, dass du dich an dem Automaten zu schaffen gemacht hast!«

»Glaubt ihm kein Wort!«, geiferte Reinfeld, der sich Tucher inzwischen so weit genähert hatte, dass er dessen Hand ergreifen konnte. »Er ist der Fürst der Lügen!«

Der Ratsherr stieß ihn von sich und wischte sich angewidert einen Speicheltropfen aus dem Gesicht. Reinfeld taumelte gegen die Werkbank und klammerte sich schwer atmend daran fest. »Was hast du letzte Nacht mit dem Mechanismus angestellt?«, herrschte Fuchs ihn an.

»Ihr habt das getan!«, zischte Reinfeld. »Ich habe es genau gesehen!« Mit einer jähen Bewegung riss er die Fackel über der Werkbank aus ihrer Halterung. »Und dafür werdet Ihr brennen, bevor Ihr in die tiefste Hölle fahrt!« Bei diesen Worten hatte er ausgeholt, um die Fackel nach Fuchs zu werfen, der sich geistesgegenwärtig duckte.

Tucher war noch schneller gewesen und hatte sich auf Reinfeld gestürzt. Während er ihm die Fackel entriss, traf seine Faust zielsicher die Nase des Tobenden, die mit widerlichem Knirschen brach. Reinfeld schrie, griff sich ins Gesicht und sackte jaulend zu Boden. Blut quoll unaufhörlich zwischen seinen Fingern hervor. Mit zufriedener Miene hob Tucher die Fackel auf und steckte sie zurück in die Halterung. »Hätte noch gefehlt, dass der uns hier unten röstet wie Ferkel im Ofen!« Dann nahm er einen Strick von der Wand, band dem heulenden Diener Füße und Handgelenke zusammen und zerrte ihn in eine Ecke neben der Werkbank.

»Danke!«, krächzte Fuchs, der sich mit einem Blick vergewisserte, dass Reinfeld nicht ohnmächtig wurde. Als Arzt hätte er sich dann verpflichtet gefühlt, dafür zu sorgen, dass Ambrosius'

Diener nicht an seinem eigenen Blut erstickte. Aber solange die Gefahr nicht bestand, sollte der verrückte Kerl ruhig weiter jammern und bluten. »Bitte helft mir, den Automaten aufzurichten«, wandte er sich an Tucher. »Nur dann kann ich ihn öffnen, um nachzuschauen, was dieser Narr mit dem Mechanismus angestellt hat.«

Der junge Ratsherr verzog das Gesicht, als hätte er Zahnweh. »Das kann ich Euch nicht gestatten, Magister«, sagte er. »Immerhin hat das Ding einen Menschen getötet, und ich wurde Zeuge, wie Ambrosius' Diener Euch des Mordes an seinem Herrn beschuldigte.«

»Aber ich selbst habe gesehen, dass Reinfeld sich letzte Nacht hier unten an dem Automaten zu schaffen gemacht hat!«, begehrte Fuchs auf.

»Dasselbe behauptet er von Euch«, entgegnete Tucher. »Und während ich den guten Reinfeld kenne und weiß, wie sehr er seinem Herrn ergeben war, seid Ihr in Nürnberg ein Fremder. Überdies habt Ihr es gerade selbst gesagt: Reinfeld ist ein Narr. Wie sollte einer wie er dazu fähig sein, einen komplizierten Mechanismus zu manipulieren?«

Auch wenn der Patrizier ein Gockel war und man seinen Standesdünkel schon aus einer Entfernung von hundert Schritten roch, musste der Magister zugeben, dass der Mann in der Lage war, Schlussfolgerungen zu ziehen, und auch in einer vertrackten Lage einen kühlen Kopf bewahrte. Vielleicht hatte Tucher seine Wahl in den Rat nicht ausschließlich dem Geld seines Vaters und dem Namen seiner Sippe zu verdanken. Erschöpft ließ er sich auf den Schemel neben der Werkbank fallen, beugte sich nach vorn und stützte die Unterarme auf die Knie. »Und wie wird es nun weitergehen?«, fragte er leise.

Tucher spielte mit einem Spindelbohrer. Entweder hatte er Fuchs nicht gehört, oder er wollte den Magister, dem nach und nach dämmerte, in welch prekärer Situation er sich befand, absichtlich im Ungewissen lassen. Sein Stolz verbot es Heinrich Fuchs, die Frage zu wiederholen. So schwiegen sie beide, während Reinfeld in der Ecke schniefte. Der Magister biss sich auf die Lippe und versuchte vergeblich abzuschätzen, wie gut seine Chancen standen, mit heiler Haut aus der Sache herauszukommen. Schließlich hatte Tucher es mit seiner Bemerkung, dass hier Aussage gegen Aussage stehe, ganz gut auf den Punkt gebracht. Dummerweise wollte ihm partout nichts einfallen, was er zu seinen Gunsten hätte verwenden können! Erst als auf der Kellertreppe die eiligen Schritte mehrerer Männer zu hören waren, warf der Ratsherr das Werkzeug auf den Tisch und drehte sich mit bedeutungsvoller Miene zu ihm um. »Nun werdet Ihr gleich erleben, wie das Recht in der freien Reichsstadt Nürnberg gehandhabt wird, Magister Fuchs aus Sachsen.«

Zwei Männer in den rot-weißen Uniformen der Stadtwache marschierten in den Keller. Ihnen folgte ein Mann mit kurzem Haar und Bart – weder klein noch groß und im Vergleich zu Tucher auch nicht besonders prunkvoll gekleidet. Dennoch strahlte er Würde und Selbstsicherheit aus, und seinen aufmerksamen dunklen Augen schien kaum etwas zu entgehen.

Der junge Ratsherr empfing ihn mit einer förmlichen Verbeugung. »Gott zum Gruße, ehrenwerter Herr Haller! Ich bin sehr froh, dass Ihr so schnell kommen konntet, denn der jähe Tod des armen Meister Ambrosius gibt einige Rätsel auf.« Er trat zur Seite, damit Haller den Toten sehen konnte. »Auf den ersten Blick scheint es sich um einen Unfall zu handeln.

Der Meister wurde bei der Vorführung seines neuen Automaten, bei der ich zugegen war, von einem hervorschnellenden Bolzen so unglücklich getroffen, dass er sofort starb. Allerdings versicherte mir Magister Fuchs«, Tucher deutete auf Fuchs, der beim Eintritt der Männer von seinem Schemel aufgestanden war, »der gemeinsam mit Ambrosius an der Mechanik gearbeitet hat, dass es darin kein solches Bauteil gebe.«

»Hat's selbst eingebaut, der sächsische Satan«, näselte Reinfeld aus der Ecke neben der Werkbank. »Hat meinen Meister gemeuchelt!«

»Das habe ich mitnichten!«, widersprach der Magister. »Reinfeld war derjenige, der sich in der vergangenen Nacht als Letzter an dem Automaten zu schaffen gemacht hat.«

»Seht Ihr, was ich meine, werter Herr Haller?«, wandte sich Tucher an seinen Ratskollegen. »Durchaus!« Haller nickte. »Ihr habt gut daran getan, mich sogleich an den Ort des Geschehens rufen zu lassen, damit ich mir ein Bild machen kann.« Er blickte von Tucher zu Fuchs. »Was macht ein sächsischer Magister im Haus eines Nürnberger Uhrmachers?« Die Mundwinkel unter dem graumelierten Barthaar zuckten, doch die Augen des Ratsherrn blieben ernst.

»Auch ich beschäftige mich mit der Kunst der Mechanik, hochverehrter Herr Haller«, entgegnete Fuchs. »Für das Rathaus der Pirnaer habe ich eine astronomische Uhr gebaut, die ich noch mit einem Spielwerk vervollständigen möchte. Darum hat mich der hochwohllöbliche Rat zu Pirna nach Nürnberg geschickt, damit ich mich bei den besten Meistern im ganzen Reich umtun kann. Meister Ambrosius bot mir an, mich in die Geheimnisse seiner Kunst einzuweihen, wenn ich mich bereit erklärte, ein Jahr für ihn zu arbeiten.«

Haller nickte. »Dann werdet Ihr Euch gewiss ausweisen können und Empfehlungsschreiben vorzuweisen haben?«

»Selbstverständlich!«, antwortete Fuchs. »Geht und holt sie!« Der Gerichtsschöffe gab dem Jüngeren der Stadtknechte, einem schlaksigen Kerl mit pockennarbigem Gesicht, einen Wink. »Ihr werdet den Magister begleiten, Brunner!«

Den Uniformierten im Schlepptau stieg Heinrich Fuchs zu seiner Kammer hinauf. Fragen über Fragen wirbelten ihm durch den Kopf und wehten fort, bevor er sie zu fassen bekam. Was übrig blieb, war die drückende Gewissheit, dass er seinen Plan,

Nürnberg in den nächsten Tagen zu verlassen, erst einmal vergessen konnte. Gleich als er die Tür zu seiner Kammer aufstieß, beschlich ihn ein ungutes Gefühl. Der Reisesack, den er heute Morgen verschlossen in die Ecke neben dem Fensterchen gestellt hatte, lag mit geöffnetem Zugband auf dem Boden. Die Ledermappe mit seinen Dokumenten, die zuoberst darin gelegen hatte, fand er auf dem Bett. »In meiner Abwesenheit hat jemand meine Sachen durchwühlt!« Aufgebracht drehte er sich nach dem Stadtknecht um. »Niemand anderes als Reinfeld kommt dafür infrage!«

»Besonders unordentlich schaut's nicht aus, find ich«, sagte Brunner, rückte die weiße Schärpe auf der Brust zurecht und baute sich breitbeinig in der Türfüllung auf. »Fehlt denn was?« Misstrauisch kniff er die Augen zusammen.

Fuchs schnürte die Mappe auf und keuchte, als er seine schlimmste Befürchtung bestätigt fand. »Der Brief des Pirnschen Rates und das Empfehlungsschreiben des Herrn von Carlowitz!« Ambrosius' Diener musste beide Schreiben an sich gebracht haben, während er mit Tucher und dem Meister im Keller war. Das konnte im Grunde nur bedeuten, dass Reinfeld von Anfang an die Absicht verfolgt hatte, ihm den Mord an seinem Herrn in die Schuhe zu schieben. Hastig machte sich Fuchs daran, den Rest seiner Sachen zu überprüfen. Auch wenn einiges darauf hinwies, konnte er kaum glauben, dass der närrische Reinfeld zu einer Intrige solchen Ausmaßes fähig sein sollte. In diesem Punkt stimmte er mit Tucher völlig überein. »Ansonsten fehlt nichts«, beschied er dem Wachmann, der daraufhin mit den Schultern zuckte und ihn zurück in den Keller eskortierte.

Dort hatte sich mittlerweile auch Dorothea eingefunden, die mit einem nassen Lappen das Blut von Reinfelds Gesicht wusch. Trotz seiner eigenen Misere und der bösartigen Beschuldigungen, die der Kerl gegen ihn vorgebracht hatte, konnte der

Magister den jämmerlichen Zustand des Faktotums nicht gänzlich ignorieren, schließlich hatte er einst den Eid des Hippokrates geleistet. »Lasst mich die Nase richten, bevor sie noch mehr anschwillt«, sagte er und ging auf die beiden zu. Die Magd fuhr herum. Sie breitete die Arme aus, wie eine Glucke, die ihre Küken vor dem Habicht zu schützen sucht. »Bleibt weg von ihm, oder ich vergesse mich!«

»Ich bitte Euch!«, hilfesuchend drehte sich Fuchs zu Haller um. »Ich bin Arzt und kann dem Mann helfen!«

»Arzt wollt Ihr also auch noch sein?« Haller hob die Augenbrauen und streckte die Hand aus. »Dann zeigt mir doch erst einmal Eure Papiere!«

»Er sagt, jemand habe sie ihm heimlich aus seiner Kammer gestohlen«, mischte sich Brunner ein.

»Ach so?« Die Augenbrauen wanderten noch ein Stück höher auf die Stirn des Gerichtsschöffen. »Dann sollen wir uns darin wohl auch einzig und allein auf Euer Wort verlassen?«

»Mitnichten!« Fuchs schüttelte den Kopf. »Ihr könnt Professor Schöner fragen. Er kennt mich und hat sowohl den Brief des Rates zu Pirna als auch das Empfehlungsschreiben Christophs von Carlowitz gesehen!« Haller lächelte schmal. »Wenn Ihr den Professor tatsächlich kanntet, solltet Ihr wissen, dass unser Herrgott ihn bereits vor drei Monaten zu sich genommen hat, womit unsere Stadt bedauerlicherweise um einen ihrer größten Gelehrten gebracht wurde.«

Fuchs riss die Augen auf. »Schöner ist tot?«, fragte er verdutzt und kam sich dabei selbst unglaubwürdig vor. Wie konnte es nur sein, dass er davon nichts mitbekommen hatte? Aber in den letzten Monaten hatte er mit Ambrosius von früh bis spät im Keller gehockt und am Mechanismus des Eppelein gearbeitet. Selbst vom Tod Martin Luthers im Februar hatte er erst vor Kurzem erfahren. »Ach, zum Teufel!«, entfuhr es ihm.

»Solche Äußerungen solltet Ihr besser unterlassen, wenn Ihr

offiziell zu der Angelegenheit befragt werdet!«, ermahnte ihn Haller streng. Dann drehte er sich nach Tucher um. »Bitte seid so gut und sorgt dafür, dass der Automat ins Zunfthaus geschafft wird, damit die Meister ihn untersuchen können. Es ist wichtig, dass das Gericht erfährt, wie das Ding den Tod von Meister Ambrosius verursachen konnte. Ich veranlasse derweil die Leichenschau.« Als Tucher nickte, wandte sich Haller mit ruhiger Autorität den beiden Stadtknechten zu. »Ihr bringt Reinfeld und den Magister ins Lochgefängnis, wo wir sie weiter befragen werden, sobald uns die Berichte der Zunftmeister und des Stadtarztes vorliegen.«

Panik überfiel Fuchs. Er verstand plötzlich, wie dem Tier, dessen Namen er trug, zumute sein musste, wenn es von einer Hundemeute in die Enge getrieben wurde. Dennoch wehrte er sich nicht, als Brunner ihn am Arm packte, um ihn nach oben zu führen. Reinfeld hingegen begann zu jammern und klammerte sich an Dorothea, die leise auf ihn einredete. »Wirst schon sehen, Bub, am End wird alles gut! Brauchst keine Angst zu haben!« Dabei strich sie ihm beruhigend über den Kopf. Als Reinfeld von ihr abließ und der zweite Stadtknecht das Faktotum beiseitezog, lag ein Ausdruck des Schmerzes auf dem Gesicht der Magd, der Fuchs im ersten Augenblick unangemessen erschien, bis er schlagartig begriff: Die beiden waren Mutter und Sohn!

Kapitel 30

Obwohl der Sommer bereits begonnen hatte, trommelten unablässig Regentropfen gegen die Butzenglasscheiben am Fenster der Kämmerei. Schumann überlegte, ob er eine Kerze anzünden sollte, weil das Schreiben bei ungenügendem Licht seine Augen überanstrengte. Da flog die Tür auf. Alex Walter stürmte herein, gefolgt von einem Schwall feuchter Luft. »Ein Sauwetter ist das«, brummte der Kämmerer anstelle einer Begrüßung. Schwungvoll zog er sich die Regenhaut aus gewachstem Leinen vom Kopf, sodass Wassertropfen sich mit der frischen Tinte auf der Geschossliste vermischten und sie zerlaufen ließen. »Bitte, Kämmerer, so gebt doch acht!«, schimpfte Schumann. »Sonst kann kein Mensch mehr lesen, dass Fleischermeister Potzke das Geschossgeld, das zu Walpurgis fällig war, heute endlich entrichtet hat. Ich fürchte, der Mann wäre am Ende, wenn der Rat es ein zweites Mal von ihm verlangen würde!«

»Am Ende werden wir bald alle sein, weil aus dem kalten, verregneten Frühling nun ein ebensolcher Sommer wird«, orakelte Walter, während er sich mit den Händen die Nässe aus dem Bart strich. »Auch die Nachrichten, die ich heute Morgen von meinem Freund aus Regensburg erhielt, verheißen nichts Gutes.« Er seufzte und ließ sich auf den gepolsterten Lehnstuhl neben dem Fenster fallen.

Schumann, auf einmal hellwach, schob die Kämmereirechnungen von sich. »Aus Regensburg?« Dort tagte seit ein paar

Wochen der Reichstag. Jedermann wusste, dass der Kaiser auch diesen Reichstag nutzte, um Kriegsvorbereitungen gegen die evangelischen Fürsten und Reichsstädte zu treffen, die sich im Schmalkaldischen Bund zusammengeschlossen hatten. »Erzählt!«, forderte er ungeduldig.

»Man munkelt, in der letzten Woche habe Carlowitz unseren Herzog dazu überredet, einer Abmachung mit dem Kaiser zuzustimmen. Moritz habe sich für den Fall eines Krieges mit den Schmalkaldischen zur Neutralität verpflichtet. Dafür wolle ihm der Kaiser endgültig die Schutzherrschaft über die Hochstifte Halberstadt und das Bistum Magdeburg übertragen. Auch eine Reihe anderer protestantischer Fürsten habe der Kaiser mittlerweile durch Versprechungen auf seine Seite ziehen können«, berichtete Walter. Der Ärger rötete sein Gesicht, als er mit geballter Faust auf die Armlehne des Sessels schlug. »Ach, ich mag mir gar nicht vorstellen, wie der verdammte Spanier frohlockt haben muss! Schließlich ist das Herzogtum Sachsen für ihn im Krieg gegen Kursachsen von unschätzbarem Wert. Ich wette darum, dass der Kaiser den Schmalkaldischen in den nächsten Wochen den Fehdehandschuh vor die Füße werfen wird, indem er die Reichsacht gegen ihre Bundeshauptleute verhängt. Als Grund kann er die Eroberung Braunschweig-Wolfenbüttels vorschieben.«

»Das wäre sein gutes Recht«, warf Schumann ein, der bis dahin gebannt gelauscht hatte. »Nicht einmal alle Mitglieder des Schmalkaldischen Bundes haben es gebilligt, als der Kurfürst und Landgraf Philipp vor vier Jahren Herzog Heinrich von Braunschweig gefangen nahmen und ihn nach Hessen verschleppten. Immerhin ist der Mann ein Fürst des Reiches.«

»Leider«, stimmte der Kämmerer zu. »Die Geschichte wird für Unmut unter unseren Bürgern sorgen«, mutmaßte Schumann, der sich selbst hin- und hergerissen fühlte. »Schließlich hat Herzog Moritz noch vor Ostern erklärt, solle es einmal wegen der evangelischen Sache zum Schlagen kommen, würde er aufseiten seiner Glaubensbrüder und Verwandten stehen.« Während er sprach, zeichnete er mit dem Federkiel gekreuzte Schwerter auf ein leeres Blatt.

»Davon, dass diese Nachricht den meisten unserer Bürger nicht gefallen wird, ist auszugehen. Allerdings glaube ich, dass sich der Ärger der guten Leute zuallererst gegen Carlowitz richten wird, der Moritz den Rat gegeben hat. Verflucht soll er sein, der alte Papist!«, schimpfte Walter. Wie immer, wenn gegen seinen Widersacher gewettert wurde, erwärmte sich Schumanns Herz. Doch natürlich verbot er sich jeden Kommentar. »Trotzdem sollten wir es vorerst nicht an die große Glocke hängen«, fügte der Kämmerer hinzu.

Schumann, der mit seinen Gedanken noch immer bei der Frage war, ob ein Sieg über den Kaiser – und damit vor allem über Christoph von Carlowitz – möglich sei, ging nicht darauf ein.

»Walter wechselte das Thema. »Mein Weib lässt fragen, wie es ihrem Patenkind, der kleinen Anna, geht.«

Schumann zuckte mit den Schultern. Er hatte seine Tochter, die mittlerweile laufen lernte, schon einige Tage nicht mehr zu Gesicht bekommen. Die Versorgung eines Kindes in dem Alter war schließlich Frauensache. »Die Amme sagt, sie sei bei guter Gesundheit und entwickele sich, wie es sein solle«, erwiderte er.

»Und wie ich hörte, ist Euer Weib schon wieder gesegneten Leibes.« Walter grinste anerkennend. Schumann nickte. »So der Herr es will, wird mir Eure Nichte noch vor Einbruch des Winters einen Erben gebären«, sagte er. »Kommt uns doch demnächst mal wieder besuchen, mitsamt der Frau Kämmerin!«

»Das will ich daheim gern ausrichten«, sagte Walter. »Aber jetzt ruft mich die Pflicht! Ich habe noch einer Beschwerde über Bäckermeister Pflaum nachzugehen. Der Teig, aus dem er sein

Weißbrot bäckt, soll mit minderwertigem Hafermehl vermengt sein.«

Kaum hatte Walter die Tür hinter sich geschlossen, zog Schumann die Kämmereirechnungen zu sich heran. Er korrigierte die Stellen, an denen die Tinte verlaufen war, und begann den Gesamtbetrag für das Geschossgeld im letzten Halbjahr zu berechnen. Nachdem er seine Rechnung abgeschlossen und wie immer zweifach überprüft hatte, schlug der Türmer von Stankt Marien die elfte Stunde. Schumann musste darüber das Klopfen an der Tür überhört haben, die sich knarrend öffnete. Ein Mann, von dessen Hut das Wasser tropfte, steckte den Kopf durch den Spalt. »Wär's recht, wenn ich eintrete? Ich komme von Nürnberg und habe einen Brief für den Rat zu Pirna auszuliefern.«

»Von Nürnberg?« Überrascht erhob sich Schumann von seinem Stuhl, um dem Mann einen Schritt entgegenzukommen. Eine Ledertasche hing an einem breiten Gurt über seiner Brust. Der Mann öffnete sie und kramte einen gefalteten Brief hervor, auf dessen Rückseite tatsächlich das Siegel Nürnbergs prangte. Der Stadtschreiber konnte sich das Grinsen nicht verkneifen, als er den eigenartigen Adler mit den Weiberbrüsten erblickte. Der Bote musste die Reaktion schon oft erlebt haben, denn er verdrehte genervt die Augen. »Wenn Ihr mir den Empfang bitte quittieren würdet?« Er reichte Schumann einen Zettel, auf dem bereits Ort und Datum notiert waren, und der Stadtschreiber unterschrieb mit einem unleserlichen Schnörkel. »Ich bin unterwegs nach Prag«, erklärte der Mann, während er die Quittung in seiner Tasche verstaute. »Wenn Ihr es wünscht, kann ich auf meinem Rückweg erneut über Pirna reisen und die Antwort des ehrbaren Rates mitnehmen.«

»Wartet einen Augenblick!« Schumann brach das Siegel, entfaltete das Blatt und begann zu lesen. Der Rat in Nürnberg ersuchte die Pirnaer um Auskunft über Magister Heinrich

Fuchs? Der Stadtschreiber runzelte die Stirn. Offenbar steckte Fuchs dort in Schwierigkeiten. Er war seiner Papiere verlustig gegangen und in eine Mordsache verwickelt. Die Nürnberger hatten ihn gefänglich eingezogen. Nun wollten sie sich mit dem Rat zu Pirna über das weitere Vorgehen in dem Fall verständigen. Der Casus, so stand dort, sei einigermaßen kompliziert. Ein Meister, bei dem Fuchs gewohnt und gearbeitet habe, sei vor den Augen eines Ratsherrn von einem Automaten getötet worden. Die nachträgliche Untersuchung jenes Automaten habe ergeben, dass die Mechanik absichtlich dazu benutzt worden sei. Ein Unfall sei ausgeschlossen. Allerdings würden sich die beiden Verdächtigen – der Diener des Opfers und jener Mann, der behauptete, Magister Heinrich Fuchs aus Pirna zu sein – gegenseitig beschuldigen, den Automaten manipuliert zu haben.

Mit jeder Zeile, die der Stadtschreiber las, schlug sein Herz rascher. Am Ende hatte er große Mühe, sich seine Gemütsbewegung dem Boten gegenüber nicht anmerken zu lassen. Er warf den Brief auf den Tisch und setzte sich. »Danke für das Angebot – aber nein! Nachdem der Rat die Angelegenheit auf seiner nächsten Sitzung besprochen hat, werden wir selbst einen Boten mit der Antwort nach Nürnberg entsenden«, sagte er betont gleichgültig.

Kaum hatte sich die Tür hinter dem Mann geschlossen, hielt den Stadtschreiber nichts mehr auf seinem Stuhl. Er durchmaß die kleine Stube mit langen Schritten. Dabei dankte er dem Herrn im Himmel für dieses Geschenk. Schon seit geraumer Zeit wartete man in Pirna vergeblich auf die Rückkehr des Magisters, der seinen Besuch in Nürnberg weit über das erwartete Maß auszudehnen schien. In der Ratssitzung vor zwei Wochen hatte der Bürgermeister sogar seine Sorge darüber geäußert, dass Fuchs unterwegs etwas zugestoßen sein könnte. Schumann hatte darum gebetet, der Magister möge Pirna auch weiterhin fernbleiben. Seine Spionin hatte in ihrem letzten Brief aus Mähren berichtet, dass die Fuchsin mittlerweile mehr als die Hälfte des Buches entschlüsselt habe. Allerdings habe Hanna über den Inhalt noch nichts in Erfahrung bringen können. Der Stadtschreiber hoffte, Sophia würde die Arbeit innerhalb der nächsten Monate beenden. Alles, was er dann geplant hatte, würde er wesentlich leichter umsetzen können, wenn ihr Mann verschollen blieb. Das galt aus Schumanns Sicht auch für den Brief aus Nürnberg. Er faltete das Blatt zusammen und schob es unter sein Wams. Bei dem Sauwetter konnte er ohne Weiteres verlangen, dass das Kohlebecken in seiner Arbeitsstube entzündet wurde!

Zufrieden lehnte er sich zurück und verschränkte die Hände hinter dem Kopf. Was würden die Nürnberger tun, wenn sie aus Pirna keine Antwort bekämen? Wahrscheinlich würden sie den Magister behandeln, wie jeden, der nicht den Schutz des Bürgerrechts einer anderen Stadt besaß. Immerhin hockte Fuchs bereits in den Lochgefängnissen unter ihrem Rathaus. Dort gab es, soweit Schumann wusste, enge fensterlose Zellen, in denen die Gefangenen nichts anderes tun konnten, als zu beten und darauf zu warten, dass man sie zur nächsten Befragung holte. In so einem Fall, wenn Aussage gegen Aussage stand, würde man den Henker brauchen, um die Wahrheit ans Licht zu bringen. Wie mochte man sich fühlen, wenn man allein im Dunkeln saß und sich die Qualen der Folter ausmalte? Schumann schüttelte sich. Um das Bild möglichst rasch wieder aus seinem Kopf zu bekommen, beschloss er, heute schon ein wenig früher zum Mittagessen nach Hause zu gehen.

Kapitel 31

Da Hanna an diesem Abend Dienst in der Küche tun musste, kehrte Sophia nach dem Abendessen allein in ihre Kammer zurück. Sie setzte Clara, die sie noch die Treppen hinauftragen musste, auf den Fußboden, während Justus ihr vorausgeeilt war und die kleine Kiste mit den Holztieren unter dem Bett hervorzog. Sophia nahm eine Flickarbeit zur Hand und setzte sich auf die Bettkante. Sie nähte einen Flicken auf die durchgewetzte Hose ihres Sohnes und beobachtete, wie ihre Kinder auf dem Fußboden der Kammer miteinander spielten. Justus schnalzte mit der Zunge und wieherte, während er ein Holzpferchen vor der verzückten Clara galoppieren ließ. »Clara, schau, ein Pferd!«, rief er, worauf die Kleine mit ihren molligen Händchen auf die Holzbohlen patschte und vergnügte Quietschlaute ausstieß. Dann grapschte sie nach dem Spielzeug, entriss es dem widerstrebenden Bruder und biss hinein. »Nein!«, erklärte Justus in demselben Ton, den Sophia anschlug, wenn sie ihre Tochter daran hindern wollte, etwas zu essen, das ihr nicht bekommen würde. »Das darfst du nicht! Nein!« Justus schüttelte den Kopf, dass seine blonden Locken flogen.

Clara stemmte sich mit dem Hinterteil voran auf die kräftigen Beinchen und baute sich vor Justus auf, der sie gerade mal eine Handbreit überragte. Dann stopfte sie sich den Kopf des Pferdes wieder in ihren Mund. Als Justus ihr das Spielzeug abnehmen wollte, schubste sie ihren Bruder vor die Brust, sodass er mit verdutztem Gesicht auf dem Hintern landete. Einen

Augenblick schien er zu überlegen, ob es lohne, in Tränen auszubrechen, aber schließlich begann er aus kurzen Stöcken einen Zaun für die restlichen Holztiere zu bauen. Clara ließ das Pferd fallen und streckte die molligen Ärmchen nach ihrer Mutter aus.

Sophia hob sie zu sich aufs Bett und strich ihr das verschwitzte dunkle Haar aus der Stirn. Sie fürchtete, dass ihr Töchterchen vielleicht irgendeine Krankheit ausbrüten könne, denn beim Abendessen wollte sie, anstatt ihren Brei zu essen, nur ein wenig Milch trinken. Nun hatte Sophia das Gefühl, Claras Köpfchen wäre etwas wärmer als sonst. Allerdings konnte das auch damit zusammenhängen, dass ihre Tochter schon wieder einen Zahn bekam. Wie zur Bestätigung steckte Clara ihren Daumen in den Mund, während sie sich an ihre Mutter kuschelte, und kurz darauf fielen ihr die Augen zu.

Auch als sich die Tür mit leisem Knarren öffnete und Hanna in die Kammer trat, rührte sich Clara nicht. Sophia legte einen Finger auf die Lippen. Hanna ging zum Fenster und schloss die Läden, während Sophia das Flickzeug wegräumte. Auch für Justus war es jetzt an der Zeit, ins Bett zu gehen. Nach dem gemeinsamen Nachtgebet drückte Justus sein lumpengefülltes Stofftier an sich, schloss die Augen und schlief ein.

»Holt dich Johann nachher zum Abendspaziergang durch die Weinberge ab?«, erkundigte sich Sophia leise. Sollte sich ihre Freundin entscheiden, den jungen Töpfer zum Manne zu nehmen – wofür einiges sprach –, würde Hanna mit Sicherheit nicht mehr nach Pirna zurückkehren wollen. Aber Hanna presste die Lippen aufeinander und schüttelte den Kopf. Ihren Gesichtsausdruck konnte Sophia im Dämmerlicht nicht erkennen. »Warum gehst du ihm aus dem Weg?«, flüsterte sie. »Du magst ihn doch.«

»Ja, schon.« Hanna verstummte. Sie saßen einander gegenüber auf den Bettkanten, hinter sich die schlafenden Kinder.

Sophia spürte, wie unglücklich ihre Freundin war, dennoch wollte sie nicht weiter in sie dringen. Sie ahnte, mit welchen Schwierigkeiten Hanna zu kämpfen hatte, seit der junge Töpfer um sie warb. Wäre es nach Johann gegangen, würde Bruder Peter ihn und Hanna gleich nach der Ernte trauen. Obwohl jeder sehen konnte, dass ihre Freundin dem jungen Mann von Herzen zugetan war, hatte Johann bisher noch keine endgültige Übereinkunft mit ihr erzielen können.

In letzter Zeit hatte Sophia oft gesehen, wie Hanna den Töpfer aus der Ferne betrachtete. Dabei hatte auf dem Gesicht ihrer Freundin ein Ausdruck gelegen, den Sophia nicht deuten konnte: Schuld oder Scham? Was Sophia beschäftigte, war die Tatsache, dass sie diese Gefühle mitunter auch dann an Hanna wahrnahm, wenn sie beide allein waren. Sie grübelte, ob das ausschließlich an den verstörenden Erlebnissen lag, die ihre Freundin gehabt hatte. War es am Ende doch so gewesen, dass Hanna ihr Kind selbst getötet hatte? Meist verwarf sie den Gedanken sofort, denn in den letzten beiden Jahren hatte sich die Amme so liebevoll um Justus und Clara gekümmert, dass es Sophia unmöglich war, sie als Kindsmörderin zu sehen. Dennoch, ein Geheimnis schien auf Hannas Seele zu lasten, etwas, das sie davon abhielt, sich Liebe und Glück zu gestatten. Sophia seufzte. Sie bemerkte erst, dass sie vollkommen in ihre eigenen Gedanken versunken war, als sich Hanna neben sie setzte.

In einer vertraulichen Geste schlang Hanna den Arm um Sophias Schulter. »Anstatt dir Sorgen um mich zu machen, solltest du mir lieber etwas Neues aus dem Buch erzählen«, flüsterte sie. Sophia hatte ihr nach und nach immer mehr vom Inhalt des Manuskripts enthüllt. Insbesondere die Idee von einer Gemeinschaft, in der Männer und Frauen gleichberechtigt miteinander umgingen, hatte Hannas Interesse geweckt.

»Wie ich dir schon erzählt habe, könnten viele der Rezepturen vor allem Frauen helfen – zum Beispiel denen, die sich ein

Kind wünschen und keines bekommen.« Sie stockte und sprach dann noch leiser. »Oder bei anderen eine unerwünschte Schwangerschaft verhindern.« Hanna atmete rascher, sagte aber nichts dazu. »Es werden auch allerlei Mittel und Anwendungen geschildert, die einer Frau die Geburt erleichtern und bei Beschwerden helfen, die sich hinterher einstellen können.«

»Erzähl!«, wisperte Hanna begierig. Sophia verschwieg, dass das Buch auch Rezepte für Gifte enthielt, die das Leben schnell und ohne Qual beenden konnten, da sie der Ansicht war, dass solches Wissen schnell in falsche Hände gelangen und Unheil anrichten konnte. Stattdessen schilderte sie ausführlich all die Empfehlungen für eine glückliche Geburt. Sie wusste, wie zufrieden ihre Freundin an den Tagen war, an denen sie Schwester Crestina, der Hebamme des Brüderhofs, zur Hand gehen durfte. Weil Hanna sich gelehrig zeigte, hatte sie in letzter Zeit immer öfter helfen dürfen, wenn eine Geburt anstand. »Stell dir vor, was die Rezepte, die du erwähnt hast, in den Händen einer fähigen Hebamme oder eines guten Arztes bewirken könnten!« Selbst im Dämmerlicht konnte Sophia sehen, wie Hannas Augen leuchteten.

Tief in der Nacht wurde Sophia vom Weinen ihrer Tochter aus dem Schlaf gerissen. Claras kleiner Körper glühte. Eilig stand Sophia auf und zündete die Lampe an. Hanna, die ebenfalls erwacht war, band sich ihr Wolltuch um die Schultern. »Wir sollten sie in feuchte Tücher hüllen, um das Fieber zu senken«, schlug sie vor. »Ich hole frisches Wasser vom Brunnen.« Indes bemühte sich Sophia, ihrem Töchterchen ein wenig Wasser einzuflößen, doch Clara weigerte sich zu trinken. Es schien, als hätte sie Schmerzen beim Schlucken.

Den Rest der Nacht verbrachten Sophia und Hanna damit, die Kleine zu beruhigen, während sie ihren Körper immer wieder in feuchte Wickel hüllten, um das Fieber zu senken. Hanna kochte einen Aufguss aus Salbei und Thymian. Clara wollte auch davon nichts trinken, obwohl Hanna das Getränk mit viel Honig gesüßt hatte.

Gegen Morgen begann Justus ebenfalls zu fiebern. Sophia blieb allein mit den kranken Kindern, während Hanna sich hinunter in den Speisesaal begab. Von dort brachte die Freundin nicht nur eine Schale Suppe mit, sondern auch die Nachricht, dass Justus und Clara nicht die einzigen Kinder waren, die Symptome wie Fieber und Halsschmerzen zeigten. »Was!« Instinktiv presste Sophia ihr Töchterchen fester an sich. Sie hörte, wie das Kind mühsam Luft holte, und nahm gleichzeitig einen faulig süßlichen Geruch wahr. Ihr wurde schlecht, während sie am ganzen Körper zu zittern begann. »Die Rachenpest!«, stieß sie hervor. Dann sank sie mit dem wimmernden Kind aufs Bett und schloss die Augen.

»Die Pest kann das nicht sein«, sagte Hanna, die sich inzwischen bemühte, Justus ein paar Schlucke von dem Salbeiaufguss einzuflößen. »Du hast doch selbst gesehen, dass sie keinerlei Flecken oder Beulen am Körper haben. Claras Gesicht wirkt eigenartig aufgedunsen, aber das ist keines der üblichen Pestzeichen, soweit ich mich entsinne.«

»Es ist nicht diese Art von Pestilenz!«, rief Sophia verzweifelt. »Die Rachenpest befällt meist kleine Kinder und tötet sie innerhalb weniger Tage.«

»Herr im Himmel, steh uns bei!« Die Panik in Hannas Stimme war nicht zu überhören. »Bist du ganz sicher?«

»Doktor Lienhard muss kommen!« Sophias Puls raste. »Auf der Stelle!«

»Ich werde jemanden finden, der ihn holt.« Hanna deckte den Jungen zu und war im Nu zur Tür hinaus.

Als ihre Freundin kurz darauf zurückkehrte, konnte Sophia ihr sofort ansehen, dass sie keine guten Nachrichten mitgebracht hatte. »Filomenas Zwillingen geht es immer schlechter. Johann meinte, dass sie den Tag vielleicht nicht überleben.«

Hanna begann zu schluchzen, sodass Sophia Mühe hatte, die nächsten Worte zu verstehen. »Und Doktor Lienhard wurde gestern Abend zu einem Patienten nach Prag gerufen – zu irgendeinem Herrn von Adel. Aber Bruder Peter hat schon nach einem anderen Arzt geschickt. Der Mann soll bald hier eintreffen.« Sophia zwang sich, ruhig zu atmen – ein und aus und wieder ein. Hilfe ist unterwegs, sagte sie sich, und bis dahin würde sie tun, was Meister Arnold bei Fieber und Halsweh empfahl. Vielleicht hatte sie sich doch geirrt, und es handelte sich um eine weniger gefährliche Krankheit. Für Säuglinge, wie die beiden Buben von Christoph und Filomena, sagte sie sich, kann jedes Fieber tödlich sein, aber je älter ein Kind, desto mehr Widerstandskraft kann es entwickeln. Justus und Clara waren bisher kaum krank gewesen, und wenn, dann hatten sie sich jedes Mal rasch davon erholt.

Der Arzt, der den Brüderhof am frühen Nachmittag erreichte, war ein kleiner, rundlicher Mann mit Spitzbart und kurzsichtig blinzelnden Augen. Er legte seinen hohen schwarzen Hut auf die Truhe unter dem Fenster und holte zwei hölzerne Spatel aus seinem Medizinkasten. »Sag deinem Jungen, er soll den Mund aufmachen«, wandte er sich an Sophia. »Ich muss mir seinen Rachen anschauen.« Während sich Justus mit Mühe und Not dazu überreden ließ, den Mund aufzusperren, wurde die Untersuchung von Clara nicht nur für die Kleine zu einer Qual.

Nachdem sie überstanden war, wischte sich der Doktor den Schweiß von der Stirn. Sophia, die das schreiende Kind in ihren Armen wiegte, sah voller Angst zu ihm auf. Er hatte jene schwer durchschaubare Maske aufgesetzt, die sie auch bei Meister Arnold oder Doktor Lienhard schon gesehen hatte – zumeist dann, wenn der Zustand ihrer Patienten schlecht war und sie auch nicht weiterwussten. Aber das sind doch meine Kinder!, wollte sie schreien, stattdessen biss sie sich auf die Zunge und hörte zu. »Der Kleinen solltest du in Öl und Wasser gekochten Leinsamen und Dill auflegen. Der Junge ist vielleicht schon alt genug, um mit Essig und Salz zu gurgeln«, sagte der Arzt, »oder mit dem Saft des Fingerkrauts. Auch geriebenen Knoblauch in Limonade kann ich empfehlen. Versucht, beiden viel Wasser einzuflößen, obwohl ich fürchte, dass sie es bald nicht mehr schlucken können.« Er gestattete sich ein hilfloses Schulterzucken.

Hanna schluchzte auf. Auch in Sophias Ohren hörte sich das an wie ein Todesurteil, doch obwohl die Angst mit eisigen Fingern nach ihrem Herzen griff, war sie nicht bereit aufzugeben. »Es gibt immer noch irgendetwas, das man tun kann«, hatte Meister Arnold zu ihr gesagt, als sich vor drei Jahren in den Vorstädten die Pestfälle gehäuft und viele Leute in Pirna sich vor einer neuen Welle der Seuche gefürchtet hatten.

Der Doktor hatte inzwischen seinen Hut aufgesetzt und schickte sich an, ihre Kammer zu verlassen. Sophia erhob sich. »Erzählt mir alles, was Ihr über die Krankheit wisst!«, verlangte sie entschlossen. »Es ist die Rachenpest, nicht wahr?«

»Ich weiß nicht, ob das wirklich gut ist, Schwester.« Der Mann schüttelte verwundert den Kopf. »Aber wenn du glaubst, es hilft dir, werde ich es tun.« Seufzend stellte er seinen Medizinkasten wieder ab. »Der Würger hat deine Kinder heimgesucht.« Er deutete auf Clara. »Du hast die grauen Beläge selbst gesehen.« Sophia nickte stumm. »Für gewöhnlich breiten sie sich weiter aus, und wenn das geschieht, ersticken die armen Kleinen – in den Fällen, die ich gesehen habe, meist am zweiten oder dritten Tag«, sagte er betrübt. »Doch nun muss ich gehen, um alle anderen Kinder auf eurem Hof zu untersuchen.«

Während Hanna erneut zu schluchzen begann, spürte Sophia nun, da sie Gewissheit hatte, eine noch nie dagewesene Klarheit ihres Verstandes. Sie legte ihr Kind aufs Bett und vertrat dem Doktor den Weg zur Tür.

»Das dürft ihr unter gar keinen Umständen tun! Ihr würdet die Keime dabei auf die Kinder übertragen, die bisher noch gesund sind, sodass am Ende vielleicht alle sterben«, erklärte sie mit Nachdruck. »Wie bitte?« Er sah sie an, als wäre sie nicht ganz bei Troste. »Stattdessen müsst Ihr dafür sorgen, dass diejenigen, die bereits Anzeichen der Krankheit zeigen, von den anderen abgesondert werden. Auch die Menschen, die sie pflegen, dürfen nicht mehr in Kontakt mit den übrigen Bewohnern des Hofs kommen. Stellt Euch vor, Ihr hättet es mit dem Schwarzen Tod zu tun!«

»Der Schmerz raubt dir den Verstand, Schwester!« Der Mann schüttelte entsetzt den Kopf. »Und ich muss mich fragen, wo ich den meinen gelassen habe, als ich dir von den Schrecken erzählte, die die Krankheit mit sich bringt. Aber nun lass mich vorbei, damit ich tun kann, wozu ich gerufen wurde!« Er hob seinen Medizinkasten auf und wollte sich an ihr vorbeidrängen, doch Sophia stellte sich mit ausgebreiteten Armen vor die Tür.

»Doktor Lienhard hat mir erklärt, was er in solch einem Fall tun würde«, sagte sie. »Er ist ebenfalls davon überzeugt, dass die Krankheit höchst ansteckend ist.«

»Unfug!«, raunzte der Arzt, wobei sein rundes Gesicht vor Ärger rot anlief. »Selbst er wird wissen, dass giftige Dämpfe aus der Erde die wahre Ursache des Übels sind.« Sophia erschrak, als jemand von außen versuchte, die Tür zu öffnen.

»Schwester Sophia?« Sie erkannte die Stimme von Bruder Georg. »So mach doch auf!«, bat er. »Ich bin hier, um dir Beistand zu leisten in deiner Not und zu fragen, ob ich etwas tun kann, um zu helfen.«

»Herr im Himmel, ich danke dir!«, stöhnte der Doktor erleichtert. »Sie benötigt deinen Beistand dringend, lieber Bruder«, rief er. »Sag du ihr, dass sie von der Tür weggehen soll!« Sophia zögerte, obwohl ihr klar war, dass sie es nicht schaffen würde, den Arzt gegen seinen Willen hier festzuhalten. Wen

Bruder Georg in der Sache unterstützen würde, war ohnehin abzusehen. Trotzdem war der Prediger ihre einzige Option. »Du kommst genau zur rechten Zeit, Bruder Georg!«, sagte sie laut genug, dass er sie hören konnte. »Meine Kinder werden möglicherweise sterben, aber du kannst helfen, dass nicht alle Kinder unserer Gemeinde ihr Schicksal teilen.«

»Wie?« Bruder Georg klang entsetzt. »Was soll ich tun?«

»Hör nicht auf sie!«, rief der Arzt. »Sie ist verrückt vor Schmerz.« Aber als er einen Schritt nach vorn machte, sprang Hanna auf und stellte sich mit Clara auf dem Arm an Sophias Seite. »Ihr Verstand ist so klar wie der deine, Bruder Georg!«, versicherte sie laut. »Sie will nur, dass der Arzt auf die Ratschläge hört, die ihr Doktor Lienhard für die Bekämpfung des Übels gegeben hat.« Sophia warf ihrer Freundin einen dankbaren Blick zu, bevor sie ihre Stimme noch einmal erhob. »Es sind dieselben, die ich in dem Buch gelesen habe – jenem Buch, das womöglich von einem deiner Glaubensbrüder verfasst wurde.« Wieder einmal hoffte sie, der Herr werde ihr eine halbe Notlüge verzeihen. »Ich mache die Tür auf, wenn du versprichst, die Kammer nicht zu betreten.«

»So soll es sein«, erschallte dumpf die Antwort von der anderen Seite der Tür.

»Und du musst verhindern, dass der Doktor sie verlässt, bevor du mich angehört hast.«

»Ich verspreche es!«

Als Sophia die Tür freigab, wusste sie nicht, ob es ihr gelingen würde, Bruder Georg, und durch ihn auch die anderen Ältesten, von ihren Argumenten zu überzeugen. Aber sie war entschlossen, ihr Bestes zu geben.

Nachdem Bruder Georg sie kurz darauf verlassen hatte, um die nötigen Maßnahmen mit Bruder Peter und Bruder Franz zu besprechen, ging Sophia auf wackligen Beinen zur Truhe unter dem Fenster. Sie zog den Schlüssel aus ihrem Mieder hervor und steckte ihn ins Schloss. Nachdem sie den Deckel hochgeklappt hatte, betätigte sie den Mechanismus, der den doppelten Boden öffnete. »Ich bin sicher, dass es in dem Manuskript noch mehr Empfehlungen gab, wie mit der Krankheit umzugehen ist«, sagte sie. »Sobald die Kinder schlafen, werde ich danach suchen.«

Erstaunlicherweise überstand Clara die Nacht einigermaßen ruhig, und ihr Zustand hatte sich am nächsten Morgen nicht wesentlich verschlechtert. Vielleicht lag es daran, dass ihr Sophia den schlüpfrigen Brei aus Dill und gekochtem Leinsamen nicht nur mit einem Wickel um den Hals gebunden hatte, sondern ihr Töchterchen auch mit viel Geduld dazu gebracht hatte, etliche Löffel davon zu schlucken. Hanna hatte den Kindern beharrlich den honiggesüßten Salbeiaufguss eingeflößt. Da Justus sich weigerte, mit irgendetwas zu gurgeln, war ihnen nichts anderes übriggeblieben, als ihn auf die gleiche Art zu behandeln wie seine Schwester. Trotzdem ging es ihm schlechter. Wenn er weinend nach ihr rief, klang seine Stimme heißer und tonlos, und der trockene Husten verstärkte seinen Lufthunger. Sophias Herz krampfte sich schmerzhaft zusammen, während sie sich über ihn beugte, um ihm einen winzigen Schluck Wasser oder Brühe einzuflößen. Um ihm das Luftholen zu erleichtern, hatten sie ihn ein wenig aufgesetzt, aber mittlerweile schien auch das kaum noch zu helfen. Als Hanna vom Wasserholen kam und berichtete, dass Filomenas Zwillinge vor einer Stunde kurz nacheinander gestorben waren, stand Sophias Entschluss fest.

»Hanna, du musst mir ein kleines, scharfes Messer besorgen, Branntwein und ein Stück Schilfrohr. Nadel und Faden haben wir selbst. Außerdem werde ich viel abgekochtes Wasser brauchen.« Hanna zog die Augenbauen zusammen. »Was hast du vor?« Sophia ging zum Tisch und kam mit der Skizze wieder, die Lienhard vor ein paar Wochen angefertigt hatte. »Sieh dir das genau an!«, verlangte sie und deutete auf die Zeichnung.

»Ich werde deine Hilfe brauchen. Es sind drei Schnitte, die ich ausführen werde. Zuerst muss ich einen Längsschnitt durch die Haut des Halses machen, dann einen zweiten durch die Muskulatur darunter, und schließlich schneide ich die Luftröhre quer ein.«

»Du willst deinem Sohn die Kehle aufschneiden?« Hanna keuchte entsetzt auf. »Du wirst ihn umbringen! Wie kannst du verlangen, dass ich dabei helfe!«

Sophia beugte sich vor und packte sie an den Armen. »Ich muss!«, stieß sie mit einer Gewissheit hervor, die sie selbst nicht einmal annähernd empfand. »Es ist die einzige Möglichkeit ihn zu retten. Schon bald wird er keine Luft mehr bekommen, aber durch das Röhrchen kann er atmen, wenn sein Rachen zuschwillt.«

Nach kurzem Zögern nickte Hanna. Sie schien begriffen zu haben. »Wird er nicht an seinem Blut ersticken?«, fragte sie besorgt. Sophia schüttelte den Kopf. »Doktor Lienhard hat mir versichert, dass es kaum blutet.«

»Aber trotzdem«, Hanna rang die Hände. »Bist du sicher, dass wir nichts anderes mehr tun können?« Sophia ging zum Bett und schloss das laut röchelnde Kind in ihre Arme. »Gar nichts«, flüsterte sie. Nachdem Hanna fort war, blieb sie noch einen Moment sitzen. Sie drückte ihren Sohn an die Brust und sah auf ihr schlafendes Töchterchen. Ihr Herz fühlte sich an, als würde es mit eisernen Ketten umschnürt. Dann legte sie Justus vorsichtig zurück in die Kissen und machte sich daran, die Vorbereitungen für die Operation zu treffen.

Da das Kind den Kopf nach hinten überstrecken sollte, rückte sie den einzigen Stuhl in der Kammer unter das Fenster. Sie suchte aus ihrem Flickzeug die feinste Nadel und den letzten Seidenfaden, den sie besaß. Nachdem sie den Faden aufgefädelt hatte, legte sie ihn in die Tonschale, in der sie auch Schilfrohr und Messer mit Branntwein übergießen wollte. Anschließend zog sie ihrem Sohn das Hemd aus und wusch ihn sorgfältig von Kopf bis Fuß. Kummer und Angst drohten sie zu überwältigen, als sie bemerkte, wie die Haut unter seinen Rippenbögen mit jedem krampfhaften Atemzug weiter nach innen gezogen wurde. Nachdem sie ihm ein sauberes Hemd übergestreift hatte, blieb sie einen Augenblick mit geschlossenen Augen sitzen, um Kraft zu schöpfen. In einem stummen Gebet flehte sie den Vater im Himmel an, er möge ihre Hand führen, wenn es so weit war – vor allem aber solle er Gnade walten lassen über ihn und alle Kinder, die das Übel inzwischen befallen hatte. Als sie die Augen öffnete, glaubte sie im Mittagslicht eine leuchtende Gestalt zu erkennen. Es war unverkennbar die Gestalt einer Frau. Im ersten Moment dachte sie, es würde sich um ihre Mutter handeln, die Gott gesandt hatte, um ihr Mut zuzusprechen. Doch als die Frau sich umdrehte, merkte Sophia, dass ihr Gesicht und ihre Gestalt sich unablässig wandelten, sodass es schien, als würde sie das Antlitz all jener Mütter tragen, die vor ihr gelebt hatten und nach ihr leben würden. Kaum hatte Sophia das begriffen, löste sich die Erscheinung auf und verschwand.

Als Hanna zurückkehrte, war alles bereit. Während ihre Freundin sich die Hände wusch und eine saubere Schürze umband, übergoss Sophia die Utensilien in der Schüssel mit Branntwein. Nachdem Hanna mit Justus auf dem Schoß Platz genommen hatte, zog sie ihrem Sohn das Hemd bis über die Schultern zurück. Hanna verfolgte die Vorbereitungen blass, aber gefasst. Erst als Sophia die Haut am Hals des Kindes mit Branntwein reinigte, verzog die Freundin gequält das Gesicht. »Haben wir nichts, womit wir seine Schmerzen lindern können?«, fragte sie leise. Sophia schüttelte den Kopf – sie hatte nichts. Außerdem wusste sie, dass ihr kleiner Junge auch gar nicht in der Lage war, Mohnsaft oder irgendein anderes betäubendes Mittel zu schlucken, und da er kaum noch atmete, hätte ihm nicht einmal Lienhards süßes Vitriol Linderung verschafft.

Verzweifelt biss sie die Zähne zusammen und griff nach dem Messer. Sie hatte die Zeichnung des Doktors neben sich auf einem Schemel liegen.

Als ihre Freundin leise zu singen begann »Mitten im Leben sind wir vom Tod umfangen«, holte Sophia Luft. Im Bemühen, sich voll und ganz auf die bevorstehende Aufgabe zu konzentrieren und alle störenden Empfindungen auszublenden, schloss sie die Augen.

Da stockte Hannas Gesang, eine Männerstimme war zu hören: »Lasst mich das tun!«

Sophia riss die Augen auf. Schon umfasste Lienhards Hand die ihre, und mit einem tiefen Seufzer löste sie den Griff ihrer eiskalten Finger. Der Doktor legte das Messer zurück in die Schüssel, bevor er sich über das Kind beugte. »Ultima Ratio, das habt Ihr richtig erkannt.« Er richtete sich auf und musterte Sophia mit einem anerkennenden Blick. »Ich habe bessere Instrumente. Wenn Ihr gestattet, übernehme ich damit die Operation, und Ihr assistiert mir.«

Sophia nickte. Auch wenn sie noch eben zu allem bereit gewesen war, verspürte sie unendliche Erleichterung, dass ihr die Last der Verantwortung nun abgenommen wurde. »Dem Herrn sei's gedankt!«, flüsterte Hanna hinter ihr.

»Der Dank gebührt vor allem Johann«, sagte der Doktor, während er seinen Instrumentenkasten aufklappte. »Er ist geritten wie der Teufel, um mich auf meinem Weg nach Prag einzuholen. Für die Kinder seines Bruders konnte ich leider nichts mehr tun, doch mit Gottes Hilfe wird es mir gelingen, Euren Jungen am Leben zu erhalten.« Er nahm ein kleines Messer mit gekrümmter Klinge. »Das richtige Instrument dazu hat der Herr bereits in meine Hand gelegt«, sagte er, während er es mit Branntwein übergoss. »Ich habe es nach der Beschreibung aus Eurer Übersetzung anfertigen lassen – ebenso wie dieses Silberrohr, das die Luftröhre so lange offenhalten wird, bis die

Schwellung des Rachens abgeklungen ist.« Er präsentierte Sophia das Röhrchen, dessen Wände mit Löchern perforiert waren. Es erinnerte an einen gekrümmten Finger und war am oberen Ende mit zwei Fäden versehen. »Wie Ihr Euch vielleicht erinnert, war in Eurem Manuskript auch davon die Rede. Mit den Fäden werde ich das Rohr am Hals des Jungen befestigen, sodass es nicht verrutschen kann.« Gewissenhaft wusch er seine Hände mit Branntwein, bevor er die Haut am Hals des Kindes zu beiden Seiten des Kehlkopfs anhob. »Ihr müsst hier straffziehen«, erklärte er. »Dann kann ich die Haut besser durchbohren und den Schnitt rasch ausführen.« Sophia, die genau wusste, was zu tun war, griff nach der dünnen Hautfalte.

Als Sophia nach einer Viertelstunde sah, wie sich der Brustkorb ihres Kindes endlich wieder ohne große Anstrengung hob und senkte, glaubte sie noch nie zuvor im Leben eine größere Erleichterung verspürt zu haben.

Nachdem Doktor Lienhard auch Clara gründlich untersucht hatte, räumte er seine Instrumente zusammen. »Ihr wisst, dass die Krankheit heimtückisch ist«, sagte er, als er sich verabschiedete. »Selbst wenn in den nächsten Tagen Heilung eintreten sollte, wird eine vollständige Genesung noch viele Wochen dauern. Solange müsst Ihr darauf achten, dass sich Eure Kinder nicht überanstrengen, viel schlafen und ausreichend essen.«

Kapitel 32

Niklas legte Mischpalette und Pinsel auf den Hocker und wischte sich mit dem Arm über die Stirn, bevor er sein Hemd bis über die Ellenbogen aufkrempelte. Seine Augen brannten vom Schweiß, der ihm übers Gesicht lief, aber auch, weil er seit dem Morgen verbissen daran arbeitete, das Bild zu beenden. Es zeigte Martin Luther auf dem Sterbebett. Solche Bildnisse waren begehrt und konnten kaum schnell genug gemalt werden. Schließlich hatte es zu Jahresbeginn allerlei Gerüchte um den Tod des Reformators gegeben. Qualvoll und verzweifelt soll der große Mann gestorben sein, in Furcht vor den namenlosen Abgründen der Hölle. Dem trachteten Freunde und Weggefährten nun entgegenzutreten: Berichte von Augenzeugen wurden gedruckt und als Flugblätter überall im Land verbreitet.

Darauf stand zu lesen, dass Luther in Eisleben in festem Glauben und Trost auf das ewige Leben gestorben sei – genau so, wie er ein gutes Sterben einst selbst beschrieben hatte. Zum Glück war ein unbekannter Maler zur Stelle gewesen, um noch in Eisleben ein Konterfei des selig Entschlummerten zu zeichnen. Der alte Cranach hatte eine Kopie der Zeichnung angefertigt, die auch Niklas als Vorlage für sein Bild gedient hatte, und der Auftraggeber drängte bereits ungeduldig auf die Auslieferung. Ungeachtet dessen verlangten der alte Meister und sein Sohn Lucas perfekte Arbeit von ihren Mitarbeitern – schließlich hatten sie einen Ruf zu verlieren. Achtlos ließ Niklas den

Lappen fallen und griff wieder nach dem feinen Dachshaarpinsel. Er hatte sich vorgenommen, alle zufriedenzustellen und das Bild zu beenden, bevor er morgen nach Dresden reiste, auch wenn er seine Nützlichkeit in der Werkstatt der Cranachs längst nicht mehr unter Beweis stellen musste. In der nächsten Stunde arbeitete er so konzentriert, dass er nichts wahrnahm, außer dem Pinsel in seiner Hand, den Farben auf seiner Palette und dem, was er damit erschuf.

Erst vorwurfsvolles Räuspern riss ihn aus dieser Welt. Anna musste ihn schon mehrfach angesprochen haben, denn sie wippte ungeduldig auf den Zehenspitzen, als er sie endlich wahrnahm. »Das ist gerade für dich abgeben worden – von einem Boten.« Sie streckte ihm einen Brief entgegen. »Sieht amtlich aus.«

Niklas, der ihr nicht richtig zugehört hatte, war ungehalten. Anna sollte ihn inzwischen gut genug kennen, um zu wissen, dass er sich ebenso ungern bei der Arbeit stören ließ wie ihr Vater oder ihr Bruder. »Leg es da hin!« Er deutete mit dem Kinn auf den Hocker neben der Staffelei, während er einen Schritt zurücktrat, um die Wirkung der letzten Pinselstriche zu begutachten. Aus den Augenwinkeln bemerkte er, dass Anna weiter dastand, den Brief in der Hand.

»Ja, willst du denn gar nicht wissen, was drinsteht?«, fragte sie neckend. »Ich kann ihn dir vorlesen, wenn du magst.« Ihre Stimme hatte den schmeichlerischen Ton, mit dem sie ihren Vater und selbst Luc gelegentlich um den Finger wickelte. Auch Niklas war nicht dagegen gefeit. Doch jetzt hatte er keine Zeit. »Danke, aber ich möchte meinen Brief allein lesen«, entgegnete er. »Später.« Anna warf das Schreiben auf den Hocker. Mit einem unweiblichen Schnauben schleuderte sie ihre rotblonden Zöpfe zurück, bevor sie die Werkstatt verließ.

Seufzend tupfte Niklas Lichtreflexe auf das Kissen, das sich wie eine weiße Wolke unter Luthers Kopf bauschte.

Erst vor ein paar Wochen hatte der alte Cranach ihm den Meisterbrief ausgehändigt. Anschließend hatte es im Hof der Werkstatt ein rauschendes Fest gegeben, für das Niklas einen großen Teil seiner Ersparnisse geopfert hatte. So wollte es der Brauch. Aber er hatte es mit Freuden getan, weil er den Cranachs und anderen Menschen, die ihn in Wittenberg mit offenen Armen empfangen und zu neuem Lebensmut verholfen hatten, damit danken konnte. Er wusste, dass Anna nun darauf hoffte, er würde endlich anfangen, um sie zu werben. Bisher hatte sich Niklas an das Versprechen gehalten, dass ihm Luc letztes Jahr abgenommen hatte. Obwohl Anna ihm genug Gelegenheiten geboten hatte, sich die eine oder andere Freiheit zu erlauben, hatte er sich ehrenhaft verhalten.

Es war ihm mitunter schwergefallen, denn Anna war zu einer Frau erblüht, an der sich sein auf weibliche Schönheit geschultes Malerauge weiden konnte. Ihr schlanker Körper mit den kleinen Brüsten, den langen Beinen und den ausladenden Hüften entsprach genau dem Ideal, dem auf den Bildern der Cranach-Werkstatt gehuldigt wurde. Ihr herzförmiges Gesicht mit dem kleinen Mund und den großen blauen Augen passte dazu. Das Haar, eine Spur heller als das ihres Bruders Lucas, leuchtete im satten Rotgold herbstlicher Buchenblätter, und ihre Haut war rein und zart. Der Gedanke, dass der Schmelz der frühen Jugend sich schon bald verflüchtigen würde, schmerzte Niklas, wann immer er sie betrachtete. Dabei war Anna alles andere als eitel oder hoffärtig, sondern fleißig und freundlich zu jedermann. Caspar Pfreundt, der Cranachs Apotheker geworden war, nachdem Julius zu Jahresbeginn eine Apothekerwitwe geheiratet hatte und zu ihr nach Mühlberg gezogen war, verschlang die Tochter seines Arbeitgebers ebenfalls mit seinen Blicken. Niklas wunderte sich, dass dieser Fakt kaum Eifersucht bei ihm hervorrief.

Er legte den Pinsel beiseite und ging hinaus, um sich einen

Eimer Wasser aus dem Brunnen zu ziehen. Erst stillte er seinen Durst, dann klatschte er sich Wasser in Gesicht und Nacken. Nachdem es wochenlang geregnet hatte, sodass die Elbwiesen dem anschwellenden Fluss kaum genügend Platz bieten konnten, sich auszubreiten, und zahlreiche Keller unter Wasser standen, brannte nun seit mehreren Tagen die Sonne vom Himmel, sodass Mensch und Tier bereits wieder nach Regen lechzten. Niklas überließ den Rest des Wassers den beiden Fuhrknechten, die soeben das letzte Weinfass von ihrem Wagen in den Keller unter der Schankstube der Cranachs gerollt hatten, und kehrte zurück an die Staffelei.

Dort stand der junge Meister und setzte ein paar Pinselstriche, bevor er eine kleine geflügelte Schlange mit Ring im Maul über Luthers linke Schulter zeichnete. Nun galt das Bild als echtes Meisterwerk aus der Hand eines der Cranachs, obwohl es größtenteils ein anderer gemalt hatte. So war's der Brauch, und keiner störte sich daran – auch Niklas nicht, der wusste, dass seine Zeit bald kommen würde. Bis dahin war er zufrieden damit, ein namenloser Meister in der besten Werkstatt Sachsens zu sein.

»Ich habe nicht geglaubt, dass du es schaffst, das Bild vor deiner Abreise zu vollenden. Aber mittlerweile malst du ebenso schnell wie ich!« Luc reinigte den Pinsel, bevor er ihn weglegte. Niklas warf Mischpalette, Spatel und Reibstein in einen Bottich. Das Lob freute ihn, denn nicht einmal der alte Cranach brachte es fertig, beim Malen mit der Geschwindigkeit seines Sohnes Schritt zu halten. Luc hatte sich dafür den einen oder anderen Kniff ausgedacht, den sich Niklas abgeschaut hatte.

»Dann wollen wir mal den alten Elias reisefertig machen!«, verkündete Luc gutgelaunt, nachdem sie die Staffelei gemeinsam an die Wand geschoben hatten, wo niemand sie aus Versehen anstoßen und das feuchte Bild womöglich verderben würde. Sie gingen in das Nebengelass, wo jene Bilder, die bereits fertiggestellt waren, darauf warteten, dass ihre Käufer sie abholten.

»Achte darauf, dass du die Grundierung mit gleichmäßigen Strichen aufträgst, Michel!«, ermahnte Luc einen der Lehrlinge. »Wie oft muss ich dir noch erklären, dass du für die Kleidung das kräftigere Zinn-Blei-Gelb benutzen sollst und nicht das stumpfe Ocker!« Diese Zurechtweisung galt Simon, einem der älteren Gesellen, dessen Talent lediglich für das Anfertigen billiger Massenkopien reichte. Natürlich wagte es der Kerl mit der Zahnlücke nicht, dem Sohn des alten Meisters seinen Unmut zu zeigen. Dafür warf er Niklas, seit dessen Ankunft seine Zurücksetzung in der Hierarchie der Werkstatt deutlich zutage getreten war, einen hasserfüllten Blick zu.

Niklas tat, als hätte er nichts bemerkt, doch er würde weiterhin Vorsicht walten lassen, wenn er im Dunkeln allein in der Stadt unterwegs war. Gemeinsam mit ein paar Kumpanen hatte Simon ihm schon einmal in einer abgelegenen Gasse aufgelauert. Lediglich dem Eingreifen von Philipp Melanchthon, einem Freund der Cranachs, hatte er es zu verdanken gehabt, dass er dabei mit ein paar Prellungen und einer gequetschten Hand davongekommen war.

Niklas lächelte, denn die Reise, auf die er sich morgen in aller Frühe begeben musste, hatte er ebenfalls dem Professor zu verdanken. Als der Kaiser vor ein, zwei Wochen von Herzog Moritz und König Ferdinand die Vollstreckung der Reichsacht gegen Kurfürst Johann Friedrich und Landgraf Philipp verlangt hatte, war der Landesherr auf den Gedanken gekommen, seinen jüngeren Vetter in Dresden durch ein Geschenk ein letztes Mal zu mahnen, an wessen Seite Moritz bei dem Waffengang stehen müsse. Dafür hatte der Fürst die zweite Fassung eines allegorischen Bildes ausgewählt, das der junge Lucas Cranach vor zwei Jahren für die Schlosskapelle des Kurfürsten in Torgau gemalt hatte.

Melanchthon hatte vorgeschlagen, dass Niklas es im Auftrag der Cranach-Werkstatt überbringen solle. Schließlich war er letztes Jahr schon einmal in Dresden gewesen. Auch wenn seine Arbeit dort durch den Tod des kleinen Prinzen ein vorzeitiges Ende gefunden hatte, weshalb aus dem Porträt der Herzogin noch immer nichts geworden war, würde man sich seiner dort erinnern.

Im Lagerraum stand bereits eine stabile Holzkiste, auf deren Deckel ein Haufen Werg und eine Hülle aus gewachstem Leinen lagen. Gemeinsam mit Luc hob Niklas das Bild auf einen Tisch. Es war auf verleimte Lindenholzplatten gemalt und dementsprechend schwer, zumal die Tafel fast fünf Ellen in der Länge und zwei Ellen in der Höhe maß. Immer, bevor ein Bild die Werkstatt verließ, begutachtete der Meister es ein letztes Mal. Wie sein Vater ließ sich auch Luc dabei Zeit. Seine Hände mit den kräftigen, langen Fingern fuhren zuerst prüfend über den Rand, dann trat er ein Stück zurück, um sich einen Gesamteindruck zu verschaffen. Er kniff die grauen Augen zusammen, strich sich über den rötlichen Bart und kratzte sich im Nacken – wie es seine Art war, wenn er einer Sache seine volle Aufmerksamkeit widmete.

Bemüht, zu sehen, was der andere Meister sah, reckte Niklas den Hals. Hatte sich ein Riss im Holz gebildet, oder war die Malschicht an einer Stelle beschädigt? Er begann seine Musterung in der linken unteren Ecke, wo ein Mann, der dem alten Meister aufs Haar glich, zwei überdimensionale Zinnkannen in den Händen hielt. Zwei weitere standen am Boden und reichten ihm fast bis zur Hüfte – gefüllt hätte der Mann selbst mit beiden Händen keine davon anheben können. Die Vermutung, dass er dabei göttliche Hilfe bekam, lag nahe, zumal er sich auf der Seite der Anhänger des rechten Glaubens befand. Direkt ihm gegenüber, im Zentrum des Gemäldes, hob Elias seine Hände zum Gebet, während Feuer vom Himmel regnete. Es entzündete den Opferaltar vor ihm. Dagegen bleibt der Altar des Götzen Baal unbeachtet und kalt. Niklas blickte zur oberen linken Ecke, wo die Propheten Baals im Anschluss an die göttliche Machtdemonstration abgemetzelt wurden. Er hatte sich schon immer gewundert, warum Luc die Szene derart blutrünstig gemalt hatte – doch seit er im letzten Jahr den Holzschnitt mit der Wittenberger Hexenverbrennung entdeckt hatte, sah er sie mit anderen Augen.

Eine feste Ordnung – sowohl in weltlichen Belangen als auch in Fragen des Glaubens – stand für eine Familie wie die Cranachs, die wohlhabend und einflussreich war wie keine zweite in der Stadt, selbstverständlich über allem. Momentan war Niklas den Cranachs gegenüber nur dazu verpflichtet, seiner Arbeit als Maler mit Fleiß und Sorgfalt nachzugehen. Wollte er durch Heirat einer von ihnen werden, würde er weitere Verpflichtungen eingehen müssen. Er vermutete inzwischen, dass er Anna nicht nur deshalb auf Abstand hielt, weil er noch immer zu oft an Sophia dachte.

»He, bist du in Gedanken schon auf dem Weg nach Dresden?« Luc stieß ihn mit dem Ellenbogen an. »Hilf mir, die Leinwand über das Bild zu ziehen!« Während Niklas ihm zur Hand ging, erteilte Luc ihm weitere Anweisungen: »Lass die Kiste unterwegs nie aus den Augen. Am besten schläfst du auf dem Wagen, wenn ihr übernachtet! Und pack das Bild in Dresden eigenhändig aus! Wenn Herzog Moritz nicht im Schloss ist, musst du es seinem Bruder, Herzog August, übergeben. Melanchthon wird dir noch einen Brief für seine Hoheit mitgeben.« Gemeinsam hoben sie die schwere Tafel in die Kiste und polsterten die Zwischenräume sorgfältig mit Werg. Zum Schluss legten sie den Deckel auf, den sie vernagelten.

Danach bat Luc Niklas zu einem Vier-Augen-Gespräch in seine Zeichenkammer, wo bereits ein Krug Bier auf die beiden Meister wartete. »Was ich dir jetzt sage, muss mein Vater nicht unbedingt erfahren«, begann Luc, während er ihre Becher füllte. Niklas war gespannt. Bisher hatte er meist den Eindruck gehabt, dass alles, was in der Werkstatt geschah, zwischen den beiden Cranachs abgesprochen wurde. »Wie du weißt, tut sich der Alte in letzter Zeit mit Veränderungen schwer. Der bevorstehende Krieg belastet ihn, und obwohl er es nicht zugibt, ist seine größte Furcht, dass der Kurfürst verlieren könnte.« Luc senkte die Stimme. »Wie sich schon an der Donau zeigte, ist Johann Friedrich nicht unbedingt ein begnadeter Feldherr. Aber mein Vater liebt den Dicken, für den er schon sein ganzes Leben arbeitet. Er wird ihm die Treue halten, was immer geschieht.«

»Das ist unter den Umständen kein Wunder«, bemerkte Niklas, der sich nach wie vor fragte, was Luc vorhatte und welche Rolle er selbst dabei spielen sollte.

»Natürlich nicht«, stimmte Luc zu. »Und wir beide sollten uns ebenfalls Gedanken darüber machen, wie es weitergeht, falls der Kaiser den Krieg gewinnt – schließlich ist das unsere Zukunft. Bedauerlicherweise konnten wir unsere Beziehungen nach Dresden durch den Ausbruch des verfluchten Krieges nicht hinreichend pflegen. Vielleicht bietet sich uns jetzt Gelegenheit dafür, trotz allem.« Er hob seinen Becher und prostete Niklas zu.

Nachdem sie getrunken hatten, stand er auf und ging zu der Truhe unter dem Fenster, in der er seine Entwürfe aufbewahrte. Er holte eine dicke Mappe und legte sie vor Niklas auf den Zeichentisch. »Hier drin sind einige meiner besten Skizzen«, sagte er. »Sie sind bereits sehr weit ausgearbeitet und zum Teil koloriert.« Niklas begriff sofort, dass das ein unerhörter Vertrauensbeweis war. »Du kannst sie dir später ansehen. Die Mappe nimmst du morgen mit auf die Reise nach Dresden. Dort musst du es so einrichten, dass der Herzog einen Blick hineinwirft, während du das Bild übergibst. Richte ihm meinen ergebensten Gruß aus und versichere ihm, dass es mir jederzeit eine Ehre wäre, für ihn zu malen.«

Niklas lächelte und legte beide Hände auf die Mappe. »Das werde ich Wort für Wort bestellen, und deine Entwürfe werde ich hüten wie meinen Augapfel, versprochen!«

Luc wirkte erleichtert, aber auch ein wenig verlegen, was Niklas noch nie erlebt hatte. »Es ist ja nicht so, dass wir damit Verrat begehen würden«, erklärte der junge Meister überflüssigerweise. »Wir sind Maler, keine Soldaten. Aber mein Vater könnte das womöglich anders sehen, und ich möchte ihm keine zusätzlichen Sorgen bescheren.«

Inzwischen war es Abend geworden, und draußen im Hof war Frau Barbara mit zwei Mägden dabei, die lange Tafel fürs Abendessen vorzubereiten. Niklas stapfte hinauf in seine Kammer, um vorher noch das Bündel für seine Reise zu packen. Dabei entsann er sich des Schreibens, das er unter seine Schürze gestopft hatte, bevor er Luc in den Lagerraum gefolgt war. Er zog es hervor, hockte sich auf das Bett und betrachtete zunächst das eigenartige Siegel, das einen gekrönten Adler mit weiblichen Brüsten und dem Gesicht einer Frau zeigte. Sein Herz schlug rascher, als er begriff, dass es sich dabei um das Nürnberger Wappen handelte. Er wusste durch Meister Arnold, dass Magister Fuchs noch immer dort war. Der Bader machte sich Sorgen, weil er monatelang nichts mehr von Fuchs gehört hatte, schob den Umstand allerdings auf den Krieg zwischen dem Kaiser und dem Schmalkaldischen Bund. Durch die unsichere Lage auf den Landstraßen im Süden war es so gut wie unmöglich geworden, von dort private Nachrichten befördern zu lassen. Niklas entfernte hastig das Siegel. Die Handschrift kannte er, schnörkellose kleine Buchstaben, die sich aneinanderdrängten. Der Schreiber war darin geübt, viel Text auf knappem Papier unterzubringen. Der Brief stammte also tatsächlich aus der Feder von Magister Fuchs. Sein nächster Gedanke galt Sophia und dem Jungen. Sein Herz begann zu hämmern, die Schrift verschwamm vor seinen Augen.

Dann riss er sich zusammen und begann zu lesen. Bereits nach den ersten Zeilen wusste er, dass es nicht um Sophia oder Justus ging, sondern dass Fuchs in der Reichsstadt eingekerkert saß, weil man ihn des Mordes verdächtigte. »Doch da es in dieser Stadt nicht einen Menschen gibt, der in meiner Sache Fürsprache einlegen könnte, und die Dinge so schlecht stehen, dass ich nun damit rechnen muss, hochnotpeinlich angefasst zu werden, weiß ich mir keinen anderen Rat, als Euch zu bitten, dass Ihr Euch um Sophia und das Kind kümmert, falls ich all das nicht überleben sollte. Gott weiß, dass ich keine Schuld trage am Tod des armen Meisters Ambrosius, und ich bete jeden Tag darum, dass unser Herr mir die Kraft gibt, bei der Tortur an der Wahrheit festzuhalten. Mein Weib, das noch in Leipzig weilt, weiß nichts von meinem Los, auch habe ich nichts mehr von ihr gehört seit dem letzten Jahr.«

»Der verdammte Narr!« Der Brief landete auf dem Boden, als Niklas abrupt aufstand und die Hände in die Höhe riss. »Warum, zum Teufel, ist er überhaupt so lange bei diesem Mechaniker geblieben, anstatt nach Leipzig zu fahren und sich zu vergewissern, dass es Sophia und Justus gut geht?« Er fühlte sich wie ein Bär im Käfig, während er in der Kammer hin und her lief und sich mit beiden Händen immer wieder durchs Haar fuhr. Das Klopfen an der Tür hatte er überhört, und so schrak er zusammen, als Anna ihn von hinten ansprach.

»Die Schwägerin schickt mich, damit du nicht wieder zu spät bei Tisch erscheinst.« Sie wirkte, als wäre sie die Treppen hinaufgerannt. »Weil heute Professor Melanchthon kommt, der dir noch einen Brief mitgeben will«, fügte sie atemlos hinzu. Dabei legte sie den Kopf schief und musterte Niklas. »Was steht in dem Brief?« Sie deutete auf das Blatt, das noch immer am Boden lag. »Es kann nichts Gutes sein, so wie du aussiehst!« Sie grinste. »Deine Haare stehen zu Berge wie Igelstacheln und du schnaufst wie ein kampflustiger Stier.«

»Ein Bekannter von mir steckt in Schwierigkeiten.« Niklas fuhr sich mit beiden Händen über den Kopf, um sein Haar zu glätten. »Er fürchtet um sein Leben und verlangt, dass ich mich um sein Weib und meinen Sohn kümmere.« Erschrocken presste er die Lippen zusammen, doch Anna hatte den Versprecher zum Glück nicht bemerkt.

Ihr Gesicht verzog sich mitfühlend. »Das tut mir leid!«, sagte sie leise. »Dann muss dir die Reise nach Dresden jetzt sehr ungelegen kommen.«

Niklas überlegte einen Augenblick. »Eigentlich nicht«, sagte er dann. »Meinst du, dein Vater und dein Bruder wären einverstanden, wenn ich einen Umweg über Leipzig nehmen würde?«

»Das musst du sie selbst fragen. Sie sitzen schon unten am Tisch.« Anna hob die Augenbrauen, während sie ihn begutachtete wie eine fürsorgliche Hausfrau. »Aber vorher solltest du dich waschen – du hast Farbe an der Stirn.«

Mit feuchtem Haar, aber sauberem Gesicht zwängte sich Niklas zu den Gesellen auf eine Bank. Frau Barbara nickte zufrieden. Kurz darauf betrat Philipp Melanchthon den Hof. Beide Cranachs erhoben sich, um ihn zu begrüßen und zu einem Ehrenplatz am Kopf der Tafel zu führen. Niklas fand, dass der Professor seit dem Tod seines Freundes Luther sichtbar gealtert war. Das schüttere dunkelblonde Haar ergraute an den Schläfen, und neue Sorgenfalten kerbten die hohe Stirn. Seine gebeugten Schultern zeigten, dass der Gelehrte die Verantwortung um das Werk der Reformation als große Bürde empfand, aber sein wacher Blick bewies, dass er bereit war, die Last weiterhin tapfer zu tragen.

»Wie geht es Euch jetzt, da dieser vermaledeite Krieg bald sächsischen Boden erreichen könnte?«, erkundigte sich der junge Cranach, nachdem man auf das Wohl des Gastes angestoßen hatte. »Und wozu ratet Ihr uns im Angesicht der Gefahr?«

»Ach, mein junger Freund, ich fühle mich in diesen Tagen

wie ein Steuermann, der auszuharren hat in Sturm und Wogendrang. Und das ist auch das Einzige, was ich zurzeit raten kann: Ein jeder tue seine Pflicht und befehle den Ausgang Gott!« Melanchthon seufzte und warf einen betrübten Blick in die Runde. »Für mich selbst fürchte ich im Grunde nichts. Doch empfinde ich größte Pein bei dem Gedanken, unsere über alles geliebte Universität könnte am Ende von Tyrannen zerstört werden.« Er breitete die Hände aus und senkte den Kopf. »Ich gestehe, dass ich mich gegenüber den mächtigen Schicksalswandlungen, die über Wohl und Wehe von Völkern entscheiden, vollkommen hilflos fühle.«

»So wie die Dinge stehen, wäre es wohl das Beste, der Kurfürst würde sich der Forderung von Landgraf Philipp nach einer Entscheidungsschlacht gegen die Kaiserlichen anschließen«, gab der junge Cranach zu bedenken. »Noch sind die Schmalkaldischen in der Überzahl, aber wir hörten, dass des Kaisers Heer beständig anwachse. Karl konzentriere seine Truppen derzeit bei Ingolstadt.« Er nahm einen Löffel vom Tisch und ballte die Faust darum. »Dort sollten die Kämpfer für den wahren Glauben endlich zuschlagen!«

Melanchthon schüttelte traurig lächelnd den Kopf, der alte Cranach seufzte und murmelte etwas Unverständliches in seinen Bart. Die restliche Tischgesellschaft schwieg bedrückt. Die Mägde trugen Gemüsesuppe auf, und eine Zeitlang waren alle damit beschäftigt, zu löffeln und zu schlürfen. Nachdem er seine Schüssel geleert hatte, schüttelte Simon, der sich sonst nie zu Wort meldete, wenn Gäste bei Tische saßen, plötzlich den Kopf. »Aber für die Verteidigung des wahren Glaubens gegen die Papisten müssten doch alle aufstehen wie ein Mann«, sagte er. »Und nun will unser Kurfürst dem Herzog in Dresden auch noch ein Geschenk zukommen lassen, wo dieser Judas schon das Messer wetzt, das er seinem Vetter in den Rücken stoßen will!« Dabei starrte er Niklas, der ihm gegenübersaß, so feindselig an, als machte er ihn dafür persönlich dafür verantwortlich.

Melanchthon, der die Worte gehört hatte, hob tadelnd den Finger. »Den jungen Herzog trifft keine Schuld!«, erklärte er mit Nachdruck. »Allenfalls vielleicht seine Räte, die ihn besser vor den höfischen Ränken des Habsburgers schützen müssten. Anstatt also den beklagenswerten Hass der Christen untereinander weiter zu schüren, sollten wir lieber dafür beten, dass Gott alle auf den rechten Weg zurückführen möge – selbst den Kaiser! Noch immer lauert die größte Gefahr im Osten, wo die Türken ständig neue Beutezüge unternehmen.« Er ließ seinen wachen Blick über die Gesichter der Menschen am Tisch schweifen. »Habt Ihr einmal darüber nachgedacht, dass dieser Krieg auch eine Strafe des Herrn für unsere eigenen Verfehlungen sein könnte?«

Simon biss sich auf die Lippen und zog den Kopf ein, bevor er wütend an dem gebratenen Huhn herumsäbelte, das Anna für die Gesellen auf den Tisch gestellt hatte. Der alte Cranach nickte betrübt, doch Luc schien ebenso wie Niklas genug von schwermütigen Gedanken zu haben, denn er lobte sein Weib überschwänglich für das gute Essen. Ein wenig verlegen stimmte der Professor ein, und als der Nachtisch aufgetragen wurde, drehten sich die Gespräche um angenehmere Themen.

Nachdem die Tafel aufgehoben worden war, gab der alte Meister Niklas mit einem Wink zu verstehen, dass er ihm und dem Professor in die Werkstatt folgen solle. Luc schloss sich ihnen mit einem Leuchter an. Die Kiste mit dem Bild stand bereits neben der Tür. In aller Frühe sollte sie auf ein Fuhrwerk verladen werden.

Meister Cranach legte Niklas eine Hand auf die Schulter. »Außer dem Kutscher werden dich zwei Knechte begleiten«, sagte er. »Wenn alles gut geht, seid ihr in drei Tagen in Dresden.« Melanchthon zog einen dicken Brief aus der Tasche seines

Gelehrtenmantels und reichte ihn Niklas. »Den gebt Ihr Herzog Moritz oder seiner Durchlaucht Herzog August! Ich habe zwar kaum noch Hoffnung, dass wir das Feuer dieses unseligen Krieges von Sachsen fernhalten können«, gramvoll verzog er das Gesicht, »doch will ich mich mit all meinen schwachen Kräften dafür einsetzen, dass die Flammen so rasch wie möglich gelöscht werden!«

Niklas nahm den Brief und spürte die Verantwortung, die er damit übernahm – daneben schienen die eigenen Sorgen beinah belanglos. Dennoch fasste er sich ein Herz, um sie zur Sprache zu bringen. »Ich habe noch eine Bitte!« Sein Blick suchte den des alten Meisters. »Für den Rückweg würde ich gern eines der Pferde nehmen, um einen Umweg über Leipzig zu machen. Ein Freund steckt in Schwierigkeiten und bat mich, dort nach seinem Weib und seinem Kind zu sehen.«

Luc grinste. »Es muss ein sehr guter Freund sein, wenn du für ihn sogar deine Abneigung gegen Pferderücken überwinden willst!« Sein Vater hob fragend die buschigen Brauen, und auch der Professor schien eine Antwort zu erwarten.

Niklas verfluchte Annas Neugier, doch dann entschloss er sich zu einer ehrlichen Antwort. »Der Mann ist in einer äußerst misslichen Lage.« Er holte tief Luft. »Heinrich Fuchs wird in Nürnberg eines Mordes bezichtigt, den er nicht begangen hat. Die Dinge stehen schlecht für ihn.« Nun schnellten auch Melanchthons Augenbrauen nach oben. »Warum seid Ihr so überzeugt von seiner Unschuld?«

»Ich kenne ihn! Magister Fuchs wäre nur in allergrößter Not in der Lage, einen Menschen zu töten. Er ist ein Gelehrter, der in seiner eigenen Welt lebt, so wie ...«, er zögerte, beendete den Satz aber dann doch, »... wie Ihr, Professor.«

Luc verbarg ein Lachen, aber sein Vater warf Niklas einen empörten Blick zu. Auf Melanchthons Lippen trat ein belustigter Zug, der ihn verjüngte. »Ihr scheint mich mittlerweile ganz gut zu kennen«, gab er zu. »Wenn es nach mir ginge, würde ich mich ausschließlich um die Belange meiner geliebten Universität kümmern und mich aus dem ganzen Zank um Religion und Politik im Reich gänzlich heraushalten.«

»Na, dann reite halt auf dem Heimweg über Leipzig«, knurrte der alte Cranach. »Aber beeil dich, hier wartet Arbeit!«

Melanchthon nickte dem jungen Maler aufmunternd zu. »Ich werde mich in meinem nächsten Brief an Hieronymus Baumgartner erkundigen, wie es um Euren Freund steht. Als Mitglied des Nürnberger Rates wird er darüber Bescheid wissen.«

In dieser Nacht fand Niklas kaum Schlaf – die bevorstehende Reise, aber auch die Frage, was das Schicksal für ihn, den Magister und die Frau, die sie beide liebten, bereithalten mochte, beschäftigte seine Gedanken.

Kapitel 33

Niklas war hin- und hergerissen, wenn er an die bevorstehende Begegnung mit Sophia in Leipzig dachte. Einerseits graute es ihn davor, ihr die schlechte Nachricht aus Nürnberg zu überbringen, andererseits, das hatte er sich mittlerweile eingestanden, sehnte er sich noch immer nach ihr. Und überdies freute er sich darauf, seinen Sohn endlich wiederzusehen.

Doch die Übergabe des Bildes in Dresden gestaltete sich schwieriger, als er erwartet hatte. Zunächst hatte man ihm im Dresdener Schloss die Auskunft erteilt, weder Herzog Moritz noch sein Bruder seien zurzeit anwesend, allerdings erwarte man beide Fürsten in den nächsten Tagen. Daraus waren beinah zwei Wochen geworden, in denen Niklas auf dem Karren mit dem Bild nächtigte und im Schloss jeden Tag aufs Neue mit den gleichen Worten abgefertigt wurde. Als Herzog August ihm schließlich Audienz gewährte, fürchtete Niklas bis zum letzten Augenblick, er müsse das Schloss auch diesmal unverrichteter Dinge verlassen. Zwei Diener hatten ihn in einen Saal geführt. Sie hatten ihm geholfen, das Bild auszupacken und auf einem bereitstehenden Gestell zu platzieren. Anschließend hatte er fast drei Stunden warten müssen, bis der Herzog erschien. Niklas hätte den Bruder des Landesherrn für einen Handwerkergesellen gehalten, wäre er ihm irgendwo auf der Gasse begegnet. Augusts Schuhe waren verstaubt, er trug weder Hut noch Wams und hatte die Ärmel seines Hemdes bis über die

Ellenbogen aufgekrempelt. An der schlichten Kleidung hingen Hobelspäne. Trotzdem erkannte Niklas ihn sofort, denn in der Cranach-Werkstatt hatte er das jugendliche Gesicht mit dem blonden Bart und den misstrauischen grünen Augen auf einem Porträt gesehen.

Er verneigte sich und überreichte nach der vorgeschriebenen Begrüßungsformel Melanchthons Brief, den der Herzog ungeöffnet auf einen Tisch legte.

»Das also ist das angekündigte Geschenk unseres kurfürstlichen Vetters.« August trat vor das Gemälde, legte den Kopf schief und kniff die Augen zusammen – schwer zu sagen, ob ihm gefiel, was er sah.

In diesem Augenblick hatte sich die Tür erneut geöffnet und ein Diener war in den Saal gekommen, gefolgt von zwei Männern. Der eine, in höfischer Kleidung, trug zusammengerollte Blätter unter dem Arm, der andere war ein Steinmetz, denn in dem breiten Ledergurt um seine Taille steckten Fäustel und Schrifteisen.

»Der Festungsbaumeister Caspar Vogt von Wierandt und Meister Trost«, erklärte der Diener, bevor er sich mit einer Verbeugung zurückzog.

Der Herzog vergaß das Bild. »Da seid Ihr ja endlich! Lasst uns gleich die neuen Pläne für die Basteien hinter dem Schloss ansehen!« Er wies auf den Tisch, auf dem noch immer der ungelesene Brief lag. »Mein Bruder hat befohlen, dass ich mich um die Instandsetzung der Festungsanlagen kümmern soll, wenn er nicht selbst in Dresden weilt.« Das Leuchten in seinen Augen zeigte, mit welcher Begeisterung er sich der Aufgabe zu widmen gedachte.

Da Niklas in den vergangenen Tagen genug Zeit gehabt hatte, die Dresdener Gassen zu erkunden, war ihm die rege Bautätigkeit an den Befestigungsanlagen nicht entgangen. An der Mauer zwischen Schloss und Elbe war man dabei, nach italienischer Manier pfeilförmige Bastionen zu errichten, die aus dem Wall hervorragten. Einer der Handlanger, die dort Steine schleppten, hatte Niklas erzählt, die Neuerung würde den Verteidigern Schussfreiheit in jeden Winkel verschaffen. Außerdem ermöglichte ihnen die Verbreiterung der Wälle, feindliche Kanonenkugeln besser abzufangen und Stellplatz für eigene Geschütze zu schaffen. Niklas hatte gehört, dass sich diese Bauweise mittlerweile auch in deutschen Landen durchzusetzen begann. Liebend gern hätte er selbst einen Blick auf die Pläne des Baumeisters geworfen, doch bevor August zu den beiden Männern hinüberging, gab er dem Maler mit einer Handbewegung zu verstehen, dass er entlassen sei.

Noch am selben Tag brach Niklas nach Leipzig auf. Er ritt wie der Teufel und gönnte sich erst dann eine Pause, wenn er den Eindruck hatte, der Gaul würde gleich unter ihm zusammenbrechen. Selbst in seiner Vaterstadt Grimma hatte er gegen Mittag nur kurz Rast eingelegt und auf den Besuch bei seinen Verwandten verzichtet – zu seinem Bedauern, denn Gott allein wusste, wann er das nächste Mal Gelegenheit dazu erhalten würde.

Die Sonne stand schon tief, als er die ersten Häuser der Leipziger Vorstadt erreichte. Er war müde, hungrig und verschwitzt, vor allem aber brannte sein Hintern.

Die Schlange vor dem Grimmaischen Tor war kurz, doch Niklas wusste aus Erfahrung, dass es noch dauern würde, bis er die Stadt betreten durfte. Er hatte das Prozedere oft genug erlebt. Während er geduldig wartete, dass er die Zugbrücke in die Stadt überqueren konnte, ließ er seinen Blick schweifen. Es war Jahre her, seit er seinen Vater, den Buchdrucker Justus Dorndorf, in die aufstrebende Handelsstadt begleitet hatte, doch sah es so aus, als hätte sich nicht viel verändert. Niklas musste an die Bastionen denken, mit denen Moritz die Dresdener Verteidigungsanlagen modernisieren ließ, und nun bemerkte er, wie veraltet Leipzigs Stadtbefestigung war. Die hohe innere Mauer mochte vielleicht ein Heer aus Rittern und Bogenschützen aufhalten, doch gegen Artilleriebeschuss konnte man sich von dort aus schlecht verteidigen. Nachdem der Torschreiber seinen Namen endlich notiert und Niklas den Torgroschen entrichtet hatte, durfte er passieren. Unmittelbar hinter dem Tor begann eine breite gepflasterte Gasse, der Grimmaische Steinweg.

Niklas glaubte sich zu erinnern, dass Sophias Onkel irgendwo in diesem Viertel der Stadt wohnte. Während er sein Pferd am Zügel führte, sah er sich aufmerksam um. Rechter Hand erblickte er die Türme der Nikolaikirche, links neben ihm stand die Sankt-Pauli-Kirche mit ihrem schlanken Dachreiter. Niklas hatte gehört, dass Herzog Moritz das ehemalige Dominikanerkloster vor ein paar Jahren der Universität übereignet hatte.

Am Markt beschloss er, an einem Bäckerstand nach dem Haus des Kaufmanns Weyner zu fragen. Die Bäckersfrau zuckte ratlos mit den Schultern, doch die ältere Magd, die gerade von ihr bedient worden war, drehte sich um und deutete nach links. »Dort, gleich hinter der Waage findet Ihr ein Haus mit einem Wilden Mann über dem Eingang. Da wohnt Laurenz Weyner mit seinem Weib Justina.« Niklas dankte ihr mit einem Lächeln und führte das Pferd in die angegebene Richtung. Das Tier, das bisher recht brav gewesen war, schlug mit dem Kopf, als er es an einem Eisenring festbinden wollte, der neben der Haustür in die Wand eingelassen worden war. Es schien, als spürte es die zunehmende Anspannung seines Herrn. Niklas betrachtete das merkwürdige Relief über der Pforte, das einen nackten Mann zeigte, dem Zweige aus Armen und Beinen sprossen, dann holte er Luft und betätigte den Türklopfer.

Als die Tür aufging und ihn ein Mädchen mit Kopftuch schüchtern nach seinem Begehr fragte, verspürte er Enttäuschung. Hatte er tatsächlich gehofft, Sophia würde ihm öffnen? »Ich möchte Sophia Fuchsin besuchen, die Nichte des Hausherrn«, sagte er. »Ich bringe Nachrichten von ihrem Ehemann.«

»Die Nichte des Hausherrn? Sophia Fuchsin?« Das Mädchen musterte ihn misstrauisch. »Ist nicht hier!« Sie wollte die Tür schließen, doch Niklas stemmte sich mit ausgestrecktem Arm dagegen. »Dann habe ich sie verpasst? Ist sie schon wieder nach Pirna zurückgekehrt?« Das Mädchen schüttelte den Kopf. »Ich sagte doch, die Frau war nie hier!« Sie zerrte an der Türklinke.

»Was?« Niklas taumelte zurück und ließ dabei die Klinke fahren. Die Magd nutzte die Gelegenheit, die Tür vor seiner Nase zuzuschlagen. Außerstande, einen vernünftigen Gedanken zu fassen, stand er da. Was war hier los? Hatte Sophia ihn möglicherweise kommen gesehen und dem Mädchen die Anweisung erteilt, ihm das zu sagen? Voller Zweifel blickte er an der prachtvollen Fassade mit ihren blankgeputzten Fenstern hinauf. Aber falls sie ihn nicht sehen wollte, hätte sie ihn auch mit dieser Begründung fortschicken lassen können. Warum sollte sie sich verleugnen lassen? Doch wenn es stimmte, was das Mädchen behauptet hatte, wo waren Sophia und der Junge dann? War ihnen auf ihrem Weg nach Leipzig womöglich etwas zugestoßen? Aber dann wäre sie wohl kaum imstande gewesen, ihrem Mann von hier zu schreiben. All das ergab keinen Sinn, befand Niklas nach einer Weile. Entschlossen, sich Gewissheit zu verschaffen, schlug er abermals gegen die Tür. Als sie einen Spaltbreit geöffnet wurde, drängte er sich hindurch und packte die Magd bei den Armen. »Ich will jetzt auf der Stelle mit Laurenz Weyner, deinem Herrn, sprechen!« Die Kleine brachte keinen Ton heraus und starrte ihn erschrocken an. »Hast du mich verstanden?«

»Lass sie los, Unhold, sonst setzt es was!« Eine ältere Frau mit aufgekrempelten Ärmeln tauchte hinter dem Mädchen auf. In einer Hand hielt sie eine schwere Kupferpfanne, mit der anderen schwang sie einen Rührlöffel. Auf der Treppe polterten Schritte. »Johann, sieh nach, was das Geschrei bedeutet!«, verlangte eine weibliche Stimme.

Niklas, dem gar nicht bewusst gewesen war, wie laut er gesprochen hatte, ließ das Mädchen los, das Schutz hinter dem Rücken der Köchin suchte. Ein alter Hausdiener erreichte schnaufend den Fuß der Treppe. »Wer seid Ihr, und was wollt Ihr?«, fragte er.

»Ich bin Niklas Dorndorf, Maler in der Werkstatt des Lucas Cranach zu Wittenberg«, stieß Niklas hervor. »Bitte lasst mich mit dem Herrn des Hauses sprechen! Ich fürchte, seine Nichte Sophia steckt in Schwierigkeiten.« Die Köchin ließ den Löffel fallen und begann ein Gebet zu murmeln. Der alte Diener schüttelte das ergraute Haupt. Er seufzte, dann warf er einen fragenden Blick zur Treppe.

»Das wundert mich nicht!« Eine Frau mit ausladender Haube schritt herab. »Allerdings hatte ich gehofft, ein erfahrener, reifer Mann wie Magister Fuchs würde ihr die Flausen austreiben. Ihr Vater, Gott hab ihn selig, hat das leider arg vernachlässigt!« Sie blieb auf der untersten Stufe stehen und musterte den Besucher kühl.

Das war Sophias Tante? Niklas starrte sie an. Sie wirkte keinesfalls, als hätte sie sich kürzlich die Hüfte gebrochen. Sophia hatte den Magister also belogen? Während er noch immer vergebens versuchte zu begreifen, rutschte ihm der schwere Reisesack von der Schulter und landete zu seinen Füßen auf dem Boden. Ihm wurde flau im Magen, und er musste sich mit einer Hand an der Wand abstützen, weil der Boden unter seinen Füßen zu schwanken schien.

Die Hausherrin rief etwas, ein stämmiger Knecht kam angerannt. »Bring den Mann nach oben in die Stube!«, befahl sie ihm. »Und du holst Wein und etwas zu essen!« Das Mädchen eilte davon, die Köchin hastete hinterher. Mit einer unwilligen

Bewegung schüttelte Niklas die Hand des Knechtes ab. Dann folgte er der Weynerin ins obere Stockwerk. In der Stube sackte er auf den Stuhl, den die Frau ihm zuwies.

»In welcher Art Schwierigkeiten steckt meine Nichte diesmal? Sprecht!«, verlangte sie, kaum dass sie ihm gegenüber Platz genommen hatte. Sie trommelte mit den Fingern auf den Tisch.

Niklas öffnete den Mund und schloss ihn wieder, als er merkte, dass er gar nicht wusste, womit er beginnen sollte. Sein Kopf war wie leergefegt. Die Frau erwartete zu Recht eine Erklärung, doch die konnte er ihr nicht geben, da er selbst zu viele Fragen hatte. Wo war Sophia, wenn nicht hier? Warum hatte sie gelogen? Wollte sie am Ende gar nicht, dass Fuchs sie fand? Aber weshalb? Wie ging es ihr und seinem Sohn? Niklas stöhnte und rieb sich mit den Händen über das Gesicht.

Glücklicherweise kam nun die junge Magd mit einem Krug Wein, gefolgt von der Köchin mit einem Teller Schmalzgebäck. Die ältere Frau wirkte besorgt, wagte aber nicht, länger zu verweilen, nachdem sie den Teller abgestellt hatte.

Obwohl er keinen Hunger verspürte, griff Niklas nach einem der kleinen Krapfen und schob ihn sich in den Mund. Er kaute lange und spülte den Bissen mit einem Schluck Wein hinunter. Inzwischen war er zu dem Schluss gekommen, dass Sophias Onkel sein Weib gewiss darüber ins Bild gesetzt hatte, wie die Ehe seiner Nichte mit dem Magister zustande gekommen war. Möglicherweise wusste die gute Frau aber noch nicht, dass der schamlose Kerl, der Sophia geschwängert hatte, gar nicht gestorben war.

Er richtete sich auf und straffte die Schultern. Sei's drum, dachte er, die Wahrheit muss auf den Tisch, wenn wir Sophias Spur finden wollen! Er sah die Weynerin, die ihn nicht aus den Augen gelassen hatte, an und sagte: »Sophia hat Pirna vor über einem Jahr verlassen, und offenbar weiß niemand, wo sie seitdem geblieben ist.« Sophias Tante schnappte nach Luft. So kurz wie möglich berichtete Niklas von seiner Rettung aus der Elbe, seiner Zeit bei den Flößern und seiner Rückkehr nach Pirna. Besorgt verfolgte er, dass sich die Züge der Weynerin immer mehr verdüsterten – es war offensichtlich, dass sie wenig Verständnis für all das aufbringen konnte. Als er ihr von den Briefen erzählte, die Sophia für ihn und Fuchs hinterlassen hatte, schüttelte sie den Kopf.

»Von all dem will ich nichts mehr hören!«, erklärte sie ungehalten. »Wenn der Magister sein Weib zurückhaben will, soll er es gefälligst suchen. Wenn nicht, kann er die Scheidung erwirken, schließlich hat sie ihn böswillig verlassen.« Sie richtete ihren Zeigefinger anklagend auf Niklas. »Ihr habt genug Schaden angerichtet, Maler!« Dann erhob sie sich und strich ihren Brokatrock glatt. »Bitte geht jetzt! In diesem Haus seid Ihr nicht länger willkommen!«

Niklas verschränkte die Arme vor der Brust und blieb sitzen. »Ich werde nicht gehen, bevor ich nicht mit Sophias Oheim gesprochen habe«, erklärte er. Die Frau bebte vor Entrüstung. »Mein Mann befindet sich auf einer Handelsreise, und solange geschieht hier, was ich sage«, stieß sie hervor. »Ich werde nicht zulassen, dass Sophias Verhalten erneut den guten Ruf dieses Hauses gefährdet! Verschwindet, oder mein Knecht wird Euch vor die Tür setzen!«

Niklas biss die Zähne zusammen und dachte, dass er mit dem ungeschlachten Kerl schon fertigwerden würde. Andererseits konnte ihm eine Prügelei auch nicht dabei helfen, mehr über Sophias Aufenthaltsort zu erfahren.

»Bitte beruhigt Euch, Weynerin, und hört mich weiter an!« Er bemühte sich um einen ruhigen Ton. »Magister Fuchs bat mich ausdrücklich darum, nach seinem Weib zu sehen, weil er selbst derzeit nicht in der Lage dazu ist.« Er verschwieg wohlweislich, in welch prekärer Lage sich Sophias Ehemann befand, und redete schnell weiter, da er fürchtete, die Frau könnte danach fragen. »Aber nachdem, was ich bisher erfahren habe, mache ich mir allmählich Sorgen. Irgendetwas stimmt nicht an den Briefen, die Sophia geschrieben hat.« In seinem Bestreben, an ihr Gewissen zu appellieren, sprach er lauter und eindringlicher. »Ihr kennt Eure Nichte! Gewiss, sie handelt mitunter unüberlegt und bringt dadurch sich und andere in Schwierigkeiten, aber warum sollte sie ihren Ehemann schamlos belügen?«

»Selbstverständlich kenne ich Sophia!«, fauchte die Weynerin. »Daher weiß ich, dass sie einen beklagenswerten Mangel an Demut hat, dass sie ihren Platz in der Welt nicht akzeptieren kann und sich stets für etwas Besseres als andere Frauen hält. Ihr fragt, warum sie ihren Ehemann schamlos belügen sollte? Weil sie keine Scham kennt!« Sie schnaubte verächtlich. »Wahrscheinlich ist sie mit einem anderen Kerl auf und davon – was sonst?«

Niklas sprang auf und stieß dabei gegen den Tisch. Das Weinglas fiel herab und zerbrach. »Haltet Eure teuflische Zunge im Zaum!«, rief er.

Die Kaufmannsfrau stemmte die Fäuste in die Hüften. »Ich lasse mir in meinem Haus nicht den Mund verbieten!«, schrie sie mit hochrotem Gesicht. »Schon gar nicht von einem liederlichen Kerl, wie Ihr einer seid! Und jetzt verschwindet!« Sie drehte sich um und riss die Tür auf. »Raus!«

Sprachlos vor Wut stürmte Niklas hinaus und griff sich unten in der Diele seinen Reisesack. Er warf die Haustür hinter sich zu, dass es krachte. Ohne sich um die neugierigen Blicke zweier Greise zu scheren, die auf einer Bank vor dem gegenüberliegenden Haus in der Sonne saßen, zurrte er sein Gepäck auf dem Rücken des Pferdes fest und löste die Zügel. Gerade als er aufsteigen wollte, öffnete sich das Hoftor einen Spaltbreit und der alte Diener schlüpfte heraus. So rasch ihn seine dürren Beine trugen, eilte er zu Niklas.

»Nie und nimmer will ich glauben, was die Herrin im Zorn

über das Mädelchen gesagt hat, und Ihr solltet das auch nicht tun!«, raunte er und holte tief Luft.

Niklas begriff, dass er von Sophia sprach. »Sie war immer ein gutes Kind«, sagte er leise. »Wenn Ihr glaubt, dass sie in Gefahr ist, werde ich Euch helfen.«

Niklas war ihm dankbar für diese Worte, trotzdem schüttelte er den Kopf. »Was könntet Ihr schon tun!« Der alte Johann schnaubte halb verärgert, halb belustigt. »Nun, ich könnte dafür sorgen, dass Sophias Vetter von Eurem Besuch erfährt, wenn er nachher heimkommt.«

»Und Ihr glaubt, er wäre bereit, bei der Suche nach Sophia zu helfen?«

»Gewiss!« Johann nickte. »Er hat sich immer gut mit ihr verstanden und gibt nicht allzu viel auf das Gerede seiner Mutter.« Niklas atmete auf. »Wo kann ich ihn treffen?«

»Geht zu meiner Tochter, der Schmidtin. Sie hat ein Häuschen in der Grimmaischen Vorstadt, gleich links neben dem Tor – eine große Linde steht davor. Nachdem ihr Mann letztes Jahr gestorben ist, vermietet sie Betten an Wandergesellen. Ihr könnt dort schlafen, und der junge Herr wird Euch zu finden wissen.« Der Alte nickte ihm zu, drehte sich um und verschwand im Haus.

Niklas musste nicht lange suchen, um das Vorstadthaus zu finden, das Johann ihm beschrieben hatte. Die Schmidtin war mindestens ein Jahrzehnt älter als Niklas, zwei Köpfe kleiner und beinah so breit wie hoch. Nachdem der Maler ihr die Grüße ihres Vaters überbracht hatte, zeigte sie ihm den Stall hinter dem Haus, wo er seinen müden Gaul in Gesellschaft zweier Ziegen unterstellen konnte. Sie half ihm, das Pferd zu tränken, füllte die Raufe mit Heu und führte ihren Gast anschließend in eine Kammer unterm Dach. Niklas musste den Kopf einziehen, damit er nicht gegen die schrägen Balken stieß. »Hier könnt Ihr schlafen.« Sie zeigte auf ein Bett mit Strohsack und Wolldecke – das einzige Möbelstück hier oben. »Waschen könnt Ihr Euch am Brunnen neben dem Stall, und wenn Ihr fertig seid, gibt's in der Küche Abendbrot.«

Niklas hatte das einfache Mahl aus Brot, Speck und Käse gerade mit einem Krug Dünnbier hinuntergespült, da klopfte es an der Haustür. Kurz darauf brachte die Schmidtin einen Mann zu ihm in die Küche. Sophias Vetter war von schmaler Statur, hatte kurzes dunkelblondes Haar, ein modischer Spitzbart zierte sein Kinn. Die Kleidung des Mannes war schlicht, doch von guter Qualität. Der junge Kaufmann musterte den Maler mit einer gewissen Vorsicht. Niklas erhob sich. »Mein Name ist Niklas Dorndorf. Ich bin Maler in der Werkstatt des Lucas Cranach zu Wittenberg«, stellte er sich vor. Er wollte noch mehr hinzufügen, doch Weyner hob die Hand.

»Ich weiß.« Seine Stimme klang leise und beherrscht. »Ich bin Daniel Weyner. Unser treuer Johann berichtete mir von dem Gespräch, das Ihr mit meiner Mutter hattet. Es soll dabei recht laut zugegangen sein.« Ein leichtes Heben seiner Augenbrauen deutete an, was er davon hielt. »Ihr seid tatsächlich davon überzeugt, meine Base würde in Schwierigkeiten stecken.« Er griff nach einem Schemel und setzte sich.

Niklas, erleichtert, dass er ohne Umschweife zur Sache kommen konnte, nahm wieder auf der Bank Platz. »Ich bin in großer Sorge um Sophias Wohl und das ihres Sohnes.« Er brach ab, als er bemerkte, dass seine Stimme bebte. Doch Daniel Weyner beugte sich nach vorn und sah ihn unverwandt an. »Es ehrt Euch, dass Euch das Schicksal meiner Base nicht gleichgültig ist, auch wenn Gott nicht wollte, dass sie Euer Weib wurde. Trotzdem frage ich mich, warum Ihr jetzt vor mir sitzt und nicht Ihr Ehemann. Wäre es nicht an Magister Fuchs, das Verschwinden seiner Frau aufzuklären?« Er stützte die Ellenbogen auf den Tisch und legte die Finger aneinander, sodass seine Hände eine Raute formten. »Was hindert ihn daran?«

Niklas seufzte, als ihm klar wurde, dass er auch den Teil der Geschichte preisgeben musste, den er der Weynerin verschwiegen hatte. »Der Magister sitzt in Nürnberg im Gefängnis. Er wird des Mordes an einem Mann beschuldigt, für den er gearbeitet hat.« Die dunkelblonden Brauen des Kaufmanns flogen nach oben, doch er schwieg und wartete, bis Niklas fortfuhr. Der Maler berichtete das wenige, das Fuchs in seinem Brief über die Mordtat mitgeteilt hatte. Daniel Weyner stieß einen Pfiff aus.

»Eine Maschine, die benutzt wird, um einen teuflischen Plan auszuführen!« Er klang fassungslos und zugleich tief beeindruckt. »Da muss man sich doch fragen, wie lange es noch dauert, bis Kriegsherren anstelle eines Söldnerheeres Maschinen schicken, um die Reihen ihrer Feinde zu lichten, und ob diese Welt dadurch besser oder schlechter werden wird!«

Niklas, dem solche Gedankenspiele im Augenblick unangebracht erschienen, schnaubte auf. »In manchen Gegenden des Reiches würde ein Automat in Menschengestalt gewiss als Teufelswerk angesehen und ihr Erfinder als Zauberer auf dem Scheiterhaufen landen«, sagte er.

»Aber nicht in einer Stadt wie Nürnberg, wo kaufmännische Weitsicht über finsteren Aberglauben triumphiert«, entgegnete Weyner mit Überzeugung. Dann schien er sich jedoch auf den Zweck des Treffens zu besinnen. »Doch jetzt solltet Ihr mir noch einmal in allen Einzelheiten erzählen, wann und wie meine Base das Haus ihres Ehemanns verließ. Versucht, Euch an alles zu erinnern, was Euch im Sinn geblieben ist!«

Niklas berichtete von dem Tag, an dem er aus dem Kirnitzschtal nach Pirna zurückgekehrt war und Fuchs niedergeschlagen, halb betrunken und allein in seinem Haus vor dem Obertor vorgefunden hatte. Er erzählte von Sophias Briefen und erwähnte auch die Warnung der weisen Kräuterfrau. »Hätte ich ihre Worte nur ernster genommen und mich gleich auf die Suche nach Sophia gemacht!«, endete er zerknirscht.

»Warum hättet Ihr das tun sollen, wo sie Euch doch ausdrücklich zurückgewiesen und darauf bestanden hatte, dass Ihr wieder nach Wittenberg geht, um Eure Kunst zur Vollendung zu bringen?«

»Ich sagte doch gerade, Sophia hatte auch an mich geschrieben. Der letzte Satz dieses Briefes erschien mir damals schon seltsam, aber in den letzten Tagen geistert er mir ständig durch den Kopf.« Niklas schloss die Augen, um den Wortlaut möglichst genau wiederzugeben: »Während du nach Wittenberg gehst, um dein Ziel zu erreichen, führt mein Weg mich in die entgegengesetzte Richtung.«

Der junge Kaufmann runzelte nachdenklich die Stirn. »Leipzig liegt westlich auf der anderen Elbseite, doch von Pirna aus muss man zunächst ebenso elbabwärts reisen wie nach Wittenberg. Um nach Leipzig zu gelangen, musste Sophia nicht in die entgegengesetzte Richtung!«, sagte er in seiner langsamen, bedächtigen Redeweise.

Niklas warf ungeduldig die Hände in die Luft. »Aber dann wäre sie nach Osten gereist statt nach Leipzig!« Daniel Weyner nickte. »Da sie auch nie in Leipzig ankam, können wir davon ausgehen, dass sie genau das vorhatte. Wir sollten in Böhmen nach ihr suchen.«

»Ich werde mich noch heute auf den Weg machen!« Niklas, den die Sorge um Sophia alle anderen Verpflichtungen vergessen ließ, stand auf. Weyner hatte sich ebenfalls erhoben. Nun legte er ihm die Hand auf die Schulter. »Halt!« Seine Stimme war so fest wie sein Griff. »Setzt Euch und hört zu!« Niklas ergab sich, da ihm ein kopfloser Aufbruch auf einmal dumm erschien. Er fuhr sich mit den Händen übers Gesicht und forderte: »Redet!«

»Böhmen ist groß,«, begann Weyner. Niklas schnaubte gereizt, doch der junge Kaufmann ließ sich nicht beirren. »Zudem müssen wir davon ausgehen, dass Sophia womöglich nicht gefunden werden will.« Niklas öffnete den Mund, um zu widersprechen, doch ihr Vetter hob die Hand. »Das ist nur eine Möglichkeit«, betonte er. »Die andere wäre, dass jemand einen ihrer Briefe gefälscht hat, weil er nicht wollte, dass sie gefunden wird.« Er blickte den Maler traurig an. »Da ich meine Base recht gut kenne, halte ich das für wahrscheinlicher. Überdies habt Ihr vorhin die Warnung einer weisen Frau erwähnt. Sie habe Euch gesagt, es gebe jemanden, der Sophia oder etwas, das sie besitze, so sehr begehre, dass er dafür töten würde. Dass ein solcher Mensch nicht davor zurückschrecken würde, Briefe zu fälschen, liegt auf der Hand.« Niklas stöhnte unterdrückt. Warum hatte er es bisher nicht geschafft, eins und eins zusammenzuzählen? »Habt Ihr eine Vermutung, wer das sein könnte?«, fragte Weyner. »Nein«, der Maler schüttelte den Kopf. »Aber ich werde darüber nachdenken!«

»Tut das! Aber berichtet mir erst einmal, wie Sophias Sohn und seine Amme aussehen. Ich werde Briefe an unsere Handelspartner im Böhmischen schreiben und sie bitten, sich umzuhören, ob jemand zwei Frauen und ein Kind gesehen hat, auf die diese Beschreibung zutrifft.« Weyner, der mit einem Mal sehr geschäftig wirkte, erhob sich.

»Hat Euer Vater vielleicht auch Geschäftsbeziehungen nach Nürnberg?«, fragte Niklas, der nun doch Hoffnung verspürte. »Oder kennt Ihr jemanden, der sich dort für Magister Fuchs einsetzen könnte?«

»Leider nicht!« Weyner schüttelte betrübt den Kopf. »Wir leben vom Osthandel.« Er reichte Niklas die Hand zum Abschied. »Kehrt möglichst bald nach Wittenberg zurück, dann weiß ich, wo ich Euch erreichen kann, wenn ich Neuigkeiten erfahren sollte.«

Kapitel 34

Der Sonntag im Oktober hatte neblig begonnen, doch mittlerweile strahlte die Sonne vom tiefblauen Himmel und wärmte Mensch und Tier noch einmal mit ihren Strahlen. Ein schöneres Wetter, dachte Sophia, konnte der Herr ihnen für den Tag des Erntedankfestes kaum bescheren. Gemeinsam mit Hanna hatte sie am Morgen einen Erntekranz aus den letzten Garben des Sommers geflochten. Blumengeschmückt und mit Bändern umwunden hing er nun über dem Brunnen auf dem Hof. Ringsum standen Körbe mit Äpfeln und Trauben, von denen die umherflitzenden Kinder immer wieder naschten. Während die meisten Erwachsenen noch um die lange Tafel saßen, an der zuvor alle ausgiebig geschmaust hatten, spielten zwei junge Burschen mit Flöte und Fiedel bereits zum Tanz auf.

Sophia wiegte sich mit ihrem Töchterchen auf dem Schoß im Takt der Musik. Dabei sah sie ihrem kleinen Sohn zu, der mit konzentriertem Gesichtsausdruck bunt glasierte Tonkugeln in den Rillen eines hölzernen Tellers kullern ließ. Aus vollem Herzen hatte Sophia nach der Andacht am Morgen in die Dankgebete der Gemeinde eingestimmt, denn sie schuldete dem Herrn in diesem Jahr nicht nur Dank für die Ernte, sondern auch für das Leben ihrer Kinder. Clara, die mittlerweile ordentlich zugenommen hatte, sah rosig und zufrieden aus wie immer. Auch Justus wirkte nicht mehr, als könnte ihn der kleinste Lufthauch davonwehen. Er war ein gutes Stück gewachsen, und die

Sonne des Sommers hatte einen goldenen Schimmer auf seiner Haut hinterlassen. Doch die fingerlange Narbe an seinem Hals würde noch lange an das erinnern, was er im Frühjahr hatte überstehen müssen. Sophias Blick schweifte hinüber zu Filomena, die in sich gekehrt neben ihrem Mann saß und den Kopf schüttelte, als ihr Schwager Johann sie zum Tanz aufforderte. Hilflos zuckte der junge Töpfer mit den Schultern, bevor er sich auf den Weg zum Brunnen machte. Hanna zapfte dort mit einer anderen Frau das Erntedankbier aus einem großen Eichenfass.

Hanna lächelte, als sie ihn kommen sah. Sie stellte ihren Krug ab und reihte sich zusammen mit Johann ein für den Reigentanz. Sophia konnte nicht verstehen, warum ihre Freundin noch immer nicht eingewilligt hatte, seine Frau zu werden – zumal sie wusste, dass Hanna ihn noch mehr liebte, seit er dem Doktor nachgeritten war und damit nicht nur Justus, sondern auch andere Kinder vor dem Tod bewahrt hatte. Die beiden gaben ein schönes Paar ab, während sie sich mit erhitzten Gesichtern und strahlenden Augen dem Vergnügen des gemeinsamen Tanzes hingaben.

Sophia musste immer wieder zu ihnen hinschauen, und anderen schien es ähnlich zu gehen. Um die Tanzenden hatte sich mittlerweile ein Ring aus jungen Männern gebildet, die nur darauf warteten, dass die Musiker eine kleine Pause einlegten. Die Gelegenheit würden sie nutzen, um den Tänzern ihre Partnerinnen abspenstig zu machen. Als es so weit war, wurde Hanna gleich von zwei Männern belagert.

Sophia bemerkte, wie ihre Freundin, die in solchen Situationen noch immer eine gewisse Scheu an den Tag legte, unbehaglich die Schultern hochzog und den Kopf schüttelte. Einer der beiden ging fort, doch der andere redete weiter auf sie ein. Hanna wich erschrocken zurück, als er nach ihrer Hand greifen wollte. Johann, der noch in der Nähe stand und das Ganze stirnrunzelnd beobachtete, packte ihn am Arm. Das Gesicht des jungen Burschen wurde rot vor Ärger. Grob stieß er den Töpfer beiseite. Johann taumelte nach hinten, aber da er den Arm des anderen nicht losgelassen hatte, gingen sie beide zu Boden. Mit einem erbosten Schrei schlug der junge Mann dem Töpfer die Faust ins Gesicht, und schon im nächsten Augenblick rollten sie ineinander verkeilt über den Boden. Christoph sprang auf und rannte hinüber. Bruder Peter folgte ihm. Doch selbst gemeinsam hatten die beiden kräftigen Männer Mühe, die Kampfhähne voneinander zu trennen. Blut strömte aus Johanns Nase, und sein Hemd war über der Brust aufgerissen. Sein Rivale sah nicht besser aus: Seine Stirn zierte eine blutige Schramme, und sein linkes Auge begann zuzuschwellen.

»Was habt ihr euch nur dabei gedacht, ausgerechnet an Erntedank eine Prügelei zu beginnen?«, rief der Älteste empört. »Ja«, stimmte ihm das Weib des Schmieds zu. »Jeder weiß, dass es Unglück für die nächste Ernte bringt, wenn dieser Tag mit Lärm und Streit zu Ende geht!«

»Er hat angefangen«, verteidigte sich Johann mit finsterer Miene. Der friedfertige, schüchterne Töpfer war kaum wiederzuerkennen.

»Es tut mir leid«, brummte der junge Bursche. »Johann tut so, als wäre Hanna bereits mit ihm verheiratet. Aber solange sie nicht ja gesagt hat, ist es mein gutes Recht ihr zu sagen, dass sie mir gefällt.« Er warf dem Töpfer einen provozierenden Blick zu. »Vielleicht entscheidet sie sich am Ende für mich.«

»Du hast sie angefasst, du Saubatz«, rief Johann und versuchte, sich aus dem eisernen Griff seines Bruders zu befreien. »Und wenn du das noch mal tust, prügle ich dich windelweich! Hast du verstanden!«

»Das werden wir noch sehen«, empörte sich der andere.

»Schluss jetzt!«, rief der Älteste erbost. »Noch heute Abend werden wir in der Versammlung der Brüder und Schwestern darüber entscheiden, was mit euch zu geschehen hat, solltet ihr es noch einmal wagen, den Frieden in unserer Gemeinschaft zu stören.«

Am nächsten Morgen, gleich nach dem Morgenmahl, wurden Hanna und Sophia vor den Rat der Ältesten gerufen. »Bitte setzt euch«, forderte Bruder Peter sie auf. »Ich nehme an, ihr habt bereits davon erfahren, was die Versammlung gestern beschlossen hat.«

»Ja«, sagte Sophia, und Hanna nickte dazu. Johann und der andere würden den Hof verlassen müssen, sollten sie noch einmal bei einer Prügelei erwischt werden. Der Älteste musterte die beiden Frauen einen Augenblick schweigend. Währenddessen wehten die Alltagsgeräusche des Brüderhofs durch das offene Fenster herein. Die rhythmischen Schläge einer Axt vermischten sich mit dem metallischen Hämmern aus der Schmiede, dem Klappern von Töpfen und Pfannen aus dem Küchengebäude und dem Quietschen der Brunnenwinde. »Viele Brüder und Schwestern waren allerdings der Meinung, dass dich eine gewisse Mitschuld an ihrer Zwietracht trifft, Schwester Hanna. Unser Bruder Johann leidet, weil du dich seit Monaten nicht dazu durchringen kannst, eine klare Entscheidung zu treffen.« Sophia hatte ebenfalls den Eindruck, dass der junge Töpfer in den letzten Wochen immer unausgeglichener und reizbarer geworden war. »Du weißt, dass wir dich nur allzu gern in unsere Gemeinschaft aufnehmen würden, und dich ebenfalls, Schwester Sophia.« Wohlwollend ruhte sein Blick nun auf Sophia, die sich fragte, worauf seine Rede eigentlich abzielte. »Auch wenn die Entschlüsselung deines Buches nicht das ans Licht brachte, worauf unser Bruder Georg und einige andere gehofft hatten, hast du uns letzten Endes doch einen großen Dienst damit erwiesen. Während die Halsbräune auf den Brüderhöfen der Umgebung viele Opfer forderte, blieb die Mehrzahl unserer Kinder im Frühjahr davon verschont. Aber nicht nur deshalb würden wir uns glücklich schätzen, auch dich in unsere Gemeinschaft aufzunehmen.« Er räusperte sich. »Wie du weißt, haben wir etliche unverheiratete Männer. Du hast gestern erlebt, zu welchen Spannungen das führen kann. Wenn dich entschließt zu bleiben und hier einen Ehemann findest, wäre das für uns ein doppelter Segen. Ist es nicht so, Bruder Georg?« Der junge Prediger nickte.

»Aber ich bin verheiratet«, wollte Sophia einwenden. Doch sie schwieg, denn in den letzten Wochen hatte sie zwei einsichten erlangt: Sie hatte Heinrich verloren. Aber dafür hatte sie etwas gefunden, womit sie nicht gerechnet hatte: eine Gemeinschaft von Menschen, in der man sich die Arbeit ebenso teilte wie den Besitz und in der sich jeder mit seinen Fähigkeiten entfalten und einbringen konnte. Zwar gab es auch hier menschliche Schwächen und Unzulänglichkeiten, Gefahren von innen und außen, und niemand konnte vorhersagen, wie lange diese Gemeinde Bestand haben würde – aber das Paradies war nun einmal nicht irdischer Natur.

»Die Mehrheit unserer Brüder und Schwestern hat sich dafür ausgesprochen, euch für eure Entscheidung drei Wochen Zeit einzuräumen«, fuhr der Älteste fort. »Solltet ihr euch bis dahin für keinen unserer ledigen Brüder entschieden haben, wird der Rat der Ältesten bestimmen, mit wem ihr verheiratet werdet.« Sophia schnappte empört nach Luft. »Und wenn wir überhaupt nicht heiraten wollen?«, erwiderte sie mit kaum verhohlenem Ärger. Bruder Peter zuckte bedauernd mit den Schultern. »Dann werdet ihr unsere Gemeinschaft noch vor Anbruch des Winters verlassen müssen!« Sophia verschlug es die Sprache. Sie sah zu Hanna, die sie aus verschreckten Augen anblickte. »Komm!« Sophia verließ den Raum ohne ein weiteres Wort.

Hanna folgte ihr nach oben in die gemeinsame Kammer. Dort ließ sich die Freundin auf das Bett fallen, schlug die Hände vors Gesicht und begann bitterlich zu weinen. Sophia setzte sich daneben. Hilflos streichelte sie ihr über den Rücken. Sie fühlte sich verraten und war selbst kaum in der Lage, einen klaren Gedanken zu fassen. Doch irgendwann versiegten Hannas Tränen. Ihre Freundin schien sich zu einem Entschluss durchgerungen zu haben, nachdem sie ihr Gesicht mit kaltem Wasser gewaschen hatte. »Und?«, fragte Sophia, »Weißt du nun, was du Johann sagen wirst?«

»Nein.« Hanna setzte sich ihr gegenüber auf den Stuhl. »Ihr seid es, der ich etwas zu sagen habe.« Sophia schaute sie verständnislos an, doch Hanna wirkte nun sehr entschlossen.

Sie holte noch einmal Luft, dann begann sie zu sprechen. »Herrin, bitte vergebt mir, denn ich habe Euch feige hintergangen und verraten!« Hannas Stimme war laut und fest, dennoch glaubte Sophia, sich verhört zu haben, denn weder die förmliche Anrede noch Hannas Worte ergaben irgendeinen Sinn. Sie waren doch längst Freundinnen geworden, die einander bedingungslos vertrauten! Sophia öffnete den Mund, um zu widersprechen. Doch Hanna hob die Hand. »Ich war es nicht wert, dass Ihr mich bei Euch aufnahmt und seitdem mit Freundlichkeit überhäuft!« Eine harte Entschlossenheit trat in ihre Augen. »Doch lasst mich bitte alles von Anfang an erklären. Nur dann könnt Ihr ermessen, in welcher Gefahr Ihr schwebt und weshalb Ihr unter keinen Umständen nach Pirna zurückkehren dürft!« Sophia hatte auf einmal das Gefühl, jemand würde ihr den Boden unter den Füßen wegziehen. Sie schüttelte aufgebracht den Kopf, doch Hanna griff nach ihrer Hand und umklammerte sie wie eine Ertrinkende. »Weder Ihr noch die Kinder«, sie warf einen waidwunden Blick auf das Pferdchen, das Justus heute Morgen auf der Bettdecke liegen gelassen hatte, »dürft jemals wieder in die Reichweite dieses Mannes geraten!«

Sophia schrak zusammen, denn Hannas angsterfüllte Worte beschworen vor ihrem inneren Auge ein Gespenst aus der Vergangenheit herauf. In Pirna hatte es einst einen Mann gegeben, der ihr und den Menschen in ihrer Umgebung viel Leid zugefügt hatte. Der ehemalige Landsknecht Kunz hatte zu der Sorte verrohter Soldaten gehört, die das Schänden, Rauben und Morden auch in Friedenszeiten fortsetzen mussten, weil sie zu nichts anderem mehr taugten. Kunz hatte für sein frevelhaftes Leben auf dem Scheiterhaufen büßen müssen. Zuvor allerdings – während seiner Haft in der Fronfeste – hatte ein Unbekannter ihm die Zunge herausgeschnitten. Für solch ein riskantes Unterfangen, darüber war Sophia sich damals mit dem Magister einig gewesen, konnte es nur einen Grund geben: Der Täter wollte verhindern, dass Kunz ihn unter der Folter als seinen Auftraggeber entlarvte. »Welcher Mann?«, fragte sie, von bösen Vorahnungen erfüllt.

»Wolf Schumann, der Stadtschreiber!« Hanna hatte den Namen ausgespuckt wie etwas Übelschmeckendes. »Ich weiß nicht, wie lange er schon hinter dem Buch her ist, dass Ihr entschlüsselt habt, doch ich versichere Euch, dass er bereit ist, alles zu tun, um in seinen Besitz zu gelangen!« Unwillkürlich fragte sich Sophia, ob Schumann bei seiner Brautwerbung vor drei Jahren nur darum so beharrlich gewesen war. »Der Stadtschreiber kam zu mir – an jenem Tag, als ich morgens aufgewacht bin und den winzigen Jungen tot neben mir liegen sah.« Hannas Augen füllten sich mit Tränen, die sie wegzublinzeln versuchte. »Der alte Richtherr, in dessen Diensten mein schändlicher Bruder stand, hatte ihm Geld gegeben, das meine ärgste Not lindern sollte.«

Es war das erste Mal, dass Hanna über den Tod ihres Sohnes sprach. Ihr Bruder, dem sie den Haushalt führte, hatte sie gezwungen, das Bett mit ihm zu teilen. Als seine Schwester schwanger geworden war und sich in ihrer Not Pfarrer Lauterbach anvertraut hatte, war der Kerl heimlich aus der Stadt geflohen. Gerüchte hatte es dennoch gegeben, und offenbar war der Pfarrer nicht der Einzige, der sich schuldig fühlte, weil er so lange Zeit nichts vom schändlichen Tun des jungen Gerichtsschreibers bemerkt hatte.

»Ich weiß bis heute nicht, wie lange ich neben der kleinen Leiche saß, gefangen im Irrgarten meiner eigenen Seele. Gott ist mein Zeuge, dass ich mich überhaupt an kaum etwas aus jenen Tagen seit der Geburt des Kindes erinnern kann – höchstens an das Gefühl der Erleichterung, nachdem ich diesen Fremdkörper endlich aus mir herausgepresst hatte. Noch heute empfinde ich Schuld, weil ich den Jungen nicht lieben konnte.« Ein gequälter Ausdruck trat in Hannas Augen. »Manchmal glaube ich, dass er sich deshalb gleich wieder davongemacht hat aus der kalten irdischen Welt.«

Sophia wollte nach Hannas Händen greifen, um ihr Trost spenden, doch die Freundin wich zurück. »Für den Stadtschreiber muss es so ausgesehen haben, als hätte ich selbst Hand an den Jungen gelegt, und obwohl ich bei Gott schwor, nichts dergleichen getan zu haben, zweifele ich im Laufe der Zeit immer öfter daran, ob das die Wahrheit ist.« Ein trockenes Schluchzen entrang sich ihrer Kehle. »Schumann glaubte mir damals kein Wort. Er wollte mich sogleich in die Fronfeste bringen. Ich flehte ihn an, Erbarmen zu haben, und schließlich machte er mir ein Angebot: Wenn ich mich als Amme für Euren Sohn verdingen würde, wäre er bereit zu bezeugen, dass mein Kind eines natürlichen Todes gestorben sei. Ich sollte Euch und den Magister beobachten und ihm regelmäßig Bericht über alles erstatten, was sich in Eurem Hause zuträgt – insbesondere über die Fortschritte, die Ihr beim Entschlüsseln des Buches macht.«

Sophia ballte wutentbrannt die Fäuste. Sie hatte nichts von all dem bemerkt, doch so ein Vorgehen passte durchaus zu der schändlichen Art, mit der Schumann seine Magd Katrina benutzt hatte.

»Nachdem wir Pirna heimlich verlassen hatten, glaubte ich zunächst, auch dem Dunstkreis des Stadtschreibers entkommen zu sein«, gestand Hanna. »Als er dann mitten in der Nacht in einer Herberge kurz vor Prag über mich herfiel, dachte ich, der Mann wäre mit dem Teufel im Bunde. Ich hatte Todesangst und habe jedes seiner Worte für bare Münze genommen.« Ihr Blick flehte Sophia an, ihr zu Glauben zu schenken. »Nachdem Ihr Euch auf dem Falkenstein verdingt hattet, um Bruder Nikolaus zu befreien, tauchte ein fahrender Händler im Brüderhof auf, der mir Grüße von Schumann ausrichtete und fragte, ob ich einen Brief für ihn hätte. Wenn ich noch daran zweifelte, dass der Arm des Stadtschreibers bis hierher reichen könne, so wurde ich an diesem Tag eines Besseren belehrt. Ich fühlte mich wie eine Mücke, die vergebens im Netz einer Kreuzspinne zappelt. So war ich dem Stadtschreiber auch weiterhin zu Willen.« Sie hatte den Kopf gesenkt, um die Tränen zu verbergen, die ihr erneut in die Augen schossen.

Sophia, die in diesem Augenblick verstand, warum ihre Freundin sich nicht entschließen konnte, die Taufe anzunehmen und sich ihre Liebe zu Johann einzugestehen, wurde von Mitleid überwältigt. Wieder wollte sie nach der Hand ihrer Freundin greifen, doch Hanna rückte abermals von ihr ab. »Dabei hätte ich längst den Mut finden müssen, Euch alles zu gestehen«, rief sie verzweifelt. »Nachdem ich vor ein paar Wochen begriffen hatte, dass Schumann Anton zwar als Boten benutzt, der Händler aber nie im Leben den Henkersknecht für ihn spielen würde, hatte ich mich fast dazu durchgerungen. Ich habe Schumann die weitere Gefolgschaft verweigert und wollte mich Euch offenbaren. Wirklich!« Hannas sanftes Gesicht hatte einen wilden Ausdruck angenommen. »Aber dann wart Ihr zur Überzeugung gelangt, der Magister hätte Euch aufgegeben. Es hatte den Anschein, als könnten wir einfach weiter hier auf dem Brüderhof bleiben. In meiner Feigheit habe ich das für einen Fingerzeig Gottes gehalten. Alles war gut, da Ihr nicht mehr nach Pirna zurückkehren wolltet.« Zu

Sophias Entsetzen begann Hanna nun, sich die Haare zu raufen und in der kleinen Kammer umherzulaufen. »Was habe ich nur getan!«

»Was du für richtig hieltest!« Sophia stand auf und schlang beide Arme fest um ihre widerstrebende Freundin. »Niemand ist frei von Schuld! Wir alle tun mitunter Dinge, derer wir uns später schämen.« Bei allem, was Hanna ihr erzählt hatte, war sie keinen Augenblick bereit gewesen, ihre Freundschaft aufzugeben. Doch sie wusste, dass es kaum eine Rolle spielte, ob sie Hanna vergab, solange ihre Freundin nicht bereit war, sich selbst zu vergeben.

Kapitel 35

Schumann unterdrückte einen Fluch, während er sich tiefer in den Schatten der kleinen Toreinfahrt zurückzog. Der scharfe Uringeruch, der ihm in die Nase stach, ließ ihn vermuten, dass sich mancher Gast der Schänke gegenüber hier erleichterte. Schumann war mit Anton verabredet, einem fahrenden Händler, der ihn gelegentlich mit Informationen versorgte. Im Grunde befürchtete er keine Schwierigkeiten. Aber da er sich, besonders in einer so verwinkelten und unübersichtlichen Gegend, lieber nach allen Seiten absicherte, war er eine halbe Stunde vor der vereinbarten Zeit gekommen. Der Treffpunkt schien ihm annehmbar, obwohl die Kundschaft, wie er sah, hauptsächlich aus einfachen Handwerkern bestand. Aber die gut genährten Pferde im Stall des Gehöfts mussten anderen Gästen gehören. Die Stadt wimmelte von Gesandten, die aus allen Ecken des Reiches angereist waren. Natürlich hatte Schumann geahnt, dass Herzog Moritz Carlowitz herschicken würde, um seine Pläne voranzutreiben. Damit allerdings, dass er dem herzoglichen Rat ausgerechnet hier über den Weg laufen würde, hatte er nicht gerechnet.

Der Stadtschreiber atmete flach – nicht nur wegen des penetranten Gestanks, sondern auch, um unbemerkt zu bleiben. Carlowitz und sein Begleiter mussten jeden Augenblick an dem Torbogen, unter dem er stand, vorbeikommen. Was würde der Diplomat des Herzogs denken, wenn er Schumann hier entdeckte? Offiziell hatte der Stadtschreiber beim Pirnaischen Rat

Urlaub genommen und vorgegeben, angesichts des drohenden Krieges noch ein paar offene geschäftliche Angelegenheiten im Böhmischen regeln zu wollen. Dazu hatte er angeboten, in Prag die Ohren offenzuhalten, was die anstehenden Verhandlungen zwischen Moritz und dem Kaiser ergeben würden. Weil es immer gut war, in unsicheren Zeiten Informationen aus erster Hand zu erhalten, war es ihm leichtgefallen, die Erlaubnis seiner Ratsgenossen für die Reise zu erwirken, zumal er keinerlei Forderungen an die Stadtkasse gestellt hatte. In Wahrheit hatte ihn die Angst hergetrieben, die Fuchsin könne ihm mitsamt dem übersetzten Manuskript am Ende doch noch durch die Finger schlüpfen.

Schon seit geraumer Zeit wartete er vergeblich auf eine Nachricht von Hanna. Da ihn die Amme bisher zuverlässig über Sophias Fortschritte auf dem Laufenden gehalten hatte, war er sehr beunruhigt. Sein Plan sah schließlich vor, dass Hanna die abgeschlossene Übersetzung an sich nehmen und auf dem schnellsten Weg zu ihm bringen sollte. Das Versäumnis seiner Informantin konnte verschiedene Ursachen haben. Schumann fand, dass es an der Zeit war, Genaueres zu erfahren, damit er Maßnahmen ergreifen konnte.

Trotz seiner misslichen Lage fiel dem Stadtschreiber sofort die Erschöpfung in den Zügen des herzoglichen Gesandten auf, als Carlowitz und sein Begleiter näherkamen. Der Mann wirkte vollkommen überarbeitet. Dennoch hielt er sich aufrecht wie ein alter Soldat, und seine Stimme hatte nichts von ihrer Festigkeit verloren. So konnte Schumann jedes Wort verstehen, das Carlowitz an seinen älteren Gesprächspartner richtete.

»Es ist bedauerlich, dass uns auch König Ferdinand nur mit Allgemeinplätzen abgespeist hat, als es um die schwierigen Punkte der sächsischen Politik gegenüber dem Kaiser ging.«

Der Ältere blieb stehen, nahm seinen Hut ab und wischte sich mit einem Tüchlein über die Stirn. Sein graues Haar, das sich bereits gelichtet hatte, reichte ihm hinten bis auf den weißen Kragen, der sich als heller Streifen von seiner dunklen Kleidung abhob. »Ihr sagt es, mein lieber Carlowitz, Ihr sagt es!« Er schnaufte heftig und machte zu Schumanns Ärger keine Anstalten weiterzugehen. »Aber wir dürfen die Zuversicht nicht verlieren, denn immerhin konnten wir mittlerweile das Verhältnis des Hauses Sachsen gegenüber dem Königreich Böhmen in Vertragsform bringen. Der Herzog dürfte damit im Großen und Ganzen zufrieden sein.«

Carlowitz, der ebenfalls stehengeblieben war, seufzte. »Selbstverständlich. Doch Ihr betrachtet die Dinge aus dem Blickwinkel des Juristen, Verehrtester! Das hier ist große Politik, und ich versichere Euch, noch nie in meinem Leben stand ich im Mittelpunkt solch dringlicher und zugleich schwankender Geschäfte wie hier in Prag! Jeder Tag bringt nach Stand der Dinge Änderungen und neue Ungewissheiten. Briefwechsel und mündliche Verhandlungen durchkreuzen einander, sodass ich abends oft die größte Mühe habe, die Ereignisse für meinen Herrn in eine knappe, verständliche Form zu fassen.« Der herzogliche Rat wippte unruhig auf den Zehenspitzen.

Schumann atmete erleichtert auf, als sich Fachs endlich anschickte weiterzugehen. Er wartete noch, bis die beiden um die nächste Ecke gebogen waren, bevor er aus dem Torbogen trat, um die Gasse zu überqueren. Innerlich war er damit befasst, das eben Gehörte mit den Informationen zu vergleichen, die er bisher zum Stand der Verhandlungen auf der Burg aufgeschnappt hatte.

So reagierte er mit Verzögerung, als ihn plötzlich jemand von hinten ansprang, während ein weiterer Mann mit drohend erhobenem Knüppel von vorn auf ihn zukam. Schumann stieß einen Ellenbogen zurück und zerrte mit der anderen Hand am Griff seines Schwerts. Der Kerl hinter ihm heulte auf, aber sein Gefährte schlug mit dem Knüppel nach Schumanns Kopf. Der

Stadtschreiber duckte sich und versuchte seitlich auszuweichen, was dadurch erschwert wurde, dass der erste Angreifer sich noch immer in seinen Mantel krallte. Schumann roch das Bier im Atem des Halunken und die Mischung aus saurem Schweiß und Straßenkot, die seinen Kleidern anhaftete. Angst, Wut und Ekel schärften seine Sinne und mobilisierten seine Kraft.

Der zweite Kerl grinste bösartig, bevor er abermals zuschlug. Schumann schrie auf, als der Hieb seinen linken Arm traf. Doch dann hatte er es geschafft, den ersten abzuschütteln und seine Waffe zu ziehen, mit der er ungeachtet aller Fechtregeln wild um sich hieb. Dabei brüllte er wie ein Stier, in der Hoffnung, dass der Lärm endlich Leute aus der Schänke locken würde und die beiden Galgenstricke das Weite suchten. Tatsächlich öffnete sich die Tür gegenüber. Stimmen wurden laut, und Männer mit Fackeln drängten heraus. Wie Schumann vermutet hatte, suchten die zerlumpten Gestalten ihr Heil in der Flucht. Schwer atmend steckte er das Schwert zurück in das Waffengehänge an seiner Hüfte. Dabei musste er feststellen, dass die Räuber dennoch ans Ziel gekommen waren, denn die Geldkatze an seinem Gürtel fehlte. Zum Glück befand sich darin nur ein Teil seiner Reisekasse – die übrigen Münzen hatte er in den Saum seines Mantels einnähen lassen. Leise fluchend bückte er sich, um seinen Hut aufzuheben, der auf das schmutzige Pflaster gerollt war.

Als er sich aufrichtete, blickte er geradewegs in die stahlblauen Augen des Herrn von Carlowitz. Der herzogliche Rat stand in der vordersten Reihe der Gaffer und starrte den Stadtschreiber an. »Schumann?«

»Euer Wohlgeboren!« Schumann heuchelte Erstaunen und verneigte sich höflich, wobei ein stechender Schmerz ihn die Augen zusammenkneifen ließ. Er hoffte inständig, dass sein linker Arm nicht zu allem Übel auch noch gebrochen war.

Carlowitz blickte sich kurz nach seinem Mitgesandten um,

der sich, Entschuldigungen murmelnd, zu ihm durchdrängte. Trotz der dunklen Augenringe, die von zu wenig Schlaf zeugten, waren die Augen des herzoglichen Rates wach und klar. Er hatte schnell ausgemacht, wer in der Runde der Schaulustigen die Verantwortung trug. »He, Wirt!«, rief er, als wäre er daheim in einem seiner Ämter. »Lasst die Stadtwache rufen, ehe ich annehmen muss, Ihr würdet mit dem Gesindel unter einer Decke stecken, das vor Eurer Schänke einen Fremden überfällt!« Der untersetzte Mann wischte sich mit der Schürze über das hochrote Gesicht, bevor er davoneilte. Carlowitz drehte sich wieder zu Schumann um, der inzwischen seinen Hut aufgesetzt hatte. »Was habt Ihr in Prag zu suchen, Mann?«

»Geschäfte, Euer Wohlgeboren, die ich rasch zu einem glücklichen Ende bringen möchte.« Er verzog das Gesicht. »Sollte der Krieg demnächst auf sächsischem Boden weitergeführt werden, werden die alltäglichen Dinge des Friedens auf unbestimmte Zeit warten müssen.«

Da die Zuschauer sich bereits zerstreuten, stand Schumann den beiden Ratgebern seines Landesherrn allein gegenüber. Dr. Fachs betrachtete ihn besorgt. »Seid Ihr verletzt?« Er deutete auf den Arm, den Schumann mit der anderen Hand umklammerte.

Schumann hatte sich vorhin erinnert, dass er den Namen des Mannes kannte, obwohl er ihm noch nie begegnet war. Ludwig Fachs war Ratsherr in Leipzig und Ordinarius der Juristenfakultät der Universität. In dieser Rolle war er umstritten, da er weder lehrte noch wissenschaftlich tätig war. Als Jurist aber war er eine Berühmtheit. Herzog Moritz vertraute ihm und zog ihn oft bei schwierigen Verhandlungen hinzu. Unter normalen Umständen hätte sich Schumann durch die Aufmerksamkeit eines solchen Mannes geschmeichelt gefühlt und alles darangesetzt, die Bekanntschaft zu vertiefen, doch im Augenblick hatte er anderes im Sinn. Er befürchtete, er könnte Anton verpassen, und dann hätte er Geld für eine beschwerliche Reise verschwendet, die ihm nichts als Ärger eingebracht hätte. Daher zwang er sich zu einem Lächeln und schlug einen sorglosen Ton an. »Das ist nur eine kleine Prellung, nicht der Rede wert! Aber ich danke Euch für Eure Anteilnahme an meinen unbedeutenden Schwierigkeiten!« Er verneigte sich. »Da ich weiß, in welch wichtigen Geschäften ihr in Prag weilt, will ich euch unter keinen Umständen länger aufhalten, liebe Herren! Möge Gott Euch gnädig sein und Euch dabei helfen, Schaden von den Landen unseres Herrn fernzuhalten!«

Während der Jurist Schumanns Worte mit einem wohlwollenden Lächeln quittierte, verengten sich die Augen Christophs von Carlowitz nachdenklich. Er strich sich über den wie immer tadellos gestutzten Bart. »Ja, womöglich hat tatsächlich der Herrgott seine Hand dabei im Spiel, dass sich unsere Wege hier kreuzten.« Er nickte zufrieden, was Schumann einen Schritt zurücktreten ließ. Was würde der Kerl nun wieder von ihm verlangen? »Kommt morgen früh zur siebten Stunde in mein Quartier auf die Burg! Ich will Euch einen Brief für den Rat zu Pirna mitgeben.« Carlowitz hob die Hand zum Abschiedsgruß.

»Stets zu Diensten!« Schumann verneigte sich besonders tief, um das sarkastische Grinsen zu verbergen, das sich auf sein Gesicht gestohlen hatte.

Während der Stadtschreiber den beiden Gesandten hinterherschaute und Christoph von Carlowitz zum wiederholten Mal Pest, Gicht und Hämorriden an den Leib wünschte, ertönte von der anderen Seite der Gasse Hufgetrappel. »Schön, dass Ihr so zeitig da seid, verehrter Schumann!« Die Stimme übertönte mühelos das Rumpeln der Räder eines Planwagens. Der kleine, agile Mann, der ihn lenkte, schien wie immer in Eile zu sein. »Brr! Halt!« Er schnalzte mit der Zunge, während er die Zügel anzog. Kaum war der Wagen zum Stehen gekommen, sprang der Händler vom Bock und kam mit ausgebreiteten

Armen auf Schumann zu. »Zwar ist es mir wie stets eine Freude, Euch zu sehen, Verehrtester, doch ruft mich noch heute Abend ein überaus wichtiger Handel nach Újezd hinüber! Also muss ich mich sputen.«

Schumann zuckte mit den Schultern, konnte sich aber wegen der Schmerzen, die die unbedachte Bewegung durch seinen Arm sandte, ein Stöhnen nicht verkneifen. »Auch gut, dann unterhalten wir uns gleich hier!«, brachte er zwischen zusammengebissenen Zähnen hervor.

»Ah, nein!« Der Händler nahm seinen Hut ab und fuhr sich über das schwarze Haar, das wie Igelstacheln von seinem Kopf abstand. »Das ist nicht gut, denn ich sehe doch, dass Ihr Schmerzen habt, hochverehrter Stadtschreiber. Ihr müsst Euch setzen, was Ordentliches essen und ein gutes böhmisches Bier dazu trinken!« Er marschierte zur Tür der Schänke. Schumann folgte ihm durch den rauchigen, übervollen Innenraum an einen winzigen Tisch, wo Anton in der Landesprache Bier und Essen bestellte.

Schumann hatte indes Mantel und Wams ausgezogen und den Ärmel seines Hemdes hochgekrempelt. Sein Unterarm war geschwollen und begann sich an einer Stelle blau zu verfärben.

»Lasst sehen!« Ohne eine Antwort abzuwarten, packte Anton mit seinen erstaunlich kräftigen Händen zu. Schumann jaulte auf, als der Händler den Knochen abtastete. »Ihr solltet dem Herrn danken!« Anton ließ los. »Alles gut, die Knochen sind heil.« Schumann knirschte mit den Zähnen. »Was macht Euch da so sicher?«

»Meine Erfahrung mit Pferden, was sonst!« Anton grinste. »Unverschämter Kerl!«, gab Schumann zurück. »Stets zu Diensten, verehrter Herr!« Antons Lächeln wurde noch breiter, als das Schankmädchen zwei Tonkrüge brachte. »Auf Euer Wohl!« Der Händler setzte den Krug an und leerte ihn auf einen Zug zur Hälfte.

Der Stadtschreiber nahm einen vorsichtigen Schluck. Das kräftige Schwarzbier mundete ihm besser, als er gedacht hatte. Mit einem zufriedenen Rülpser lehnte sich der kleine Händler zurück. »Was kann ich für Euch tun?« Schumann stellte seinen Krug ab und wischte sich den Mund. »Warum bringst du mir keine Briefe mehr aus Nikolsburg?«

»Nun, die junge Frau hat es offenbar aufgegeben, auf eine Nachricht Ihres Ehemanns zu hoffen.« Er zuckte mit den Achseln. »Warum der nichts mehr von ihr und seinen Kindern wissen will, werdet Ihr wohl eher herausfinden als ich.«

»Ja«, knurrte Schumann ungehalten. »Aber warum schreibt Hanna mir nicht mehr?«

»Was weiß denn ich!« Anton kratzte sich am Kopf. »Als ich im Sommer auf dem Brüderhof Station machte und fragte, ob sie mir einen Brief für Euch mitgeben wolle, wünschte sie Euch zum Teufel und rannte davon.« Er hob die Hände. »Wie die Weiber eben sind!«

»Die dreckige, kleine Hure! Wie kann sie es wagen!« Er starrte Anton an, der sich duckte, als erwartete er gleich einen Schlag. Tatsächlich hätte Schumann dem Krämer jetzt gern die Faust ins Gesicht gedroschen. Stattdessen stürzte er den größten Teil seines Bieres in einem Zug hinunter. »So ist's recht!«, der Händler prostete ihm zu. »Hat doch keinen Sinn, einem Mädel nachzutrauern, wenn es so viele andere gibt!«

Schumann hatte nicht die Absicht, dem Kerl auseinanderzusetzen, welcher Art seine Beziehung zu Hanna war. Die Magd kehrte an ihren Tisch zurück und brachte zwei Teller mit Knödeln, Kraut und Schweinebraten in einer dicken Soße. Das Essen duftete appetitlich, doch Schumann war der Hunger vergangen. Er zerstückelte das Fleisch mit dem Messer und schob die Stücke auf dem Teller hin und her, während er überlegte, was er tun konnte. Im Grunde gar nichts, gestand er sich ein. Obwohl es ihm zuvor gelungen war, Hanna mit der Drohung seiner Omnipräsenz einzuschüchtern, hatte er in Wahrheit kaum Möglichkeiten, aus der Ferne etwas zu bewirken.

»Wenn Ihr keinen Hunger habt, nehme ich das gern.« Anton, der seinen Teller zügig abgeräumt hatte, zeigte mit dem Löffel auf Schumanns Essen. Wortlos schob der Stadtschreiber ihm den Teller über den Tisch. Zu den Schmerzen in seinem Arm gesellte sich mittlerweile noch das verhasste Stechen im Magen. Er tastete nach der Phiole in seinem Wams und stellte fest, dass sie bei dem Kampf mit den beiden Halunken zerbrochen war. Schumanns unanständiger Fluch ließ den Krämer entgeistert von seinem Essen aufschauen. »Ich sag doch, Ihr sollt Euch das nicht so zu Herzen nehmen«, nuschelte Anton mit vollem Mund. »Am besten sucht Ihr Euch noch heute Abend eine hübsche kleine Hure und vögelt sie kräftig durch – das klärt den Kopf!«

Schumann lächelte gequält, denn in seinem gegenwärtigen Zustand mochte er daran nicht einmal denken. »Sag mir lieber, wo ich hier einen Apotheker finde?« Anton sah ihn erstaunt an. Dann tunkte er mit dem letzten Rest Knödel die übrige Soße auf, schob sich den Bissen in den Mund und winkte dem Schankmädchen. Beide führten ein kurzes Gespräch in böhmischer Sprache, von dem Schumann nur ein paar Brocken verstand. »Habt Ihr ein Rezept?«, fragte Anton. Schumann holte einen zerknitterten Zettel aus seiner modischen Pluderhose. Für den Notfall hatte Meister Arnold ihm glücklicherweise die Zutaten für einen krampflösenden Trank aufgeschrieben. Das Mädchen pfiff kurz auf zwei Fingern, und ein semmelblonder kleiner Junge kam angerannt. »Gebt ihm das!« Anton deutete auf das Rezept. »Er wird Euch bringen, was Ihr braucht.« Schumann fingerte eine Silbermünze aus seinem Mantelsaum. Der Junge nahm sie und rannte los.

»*Bolení žaludku?*« Die Schankmagd legte eine Hand unterhalb der Rippen auf ihr Mieder und sah Schumann mitfühlend an. Als der Stadtschreiber mit säuerlichem Lächeln nickte, sagte sie munter: »*Máme na to také dobrý lék!*« Sie eilte davon und kam kurz darauf mit einem kleineren Becher wieder. »*Vypijte!*«

Anton nickte ihm zu, und Schumann hielt die Nase über den Becher. Die klare Flüssigkeit roch nach starkem Branntwein und Kräutern. Entgegen seiner sonstigen Gewohnheiten kippte Schumann den Schnaps ohne zu überlegen hinunter. Alles war ihm recht, solange es ihn von den verfluchten Schmerzen befreite. Im ersten Augenblick glaubte er, Feuer geschluckt zu haben. Nach Luft japsend hing er über dem Tisch, er spürte, wie ihm die Augen aus den Höhlen traten, und glaubte, sein letztes Stündlein habe geschlagen. Doch als das Brennen in seinen Eingeweiden nachließ, fühlte er sich tatsächlich besser. Auch seine übrigen Probleme schienen mit einem Mal gar nicht mehr so schwerwiegend. Irgendwie wird sich schon eine Lösung finden, dachte er, bevor ihm das Kinn auf die Brust sank und seine Augen zufielen.

Als er erwachte, war Anton fort. Vor ihm auf dem Tisch stand ein verkorktes Fläschchen, darunter lag Arnolds Rezept. Schumann zahlte die Zeche, ließ sich eine Fackel geben und verließ die Schänke. Auf dem Weg in sein Quartier hielt er die Augen offen und schaute sich aufmerksam nach allen Seiten um. In der winzigen Kammer, die er bei einem Schuhmacher unweit der Karlsbrücke gemietet hatte, ließ er sich erschöpft auf das harte Bett fallen.

Obwohl sein Körper nach Schlaf verlangte, kam sein Geist nicht zur Ruhe. Er lauschte dem Glucksen des Flusses, das durch die dünne Wand des Fachwerkhauses drang, und den Geräuschen der großen Stadt, die selbst nachts nie ganz zur Ruhe kam. Die Bilder des Tages zogen ungeordnet an seinem inneren Auge vorbei, während er sich wieder fragte, wie er nun, da Hanna ihm endgültig den Gehorsam verweigerte, an die Übersetzung des Manuskripts kommen sollte. Da der bevorstehende Krieg in Sachsen unweigerlich auch dazu führen würde, dass

König Ferdinand seinen säumigen böhmischen Truppen Beine machen würde, könnte es demnächst schwierig werden, von Mähren nach Sachsen zu gelangen. Überdies musste Schumann befürchten, dass seine abtrünnige Verbündete der Fuchsin berichtete, welchen Auftrag sie von ihm erhalten hatte. Wie konnte er dafür sorgen, dass die Frauen dennoch nach Pirna zurückkehrten?

Zu allem Übel meldeten sich seine Magenschmerzen wieder – heftiger als zuvor. Stöhnend richtete er sich auf, holte das Fläschchen aus seinem Wams und nahm einen großzügigen Schluck Medizin. Grade wollte er sich wieder auf das Bett zurücksinken lassen, da fiel sein Blick auf den Zettel mit Arnolds Rezept, der vor ihm auf dem Boden lag. Er hob ihn auf. Das Mondlicht, das in seine Kammer schien, war so helle, dass er die großzügige Handschrift des Baders mühelos entziffern konnte.

Als ihn am nächsten Morgen sieben Glockenschläge der nahen Kirche weckten, traute er seinen Ohren nicht. »Verdammt«, murmelte er und zerrte sich die Stiefel über die Füße. Sosehr er sich jetzt auch beeilte, er würde eindeutig zu spät auf dem Hradschin sein. Er rannte durch die Gassen, die schon zu dieser frühen Stunde voller Menschen und Fuhrwerke waren. Nach dem verheerenden Stadtbrand vor fünf Jahren wurde überall emsig gebaut. Schumann hetzte die Stufen des Burgbergs hinauf, verschwitzt und völlig außer Atem erreichte er ein wenig später den Burghof. Gerade wollte er einen der Soldaten nach dem Quartier der sächsischen Gesandten fragen, da sah er Carlowitz, der hoch zu Ross auf ihn zusteuerte.

»Schumann, warum kommt Ihr erst jetzt!« Der Rat klang mehr als ungehalten. »Ich fürchtete schon, durch Euer Säumen müsste ich auf meinem Heimweg doch noch auf dem Schloss zu Pirna haltmachen. In der gegenwärtigen Lage ist jede Stunde, die ich gewinnen kann, von unschätzbarem Wert!« Er holte aus seiner Satteltasche einen gesiegelten Brief, und warf ihn Schumann zu. »Gebt das dem Schösser!« Dann musterte er den abgehetzten Stadtschreiber. »Ich hoffe doch, Ihr trödelt nicht mehr allzu lange in Prag herum und macht Euch bald auf den Heimweg?«, fragte er mit grimmiger Miene. Schumann nickte, weil er noch immer nicht genug Luft bekam, um zu sprechen. »Das will ich jedenfalls hoffen!«, knurrte Carlowitz, indem er seinem Pferd die Sporen gab. Ehe Schumann sich's versah, stand er allein inmitten des geschäftigen Treibens auf dem großen Hof.

Langsam stieg er wieder hinab in die Stadt. In der Nähe des Moldauufers ließ er sich in einer kleinen Schänke ein kräftiges Morgenmahl aus Eiern, frisch gebackenem Brot und gebratenem Fisch auftischen. Während er aß, überdachte er noch einmal seine Optionen. Vor dem Einschlafen hatte er kurz erwogen, seinen Urlaub auszuweiten, um selbst nach Mähren zu reisen. Die Idee verwarf er nun. Nicht nur, dass ihm der Auftrag des herzoglichen Rates keinen Spielraum dazu ließ – es erschien ihm mittlerweile auch zu unsicher. Durch Anton wusste er, dass es schwierig werden würde, die beiden Frauen im Schutze der ketzerischen Gemeinschaft zu bedrohen. Nein, er musste sie auf jeden Fall dazu bringen, das Wiedertäufernest zu verlassen und nach Pirna zurückzukehren. Schumann spuckte ein paar Gräten auf den Teller und wollte sich noch ein Stück Brot nehmen – als ihm der rettende Einfall auf einmal klar und deutlich vor Augen stand. Er lehnte sich zurück und stieß ein zufriedenes Lachen aus. Es war so einfach! Er musste nichts weiter tun, als einen Brief zu schreiben.

Kapitel 36

Heinrich Fuchs lag auf der harten Pritsche und starrte zur Decke der Zelle, wo Holzbohlen eine Art Satteldach bildeten. Die winzige Kammer, die man hier, im Nürnberger Lochgefängnis, als Keuche bezeichnete, war auch an den Wänden mit Holz verkleidet. Ein Fenster gab es nicht – ein Umstand, der dem Magister zu schaffen machten, denn der Fackelschein, der durch das Gitter in der eisenbeschlagenen Tür fiel, bot nicht genügend Licht zum Lesen. Fuchs hatte die Arme unter dem Kopf verschränkt und lauschte auf die Geräusche im Gang. Türenschlagen, Schlüsselrasseln und das Klappern von Geschirr verrieten ihm, dass die Frau des Lochhüters Wagner ihren morgendlichen Rundgang machte.

»Morgensuppe gibt's, Magister!« Die Wagnerin, eine rundliche Frau in mittleren Jahren, entriegelte die Klappe an der Tür. Fuchs erhob sich mühsam und machte drei Schritte, um die Holzschüssel mit Gerstensuppe entgegenzunehmen. Er stellte sie auf den abgedeckten Kübel neben der Pritsche, reichte seinen leeren Wasserkrug nach draußen und bekam ihn frisch gefüllt zurück. »Wohl bekomm's!« Die Lochhüterin bedachte ihn mit einem freundlichen Nicken. »Seid bedankt, gute Frau!« Fuchs erwiderte das Lächeln, obwohl ihm alles andere als froh zumute war. Die Frau schien es zu bemerken, denn sie zwinkerte ihm verschwörerisch zu. Während sie ihrer Magd, einem verhuschten jungen Ding, bedeutete, den Insassen der nächsten Zelle zu bedienen, winkte sie ihn näher an das Fensterchen.

»Der Baumgartner und der Tucher, die in dieser Woche Lochschöffen sind, wollen Euch nachher sehen«, flüsterte sie. »Der Gerichtschreiber hat's meinem Mann heut Morgen angekündigt.« Fuchs wurde es schwummrig, sodass er sich an der Tür abstützen musste. »Hat der Rat beschlossen, dass ich noch mal gefoltert werden soll?«, stieß er hervor. »Aber nein!« Die Lochhüterin schüttelte den Kopf. »Gewiss nicht!« Weil in diesem Augenblick schwere Schritte vom Ende des Gangs zu hören waren, blickte sie sich hastig um, legte einen Finger auf die Lippen und verriegelte die Klappe.

Heinrich Fuchs schleppte sich zurück zu seiner Pritsche, sackte darauf zusammen und schlug die Hände vors Gesicht. Trotz der ermutigenden Worte der Frau zog sich sein Magen zusammen, und das Herz pochte heftiger seiner Brust. Mit den Fingerspitzen ertastete er die wulstige Narbe, die sich auf seiner Stirn von einer Schläfe zur anderen zog. Dieses Andenken an seinen letzten Besuch in der Folterkammer, die man wegen ihrer gewölbten Decke Kapelle nannte, würde ihn wahrscheinlich für den Rest seines Lebens begleiten – ebenso wie die weniger auffälligen Brandnarben in seinen Achselhöhlen. Doch der Magister wusste inzwischen, dass die Angst schlimmer wurde, sobald er ihr nachgab. Daher zwang er sich, Luft zu holen und langsam wieder auszuatmen – so lange, bis die Beklemmung wich. Dann griff er nach der Schüssel und trank die Suppe. Sie schmeckte wie eingeschlafene Füße und war bereits kalt, aber Nahrung war wichtig, wenn er am Leben bleiben wollte. Dabei entsann er sich, dass ihm die Lochwirtin an den beiden Tagen, an denen man ihn zur peinlichen Befragung geholt hatte, kein Frühstück gebracht hatte. Natürlich – der Henker wollte vermeiden, dass ihm die Delinquenten die Folterkammer vollkotzten! Er brach in ein Gelächter aus, dessen Klang ihm selbst einen Schauer über den Rücken jagte. War er dabei, den Verstand zu verlieren?

Als Fuchs die leere Schüssel zurückstellte, fiel ihm auf, dass er den Gestank, der dem abgedeckten Kübel entwich, kaum noch wahrnahm. Wie hatte es ihn in den ersten Wochen angewidert, sein Essen dort abzustellen, wo er – wie vor ihm unzählige andere – seine Notdurft verrichten musste. Stöhnend erhob er sich, um in der Zelle auf und ab zu gehen, vier Schritte bis zur Tür und vier zurück.

Dabei schloss er die Augen und stellte sich vor, er würde dem baumgesäumten Pfad an der Mulde in Zwickau folgen, zu der versteckten Stelle unter den Weiden, an der er als Bub gern geangelt hatte. Für kurze Zeit gelang es ihm sogar, in seiner Erinnerung den Wind heraufzubeschwören, der sein Haar zauste, und den Geruch nach Fluss und Fisch. Allerdings verließen ihn seine Kräfte schon nach kurzer Zeit, sodass er sich wieder auf die Pritsche hocken und verschnaufen musste. Nach seiner letzten peinlichen Befragung vor zwei Monaten hatte ihn ein heftiges Wundfieber heimgesucht, zu dem sich später noch ein schwerer Lungenkatarrh gesellte.

Es musste wahrlich schlecht um ihn gestanden haben, denn als er nach tagelangen Fieberträumen wieder zu sich kam, hatte man ihn in das Stübchen des Lochhüters gebracht. Dort war es ein wenig komfortabler und vor allem wärmer als in den feuchten Zellen. Während seiner mehrwöchigen Genesung hatte er Licht bekommen und lesen dürfen. Außerdem hatte man ihm die Bitte gewährt, einen Brief nach Wittenberg zu schreiben, und als er erklärt hatte, der Empfänger arbeite dort in der Werkstatt des Malers Lucas Cranach, hatte ihm der Lochschöffe sogar zugesichert, das Schreiben durch einen Ratsboten zustellen zu lassen. »Nürnberg ist dafür bekannt, dass sie den schönen Künsten zugetan ist wie keine zweite«, hatte der Mann, an dessen Namen sich Fuchs nicht mehr erinnerte, sich gebrüstet. »Schließlich war der große Albrecht Dürer ein Sohn unserer Stadt!«

Fuchs hatte genickt und sich beeindruckt gezeigt – allerdings war es ihm ausschließlich darum gegangen, dass Dorndorf die Botschaft, sich um Sophia und den Jungen zu kümmern, auch erhielt. So wie die Dinge standen, gab es für ihn nur einen Weg aus dem Gefängnis unter dem Nürnberger Rathaus: Er musste standhaft bleiben und trotz Folter wieder und wieder seine Unschuld beteuern! Bisher war ihm das gelungen, und er glaubte daran, dass er es auch weiter schaffen würde. Er hatte herausgefunden, dass die Schmerzen ihm weniger zusetzten, wenn er sich an einen Ort in seinem Inneren zurückzog, in dem das Bild seiner kostbarsten Erinnerung auf ihn wartete – Sophias Gesicht, während er sie liebte, umrahmt von der Flut ihrer Haare, auf der im Kerzenlicht goldene und kupferne Reflexe tanzten. Seinen Willen konnte die Folter vielleicht nicht brechen – seinen Körper allerdings schon, da machte er sich als studierter Medicus keine Illusionen. Der Husten, der ihn noch immer schüttelte wie Herbstwind einen alten Baum, erinnerte ihn ständig daran.

Er nahm die Schüssel und hob den Deckel, bevor er zähen Schleim in den Kübel spuckte. Erschöpft lehnte er sich an die Wand und schloss die Augen. »Herr«, flüsterte er, »lass Gerechtigkeit walten! Sorge dafür, dass Reinfeld, der verblendete Narr, den Mord an seinem Herrn gesteht, und lass mich heimkehren zu Weib und Kind! Behüte und beschütze sie – und auch den verdammten Maler, damit er für sie sorgen kann, falls du für mich doch etwas anderes beschließen solltest. Aber ich hoffe, du bist wegen der Differenzen, die wir von Zeit zu haben, nicht allzu kleinlich und berücksichtigst auch die Prüfungen, die du mir in der Vergangenheit bereits auferlegt hast. Amen!«

Die Wagnerin, die ihn aus irgendeinem Grund zu mögen schien, hatte ihm verraten, dass man Reinfeld, der in einer Zelle auf der anderen Seite des Ganges saß, auch schon zweimal unter der Folter befragt hatte. Doch Fuchs fürchtete, da das Faktotum ebenfalls bei seiner Aussage geblieben war, würde die Sache unweigerlich in eine dritte Runde gehen. Er fragte sich zum wiederholten Mal, ob noch jemand anderes als Ambrosius' Mörder infrage kommen könnte, glaubte aber nicht wirklich daran. Erstens hatte er selbst beobachtet, dass Reinfeld an dem Automaten gewerkelt hatte, und zweitens hatte er dabei den Eindruck gehabt, der Mann sei weniger närrisch, als sein seltsames Gebaren es vermuten ließ. Ein Grund, warum Reinfeld, der mit hündischer Ergebenheit an Ambrosius gehangen hatte, seinen Meister töten sollte, wollte ihm aber nicht einfallen, sooft er auch darüber grübelte – und in den letzten Monaten hatte er genügend Zeit für Spekulationen gehabt.

Der Magister kratzte sich den Bart, der ihm schon fast bis zur Brust reichte. Er mochte es nicht, solch Gestrüpp im Gesicht zu tragen, selbst wenn es – zumindest in gepflegtem Zustand – durchaus der Mode entsprach. Leider gestattete man den Gefangenen aus naheliegenden Gründen nicht, Rasiermesser zu benutzen.

Die Lochschöffen hatten Fuchs gesagt, dass die Untersuchung des Automaten eindeutig ergeben habe, dass jemand die Mechanik in klarer Absicht manipuliert habe: Sobald man versuche, das Visier des Helms herunterzuklappen, werde der Bolzenschuss ausgelöst. Nein! Fuchs schnaubte frustriert und schüttelte den Kopf so heftig, dass ihm die Haare um die Wangen flogen. So eine komplizierte Automatik konnte unmöglich das Produkt eines Wahnsinnigen sein! Reinfeld musste all das längere Zeit ausgetüftelt und sorgfältig geplant haben. Er sprang auf und schlug mit den Fäusten an die gegenüberliegende Wand. »Aber warum bloß, zum Henker?«

»Dahin geht's heut nicht!«, ertönte die brummige Stimme des Lochhüters, während der Schlüssel ins Schloss der Zellentür gesteckt wurde. Wagner trat ein und musterte Fuchs, der noch immer mit geballten Fäusten neben der Pritsche stand. »Was schaut Ihr so grimmig? Man sollte meinen, Ihr wärt froh darum!«

Der Magister verzog den Mund und streckte die Hände vor – bisher war er stets gefesselt worden, bevor er die Zelle verlassen durfte. Doch der bullige Mann mit dem schwarzen Vollbart winkte ihn an sich vorbei in den Gang. »Da lang!« Er deutete nach rechts. Die kellerartigen Kammern und Gänge unter dem Nürnberger Rathaus bildeten ein schwer durchschaubares Labyrinth, in dem sich nur zurechtfand, wer täglich aus- und einging. Der Magister vermutete, dass die meisten Gefangenen, die man herbrachte, schon darum jeden Gedanken an Flucht verwarfen.

Wagner führte ihn zu dem Stübchen, in dem Fuchs bis vor Kurzem sein Fieber auskurieren durfte. Die Tür stand offen, und auf der Bank, die ihm als Krankenlager gedient hatte, saß Ratsherr Tucher. Der Lochschöffe trommelte mit den Fingern auf die Tischplatte, während der Schreiber Feder und Tinte aus einem Holzkästchen kramte – Papier und Löschsandbüchse hatte er schon vor sich stehen. »Nehmt Platz, Magister Fuchs!« Tucher zeigte auf den Schemel gegenüber.

Fuchs setzte sich und musste die Augen zusammenkneifen, weil ihn das Licht, das durchs geöffnete Fenster fiel, blendete. Er fühlte sich wie ein Maulwurf, der die Schaufel des Gärtners nicht sehen konnte, die gleich auf ihn herabsausen würde. Dabei wunderte er sich, weshalb Tucher allein hier saß, denn bisher hatten ihn die beiden Lochschöffen stets gemeinsam vernommen.

»Nun«, der junge Ratsherr räusperte sich und schien nach Worten zu suchen. Fuchs hatte den Verdacht, dass Tucher die Situation fast ebenso unangenehm war wie ihm selbst. Vielleicht war das Verhör seine erste Pflicht in dem noch ungewohnten Amt. »Letzte Woche befahl der Rat in seiner Weisheit die erneute hochnotpeinliche Befragung des Dieners Reinfeld zum Mord an seinem Herrn.« Der Magister holte Luft und wappnete sich – keinesfalls wollte er Schwäche zeigen, wenn der Lochschöffe ankündigte, dass auch ihm die Tortur erneut bevorstand. Tucher verstummte, denn in diesem Augenblick betrat ein stattlicher Mann mit eisengrauem Bart die Kammer.

»Verzeiht meine Verspätung«, sagte er, während er den Platz neben Tucher einnahm. Der lächelte höflich. »Selbstverständlich, ehrenwerter Baumgartner!« Der ältere Ratsherr musterte Fuchs, dann wandte er sich an den Lochhüter neben der Tür. »Wagner, holt einen stärkenden Trunk für den Magister!« Fuchs hob die Hände. »Danke, aber das ist nicht nötig! Mir geht's gut.«

»Das sehe ich anders!« Baumgartner schüttelte den Kopf, und Wagner verschwand. »Ich gestehe, dass ich erschrocken bin, als ich hereinkam. Verzeiht meine Offenheit, aber Ihr seht aus wie ein Gespenst, Magister Fuchs.« Tucher neben ihm nestelte an den blütenweißen Rüschen, die aus den Ärmeln seines Samtwamses blitzten. Der Magister blinzelte, glaubte er doch, so etwas wie Mitgefühl in den Zügen des jungen Patriziers zu erkennen. Baumgartner wirkte eindeutig erschüttert. »Ich dachte, ich wüsste, was mich heute erwartet, befand ich mich doch selbst über ein Jahr in Haft eines skrupellosen Entführers«, sagte er leise.

Der Blick des Magisters huschte über die wohlgenährte Gestalt und die vornehme Gewandung des Mannes. »Dann habt Ihr die Zeit sicher nicht in einer der Zellen unter dem Rathaus verbracht.« Der Satz war ihm herausgerutscht, ohne dass er darüber nachgedacht hatte, ob es wirklich klug war, einen seiner Richter zu verärgern. Aber zurücknehmen werde ich es trotzdem nicht, dachte er, während er Baumgartner in die Augen sah. Der Ratsherr hob die buschigen Augenbrauen. »Es tut mir aufrichtig leid, dass Ihr in unserer Stadt Unbill erdulden musstet«, sagte er in einem weitaus amtlicheren Ton als zuvor. »Doch verlangt nun einmal das Gesetz, dass jeder ungeklärte Todesfall in

Nürnberg gründlich untersucht und aufgeklärt wird. Wobei ich davon überzeugt bin, dass der Rat jede unnötige Härte zu vermeiden sucht.«

Wahrscheinlich wäre es Fuchs an dieser Stelle auch nicht gelungen, mit seiner Meinung über die Zweckmäßigkeit der Folter bei der Suche nach der Wahrheit hinter dem Berg zu halten, hätte ihm der zurückkehrende Wagner in diesem Moment nicht einen Becher in die Hand gedrückt. So schwieg er und trank stattdessen einen großen Schluck des durchaus annehmbaren Weins. Er wusste, dass Gefangene, deren Angehörige dafür zahlen konnten, sich solchen Genuss auch im Lochgefängnis nicht versagen mussten. Aber weil die restlichen Münzen in seiner Geldkatze längst aufgezehrt waren, hatte es für ihn monatelang nur Wasser gegeben.

»Aber nun hat es unserem Herrgott gefallen, den Diener Reinfeld auf den Pfad der Tugend zurückzuführen, sodass der Kerl bei der dritten Wiederholung der Tortur endlich gestand, den Automaten manipuliert zu haben«, setzte Baumgartner seine Ansprache fort. Fuchs verschluckte sich prompt und musste so furchtbar husten, dass der Lochhüter hinzusprang, um ihm den Rücken zu klopfen.

»Wirklich?«, krächzte er, als er wieder Luft bekam, »Reinfeld hat gestanden, dass er Meister Ambrosius umbringen wollte? Aber warum denn bloß?«

Der Lochschöffe stutzte und hob erneut die Augenbrauen. »Nicht Ambrosius sollte bei der Vorführung des Automaten sterben, sondern Ihr, Magister«, sagte er freundlich.

»Was?« Fuchs beugte sich vor und suchte Halt an der Tischkante. Er merkte, dass das Gesicht des Mannes vor seinen Augen verschwamm. Machte der Weingenuss seinem geschwächten Körper zu schaffen, oder eher die Erkenntnis, dass man ihn, hätte er der Folter bei seiner Befragung nicht widerstanden, womöglich für einen Mordanschlag gehängt hätte, dessen Ziel er selbst gewesen war? »Aber was habe ich ihm getan, dass er meinen Tod geplant hat?«, stammelte er.

»Ach, Ihr habt gar nichts getan, vermute ich. Der alte Ambrosius dagegen schon.« Baumgartner lachte trocken. »Indem er seiner Magd unzüchtig beigewohnt und sie geschwängert hat.« Fuchs traute nun auch seinen Ohren nicht mehr, doch dann begriff er plötzlich. »Soll das heißen, Reinfeld ist der Sohn von Dorothea und Meister Ambrosius?«

»Aber ja«, Baumgartner nickte. »Und aus irgendeinem Grund hat er sich eingebildet, Ihr würdet Ihm den Platz bei seinem Vater streitig machen und bekommen, was ihm zustünde.« Der Lochschöffe schnaubte. »Dabei müsste er doch wissen, dass er als unehrlich Geborener kein Anrecht auf einen Platz in der Zunft hat und auch nicht als Erbe infrage kommt! Wofür Ihr als Auswärtiger natürlich ebenso wenig dafür in Betracht gekommen wärt. Aber leider ist der Kerl närrischer als ein Hase im März!«

Fuchs schloss die Augen, als eine Erinnerung aus der Tiefe seines Gedächtnisses emporstieg. Er sah sich wieder mit Ambrosius in der Kellerwerkstatt stehen – es war der Tag, an dem er Benedikts wunderbaren Automaten zum ersten Mal erblickt hatte. Ob Ambrosius nicht vorhabe, das Werk seines Sohnes zu vollenden, hatte er gefragt.

»Seltsam«, hatte der Meister geantwortet. »Dasselbe hat mich Reinfeld auch gefragt. Bot mir sogar seine Hilfe an, der arme Tor.« Dann hatte Ambrosius noch hinzugefügt, dass er es sich mit Fuchs als Gehilfen durchaus vorstellen könnte, den Eppelein zum Laufen zu bringen. Der Magister hatte damals ein Geräusch vernommen, das wie ein Schluchzen klang. Jetzt war er davon überzeugt, dass Reinfeld ihr Gespräch belauscht haben musste. Es war dem Kerl überhaupt nicht um das Erbe gegangen, erkannte er schlagartig. Reinfeld hatte sich lediglich nach Liebe und Anerkennung von dem Mann gesehnt, den er auf der Welt am meisten liebte und bewunderte – seinem Vater. Doch Ambrosius hatte in ihm stets nur den törichten Diener gesehen, den er mit herablassender Nachsicht behandelt hatte – bis es zu spät war.

Der junge Tucher schien zu merken, was in ihm vorging, denn seine Augen weiteten sich überrascht. Zum ersten Mal, seit Baumgartner die Kammer betreten hatte, ergriff er das Wort. »Ihr reagiert erstaunlich gefasst auf diese Eröffnungen. Ich wüsste nicht, ob ich dazu in der Lage wäre.« Er schob Fuchs ein Bündel Briefe zu. »Ich glaube, die gehören Euch. Sie wurden bei der Durchsuchung von Reinfelds Kellerverschlag gefunden.«

Der Magister erkannte seine eigene Handschrift und begriff augenblicklich, dass es sich um die Briefe handeln musste, die er seinem Weib nach Leipzig gesandt hatte. Reinfeld hatte sie niemals abgeschickt, und das war der Grund dafür, dass Sophia nicht geantwortet hatte! Fuchs schwankte zwischen Wut und Erleichterung, doch beides mündete in ernste Sorge. Was sein Weib wohl davon halten mochte, dass er sich über ein Jahr nicht mehr gemeldet hatte?

»Wobei ich mich frage, warum der Tor die Briefe nicht verbrannt hat.« Tucher blickte Fuchs an, der ratlos die Schultern hob. Baumgartner ließ seine Hand auf den Tisch fallen, als wollte er seinen jüngeren Ratskollegen zur Ordnung rufen. »Das ist nun egal, denn sein Urteil ist gefallen: Angesichts der Tatsache, dass Reinfeld zunächst Euch, das ursprüngliche Opfer, des Mordes bezichtigte, hat der Rat zu Nürnberg auf seiner letzten Sitzung eine schwere Strafe für ihn bestimmt.« Seine Stimme bekam einen stählernen Klang. »Er wurde zum Tod durch das Rad verurteilt! Schon am nächsten Dienstag wird er hinaus zur Richtstadt geführt, wo das Urteil vollzogen wird. Ihr dürft gern dabei zuschauen, wie der Gerechtigkeit Genüge getan wird, Magister Fuchs!«

Heinrich Fuchs erschauderte und schüttelte den Kopf. Das Rädern, bei dem dem Verurteilten zunächst alle vier Gliedmaßen und dann der Brustkorb mittels eines Wagenrades zerschmettert wurden, gehörte zu den grausamsten Hinrichtungsarten. Selbst einen Mann, der ihn hintergangen und sogar nach seinem Leben getrachtet hatte, wollte Fuchs nicht auf diese Weise sterben sehen. »Dann werde ich jetzt freigelassen?«, fragte er mit trockenem Mund.

»Aber gewiss!« Baumgartner lächelte. »Zuvor müsst Ihr allerdings die Urfehde schwören und Eure Unterschrift unter das Protokoll setzen, damit alles seine Richtigkeit hat.«

Nachdem der Magister versichert hatte, dass er für das Unrecht, das der Rat der Stadt Nürnberg ihm zugefügt habe, keinerlei Rache nehmen wolle, schob der Schreiber ihm ein Blatt zu, unter das er seine Unterschrift setzte, ohne es gelesen zu haben.

»Wagner wird Euch Eure Habseligkeiten aushändigen, danach könnt Ihr gehen, wohin es Euch beliebt, Magister«, sagte Tucher. Beide Lochschöffen nickten Fuchs zum Abschied zu, erhoben sich und verließen den Raum, den Schreiber im Schlepptau. Es war ihnen anzusehen, dass sie froh waren, den ungastlichen Ort hinter sich zu lassen. Dann drückte Wagner ihm den Reisesack in die Hand, führte ihn durch einen langen Gang, am Brunnen vorbei und dann eine schmale Treppe hinauf.

Als der Lochhüter die Tür zu einem Nebeneingang des Rathauses entriegelt und ihn ins Freie entlassen hatte, blieb Fuchs abrupt stehen. Das Tageslicht stach ihn in die Augen. Aber auch die Geräusche, die sich zu einer Kakophonie von Hufgeklapper, Rädergeratter und Geschrei vermischten, verunsicherten ihn. Ganz abgesehen vom körperlichen Ungemach, beschäftigte ihn die Frage, wohin er sich überhaupt wenden solle. Geld besaß er keines mehr, und Wertvolles, das sich versilbern ließ, enthielt sein Reisesack nicht. Wie, um alles in der Welt, sollte er nach Leipzig kommen?

Halbblind vor Tränen versuchte er sich zu orientieren, als ihn jemand am Arm packte. »Seid Ihr es wirklich, Magister Fuchs?«, fragte eine raue Männerstimme. »Der Lochschöffe versicherte mir, dass Ihr heute Vormittag entlassen werdet. Aber als Ihr aus dem Tor gestolpert kamt, wollte ich meinen Augen nicht trauen! Was haben Euch die Pfeffersäcke angetan?« Der Magister spürte, wie sich der Griff um seinen Arm verstärkte. Er war noch immer nicht in der Lage, mehr als verschwommene Umrisse auszumachen, doch die Stimme kannte er, daran bestand kein Zweifel. »Dorndorf! Wie zur Hölle kommt Ihr nach Nürnberg?« Den Mann musste der Himmel geschickt haben! Aber dann schoss es Fuchs durch den Kopf, dass es dafür nur einen Grund geben konnte: »Sophia!«, stieß er hervor. »Ist ihr oder dem Kind etwas zugestoßen?« Eiskalte Angst schnürte ihm den Atem ab. Der Reisesack entglitt seiner Hand. »Redet!«, keuchte er.

Der Maler packte ihn an den Schultern. »Ich weiß es nicht.« Dorndorfs Stimme klang gepresst. »Sie sind weder in Leipzig noch daheim in Pirna.« Heinrich Fuchs spürte den Boden unter seinen Füßen wanken, und dann wurde es um ihn Nacht.

Als er wieder zu sich kam, blickte er in zwei Gesichter, die sich über ihn beugten. Das eine mit den besorgten blauen Augen, der langen Nase und dem kurzen blonden Bart gehörte Niklas Dorndorf. Das andere – weniger ansehnlich, deutlich älter und mit kurzsichtig blinzenden Äuglein – verzog sich zu einem überlegenen Lächeln. »Hab ich's Euch nicht gesagt? Der wird wieder!« Der Mann schlug Fuchs auf die Wange und half ihm dann auf. Sein schütteres Haar war ebenso feucht wie sein Hemd, und die Jacke hatte er sich um die Schultern gelegt wie jemand, der in aller Eile aus dem Haus gerufen worden war. »Was er nun braucht, ist ein warmes Bad, Wein und Essen sowie eine Rasur. All das bekommt Ihr für ein paar Groschen in meiner Badestube, gleich dort um die Ecke!« Er zeigte nach links und zwinkerte dem Maler zu, der erleichtert aufatmete und durch Nicken sein Einverständnis kundtat. Der Magister spürte, dass sich die Vorschläge des Baders mit seinen eigenen Bedürfnissen deckten So schwieg er dazu und ließ sich von den beiden unterhaken. Nur eine Frage quälte ihn noch mehr als die Schwäche seines Leibes, und während ihn die beiden in die nächste Gasse schleppten, wandte er sich an Dorndorf. »Was wisst Ihr über Sophias Aufenthaltsort?«

Das Gesicht des Malers verdüsterte sich. Er presste die Lippen aufeinander und atmete ein paar Mal ein und aus, bevor er zu reden begann. »Meister Cranach schickte mich im August an den Hof nach Dresden, um ein Bild abzuliefern. Die Rückreise machte ich über Leipzig, um mich gemäß Eurer Bitte nach dem Wohlergehen Eures Weibes zu erkundigen. Ihre Tante empfing mich.«

»Also war sie von ihrem Sturz wieder gänzlich genesen?«, fragte Fuchs. Dorndorf zuckte mit den Schultern. »Auf mich wirkte sie vollkommen gesund. Nachdem ich ihr mein Anliegen vorgetragen hatte, begann sie furchtbar zu keifen.« Er streifte den Bader, der seine Erzählung interessiert verfolgte, mit einem Blick. »Was sie genau sagte, möchte ich nicht gern wiederholen. Als ich begriff, dass sie keine Ahnung hatte, was mit ihrer Nichte geschehen war, versuchte ich sie davon zu überzeugen, dass ich ihren Mann sprechen müsse. Aber der war in Geschäften unterwegs. Ein alter Diener, der als Einziger in diesem Haus nicht von Sophias sündigem Lebenswandel überzeugt zu sein schien, verhalf mir schließlich zu einem Gespräch mit ihrem Vetter.« Fuchs blieb stehen und packte den Arm des Malers. »Was hat der gesagt?«, drängte er und musste husten. Dorndorf lachte unfroh. »Mit ihm konnte ich vernünftig reden. Ich erzählte ihm das wenige, das ich wusste, und er versprach mir, seine Kontakte als Kaufmann zu nutzen, um Nachforschungen in Böhmen anzustellen.«

»In Böhmen? Wie zum Teufel kommt Ihr darauf, Sophia könnte in Böhmen sein?«, stieß Fuchs hervor. Er zitterte mittlerweile am ganzen Leib und konnte sich kaum noch auf den Beinen halten, als ihn ein weiterer Hustenanfall schüttelte. »Erinnert Ihr Euch an den Abend, nachdem ich aus der Fronfeste entlassen worden war?«, fragte Dorndorf. In seinen Augen lag ein gehetzter Ausdruck. Selbst in seinem desolaten Zustand konnte der Magister erkennen, dass der Mann ebensolche Angst hatte wie er selbst. »Ja«, sagte Fuchs, als er wieder genug Luft bekam. »Sehr genau!«

Der Maler nickte und murmelte: »Beachtlich, wenn man bedenkt, dass Ihr sturzbetrunken wart.« Dann begann Dorndorf in den Taschen seiner Pluderhose zu wühlen. »Als ich nach dem Besuch bei Euch in meine Kammer im Wirtshaus zurückkehrte, gab der Wirt mir diesen Brief.« Er förderte ein zerknittertes Papier zutage, das er entfaltete. »Sophia hatte auch an mich geschrieben. Aber ihr letzter Satz klang merkwürdig. Hört selbst!« Er begann hastig zu lesen: »Während du nach Wittenberg gehen musst, um dein Ziel zu erreichen, führt mein Weg mich in die entgegengesetzte Richtung.« Fuchs, dem es immer schwerer fiel, sich zu konzentrieren, zuckte hilflos mit den Schultern.

»Ja, begreift Ihr denn nicht?« Dorndorf wedelte mit dem Brief vor seiner Nase. Fuchs brauchte einen Augenblick, um die Informationen zu verarbeiten, dann keuchte er entsetzt auf. »Osten! Sie war nach Osten unterwegs!« Der Maler nickte so heftig, dass ihm das federgeschmückte Samtbarrett in die Stirn rutschte. Er nahm es ab und hielt es achtlos in der Hand, während er Fuchs anblickte. »Ergo ist sie nach Böhmen gereist«, sagte er. Der Magister, in dessen Ohren es zu rauschen begann, schüttelte den Kopf. »Aber warum denn nur?«, stammelte er.

»Und warum hat sie mich darüber belogen?« Seine Hand suchte Halt an der Schulter des Baders, der das Gespräch bisher schweigend belauscht hatte. »Ich glaube nicht, dass sie Euch belogen hat«, widersprach Dorndorf, wurde aber im nächsten Augenblick energisch unterbrochen. »Ich bitte Euch, mein Herr!« Der Bader deutete auf Fuchs, der gegen eine weitere Ohnmacht ankämpfte. »Seht Ihr denn nicht, dass Euer Freund nicht mehr imstande ist, Euch zuzuhören? Wir sollten ihn rasch in die Badestube bringen, wo er sich erholen kann. Alles andere muss warten!«

»Ihr habt recht.« Dorndorf klang zerknirscht, während er Fuchs auf der anderen Seite unterhakte und sie sich erneut in Bewegung setzten. Mühsam setzte der Magister einen Fuß vor den anderen. Die energische Art des Baders ließ ihn an seinen Freund Meister Arnold denken. Was Valentin wohl zu all dem gesagt hätte?

Zum Glück war die Badestube nicht mehr weit, und nachdem der Magister mit einem Teller Hühnersuppe und einem Becher Wein versorgt im warmen Wasser saß, kehrten seine Lebensgeister allmählich zurück. Der Maler hockte neben dem Holzzuber auf einem Schemel und beobachtete, wie Fuchs die Suppe schlürfte. Zu dieser Stunde war es in der Badestube noch ruhig, sodass sie ihre Unterhaltung ungestört fortsetzen konnten.

»Warum glaubt Ihr, Sophia habe mich nicht belogen?« Fuchs schob die leere Suppenschüssel fort, lehnte sich zurück und tauchte bis über die Schultern in das herrlich warme Wasser. »In dem Brief, den sie mir geschrieben hatte, stand doch etwas ganz anderes als in dem Brief an Euch!«

Dorndorf beugte sich vor und stützte die Unterarme auf seine Oberschenkel. »Weil mir der Wirt, der mir den Brief damals aushändigte, erzählte, dass zuvor schon jemand nach einer Nachricht für mich gefragt habe.« Fuchs setzte sich auf. »Wisst Ihr, wer das war?« Die Augen des Malers verengten sich zu

Schlitzen, zwischen denen kalter Stahl hervorblitzte. »Der Stadtschreiber!«

»Schumann?« Dorndorf biss die Zähne zusammen, und seine Kiefer begannen zu mahlen. Der Magister starrte ihn an, während sich die Gedanken in seinem Kopf überschlugen. »Ihr meint, er hat den Brief an mich gefälscht?«

»Ja!« Die Mordlust stand dem Maler nun ins Gesicht geschrieben. »Auf meinem Rückweg nach Wittenberg hatte ich genug Zeit, um nachzudenken«, sagte er. »Inzwischen bin ich davon überzeugt, dass niemand anders als Wolf Schumann der Hintermann ist, der Kunz angestiftet hat, das Buch aus Sophias Vaterhaus zu stehlen. Natürlich erst, nachdem er Kunz befohlen hatte, mich aus dem Weg zu räumen.« Er knirschte mit den Zähnen.

Fuchs holte Luft und schlug mit der Faust gegen den Rand des Zubers. »Ich hätte es ahnen müssen«, rief er. »Die wenigen Briefe, die ich aus Leipzig erhielt, klangen so gar nicht nach Sophia! Sie waren knapp und kalt, und niemals erzählte sie darin von ihrem Sohn.« Er stieß ein bitteres Lachen aus. »Sie schienen nur aus dem Zweck geschrieben zu sein, mich von ihr fernzuhalten.« Mit beiden Händen fuhr er sich ins Haar und zerrte daran. »Oh, was für ein Narr ich war, darauf hereinzufallen!« Ein jäher Schmerz wütete hinter seinem Brustbein, presste ihm die Luft aus der Lunge und ließ ihn aufstöhnen. Er hörte etwas poltern, dann beugte sich Dorndorf über ihn und packte seine Arme. »Meister Erdinger!«, brüllte der Maler. »Kommt schnell! Mein Freund braucht Eure Hilfe!«

Der Magister schnappte nach Luft, seine Finger krallten sich in das nasse Haar auf seiner Brust. »Herr im Himmel, hilf«, keuchte er. Todesangst überkam ihn, und ein verschwimmender Blick suchte den des Malers. »Sophia – Ihr müsst – sie finden.«

Kapitel 37

Die Tage nach Hannas Offenbarung, waren für die Freundinnen nicht einfach gewesen. Beide hätten in dieser Lage Zeit und Raum benötigt, um darüber hinwegzukommen, was geschehen war. Doch bei der Arbeit auf dem Hof und erst recht in der engen Kammer, die sie mit den Kindern teilten, konnten sie einander nicht aus dem Weg gehen. Obwohl Sophia von Anfang an bereit war, alles zu verzeihen, wozu Schumann ihre Freundin genötigt hatte, wurde Hanna von ihrer Scham darüber fast erdrückt. Sophia wiederum fand den Umgang mit einem Menschen, der ihr nicht in die Augen sehen, geschweige denn mehr als zwei Sätze mit ihr sprechen konnte, sehr anstrengend. Sie mussten beide in wenigen Tagen eine Wahl treffen und hatten den Beistand der anderen bitter nötig. Es gab Augenblicke, da hätte Sophia ihre Freundin am liebsten gepackt und geschüttelt, weil sie es nicht aushalten konnte, Hanna leiden zu sehen. Zwei Tage bevor das Ultimatum der Ältesten auslief, beschloss sie zu handeln.

Sie waren beide zum Küchendienst eingeteilt worden, und als sich Hanna auf den Weg zum Gemüsekeller machte, um Kohl und Zwiebeln für das Mittagsmahl zu holen, folgte Sophia ihr. Unten in der dunklen Kühle setzte sie sich mitten auf die schmale Stiege. »Wofür hast du dich entschieden?«, fragte sie unumwunden. »Ich werde Johann nicht heiraten, sondern gemeinsam mit dir und den Kindern den Hof verlassen«, sagte Hanna leise. »Du weißt, dass ich das nicht will!«, erklärte

Sophia mit Nachdruck. »Gestern habe ich mit Doktor Lienhard gesprochen. Er hat mir angeboten, mit den Kindern in sein Haus zu ziehen. Ich kann ihm den Haushalt führen. Du siehst, für uns ist gesorgt.«

»In der Welt draußen giltst du als Witwe«, brachte Hanna vor. »Man würde sich dennoch bald das Maul über euch zerreißen. Das Ansehen des Doktors würde leiden und deines erst recht. Nein, ich werde mitkommen.«

»Hanna«, mahnte Sophia. »Bedenke, du könntest stattdessen einen Mann heiraten, den du liebst und achtest. Du könntest eigene Kinder haben – in Liebe empfangene Kinder!« Im Halbdunkel sah sie, wie Hanna abwehrend den Kopf schüttelte. »Du verstehst das nicht!«

»Dann erkläre es. Bitte!«, sagte Sophia mit Nachdruck. »Obwohl ich Johann liebe, weiß ich jetzt, dass ich mich nicht dazu überwinden könnte, ihn in mein Bett zu lassen.« Abgrundtiefe Traurigkeit schwang in Hannas Stimme. »Vielleicht werde ich niemals dazu bereit sein.« Sophia erhob sich und schloss ihre Freundin fest in die Arme. In ihrer Brust tobten widerstreitende Gefühle. Doch als sie spürte, dass Hanna nach einem Augenblick des Zögerns zumindest ihre Umarmung erwiderte, atmete sie auf.

Ihr Umzug ins Haus des Doktors sollte an einem grauen, trüben Novembertag erfolgen. Obwohl Lienhard den Glauben der Brüder und Schwestern in Christo teilte, zog er es vor, nicht auf einem der Brüderhöfe zu wohnen. Sophia, die ihn mittlerweile recht gut kannte, wusste, dass er Wert darauf legte, in jeder Hinsicht sein eigener Herr zu bleiben. Jeremias würde am frühen Nachmittag mit dem Wagen kommen, um sie, Hanna und die Kinder zu Lienhards Haus zu bringen. Ihre wenigen Sachen hatte Sophia längst in der Truhe verstaut, deren doppelter Boden noch immer das Buch und ihre Übersetzung barg. Sophia hatte Bruder Georg am Morgen eine stark gekürzte Fassung davon übergeben. Ihr Abschied von Bruder Nikolaus hatte länger gedauert. Weil sie wusste, dass der Alte sie und ihre Kinder als Teil seiner Familie betrachtete, fiel es ihr schwer, ihn zurückzulassen.

Nun machte sich Sophia auf den Weg, um von Christoph und Filomena Abschied zu nehmen. Sophia hatte die Werkstatt fast erreicht, da vertrat ihr ein kleiner, unscheinbarer Mann in einem geflickten Umhang den Weg. »Gott sei mit dir, Schwester!« Er kramte umständlich in einer Tasche, die über seiner Schulter hing. Sophia erinnerte sich, dass sie ihn kannte. Er hieß Matthias und war einer jener Männer, die die Gemeinden zu Beginn des Frühlings aussandten, damit sie verfolgten Glaubensbrüdern den Weg nach Mähren, in die Sicherheit eines Bruderhofes, wiesen. »Ich habe eine Nachricht für dich, die mir jemand in Prag gegeben hat. Sie kommt aus Pirna an der Elbe.« Er runzelte die Stirn, während er die Briefe in seiner Hand einen nach dem anderen musterte und sie dann wieder in seine Tasche steckte. Endlich schien Matthias den richtigen gefunden zu haben, denn seine Stirn glättete sich und ein Netz aus Lachfältchen umstrahlte in seine Augen. »Hier, das ist der Brief!«

Sophias Herz begann wild zu klopfen, und ihre Hand bebte, als sie ihn entgegennahm. Ein Brief aus Pirna – das konnte nur eins bedeuten: Heinrich hatte ihr endlich geantwortet! Das gefaltete, mit Wachs gesiegelte Papier, das Matthias ihr überreichte, war fleckig und zerdrückt von der langen Reise. So schnell ihre Beine sie trugen, eilte Sophia nach einem gemurmelten Dank zurück ins Haupthaus. Sie wollte allein sein, wenn sie den Brief las. Oben in der leeren Kammer zitterten ihre Finger so stark, dass es ihr nicht sofort gelang, das Siegel zu lösen und den Brief zu öffnen. Sie hatte geglaubt, sich damit abgefunden zu haben, dass Heinrich ihr nicht verzeihen konnte. Doch der Aufruhr, den dieser Brief in ihr verursachte, zeigte, dass das nicht stimmen konnte.

Bevor sie ihn endgültig öffnete, schloss sie die Augen, holte Luft und atmete langsam wieder aus. Dabei rief sie sich das Gesicht ihres Ehemanns vor Augen: Seine schmalen Wangen, auf denen immer ein Bartschatten lag, selbst dann, wenn er sich gerade erst rasiert hatte, die leicht gebogene, lange Nase, den großzügigen Mund, der sich oft humorvoll kräuselte, wenn er mit ihr sprach, die scharfen Kerben neben seinen Mundwinkeln, die klugen dunklen Augen unter den kräftigen Brauen, die ebenso schwarz waren wie sein störrisches Haar. Sehnsucht durchdrang sie mit der Vehemenz eines plötzlich auftretenden körperlichen Schmerzes.

Mit ihrer heimlichen überstürzen Abreise, musste sie ihn viel stärker verletzt haben, als sie zunächst angenommen hatte – anders konnte sie sich sein Schweigen in den letzten zwei Jahren nicht erklären. Was mochte ihn nun bewogen haben, dieses Schweigen zu brechen? Vielleicht kündigte er gar sein Kommen an und war schon auf dem Weg hierher?

Sie griff nach dem Brief und entfaltete ihn. Beim ersten Blick auf die steilen großzügigen Buchstaben blinzelte sie überrascht. Obwohl ihr die Schrift bekannt vorkam, wusste sie sofort, dass es nicht die ihres Ehemannes war. Der Magister schrieb viel kleiner und für gewöhnlich auch nicht so leserlich. Überdies wechselte er häufig vom Deutschen ins Lateinische, wenn er glaubte, einen Gedanken so besser ausführen zu können.

Noch bevor die Unterschrift es ihr bestätigte, wusste Sophia schon, wer der Verfasser der Nachricht war. Der Schreck fuhr ihr in die Eingeweide, als sie begriff, dass sich etwas Außerordentliches ereignet haben musste, wenn sich Valentin Arnold die Mühe machte, ihr einen Brief nach Mähren zu senden. Sie fand ihre böse Vorahnung bestätigt, nachdem sie die wenigen Zeilen überflogen hatte: Heinrich hatte vor etlichen Wochen einen Schlaganfall erlitten. Da es nur ein leichter Schlag war, war der Bader zunächst davon ausgegangen, dass Heinrich sich bald vollkommen davon erholen würde. Doch inzwischen seien etliche Wochen ins Land gegangen, und noch immer weigere der Magister sich, das Haus zu verlassen und sein gewohntes Leben wieder aufzunehmen. Meister Arnold vermutete nun, dass das nur mit einem Mangel an Lebenswillen zusammenhängen könne. Er bat Sophia, so schnell wie möglich zurückzukehren. Es sei das Schlimmste zu befürchten, sollte sich Heinrichs Zustand vor Einbruch des Winters nicht grundlegend bessern.

Wie betäubt starrte Sophia auf den Brief. Sie hatte ihren anstehenden Umzug ins Haus des Doktors völlig vergessen. Im Augenblick beschäftigte sie nur eine Frage: Wie konnte sie so schnell wie möglich nach Pirna gelangen? Sie musste zurück, koste es, was es wolle, um dem Menschen, den sie nach Justus und Clara am meisten liebte, seinen Lebensmut zurückzugeben!

»Mama!« Sophia hatte nicht bemerkt, wie die Zeit vergangen war. Hanna stand mit den beiden Kindern in der Tür. Clara drückte ihr Lumpenpüppchen an sich, während Justus zwei seiner geliebten Holztiere in den Händen hatte. »Jeremias ist soeben mit dem Wagen eingetroffen«, sagte Hanna. »Er hat die Truhe aufgeladen, und sobald die Kinder warm angezogen sind, können wir fahren.«

»Nein, das können wir nicht«, flüsterte Sophia. Justus schien nichts von den Nöten seiner Mutter zu bemerken, denn er erklomm mit seinen kurzen Beinchen das Bett und warf sich mit einem freudigen Jauchzer in ihre Arme.

Dabei landete der Brief auf dem Boden. Hanna setzte Clara ab und hob das Blatt auf. Als sie es auf das Bett legen wollte, forderte Sophia sie mit einer stummen Geste zum Lesen auf. Inzwischen hatte auch Clara ihren Schoß erklommen und kuschelte sich gemeinsam mit dem Bruder an ihre Mutter. Indem Sophia ihre Nase in den seidenweichen Haaren ihrer Kinder vergrub und den tröstlichen Duft einsog, den die kleinen Körper in ihren Armen verströmten, gelang es ihr, den ersten Schreck über Arnolds Nachricht zu verarbeiten. Nötiger als je zuvor brauchte sie jetzt Hannas Unterstützung! Ohne die Kinder würde sie schneller reisen. Doch konnte sie es wagen, sie hierzulassen? Über Justus' blonden Kopf hinweg beobachtete sie, wie Hanna blass wurde und schließlich erschrocken die Hände vor den Mund schlug. »Gütiger Gott, steh uns bei!« Hanna suchte Sophias Blick. »Was sollen wir tun?«

Sophia holte tief Luft. Sie setzte ihre Kinder auf den Boden und erhob sich. »Ich muss sofort nach Pirna reisen!«, erklärte sie. Hanna rang verzweifelt die Hände. »Nein, das darfst du nicht! Der Brief könnte eine Fälschung sein. Schumann könnte ihn verfasst haben, nachdem ihm klarwurde, dass er nicht mehr auf meine Hilfe zählen kann, um an das Buch zu kommen. Ich habe dir erzählt, dass er zu allem bereit ist, um an das Wissen zu gelangen, das es enthält.«

Sophia nahm den Brief vom Tisch. Was Hanna da vorbrachte, klang einleuchtend. Aber verhielt es sich auch wirklich so? »Wenn deine Vermutung falsch ist, überantworte ich meinen Mann dem Tod, indem ich hierbleibe«, sagte sie leise. Hanna nickte und verzog gequält das Gesicht. »Daher bleibt mir gar nichts übrig, als mir ein eigenes Bild von all dem zu machen. Dazu muss ich nach Pirna«, sagte sie entschlossen. »Ich würde es mir nie verzeihen können, wenn Heinrich – krank und elend – vergeblich dort auf mich wartete. Daher werde ich das Risiko, in eine Falle des Stadtschreibers zu tappen, eingehen müssen.« Sie warf einen Blick auf ihre spielenden Kinder. »Aber du und die Kinder, ihr dürft unter keinen Umständen in Schumanns Reichweite gelangen!« Hanna runzelte die Stirn. »Du willst uns hierlassen?« Sophia, die mittlerweile zu einem Entschluss gekommen war, schüttelte den Kopf. »Der Stadtschreiber ist ein skrupelloser Mann, und solange er weiß, wo er euch finden konnte, seid ihr in Gefahr. Deshalb musst du mit den Kindern nach Leipzig reisen. Bei meinem Onkel Laurenz seid ihr vor Schumann sicher.«

In diesem Augenblick klopfte es, und Jeremias trat durch die Tür. »Wo bleibt ihr?«, erkundigte er sich. »Der Gaul wird langsam ungeduldig.« Doch dann fiel sein Blick auf den Brief, den Sophia noch immer in ihrer Hand hielt. »Schlechte Nachrichten?«, frage er besorgt. Sophia nickte. »Aber du könntest uns vielleicht helfen«, fuhr sie fort, »indem du uns nach Prag bringst.«

Der Schreiner riss die Augen auf. »Was denn – jetzt gleich?« Sophia nickte. Mit Jeremias an ihrer Seite, würde die Reise durch Böhmen und Mähren, wo König Ferdinand gerade seine Truppen versammelte, wesentlich sicherer werden. Sophia wollte so schnell wie möglich zu Vladislav, dem böhmischen Kaufmann, dessen Gastfreundschaft sie bereits vor zwei Jahren in Anspruch genommen hatten. Sie war davon überzeugt, dass sie sich auch jetzt auf seine großzügige Hilfsbereitschaft verlassen konnte. Er würde einen Weg kennen, auf dem sie so rasch wie möglich nach Pirna kommen konnte. Und er würde vielleicht auch wissen, wie Hanna und die Kinder sicher nach Leipzig gelangen konnten.

Kapitel 38

Wolf Schumann blieb einen Augenblick auf der steilen Treppe stehen, die in den Ratskeller hinabführte. Er musste sich erst an das Halbdunkel gewöhnen, das unzureichend von Fackeln erhellt wurde, die ringsum in eisernen Halterungen an den Wänden befestigt waren. Der Qualm reizte seine Augen. Vermischt mit Schwaden von Schweiß und Bier ergab sich daraus ein Geruch, der Kleidung und Haar tagelang anhaftete. Wie immer nach einem erfolgreichen Markttag war die Trinkstube gut besucht. Auf der linken Seite des Raums, wo sich die Handwerksgesellen und das einfache Volk drängten, war kaum noch ein freies Plätzchen auszumachen. Nachdem sich heute in der Stadt herumgesprochen hatte, dass der Kurfürst Johann Friedrich mit seinen Truppen auf dem Weg nach Sachsen war, redete man sich allenthalben beim Bier die Köpfe heiß. Von oben hörten sich die Gespräche der Zecher an wie das bedrohliche Summen eines Bienenschwarms, an dessen Stock sich ein Bär zu schaffen machte.

»Stadtschreiber, kommt, setzt Euch zu uns!« Die befehlsgewohnte Stimme des Kämmerers schaffte es mühelos, zu Schumann durchzudringen. Er sah nach rechts und bemerkte, dass auch die Tische der wohlhabenden Handwerksmeister, Kaufleute und Ratsherren voll besetzt waren. Aber Alex Walter rückte einen freien Stuhl an den Tisch, an dem er mit Nickel Nack, dem Weinherrn, und Spitalmeister Kadener saß. Kaum hatte Schumann sich darauf niedergelassen, rief der Kämmerer nach der Wirtin. »He, Leichtin!« Er winkte der beleibten Pächterin der Trinkstube zu, die gemeinsam mit ihren Schankmägden zwischen den Tischen hin und her eilte. »Bringt uns noch eine Kanne Ungarwein und ein frisches Glas für den werdenden Vater!« Dann drehte er sich zu Schumann um. »Oder darf man womöglich schon gratulieren?«

Schumann schüttelte den Kopf. »Nein, das Kind ist noch nicht da. Euer Weib versicherte mir vorhin, dass es durchaus noch ein oder zwei Stunden dauern könne.«

»Wenn das so ist, tut Ihr gut daran, hier mit uns zu trinken anstatt allein daheim!« Ratsherr Nack, der bereits zwei Enkel hatte, schlug ihm gutmütig auf die Schulter. Was, wenn Agnes auch diesmal nicht in der Lage sein wird, mir den ersehnten Sohn zu schenken, dachte Schumann, während er nach dem Glas griff, das die Wirtin inzwischen vor ihn hingestellt hatte. Er leerte es fast in einem Zug. Kämmerer Walter, der am besten wusste, dass Schumann sonst nur mäßig trank, verzog das Gesicht. Dennoch schenkte er dem Stadtschreiber aus der vergoldeten Kanne mit dem Pirnschen Stadtwappen nach. Die beiden anderen Ratsherren setzten, unbeeindruckt von der düsteren Miene des werdenden Vaters, ihr Gespräch fort.

»Das Stadtsäckel hat heute reichen Zufluss erhalten«, erklärte Nack zufrieden. »Im Hafen sind am Morgen gleich mehrere große Kähne vor Anker gegangen. Die Ladeknechte hatten seit dem Öffnen der Tore ununterbrochen damit zu tun, die Fracht zur Waage zu schaffen.« Der Ratsherr, der auch Aufseher über den Handel an der Elbe war, lehnte sich zufrieden zurück und faltete die Hände über seinem stattlichen Bauch. Spitalmeister Kadener hob sein Glas und lächelte. »Da wird wohl ein hübsches Sümmchen an Zoll und Niederlagegeldern zusammengekommen sein. Nicht zu vergessen die Torgelder und der Geleitzins – sind die Landstraßen doch seit Neustem wieder ziemlich unsicher.« Er schaute zu Alex Walter, der noch immer die Weinkanne in der Hand hatte und nachdenklich auf das Wappen mit dem Löwen und dem Birnbaum blickte. »Darüber müsstet Ihr Euch doch am allermeisten freuen, Stadtkämmerer!«

Walter stellte die Kanne vorsichtig auf den Tisch. »Sollte ich das, ja?« Die dunklen Augenbrauen über seinen wässrigen blauen Augen zogen sich finster zusammen. »Womöglich war das heute der letzte erfolgreiche Markttag für lange Zeit. Der Krieg rückt uns näher auf den Pelz.« Walter nahm einen Schluck aus seinem Kelch. »Im Grunde stecken wir mittendrin, seit sich Herzog Moritz entschloss, die kaiserliche Reichsacht an Kurfürst Johann Friedrich zu vollstrecken.« Er setzte das Glas hart auf den Tisch. »Wenn wir dabei doch wenigstens auf der Seite unserer Glaubensbrüder stehen könnten«, fügte er leise hinzu.

Schumann nickte. Er wusste, wie empört der Kämmerer und ein paar andere Ratsherren im Oktober gewesen waren. Am Dresdener Hof hatte man sich hinter vorgehaltener Hand erzählt, dass der Kaiser dem Herzog in Prag die Kurfürstenwürde zugesichert habe. Schumann hatte bei seiner Rückkehr aus der böhmischen Hauptstadt alles darangesetzt, die Gerüchteküche mit seinen Berichten weiter anzuheizen. Kurz darauf hatte Moritz mit seinen Truppen tatsächlich Zwickau und einen Teil der Kurlande besetzt.

»Der Kämmerer hat recht«, sprang Schumann seinem Verwandten zur Seite. »Und inzwischen ist überall die Rede davon, dass der Kurfürst mit seinem Heer inzwischen aus Süddeutschland aufgebrochen sei und schon auf Magdeburg zumarschiere.«

»Aber er kommt allein«, betonte Nickel Nack. »Überdies geht ihm das Geld aus, nachdem König Ferdinand die kursächsischen Silberstädte im Gebirge besetzt hat.« Der Ratsherr klang herausfordernd.

»Er wird darum umso entschlossener sein, sich die Städte und Gebiete zurückzuholen, die Moritz und König Ferdinand ihm genommen haben«, knurrte der Kämmerer gereizt. »Bedenkt außerdem, seine Truppenstärke ist der des Herzogs überlegen!«

»Doch schon bald wird Kaiser Karl kommen, um Moritz zu unterstützen«, beharrte Nack.

»Ach, der Kaiser!« Der Kämmerer verzog das Gesicht, als würde er unter Zahnreißen leiden. »Vorläufig hat der im Süden immer noch alle Hände voll zu tun.«

Nickel Nack schüttelte ungeduldig den Kopf. Dabei breitete er die Hände aus und hielt sie dem Kämmerer hin, als könnte dieser darin die Wahrhaftigkeit der folgenden Worte erkennen. »Aber genau das sage ich doch! Johann Friedrich fehlt der militärische Weitblick, sonst hätte er auf den Landgrafen gehört, der zunächst gemeinsam mit ihm und den anderen Bundesgenossen den Krieg im Süden beenden wollte. Ihr werdet schon noch sehen, dass der Kaiser jetzt mit dem Württemberger und dem Pfälzer ebenso kurzen Prozess macht wie mit den reichsfreien Städten!«

»Man könnte ja fast meinen, Ihr wäret in Eurem Herzen katholisch geblieben, Nack, so wie Ihr hier die Lanze für den Spanier brecht«, mischte sich Simon Kadener in das Gespräch. Dem kleinen Spitalmeister gefiel es, seinen Kollegen zu provozieren, das zeigte das belustigte Funkeln seiner Augen.

Schumann verfolgte den Disput mit wachsendem Interesse und vergaß darüber sogar für kurze Zeit die Sorge um die glückliche Geburt seines Erben. Er selbst war so gut evangelisch wie jeder andere brave Bürger Pirnas und wünschte sich von ganzem Herzen einen Sieg des Kurfürsten – weniger aus religiösen Motiven, sondern um Carlowitz endgültig loszuwerden. Nach wie vor war er bereit, dafür beinah alles zu tun. Jedes abfällige Wort, das er hier in Pirna gegen den Herzog aufschnappte, teilte er Margaretha von Bünau mit, die unermüdlich Briefe an Elisabeth von Sachsen schrieb. Seit seiner Rückkehr aus Prag stellte sich Schumann gern vor, wie es wäre, wenn der Kurfürst den Krieg erst einmal zu seinen Gunsten entschieden hätte. Seine Treue würde belohnt werden, und er sah sich bereits auf dem Stuhl des Bürgermeisters sitzen.

»Oder was meint Ihr dazu, Stadtschreiber?« Schumann schrak aus seinen Gedanken. Die Frage, die Nack ihm zuvor gestellt haben musste, hatte er nicht einmal ansatzweise mitbekommen. »Verzeiht!«, murmelte er. Doch der Ratsherr lachte nur und winkte ab. »Schon gut, Schumann, schon gut! Glaubt mir, ich weiß sehr genau, wie einem Mann zumute ist, wenn das Weib daheim in den Wehen liegt.« Er nahm den Krug und füllte die leeren Gläser seiner Tischgenossen. »Trinkt, Freund Schumann, das hilft, in einem solchen Fall am besten, die Zeit zu überstehen!« Die Männer lachten und prosteten Schumann zu. »Möge Gott Euch einen prächtigen Stammhalter schenken oder noch eine Tochter, die so schön wird, dass Ihr nicht mal eine Mitgift braucht, um sie dereinst unter die Haube zu bringen!«, rief Alex Walter.

Dankbar lehnte sich Schumann mit dem Weinglas in der Hand zurück, nachdem er sich davon überzeugt hatte, dass tatsächlich keiner am Tisch ernsthaft erwartete, dass er dem weiteren Verlauf des Gesprächs folgte. Still sprach er ein Gebet dafür, dass sein Weib nun endlich eines gesunden Knabens genesen möge, und anschließend noch eins dafür, dass Christoph von Carlowitz Dresden auch weiterhin fernbleiben möge. Gegenwärtig, so hatte er gehört, reiste der herzogliche Rat fast ununterbrochen im Land umher. An einem Tag besichtige er gemeinsam mit dem Herzog die Befestigungsanlagen irgendwo im Vogtland, am nächsten sei er bereits auf dem Weg nach Süden, um Kaiser Karl eine Botschaft von Moritz zu überbringen. Für das Gelingen des Plans, den Schumann in Prag ersonnen hatte, um die Fuchsin und die Übersetzung des Buches endlich die Finger zu bekommen, war das unabdingbar.

»Seht mal, Schumann!« Der Kämmerer berührte ihn an der Schulter und deutete auf die Treppe. »Ist das nicht Euer Hausknecht?« Noch ehe Schumann reagieren konnte, rief Walter: »He! Hierher, Bursche!«

An dem Eifer, mit dem Michel sich seinen Weg durch die lauten Zecher bahnte, erkannte der Stadtschreiber, dass sein Warten jetzt ein Ende hatte. Er erhob sich von seinem Stuhl, noch bevor der Knecht den Tisch erreichte.

»Ich soll Euch holen!«, verkündete Michel keuchend. »Und ich soll ausrichten, durch Gottes Gnade wurde Euch soeben eine gesunde Tochter geboren!«

»Noch eine Tochter, sagst du?« Michel nickte. Schumann seufzte. Er spürte, dass die angespannte Erwartung der letzten Stunden von ihm abfiel, die erhoffte Freude jedoch ausblieb. Kaum achtete er auf Michels Antwort, als Alex Walter sich nach dem Wohlergehen der jungen Mutter erkundigte. Ein weiteres Mädchen hatte sein Weib ihm geboren statt des ersehnten Erben! Schumann zwang dennoch ein Lächeln auf sein Gesicht und erhob das Glas – schließlich waren die anderen Ratsherren inzwischen ebenfalls aufgestanden, lachten, redeten durcheinander und warteten darauf, mit ihm anzustoßen. Indem er ihnen Bescheid tat, wie es sich geziemte, bemühte er sich, seine Enttäuschung hinunterzuspülen. Doch der gute Ungarwein schmeckte nun schal und sauer.

Kapitel 39

»Ich habe mich heute in einigen deutschen Handelskontoren umgehört.« Vladislav hatte die Tür zu seiner guten Stube aufgerissen, in der Sophia und Hanna am Tisch mit Näharbeiten beschäftigt waren, während die Kinder auf dem Fußboden spielten. In seinem dunklen Bart glitzerten Regentropfen, Nase und Wangen waren von der kalten Luft gerötet. Er rieb sich die klammen Finger und ließ sich in seinen Lehnstuhl fallen. Hanna legte das Nähzeug weg und goss aus einer Kanne neben dem Kamin warmes Bier in einen Becher, den sie dem Hausherrn reichte. »Erzählt!«, forderte Sophia, kaum dass er ausgetrunken hatte. Der stämmige Kaufmann warf den Frauen einen triumphierenden Blick zu. »Was soll ich Euch sagen?« Er goss sich in aller Seelenruhe Bier nach. Sophia hatte begriffen, dass der Böhme gute Nachrichten mitgebracht hatte. Sie gönnte ihm von Herzen, dass er ein wenig im Lichte seiner Tüchtigkeit glänzen wollte. Trotzdem hätte sie ihm am liebsten den Becher aus der Hand gerissen, aus dem er gemächlich einen Schluck nach dem anderen trank, während sie wie auf Kohlen saß. Aber sie mahnte sich zur Ruhe, schließlich war sie hier zu Gast.

Sie war dem Kaufmann unendlich dankbar dafür, dass er sie erneut mit offenen Armen empfangen hatte, als Jeremias sie zwei Tage zuvor an seinem Haus in der Prager Kleinseite abgesetzt hatte. Ihr Blick suchte den von Hanna, die eine Flickarbeit begonnen hatte, nun aber schon seit einer Weile ungeduldig an einem Faden zupfte.

»Heute ist ein großer Geleitszug von Salzhändlern aus Halle drüben in Prag angekommen«, begann der Böhme zu erzählen. »Schon übermorgen wollen sie wieder aufbrechen, notfalls auch ohne eine Fracht für den Rückweg. Als sie am 24. November losfuhren, hatte ihre Stadt gerade Herzog Moritz die Tore geöffnet. Verständlich, dass sie unter diesen Umständen so rasch wie möglich wieder nach Hause wollen.« Er rückte noch ein wenig näher ans Feuer. »Sie haben nichts dagegen, eine Frau und zwei Kinder bis Leipzig mitzunehmen.« Sophia runzelte die Stirn. »Aber wären Hanna und die Kinder dabei wirklich sicher? Immerhin müssten sie bei Leisnig und Grimma durch kurfürstliches Territorium«, warf sie ein. Oft genug hatte sie Karten ihres Vaters betrachtet, auf denen der genaue Verlauf der alten Salzstraßen eingezeichnet war. »Ihr kennt Euch aus!« Vladislav hob anerkennend die Augenbrauen. »Aber die Halloren versicherten mir, bei ihnen wäre jeder Mitreisende so sicher aufgehoben wie in Abrahams Schoß.« Er schenkte ihr ein zuversichtliches Lächeln. »Sie hätten nicht nur Geleitbriefe, die von allen Parteien akzeptiert würden, sondern auch einen Trupp gut ausgebildeter Waffenknechte dabei. Allerdings fürchteten sie, dass diese Männer in den Truppen des Herzogs kämpfen müssen, sobald sie wieder nach Hause kommen.« Sein Lächeln erlosch, und zwei senkrechte Falten erschienen auf seiner Stirn. »Der Krieg macht uns Kaufleuten zu schaffen«, murmelte er. »Und ich fürchte, jetzt geht es bei Euch daheim erst richtig los. Mir ist gar nicht wohl bei dem Gedanken, dass ihr ausgerechnet dahin zurückwollt. Zumal Ihr mir erzählt habt, dass in Pirna dieser Stadtschreiber lauert, der Euch das Buch abnehmen will.« Er sah Sophia besorgt an. »Es würde mir wirklich nichts ausmachen, Euch weiter bei mir zu beherbergen. Mein Haus ist groß genug! An Weihnachten kommt Agnes mit ihrem Mann und dem kleinen Alois zu Besuch. Sie würde sich freuen, Euch wiederzusehen.«

Sophia lächelte. Sie war froh, dass sie sich entschieden hatte, dem Kaufmann bei ihrer Ankunft den wahren Grund ihrer Reise zu enthüllen. »Richtet Ihr Grüße von mir aus! Aber Ihr wisst, dass ich nicht so lange bleiben darf, wenn ich meinen Ehemann lebend antreffen will.«

»Das habe ich mir schon gedacht, aber ich wollte zumindest nichts unversucht lassen, Euch von Eurem Plan abzuhalten. Genau wie Hanna bin ich davon überzeugt, dass der schurkische Stadtschreiber alles daransetzten wird, Euch in seine Gewalt zu bringen, sobald Ihr Pirna betretet.« Der Kaufmann verzog den Mund zu einem gequälten Lächeln. »Dennoch habe ich mich auch für Euch nach einer Mitreisegelegenheit umgehört. Was ich fand, ist allerdings wenig komfortabel, und Ihr müsstet zudem Euer Haar opfern, um Euch als Jüngling zu verkleiden.« Er sah sie um Vergebung heischend an. »Aber Karel, der Schiffer, will schon übermorgen aufbrechen, und vielleicht ist es unter den gegebenen Umständen sogar besser, wenn Ihr Eure Heimatstadt in einer Verkleidung betretet?«

»Was?« Sophia war entsetzt, doch Hanna legte das Flickzeug auf den Tisch und nickte heftig. »Das ist genau das, was du tun musst!«, flüsterte sie beschwörend. »Dann kannst du dich erst einmal unbemerkt davon überzeugen, ob das, was in der Nachricht stand, der Wahrheit entspricht.«

Sophia schüttelte den Kopf. »Als ob eine Frau als Mann durchgehen würde, nur weil sie ihre Zöpfe abschneidet und Hosen überzieht«, rief sie. »Nur ein Blinder oder ein ausgemachter Dummkopf würde sich dadurch täuschen lassen. Männer haben einen anderen Körperbau, sie gehen anders und sprechen anders.«

Vladislav kratzte sich verlegen den Bart. »Das habe ich Karel auch gesagt, aber er beharrte darauf, dass er kein Weib mitnehmen würde, das wie ein Weib aussieht. Er schwor, das würde den Hastrman verlocken, es bei den langen Haaren zu packen und mitsamt dem Kahn in die Tiefen seines Wasserreichs zu ziehen. Schiffer«, fuhr der Kaufmann fort und zuckte mit den Achseln, »sind ein abergläubisches Volk.« Sophia musste lachen, doch sie nickte. »Natürlich, und den böhmischen Wassermann fürchten sie von allen Wassergeistern am meisten! Der Kerl arbeitete schließlich mit allerlei arglistigen Täuschungen, um seine Sammlung von Seelen zu vergrößern, die er in kleinen Töpfchen mit Deckeln in seinem Unterwasserreich aufbewahrt.« Während Hanna sich hastig bekreuzigte, verzog Vladislav das Gesicht zu einem anerkennenden Grinsen. »Für eine Deutsche kennt Ihr Euch erstaunlich gut aus! Doch ist der Hastrman nicht per se ein böser Geist, denn hin und wieder hilft er den Menschen auch – wenn er in Stimmung dazu ist.«

Sophia nagte an ihrer Unterlippe. Sie hatte inzwischen ausgerechnet, dass sie mit einem Kahn bereits in zwei, höchstens drei Tagen in Pirna sein könnte. Dann dachte sie an die gefährlichen Stromschnellen der Elbe im Sandsteingebirge, und ihr wurde mulmig im Magen. Andererseits, der Landweg war auch nicht sicher, bei all dem Kriegsvolk, das gegenwärtig unterwegs war, und er dauerte länger. »Gut«, sagte sie. »Wenn es darum geht, mit der Verkleidung den Hastrman zu täuschen, werde ich mir das Haar abschneiden lassen und Hosen anziehen!«

Bereits an ihrem ersten Reisetag hatte Sophia begriffen, dass die männliche Verkleidung nicht nur beim Verwirren von Wassergeistern hilfreich war. Es war Anfang Dezember, und über der Moldau hatte am Morgen eiskalter Nebel gelegen, der sich in feinen Tröpfchen auf ihrer Kleidung absetzte und sie in kurzer Zeit klamm und schwer werden ließ. Sophia war froh über die hohen Stiefel, die warme Joppe und die dicke Wollmütze. Fröstelnd zog sie ihren Schal bis zur Nase hoch, bevor sie den schwankenden Kahn bestieg.

Schon am Tag zuvor, nachdem Hanna ihr die langen rotbraunen Flechten abgeschnitten hatte und sie probeweise in die weiten Hosen aus derbem Stoff geschlüpft war, hatte sie eine durchaus positive Veränderung wahrgenommen. Sowohl ihr Kopf als auch ihre Beine hatten sich frei und leicht angefühlt, sodass sie es kaum lassen konnte, in der Verkleidung die breiten Treppen im Haus des Kaufmanns hinauf- und hinunterzulaufen und mit großen, raumgreifenden Schritten durch die Zimmer zu eilen. Lachend hatte sie Hanna an der Hand genommen und ein paar Tanzschritte mit ihr probiert. Justus hatte ihr Treiben mit großen Augen und offenem Mund verfolgt. Clara war die Veränderung ihrer Mutter so unheimlich gewesen, dass sie laut zu weinen begonnen hatte. Auch Sophia waren die Tränen gekommen, als sie sich heute, noch vor dem Morgengrauen, über die Köpfe ihrer schlafenden Kinder gebeugt und ihnen einen Abschiedskuss auf die Wangen gehaucht hatte. Wann sie die beiden wiedersehen würde, war nicht vorherzusagen. Gegenwärtig, dafür musste sie keinen Astrologen um Rat fragen, standen die Sterne für ein baldiges Wiedersehen ungünstig.

Sie dachte an den Kristall, den Justus ihr gebracht hatte, als sie die wenigen Sachen, die sie für die Reise brauchte, zu einem Bündel schnürte. Er hatte den funkelnden Stein aus dem Gebirge von Vladislav geschenkt bekommen und seitdem kaum aus der Hand gelegt. »Für dich, Mutter«, hatte er gesagt.

Sophia versuchte, die Erinnerung an den bedrückenden Moment abzuschütteln. Sie konzentrierte sich auf das Wasser, das der Bug des Kahns in glucksende kleine Wellen teilte, und drehte sich hin und wieder zu ihrem neuen Bekannten um.

Karel, der ihr einen Platz vorn in seinem kleinen Kahn zugewiesen hatte, bevor er sich hinten am Steuer niedergelassen hatte, wirkte selbst ein wenig, als wäre er ein Wassergeist. Er war alt, doch seine grünen Augen blickten so klar und frisch wie die eines Kindes in die Welt. Während der Fahrt auf der breiten, gemächlich dahinströmenden Moldau sprach er kaum ein Wort und döste vor sich hin, doch gegen Mittag kam plötzlich Leben in ihn.

Er deutete nach rechts, wo sich zwischen Weinbergen ein weiterer Nebenfluss ins breite Flussbett der Moldau ergoss. Sophia hatte schon vor einer Weile aufgehört, sie zu zählen – stattdessen wartete sie gespannt auf die Stelle, an der die Moldau sich endlich in den Fluss ergießen würde, der sie nach Hause bringen sollte – ihre geliebte Elbe. »Ab hier«, sagte Karel mit weicher Stimme, die durch seinen böhmischen Zungenschlag noch samtiger klang, »fahren wir auf der Elbe weiter.« Sophia drehte sich zu ihm um, weil sie glaubte, sich verhört zu haben. Auf der rechten Seite hinter dem Zufluss erblickte sie die Dächer einer Stadt, bekrönt von einer Burg auf dem Hang. Dann begriff sie, dass das Melnik sein musste, die Stadt der böhmischen Königinnen. Sie rieb sich die klammen Finger und schüttelte ungläubig den Kopf.

»Aber die Elbe ist hier schmaler als die Moldau und führt auch weniger Wasser«, sprach sie das Offensichtliche aus. »Müsste der Fluss nicht weiterhin Moldau heißen?« Karel lachte, wobei sich die Locken seines langen weißen Bartes wie die Wellen des Flusses bewegten. »Worüber du dir Gedanken machst, Weib!« Dann hielt er erschrocken inne und blickte auf das Wasser, als könnte im nächsten Augenblick der Arm des Hastrmans die graue Oberfläche durchstoßen. Doch außer ein paar Wildgänsen, die in Ufernähe schwammen, war nichts zu sehen.

»Oder die Moldau müsste eigentlich Elbe genannt werden«, spann Sophia ihre Überlegungen fort. »Dann sollte die Hauptstadt Böhmens an der Elbe liegen?«

Karel tippte sich an die Stirn. »Die Moldau ist der Strom Prags, so war es schon immer! Die Elbe aber verbindet Böhmen mit dem Rest der Welt.« Er lachte und zeigte dabei erstaunlich spitze weiße Zähne. »Und das ermöglicht mir so manch vorteilhaften Handel!« Sophia, die von Vladislav wusste, dass Karel vor allem Schmuggelware geladen hatte – von süßem spanischem Wein bis hin zu weichen Marderfellen –, fiel in sein Lachen ein. Auch sie sollte von ihm nach Pirna geschmuggelt werden.

Am Vormittag ihres dritten Reisetages hatten sie den gefährlichsten Abschnitt der Elbe auf böhmischer Seite glücklich hinter sich gebracht. Sophia war beeindruckt davon gewesen, mit welch unerschütterlicher Sicherheit Karel seinen kleinen Kahn an den Felsblöcken vorbeimanövriert und durch die wilden Strudel dahinter gelenkt hatte. Der alte Schiffer schien den Fluss besser zu kennen als die eigene Westentasche. Mit großem Geschick hatte er es außerdem verstanden, durchs Netz der Zolleinnehmer zu schlüpfen. Am frühen Nachmittag erblickte Sophia auf der linken Elbseite endlich das Pirnaer Schloss, das auf dem Sonnenstein weithin sichtbar über ihrer Heimatstadt aufragte. Die vertraute Silhouette hatte sich verändert. Man hatte die Wehrhaftigkeit der Anlage verstärkt, indem ein Teil der Holzpalisaden durch steinerne Mauern ersetzt worden waren. Von unten blickte sie in die Öffnungen zahlreicher Kanonenrohre. An einer anderen Stelle waren die Bauarbeiten noch im Gange. Ein neuer Erdwall wurde aufgeschüttet und über eine Rampe zogen schwere Kaltblüter Baumstämme den Hang hinauf.

Sophias Herz klopfte, als wollte es zerspringen, und sie konnte es kaum erwarten, bis Karel den Kahn endlich an einem der Landungsstege im Hafenbecken vor der Stadt festgemacht hatte. Bei der Verabschiedung klopfte er ihr kräftig auf die Schulter. »Mach's gut, Bursche«, rief er augenzwinkernd. »Glück auf dem Weg!«

Sophia schulterte ihr Bündel und kletterte auf den Steg.

Gleich daneben lagerten große Stapel Bauholz, und auf dem Steinplatz herrschte noch mehr Getümmel als sonst. Sophia reckte den Hals und sah sich aufmerksam um. Ohne Unterlass schwangen die Steinmetze Hämmer und Schlageisen, während Hilfskräfte die fertig behauenen Steine zum Hafen trugen oder auf große Fuhrwerke verluden, die ihre schwere Fracht zum Sonnenstein hinaufbrachten. Trotz des kalten Wetters waren Menschen und Pferde in Schweiß gebadet, das konnte man sehen und riechen. Über dem Platz lag eine weiße Staubwolke, die das Atmen erschwerte. Sophia hätte sich am liebsten die Ohren zugehalten, weil der vielfache Klang der Hämmer, das Rumpeln der schweren Räder und das Geschrei der Menschen ihr nach der Stille auf dem Wasser geradezu höllisch vorkam.

Erneut überlegte sie, ob sie nicht zuerst zur Blauen Schürze gehen sollte, um Maria wiederzusehen und sich bei ihrer Freundin zu erkundigen, was sich in ihrer Abwesenheit zugetragen hatte. Eine Stimme in ihrem Inneren hatte ihr in den letzten Tagen immer wieder dazu geraten. Doch jetzt hielt sie das schlechte Gewissen zurück. Sie war vor zwei Jahren einfach aus der Stadt verschwunden, ohne Maria und Marten ein Sterbenswörtchen von dem zu verraten, was sie vorhatte. Nein, sie würde wie geplant in die Obertorvorstadt gehen, um sich mit eigenen Augen davon zu überzeugen, wie es Heinrich ging. Die Aussprache mit ihrer Freundin würde sie später suchen. Mit langen Schritten bahnte Sophia sich ihren Weg durch das emsige Treiben der Vorstadt. Sollte sie den Magister im Schulmeisterhaus nicht antreffen, würde sie als Nächstes Meister Arnold in der Badergasse aufsuchen. Zunächst aber wollte sie die Stadttore meiden. Dafür musste sie einen weiten Umweg durch die Viehleite und über den Schlossberg in Kauf nehmen.

Obwohl sie wusste, das die dicke Joppe und die weiten Hosen ihre Gestalt zuverlässig verhüllten und Mütze und Schal ihr Gesicht verbargen, sah sie sich vorsichtig um, als sie nach über einer Stunde endlich die kleine Gasse erreicht hatte, in der das Häuschen stand, das sie von ihrem Großvater geerbt hatte. Hier war kaum etwas von der Geschäftigkeit zu merken, die unten im Hafen herrschte. Die Kälte des Spätherbstes sorgte dafür, dass die Menschen ihre Tätigkeiten ins Innere der Häuser, Werkstätten und Schuppen verlegten und nur hinausgingen, wenn es unbedingt nötig war. Ein Fuhrwerk, mit Fässern beladen, überholte Sophia, und drei kleine Buben rannten schreiend an ihr vorbei. Vor dem Haus von Schmiedemeister Idermann auf der anderen Seite der Gasse, scharrten ein paar Hühner im Sand. Schon von weitem hatte Sophia bemerkt, dass sich Rauch aus dem hohen Schornstein auf dem Dach des Schulmeisterhauses kräuselte.

Sie reckte sich und spähte über die niedrige Mauer, die den Garten umgab. Wäschestücke wehten auf der Leine – zwei Männerhemden, Socken und ein fadenscheiniger, alter Gelehrtenmantel. Sophia erkannte ihn sofort, denn sie hatte ihn oft genug gewaschen und geflickt. Die Erleichterung überflutete sie so heftig, dass ihr schwindlig wurde und sie sich mit einer Hand gegen die kalten rauen Steine stützen musste. Sie war nicht zu spät gekommen – Heinrich lebte!

Mit zwei Sprüngen nahm sie die Stufen, riss die blau gestrichene Tür auf und stürmte in die Diele. Dort ließ sie achtlos ihr Bündel fallen, zerrte Schal und Mütze von ihrem Kopf und schrie: »Heinrich, wo steckst du?«

Ohne eine Antwort abzuwarten, riss sie die Tür zum Arbeitszimmer des Magisters auf. Dort roch es abgestanden, und der Staub, der durch den Luftzug hochgewirbelt wurde, zeigte ihr, dass den Raum lange niemand mehr betreten hatte. Verärgert über ihre Dummheit, schüttelte sie den Kopf. Natürlich konnte Heinrich nicht arbeiten, wenn er krank war. Er würde oben in der Stube in seinem Lehnsessel neben dem Kachelofen sitzen, eine Decke über den Knien, ein Buch in der Hand.

Sie schloss die Tür, setzte sich in der Diele auf eine niedrige Truhe und zog sich mithilfe des hölzernen Stiefelknechts die Schifferstiefel von den Füßen. Auf Socken lief sie die Treppe hinauf und öffnete die Stubentür. In dem kleinen holzgetäfelten Raum war es dämmrig, da die Butzenglasscheiben zu dieser Jahreszeit wenig Licht hereinließen. Warum hatte Heinrich keine Lampe angezündet? Der kleine grüne Kachelofen strahlte heimelige Wärme aus, aber der Lehnstuhl daneben war verwaist. Auf der Sitzfläche lag ein aufgeschlagenes Buch. Sophia lächelte. Heinrich lag in der Kammer nebenan und schlief – darum hatte er nicht auf ihren Ruf geantwortet. So musste es sein!

Auf Zehenspitzen schlich sie zur Schlafkammer und drückte langsam die Klinke herunter. Die Tür knarrte, als wären die Angeln schon eine Zeitlang nicht mehr geölt worden. Sie hielt den Atem an und spähte in die Kammer, die von dem riesigen Bett in der Mitte fast völlig ausgefüllt wurde. Es war das Hochzeitsgeschenk ihres Onkels gewesen und für die winzige Schlafstube eigentlich zu groß. Die schweren Brokatvorhänge waren geschlossen, um Zugluft und Kälte fernzuhalten.

Unwillkürlich musste Sophia an all die leidenschaftlichen Nächte denken, die sie hier mit Heinrich verbracht hatte. Tränen traten in ihre Augen. Würde sich das wiederholen lassen, sobald sich ihr Ehemann von seiner Krankheit erholt hatte, oder hatten sie sich schon zu weit voneinander entfernt? Sie merkte, dass ihre Zehen froren – zu lange stand sie bereits hier. Dabei hatte sie zu tun! Sie musste nach dem Schwein und dem Federvieh schauen, sich in Küche und Kammern umsehen. Wahrscheinlich musste sie auf den Markt gehen, damit sie Heinrich am Abend ein kräftigendes Mahl zubereiten konnte! Aber bevor sie das tun würde, wollte sie wenigstens einen Blick auf sein Gesicht werfen. Sie wischte sich über die nassen Wangen und zog vorsichtig den Vorhang zur Seite.

Das Bett war leer. Die Kissen rochen muffig, als wären sie monatelang nicht mehr gelüftet worden. Sophia wich zur Tür zurück, während ihr der Schreck eiskalt durch die Glieder fuhr. Was war hier los! Warum war der Ofen geheizt, wenn niemand im Haus wohnte? Sie rannte die Treppe hinunter und zerrte sich unten die Stiefel über die Füße. Ihre Sinne rieten zur Flucht, und sie verwünschte sich dafür, nicht auf ihre innere Stimme gehört zu haben. Rasch stülpte sie sich die Mütze über die Ohren und wickelte den Schal so um Hals und Gesicht, dass nur noch ihre Augen zu sehen waren.

Als sie die Haustür aufriss, prallte sie gegen die breite Brust eines Mannes. »Ergreift den Dieb und bindet ihn!«, brüllte jemand. Sophia erkannte die schwarz-gelben Uniformen der Stadtwache. »Ich bin kein Dieb, und das hier ist mein Haus!«, schrie sie empört. Sie wollte sich den Schal vom Gesicht ziehen, doch da hatte der Wachmann sie schon herumgewirbelt. Ein zweiter hatte ihr die Handgelenke auf dem Rücken zusammengeschnürt. Sie wand sich unter seinem festen Griff. »Hört mich doch an!«, rief sie. Sogleich schüttelte er sie, dass ihre Zähne klapperten und sie sich schmerzhaft auf die Zunge biss. »Wenn du nicht sofort stillhältst, Bürschchen, setzt's was!«, schimpfte er. »Vorwärts!« Der zweite Wachmann versetzte ihr einen harten Stoß in den Rücken. »Zur Fronfeste geht's da lang!«

Sophia sah, dass ihr Nachbar, Gassenmeister Idermann, in der offenen Tür seines Hauses stand. Sie warf sich herum und schrie: »Meister Idermann, helft mir!« Da traf sie ein Schlag gegen die Schläfe – ihr wurde schwarz vor Augen.

Kapitel 40

Erschöpft ließ sich Heinrich Fuchs auf die Bank in der Wirtsstube sinken. Trotz des Feuers, das im Kamin zu seiner Linken brannte, behielt er die pelzgefütterte Schaube an. Hieronymus Baumgartner hatte ihm das warme Kleidungsstück zur Verfügung gestellt, und der junge Tucher hatte für Fuchs die Mitfahrgelegenheit in dem bequemen Reisewagen organisiert.

Der Magister begriff, dass dies als Entschuldigung für all die Unbill gemeint war, die er in Nürnberg hatte erdulden müssen. Er hätte die Wohltaten der selbstgefälligen Pfeffersäcke am liebsten zurückgewiesen, doch dann hatte er seine Lage nüchtern überdacht. Nach seiner Entlassung aus dem Gefängnis war er wochenlang lang ans Krankenlager gefesselt gewesen. Dorndorf hatte nicht zugelassen, dass ein fremder Bader an ihm herumkurierte. Der junge Arzt, den er gegen den Willen des Magisters herbeigeschafft hatte, war gar nicht mal so schlecht gewesen. Aber selbstverständlich hatte er auch nicht mehr getan, als ihm Bettruhe, regelmäßige Aderlässe und ein Destillat aus dem roten Fingerhut zu verschreiben.

Fuchs tat es leid um das Geld des Malers, denn er hätte sich das alles selbst verordnen können. Der eifrige Doktor hatte ihm von der Reise nach Wittenberg abgeraten. »Ihr müsst erst wieder zu Kräften kommen, Magister! Eine Reise solltet Ihr nicht vor dem Frühjahr unternehmen«, waren seine Worte gewesen. »Dann sind die Straßen besser befahrbar und vermutlich auch sicherer. Der Krieg wird nicht mehr lange dauern, sagt man.« Aber Fuchs hatte davon nichts hören wollen. Schließlich hatte er schon viel zu viel Zeit verloren. Solange ihn die Sorge um sein verschwundenes Weib umtrieb, konnte er nicht genesen. Dorndorf war längst wieder in Wittenberg, denn Daniel Weyner hatte versprochen, ihn zu benachrichtigen, sobald er etwas über Sophias Verbleib erfahren sollte.

Fuchs bestellte für sich und den Kutscher, der noch damit beschäftigt war, die Pferde zu versorgen, Würzwein und Hammeleintof. Dann zog er Dorndorfs letzten Brief unter seinem Wams hervor. Die Zeilen, in denen ihm der Maler davon berichtete, dass Sophia sich einige Zeit bei einem Kaufmann in Prag aufgehalten hatte, kannte er inzwischen auswendig. Was, zum Teufel, hat sie dort gewollt, fragte er sich wohl zum hundertsten Mal. Als der Wirt mit zwei dampfenden Bechern zurückkehrte, faltete er das Blatt zusammen und steckte es weg. Er musste mit Dorndorf von Angesicht zu Angesicht darüber sprechen.

Nachdem er ein paar Mal auf die heiße Flüssigkeit in dem Becher gepustet hatte, nahm einen vorsichtigen Schluck. Als er ausgetrunken hatte, spürte er, wie seine erstarrten Glieder aufzutauen begannen. Er legte den Mantel ab. Ob Sophias Aufenthalt in Prag etwas mit der Entschlüsselung des Buches zu tun gehabt haben könnte? Doch die Sprache, in der es verfasst war, hatte definitiv nichts mit dem Böhmischen gemein. Fuchs schaute in die Flammen des Kaminfeuers.

»Euer Essen wird kalt!« Der Magister schreckte auf – er war wohl eingenickt. Der Kutscher, in dessen Bart Schneekristalle glitzerten, ließ sich neben ihn auf die Bank fallen und machte sich hungrig über den Eintopf her. Verschlafen blinzelnd tauchte Fuchs den Löffel in die Schüssel, auf deren Oberfläche bereits erkaltete Fettaugen schwammen. Das Fleisch war zäh und kaum gewürzt. Er spuckte einen Knorpel nach dem anderen aus und schob die Schüssel schließlich weg. Hunger hatte er sowieso kaum gehabt. Er wollte weiter, denn in Magdeburg sollte der Kutscher den Fahrgast aufnehmen, für den der Wagen eigentlich gedacht war – Philipp Melanchthon. Fuchs hatte während seines Studiums in Wittenberg Vorlesungen bei dem Professor gehört, der nur ein paar Jahre älter war als er selbst. Nun war er gespannt darauf, den berühmten Gelehrten näher kennenzulernen. Außerdem musste er sich bei ihm bedanken. Dorndorf hatte ihm erzählt, dass Melanchthon sich bei seinem Freund Baumgartner für ihn verwendet hatte, während er in Nürnberg inhaftiert war.

Im Hof wartete Fuchs, bis der Fuhrmann die Hufeisen der Pferde und die Räder des Wagens überprüft hatte. Bevor er wieder in den Wagen stieg, erkundigte er sich: »Was meint Ihr, schaffen wir es, vor Anbruch der Dunkelheit in Wittenberg anzukommen?« Der Kutscher schaute in den trüben Himmel. »Wenn es nicht stärker schneit, könnten wir's wohl schaffen. Aber wer, außer unserm Herrgott, kann das schon genau sagen.«

Im Reisewagen zog sich der Magister eine Decke über die Knie. Die Tage auf den eiskalten Landstraßen verlangten ihm mehr ab, als er sich eingestehen wollte. Doch mit Gottes Hilfe würde er auch das bald hinter sich haben. Übermüdet schloss er die Augen. Als er erwachte, fühlte er sich noch zerschlagener als zuvor. Sein Nacken schmerzte ebenso wie sein Kopf, und seine Augen waren so verquollen, dass er sie nur mit Mühe öffnen konnte.

»Hier, Magister Fuchs, trinkt einen Schluck, danach fühlt Ihr Euch gewiss besser!« Fuchs blinzelte ungläubig, als er das unverwechselbare Gesicht Melanchthons erkannte, der auf der Bank ihm gegenübersaß. Der Professor war deutlich älter geworden und noch magerer, aber seine hellen Augen hatten nichts von ihrer wachen Intelligenz eingebüßt. Fuchs griff nach der Flasche. »Ich muss wohl sehr fest geschlafen haben, dass ich nicht einmal mitbekommen habe, wie Ihr eingestiegen seid, verehrter Professor«, sagte er ein wenig beschämt. »Bitte entschuldigt meine Unhöflichkeit, aber ich bin noch immer dabei, mich von einer hartnäckigen Krankheit zu erholen.« Er nahm ein paar Schlucke des vorzüglichen süßen Rheinweins und gab die Flasche an Melanchthon zurück. »Doch ich will nicht jammern, denn ohne Eure Fürsprache wäre ich jetzt möglicherweise nicht mehr am Leben!« Er griff nach der Hand des Mannes. »Bitte nehmt meinen aufrichtigen Dank dafür an! Ihr habt Euch für mich verwendet, ohne mich zu kennen, auf Treu und Glauben, und dafür stehe ich auf ewig in Eurer Schuld!«

»Aber ich bitte Euch, Magister! Es war nur eine kleine Mühe, zumal ich hörte, dass der Rat den wahren Schuldigen am Tod des armen Mechanikers bereits ausgemacht hatte, kurz nachdem mein Schreiben eintraf.« Der zierliche Professor, neben dem sich der mittelgroße Fuchs beinah wie ein Riese fühlte, neigte sich nach vorn. »Dennoch muss ich gestehen, ich konnte es kaum erwarten, dass Ihr endlich aufwacht, lieber Magister, damit ich die ganze unglaubliche Geschichte aus Eurem eigenen Mund hören kann. Bitte, sagt mir alles über den Automaten in Menschengestalt und wie es dazu kam, dass er seinen eigenen Meister meuchelte!«

Fuchs, der ahnte, dass er die Geschichte nun bis an sein Lebensende wieder und wieder zum Besten geben musste, lehnte sich zurück und begann in aller Ausführlichkeit zu erzählen. Anschließend berichtete ihm Melanchthon über seinen Besuch in Magdeburg.

Und dann stellte Fuchs eine Frage, die ihn schon seit Tagen beschäftigte. »Glaubt Ihr denn, jetzt, da der Kurfürst einen großen Teil seines Landes zurückerobert und Moritz viele der eigenen Städte an ihn verloren hat, könnte sich das Kriegsglück noch einmal wenden?« Melanchthon schüttelte betrübt den Kopf. »Nein, ich glaube, Moritz hat mehr Aussicht auf den Sieg.

Über kurz oder lang werden der Kaiser und König Ferdinand so viele Truppen ins Feld führen, dass ihre bloße Überzahl die Verbündeten erdrücken wird.« Die Augen des Professors verdunkelten sich. »Der Schmalkaldische Bund hat seine Chancen letztes Jahr an der Donau gründlich verspielt. Keine einzige tapfere Tat haben sie dort begangen und nun auch noch das Vaterland zum Kriegsschauplatz gemacht!« Er schüttelte empört den Kopf.

Der Magister, der durch Dorndorf wusste, dass sich der Professor die größten Sorgen um den Fortbestand der Wittenberger Universität machte, nahm das Gespräch nach einer Weile wieder auf. »Was werdet Ihr tun, sollten irgendwann doch spanische Soldaten in Wittenberg einmarschieren?«

Melanchthon krümmte sich, als litte er körperliche Schmerzen. »Ihr ahnt ja nicht, wie oft ich seit letztem Jahr darüber nachgedacht habe, in meine Heimat am Rhein zurückzukehren. Aber Ihr seht ja«, er stieß ein unfrohes Lachen aus, »dass ich es nicht schaffe, mein Nestchen an der Elbe länger als für ein paar Wochen zu verlassen!«

Als hätte der Kutscher die Worte gehört, klopfte er aufs Dach des Wagens und rief: »In einer halben Stunde sind wir am Ziel.« Melanchthon zog den Ledervorhang beiseite und streckte den Kopf aus dem Fenster. »Tatsächlich, dort kann man schon die Turmspitzen von Wittenberg sehen – auf der anderen Seite der Elbe.« Er ließ sich auf die Bank zurücksinken, das Gesicht von Kummer gezeichnet. »Selbst wenn ich eine Tränenflut vergießen könnte, so groß wie der Wogenschwall dieses Flusses, die Tiefe meines Jammers über den fürchterlichen Krieg, in dem sich Glaubensbrüder und Landsleute gegenseitig bekämpfen, ließe sich nicht ermessen!«

Der Magister nickte, denn er fühlte genauso, zumal er außer dem Unheil, das über sein Vaterland hereingebrochen war, auch noch den Verlust von Weib und Kind zu beklagen hatte.

Nachdem Fuchs mit seinem bescheidenen Gepäck auf dem Wittenberger Marktplatz ausgestiegen war, blickte er sich um. Verglichen mit Pirna oder gar seiner Vaterstadt Zwickau, wirkte Wittenberg nach wie vor dörflich. Die Gassen, durch die der Reisewagen bisher gefahren war, hatten noch immer kein Pflaster. Die Mehrzahl der Häuser bestand aus schlichtem Fachwerk, und die Dächer waren größtenteils mit Stroh oder Holzschindeln gedeckt. Um den Markt jedoch standen inzwischen etliche Bürgerhäuser, deren reichverzierte Portale keinen Vergleich zu scheuen brauchten. Ihre leuchtenden Ziegeldächer wurden von den mächtigen Zwillingstürmen der Stadtkirche überragt.

Selbst Fuchs, der sich eher als lauen Anhänger des evangelischen Glaubens sah, überlief bei deren Anblick wieder der ehrwürdige Schauer, den er als Student empfunden hatte. Erneut musste er daran denken, dass in dieser Kirche erstmals die Heilige Messe in deutscher Sprache gefeiert und das Abendmahl mit Brot und Wein an die Gemeinde ausgeteilt worden war. Inzwischen erzählte man sich landauf, landab eine Geschichte, nach der Doktor Luther seine Thesen zur Reformierung des Glaubens mit eigener Hand vor allerlei Volk an die Tür der Schlosskirche genagelt haben soll. Der Magister musste lächeln. Er konnte sich beim besten Willen nicht vorstellen, dass sich die Zeiger der Geschichte zurückdrehen lassen würden – ganz egal, wie dieser Krieg ausgehen würde.

Zielstrebig lenkte er seine Schritte zu dem breiten Torbogen, der in den Hof des Anwesens der Cranachs führte. Dort herrschte Gewimmel wie auf einem kleinen Markplatz. Ein Fuhrwerk wurde entladen, und die Fässer wurden an Fuchs vorbei zu einem Lagerraum gerollt. Am Brunnen wusch ein Lehrling Pinsel, Paletten und Mörser aus. Eine Magd schimpfte, er solle ihr Platz machen, damit sie Wasser für die Küche holen könne. Der Magister blickte sich um und überlegte, wo es zur

Werkstatt von Meister Cranach gehen mochte. Aus einer Seitentür kam ein Mann. Er trug ein dunkles Wams und vor dem Bauch eine fleckige Schürze. Auch die Ärmel seines Leinenhemdes waren mit allerlei Flecken übersät, nach Farbspritzern sah das für den Magister allerdings nicht aus. Er entschloss sich dennoch, ihn anzusprechen.

»Ich wünsche Euch einen guten Tag! Ich bin Magister Heinrich Fuchs und suche den Maler Niklas Dorndorf. Könnt Ihr mir sagen, wo ich ihn finde?«

Der Mann musterte den Magister eingehend, dann nickte er. »Gut, dass Ihr hier seid! Auch wenn ich fürchte, dass Ihr Euch mit der Reise mehr zugemutet habt, als gut für Euch gewesen wäre.« Seine Stimme klang wie die eines heiseren Raben. »Dorndorf ist noch mit dem alten Meister unterwegs, wird aber zum Abendessen zurück sein.«

»Dann werde ich mir in der Zwischenzeit ein Bett in einem Gasthaus suchen und mein Gepäck abstellen«, sagte Fuchs und wollte gehen, aber der Mann hielt ihn am Arm zurück. »Ich bin sicher, dass sich hier ein Bett für Euch finden lässt, Magister. Außerdem gibt es jemanden, der Euch sofort sprechen will. Wartet einen Augenblick!«

Er eilte ins Haus und ließ einen Hauch von Schwefel, Kräutern und Alkohol zurück, der Fuchs vermuten ließ, dass der Mann Apotheker war. Er wusste, dass der geschäftige Lucas Cranach neben seiner florierenden Werkstatt auch einen Weinausschank und eine Apotheke betrieb. Als Fuchs in Wittenberg studierte, beherbergte das Haus des Malers darüber hinaus noch eine Druckerei.

Der Apotheker kam mit einer Frau zurück, die ein kleines Kind auf dem Arm trug. Als sie näherkam, traf ihn die Erkenntnis wie ein Blitzschlag. »Hanna!«, krächzte er. Die Augen der jungen Frau weiteten sich, aber sie brachte kein Wort heraus. Fuchs hätte sie am liebsten geschüttelt. Er sah wild um sich.

»Sophia! Wo ist mein Weib? Und wo ist der Junge!« Hanna schluchzte erstickt, dann hielt sie ihm das Kind hin. »Das ist Eure Tochter, Magister!« Er blickte auf das pummelige Kleinkind, unter dessen Wollmützchen schwarze Locken hervorquollen. Es hatte außer dem Daumen auch die halbe Hand ins Mäulchen gestopft und sah ihn aus großen grauen Augen neugierig an. Sophias Augen, dachte er. Wie im Traum streckte er die Arme aus, griff zu und drückte den warmen kleinen Körper fest an seine Brust. Die seidigen Löckchen kitzelten ihn am Hals. Konnte es tatsächlich wahr sein, dass Gott ihm noch einmal ein kleines Mädchen geschenkt hatte? Während sich sein Kopf noch weigerte zu verstehen, wurde er von einer Woge puren Glücks emporgehoben. Er spürte, dass der Boden unter seinen Füßen zu wanken begann. Aber auf einmal war ihm, als würde eine eiserne Hand sein Herz umklammern, um es zu zerquetschen.

Das Kind begann zu schreien. Hanna riss es ihm aus den Armen, während der Apotheker ihn stützte. »Atmet ganz ruhig!«, hörte er die Stimme des Mannes wie aus weiter Ferne. Rufe schallten über den Hof, Leute kamen herbeigerannt. Heinrich Fuchs bekam das nur am Rande mit, denn er glaubte, dass der Herr ihn gleich zu sich holen werde.

Jemand hielt ihm ein Gefäß an die Lippen, zwang ihn, Flüssigkeit zu schlucken, dann wurde er aufgehoben, in eine Kammer getragen und auf ein Bett gelegt. »Ruht Euch aus.« Der Apotheker beugte sich mit besorgter Miene über ihn und fühlte seinen Puls. »Sophia«, flüsterte Fuchs. »Bitte, holt mein Weib! Ich möchte sie noch einmal sehen, bevor der Herr mich heimholt.« Der Mann schüttelte den Kopf. »Ihr werdet nicht sterben«, versprach er. Fuchs leckte sich über die trockenen Lippen. »Mein Herz arbeitet nicht mehr, wie es sollte.« Der Apotheker lächelte mitfühlend. »Ich weiß. Aber auch dagegen ist ein Kraut gewachsen. Erst einmal solltet Ihr schlafen! Weitere Aufregung müsst Ihr heute unbedingt vermeiden.« Er flößte ihm einen Löffel von einer öligen Substanz ein, die süß und bitter zugleich schmeckte. Nach und nach spürte Fuchs, wie der Druck von seiner Brust wich. Ihn überkam ein Gefühl, als würde er schweben, dann fielen ihm die Augen zu.

Er erwachte im Dunkeln. Doch an seinem Bett brannte eine Lampe, und Fuchs erkannte das Gesicht des Mannes, der neben ihm auf einem Stuhl saß. Niklas Dorndorf hatte die Augen geschlossen, das bärtige Kinn ruhte auf seiner breiten Brust, die sich langsam hob und senkte. Er hatte die langen Beine von sich gestreckt und schnarchte leise. »He!« Fuchs streckte die Hand aus und berührte den Arm des Malers. »Ihr solltet in Euer Bett gehen!«

Dorndorf schlug die Augen auf. »Das geht nicht«, brummte er missmutig und fuhr sich mit allen zehn Fingern durch das Haar, »weil Ihr darin liegt.« Fuchs schnaubte erheitert auf. »Ich könnte vielleicht ein wenig zur Seite rücken«, bot er an. »Doch ich fürchte, um aufzustehen, bin ich zu schwach.«

»Ihr bleibt, wo Ihr seid!« Der Maler erhob sich, streckte mit schmerzverzerrtem Gesicht den Rücken und nahm einen Becher von dem kleinen Tisch. »Anna würde mich vierteilen, wenn ich zuließe, dass Ihr Euch auch nur ein Stück bewegt.« Er hielt dem Magister den Becher an den Mund. »Das sollt Ihr trinken, hat sie gesagt.« Fuchs nahm ein paar Schlucke. »Alles!«, knurrte Dorndorf. Gehorsam leerte der Magister den Becher, doch dann konnte er seine Fragen nicht mehr zurückhalten. Sie sprudelten unsortiert aus ihm heraus.

Der Maler hob die Hände. »Halt! Unser neuer Apotheker hat mir streng verboten, Euch in irgendeiner Weise aufzuregen.« Er stieß einen Seufzer aus. »Aber ich fürchte, wenn ich Euch weiter in Ungewissheit lasse, könnte Euch das ebenso umbringen. Also werde ich es kurz machen.« Er setzte sich wieder auf den Stuhl, beugte sich vor und stützte die Ellenbogen auf die Knie. Sein Gesicht verzog sich, als litte er an Zahnreißen. »Sophia ist vor zwei Jahren nach Mähren gereist, um bei Eurem Schwager Storch die Sprache zu erlernen, in der das verdammte Buch geschrieben wurde, das sie seit ihrer Kindheit lesen wollte.« Fuchs öffnete den Mund, um zu fragen, wie sie auf diese Idee gekommen sei, doch Dorndorf schüttelte den Kopf. »Keine Fragen!« Streng zog er die blonden Augenbrauen zusammen. »Die ganze Geschichte könnt Ihr hören, sobald es Euch besser geht.« Fuchs nickte widerstrebend, denn er befürchtete, der Maler würde ihm sonst gar nichts mehr erzählen.

»Dass sie ein Kind von Euch erwartete, hat sie erst gemerkt, als sie schon dort war«, erklärte Dorndorf, als müsste er Sophia vor ihm in Schutz nehmen. Fuchs winkte ab. Der Maler lachte grimmig. »Ihr habt recht, wahrscheinlich hätte sie es trotz dessen getan.«

»Auf welchen Namen hat sie meine Tochter taufen lassen?« Der Magister konnte sich die Frage nicht verkneifen. »Sie heißt Clara.« Dorndorf räusperte sich. Warum schaut der Mann so eigenartig drein, dachte Fuchs. Clara ist ein wunderschöner Name, und noch dazu war es der von Sophias Mutter. Aber der Maler fuhr bereits fort: »Es ist ihr doch tatsächlich gelungen, das verflixte Buch zu übersetzen! Sie lag sogar richtig mit ihrer Vermutung, dass eine Frau es verfasst hat.«

Dem Magister entfuhr ein überraschter Laut. Dorndorf lächelte. Fuchs spürte, dass der Maler in diesem Augenblick den gleichen Stolz auf das prachtvolle Weib empfand wie er selbst, und es machte ihm erstaunlicherweise nicht das Geringste aus. »Rezepte gegen allerlei Krankheiten enthielt es tatsächlich, nur leider keines gegen die Pest.« Er zuckte bedauernd mit den Schultern.

Fuchs fragte sich, wie sich Sophia gefühlt haben mochte, nachdem sie das herausgefunden hatte. Hoffentlich hatte sie es sich nicht allzu sehr zu Herzen genommen. Er sah dem Maler an der Nasenspitze an, dass es zum Inhalt des Buches noch mehr zu sagen gab, wagte aber keine weitere Frage. »Ihr wisst, dass sich auch andere viel von dem Buch versprochen haben müssen.« Dorndorf zögerte, und Fuchs begann zu ahnen, dass das, was jetzt kam, ihm nicht gefallen würde. »Stadtschreiber Wolf Schumann hat Hanna erpresst und bedroht, damit sie ihn ständig über Sophias Fortschritte bei der Übersetzung auf dem Laufenden hielt. Er war es, der ihre Briefe an Euch abfing und fälschte.« Der Maler hielt kurz inne, um zu sehen, wie Fuchs die Eröffnung verkraftete. Für den Magister war das nicht völlig überraschend, und so gab er Dorndorf durch ein grimmiges Nicken zu verstehen, dass er bereit sei, auch den Rest zu hören.

»Hanna sollte für den elenden Wurm das Buch samt der Übersetzung stehlen. Doch weil ihr Sophia und die Kinder ans Herz gewachsen waren, sagte sie sich von Schumann los und entdeckte ihr stattdessen seinen Plan.« Fuchs nickte zustimmend. Obwohl die Amme auf ihn immer still wie ein Mäuslein gewirkt hatte, hätte er ihr niemals zugetraut, dass sie solch einen Verrat begehen könnte. »Dem gottlosen Stadtschreiber gelang indes ein weiteres Schurkenstück, indem er Sophia einen Brief in Meister Arnolds Handschrift sandte. Sie sollte glauben, Ihr lägt todkrank in Pirna darnieder und bräuchtet ihre Hilfe.« Dorndorf stockte.

Fuchs konnte ihm ansehen, dass es ihm schwerfiel weiterzusprechen. »Also ist sie trotz Hannas Warnung nach Pirna gereist«, half er dem Maler weiter. »Und wie ich sie kenne, hat sie Hanna mit dem Buch und den Kindern hierhergeschickt, damit sie in Sicherheit vor Schumann sind.« Der Maler nickte. »So ungefähr. Vor einer Woche, als Hanna mit den Kindern hier ankam, habe ich sofort eine Nachricht an Meister Arnold geschickt.« Er erhob sich. »Am liebsten wäre ich selbst nach Pirna gefahren«, beteuerte er. »Aber ich kann Meister Cranachs

Haushalt nicht einfach mit einer Frau und zwei kleinen Kindern belasten und dann verschwinden. Darüber hinaus wart Ihr mittlerweile ebenfalls hierher unterwegs. Aber nun reite ich am besten noch heute los!«

Wider alle Vernunft hätte Fuchs am liebsten ja gesagt. Doch ihm war klar, dass Sophia längst in Pirna angekommen sein musste. »Wir sollten nichts überstürzen und erst mal auf Antwort aus Pirna warten«, riet er. »Valentin, Marten und Maria werden für Sophia da sein, falls sie Hilfe braucht.« Dorndorf blitzte ihn aus blauen Augen an, dann drehte er sich um und riss das Fenster auf. Fuchs hörte, wie der Maler die eisige Nachtluft mit heftigen Atemzügen einsog. Doch er wirkte ruhiger, nachdem er das Fenster verriegelt hatte. »Ihr habt recht, Magister. Schon in der Vergangenheit war uns der verdammte Stadtschreiber meist einen Schritt voraus! Wenn wir überstürzt handeln, spielen wir ihm womöglich in die Hände.«

Fuchs nickte anerkennend, denn er wusste, dass es dem heißblütigen Maler noch schwerer fallen musste als ihm selbst, sich in Geduld zu üben.

Kapitel 41

Sophia tastete mit geschlossenen Augen nach der Decke und zog sie über ihre Schultern. Noch wehrte sie sich dagegen, aus der erlösenden Betäubung aufzutauchen, die der Schlaf ihr geschenkt hatte. Aber die dünne, kratzige Wolle bot kaum Schutz, und ihr Rücken schmerzte, als wäre er mitten entzweigebrochen. Widerwillig begann sie, ihre Umwelt wahrzunehmen. Die Lagerstatt unter ihr war hart und kalt wie Eis. Es roch nach feuchtem Stroh und Mäusedreck. Gedämpft vernahm sie die Geräusche des nahen Tages: Schritte auf der Gasse, Türenklappen, irgendwo weinte ein Kind.

Sie öffnete die Augen – hellwach inzwischen. Es war noch dunkel, aber durch den schmalen Fensterschlitz sickerte graues Dämmerlicht. Sophia spürte einen kalten Luftzug auf ihrem Gesicht, der nach Schnee roch. Einen Atemzug lang war der allgegenwärtige Geruch der Angst überdeckt, den die dicken Mauern um sie herum ausschwitzten. Sie rappelte sich auf und machte einen Schritt in Richtung Fenster. Dabei stieß ihr Fuß gegen ein Hindernis. Es schepperte dumpf. Mit beiden Händen tastete sie den Boden ab und fand den umgekippten Wasserkrug. Hastig hob sie das Tongefäß an ihre Lippen. Nur wenige Schlucke waren darin zurückgeblieben, die nicht ausreichten, den sauren Geschmack aus ihrem Mund zu spülen. Sie stellte den Krug ab, wischte die feuchten Hände an ihrem Rock ab und holte tief Luft. Ob sie es wollte oder nicht, sie musste sich dem eintönigen Grauen eines weiteren Tages im Kerker stellen.

Immer wieder schalt sie sich für ihre Unvorsichtigkeit, die dazu geführt hatte, dass sie direkt in die Falle gelaufen war, die der Stadtschreiber offenbar sorgfältig vorbereitet hatte. Benommen durch den Schlag gegen den Kopf hatte sie sich nicht mehr gewehrt, als sie die beiden Wachmänner zur Fronfeste schleppten. Erst als sie unmittelbar vor dem Gebäude mit den dicken Sandsteinmauern standen, war das unwirkliche Gefühl dem Schrecken gewichen. Die Knechte hatten sie in eine Zelle geschubst.

Dann krachte die schwere Bohlentür hinter ihr ins Schloss, sie hörte, wie sich ein Schlüssel drehte. Die Schritte der Männer entfernten sich. Zuerst hatte sie nur zitternd dagestanden. Ihr Kopf dröhnte, und alles um sie schien sich zu drehen. Trotzdem begann sie, mit den Fäusten gegen die Zellentür zu hämmern und zu schreien. Als sie nur noch krächzen konnte und ihre Fingerknöchel bluteten, erschien Hans Frost, der Fronmeister, mit grimmig verzogenem Gesicht.

»Wenn Ihr nicht sofort Ruhe gebt, werde ich Euch fesseln und knebeln! Ich hab ein Recht auf einen ruhigen Feierabend, zum Teufel noch mal!« Er stellte einen Teller und einen Krug auf den Boden.

Sophia räusperte sich. »Verzeiht!«, sagte sie hastig. Sie kannte den Fronmeister und wusste, dass der Mann es nicht leiden konnte, wenn sein geregelter Tagesablauf durcheinandergebracht wurde. Er wohnte mit seiner Familie im ersten Stock der Fronfeste und wurde vom Rat für die Bewachung und Versorgung der Gefangenen bezahlt. Sein breites Gesicht wirkte meist mürrisch und abweisend, aber sie wusste, dass er im Grunde seines Wesens ein ehrlicher Mensch war.

»Erkennt Ihr mich denn nicht, Meister Frost?«, stieß sie hervor, indem sie sich Schal und Mütze herunterriss. »Ich bin Sophia Fuchsin, das Weib von Magister Fuchs!« Er starrte verdutzt auf ihr kurzgeschorenes Haar, wirkte aber sonst wenig beeindruckt. »Wie Ihr wisst, Fuchsin, führe ich nur die Befehle des Rates aus.« Frost zuckte mit den Schultern und vermied es, sie weiter anzuschauen. »Hier ist Euer Abendbrot.« Er deutete auf Teller und Krug. »Esst nun und seid still, sonst …!« Er warf einen vielsagenden Blick auf die Stricke, die vor der Zelle an einem Haken hingen.

Als er Anstalten machte, die Zelle wieder zu verlassen, verstellte Sophia ihm den Weg. »Sagt mir wenigstens, ob Ihr wisst, wo sich Magister Fuchs befindet – mein Ehemann!«, rief sie. »Obwohl mich ein Brief erreichte, in dem stand, dass er ernsthaft erkrankt sei, fand ich ihn daheim nicht vor. Bin ich womöglich zu spät gekommen?«, fragte sie, während ihr Herz zwischen Hoffen und Bangen hin und her stolperte.

Hans Frost gab ein unwilliges Geräusch von sich. »Wenn Euch der Magister wirklich am Herzen liegen würde, hättet Ihr ihn nicht verlassen sollen«, brummte er abweisend. »Eine gutes Weib sorgt in Bescheidenheit und Demut für Mann und Kinder. Ihr habt Euch stattdessen zwei Jahre lang in einem Ketzernest herumgetrieben, Fuchsin!« Sophia schob die Frage beiseite, woher er das wusste. Sie blickte ihn flehend an. »Bitte, sagt mir, was ist mit meinem Mann geschehen?«

»Ich hab den Magister schon seit einer Ewigkeit nicht mehr gesehen. Vielleicht baut er irgendwo eine Turmuhr«, hatte Frost gebrummt. »Er hat sich ja kaum retten können vor Anfragen, nachdem sich herumgesprochen hat, wie außergewöhnlich seine Uhr an unserem Rathaus ist.«

Außer dem Fronmeister und dessen beiden Knechten bekam Sophia in den darauffolgenden zwei Wochen keine Menschenseele zu Gesicht. Schon bald hatte sie begriffen, dass die Männer angewiesen worden waren, den Umgang mit ihr auf das Nötigste zu beschränken. Mit unbewegter Miene begleiteten die beiden Knechte sie einmal am Tag in den Hof, wo sie ihren Kübel in die Abortgrube entleeren musste. Der sonst recht gesprächige

Fronmeister wechselte ebenfalls kaum ein Wort mit ihr, wenn er das Essen brachte. In den ersten Tagen hatte Sophia noch gehofft, dass sich die Kunde von ihrer Verhaftung in der Stadt herumspräche. Meister Arnold würde nichts unversucht lassen, um ihr zu helfen, und auch auf Marten und Maria konnte sie sich verlassen. Aber mit jedem Tag, der verging, schwand ihre Zuversicht.

Sophia merkte, dass sie am ganzen Körper zitterte. Sie kehrte zu ihrem Lager zurück, schlang sich die Decke um die Schultern und lehnte sich mit dem Rücken gegen die Mauer der Zelle. Die Kälte machte ihr fast noch mehr zu schaffen als das Alleinsein, und die Angst davor, was auf sie zukommen würde, wuchs. Auch wenn sie im Namen des Rates festgehalten wurde, hegte sie keinen Zweifel daran, dass nur einer der Ratsherren dafür verantwortlich war: Wolf Schumann! Sie schüttelte ungläubig den Kopf, als sie daran dachte, wie sie noch vor wenigen Jahren eine Ehe mit diesem Mann in Erwägung gezogen hatte. Ihr Vater hätte es gern gesehen, wenn sie sich damals für den strebsamen jungen Stadtschreiber entschieden hätte. Inzwischen war Sophia davon überzeugt, dass sich Schumann von dieser Ehe vor allem eines versprochen hatte: Er wollte das Buch in seine Finger bekommen!

Sie erhob sich und begann in ihrer Zelle auf und ab zu gehen – acht Schritte von der Tür bis zum Fenster, fünf Schritte unter dem Fenster von Wand zu Wand. Bewegung half, die Kälte zu vertreiben, und inzwischen drang durch den schmalen Fensterschlitz zumindest so viel Licht, dass sie sehen konnte, wohin sie ihre Füße setzte. Unter dem Fenster blieb sie stehen und schlang sich die Arme um den Körper. Sie spürte, dass sich ihre Augen mit Tränen füllten. Die Ungewissheit um das Schicksal derer, die sie liebte, quälte sie mehr als alles andere. War Heinrich tatsächlich, wie der Fronmeister vermutete, unterwegs, um irgendwo eine neue Turmuhr zu bauen? Sie wusste, dass ein solches Unterfangen Zeit brauchte – an der Uhr für das Pirnsche Rathaus hatte Heinrich mehr als drei Jahre getüftelt. Sie wischte sich mit beiden Händen übers Gesicht und stieß einen tiefen Seufzer aus. Egal wo Heinrich Fuchs gerade war und was er tat – Hauptsache er war am Leben und gesund! Darum betete sie Tag für Tag aufs Neue und natürlich darum, dass Hanna mit den Kindern unbeschadet in Leipzig angekommen war.

Sophia schrak zusammen, als sich die schwere Holztür öffnete. Hans Frost trat ein. Er blickte missbilligend auf ihren Teller von gestern Abend. Bis auf die Nagespuren einer Maus an einem Apfel war das Essen unberührt. Frost stellte ihr einen neuen Teller mit Brot und einen Krug voll frischem Wasser auf den Boden. »Ihr müsst essen! Wenn Ihr zu schwach für einen Prozess seid, wirft das kein gutes Licht auf mich. Dann denken die Ratsherren noch, ich versehe meinen Dienst schlecht«, sagte er vorwurfsvoll. »Dabei hat der Stadtschreiber angekündigt, dass er Euch heute im Auftrag des Richtherrn ein erstes Mal befragen will.« Mit diesen Worten warf er die Tür von außen zu.

Sophia hörte, wie sich der Schlüssel im Schloss drehte. Heute also war es so weit! Hastig griff sie nach dem Krug und leerte ihn in einem Zug. Sie nahm auch eine Scheibe von dem Brot, das gut roch und frisch war. Trotzdem brachte sie kaum einen Bissen hinunter, ihr Magen schien über Nacht geschrumpft zu sein.

Sie hatte Wolf Schumanns Heiratsantrag zweimal abgelehnt – hauptsächlich deshalb, weil sie unter keinen Umständen die Frau eines Mannes werden wollte, der mit selbstgerechter Miene zuschaute, wie der Henker seine blutjunge Magd in der Elbe ertränkte. Die arme Katrina hatte ihr Kind getötet, und man erzählte sich, dass ihr Dienstherr selbst sie verführt und geschwängert habe. Sie hatte Schumann damals verachtet. Heute, da sie wusste, wozu er noch fähig war, fürchtete sie ihn!

Schon in wenigen Stunden würde er herkommen und Forderungen stellen. Was konnte er ihr antun, falls sie nicht darauf eingehen würde?

Stadtschreiber Wolf Schumann legte die Feder beiseite, denn es war nicht notwendig, jedes Wort des Spitalmeisters für die Nachwelt festzuhalten. Er lehnte sich zurück und ließ seinen Blick über die Gesichter der anderen Herren in der Kommissionsstube schweifen. Sie wirkten erschöpft und verdrossen. Obwohl die Ratssitzungen im Winter erst um acht statt um sieben Uhr begannen, war heute einer jener Tage, an denen es gar nicht recht hell werden wollte. Die düstere Wolkendecke, sinnierte der Stadtschreiber, lastete ebenso schwer auf den Gemütern wie die Furcht, zwischen den Händeln der Mächtigen zermahlen zu werden. Der Kaiser und die Fürsten hatten ihren Streit im letzten Jahr vornehmlich im Süden, entlang der Donau, ausgetragen. Um die Jahreswende jedoch hatte sich der Schauplatz ihrer Feindseligkeiten endgültig ostwärts – nach Sachsen und Thüringen – verlagert.

»Wen, zum Teufel, scheren heute die Bauarbeiten am Spital für die alten Weiber?«, flüsterte Alex Walter erbost. »Die werden ohnehin eingestellt, sobald der letzte Ziegel verbraucht ist. Der Handel liegt darnieder, seitdem die Straßen infolge des Krieges immer unsicherer werden.« Das wusste Schumann längst, denn die Einnahmen der letzten Markttage waren es kaum wert gewesen, notiert zu werden. Der Kämmerer, der mit verkniffener Miene neben ihm hockte, ächzte. »Magdeburg und Halle hat der dicke Kurfürst mittlerweile zurückerobert.« Walter zupfte nervös an den Enden seines dunklen Bartes. »Gut möglich, dass er sich Dresden als Nächstes vorknöpft!«

Indes hatte Hans Rische, Schumanns Nachbar zur Linken, seinen Ellenbogen auf die Tischplatte gestützt. Er legte das Kinn in die Hand. Obwohl Rische dabei die Augen schloss, vermittelte seine Haltung den Eindruck, er würde den weitschweifenden Ausführungen des Spitalmeisters Kadener mit ungeteilter Aufmerksamkeit lauschen. Schumann wusste, dass Rische stattdessen schlief – wie bei jeder Ratssitzung, die länger als eine halbe Stunde dauerte. Die übrigen Männer in der Kommissionsstube wussten das ebenfalls. Doch niemand würde es wagen, den ehemaligen Richter, der mit fast siebzig der Älteste in ihrer Runde war, zu tadeln. Schumann hätte es ihm am liebsten nachgemacht. Aber da erteilte Bürgermeister Süssemilch ihm das Wort: »Doch nun wollen wir hören, welche Neuigkeiten unser Stadtschreiber von seinem jüngsten Besuch am Dresdener Hof mitgebracht hat!«

Schumann räusperte sich. »Hochverehrte Ratsfreunde! Im Schloss sprach man gestern von nichts anderem als der vernichtenden Niederlage des Schmalkaldischen Bundes im Süden. Ulrich von Württemberg und Friedrich von der Pfalz mussten sich mittlerweile der kaiserlichen Übermacht beugen. Ausgerechnet an Weihnachten unterschrieben beide zähneknirschend Verträge, die sie zu Neutralität und hohen Geldzahlungen verpflichten. Die oberdeutschen Reichsstädte kapitulierten ebenfalls.« Schumann berichtete in sachlichem Ton, sodass niemand Rückschlüsse darauf ziehen konnte, welcher Seite seine eigenen Sympathien galten. Dafür beobachtete er die Gesichter der elf Männer am Tisch umso aufmerksamer. Er wollte sehen, welcher der Herren insgeheim mit dem Feind liebäugelte. Von den Pirnschen Ratsherren hatte sich aber noch keiner getraut, offen in Opposition zu den Entscheidungen seines Landesherrn zu treten – und das folgende Exempel zeigte in abschreckender Weise, was mit jenen geschah, die sich dem Kaiser widersetzten: »Einige Vertreter der unterworfenen Städte wurden gezwungen, noch größere Demütigungen hinzunehmen. So hörte ich in der Kanzlei, die Gesandten der Reichsstadt Ulm mussten eine halbe Stunde vor dem Kaiser auf den Knien liegen, bevor er ihren Bitten um Vergebung Gehör schenkte.« Schumann schwieg. Er wollte den Ratsherren Zeit geben, die unerhörte Kunde zu verarbeiten.

Balthasar Kittel war wie üblich der Erste, der seinem Unmut Luft machte. »Was erlaubt sich dieser spanische Emporkömmling, der seine Kaiserkrone dem Geld der Fugger verdankt!« Der stämmige Ratsherr schlug mit der Faust auf den Tisch, dass es krachte. Mit einem beherzten Griff rettete der Kämmerer Kittels Bierkrug vor dem Umkippen. Dabei entfuhr seinen grimmig zusammengepressten Lippen ein Laut der Zustimmung. Schumann hob die Augenbrauen – es kam höchst selten vor, dass der cholerische Kittel und der bedächtige Walter einer Meinung waren. »Was mischt sich der Habsburger, der noch nicht einmal der deutschen Zunge mächtig ist, ständig in unsere Angelegenheiten? Er soll sich gefälligst nach Spanien zurückscheren – mit seinen Söldnern und seinem verfluchten papistischen Glauben! Wir wollen hier nichts von alledem!«, wütete Kittel. Schumann konnte es noch immer kaum glauben, dass der Rat den leicht reizbaren Mann dieses Jahr zum Richtherrn ernannt hatte. Überrascht vernahm er, dass auch Baumeister Pätsch und Kornherr Borschbergk zustimmende Worte äußerten. »Aber, aber, meine Herren!« Mit erhobenen Händen unterbrach der Bürgermeister den entstehenden Tumult. »Wir sind alle nicht glücklich über das Bündnis, das Herzog Moritz mit dem Kaiser geschlossen hat, aber …«

»Ach, von wegen!« Kittel machte eine wegwerfende Handbewegung. »Unser Herzog ist dabei von seinen eigenen Räten verraten und verkauft worden – allen voran von Carlowitz, dem üblen Juristen und Mameluken!«

Schumann lächelte in sich hinein. So deutliche Worte hatte sich keiner der Ratsherren bisher erlaubt. Das war ein neuer Ton in der Ratsstube, und Schumann hoffte, dass er sich noch nachdrücklicher durchsetzen würde.

»Nichtsdestotrotz«, Süssemilch hob die Stimme und klang nun ernsthaft verärgert, »ist Moritz unser Landesherr! Im Kriegsfall haben wir ihm gegenüber Verpflichtungen, denen wir nachkommen müssen!« Der Bürgermeister holte Luft. Er bedachte seinen Freund Alex Walter, von dem er sich mehr Unterstützung erhoffte, mit einem vorwurfsvollen Blick. Dann sah er Schumann an. »Also, Stadtschreiber, was konntet Ihr über das Kriegsgeschehen in den sächsischen Landen in Erfahrung bringen? Inzwischen gibt es ein treffliches Gemurmel unter dem gemeinen Manne, sodass man sich im Grunde auf nichts verlassen kann! Stimmen, zum Exempel, die Gerüchte, der Kurfürst wolle Leipzig einnehmen?«

»Das hat sich leider als wahr erwiesen«, bestätigte Schumann. »Herzog Moritz ist zu Jahresbeginn höchstselbst nach Leipzig geritten, um den Verteidigern der Stadt Mut zuzusprechen.«

Süssemilch seufzte. »Nun, wie ich bereits sagte, auch wir sind Herzog Moritz verpflichtet – mit Leib und Leben sowie mit Hab und Gut! Daher«, er warf Hans Pätsch einen auffordernden Blick zu, »wird uns der Baumeister nun darüber unterrichten, welche Arbeiten in den nächsten Tagen für die Instandsetzung der Gräben vor der Stadtmauer notwendig sind.« Schumann notierte den Punkt im Protokoll. Er bemerkte, dass manche Ratsherren bei der Ankündigung nervös wurden. Das waren jene, die sich einen Teil der zu Friedenszeiten trockenliegenden Gräben unter den Nagel gerissen und darin Gärten angelegt hatten. Diejenigen, die der Versuchung widerstanden hatten, freuten sich nun – hatten sie doch vorerst keine Verluste zu befürchten. Auch Schumann atmete erleichtert auf. Er lauschte den Ausführungen des Baumeisters mit halbem Ohr, notierte die wesentlichen Fakten und widmete sich nebenher anderen Gedanken.

Gleich im Anschluss an die Ratssitzung würde er sich mit der Fuchsin befassen. Das Weib würde ihm heute – nach etlichen angstvollen und einsamen Tagen in der Fronfeste – vielleicht schon geben, was er wollte: Die Übersetzung des geheimen alchemistischen Buches! Damit wäre er in der Lage, dessen ungeheure Macht für seine eigenen Zwecke zu nutzen, lange bevor Carlowitz, den der Herzog nun erst recht mit Aufträgen und Reisen quer durchs Land auf Trab hielt, überhaupt Wind davon bekäme! Womöglich würde es eine Weile dauern, alle Zutaten zu besorgen und die Elixiere herzustellen, doch auch in dieser Sache war Schumann bereits tätig geworden. Seit zwei Jahren wusste er, dass in dem Haus, dass die Fuchsin von ihrem Großvater geerbt hatte, eine gut bestückte Alchimistenküche verborgen war. Die kleine Kammer war geschickt hinter einer Regaltür verborgen. Schumann hatte sie entdeckt, nachdem das Weib mit Kind und Amme heimlich nach Nikolsburg abgereist war. Aus Prag hatte er sich ein grundlegendes alchimistisches Werk mitgebracht sowie einen Vorrat an mineralischen, pflanzlichen und tierischen Stoffen. Mehrfach hatte er die Alchimistenkammer im Schulmeisterhaus seither genutzt, um erste Versuche anzustellen. Den Schlüssel hatte er sich von Gassenmeister Idermann geben lassen, dessen Hausfrau sich in Abwesenheit des Magisters um den Garten kümmerte. Schumann hatte dem Schmied unter dem Siegel absoluter Verschwiegenheit anvertraut, dass er von höchster Stelle beauftragt worden sei, dem Verdacht nachzugehen, die Fuchsens hätten in ihrem Haus schwarze Magie betrieben. Da der Magister inzwischen in Nürnberg unter Mordanklage stehe und sein Weib sich in Mähren den ketzerischen Wiedertäufern angeschlossen habe, sei das erforderlich, um weiteren Schaden von der Stadt und ihren Bürgern fernzuhalten. Der Gassenmeister hatte nach Luft geschnappt wie ein Fisch auf dem Trockenen und sich mehrfach bekreuzigt. Schumann hatte ihm die abergläubische, papistische Geste durchgehen lassen, da der Mann ihm ohne weitere Fragen den Schlüssel ausgehändigt hatte. Idermann hatte sich auch darum gekümmert, dass der Ofen im Haus regelmäßig geheizt wurde, damit die Fuchsin bei ihrer Rückkehr keinen Verdacht schöpfen würde. Schumann hatte außerdem Sorge getragen, dass ständig ein zuverlässiger Wachmann ein Auge darauf hatte, ob jemand das Haus betrat. Sollte das geschehen, so lautete seine Anordnung, sei derjenige unverzüglich zu verhaften und in die Fronfeste zu bringen. Den Fronmeister und dessen Gehilfen hatte er zu absoluter Verschwiegenheit verpflichtet. Der Stadtschreiber kannte das widerborstige, unnatürliche Wesen der Fuchsin, deshalb rechnete er damit, dass sie ihm trotz ihrer prekären Lage noch Widerstand entgegenbringen könnte. Den würde er brechen!

Während Baumeister Pätsch noch immer auflistete, wo Bäume gefällt, Schuppen und Zäune abgerissen oder Gräben instand gesetzt werden mussten, ballte Schumann unter dem Tisch die Faust. Er würde sich nehmen, was er wollte, und dann dafür sorgen, dass das Weib, das es gewagt hatte, ihn abzuweisen und zu verspotten, auf dem Scheiterhaufen verbrannte! Die Rathausuhr schlug die zehnte Stunde, als Bürgermeister Süssemilch die Ratssitzung beendete. Der Stadtschreiber erhob sich und raffte eilig die Papiere zusammen. Damit würde er sich später befassen. Im Augenblick konnte er es kaum erwarten, die Fuchsin ein erstes Mal zu befragen. Von Amts wegen war das Balthasar Kittels Aufgabe. Doch der unerfahrene Richtherr hatte sie dem Stadtschreiber nur zu gern überlassen. Schumann hatte schon unter dem alten Richter Rische Delinquenten befragt. Außerdem hatte er Kittel erzählt, dass man ihm in der herzoglichen Kanzlei in Dresden nahegelegt habe, die Inhaftierung der Fuchsin vorerst geheim zu halten. Da man die Frau der Ketzerei und Zauberei verdächtige, werde man ihren Fall später, wenn die Kriegswirren ein Ende hätten, dem Schöffenstuhl in Leipzig überantworten. Sichtlich erleichtert hatte Kittel die ganze Angelegenheit daraufhin in Schumanns Hände übergeben. Schließlich gab es noch immer genug Raufereien und Streitfälle, um die sich der frischgebackene Richter kümmern musste.

Kapitel 42

Obwohl sie darauf vorbereitet gewesen war, schrak Sophia zusammen, als sich der Schlüssel rasselnd im Schloss ihrer Zellentür drehte.

»Lasst uns allein!« Der Fronbote, der dem Stadtschreiber den Vortritt gelassen hatte, verharrte auf der Schwelle. »Wie ihr wünscht.« Mit einer respektvollen Verbeugung zog sich Frost zurück und schloss die Tür. Sophia war aufgesprungen. »Was wirft man mir vor?«, rief sie, noch ehe Wolf Schumann ein Wort hervorbringen konnte. Er war gekommen, um das Buch und ihre Übersetzung zu fordern, aber das konnte er selbstverständlich nicht als Anklage gegen sie vorbringen. Sophia hoffte, dass sie sich diesen Umstand irgendwie nutzbar machen konnte.

Schumann musterte sie schweigend. Obwohl ihr Herz raste, hielt sie dem sezierenden Blick stand, ohne zu blinzeln. Der Stadtschreiber, schlank und gepflegt wie immer, trug eine Schaube aus dunkelblauem Samt mit breitem pelzverbrämtem Kragen. Je schwärzer die Seele, desto kostbarer die Hülle, dachte Sophia.

Schumann strich sich nachdenklich über den kurzen schwarzen Bart. »Ihr wollt also wissen, was man Euch vorwirft?« Seine Stimme klang beinah heiter. »Ehebruch – Ketzerei – Hexerei?« Er hob die Hände in einer schwungvollen Geste. »Sucht Euch etwas aus!« Sophia verlor ihre Fassung. »Ehebruch? Hexerei? Was wollt Ihr mir unterstellen? Ich habe niemals …«

»Da seht Ihr's, das genau ist das Problem bei einer solchen

Anklage: Jede Hexe pflegt ihr verwerfliches Treiben zunächst abzustreiten!«, entgegnete Schumann und seufzte. »Ich bin aber keine Hexe!«, rief Sophia zornig. Sie ballte die Fäuste und machte einen Schritt auf ihn zu.

»Das möchte ich Euch nur allzu gern glauben. Schließlich kennen wir uns schon lange.« Er lächelte süßlich. »Und wir wissen beide aus eigener Anschauung, wie schnell es geschehen kann, dass man zum Opfer übler Nachrede wird.« Er blickte sich demonstrativ um. »Saß Eure Freundin Maria nicht einst in dieser Zelle? Soweit ich mich entsinne, wollte der Henker soeben damit beginnen, sie hochnotpeinlich anzufassen, als Euer ...« Sophia bemerkte, wie er bewusst eine Pause vor dem folgenden Wort machte, »... Ehemann mit Euch im Schlepptau im Rathaus erschien, um den Brief zu überbringen, der das liederliche Weib buchstäblich in letzter Minute davor bewahrte.«

Sophia schüttelte den Kopf. Es war nicht diese Zelle gewesen, in der Maria gesessen hatte, das wusste sie genau. Aber sie ahnte, dass Schumann jedes Mittel recht war, sie in Angst und Schrecken zu versetzen. Erschreckt hatte er sie nur für einen kurzen Moment. Angst verspürte sie natürlich, nur eine Närrin würde die Gefahr ignorieren, die von einem skrupellosen Schurken ausging. Aber sie war nicht gewillt, ihre Angst zu zeigen, und auf ein Katz-und-Maus-Spiel würde sie sich erst recht nicht einlassen. Sie verschränkte die Arme unter der Brust und sah ihm in die Augen. »Wer hat mich bezichtigt?«

»Das darf ich Euch nicht sagen.« Schumann zog eine betrübte Miene.

»Wann kann ich den Schösser sprechen?«, fragte sie unbeirrt weiter.

»Sobald die Untersuchungen abgeschlossen sind und er von seiner Reise nach Zwickau zurück ist. Aber das kann dauern. Ihr wisst ja, wie unsicher die Wege in Sachsen und Böhmen derzeit sind. Zunächst einmal bin ich beauftragt worden, mit den Gerichtsknechten eine Haussuchung bei Euch durchzuführen.«

»Eine Haussuchung? Wonach?«, unterbrach Sophia seinen Redeschwall. Freilich wusste sie, dass Schumann hoffte, sie hätte das Buch und dessen Übersetzung bei sich gehabt, als sie aus Mähren zurückgekehrt war. Aber solange der Stadtschreiber seine wahren Absichten vor ihr verbarg, würde sie sich ebenfalls ahnungslos stellen.

»Selbstverständlich nach Utensilien, die mit Zauberei im Zusammenhang stehen könnten. Kristalle, Hexenbücher, verdächtige Kräuter und Zutaten. Sollten wir nichts finden, spräche das für Euch, nicht wahr?« Er lächelte sie an, und Sophia begann zu frösteln. Schumann trat näher. Seine Stimme bekam einen weichen Klang: »Ihr wisst doch, dass ich Euch stets wohlgesinnt war, Sophia. Auch wenn ich gestehen muss, dass es mich damals schon ein wenig enttäuscht hat, als Ihr mich zwei Mal abgewiesen habt.«

Sophia stieg sein Geruch nach Tinte, Bartpomade und Männlichkeit in die Nase. Sie biss die Zähne zusammen, um ihm ihren Abscheu nicht ins Gesicht zu spucken.

»Hättet Ihr Euch das besser überlegt, könntet Ihr jetzt ein großes Haus am Markt im vornehmen ersten Viertel der Stadt Euer eigen nennen. Ihr wärt mit einem Ratsherrn verheiratet, eine ehrbare, angesehene Bürgersfrau, Mutter meiner Kinder, über jeden Zweifel erhaben.« Schumann ließ seine Worte im Raum stehen und betrachtete seine feingliedrigen Hände. Zeigefinger, Mittelfinger und Daumen der rechten Hand waren vom ständigen Umgang mit Tinte schwarzfleckig, der einzige äußere Makel an ihm. »Stattdessen finde ich Euch hier – an einem Ort, der einer Frau wie Euch in keiner Weise entspricht.« Er ließ die Hände sinken und blickte sie vorwurfsvoll an. »Wie konntet Ihr es nur so weit kommen lassen?« Obwohl Sophia ihm am liebsten die Augen ausgekratzt hätte, schwieg sie verbissen. Gerade als sie dachte, sein scheinheiliges Gebaren keinen Augenblick länger ertragen zu können, entschloss er sich zum Gehen. »Wir sehen uns morgen wieder, Fuchsin«, sagte er leichthin.

Nachdem sich die Tür hinter ihm geschlossen hatte, atmete Sophia aus. Ihr Kiefer schmerzte, ihr war schwindelig. Sie ließ sich auf dem Stroh nieder, lehnte sich gegen die Wand und starrte an die tonnenförmig eingewölbte Sandsteindecke. Gedämpft durch dicke Mauern vernahm sie die Geräusche der Stadt: Stimmen, Hundegebell, helles Hämmern auf Metall, weiter entfernt das Rumpeln von Karrenrädern, ein Huhn gackerte schrill.

Wie konntet Ihr es nur so weit kommen lassen? Schumanns Worte kreisten in ihrem Kopf. Wie zum Hohn schien auf einmal die Wintersonne durch die Öffnung in der Wand, die eher einer Schießscharte ähnelte als einem Fenster. Obwohl sie so schmal war, dass nicht einmal ein Kind hindurchgepasst hätte, war in der Mitte noch ein Eisenstab senkrecht in die Mauer eingelassen worden. Sophia vermutete, dass ein Zelleninsasse sich bei diesem Anblick jeden Gedanken an Flucht von vornherein aus dem Kopf schlagen sollte. Doch sie wusste, dass Flucht sogar aus einem unterirdischen Felsenverlies gelingen konnte, wenn dem Gefangenen Hilfe von außen zuteilwurde.

Von einer plötzlichen Unruhe erfasst, stand sie auf. Der Anblick des Brotes, das noch immer unberührt auf dem Holzteller lag, erschien ihr plötzlich verlockend. Ehe sie sich's versah, hatte sie den Kanten mit ein paar großen Bissen vertilgt. Dann begann sie wieder in ihrer Zelle umherzulaufen. Dass bisher nicht einer ihrer Freunde gekommen war, um nach ihr zu sehen, konnte verschiedene Gründe haben. Entweder hatte der Fronmeister sie auf Schumanns Geheiß abgewiesen, oder es war dem Stadtschreiber tatsächlich gelungen, ihre Inhaftierung geheim zu halten. Schließlich standen Gassenmeister und Stadtwachen ebenso im Dienst des Rates wie Meister Frost und seine Knechte. Wie dem auch sei – Sophia musste es gelingen, Maria oder Meister Arnold eine Nachricht zukommen zu lassen.

Schumann wollte ihr weismachen, dass man sie der Zauberei verdächtigte. Das war lachhaft! Im Grunde besaßen alle Frauen Wissen, das von einer Generation zur nächsten weitergegeben wurde: Rezepte zum Kochen und Brauen, zum Haltbarmachen von Nahrung, zur Behandlung von Krankheiten in der Familie. Alle Frauen verwendeten dazu Kräuter. Manche waren darin bewanderter und geschickter als andere. Deshalb wurden sie öfter um Rat gefragt oder um Hilfe gebeten. Die alte Hutzlerin aus der Holdergasse war so eine Frau gewesen. Sophia wusste allerdings auch, dass es viele Leute gab, die Zauber für ein gutes Mittel hielten, Probleme wie einen Nachbarschaftsstreit zu lösen.

»Vergrabe einen Topf mit neunerlei Kräutern, dazu noch Kröten und Schlangen vor der Haustür deiner Nachbarin …«, hatte sie die Stimme der alten Gertrud, der Köchin im Hause ihres Vaters, im Ohr. Sophia hatte damals über den Vorschlag lachen müssen. Natürlich vergrub auch sie Mist auf ihren Beeten, damit das Gemüse besser wuchs. Aber wie sollte ein vergrabener Topf die Nachbarin dazu bringen, endlich die fällige Pacht für die Wiese, die der Vater ihr überlassen hatte, zu zahlen? Die Frau hatte schließlich keine Wurzeln, mit denen sie vor ihrer Tür festgewachsen war! Sophia lächelte in der Erinnerung an den Streit mit Gertrud.

Ihr war klar, dass die alte Köchin nicht die Einzige war, die fest an die Wirksamkeit von Zauberei glaubte. Schadenszauber, Liebeszauber, Segenssprüche zur Abwehr von Krankheiten oder Unglück, das alles gehörte zum Alltag. Die Leute auf dem Land waren davon felsenfest überzeugt. Auch in der Stadt war der Zauberglaube weit verbreitet. Selbst Magister Lauterbach hatte bei einer der letzten Predigten, die Sophia in St. Marien gehört hatte, seinen Freund Martin Luther dazu zitiert: »Es ist ein überaus gerechtes Gesetz, dass die Zauberinnen getötet werden, denn sie richten viel Schaden an, was bisweilen ignoriert wird, sie können nämlich Milch, Butter und alles aus einem Haus stehlen ... Sie können ein Kind verzaubern ... Auch können sie geheimnisvolle Krankheiten im menschlichen Knie erzeugen, dass der Körper verzehrt wird ... sie verabreichen Tränke und Beschwörungen, um Hass hervorzurufen, Liebe, Unwetter, alle Verwüstungen im Haus, auf dem Acker ...« Anschließend hatte er seine Gemeinde ermahnt, sich von derlei Praktiken und anderem Aberglauben fernzuhalten.

Andererseits kannte Sophia genug Menschen, die nicht an die Existenz von Hexerei und Zauberei glaubten und dies mit allerlei Begründungen zu beweisen versuchten. Magister Heinrich Fuchs gehörte dazu. Die Kirche, früher die papistische, aber jetzt auch die Kirche Luthers, war jedoch überzeugt, dass Gott den Menschen durch die Anfechtungen des Teufels prüfe – und zu diesen Anfechtungen gehöre auch die Versuchung, sich durch Zauberei Vorteile zu verschaffen.

Dann fiel Sophia wieder ein, was Schumann gesagt hatte: Jemand hätte sie bezichtigt. In den letzten Tagen waren ihre Gedanken immer wieder bei Maria gewesen, die einst Königin der Bomätscher war. Als Maria vor über zwei Jahren ebenfalls hier eingekerkert worden war, hatte Hidwigk sie aus Eifersucht des Mordes und Raubes beschuldigt.

Sophia wurde es auf dem Steinboden der Zelle zu kühl, deshalb erhob sie sich und begann umherzulaufen. Acht Schritte von der Tür bis zum Fenster, fünf Schritte unter dem Fenster von Wand zu Wand. Das Stroh unter ihren Füßen raschelte. Könnte Schumann sich möglicherweise der Unterstützung dieser Giftschlange versichert haben, um ihr zu schaden? Aber wer würde schon einer Frau glauben, der man wegen Meineides und übler Nachrede die Zunge angenagelt hatte! Doch dann schnaubte sie frustriert auf: Wenn es um Hexen ging, schienen die Leute geneigt, selbst die abstrusesten Dinge zu glauben.

Sophia entsann sich, dass vor Jahren in Dresden eine Frau als Hexe beschuldigt worden war. Die Frau hatte angeblich eine Buhlschaft mit dem Teufel gehabt und sollte sogar zwei Kinder von ihm bekommen haben. Sophia wusste, dass viele Leute aus Pirna extra nach Dresden gefahren waren, um sich die Verbrennung der Hexe auf dem Markt anzusehen. Doch davon abgesehen hatte Sophia weder vorher noch nachher jemals davon gehört, dass in der Umgebung jemand wegen Hexerei oder Zauberei angeklagt worden wäre. Sicher, in anderen Gegenden kam so etwas vor. Der Vater war auf seinen Handelsreisen weit herumgekommen und hatte davon erzählt. Auch deshalb wurde sie das Gefühl nackter Angst, das seit gestern Abend in ihr lauerte, einfach nicht los.

Nachdem sie eine weitere unruhige, kalte Nacht in der Zelle hinter sich gebracht hatte, öffnete sich die Tür am nächsten Morgen und statt des Fronmeisters trat wieder Wolf Schumann ein, frisch gekleidet und rasiert. Sophia blickte ihn an und fühlte sich noch schmutziger und unwohler. Dann bemerkte sie die mahlenden Kiefer und die geballten Fäuste. Der Mann bebte vor Wut. Er sah aus, als wollte er sich jeden Moment auf sie stürzen. Sie wich bis an die Wand der Zelle zurück. Er stutzte. Dann rieb er sich mit der Hand über das Gesicht, als wollte er Müdigkeit vertreiben. Als er sie ansah, trug sein Gesicht wieder den gewohnt gelassenen Ausdruck. Doch Sophias angstgeschärfte Sinne bemerkten den kleinen Muskel, der unter seinem rechten Auge zuckte.

»Es sieht nicht gut für Euch aus, Fuchsin.« Seine Stimme klang gepresst. »Wir haben gestern in Euren Sachen einen Kristall gefunden und ein paar sehr verdächtige Bücher. Alles deutet darauf hin, dass die Zeugin die Wahrheit sagt.«

»Einen Kristall?«, fragte Sophia verdutzt.

»Einen Stein – glitzernd wie Eis, etwa einen Finger lang. Derlei benutzen Hexen für gewöhnlich, um sich in einen Geisteszustand zu versetzen, in dem sie die Zukunft voraussehen können. Tut nicht, als wüsstet Ihr nicht, wovon ich spreche«, erwiderte Schumann höhnisch.

Sophia durchzuckte ein Schreck. Das war der Stein, den Justus ihr gegeben hatte! »Diesen Kristall hat mein Vater von einer seiner Reisen ins Erzgebirge mitgebracht. So etwas findet man dort in den Bergwerken, das weiß jeder. Er ist schön, deshalb habe ich ihn aufgehoben«, log Sophia. Dann erwachte ihre Wut. Wut über die sinnlosen Anschuldigungen, über die Behandlung, die sie seit Wochen erdulden musste, und vor allem Wut auf diesen verlogenen, gierigen Bastard.

»Ich fürchte, Ihr verkennt Eure Situation, Sophia Fuchsin!«, sagte Schumann scharf. »Die Beweisstücke gehen noch heute mit einem Boten nach Dresden zur kurfürstlichen Kanzlei. Der Amtsschösser wird, sobald er von seiner Reise zurück ist, den Prozess gegen Euch eröffnen. Wisst Ihr, wie so ein Hexenprozess abläuft?« Sophia hatte wieder die Arme unter der Brust verschränkt und sah ihn schweigend an. »Nun, zuerst wird Euch die Anklage samt den Zeugenaussagen verlesen. Dann könnt Ihr Euch dazu äußern. Solltet Ihr die Anklagepunkte abstreiten ...«, Schumann blickte sie an und legte die Fingerspitzen aneinander. Schließlich fuhr er fort: »Solltet Ihr alles abstreiten, wird man Euch unter den verschiedenen Graden der Folter erneut dazu befragen. Für gewöhnlich wird mit den leichteren Graden begonnen, Daumenschrauben, Aufhängen an den Händen ...« Wieder ließ er seine Worte einen Moment wirken.

Sophia begann zu frieren. »Solltet Ihr dann immer noch leugnen, steht Euch die Streckbank bevor. Wir haben übrigens ein hervorragendes Modell oben in der Kammer.« Er deutete mit dem Daumen nach oben. Sophia wusste das. Maria hatte ihr erzählt, wie es dort aussah. »Ich habe gehört, die Wasserfolter wäre auch ein sehr wirkungsvolles Mittel, verstockte Hexen zum Reden zu bringen. Ihr bekommt einen Trichter in den Hals geschoben und dann wird euch Wasser hineingegossen. Ihr glaubt ja gar nicht, wie viel Wasser in einen Menschen passt.« Schumann war inzwischen in einen höflichen Plauderton verfallen. »Sobald Ihr gesteht und dem Teufel abschwört, ist die Tortur natürlich zu Ende. Wenn Ihr großes Glück habt, mildert der Kurfürst das Urteil vielleicht vom Feuertod zum Säcken.«

Du widerliches Scheusal, dachte Sophia und knirschte mit den Zähnen. Nur die Gewissheit, dass er ihr körperlich überlegen war, hielt sie davon ab, sich auf ihn zu stürzen.

Überheblich lächelnd fuhr er fort: »Es gibt dennoch Fälle, in denen eine Gefangene auch nach dem letzten Grad der Tortur noch leugnet. Und das wäre der einzig wahre Beweis, dass sie doch keine Hexe ist! Sie wird dann freigelassen und darf nach Hause gehen. Nun, zumindest, falls ihre Beine sie noch tragen.« Sophias Herz begann zu rasen. Sie fühlte, wie ihre Lippen taub wurden. Schwarze Flecken tanzten vor ihren Augen. »Na, na, Ihr werdet doch nicht ohnmächtig werden?« Schumanns Stimme klang besorgt. Er nahm ihren Arm und blickte ihr in die Augen. »Ihr seid noch immer eine schöne Frau, selbst mit dieser unvorteilhaften Frisur und dem Schmutz in Eurem Gesicht.« Er zupfte Stroh aus ihrem Haar. »Wie kommt es eigentlich, dass mich Eure Gegenwart noch immer derart beunruhigt? Es heißt wohl nicht umsonst, dass der Teufel Hexen allerlei Künste lehrt, die Männer um den Verstand zu bringen sollen.« Sein Atem ging schneller.

Mit einem Ruck riss Sophia sich los und trat zur Seite. Die schwarzen Flecken waren verschwunden. Ihre Wut war wieder da, und sie hielt sich daran fest. »Was fällt Euch ein, so zu mir zu sprechen!«

Schumann lächelte. Seine makellosen Zähne leuchteten.

»Ihr solltet Euch darüber klar werden, Sophia, wie dringend Ihr Hilfe braucht. Und ich habe genug Einfluss, um sie Euch zu gewähren.« Seine Stimme war samtweich. Als sie den Mund öffnete, hob er die Hand. »Es liegt mir nicht sonderlich viel daran, Euch unter der Folter schreien zu hören, das müsst Ihr mir glauben! Unter angenehmeren Umständen könnte ich es mir allerdings reizvoll vorstellen.« Er musterte sie mit glitzernden Augen von oben bis unten.

»Was wollt Ihr?«, stieß Sophia hervor. Ihre Wut hatte sich mit Ekel gemischt. Sie fühlte, wie sich ihr Magen zusammenzog. Sie kämpfte gegen die aufsteigende Übelkeit, denn sie wusste, dass sie auf der Hut bleiben musste. Schumann würde ihr gleich seine wahren Absichten enthüllen.

»Außerdem?«, fragte er anzüglich. »Nun fürs Erste könntet Ihr mir sagen, wo Ihr das Buch und die Übersetzung versteckt habt! In der netten kleinen Kammer hinter dem Regal in der Küche Eures Hauses jedenfalls nicht.« Er strich sich über seinen dunklen Bart und lächelte maliziös. »Dort, unter der losen Bodenplatte, wo Ihr einst den rührenden Brief an Euren Ehemann versteckt hattet, habe ich selbstverständlich zuerst nachgesehen.« Er wusste längst von der Alchimistenkammer! Sophia presste die Lippen zusammen. Schumann deutete das auf seine Art. »Ihr wollt nicht? Nun, es ist im Grunde auch nicht nötig, dass Ihr mir bestätigt, was ich ohnehin weiß. Da Hanna nicht mit Euch gekommen ist, wird sie nicht nur Eure kleinen Bastarde hüten, sondern auch diesen Schatz. Entweder habt Ihr sie in Mähren bei den Ketzern gelassen, oder Ihr habt sie nach Leipzig geschickt, ins Haus Eures Onkels. Nicht wahr?«

Sophia schwieg. Von ihr würde er nichts erfahren, was Hanna und die Kinder gefährden könnte. Schumann lehnte sich mit dem Rücken gegen die Wand, verschränkte die Arme und schlug einen Fuß über den anderen, als wollte er gemütlich mit ihr plaudern. »Hier drinnen bekommt Ihr leider nichts mit vom Lauf der Welt da draußen.« Er lächelte nachsichtig. »Aber natürlich wisst Ihr, dass sich Herzog Moritz im Krieg befindet. Erst vor ein paar Tagen ist er in Leipzig gewesen. Er hat dort eine Ansprache gehalten, um die Bürger zu ermutigen, ihre Stadt bis zum Letzen gegen die anstürmenden Truppen seines kurfürstlichen Vetters zu verteidigen. Lasst die Stadt Euer Grab werden, soll er gerufen haben. Die braven Leipziger hätten ihm zugejubelt, wild entschlossen ihre Stadt gegen den Feind zu halten.« Er ließ Sophia nicht aus den Augen. »Inzwischen hat sie der Kurfürst eingeschlossen mit fünftausend Mann zu Fuß und zu Pferde. Johann Friedrich hat Schanzen bauen lassen, die er mit Kanonen bestückt hat. Könnt Ihr Euch vorstellen, was sich dort gerade abspielt?«

Sophia spürte, wie kaltes Entsetzen ihre Glieder lähmte. Ihre Familie saß in einer Stadt unter Kanonenbeschuss fest! Dem Stadtschreiber entging ihre Angst nicht, denn sein Lächeln bekam einen wölfischen Zug. »Wenn die Breschen in der Stadtmauer groß genug sind und die Bürger alle Hände voll damit zu haben, die Brände zu löschen, die überall ausgebrochen sind, wird er seinen Söldnern den Befehl geben zu stürmen.« Er zuckte mit den Schultern. »Da er sie schon seit einiger Zeit nicht mehr ordentlich bezahlen kann, sind sie dann wohl kaum vom Plündern abzuhalten. Erst gestern erreichten den hochwohllöblichen Rat zu Pirna beunruhigende Nachrichten aus Thüringen. Dort haben die kurfürstlichen Truppen Salza und andere Städte gebrandschatzt und furchtbare Gewalttaten an den wehrlosen Bewohnern verübt. Auch vor Frauen und Kindern hätten sie dabei nicht haltgemacht.« Er machte eine Pause, um seine Worte wirken zu lassen. »Ich mag mir nicht ausmalen, wie sich eine Mutter fühlen muss, die ihre Kinder in einer solchen Hölle weiß.« Seine Stimme triefte vor Hohn, und seine Augen bohrten sich in Sophias wie spitze Dolche.

In diesem Moment glaubte sie hinter ihm einen dunklen Schatten an der Wand zu sehen – einen Schatten mit Hörnern und Klauen, der bis zur Decke ragte. Überlange Arme streckten sich nach ihr aus. Entsetzt wandte sie sich ab und schlug die Hände vors Gesicht. Hinter sich hörte sie den Stadtschreiber lachen.

Als sie sich wieder umdrehte, war sie allein in der Zelle. Ihr wurde schlecht, denn sie begriff, dass ihre unbedachte Reaktion dazu geführt hatte, dass Schumann nun genau wusste, wo er Hanna und die Kinder suchen musste. Sie waren an einem Schauplatz des Krieges, und sie konnte nichts tun, außer darum zu beten, dass sie überlebten. Aber konnte Schumann sein Wissen tatsächlich nutzen, falls sie ihm nicht gab, was er verlangte? Wie weit mochte sein Arm reichen? Sie hatte ihn schon einmal unterschätzt! Ihr Magen rebellierte endgültig, und sie übergab sich in den schmutzigen Kübel in der Ecke. Obwohl sie kaum etwas gegessen hatte und bald nur noch Flüssigkeit und Schleim hervorbrachte, konnte sie nicht aufhören zu würgen.

Kapitel 43

Als Wolf Schumann das Rathaus verließ, stand der Zeiger der Rathausuhr bereits kurz vor der Elf. Der Stadtschreiber ärgerte sich, dass sich die heutige Ratssitzung schon wieder unnötig in die Länge gezogen hatte. Davon, dass man die gegenwärtigen Zustände bejammerte, wurden sie auch nicht besser, und es lag nun mal auf der Hand, dass Kriegswirren dem städtischen Handel und Handwerk höchst abträglich waren. Sie alle mussten den Riemen enger schnallen, vor allem jetzt, da der Krieg sozusagen vor den Toren der Stadt stattfand. Herzog Moritz hatte vor einigen Tagen in Dresden das Kriegsrecht verhängt. Nach acht Uhr durfte niemand mehr auf der Straße sein, der keine ausdrückliche Befugnis dafür hatte, fremde Soldaten durften nicht belästigt werden, und neben dem Schießen, waren auch unchristliche Laster wie das Vollsaufen, gottloses Fluchen und Schwören sowie unzüchtige Reden und Gebärden gegenüber Weibspersonen verboten worden. Außerdem hatte der Herzog befohlen, sämtliches Landvolk solle zu den Waffen greifen. Die Städte hatte er aufgefordert, Männer mit bester Wehr und Harnisch nach Hain und Dresden zu senden, damit Moritz für seine Truppen diejenigen unter ihnen auslesen konnte, die am besten gerüstet waren. Selbst die Bergleute aus den Gruben wurden zur Kriegswehr gestellt. Die Städte, in denen sich das kriegswillige Volk sammelte, beschwerten sich über Belästigungen und Übergriffe. Im Heerlager in Freiberg, so hörte man, sollte es zwischen Böhmen, Deutschen und dem Bergvolk gar zu Handgreiflichkeiten mit Verwundeten und Toten gekommen sein. Während sich die Pirnaer Ratsherren vorhin äußerst besorgt über die mangelnde Manneszucht bei den Truppen ihres Landesherrn gezeigt hatten, frohlockte der Stadtschreiber innerlich – alles, was zu einem Sieg des Kurfürsten beitragen konnte, klang in seinen Ohren wie Musik.

Kaum war Schumann daheim angekommen, befahl er, sein Ross zu satteln. Er hatte eine Verabredung in der Nähe von Königstein, die er nicht versäumen durfte. Keine Stunde später stieg er im Hof der Gießhütte von Meister Rabe vom Pferd. Er überließ das Tier einem herbeieilenden Knecht und betrat die zweigeschossige Hütte. Über dem steinernen gewölbten Untergeschoss befand sich ein Obergeschoss aus Fachwerk mit flachem Dach. Es kostete den Stadtschreiber jedes Mal Überwindung, herzukommen. Die dumpfen Schläge aus dem Pochwerk, in dem unablässig Eisengestein zerkleinert wurde, waren schon von weitem zu hören. Aus der Nähe wurde es vom Rauschen des Baches übertönt, der das Wasserrad am Laufen hielt, das die mächtigen Hämmer bewegte. Ein Wasserrad trieb auch die riesigen Blasebälge an, die zum Gebläse des Gießofens gehörten. Ihr Fauchen und Zischen mischte sich in eine Kakophonie aus Rufen, Hufgeklapper und Räderknirschen. Zwei Fuhrleute schimpften lauthals, weil ihnen einige Jungen beim Abladen der Steine am Brennhäusel im Weg standen. Doch anstatt davonzulaufen, bettelten sie weiter darum, helfen zu dürfen. Schumann wusste, dass es ihnen hauptsächlich darum ging, auf der Rückfahrt ein Stück auf einem der spitzrückigen Gäule reiten zu dürfen. Staub knirschte ihm zwischen den Zähnen und ließ ihn husten. Der Qualm, den die Essen ringsum ausspuckten, reizte seine Lunge. Der gewaltige Ofen im Hüttenraum strahlte eine Hitze ab, die er selbst hier draußen, auf dem Hof, spüren konnte. Einmal hatte sich Schumann überreden lassen, beim Ablassen des Hohen Ofens zuzusehen. Noch immer erinnerte er sich mit ehrfürchtigem Schaudern daran, wie sich das flüssige Eisen rotglühend, zischend und qualmend in längliche Sandformen ergossen hatte. Obwohl er sich im Hintergrund aufgehalten und ein Tuch vors Gesicht gebunden hatte, hatte er sich dabei gefühlt wie im Vorhof der Hölle.

In der Hoffnung, dass er den Meister jetzt eher am Mittagstisch als in der Gießhütte finden würde, steuerte er ein eingeschossiges Gebäude an, das sich von den Hütten der Arbeiter nur dadurch unterschied, dass es aus Sandsteinquadern errichtet worden war und ein Dach aus Ziegeln hatte. Er sah, dass er richtig vermutet hatte, als er die Diele betrat.

»Ah, Schumann! Welche Freude, dass Ihr uns wieder einmal die Ehre gebt.« Hans Rabe scheuchte eine der Mägde auf, die mit ihm und seiner erwachsenen Tochter an dem langen Tisch hockten und einen Eintopf löffelten, dessen herzhafter Speckgeruch seinen leeren Magen knurren ließ. »Eil dich, Grete, hol eine Schüssel und einen Löffel für unseren hochverehrten Gast!«

Die junge Frau, die neben Rabe gesessen hatte, erhob sich sofort, um Schumann ihren Stuhl anzubieten. Aber erst nachdem alle aufgegessen und den Stadtschreiber mit dem Hausherrn bei einem Krug Bier allein gelassen hatten, richtete Meister Rabe erneut das Wort an ihn. »Nun, dann lasst mich sehen, was mein Jüngster zu berichten hat!« Er streckte seine schwielige Hand aus, die von unzähligen Brandnarben übersät war. Schumann zog einen zerknitterten Brief aus seinem Wams. »Ich hoffe, Euer Bruder ist weiterhin mit ihm zufrieden?« Meister Rabe entfaltete das Blatt mit einiger Mühe. »Aber gewiss!« Schumann nickte. »Er meint, einen tüchtigeren Lehrburschen, als euren Andres hätte er nie gehabt.« Er sah, wie ein stolzes Lächeln über das zerfurchte Gesicht des Meisters huschte, der die wenigen Zeilen seines Sprösslings überflog. Rabe legte das

Blatt beiseite und nahm einen kräftigen Schluck Bier. »Ihr wisst, dass Ihr was bei mit guthabt für den Dienst, den ihr einem alten Vater so großzügig erweist!« Er wischte sich mit der Hand die Biertropfen aus dem Bart und lächelte beinah entschuldigend. »Außer meinen beiden ältesten Töchtern ist von den zehn Kindern, die mein seliges Weib geboren hat, nur Andres übriggeblieben, der Jüngste. Seine Mutter hat ihn nach Strich und Faden verhätschelt. Aber Euer Bruder scheint dennoch einen guten Schmied aus ihm zu machen.« Schumann nickte. Er wartete ungeduldig darauf, dass Rabe auf das zweite Thema zu sprechen kam, das ihm am Herzen lag – seine Gießhütte und deren begehrte Erzeugnisse.

Sie waren der Grund, warum der Stadtschreiber im Herbst beschlossen hatte, den Boten für den neuen Lehrjungen seines Bruders zu spielen. Dabei kam es ihm zupass, dass er Hans Rabe bereits kannte. Als der Eisengießer vor fünf Jahren aus Gießhübel nach Hütten übergesiedelt war, hatte er ihn als Notar unterstützt. Es war um einen Teilungsvertrag für die Benutzung des Wassers aus dem Hammerbach gegangen.

Nach einem weiteren Schluck aus seinem Krug schien Hans Rabe bereit dafür. »Dabei könnte ich den Bengel zurzeit selbst in der Gießhütte gebrauchen!« Der Meister kratzte sich den muskelbepackten Nacken. »Der Schösser verlangt, dass wir hier ununterbrochen arbeiten, um die Forderungen des Herzogs nach mehr Kugeln und Kriegsgerät für das Zeughaus in Dresden zu erfüllen. Schon übermorgen soll ich eine neue Wagenladung schicken. Dabei sind mir letzte Woche zwei weitere Arbeiter abhandengekommen.« Er schlug verärgert mit der Hand auf die Tischplatte. »Haben sich als Waffenknechte für die Truppen des Herzogs werben lassen, die tumben Nichtsnutze!«

Die stämmige Tochter des Meisters kam aus der Küche, um ihre Bierkrüge aufzufüllen. Dabei warf sie einen vorwurfsvollen

Blick auf Schumann, dessen Krug noch nicht einmal zur Hälfte leer war. Er wollte einen klaren Kopf behalten, um sich alle Einzelheiten dessen, was Rabe erzählen würde, einzuprägen. Gleich morgen, wenn er wieder in Dresden zu tun hatte, würde er das Erfahrene Margaretha hinterbringen, die es an ihre ehemalige Herrin Elisabeth nach Rochlitz weiterleiten würde. Natürlich hätte er die Details auch daheim in der Pirnaischen Eisenkammer erfahren können, doch es könnte verdächtig wirken, wenn er sich dort umhörte. Wohlwollend tätschelte er den blonden Lockenkopf des Kindes, das am Rockzipfel von Rabes Tochter hing und ihn aus großen blauen Augen anstarrte. »Einen reizenden kleinen Jungen habt Ihr da«, sagte er. »Ja, nicht wahr?« Ein Lächeln verschönte das herbe Gesicht der jungen Frau. »Geh und sorg dafür, dass der Rotzbengel dir nicht ständig nachläuft! Kommst am Ende noch ins Gerede mit ihm«, brummte Rabe ungehalten. Seine Tochter errötete, hob das Kind auf den Arm und verschwand in der Küche. »Die gutmütige Trine hat ihn mitgebracht, als sie letzte Woche bei ihrer Muhme in Schandau war. Die hatte den Jungen aufgenommen, nachdem seine Eltern im Sommer an einem Fieber gestorben waren. Jetzt, da sie selbst krank und auf Hilfe angewiesen sei, könne sie das Kind nicht länger behalten, hatte sie behauptet.« Der Meister lachte abfällig. »Wird heilfroh gewesen sein, dass meine Tochter ihn gleich mitgenommen hat. Dabei ist er noch in einem Alter, wo er ausschließlich Arbeit macht. Wird noch ein paar Jahre dauern, bis der irgendwo mit anpacken kann!« Er stöhnte.

Schumann, der sich nur aus Höflichkeit nach dem Kind erkundigt hatte, fand, dass es an der Zeit war, wieder auf den eigentlichen Grund seines Besuchs zurückzukommen. »Habt Ihr nicht erst vor Kurzem eine Wagenladung zur Eisenkammer nach Pirna auf den Weg bringen müssen?« Rabe lachte grunzend. »Nicht nur eine, gleich zwei sollte ich vor drei Wochen liefern!« Mitfühlend erkundigte sich Schumann, wie der

Gießer unter diesen Umständen seine anderen Aufträge erfüllen könne. »Andere gibt es nicht mehr!« Rabe schüttelte verdrießlich sein ergrautes Haupt. »Selbst die Bergwerke darf ich derzeit nicht beliefern, damit ich mich ganz und gar auf die Aufträge für das Zeughaus konzentrieren kann. Wenn es so weitergeht, fürchte ich allerdings, dass es mir bald am nötigen Eisengestein fürs Hammerwerk fehlen wird.«

»Gibt es denn schon Anzeichen für ein Versiegen des Nachschubs aus den Gruben?«, erkundigte sich Schumann atemlos. Das wäre doch mal eine wahrhaft wichtige Nachricht für die gegnerische Seite!

Der Eisengießer setzte den Krug ab, den er fast geleert hatte. »Ich denke schon. Wenn Kaiser Karl unserem Herzog nicht bald zu Hilfe kommt mit seinen verfluchten spanischen Soldaten, wird Moritz in ernste Schwierigkeiten geraten.« Der Stadtschreiber verkniff sich ein Grinsen und lenkte das Gespräch vorsichtig auf die anderen Gießer, mit denen der Meister aus Hütte in Kontakt stand. Auch sie hätten dieselben Sorgen, hörte er. Kurz darauf betrat einer von Rabes Gesellen, ein rotgesichtiger Mann mit einer langen Lederschürze vor dem Bauch, die Diele. »Meister, das nächste Stück ist gar geblasen.« Schumann wusste, was das hieß: Wenn ein Stück gar geblasen war, was alle sechs bis acht Stunden geschah, war es Zeit, das flüssige Eisen auszugießen. Rabe erhob sich. »Bitte bleibt noch und trinkt aus«, sagte er und reichte dem Stadtschreiber die vernarbte Hand zum Abschied.

Schumann ließ sich noch einmal durch den Kopf gehen, was Rabe berichtet hatte. Als er seinen Stuhl zurückschob, öffnete sich die Küchentür. Die Tochter des Hauses kam heraus, um den Gast zu verabschieden, das goldgelockte Knäblein im Schlepptau. Im Stall fand er sein Pferd gefüttert und aufgesattelt vor. Er war froh, dass er ohne weitere Verzögerung losreiten konnte, denn er hatte beschlossen, Margaretha schon heute aufzusuchen. Das hatte er sich verdient nach dem unerquicklichen Morgen in der Ratsstube! Im Galopp jagte er die Straße Richtung Pirna hinab. Er erreichte die Stadt in kürzester Zeit, ließ sie rechts liegen und trieb sein Pferd weiter über die Landstraße nach Dresden. Der kalte Wind pfiff ihm um die Ohren, doch nach dem Aufenthalt in verrauchten Hütten erschien ihm das eine Wohltat. Erschöpft und zufrieden erreichte er am Nachmittag das kleine Gut der Freifrau von Bünau. »Reib ihn ordentlich trocken und gibt ihm reichlich Wasser und Hafer!«, befahl er dem Jungen, der das Pferd entgegennahm.

Margaretha blickte ihm erstaunt entgegen, als der alte Diener ihn in die Stube brachte. »Nanu!« Ihre blonden Augenbrauen krochen wie seidige kleine Raupen ihre Stirn hinauf. »Wolltet Ihr nicht erst morgen kommen, mein lieber Wolf?« Schumann lächelte geheimnisvoll, während er zum Ofen hinüberging, um seine erfrorenen Finger an den heißen Kacheln aufzutauen. Margaretha wippte ungeduldig auf den Zehenspitzen. »Schön, dass Ihr Euch bei mir wie zu Hause fühlt, Stadtschreiber«, sagte sie spitz. »Dennoch wüsste ich gern, welchem außerordentlichen Umstand ich heute die Ehre Eures Besuchs zu verdanken habe.« Offenbar hatte sie gerade über einer Schreibarbeit gesessen, denn sie hielt noch immer den Federkiel zwischen den Fingern, und auf dem Tisch entdeckte Schumann einen Bogen Papier, Löschsand sowie ein Schälchen mit Siegellack und eine Kerze. »Wie ich sehe, schreibt Ihr gerade an Eure ehemalige Herrin«, sprach er seine Vermutung aus. Ein kurzes Zucken ihrer Augenlider verriet ihm, dass er richtiglag. Er lächelte. »Nun, dann könnt Ihr Elisabeth gleich mitteilen, was ich vorhin über einige Lieferungen für das Zeughaus in Dresden erfahren habe.« Margarethas blaue Augen weiteten sich. »Erzählt!«, verlangte sie und warf den Federkiel auf den Tisch, wo er einen kleinen schwarzen Fleck auf dem polierten Kirschbaumholz hinterließ. Sie leckte sich über die Lippen, während sie einen Schritt auf ihn zukam. Eine Welle der Erregung pulsierte durch Schumanns Lenden und vertrieb den letzten Rest der Kälte aus seinem Körper, doch er mahnte sich zur Konzentration. Daran, sie härter zu reiten als vorhin seinen Gaul, konnte er später denken. Nachdem er ihr alles berichtet hatte, was er bei Rabe in Erfahrung gebracht hatte, läutete Margaretha nach ihrer Magd. »Richte einen Krug mit heißem Würzwein und bring von dem Gebäck, dass du vorhin in den Ofen geschoben hast!« Die alte Frau schlurfte zurück in die Küche. Ihre Herrin griff nach dem Federkiel, reinigte ihn sorgfältig mit einem Läppchen, tauchte ihn in das Tintenfass und fuhr fort, den begonnenen Brief zu schreiben. Schumann, sich selbst überlassen, setzte sich ihr gegenüber an den Tisch. Erst jetzt fiel ihm auf, dass es im Haus nach Gebackenem duftete – etwas, das er hier noch nie erleben durfte. Kurz darauf brachte die alte Frau tatsächlich einen Krug mit dampfendem Wein und einen Teller, auf dem winzige Küchlein lagen. Der Geruch nach Zimt, Honig und Mandeln ließ das Wasser in Schumanns Mund zusammenlaufen. Er hatte den Teller fast leergegessen, als Margaretha den Federkiel weglegte und eine großzügige Portion Streusand auf dem Blatt verteilte. Sie schnappte ihm die letzten beiden Küchlein vor der Nase weg, steckte sie in ihren Mund und sah ihn überaus zufrieden an, während sie kaute. »Dafür, mein Lieber, habt Ihr heute einen Wunsch frei«, sagte sie, nachdem sie geschluckt hatte. Schumann trank den Wein aus, dann stand er auf, kam um den Tisch herum und legte seine Hände auf ihre Schultern. »Da wüsste ich schon was«, flüsterte er ihr heiser ins Ohr. »Nun denn«, sagte sie, indem sie sich mit einer Anmut erhob, die jahrelange Übung verriet, »folgt mir nach oben!«

Eine Stunde später lag er nackt und verschwitzt neben ihr. Zum ersten Mal, seitdem sie mit ihm das Bett teilte, hatte sie nicht verlangt, dass er sich ihren Wünschen fügte. Er betrachtete die roten Male, die seine Finger auf ihrer blassen Haut hinterlassen hatten, und sagte sich, dass auch eine Edelfrau letzten Endes nicht anders war als ein ordinäres Weib. Doch das nagende Gefühl in seinen Eingeweiden, das wusste er inzwischen, konnte ohnehin von keiner Frau befriedigt werden. »Was schaut Ihr so düster?« Margaretha hatte sich aufgesetzt und blickte strafend auf ihn herab. »Dabei hätte ich viel eher einen Grund dazu, denn ich werde tagelang mit blauen Flecken umherlaufen«, maulte sie. »Was seid Ihr nur für ein Grobian!« Schumann dachte, auch wenn er ihrer allmählich überdrüssig wurde, sollte er sich ihr Wohlwollen noch nicht verscherzen. »Bitte verzeiht«, sagte er, während er ihren Oberschenkel streichelte. »Ich fürchte, heute ist der Ärger über eine andere Frau mit mir durchgegangen!«

Sie zuckte zurück und musterte ihn aus misstrauisch zusammengekniffenen Augen. Schumann merkte, dass er einen Fehler begangen hatte, setzte sich auf und nahm sie in seine Arme. »Es ist nicht das, was Ihr denkt«, versicherte er. »Ach nein?« Wie eine Schlange wand sie sich aus seiner Umarmung und rückte an den Rand des Bettes. »Das müsst Ihr schon genauer erklären!«

Der Stadtschreiber biss sich auf die Zunge und verfluchte sich für seine Unaufmerksamkeit. Doch dann sagte er sich, dass es durchaus zweckmäßig sein konnte, sich Margarethas Ansicht über die verstockte Fuchsin anzuhören. Schließlich war die Edelfrau auch ein Weib, das es nicht gelernt hatte, seinen angestammten Platz in der Welt zu akzeptieren, und er musste ihr nicht einmal alles enthüllen, was mit der Angelegenheit zu tun hatte.

»Ich brauche Informationen von der Frau – äußerst wichtige Informationen«, begann er vage. »Ich brauche sie schnell, doch das Weib ist verstockt und will mir nichts erzählen.«

»Ich vermute, Ihr habt Ihr bereits gedroht?«, erkundigte sich

Margaretha mit hochgezogenen Augenbrauen. Schumann nickte. »Ich fürchte, sie würde mir nicht einmal unter der Folter sagen, was ich wissen will«, gestand er. »Habt Ihr denn eine offizielle Handhabe, um gegen sie vorzugehen?«, bohrte Margaretha weiter. »Das schon«, Schumann winkte ab. »Ich habe sie gefänglich einziehen lassen, da sie sich der Ketzerei schuldig gemacht hat und der Zauberei. Beides kann ich beweisen.« Er überlegte einen Augenblick, wie er mehr sagen konnte, ohne allzu viel preiszugeben. »Aber das, was ich von ihr wissen möchte, könnte unserer Sache schaden, wenn es den falschen Leuten zu Ohren käme«, behauptete er schließlich. Margaretha schaute etwas skeptisch drein, doch er spürte, dass er sie nun auf seiner Seite hatte. »Noch wissen nur wenige von der Geschichte«, fuhr er fort, »sodass ich sie auch jederzeit auf andere Weise beenden könnte.« Er schlug die Augen nieder, damit sie ihm nicht ansehen konnte, welchen Fantasien er sich in den letzten Tagen hingab, wenn er über das Ende des Weibes in der Fronfeste nachdachte.

»Erzählt mir mehr!«, verlangte Margaretha. »Welche Art Frau ist sie?« Schumann strich sich über den Bart und dachte nach. »Sie kommt aus einer angesehenen Familie«, begann er langsam. »Doch da ihre Mutter früh verstarb und ihr Vater es nicht schaffte, ihr ungezügeltes Wesen zu bändigen, kennt sie ihren Platz nicht. Sie macht sich gemein mit Tagelöhnern und liederlichen Weibern und nennt es christliche Nächstenliebe. Dem Mann, der sie ehelichte, obwohl sie das Kind eines anderen im Leib trug, ist sie bei Nacht und Nebel davongelaufen, um bei Ketzern in Mähren zu leben.«

»Hat sie ihr Kind zurückgelassen?«, fragte Margaretha. »Aber nein!« Schumann schüttelte den Kopf. »Sie liebt ihren Sohn abgöttisch, konnte es kaum ertragen, als sie ihm nicht mehr selbst die Brust geben konnte. Aber falls Ihr mir raten wollt, das Kind gegen sie zu verwenden, kann ich Euch versichern, dass mir das auch schon eingefallen ist. Ich bin kein Narr!« Er schnaubte und trat das Kissen weg, das zu seinen Füßen lag. »Leider habe ich keinen Zugriff auf das verfluchte Balg!«

Margaretha hob das Kissen auf, warf es ihm vor die Brust und ließ ihr glockenhelles Lachen erklingen. »Ihr seid vielleicht kein Narr, aber eben doch nur ein tumber Mann«, rief sie. »Ihr braucht ihren Sohn gar nicht!« Ihre Stimme klang, als spräche sie mit einem nicht sonderlich gescheiten Kind. Schumann krallte seine Finger das Kissen und spürte, wie der leinene Bezug, während er sich vorstellte, er hielte ihre zarte Kehle umklammert, an einer dünnen Stelle riss. »Findet ein Kind, das ihm in Alter und Aussehen einigermaßen ähnelt, zeigt es ihr und droht, furchtbare Dinge mit ihm tun.« Sie lächelte ihn unschuldig an. »Es würde mich sehr wundern, wenn Ihr damit keinen Erfolg haben solltet!« Schumann ließ das malträtierte Kissen fallen und starrte sie an, als sähe er sie zum ersten Mal. Noch ein Weib, das er unterschätzt hatte! Er nahm ihre Hand und küsste sie. »Vielen Dank für Euren Rat, meine Liebe! Aber nun werde ich mich verabschieden und ihn umgehend in die Tat umsetzen.« Der Herr meint es gut mit mir, dachte er, während er sich ankleidete. Hätte er ihn sonst ausgerechnet heute Morgen ins Haus von Meister Rabe geführt, der sich durch einen Waisenjungen, den seine Tochter angeschleppt hat, gestört fühlte? Hanna, das verräterische Luder, war ihm einmal auf der Gasse mit dem Sohn der Fuchsin begegnet. Der Junge hatte die gleichen Augen wie sein Vater gehabt – blau wie Aquamarin –, und unter seinem Mützchen hatten blonde Locken hervorgeschaut. Es dürfte nicht sonderlich schwer werden, dem Eisengießer den Bengel abzuschwatzen – zumal, wenn er der Tochter versicherte, er wolle ihn in seinem Hause aufziehen lassen, weil der Herr ihm bisher keinen eigenen Sohn geschenkt habe.

Kapitel 44

Wieder war eine Reihe von Tagen vergangen, ohne dass Sophia außer ihren Wärtern eine Menschenseele zu Gesicht bekommen hätte. Nur der Stadtschreiber war noch einmal aufgetaucht. Wie bei seinem letzten Besuch hatte er ihr die Gräuel der Folter ausgemalt, und sie hatte voller Abscheu beobachtet, wie ihn das erregte. Auch deshalb hatte sie versucht, sich diesmal keine Angst anmerken zu lassen. Stattdessen hatte sie ihm die ganze Zeit über in die Augen gestarrt, und zum Schluss schien er ein wenig den Spaß an seinen widerwärtigen Schilderungen zu verlieren. Allerdings hatte er, bevor er endgültig gegangen war, noch einen Versuch unternommen, sie auf andere Weise zu erschüttern. »Damit Ihr auch weiterhin über das Geschehen in der Welt auf dem Laufenden seid, will ich Euch sagen, dass Johann Friedrich die Belagerung Leipzigs nach der dritten Woche abgebrochen hat. Ihr müsst Euch also keine Sorgen mehr um Eure Kinder machen.« Sein falsches Lächeln hatte sie mit einem abfälligen Schnauben quittiert. »Ich habe in den nächsten Tagen Amtsgeschäfte in der Gegend zu erledigen. Dann kann ich dem Haus Eures Onkels einen Besuch abstatten und nachschauen, ob die lieben Kleinen wohlauf sind.« Er hatte sich mit zwei Fingern über den Bart gestrichen. »Oder vielleicht passe ich Hanna ab, wenn sie mit ihnen draußen spazieren geht? Sie kennt mich besser als Euer Onkel, dem ich nur einmal auf Eurer Hochzeit begegnet bin. Was meint Ihr?«

Diesmal hatten seine versteckten Drohungen sie nicht unvorbereitet getroffen, und es war ihr gelungen, die Fassung zu bewahren. Aber kaum hatte er sie verlassen, musste sie sich setzen, weil ihre zitternden Beine sie nicht länger tragen wollten. Danach hatte sie stundenlang auf dem Boden gehockt und gebetet. Sie hatte an Bruder Nikolaus gedacht, der es allein durch Gottvertrauen geschafft hatte, den Felsenkerker unter dem Falkenstein zu überleben und nicht an der seelischen und der körperlichen Qual der langen Haft zu zerbrechen. Darüber hinaus hatte sie sich immer wieder gesagt, dass Hanna um die Gefahr wusste, die von Schumann ausging, und sich vorsichtig verhalten würde, um die Kinder nicht zu gefährden.

Sie hatten in Prag beschlossen, dass Onkel Laurenz die Wahrheit erfahren sollte. Auch er würde achtgeben, damit Justus und Clara nichts geschah. Trotzdem machte ihr die Einsamkeit zwischen den erdrückenden Mauern mehr und mehr zu schaffen. An manchen Tagen, wenn graue Winterwolken die Sonne verhüllten, drang kaum Licht durch den schmalen Fensterschlitz. Dann kauerte sie auf dem Stroh in der Ecke ihrer Zelle und fühlte sich, als wäre sie lebendig begraben. Die allgegenwärtige Kälte machte nicht nur ihre Glieder steif – sie drang bis in ihre Seele, und manchmal ertappte sich Sophia gar bei dem Gedanken, ob es am besten wäre, wenn sie einfach sterben würde.

Sie holte tief Luft und nahm ihren Gang durch die Zelle wieder auf. Sie durfte sich der Trübsal nicht hingeben, und dazu musste sie in Bewegung bleiben. Das Rasseln eines Schlüsselbundes ließ sie abrupt innehalten.

»Bringt noch eine Fackel, Meister Frost!« Das war die Stimme des Stadtschreibers. »Wir wollen doch nicht, dass sich der kleine Kerl hier drinnen fürchtet!« Bei den Worten ballten sich Sophias Innereien zu einer Faust. Der Fronmeister kam herein. Er mied ihren Blick, steckte zwei Fackeln in die eisernen

Halterungen neben der Tür und trollte sich. Schumann betrat die Zelle. Der Stadtschreiber ging langsam, um seine Schritte denen des Kindes anzupassen, das neben ihm hertrippelte. Sophia schnappte nach Luft. Nur mit Mühe konnte sie den Impuls, nach vorn zu stürzen, unterdrücken. Das war nicht ihr Sohn! Auch wenn der Knabe Justus auf erschreckende Weise ähnelte, sah sie sofort, dass er jünger war – sie schätzte ihn auf zwei Jahre.

Der Stadtschreiber hob den Kleinen auf seinen Arm und kam näher. »Schau nur, Matz, das ist die Frau, von der ich dir erzählt habe«, sprach er mit sanfter Stimme. »Sie hat einen Sohn, der sieht fast so aus wie du. Sie liebt ihn sehr, weißt du.« Er lächelte das Kind an, das ihn ernst aus runden blauen Augen anblickte. »Ob deine Mutter dich auch so geliebt hat?« Er sah Sophia an. »Jetzt ist sie jedenfalls tot, genauso wie sein Vater. Matz hat auch keine anderen Verwandten, denn man hat ihn mir einfach so überlassen.« Der Stadtschreiber seufzte. »Nun, Kinder sind schließlich eine Last, die man nur dann zu tragen bereit ist, wenn es sich um das eigene Fleisch und Blut handelt, nicht wahr? Dabei ist Matz ein braver kleiner Kerl, das kann ich Euch versichern. Seitdem er bei mir ist, hat er noch kein einziges Mal geweint.« Bevor sie zurückweichen konnte, hatte er ihr das Kind in den Arm gedrückt. »Seht Ihr? Er scheint zu spüren, dass sein Überleben davon abhängt, ob ihn die Leute mögen. Schlaues Balg!« Sein tintenbefleckter Zeigefinger näherte sich der Wange des Kindes, doch Sophia drehte es reflexartig von ihm weg. Schumann lachte, verschränkte die Hände hinter dem Rücken und sah sich in der Zelle um. »Dennoch habe ich keinen Verwendungszweck für ein Kind in diesem Alter. Ihr könnt ihn also behalten, wenn Ihr mögt!«, fuhr er in freundlichem Plauderton fort.

Sophia drückte das Kind an sich, das merkwürdig teilnahmslos wirkte. »Habt Ihr den Verstand verloren, Stadtschreiber?«, flüsterte sie. Er beugte sich nach vorn und kam dabei mit seinem Gesicht ganz nah an ihres. Sie wollte weiter zurückweichen, spürte aber in ihrem Rücken die Mauer. »Mitnichten habe ich das!«, zischte Schumann und bleckte die Zähne. Der Junge zuckte nun doch zusammen und barg sein Gesicht an Sophias Hals. »Das Leben dieses Kindes gegen das Buch und Eure Übersetzung – das ist der Handel, den ich Euch gerade anbiete.« Nachdem der Sinn seiner Worte Sophias Verstand erreicht hatte, wankte sie. Sie wagte nicht, zu fragen, was geschehen würde, falls sie sich weigerte. Mechanisch strich sie dem Kind über den Rücken, während sie sich zwang, weiter zu atmen. Der Stadtschreiber beobachtete sie mit dem Blick eines hungrigen Habichts. Wie Donnerhall hörte Sophia den eigenen Herzschlag in ihren Ohren dröhnen. »Ich werde Euch jetzt verlassen, damit Ihr in Ruhe nachdenken könnt«, sagte Schumann endlich.

Sophia schloss die Augen. Ihre Beine zitterten so sehr, dass sie fürchtete, mitsamt dem Kind auf den Boden zu stürzen. Sie hörte, wie die Tür zufiel und der Schlüssel sich quietschend im Schloss drehte, während sie Stück für Stück an der Wand nach unten rutschte. Eine Weile saß sie reglos da und wiegte das Kind, das ab und an leise schniefte. Sie flüsterte ihm Koseworte zu und zusammenhanglose Sätze, die mehr dazu dienten, sich selbst zu beruhigen als den Jungen. Der Stadtschreiber, dessen war sie sich sicher, hatte Matz etwas eingeflößt – vielleicht ein Schlafmittel. Tatsächlich erschlaffte der kleine Körper des Jungen bald in ihren Armen. Sie bettete ihn vorsichtig ins Stroh, zog die Decke über ihn und strich die zerzausten Locken aus seinem Gesicht.

Das weiche Haar unter ihren Fingern fühlte sich an wie das ihres eigenen Sohnes, und auch die dunkelblauen Augen ähnelten denen von Justus auf beunruhigende Weise. Andererseits hatte der Kleine einen viel stämmigeren Körperbau als ihr zartes Kind. Niemand, der Matz sah, würde ihn für ein Mädchen halten. Sein kräftiger Nacken und das breite Kreuz verrieten schon jetzt, dass er einmal zu einem stattlichen Mann heranwachsen würde. In seiner Halsbeuge bemerkte Sophia ein kleines Muttermal. Während sie das schlafende Kind betrachtete, fiel ihr auf, dass Schumann die Fackeln dagelassen hatte.

Das war bestimmt kein Versehen, dachte sie. Er wollte, dass sie sich das Kind genau anschaute – es war Teil seines Plans. Trotzdem, das rief sie sich streng in Erinnerung, war der Stadtschreiber weder der Teufel selbst noch so allmächtig, wie er sie glauben machen wollte. Das zeigte sich daran, dass er seine Strategie, sie zur Herausgabe des Buches zu zwingen, in den vergangenen Wochen mehrfach gewechselt hatte. Zuerst hatte er versucht, ihr mit einem Prozess wegen Hexerei zu drohen. Wäre der bereits im Gange, hätte der Richtherr sie längst befragt, und ihre Verhaftung hätte sich in der Stadt herumgesprochen. Stattdessen war sie mehr denn je davon überzeugt, dass Schumann jedes Aufsehen um ihre Person verhindern wollte. Wie lange konnte ihm das noch gelingen? Gegenwärtig hatten die Herren vom Rat alle Hände voll zu tun, um die Stadt einigermaßen unbeschadet durch die Wirren des Krieges zu bringen. Das mochte ihm dabei helfen, sein absurdes Spiel noch ein wenig länger zu treiben.

Nachdem er versucht hatte, ihr Angst einzujagen, indem er ihre Kinder bedrohte, hatte er ihr heute den Waisenknaben gebracht. Das war wohl durchdacht und perfide, doch andererseits bewies es Sophia, dass Schumann nicht an Justus oder Clara herangekommen war.

Sie kuschelte sich an das schlafende Kind und zog die Decke auch über sich. Nicht zum ersten Mal zog sie in Erwägung, Schumann einfach zu geben, wonach er verlangte. Aber was würde dann aus ihr werden? Er hatte versprochen, sie freizulassen. Doch konnte er das überhaupt noch? Zumindest für den

Fronmeister und die beiden Knechte musste er eine vernünftige Erklärung dafür finden. Sollte es sich in der Stadt herumsprechen, dass er eine Frau erst wegen Zauberei verhaftet hatte, um sie nach einigen Wochen wieder freizulassen, würde das scharfe Fragen nach sich ziehen. Geistig wie körperlich erschöpft, schloss Sophia die Augen und nickte ein.

Sie erwachte, als das Kind an ihren Haaren zupfte. Es hatte nasse Hosen und weinte. Sie strich ihm über den Kopf, eilte zur Tür, klopfte und rief, bis Meister Frost endlich öffnete. Verwirrt starrte er auf das Kind, das sie ihm entgegenhielt. »Er braucht trockene Windeln und etwas zu essen«, rief sie wütend. »Wie könnt Ihr nur zulassen, dass der Stadtschreiber ein kleines Kind bei mir einsperrt!«

Zu ihrer Überraschung nahm der vierschrötige Mann den Kleinen sofort auf den Arm. »Er hat den Jungen hier vergessen?« Frost kratzte sich mit der freien Hand im Nacken. »Der sollte doch bei meinem Weib bleiben. Schumann hat ihr gutes Geld dafür gegeben, dass sie ihn heute mit unseren eigenen Kindern versorgt, bis er Gelegenheit hatte, mit seiner Frau zu sprechen. Wenn sie zustimmt, soll der Junge in Schumanns eigenem Haus aufwachsen.« Er warf Sophia einen strafenden Blick zu. »Der Stadtschreiber ist einer, der's ernst nimmt mit der christlichen Nächstenliebe«, erklärte er verschnupft. »Nur manchmal ist er ein bisschen zerstreut, weil er so viel gleichzeitig machen muss.« Bevor Sophia etwas erwidern konnte, war Frost mit dem Kind nach draußen gegangen, wo er seinem Knecht befahl, ihre Zelle zu verschließen.

Ha, Nächstenliebe, dachte sie und schnaubte wütend auf. Schumann liebt sich vermutlich nicht einmal selbst! Der Stadtschreiber, so selbstherrlich er auch auftrat, hielt sich im tiefsten und dunkelsten Winkel seiner Seele für eine verworfene Kreatur. Daher fürchtete er nicht nur den eigenen Tod, sondern auch die ewige Verdammnis danach. Das hatte sie aus dem herausgehört, was er ihr bei seinen Besuchen unabsichtlich offenbart hatte. Aus irgendeinem Grund war er davon überzeugt, dass das Buch aus der Klosterbibliothek ein Rezept enthielt, um den Stein der Weisen herzustellen und Unsterblichkeit zu erlangen. Darum wollte er ihre Übersetzung unbedingt haben. Sophia fand es beängstigend, aber sie konnte seine Besessenheit sogar verstehen, denn auch sie war ihr halbes Leben lang dem Wunschtraum hinterhergejagt, das Buch könne sie von ihrer Angst vor dem Tod befreien. Sie lächelte, weil ihr bewusst wurde, dass dies auch geschehen war – nur auf ganz andere Weise, als sie es sich vorgestellt hatte. Die Entscheidung über Leben und Tod lag in Gottes Hand, so wie das meiste andere auch. Aber ihr stand es zu jeder Zeit frei, Glaube, Liebe und Hoffnung zu empfinden. Auch jetzt!

Beflügelt von neuem Mut lief sie in der Zelle umher und überdachte ihre Möglichkeiten. Sobald sie Schumann ihre Übersetzungen gab, würde der Stadtschreiber schnell bemerken, dass er damit keineswegs das ersehnte Mittel zur Macht in der Hand hielt. Wenn ihm das Buch nicht den erhofften Nutzen brachte, würde er nicht zögern, es gegen Sophia zu verwenden. Er würde es als Beweis in einem Hexenprozess vorlegen, und damit stünde ihr Urteil von vornherein fest: Sie würde auf dem Scheiterhaufen enden. Also musste sie einen anderen Weg finden, sich und das Kind zu retten! Zuerst würde sie noch einmal versuchen, ihren Kerkermeister davon zu überzeugen, dass der Stadtschreiber ihn mit der Arglist eines Teufels in seine finsteren Machenschaften verstrickte.

Als Frost am Abend zurückkehrte, erklärte sie ihm, dass Schumann den Jungen absichtlich bei ihr in der Zelle gelassen hatte. »Überlegt doch einmal selbst, kam es Euch nicht seltsam vor, dass er ihn überhaupt hierher mitgenommen hat? Er hat gedroht, Matz etwas anzutun, wenn ich ihm nicht gebe, was er von mir haben will!«, erklärte sie. Aber der Fronmeister wich zur Tür zurück und streckte abwehrend die Hand aus. »Er hat mich schon gewarnt, dass Ihr versuchen werdet, mich mit Eurer unschuldigen Miene zu verwirren und mit schlauen Worten zu umgarnen!«, rief er. »So pflegten es Hexen gemeinhin zu tun, hat er gesagt, und ich solle Euch unter gar keinen Umständen zuhören, damit Ihr keine Zeit bekommt, Euren schwarzen Zauber zu weben. Bleibt mir vom Leibe, Weib!« Er schlug ihr die Tür vor der Nase zu. Sie hörte, wie sich seine Schritte eilig entfernten.

Stöhnend presste Sophia ihre Stirn gegen die eisenbeschlagene Tür. Bisher hatte jeder ihrer Versuche, an die Vernunft des Mannes zu appellieren, ein solches Ende gefunden, und auch die Sache mit dem Jungen schien nicht geeignet, dem Fronboten die Augen zu öffnen.

Da die Fackeln mittlerweile heruntergebrannt und erloschen waren, taste Sophia im Dunklen nach dem Teller und dem Wasserkrug. Sie hatte keinen Hunger, zwang sich aber dennoch zu essen. Das trockene Brot fühlte sich in ihrem Mund an wie Sand, und sie musste jeden Bissen mit Wasser hinunterspülen. Das gekochte Fleisch, das außerdem auf dem Teller lag, bekam sie beim besten Willen nicht mehr hinunter. Sie schob Krug und Teller in die Ecke unter dem Fenster, damit sie nicht aus Versehen darüberstolpern würde, und nahm ihren Gang durch die Zelle wieder auf. Es musste ihr unbedingt gelingen, einen Kontakt zur Welt außerhalb der Mauern herzustellen.

Letzte Woche hatte Sophia frisches Stroh für ihr Lager bekommen. Um sich zu beschäftigen, hatte sie vor ein paar Tagen damit begonnen, kleine Schiffe aus den Halmen zu flechten. Als Kinder hatten sie und Maria sich einen ganzen Winter damit vertrieben, herauszufinden, auf welche Weise man so ein Schiffchen fertigen musste, damit es schwimmen konnte. Jeden Abend hatte sie nun ein Schiffchen durch den Fensterschlitz nach draußen geworfen. Sie machte sich nicht viel Hoffnung, dass ausgerechnet Maria eins davon finden würde. Aber schon, wenn es ihr gelingen würde, irgendjemanden damit anzulocken, hätte sie Aussicht darauf, dass sich ihre Inhaftierung herumsprechen könnte. Also setzte sie sich und begann erneut, die ersten Halme miteinander zu verflechten. Das konnte sie selbst im Dunkeln, denn die Handgriffe waren ihr so vertraut, dass sie nicht mehr hinschauen musste. Als sie fertig war, stellte sie sich unter die Fensteröffnung und warf das Schiffchen hinaus. Die kleine Gasse hinter der Fronfeste lag im Schatten der Stadtmauer. Selbst tagsüber ging es dort eher ruhig zu. Nun waren die letzten Bewohner in ihre Häuser zurückgekehrt, hatten das Vieh eingesperrt und zu Abend gegessen. Sophia glaubte, dass die meisten schon in ihren Betten lagen, denn bis auf das Heulen des Windes waren die Geräusche draußen weitgehend verstummt.

Gerade wollte auch sie sich schlafen legen, da vernahm sie einen leisen Ruf. Zuerst glaubte sie, sich hätte sich das eingebildet, doch dann hörte sie es wieder. »Fia?« Ihr Atem beschleunigte sich. Ihr Herz begann, aufgeregt zu pochen. Es gab nur einen, der sie je so genannt hatte – Marias Sohn. Sie stellte sich auf die Zehenspitzen, um näher an den Mauerschlitz zu kommen. »Jonas, ich bin hier!«, rief sie mit gedämpfter Stimme. »Hörst du mich?«

»Ja«, schallte es ebenso leise zu ihr herauf. Ledersohlen schabten über die Steine der Mauer, und sie hörte, wie Jonas angestrengt schnaufte. »Geht es dir gut, Fia?« Seine Kinderstimme erklang unmittelbar über ihr. »Ja«, flüsterte sie und wischte sich Sandkörnchen vom Gesicht. »Wie bist du dort hochgekommen?«

»Geklettert. Aber ich kann mich nicht lange festhalten.«

Sophia nickte, die Anstrengung war ihm anzuhören – doch dann besann sie sich darauf, dass er sie ebenso wenig sehen konnte wie sie ihn. »Du musst deiner Mutter sagen, dass ich hier gefangen gehalten werde«, sagte sie hastig. »Der Stadtschreiber versucht es geheim zu halten, weil er etwas haben will, das ich besitze.«

Jonas stieß einen leisen Wutschrei aus. »Der Stadtschreiber ist ein böser Mann! Er wollte, dass der Henker meiner Mutter wehtut. Aber du hast sie gerettet.« Seine Stimme zitterte vor Empörung. »Sie wird nicht zulassen, dass dir etwas geschieht, und ich auch nicht!«

Im nächsten Augenblick hörte Sophia, wie er an der Mauer abrutschte und einen unterdrückten Schmerzensschrei, als er auf dem Pflaster der Gasse landete. Sie hoffte, dass er sich nicht allzu wehgetan hatte. »Ich komme morgen wieder, Fia«, drang seine dünne Stimme zu ihr herauf. »Warte!«, rief sie erschrocken. Er durfte nicht gehen, bevor sie ihm ihre letzte Sorge mitgeteilt hatte. »Der Stadtschreiber hat heute einen kleinen Waisenjungen mitgebracht. Schumann droht, ihm Schlimmes anzutun.« Der Siebenjährige fluchte auf eine Weise, die zeigte, dass er viel Zeit in einer Schänke verbrachte. Sophia nahm sich vor, unbedingt ein ernstes Wort mit seiner Mutter zu reden – falls sie es schaffen sollte, diese Mauern lebend zu verlassen. »Nun lauf und erzähl alles daheim!«

Obwohl sich das rasche Getrappel der kleinen Füße längst verloren hatte, stand Sophia unter der Fensteröffnung und lauschte in die dunkle Nacht. Ihr Herz schlug noch immer, als wollte es aus ihrer Brust springen, und Gedanken schwirrten durch ihren Kopf wie ein aufgescheuchter Bienenschwarm. Was konnten Maria und Meister Arnold unternehmen, um ihr zu helfen? Hatte sie selbst ihnen noch etwas dazu zu raten? Was würde Schumann tun, sobald er erfuhr, dass sein Geheimnis entdeckt worden war?

Kapitel 45

Heinrich Fuchs saß in der Stube der Cranachs. Obwohl sein Sessel neben dem geheizten Ofen stand, hatte Anna, die Tochter des alten Meisters, darauf bestanden, ihm eine Wolldecke über die Beine zu legen. Dabei hatte sie ihn so streng angeschaut wie seine Mutter, wenn sie ihn als kleinen Buben mit den Fingern im Pflaumenmus erwischt hatte. »Der Apotheker meint, dass Ihr nach wie vor ins Bett gehört, Magister! Aber er sagte auch, dass Ihr wahrscheinlich wieder mal nicht tun wollt, was am vernünftigsten wäre. Drum soll ich darauf achten, dass Ihr's zumindest warm habt.« Fuchs hatte es nicht gefallen, gescholten zu werden wie ein Kind, aber wie ein Tattergreis wollte er auch nicht behandelt werden. Bevor sie ging, hatte die Tochter des Hauses sich sogar erdreistet, ihm mit dem Finger zu drohen. »Und kommt nicht wieder auf den Gedanken, im Hof herumzuspazieren!« Aber er hatte sich schweigend gefügt. Schließlich war er zu Gast bei den Cranachs, die nicht nur ihn, sondern auch Hanna und die Kinder aufgenommen hatten.

Nein, über die fürsorgliche Behandlung durfte er sich wirklich nicht beklagen, auch wenn er sich etwas mehr Ruhe und Alleinsein wünschte. Er war es nicht gewohnt, Teil eines großen Haushalts zu sein, in dem er nie für sich war. Man hatte ihm in der Kammer, die Dorndorf unterm Dach bewohnte, ein zweites Bett aufgestellt. Hanna und die Kinder waren in einer der Mägdekammern untergebracht.

Der zweite Schwächeanfall hatte Spuren hinterlassen. Obwohl er nichts lieber getan hätte, als augenblicklich nach Pirna zurückzukehren, um sich davon zu überzeugen, dass seinem Weib kein Ungemach widerfahren war, musste er zuerst wieder zu Kräften kommen. Das Einzige, was er tun konnte, um sich von der nagenden Sorge um Sophias Wohlergehen abzulenken, war das Lesen – obwohl er selbst dabei nach ein, zwei Stunden erschöpft einschlief.

Sein ausführlicher Bericht über das, was er im Nürnberger Lochgefängnis hatte erleiden müssen, hatte die Cranachs erschüttert. Aber Dorndorf hatte ihn gleich in den ersten Tagen davor gewarnt, mit der gleichen Offenheit über Sophias Schicksal zu sprechen, und sich mit Hanna darauf geeinigt, ihre Abenteuer in Mähren zu verschweigen. Schon nachdem Dorndorf im Sommer von seinem vergeblichen Abstecher nach Leipzig zurückgekommen war, hatte er nichts davon erzählt, dass Sophia verschwunden war. Er wollte verhindern, dass sie in den Verdacht käme, ein liederliches Weib zu sein. Ebenso hatte er Hanna streng verboten, jemanden wissen zu lassen, dass die kleine Clara noch immer nicht getauft worden war. Dem jungen Maler machte dieser Umstand offenbar mehr zu schaffen als dem Magister, ihrem Vater.

Fuchs hatte es gelassen zur Kenntnis genommen und angemerkt, wenn das weiterhin ein Geheimnis bleiben solle, könne man daran vorerst auch nichts ändern. In seiner Auffassung von der Gnade Gottes spielten Glaubensbekenntnisse keine Rolle mehr, und erst recht keine Sakramente. Er verstand dennoch, dass es für die meisten Menschen von Bedeutung war, weil es ihnen einen sicheren, überschaubaren Rahmen für ihr irdisches Dasein bot und eine trügerische Garantie für das, was danach kommen würde.

Er schrak aus seinen Gedanken, als Hanna mit Clara und Justus in die Stube kam. Bald hockte sein Töchterchen auf seinem Schoß und quietschte vergnügt, weil er ihr Näschen zwischen seinen Mittel- und Zeigefinger nahm, daran zupfte und ihr dann die Spitze seines Daumens vor Augen hielt. »Schau, da ist deine Nase! Jetzt ist sie meine!« Dann grapschte sie danach und krähte: »Meine, meine!«

Ihr großer Bruder kniete derweil auf einem Stuhl. Er hatte vor sich auf dem Tisch ein Blatt Papier liegen, auf dem er hingebungsvoll krakelte. Dorndorf hatte ihm dafür seinen teuren Silberstift gegeben, und der alte Meister Cranach hatte Justus mehrere Bögen Papier geschenkt. Beide waren davon überzeugt, dass der Junge großes Talent zum Malen habe. Für den Magister sahen die krummen Linien und schiefen Kreise nicht anders aus als das Gekrakel, das jeder Dreikäsehoch in diesem Alter produzierte. Er hatte vorgeschlagen, Justus auf einer Schiefertafel üben zu lassen, statt auf wertvollem Papier. Doch die beiden Maler hatten ihn empört angesehen und unisono erklärt, je früher die Begabung des Jungen gefördert werde, desto eher könne man ihn als Lehrling in die Werkstatt nehmen. Fuchs hatte geschwiegen, sich aber gedacht, dass er bei dieser Frage zum Glück ein Wörtchen mitzureden hatte – ebenso wie Sophia.

Er blickte in die strahlenden Augen seiner Tochter und schluckte schwer. Noch immer hatte sie keine Nachricht aus Pirna erreicht. Andererseits waren die Landstraßen in den letzten Wochen immer unsicherer geworden. Täglich gab es neue Berichte von Übergriffen und Plünderungen. Aber auch, wenn man davon ausging, dass die Hälfte davon Gerüchte waren, die eine der Kriegsparteien streute, um den Hass der Bevölkerung auf den Gegner zu schüren, so ergab sich daraus dennoch ein beunruhigendes Bild.

Der Magister drückte einen Kuss auf die runde Wange seines Töchterchens. Er dankte dem Herrn einmal mehr dafür, dass Hanna beschlossen hatte, Leipzig zu meiden, nachdem sie erfahren hatte, dass die Truppen des Kurfürsten kurz vor der Stadt standen. Die umsichtige junge Frau war stattdessen mit den Salzhändlern weiter nach Halle gereist und hatte sich von dort aus nach Wittenberg durchgeschlagen. Auch dabei musste der Herrgott persönlich seine Hand schützend über sie und die Kinder gehalten haben. Die Augen des Magisters wurden feucht, als Clara ihm einen nassen Kuss aufs Gesicht drückte und lachte.

Hanna, die neben dem Fenster saß und an einem Kittel für Justus nähte, hob lächelnd den Kopf. Aber rasch war der Zauber des Augenblicks verfolgen, denn draußen polterten Schritte die Stiege herauf. Die Tür öffnete sich. Anna bat einen Mann herein, den Fuchs erst auf den zweiten Blick erkannte. Abgekämpft und schmutzstarrend stand Valentin Arnold vor ihm.

Der Gestank nach Schweiß von Mensch und Pferd, der seinen verschmutzten Kleidern entströmte, ließ selbst Clara das Näschen rümpfen. Der Bader nahm den Hut ab und kratzte sich am Kopf. »Es tut gut, Euch wiederzusehen, mein Freund«, sagte er mit rauer Stimme. »Aber ich würde lügen, wenn ich behaupten wollte, Euch wohlauf zu finden.« Er rieb sich über die Bartstoppeln und blinzelte gegen die Tränen an, die in seinen Augen glitzerten. »Ihr könnt nicht verbergen, dass Ihr einiges durchgemacht habt im vergangenen Jahr.«

Fuchs wollte lachen, aber aus seiner Kehle kam nur ein Krächzen. Er spürte, dass auch ihm das Wasser in den Augen stand. »Ich freue mich ebenfalls, Euch zu sehen, Freund Valentin! Glaubt nicht, Ihr würdet eine bessere Figur machen. Euer Anblick erinnert an einen halb verhungerten Raben. Wann habt Ihr zuletzt geschlafen oder etwas gegessen?«

Der Bader legte den Kopf schief und entsprach nun erst recht dem Bild, das Fuchs gezeichnet hatte. Unter seinen rot geränderten Augen lagen dunkle Ringe. An der spitzen Nase bildeten sich Tropfen, die er am Ärmel seines Wamses abwischte. »Was weiß ich.« Arnold schniefte. »Daheim in Pirna?« Er ließ sich auf einen der Stühle fallen und streckte mit schmerzverzerrtem Gesicht die langen Beine von sich. »Ich bin geritten wie der Teufel. Wahrscheinlich wird mein Arsch Wochen brauchen, um sich davon zu erholen. Ständig musste ich Umwege nehmen, weil ich nicht zwischen die Fronten geraten wollte. Mehrfach haben mich Bauern mit Mistgabeln verjagt, wenn ich anhielt, um nach einem Mahl oder einem Nachlager zu fragen. Doch angesichts der verwüsteten Güter und Vorwerke, die meinen Weg säumten, musste ich wohl dankbar sein, dass sie mich nicht sofort aufgespießt haben.« Arnold seufzte aus tiefster Seele.

Der Magister konnte sich des Verdachts nicht erwehren, dass sein Freund noch schlechtere Kunde für ihn parat hielt. Bevor er es wagte nachzufragen, wurde die Tür aufgerissen. Niklas Dorndorf stürmte herein. Ihn umwehte der Geruch von Öl, Terpentin und Farben, denn er hatte sich weder die Zeit genommen, den fleckigen Malerkittel abzulegen, noch dafür seine verschmierten Hände zu reinigen. Ihm auf dem Fuße folgte Anna mit einem Krug heißem Gewürzwein. »Die Mägde sind dabei, den Ofen in der Badestube anzuheizen«, sagte sie, während sie das dampfende Getränk vor Arnold auf den Tisch stellte und ihn mit neugierigem Blick musterte. »Dann könnt Ihr vor dem Abendessen noch in den Zuber steigen.«

Der Bader bedankte sich. Doch weil alle anderen schwiegen, begriff sie rasch, dass sie vorerst nicht erfahren würde, welche Kunde der Besucher mitgebracht hatte. Sie räusperte sich verlegen. »Nun, dann werde ich die Kinder mit nach unten nehmen.« Ohne eine Antwort abzuwarten, hob sie Clara vom Schoß des Magisters. »Komm mit, kleiner Mann«, forderte sie Justus auf. »Die Köchin bäckt gleich Krapfen fürs Abendessen. Wenn du brav bist, darfst du schon vorher einen haben.« Augenblicklich vergaß der Junge Papier und Stift, hüpfte vom Stuhl und fasste nach Annas Hand. Mit jenem besonderen Lächeln, das die junge Frau ausschließlich an Dorndorf verschwendete, schwebte sie aus der Tür.

»Ihr solltet sie heiraten, Maler«, sagte Arnold, der sich die Finger am heißen Krug wärmte. Dorndorf schüttelte unwillig den Kopf, während er am Tisch Platz nahm. »Ihr seid wohl kaum gekommen, um Euch einen Kuppelpelz zu verdienen. Also sagt endlich, was Ihr zu sagen habt!« Auch Hanna konnte die Ungewissheit nun nicht länger ertragen: »Ist Sophia in Pirna? Habt Ihr sie gesehen?« Fuchs presste die Lippen zusammen und atmete schwer. Er sah, wie Arnold an seinem Wein nippte und dachte, dass sein Freund den gefährlichen Weg gewiss nicht auf sich genommen hatte, um ihnen zu versichern, Sophia sei wohlauf.

Der Bader stellte den Krug zurück auf den Tisch. An der angespannten Linie von Hals und Schulter konnte Fuchs erkennen, dass es ihn Überwindung kostete, ihnen zu sagen, was er wusste. »Ja, sie ist in Pirna. Der schleimige, hinterhältige Wurm von einem Stadtschreiber hält sie in der Fronfeste gefangen.« Hanna schlug die Hände vors Gesicht und gab einen erstickten Laut von sich. Dorndorf legte ihr eine Hand auf die Schulter, während seine Kiefer zu mahlen begannen. Der Magister stellte zu seinem Erstaunen fest, dass er selbst bei der Nachricht Erleichterung empfand. Alles, was er sich ausgemalt hatte, seit er wusste, dass sein Weib nicht in Leipzig weilte, war weitaus schlimmer gewesen. Sophia war am Leben – nur das zählte im Augenblick.

»Es sieht so aus, als wollte er die Sache geheim halten, denn bisher wurde sie noch nicht einmal vom Richtherrn befragt. Schumann hat ihr lediglich erzählt, man würde sie verdächtigen, schwarze Magie zu betreiben. Er hat ihr damit gedroht, sie foltern zu lassen.« Hanna schluchzte auf, und der Magister hatte das Gefühl, die Luft im Raum würde sich rapide abkühlen. »Sollte sie ihm allerdings das Buch und die Übersetzung geben, so werde er dafür sorgen, dass man sie laufen lasse«, fuhr der Bader mit finsterer Miene fort. »Stellt Euch vor, der Narr glaubt tatsächlich, damit könne er den Stein der Weisen herstellen und Unsterblichkeit erlangen!« Arnold stieß ein zorniges Lachen aus. Der Magister blickte ihn an und schüttelte den Kopf. »Offenbar hat er sich noch nie mit Alchemie befasst! Er hat nicht den Schimmer einer Ahnung davon, wofür der Stein der Weisen steht.«

Dorndorf schlug mit der Hand auf den Tisch. »Schluss mit dem Gerede über den Stein der Weisen! Der bringt uns kein Stück weiter.« Seine blauen Augen sprühten vor Zorn. »Ich werde Schumann das gottverdammte Buch bringen – und die Gelegenheit nutzen, die Welt von einem Erzhalunken zu befreien!«

»Ei, ei, die Jugend in ihrem Drang nach schnellen Taten! Heißes Blut tut selten gut.« Meister Arnold legte einen Finger an seine große Nase. »Bevor wir handeln, sollten wir zunächst alles austauschen, was wir über Wolf Schumann wissen. Mag er in der hehren Wissenschaft der Alchemie auch noch so unwissend sein, der Mann ist schlau und durchtrieben.«

Den Maler hielt es nicht länger auf seinem Platz. »Verdammt! Wir haben keine Zeit, lange Pläne zu schmieden, denn wir wissen nicht, wann der Stadtschreiber seinen Drohungen Taten folgen lässt. Ihr habt die Folter am eigenen Leib erlebt, Magister.« Er baute sich vor Fuchs auf und sah ihm in die Augen. »Jeder Tag, den wir ungenutzt verstreichen lassen, bringt Sophia weiter in Gefahr. Darum kann es keinen besseren Plan geben als den, Schumann den Garaus zu machen!« Der Magister wollte widersprechen, doch Hanna kam ihm zuvor. »Nein«, rief sie und funkelte den Maler an. »Überlegt doch! Sollte das fehlschlagen und Schumann merken, dass ihm das Buch bei seinem vermessenen, gottlosen Vorhaben nichts nützt, könnte er es verwenden, um seine Anklage gegen Sophia zu untermauern.«

Fuchs nickte ihr anerkennend zu. »Im Gegensatz zu mir hattet Ihr keine Zeit, Sophias Übersetzung zu lesen«, wandte er sich an den Maler. »Aber ich versichere Euch, dass sie abergläubischen oder böswilligen Leuten einen perfekten Beweis für die Schuld meines Weibes liefern würde. Schumann darf die Blätter auf keinen Fall in die Finger bekommen!«

»Ich habe Euch gleich gesagt, dass wir sie vernichten sollten und das Buch dazu«, knurrte Dorndorf. »Das steht uns nicht zu!«, erklärte Fuchs mit Nachdruck. Es widerstrebte ihm zutiefst, Bücher zu vernichten. Seiner Meinung nach war Wissen an sich niemals gut oder böse – es kam nur darauf an, was Menschen damit taten.

»Eine solche Entscheidung kann nur Sophia treffen«, stimmte Hanna ihm zu. »Aber ihr solltet auch wissen, dass der Stadtschreiber nicht der Einzige ist, der das Buch begehrt. Es gibt einen mächtigen Mann in unmittelbarer Nähe des Herzogs, dem Schumann verpflichtet ist. Schumann handelt in dessen Auftrag, versucht aber, ihn zu übervorteilen, um das Buch allein für sich zu gewinnen.«

»Woher wisst Ihr das?« Meister Arnolds Gesicht spiegelte sein Erstaunen über ihre Eröffnung. Hanna schlug die Augen nieder.

»Ich habe lange genug für ihn gearbeitet«, sagte sie leise. »Hin und wieder machte er eine Bemerkung. Vor allem, wenn er wütend wurde, achtete er nicht genau auf seine Worte. Gewiss war er davon überzeugt, dass ich vor lauter Angst sowieso nicht in der Lage sei, eins und eins zusammenzuzählen. Als mir das klar wurde, tat ich alles, um ihn darin zu bestärken.« Ein Lächeln huschte über ihr Gesicht und ließ es von innen her erstrahlen. Diese Frau war dabei, eigene und fremde Dämonen zu bezwingen, um fortan als freies Wesen in Gottes Licht zu wandeln.

Meister Arnold betrachtete Hanna mit andächtiger Verzückung, und auch Fuchs hatte kurz vergessen, weiter zu atmen. »Manchmal musste ich zu ihm in der Kämmerei – dort konnte ich gelegentlich einen Blick auf seine Briefe und Papiere erhaschen.«

»Kennt Ihr den Namen des Mannes?«, drängte Dorndorf. Hanna schüttelte den Kopf. »Dann lasst uns überlegen, mit welch einflussreichen Männern Schumann in Dresden zu tun hatte«, sagte Arnold. »Aber ich fürchte, es kommen zu viele infrage. Schließlich verlangt es das Amt eines Stadtschreibers, dass er im Auftrag des Rates regelmäßig in der Kanzlei vorstellig wird.« Der Bader gab ein frustriertes Schnauben von sich.

»Halt!« Fuchs, dem noch eine Erinnerung durch den Kopf blitzte, hob die Hand. »Kurz nachdem ich mich in Pirna niedergelassen hatte, gab es viel Gerede darüber, dass der Stadtschreiber oben auf dem Schloss vom Schösser und einem einflussreichen Rat des Herzogs zum Essen geladen worden war. Erinnert Ihr Euch daran?« Fragend schaute er in die Runde.

Während Dorndorf und Arnold die Köpfe schüttelten, stieß Hanna einen triumphierenden Schrei aus. »Aber natürlich! Der jüngere Herr von Carlowitz ist's gewesen! Bei uns daheim wurde eine Zeitlang von nichts anderem gesprochen, denn mein Bruder träumte von einer ähnlich glücklichen Fügung, um sich im Rathaus einen Namen zu machen.« Doch dann wirkte sie mit einem Mal, als wollte sie aller Mut verlassen. Sie sackte in sich zusammen und presste die Hände gegen die Brust. »Wenn so ein mächtiger Mann wie Carlowitz gemeinsame Sache mit Schumann macht, ist Sophia verloren!«

Fuchs warf die Decke von sich und zerrte am Kragen seins Hemdes. Er hatte das Gefühl, keine Luft mehr zu bekommen. Ein empörtes Räuspern lenkte ihn von seinem Unwohlsein ab.

»Welch absurde Vorstellung!«, sagte Philipp Melanchthon und schloss die Tür hinter sich. »Mein hochverehrter Freund Christoph von Carlowitz würde niemals so weit gehen, ein

Weib zu töten. Wegen eines Buches!« Der Professor sah kopfschüttelnd von einem zum anderen. »Er ist ein Gelehrter, ein Schüler des Erasmus von Rotterdam! Ein Buch, das außerordentliches Wissen verspricht, würde sein Interesse wecken. Selbstverständlich! Aber er ist ein Mann, der auf die Verhältnismäßigkeit der Mittel achtet, bei allem, was er tut.«

Während Hanna den unverhofften Besucher erschrocken anstarrte und Miene machte, sich auf der Stelle wieder in eine unsichtbare Maus zu verwandeln, sah Meister Arnold ihm mit unverhohlenem Argwohn entgegen. Fuchs versuchte indes zu erraten, wie viel des Gesprächs der Professor mitgehört haben konnte. Er selbst hatte nicht bemerkt, wie sich die Tür geöffnet hatte.. Dorndorf fasste sich als Erster. »Professor Melanchthon!« Er rang sich ein Lächeln ab, stand auf und bot dem Gast seinen eigenen Stuhl an. »Bitte, nehmt doch Platz!«

Der zierliche Professor zögerte einen Augenblick. Fast sah es so aus, als wollte er ablehnen, aber dann rückte er den Stuhl so, dass er Fuchs anschauten konnte und setzte sich. »Ich hörte, dass Ihr gleich nach Eurer Ankunft ernstlich erkrankt seid, es Euch aber mittlerweile wieder besser geht. Davon wollte ich mich mit eigenen Augen überzeugen.« Melanchthons Stimme klang gelassen. Doch an seinem Blick konnte Fuchs erkennen, dass sie den Professor mit ihren Mutmaßungen über einen seiner Freunde verärgert hatten.

»Ich danke Euch für Eure Sorge, Professor Melanchthon, und fühle mich außerordentlich geehrt, dass Ihr Euch Gedanken um mein Wohlergehen macht!« Fuchs hob die Hände. »Solltet Euch unsere freimütigen Worte gekränkt haben, so bitten wir Euch vielmals um Entschuldigung! Aber wir wähnten uns ganz unter uns, während wir darüber sprachen, wie meinem Weib am besten zu helfen sei.« Melanchthon rutschte unbehaglich auf seinem Stuhl herum. »Selbstverständlich! Es war nicht meine Absicht, Euch zu belauschen, doch Anna hatte mir vorher schon erzählt, dass Ihr Euch um Eure Frau sorgt. Da dachte ich, dass ich Euch vielleicht noch einmal behilflich sein könnte.«

Der Magister suchte Dorndorfs Blick, doch der Maler sah ratlos zu Boden. Es wäre unhöflich, das freundliche Angebot abzulehnen, dachte Fuchs, und darüber hinaus konnten sie wirklich jede Hilfe brauchen. »Und wieder kennt Eure Güte keinen Grenzen, hochverehrter Professor!«, sagte er daher mit einem entschuldigenden Lächeln. »Da Ihr gekommen seid, um zu helfen, sollten wir Euch zunächst berichten, was meinem armen Weibe widerfahren ist.«

So verbrachten sie die nächste Stunde damit, Melanchthon auseinanderzusetzen, in welcher Lage sich Sophia gegenwärtig befand und was dazu geführt hatte. In schweigender Übereinkunft vermieden sie zu erwähnen, dass Sophia die letzten zwei Jahre in Mähren unter Täufern gelebt hatte, und sie verschwiegen ebenso, dass Schumann sie beschuldigte, Zauberei zu betreiben. Philipp Melanchthon verhielt sich in Dingen der Religion ein wenig versöhnlicher als Luther. Fuchs erinnerte sich dennoch, dass der Professor in Thüringen an einem Prozess gegen Täufer beteiligt gewesen war. Drei von ihnen, die selbst unter der Folter nicht abgeschworen hatten, wurden damals hingerichtet. Melanchthon hatte in einem Gutachten für den sächsischen Kurfürsten geschrieben, die Hinrichtung solch verstockter Ketzer sei notwendig, damit sie ihre Irrlehren nicht weiterverbreiten könnten. Der Magister fürchtete, mit Melanchthons Güte wäre es schlagartig vorbei, sollte er erfahren, dass Sophia Interesse an ihrem Glauben gezeigt hatte.

»Dieser Stadtschreiber hält Euer Weib seit Wochen gefangen, um sie zur Herausgabe eines Buches zu zwingen«, resümierte der Professor, was er gehört hatte. »Einer richterlichen Befragung ist sie bisher noch nicht unterzogen worden?«

»Bis zu meiner Abreise vor zwei Tagen nicht«, antwortete Meister Arnold. »Mich dünkt, das ist blanke Willkür!«

»So scheint es.« Melanchthon rieb sich die Stirn mit Daumen und Zeigefinger. »Warum habt Ihr Euch nicht gleich an den Rat zu Pirna gewandt, nachdem Ihr davon erfahren habt, Bader? Oder an Antonius Lauterbach?«

»Selbstverständlich habe ich das als Erstes getan«, entgegnete Arnold. »Man werde sich mit der Angelegenheit befassen, wurde mir gesagt. Aber was ist schon ein Weib in der Fronfeste – unschuldig oder nicht – im Vergleich zu den anderen Schwierigkeiten, denen sich die Herren gegenübersehen, da der Krieg an die Pforten ihrer Stadt klopft?« Er breitete die Hände aus und blickte Melanchthon fragend an.

»Da habt Ihr recht«, gab der Professor zu. »Auch meinen Freund Christoph treiben dieser Tage mit Sicherheit andere Sorgen um als die Frage, was in irgendeinem Buch steht. Äh, was steht denn überhaupt darin?« Er gab sich keine Mühe, seine Neugier zu verhehlen. »Hatte ich das vorhin recht verstanden, dass es Eurem Weibe«, er legte eine Pause ein, die zeigte, dass er dies nicht so recht glauben mochte, »tatsächlich gelungen ist, einen kryptographischen Text zu entschlüsseln?« Fuchs sah, dass Hanna verstohlen lächelte. »Nun ja, zumindest einen kleinen Teil davon«, räumte er ein, denn auch das war eine Sache, die Melanchthon nicht so genau wissen musste. »Einen sehr kleinen«, ergänzte Hanna, die sogleich begriffen hatte, worum es ihm ging. »Kaum mehr als ein paar Rezepturen.«

»Ach so.« Melanchthon klang ein wenig enttäuscht. »Darf ich das Buch denn wenigstens einmal sehen?«, fragte er.

Während Hanna ging, um es aus dem Versteck zu holen, kam der Professor noch einmal auf ihren Verdacht gegen Carlowitz zu sprechen. »Wenn Ihr tatsächlich denkt, Christoph von Carlowitz könne Interesse an dem Buch hegen, dann solltet Ihr Euch seiner Unterstützung gegen den anmaßenden Stadtschreiber versichern. Ein übermäßig ehrgeiziger und skrupelloser Mann in dem Amt hat sich schon für so manchen Stadtrat als Plage erwiesen, derer nur schwer Herr zu werden ist. Man sollte nicht vergessen, dass der Stadtschreiber besseren Einblick in sämtliche Interna hat als jeder Bürgermeister oder Ratsherr.«

Melanchthon schien Fuchs anzusehen, dass er weiterhin Zweifel hegte. »Glaubt mir, wenn ich Euch versichere, dass mein Freund Eurem Weib gewiss nichts Böses anhaben will! Es könnte allerdings schwierig werden, ihn gegenwärtig irgendwo anzutreffen.« Der Professor zuckte mit den schmalen Schultern. »Dennoch solltet Ihr es versuchen. Ich gebe Euch einen Brief mit, in dem ich mich bei ihm für Euch verbürge.« Das, fand der Magister, könnte sich in mancher Hinsicht als nützlich erweisen.

Hanna kehrte mit dem Buch zurück und legte es vor Melanchthon auf den Tisch. Eine Zeitlang blätterte der Professor darin herum, entfaltete einige der großen Bildseiten und verweilte länger bei jenen, die wie astrologische Tafeln anmuteten. »Das sind die Sternkreiszeichen, die wir kennen, keine Frage«, murmelte er. »Auch wenn mir die Reihenfolge etwas seltsam vorkommt. Aber darüber hinaus scheint das Ganze keinerlei Sinn zu ergeben. Es wundert mich nicht im Geringsten, dass Euer Weib nichts damit anfangen konnte.« Als er auf den Teil mit den Rezepturen stieß, lächelte er. »Das erkennt man natürlich sofort, dass dies nichts anderes als Rezepte sein können! Selbstverständlich war keines gegen die Pest dabei. Ihr habt Eurer Frau bestimmt von vornherein gesagt, dass es so etwas gar nicht geben kann, Magister?«

Fuchs machte ein gequältes Gesicht. »Natürlich«, versicherte er rasch. »Aber Ihr seid selbst verheiratet und wisst, wie Frauen sind, sobald sie sich etwas in den Kopf gesetzt haben!«

Melanchthon lachte. »Gewiss, mein Lieber, gewiss!« Dann klappte er das Buch zu. »Faszinierend! Es ist schon recht beachtlich, dass sie überhaupt etwas über den Inhalt herausbekommen konnte«, räumte er großzügig ein. »Doch sollte sie den Rest besser Gelehrten überlassen, die etwas von solchen Dingen verstehen. Ich denke, in den Händen meines Freundes Christoph wäre dieses Buch gut aufgehoben.«

Hanna begann plötzlich zu husten, als hätte sie sich an einer Fliege verschluckt, und Meister Arnold sprang auf, um ihr auf den Rücken zu klopfen. Dorndorf öffnete vorsorglich eines der Fenster, wobei er dem Professor den Rücken zukehren konnte. Der Magister gab sich alle Mühe, keine Miene zu verziehen und den Aufruhr zu ignorieren. Stattdessen bedankte er sich überschwänglich bei Melanchthon. Alle atmeten erleichtert auf, nachdem sich der Besucher verabschiedet hatte.

»Sophia wird nicht erfreut sein, wenn sie erfährt, dass wir das Buch fortgegeben haben«, sagte Fuchs, nachdem die Schritte des Professors auf der Treppe verklungen waren. »Ach, geschissen auf das verdammte Buch!« Der Maler spuckte verächtlich aus dem Fenster. »Morgen, gleich bei Sonnenaufgang sollten wir nach Dresden reiten, um Carlowitz zu finden. Seid Ihr bis dahin wieder auf den Beinen?«

Er versetzte Arnold, der auf seinem Stuhl hockte und aussah, als wollte er gleich einschlafen, einen leichten Stoß gegen die Schulter. »Wenn ich nach dem versprochenen Bad etwas zu essen und ein Bett bekomme, gewiss«, versicherte Arnold und gähnte so heftig, dass Fuchs den Kiefer des Baders knacken hörte. »Ich würde Euch dabei wahrscheinlich nur aufhalten«, sagte der Magister. »Darum werde ich mich nach einer Fahrgelegenheit umhören und nachkommen.«

»Auf gar keinen Fall!« Valentin Arnold hob den Kopf. Seine Müdigkeit wich jener eisernen Entschlossenheit, die er bewies, wenn er es mit einem besonders unvernünftigen Patienten zu tun hatte. »Eine weitere Reise über eisige Landstraßen wäre Euer sicherer Tod! Ihr wisst das selbst! Glaubt Ihr, Euer Weib würde uns jemals verzeihen, wenn wir das zuließen?«

»Meine Rede«, pflichtete ihm Dorndorf unverzüglich bei.

»Ihr müsst hierbleiben, bei Hanna und den Kindern, und wieder zu Kräften zu kommen. In Eurer derzeitigen Verfassung wärt Ihr uns in Pirna ohnehin keine Hilfe!« Fuchs biss die Zähne zusammen. Er fühlte sich nutzlos und alt – doch es war sinnlos, sich länger etwas vorzumachen. »Gut«, sagte er leise. »Ich werde hierbleiben.«

»Aber ich nicht!« Hanna stand auf. Hocherhobenen Hauptes blickte sie die Männer an. »Ich habe es geschafft, mich mit zwei kleinen Kindern durch Kriegsgebiet bis hierher durchzuschlagen, da schaffe ich es allein erst recht. Ich werde auf direktem Weg nach Pirna reisen, um zu verhindern, dass Schumann sich an Sophia oder dem armen kleinen Jungen vergreift, den er in die Fronfeste geschleppt hat!« In ihren Augen loderte Entschlossenheit. »Wie wollt Ihr das machen, Weib?« Dorndorf schüttelte ärgerlich den Kopf. »Außerdem müsst Ihr auf die Kinder achtgeben. Ihre Mutter hat sie Euch anvertraut!«

Hanna trat einen Schritt auf ihn zu und reckte sich, um ihm in die Augen sehen zu können. »Und ich habe sie in Sicherheit gebracht – wie Sophia es gewollt hat. Bei Anna und ihren Mägden sind sie in den besten Händen. Ihr habt selbst gesehen, wie sie hier bemuttert und verhätschelt werden, vor allem Clara. Und ihren Bruder hat sogar der alte Meister ins Herz geschlossen!«

Meister Arnold wirkte ausgesprochen beeindruckt, und selbst der Maler schien ihr Vorhaben nicht mehr ganz unsinnig zu finden. Fuchs war ohnehin der Ansicht, dass den Heißsporn jemand begleiten sollte, der darauf achtgab, dass er seinem hitzigen Temperament nicht zu sehr die Zügel schießen ließ. Die Zeit, die Dorndorf bei den Holzfällern im Gebirge verbracht hatte, schien den Charakterzug verstärkt zu haben.

Aber Hanna war noch nicht fertig. »Es lässt sich vielleicht nicht mehr vermeiden, dass wir das Buch weggeben, aber ich weiß, dass Sophia sich Gedanken darüber gemacht hat, es könnte in die falschen Händen gelangen. Wir sollten unbedingt dafür sorgen, dass das nicht geschehen kann«, erklärte sie. »Habt Ihr einen Vorschlag?«, erkundigte sich Fuchs, dessen Achtung vor der jungen Frau weiter gestiegen war. Hanna schüttelte den Kopf. »Nicht wirklich. Falls der Rat des Herzogs alles weiß, was Schumann auch weiß, wird es schwierig.« Sie wirkte bedrückt, schließlich war sie es, die ihm vieles davon hinterbracht hatte.

»Ach was!« Meister Arnold schien sich darüber wenig Sorgen zu machen. »Wenn Ihr und Sophia behauptet, dass es sich anders verhält, steht erst mal Aussage gegen Aussage. Ich nehme an, Sophias Übersetzung ist irgendwo sicher versteckt.« Fuchs und Dorndorf nickten. »Na, also!« Der Bader rieb sich die Hände und gähnte herzhaft. »Was sollte da noch schiefgehen?« Fuchs ersparte es sich, einzuwerfen, dass mehr schiefgehen konnte, als vorher abzusehen war.

»Mithilfe des Codebuches wäre es immer noch möglich, dass jemand anderes das Buch übersetzt«, warf Hanna unbeirrt ein. Da setzte der Maler ein verwegenes Grinsen auf. »Lasst das meine Sorge sein, schöne Frau!« Er griff nach Hannas Hand und drückte ihr einen Kuss auf den Handrücken, doch sie wischte ihn unverzüglich an ihrem Rock ab und funkelte ihn wütend an. »Wagt das noch mal, und ich trete Euch dahin, wo es wirklich wehtut!«

»Vielleicht würde mir das gar gefallen«, flötete Dorndorf, wich aber trotzdem ein paar Schritte in Richtung Tür zurück. »Doch am wichtigsten ist, dass Ihr nicht vergesst, mir nachher das Codebuch zu geben!« Er warf noch eine Kusshand in ihre Richtung und war verschwunden, bevor sie darauf reagieren konnte. Gleich danach kam Anna, um zu verkünden, dass der Badezuber für den Gast bereitstehe. Hanna folgte ihr und Meister Arnold nach unten.

Magister Fuchs, der sich unversehens allein in der Stube fand, zog die Decke wieder über seine Knie und seufzte. Da mittlerweile die Dämmerung eingesetzt hatte, war es in der Stube bereits zu dunkel zum Lesen. Er schloss die Augen und merkte nun erst recht, dass ihm der Nachmittag viel mehr zugesetzt hatte, als er es den anderen gegenüber eingestanden hätte. Lautlos begann er zu beten – darum, dass der Herr Sophia beschützen möge, dass Hanna, Dorndorf und Meister Arnold ihre gefahrvolle Reise wohlbehalten überstehen würden und es ihnen gelingen würde, Sophia zu befreien sowie Schumann das Handwerk zu legen. Obgleich er fürchtete, dass es vollkommen nutzlos war, betete er auch dafür, dass der Herr dem Kaiser und den Fürsten Einsicht schenken möge, damit sie endlich in der Lage wären, Sachsen und dem Reich Frieden zu schenken. Und er betete darum, dass er sein Weib wenigstens noch einmal in die Arme schließen durfte, bevor der Herr ihn zu sich rufen würde.

Kapitel 46

Bürgermeister Süssemilch eröffnete die Ratssitzung wieder einmal mit der leidigen Frage nach der Besetzung der Schulmeisterstelle in der Knabenschule. Mehrere Ratsherren reagierten auf die Ankündigung mit einem Stoßseufzer. Es klang, als würden die altehrwürdigen Mauern des Rathauses selbst den Umstand beklagen, dass es nie genug geeignete Männer gab, die sich bereitfanden, den Knaben neben dem Katechismus ein paar lateinische Vokabeln einzubläuen. Gewiss, das Amt erforderte eine gewisse Bildung, doch man sollte nicht allzu viel eigene Ambitionen mitbringen. Schumann selbst hatte sich daran versucht, die Tätigkeit aber wenig ersprießlich gefunden. Sie erforderte viel Leidensfähigkeit und brachte wenig ein – sowohl an Geld als auch an Ansehen. Kaum hatte er die lukrative Stellung im Rathaus bekommen, hatte er dem Lehramt daher den Rücken gekehrt. Verdutzt blickte er von seinen Notizen auf, als Süssemilch das Wort an ihn richtete.

»Der Kandidat, den Pfarrer Lauterbach uns diesmal vorgeschlagen hat, heißt Johann Schumann. Stammt er womöglich aus Eurer Familie, Stadtschreiber?«

Schumanns Gesicht verfinsterte sich. Fragen nach seiner Familie ließ er gern unbeantwortet, doch hier, im Kreise der mächtigsten Männer der Stadt, hatte er keine Wahl. Im Grunde war die Antwort einfach, denn die Söhne seines Bruders Georg waren selbst noch Schulbuben, und der alte Schmiedemeister Schumann hatte nur zwei Schwestern gehabt, sodass auch von der Seite kein Spross der Familie infrage kam. »Gewiss nicht – dem Herrn sei Dank«, knurrte er.

Der Bürgermeister runzelte die Stirn, doch dann tat er das unhöfliche Verhalten mit einem Schulterzucken ab. »Auch gut. Der Mann verfüge über ausreichende Qualifikationen, wie unser hochverehrter Magister Lauterbach mir versicherte, und sei überdies von äußerst einnehmender Art.« Süssemilch blickte Schumann bei den letzten Worten von der Seite an.

»Ich bezweifele, dass ihm das bei den ungebärdigen Knaben in unserer Schule viel nützen wird«, murmelte der Stadtschreiber, während er im Protokoll den Beschluss vermerkte, jenen Johann Schumann an Ostern, gleich zu Beginn des neuen Schuljahres, mit dem Amt des zweiten Schulmeisters zu betrauen.

Die Sitzung nahm ihren Fortgang, und Schumann notierte die Festlegungen für die bevorstehende Einquartierung der höheren Offiziere, die König Ferdinand auf seinem Zug von Aussig nach Pirna begleiteten. »Der junge Fürst von Liegnitz soll bei der Kilian Nackin einziehen«, schrieb er und griff nach einer neuen Feder.

Er bezweifelte stark, dass die Truppen des böhmischen Königs Pirna tatsächlich in zwei Tagen erreichen würden, um sich mit Herzog Moritz' Streitkräften zu vereinen. Es regnete seit einer Woche fast ununterbrochen, und wegen des Schlamms waren die Straßen für Wagen kaum passierbar – besonders dann, wenn sie mit schweren Geschützen beladen waren. In Dresden dagegen erzählte man sich, der Feind mehre sich nun täglich. Johann Friedrich erhalte in Sachsen großen Zulauf vom gemeinen Volke, aber auch aus Nürnberg und Niedersachsen würden Freiwillige zu seinen Fahnen strömen. Momentan galt der Kurfürst von Sachsen in den deutschen Landen als der heldenhafte Verfechter des evangelischen Glaubens. Nicht einmal die Tatsache, dass der katholische König Frankreichs Soldaten für Johann

Friedrich anwarb, konnte den Glauben der gemeinen Leute an ihren Helden zu erschüttern.

Darüber war der Stadtschreiber erfreut. Gegenwärtig gab es nur eine Sache, die seine Stimmung trübte: Das war die unerfreuliche Tatsache, dass seine Intrige um die Fuchsin den vielbeschäftigten Ratsherren mittlerweile zu Ohren gekommen war. Seit Tagen grübelte er, wie der durchtriebene Bader herausgefunden haben mochte, dass die Frau in der Fronfeste gefangen gehalten wurde.

Schumann wusste natürlich, dass Arnold seine lange Nase gern in die Angelegenheiten anderer Leute steckte und nichts lieber tat, als so lange dort herumzuschnüffeln, bis er gefunden hatte, was unbedingt verborgen bleiben sollte. Georg Seiler, der vor Rische und Kittel das Richteramt in Pirna ausübte, hatte sich dieser Fähigkeit des Baders bedient, sobald es in einem Mordfall nicht gleich gelang, den Täter zu finden. Hinzu kam, dass Arnold auch als Heiler das Vertrauen einiger Ratsherren genoss. Sie schickten lieber nach ihm als nach einem gelehrten Doktor, um ihre Wehwehchen zu kurieren. Schumann fühlte sich unter dem sezierenden Blick des Baders stets unwohl und bemühte sich, ihm aus dem Weg zu gehen. Vielleicht war das ein Fehler, dachte er. Nun würde er vor dem Rat Rechenschaft darüber ablegen müssen, was es mit der Inhaftierung der Fuchsin auf sich hatte.

»Schumann«, zischte Alex Walter und trat ihm unter dem Tisch gegen den Knöchel. »Der Bürgermeister will wissen, welche Beweise Ihr bei der Durchsuchung des Fuchsschen Hauses gefunden habt!«

Der Stadtschreiber hatte nicht mitbekommen, dass die Ratsherren bereits bei diesem Punkt der Tagesordnung angekommen waren. Aber er hatte sich natürlich vorbereitet. »Während Magister Fuchs sein Weib in Leipzig im Hause ihres Onkels wähnte, hat die Fuchsin sich in Mähren aufgehalten.« Einige

Ratsherren runzelten die Stirn. Schweigend legte Schumann nun den Kristall und das Buch auf den Tisch. Während manche Ratsherren bedenklich die Köpfe wiegten und zu tuscheln begannen, zuckte Nickel Nack mit den Schultern und deutete auf das Buch. »Das kommt mir bekannt vor. Ich meine, es ist das Buch, das Magister Fuchs seinem Weibe zur Hochzeit schenkte. Ich selbst habe es für ihn aus Leipzig mitgebracht. Darin geht es um die Kunst des Destillierens.« Simon Borschbergk grinste, doch Schumann nahm das Buch und hielt es anklagend in die Luft. »Da seht Ihr es, meine Herren«, rief er, »ein alchimistisches Werk, das absolut nichts in der Hand eines Weibes zu suchen hat! Was kann eine Frau damit anfangen, außer es für verbotene Rituale zu nutzen – so wie den Kristall hier.« Er ließ das Buch auf den Tisch knallen und griff nach dem glitzernden Stein. »Man braucht ihn zum Hellsehen!«

»Gewiss habt Ihr Zeugen dafür, dass die Fuchsin verbotene Künste praktiziert«, sprang ihm Balthasar Kittel bei, der sich etwas verspätet auf sein Amt als Richter besann. »Ihr hattet mir doch versichert, dass jemand sie beklagt habe.«

Schumann nickte. »Selbstverständlich! Das Weib von Gassenmeister Idermann kann vor dem Rat bezeugen, wie aus dem Schornstein des Fuchsschen Hauses zu nachtschlafender Zeit übelriechender gelber und grüner Rauch gestiegen ist, während man drinnen seltsame Geräusche vernahm.«

Nickel Nack zog noch immer ein Gesicht, das deutlich machte, was er von all dem hielt, doch Bürgermeister Süssemilch nickte widerstrebend.

»Nun gut, das erklärt vielleicht, warum Ihr sie in die Fronfeste schaffen ließet. Allerdings ist Pfarrer Lauterbach ungehalten darüber, dass sie schon zwei Monate dort sitzt – ohne jeden geistlichen Beistand.«

»Und ohne, dass der Rat davon wusste!«, knurrte Nack.

»Ich wusste es«, rief Kittel eilig. »Schließlich bin ich Richter in Pirna! Nachdem der Stadtschreiber, der in solchen Fragen, wie wir alle wissen, über hinreichend Erfahrung verfügt, mir den Sachverhalt dargelegt und mir versichert hat, dass man in Dresden wünsche, die Sache selbst in die Hand zu nehmen, erschien es mir angesichts der Kriegswirren zunächst ratsam, abzuwarten.«

Nach dieser, für seine Verhältnisse, äußerst umfangreichen Darlegung, hielt er inne, um sich mit tiefen Schlucken aus dem Bierkännchen zu stärken. »Dennoch – wie kommt Ihr dazu, den Rat zu übergehen!«, knirschte Nack. Er erntete ein beifälliges Nicken des Bürgermeisters, doch wie Schumann gehofft hatte, ließ Süssemilch es dabei bewenden. »Auch ich denke, uns bleibt vorerst nichts übrig, als abzuwarten, was die Juristen des Herzogs zum Fall der Fuchsin zu sagen haben«, erklärte er.

Die meisten Ratsherren murmelten beifällig, nur Nickel Nack schien noch nicht zufrieden. »Sagt, Schumann, was ist das für eine Geschichte mit dem Kind, das Ihr der Fuchsin in die Fronfeste bringen ließet?« Er starrte den Stadtschreiber unter zusammengezogenen Brauen misstrauisch an.

Schumann glaubte zu wissen, was der eigentliche Grund für Nacks Feindseligkeit war. Der Ratsherr musste Wind davon bekommen haben, dass der Kauf der Kuxe für das Bergwerk auf dem Hennenberg ein schlechtes Geschäft gewesen sein könnte. Aber auch auf diese Frage hatte der Stadtschreiber eine Antwort. »Hochverehrte Ratsfreunde, ich versichere euch, dabei handelt es sich nur um ein Missverständnis, das die gerissene Hexe nun schamlos ausnutzt! Wie Ihr alle wisst, war mein Weib bisher nicht in der Lage, mir einen Sohn zu gebären.« Er schwieg und ließ die Worte wirken. »Daher habe ich mich entschlossen, einen Waisenknaben in meinem Haus aufzunehmen. Sollte sich zeigen, dass er entsprechende Anlagen mitbringt, werde ich ihm später eine gute Ausbildung angedeihen lassen.«

Keiner der Ratsherren sagte etwas dazu. In ihren Gesichtern sah Schumann Verwunderung, in einigen gar Verständnis. Da niemand mehr das Bedürfnis äußerte, Fragen zu stellen, schloss Süssemilch die Sitzung. Erleichtert zog sich der Stadtschreiber in die Kämmerei zurück.

Kurze Zeit später kam Alex Walter hereingepoltert. Mit blitzenden Augen baute sich der Kämmerer vor Schumann auf und verschränkte die Arme. Der Stadtschreiber schob den Stuhl zurück und stand auf. Er wollte auf Augenhöhe mit Walter reden.

»Was hat meine Nichte dazu gesagt?«, erkundigte sich der Kämmerer. »Was soll sie schon sagen?« Schumann sah ihn fragend an. »Sie ist mein Weib und hat die Pflicht, sich meinen Wünschen zu fügen!«

»Aber Ihr habt die Pflicht, sie mit Respekt zu behandeln, Schumann! Sie ist Euch eine treusorgende Hausfrau. Darüber hinaus ist sie erst Mitte zwanzig und hat noch mindestens zehn Jahre, in denen sie Euch den ersehnten Erben gebären kann.« Walter schnaubte verärgert auf. »Was habt Ihr Euch eigentlich dabei gedacht, Euren Bastard anzuschleppen, damit sie ihn aufzieht?«

Schumann riss die Augen auf, doch als er begriff, was Walter meinte, hätte er beinah gelacht. Aber da er sofort erkannte, dass der Verdacht seine Geschichte erst recht glaubhaft machte, widersprach er nicht. »Das ist allein meine Sache und geht Euch nichts an, Kämmerer!

Der Kämmer musterte ihn angewidert. »Ich werde mein Weib schicken, damit es sich davon überzeugt, dass Ihr nichts von meiner Nichte verlangt, das unbillig ist«, sagte er. Schumann breitete die Arme aus. »Wie immer wird es mir eine Ehre sein, Frau Walburga in meinem Haus zu begrüßen, Kämmerer!«

Walter verließ die Kämmerei ohne Abschiedsgruß. Schumann warf einen verdrießlichen Blick auf die Papiere, die sich auf seinem Tisch stapelten. Sie konnten warten, denn zunächst musste er nach Hause gehen, um Amalia auf den Besuch ihrer Muhme vorzubereiten. Seinem Weib hatte er nicht gesagt, dass er den Knaben dauerhaft in seinem Haus behalten wolle. Stattdessen hatte er ihr erzählt, sie solle sich um ihn kümmern, bis er ihn seinen künftigen Pflegeeltern übergeben könne, die in einem der Ratsdörfer wohnten. Amalia hatte das ohne Widerrede hingenommen – wie immer, wenn er eine Entscheidung gefällt hatte. Was sie davon hielt, konnte er nur vermuten. Sie hatte die Amme gerufen, die auf seine Anordnung hin ihre beiden kleinen Töchter betreute, und hatte ihr das Kind übergeben. Die Frau mit dem ausladenden Busen und den breiten Hüften hatte Matz in Empfang genommen und war mit ihm in die Gesindekammern unter dem Dach verschwunden, wo sich auch die Stube der Kinder befand. Seitdem hatte Schumann den Jungen nicht mehr zu Gesicht bekommen, und das war gut so. In seinem Hause herrschten Zucht und Ordnung, weil jeder seinen angestammten Platz kannte.

Umso mehr erstaunte es ihn, dass er bei seiner Heimkehr einen Fremden in der Diele vorfand. Der Mann war einige Jahre jünger als der Stadtschreiber, hatte aber ebenfalls dunkles Haar und war von ähnlicher Statur. Doch damit endete die Ähnlichkeit auch schon. Die melancholischen Augen des Mannes waren grau und das bartlose Gesicht rund und freundlich. Seine Schaube war für die kalte Jahreszeit viel zu dünn, Wams und Hose wirkten abgetragen. Er verneigte sich linkisch und trat von einem Fuß auf den anderen, während Schumann ihn mit hochgezogenen Brauen musterte. Amalia, die neben ihm stand, schnappte nach Luft.

»Ihr seid schon zurück, mein Herr«, stieß sie hervor. Sie wirkte abgehetzt, und der Umstand, dass Schumann zu so ungewohnter Zeit nach Hause kam, schien ihr vollkommen den Atem zu verschlagen. »Allerdings«, entgegnete der Stadtschreiber mit einem argwöhnischen Blick auf den Mann, dem verlegene Röte ins Gesicht stieg.

Amalia machte keine Anstalten, den Besucher vorzustellen, doch der entsann sich nun seiner Manieren. »Mein Name ist Johann Schumann, verehrter Herr!« Er verbeugte sich erneut. Der Stadtschreiber schloss sofort, dass er es just mit jenem Mann zu tun hatte, dem der Rat soeben eine Stelle als Schulmeister zuerkannt hatte. Doch bevor er danach fragen konnte, fand Amalia die Sprache wieder. »Er war so freundlich, mir die Einkäufe vom Markt nach Hause zu tragen, was ich allein kaum geschafft hätte«, erklärte sie in einem vorwurfsvollen Ton, den sie bisher noch nie angeschlagen hatte.

»Warum habt Ihr dafür nicht den Hausknecht mitgenommen, Weib?«, herrschte Schumann sie an. Amalia presste die Lippen zusammen und sah ihm trotzig ins Gesicht. Was nahm sich das Weib plötzlich heraus! Er funkelte sie an.

Ohne jedes Schuldbewusstsein starrte Amalia zurück. »Das hätte ich gewiss, mein werter Eheherr!« Ihre Stimme hatte einen spitzen Unterton. »Doch unser Hausknecht hat es vorgezogen, uns heute Morgen zu verlassen.«

»Was?« Schumann meinte sich verhört zu haben.

»Und der Pferdebursche hat sich entschieden, mit ihm zu gehen. Nach Freiberg wollten sie, wo Herzog Moritz die Männer zu den Waffen gerufen hat!«

Schumann klappte der Mund auf. »Was für Waffen?«, fragte er lahm. Amalia schnaubte. »Der Hausknecht hatte ein schartiges Schwert dabei, das seinem Großvater gehörte, der Pferdebursche eine verrostete Pike. Der Herr im Himmel mag wissen, wo er die aufgetrieben hat!«

Mit leisem Räuspern unterbrach Johann Schumann den Disput der Eheleute. »Angesichts dieser Lage, werter Herr Stadtschreiber, war ich Eurer Hausfrau selbstverständlich gern zu Diensten. Sie hat es kaum geschafft, die großen Körbe voller

Gemüse und Fleisch anzuheben, geschweige denn, sie quer über den Markt zu tragen.« Er verbeugte sich vor Amalia und dann vor dem Herrn des Hauses. »Aber nun entschuldigt mich bitte!« Er schlängelte sich an Schumann vorbei zur Tür und war verschwunden, bevor der Stadtschreiber sich wieder gefasst hatte.

»Der Teufel soll den pflichtvergessenen Kerlen in die Eingeweide fahren und ihnen die Därme verknoten, auf dass sie nie wieder einen ordentlichen Schiss lassen können!«, brüllte Schumann, riss sich den pelzgefütterten Hut vom Kopf und warf ihn quer durch die Diele. Amalia sah ihn entsetzt an. Wortlos hob sie den Hut auf und legte ihn auf die Kleidertruhe. Inzwischen hatte Schumann sich auf die Bank fallen lassen, streckte den rechten Fuß aus und befahl ihr, seinen Stiefel auszuziehen. Als sie daran herumzerrte, platzte ihm erneut der Kragen. »Verdammt, Weib, stell dich nicht so an! Dreh dich gefälligst um, nimm meinen Fuß zwischen die Knie und zieh mit beiden Händen! Hast du noch nie gesehen, wie man einem Mann die Stiefel auszieht?« Sie tat wie geheißen, schaffte es aber nicht, den eng sitzenden Stiefelschaft von seinem Bein zu bekommen. Verärgert trat er ihr mit dem anderen Fuße in den Hintern. Der Stiefel löste sich mit einem Ruck, Amalia purzelte vornüber und landete mit einem Schrei auf allen vieren. Sie rappelte sich auf und blickte finster auf ihn herab. »Nun, mach schon!«, forderte er ungerührt. »Soll ich noch länger hier rumsitzen?« Widerwillig bückte sie sich. Er nahm sich einen Augenblick Zeit, ihr dralles Hinterteil zu mustern, bevor er seinen rechten Fuß dagegenstemmte.

Diesmal stellte sie sich geschickter an und bekam den Stiefel beim ersten Versuch herunter. Trotzdem warf sie ihm einen aufmüpfigen Blick zu, als sie die Stiefel neben der Tür abstellte. Eine blonde Haarsträhne hatte sich unter ihrer Haube hervorgestohlen. Der Stadtschreiber verspürte ein Ziehen in der Lendengegend. Sein Weib, nahm er verwundert zur Kenntnis, war durchaus nicht bar jeden Reizes für ihn. Und hatte das unverschämte Schulmeisterlein sie beim Abschied nicht ebenfalls begehrlich angeschaut?

Das Kindergeschrei, das bis in die Diele drang, erinnerte ihn daran, dass er sich mit dringlicheren Fragen befassen musste. Auch wenn das Gerücht um die Abstammung des Knaben ihm in gewisser Weise zupasskam, wollte er häuslichen Zwist vermeiden. Ihm genügten die Schwierigkeiten, mit denen er sich momentan außerhalb der eigenen vier Wände herumschlagen musste. Aber für ein ungestörtes Gespräch zu diesem Thema konnte er sein Weib auch nach oben in die Schlafkammer befehlen. Arglos stieg sie vor ihm die Treppe hinauf.

»Setzt Euch!« Er wies auf die Kante des großen Bettes und zog für sich selbst einen Stuhl heran. »Ich muss mit Euch reden.« Amalia nahm gehorsam Platz und faltete die Hände im Schoß. »Worüber denn, werter Eheherr?«

»Über ein Gerücht, das Eurem Oheim, dem Kämmerer, zu Ohren gekommen ist. Es betrifft den Waisenknaben, den wir vorübergehend in unserem Haus aufgenommen haben.« Er räusperte sich. Amalia sah ihn fragend an. Schumann merkte, dass es darauf ankam, nun die richtigen Worte zu finden. »Böse Zungen behaupten, ich könne der Vater des Kindes sein.« Die himmelblauen Augen seines Weibes wurden kreisrund. Erleichtert begriff er, dass sie offenbar noch nicht auf den Gedanken gekommen war. »Natürlich ist das vollkommen unsinnig! Jeder, der mich und den Jungen sieht, wird bemerken, dass es keinerlei Ähnlichkeit gibt. Selbst als Kind war ich kein goldgelocktes Engelchen!« Er lächelte ironisch und strich sich über den schwarzen Bart. Amalia starrte ihn noch immer an. »Du hingegen, meine Liebe«, er streckte die Hand aus und zog ihr die Haube vom Kopf, »könntest schon eher als seine Mutter durchgehen.« Sie schüttelte irritiert den Kopf. »Aber du bist natürlich ein tugendsames Eheweib, das seinem Mann niemals solche Schande antun würde. Und du weißt, dass auch ich meinen ehelichen Pflichten mit Treue und Fleiß nachkomme.«

Er stand auf und setzte sich neben sie auf die Bettkante. »Ein Mann, der dies so regelmäßig tut wie ich, hat weder Zeit noch Kraft, sich aushäusig zu vergnügen. Das verstehst du doch, nicht wahr?« Er zog ihr das Tuch von der Schulter und küsste ihren bloßen Hals. »Überdies – wann sollte ich derlei treiben, bei den zahlreichen Pflichten, denen ich im Auftrag der Stadt nachzugehen habe?« Seine Lippen wanderten hinauf zu ihrem Ohrläppchen, und seine Finger nestelten an der Verschnürung ihres Mieders. Sie seufzte, während er das Zugband ihres Hemdes öffnete und gleich darauf ihre Schultern entblößte. Aber ihr Blick zeigte ihm, dass sie dennoch begonnen hatte zu grübeln, ob an dem Gerücht etwas Wahres sein könnte. Er wollte sie endgültig davon ablenken und vergrub das Gesicht in der Mulde zwischen ihren Brüsten. »Wie du dir vorstellen kannst, war es mir äußerst unangenehm, mit einem solchen Verdacht belegt zu werden. Also habe ich erklärt, ich hätte den Knaben ins Haus geholt, weil ich befürchte, Gott könne uns auch künftig einen Sohn verwehren.« Er hob den Kopf, um zu sehen wie Amalia auf diese Worte reagieren würde.

Ihre Augen weiteten sich entsetzt. Zu seiner Bestürzung begann sie zu weinen. »Ihr habt völlig recht«, schluchzte sie und schob ihn von sich. »Gott verweigert uns den Sohn, das habe ich schon seit Langem begriffen!« Sie tat ihm fast ein wenig leid in ihrem Kummer, und er streckte die Hand aus, um sie zu berühren. Da hob sie den Kopf. »Aber seit heute weiß ich, dass es Eure Schuld ist und nicht die meine. Ihr habt Sünde auf Euch geladen! Eure Magd habt Ihr geschändet, habt sie gezwungen Euch zu Willen zu sein – wieder und wieder!« Schumann zuckte zurück, als hätte er eine Viper in seinem Bett entdeckt. »Der Hausknecht hat es mir erzählt, bevor er ging. Er hat mir auch gesagt, dass Ihr sie aus dem Haus gejagt habt, als ihr der Bauch schwoll. Den Sohn, den sie Euch gebar, hat sie aus Scham und Verzweiflung umgebracht, und Ihr wart dabei, als man sie zur Strafe in der Elbe ertränkte. Dafür würdet Ihr einst zur Hölle fahren, schwor Euer Knecht, und der Pferdebursche bestätigte jedes seiner Worte.« Sie schlug die Hände vors Gesicht und begann noch lauter schluchzen.

Schumanns Mitgefühl verwandelte sich in Entsetzen und im nächsten Augenblick in eiskalte Wut. Grob griff er in ihr Haar und riss ihren Kopf nach oben. »Ein Wort mehr von dem verleumderischen Gefasel der beiden Galgenschwengel und du kannst auf der Stelle zur Hölle fahren, törichtes Weib!«, sagte er mit zusammengebissenen Zähnen. »Solltest du auch nur die kleinste Andeutung machen, in unserem Hause stünde nicht alles zum Besten, wenn das Weib des Kämmerers dich besuchen kommt, schlage ich dich grün und blau, das schwöre ich!« Sie starrte ihn mit angstgeweiteten Augen an – gerade so, als begriffe sie erst jetzt vollkommen, wer er war. Gut so! Verächtlich schnaubend stieß er sie aufs Bett zurück und öffnete seine Hose. »Dreh dich um, heb den Rock und besinne dich endlich auf deine Pflicht!« Zuerst schien es, als wollte sie sich widersetzen, aber dann folgte sie leise wimmernd seinem Befehl.

Kapitel 47

Niklas stand an der Hinterkaffe des flachen Elbkahns und hielt die Ruderstange auf Kurs. Allzu viel hatte er nicht zu tun, denn der Wind blies stetig aus Nordwest und trieb der Kahn gegen die Strömung gemächlich flussaufwärts. Der Maler blickte auf das trapezförmige Segel, das Jorgen, der Schiffer, bediente. Hinter ihm konnte Niklas Hanna und den Bader sehen, die unter einer Plane in der Vorderkaffe hockten. Er hoffte, dass sie es dort wärmer hatten als er, der allmählich kaum noch Finger und Zehen spürte. Julius, dem schwarzgelockten Schiffsjungen, schien die Kälte nicht viel auszumachen. Behände wie ein Eichhörnchen erklomm er immer wieder den hohen Segelmast, um Ausschau zu halten. Je nachdem, hisste er dann entweder einen Wimpel in den Farben des sächsischen Kurfürsten Johann Friedrich oder des Herzogs von Sachsen, Moritz.

Der Schiffer wollte außerdem, dass sie dann aus voller Lunge brüllten: »Gott mit Johann Friedrich, dem Beschützer des wahren Glaubens! Nieder mit dem Judas von Meißen!«, oder: »Gott mit Moritz, dem Beschützer aller Sachsen! Nieder mit der feisten Sau!«, sobald sich Soldaten der einen oder anderen Seite am Ufer zeigten.

Niklas fand das dreist. Ihn drückte die Sorge, dass sie damit das Unglück erst recht auf sich lenken würden. Er verstand nicht, wie seine Reisegefährten diese Befürchtung einfach abtun konnten. Selbst der vorausschauende Meister Arnold hatte den

Kopf geschüttelt. »Wenn du dich in einer Herde Schweine verstecken willst, reicht's nicht, dich im Dreck zu wälzen – du musst auch mit ihnen zusammen quieken und grunzen!«, hatte er schmunzelnd gesagt. Tatsächlich waren sie bisher unbehelligt elbaufwärts gesegelt, zumal die wenigen Zollstationen aufgrund der ständig wechselnden Herrschaftsverhältnisse und der Requirierung neuer Soldaten unterbesetzt waren. Für den nächsten Tag hatte der Schiffer ihre Ankunft in Dresden angekündigt.

Niklas hatte ungläubig den Kopf geschüttelt. »Ich versichere Euch, so wahr ich hier vor Euch stehe!«, hatte der kleine wendige Mann behauptet und ihm zugezwinkert, »ich kenne den Fluss zwischen Wittenberg und Pirna besser als die Gasse, in der ich aufgewachsen bin. Hab meinen Großvater schon als kleiner Bub begleitet und später den Kahn vom Vater übernommen. Salz und Krämerwaren bringe ich stromauf. Stromab nehme ich mit, was der Kurfürst gerade am dringendsten haben will, weil das stets zollfrei ist. Davon konnten wir gut leben«, er hatte das Gesicht verzogen, »bis der verdammte Krieg über uns gekommen ist.« Dann hatte er auf die Säcke und Kisten gedeutet, die sich in der Mitte des Kahns stapelten. »Ein kleiner Schiffshändler wie ich kann sich's nun mal nicht leisten, daheim unter den Röcken seines Weibes abzuwarten, bis der Kaiser und die Fürsten ihren Hader beigelegt haben – so wie's die großen Hansen derzeit tun. Meine Kinder wollen was zu beißen haben und warme Kleider für den Winter, genau wie die Leute in den Städten und Dörfern stromauf und stromab. Also bring ich ihnen, was sie haben müssen!«

Trotz seiner Befürchtungen war Niklas davon überzeugt, dass der Herrgott selbst ihm eingegeben hatte, zuerst bei den Elbschiffern nach einer Mitreisegelegenheit für sich, Hanna und den Bader zu suchen. Nachdem der Maler von seiner Zeit bei den Flößern berichtet und versprochen hatte, sich an Bord nützlich zu machen, hatte Jorgen ihnen einen Preis gemacht, der nicht allzu überteuert war.

Inzwischen hatte leichter Regen eingesetzt, der die Schiffsplanken rutschig machte. Besorgt verfolgte Niklas, wie Julius erneut in die Spitze des Mastes kletterte. »Herzogliche steuerbord!«, rief der Junge und deutete ans Ufer rechter Hand. Geschickt knotete er den neuen Wimpel an, bevor er sich an den Abstieg machte. Vorn schoben Arnold und Hanna die Plane beiseite und nahmen Aufstellung zum Rufen. Niklas arretierte die Ruderstange und legte beide Hände trichterförmig um den Mund.

Aber noch bevor einer von ihnen einen Laut von sich geben konnte, schrie Julius auf und stürzte aus halber Höhe vom Mast. Niklas sprang hinzu, während Meister Arnold hastig über Kisten und Säcke kletterte. Der Junge lag reglos zu Füßen seines Vaters auf den nassen Planken. »Herr im Himmel, hilf!«, flüsterte der Schiffer, während er sich über seinen Sohn beugte. »Fasst ihn nicht an!«, warnte Arnold. Niklas legte seinen Arm um die Schultern des Mannes und zog ihn zur Seite. »Überlasst das meinem Freund! Er bringt den Kleinen im Handumdrehen wieder auf die Beine!« Sicher war er sich dessen nicht. Das Gesicht des Kindes war weiß wie frisch gewaschenes Linnen, die lustigen Sommersprossen wirkten wie mit brauner Farbe aufgetupft, Wimpern und Augenbrauen, als wären sie mit Kohle gezeichnet. Für Niklas war es unmöglich, auszumachen, ob in dem schmalen Körper überhaupt noch ein Funken Leben steckte.

Hanna schluchzte, doch sie war geistesgegenwärtig genug, das Lederfutteral mitzubringen, in dem Arnold auf Reisen die wichtigsten Instrumente und ein wenig Verbandzeug mitführte. Der Bader hatte sich neben das Kind gekniet und betastete mit konzentrierter Miene dessen Kopf und Glieder. Niklas sah, dass sich auf dem Hosenbein des Jungen mittlerweile dunkle

Flecke bildeten. Arnold zog ein Messer aus seinem Gürtel. Er legte das Bein frei, indem er vorsichtig Stoff zerschnitt. Der Unterschenkel des Kindes wirkte verformt, und an einer Stelle hatte sich ein spitzes Stück Knochen durch Haut und Fleisch gebohrt. Der Bader stieß den Atem aus. Dann richtete er sich auf und legte dem Schiffer eine Hand auf die Schulter. »Wenn er das Bein jemals wieder benutzen soll, muss ich es einrichten, schienen und verbinden, und zwar schnell. Dazu müssen wir anlegen und einen trockenen Unterstand suchen, am besten ein Haus mit einer Feuerstelle. Anders geht es nicht!«

Der Schiffer warf einen verzweifelten Blick auf seinen Sohn. Hanna hatte den Oberkörper des Kindes in ihren Umhang gehüllt. Sie strich ihm über die Stirn und murmelte beruhigende Worte, als Julius sich wimmernd regte.

Niklas hatte inzwischen einen halbzerfallenen Steg am Ufer entdeckt. Er packte Jorgen am Arm. »Dort gibt es vielleicht ein Bauerngehöft oder eine Fischerhütte!« Der Schiffer eilte zum Segel, während Niklas das Steuerruder ergriff. In kürzester Zeit erreichten sie den Steg. Die Bauweise des Kahns, bei dem die Planken einen breiten, flachen Boden bildeten und seitlich aufgebogen worden waren, verhinderte, dass sie im seichten Wasser auf Grund liefen.

Nachdem sie den Anker ausgeworfen und den Kahn zusätzlich mit Seilen vertäut hatten, entdeckten sie eine schilfgedeckte Kate – versteckt zwischen alten Weiden und Gehölz. Niklas wollte den verletzten Jungen aufheben, um ihn an Land zu tragen, doch Julius stieß einen markerschütternden Schrei aus. »Habt Ihr kein Mittel gegen die Schmerzen, das Ihr ihm geben könntet!«, rief der Schiffer. Arnold schüttelte den Kopf. »Alles, was ich habe, muss erst zubereitet werden«, erklärte er. Sie umstanden das Kind, das nun wieder bei Bewusstsein war und sie mit angsterfüllten Augen anstarrte. Schließlich holte der Bader tief Luft. »Aber ich kann etwas anderes probieren.« Er wandte sich an den Schiffer und deutete zu der Hütte hinüber. »Ihr solltet die Leute aufsuchen und sie bitten, dass sie uns für die Nacht Unterschlupf gewähren!«

Zögernd verließ Jorgen den Kahn. Arnold kramte in seinem Lederfutteral und flüsterte Hanna zu: »Stell dich so, dass Julius nichts sehen kann und lenk ihn ab!« Sofort beugte sich Hanna über den wimmernden Jungen, strich ihm die nassen Haare aus der Stirn und sprach auf ihn ein. Was sie sagte, entging Niklas, als er den Silbernagel und den kleinen Hammer sah, den Meister Arnold bereitlegte. Der Bader riss das Hosenbein des Kindes noch ein Stück weiter auf und tastete dann nach einer Stelle unterhalb der Leiste. Dort setzte er den Nagel auf und trieb ihn mit einem einzigen Schlag ins Fleisch. Der Schrei des Jungen erstarb und machte einem Ausdruck von Erstaunen Platz.

»Ich spüre mein Bein nicht mehr!«, flüsterte er.

»Das ist in Ordnung«, versicherte Arnold und lächelte. »Wir bringen dich gleich ins Warme, und dann kümmere ich mich um dein Bein. Alles wird wieder gut!« Julius seufzte und schloss erleichtert die Augen.

»Wo habt Ihr das gelernt?«, fragte Hanna ungläubig.

Der Bader bedeckte das Bein des Jungen mit einem Tuch. »Das wollt Ihr nicht wissen, glaubt mir«, murmelte er. Niklas erschauderte. Er wusste als einer der wenigen, dass der Bader in seinen langen Wanderjahren nicht nur von Ärzten und Gauklern gelernt hatte, sondern auch bei einem Henker.

Jorgens Rückkehr sorgte dafür, dass Hanna nicht weiter nachhaken konnte. Dicht hinter dem Schiffer ging ein gebeugter alter Mann in einer grauen Fischerjoppe. In der einen Hand trug er einen verrosteten Sauspieß, in der anderen ein langes Messer. Misstrauisch musterte der Alte vom Steg aus Kahn und Besatzung. Niklas trat zur Seite. Der Anblick des verletzten Kindes schien alles zu ändern. »Kommt mit, rasch!« Der Fischer winkte mit dem Spieß und lief voraus, so schnell seine alten

Beine es erlaubten. Jorgens Miene verriet seine Erleichterung. Niklas und Arnold hoben Julius vorsichtig vom Boden auf.

In der niedrigen Fischerkate diente ein einziger Raum als Küche und Schlafstätte für die ganze Familie. Er war durch eine Bretterwand geteilt. Der Geruch nach Dung und Stroh, der sich mit dem Rausch des Kaminfeuers und den Ausdünstungen der Menschen mischte, ließ Niklas ahnen, dass sich unmittelbar dahinter der Stall befand. Eine Frau unbestimmten Alters empfing sie. Wortlos deutete sie auf den großen Tisch in der Mitte des Raums, und Niklas bettete den Jungen auf die abgenutzte Holzplatte. Derweil scheuchte der Alte zwei halbwüchsige Mädchen von der Bank neben dem Kamin. »Holt Wasser!« Dann wandte er sich an den Bader. »Was können wir sonst tun?« Von Meister Arnold ging, sobald er die Verantwortung für einen Patienten übernahm, eine Präsenz aus, der sich niemand in seiner Umgebung entziehen konnte. Niklas hatte es mehrfach erlebt, daher wunderte er sich nicht, dass der Bader in kürzester Zeit jedem in der Hütte eine Aufgabe zugewiesen hatte. Den kleinen Buben, der in einer Ecke hockte und mit angstgeweiteten Augen am Daumen lutschte, schickte er hinaus, um Holz zu sammeln.

Als die Sonne unterging, saßen sie erschöpft um den Tisch und löffelten Fischsuppe, während Julius warm eingepackt auf einer Bank lag und schlief. Der Bader hatte dem Jungen einen Sud aus Stechapfel verabreicht und dann das Bein eingerichtet. »Er wird bis morgen schlafen, aber wir sollten ihn dabei beobachten«, hatte er gesagt. »Wahrscheinlich hat er sich bei dem Sturz auch eine Gehirnerschütterung zugezogen.« Hanna hatte sich darauf mit ihrer Holzschüssel neben das schlafende Kind gesetzt. Die Schicht aus Ruß und Wagenschmiere, mit der sie sich ihr Gesicht am Morgen sorgfältig eingerieben hatte, war verwischt, und der jugendliche Schimmer ihrer Haut verriet, dass sie kein altes Weib war. Niklas spürte ein zärtliches Gefühl in seiner Brust aufsteigen. Er lächelte sie an, bevor er sich wieder über die wässrige Suppe hermachte.

Alarmiert sahen sie sich an, als draußen Rufe und Schritte ertönten. Die Tür flog auf, und Männer in Landknechtstracht kamen mit vorgehaltenen Spießen herein. Die richteten sie sofort auf Niklas, Meister Arnold und den Schiffer. »Ihr drei – Pfoten hoch und an die Wand mit euch, aber ganz langsam!«, brüllte einer von ihnen, dem eine rote Narbe quer über die Stirn lief. Niklas warf dem Bader einen Blick zu, während er sich erhob. Die Landknechte waren zu dritt. Doch Arnold verneinte die stumme Frage, indem er die Augen senkte. Er hat recht, dachte Niklas, in der engen Stube mit den Fischersleuten und dem verletzten Kind konnten sie sich nicht auf ein Handgemenge mit kampferprobten Männern einlassen. Gehorsam stellte er sich zu Jorgen und dem Bader.

Zwei Männer bauten sich vor ihnen auf, der mit der Narbe sah sich mit vorgehaltener Waffe in allen Ecken des Raums um. Vor Hanna und Julius blieb er stehen. Niklas sah, dass Hanna sich tief über das schlafende Kind gebeugt hatte, sodass ihr Gesicht im Schatten blieb. Sie wirkte plump und unförmig unter den vielen Stoffschichten, die sie am Leib trug. Der Landsknecht beachtete sie nicht, aber hob mit seiner Pieke die Decke, unter der Julius lag. »Wie ist das passiert?«, fragte er und deutete mit einem Ruck seines bärtigen Kinns auf das geschiente Bein.

Jorgen öffnete den Mund, doch der alte Fischer kam ihn zuvor. »Mein Enkel ist in den Apfelbaum hinterm Haus geklettert, um zu sehen, ob er ganz oben noch ein paar verschrumpelte Früchte finden kann. Hat dauernd Hunger, der dumme Bengel!« Der Alte schüttelte betrübt den Kopf. »Dabei ist er runtergefallen.«

Der Landknecht, ein rothaariger Kerl mit listigen Augen, der seinen Spieß auf Niklas gerichtet hielt, grinste. »In Hungers

Not, schlag Hennen tot und lass kein Gans mehr leben!«, trällerte er. Sein älterer Kumpan stieß ihm den Ellenbogen in die Seite. »Halt's Maul, Hebenstreit! Denk dran: Vögel, die morgens singen, holt abends die Katz!«

»Ach was, der Teufel wird uns alle holen, ob mit Gesang oder ohne«, antwortete der Rothaarige. Der Kerl mit der Narbe klopfte mit der Spitze seiner Pieke gegen das dick mit Bandagen umwickelte Bein des Jungen. »Wer hat ihn so gekonnt verarztet?«, fragte er misstrauisch. Julius war im Schlaf zusammengezuckt, und Hannas Schultern bebten. Niklas fürchtete, dass sie ihre Wut kaum unterdrücken konnte, denn ihm ging es ähnlich.

»Das war ich!«, antwortete Meister Arnold viel lauter als nötig. »Ich bin Bader. Für die unschöne Narbe auf Eurer Stirn habe ich eine Salbe bei mir. Die würde ich Euch sogar umsonst überlassen, obwohl sie wahrhaft Wunder wirken kann!«

Der Landknecht lachte. »Na, dann nichts wie her damit!« Er umrundete den Tisch, an dem schreckensstarr die Fischersfrau und ihre Kinder saßen, und streckte die Hand aus.

Arnold ging in die Ecke, in der er das Futteral abgelegt hatte, das seine Instrumente enthielt. Er förderte einen kleinen Tontiegel zutage und legte ihn in schmutzige Hand des Landsknechts. Der zog das in Bienenwachs getränkte Leinenläppchen ab, mit dem das Gefäß verschlossen war, und schnüffelte argwöhnisch. »Nur zu«, ermunterte Arnold ihn. »Probiert! Ihr werdet die angenehme Wirkung sofort spüren. Zuerst kribbelt es, dann prickelt es und dann beginnt es zu heilen. Und schon nach einer Woche, seht Ihr den Erfolg.«

Der Landknecht tunkte einen Finger in den Tiegel und verschmierte die gelbliche Salbe auf seiner Stirn. »Ich nehme an, Ihr spürt es bereits?«, insistierte sich der Bader. »Tatsächlich!« Der Mann betastete seine fettig glänzende Stirn, er wirkte beeindruckt. Niklas hoffte schon, nun hätten sie das Schlimmste überstanden. Doch da drehte sich der Kerl um und marschierte zurück zu Hanna. Er griff ihr unters Kinn und musterte sie mit lüsternem Gesichtsausdruck. »Jetzt gefalle ich dir bestimmt schon besser, mein Täubchen, nicht wahr?«

»Kein Stück!«, entgegnete Hanna gelassen. »Aber falls Ihr meint, ihr wollt mich trotzdem – bitte!« Sie schlug seine Hand beiseite und machte Anstalten, ihren Rock zu heben. »Nur wundert Euch nicht, wenn Euch später der Schwanz abfällt. Der letzte Kerl, der sich über mich hergemacht hat, hat mir die Franzosenkrankheit angehängt.«

Niklas keuchte erschrocken, und sogar der abgebrühte Bader riss die Augen auf. Der Landsknecht wich zurück und bekreuzigte sich. »Komm mir bloß nicht zu nahe!«, keuchte er.

Sein blonder Kumpan begann zu lachen, während der ältere den Kopf schüttelte. »Ist auch besser so, Schwertfeger! Denk bloß an den Veit, den haben sie dafür gehängt, dass er sich an einer Bauerndirne vergangen und sie dabei erwürgt hat. Und der war ein Doppelsöldner!« Der mit der Narbe wirkte nun vollends ernüchtert. Er schnaubte verächtlich. »Schon wegen des allgemeinen Unwillens der Bevölkerung achtet Herzog Moritz so streng auf die Manneszucht seiner Truppen. Du glaubst doch nicht, beim dicken Kurfürsten würden Söldner wie Anführer ausgepeitscht, in Eisen geschlagen oder gar verstümmelt, wenn sie sich mal an ein paar Weibern vergreifen oder sich im Suff gegenseitig die Köpfe einschlagen?«

»Vielleicht ist es an der Zeit, die Seiten zu wechseln?«, schlug der Blonde vor. »Wir würden dann endlich auf der Seite des wahren Evangeliums kämpfen und müssten nicht zur Hölle fahren, wenn wir dabei fallen.«

»Ach was!« Der Ältere winkte ab. »Der Dicke ist erledigt, sobald der Kaiser mit seinen Spaniern anrückt!«

Der Kerl mit der Narbe nestelte an seiner gepolsterten Schamkapsel. »Lasst uns aus dem verdammten Sumpfloch verschwinden«, forderte er. »Die anderen sind längst damit fertig, die Säcke und Kisten von dem Kahn auf unseren Wagen zu laden. In den nächsten Tagen gibt's endlich mal wieder Eier und Speck und Brot aus weißem Mehl!« Er stieß den Schiffer vor die Brust, der sich ihm mit einem empörten Ausruf in den Weg gestellt hatte. »Hör auf zu greinen! Bist schließlich nicht unter die Straßenräuber gefallen! Du kannst dir einen Wisch bei unserem Hauptmann abholen, der dir die ordentliche Beschlagnahmung deiner Ladung bestätigt. Wenn der Krieg vorbei ist, kannst du damit nach Dresden gehen und in der Kanzlei des Herzogs Wiedergutmachung beantragen, heißt es.« Der Ältere nickte. »Wirst dich aber ganz weit hinten anstellen müssen, denn vor dir sind die Herren vom Adel dran!« Die drei marschierten durch die offene Tür nach draußen, während der Blonde wieder zu singen begann:

»Ei, werd ich denn erschossen,
erschossen auf weiter Heid,
man trägt mich auf langen Spießen,
ein Grab ist mir bereit.«

Die anderen beiden fielen vergnügt ein:

»Dann schlägt man mir das Pumerlein Pum,
das ist mir neunmal lieber
als aller Pfaffen Gebrumm!«

Jorgen starrte ihnen nach und knirschte mit den Zähnen, bis Arnold ihn am Arm fasste und zu der Bank zog, auf der Julius lag. Er befühlte die Stirn des Jungen. »Er hat ein wenig Fieber, aber das ist normal. So Gott will, klettert er im Sommer schon wieder den Mast hinauf. Er ist noch in dem Alter, wo die Knochen wachsen. Da verheilt alles viel schneller als bei unsereinem.« Der Schiffer blickte ihn dankbar an und nickte.

Der alte Fischer schlug die Tür zu und verriegelte sie von innen, während die Frau den Tisch abräumte. Ihre Töchter schickte sie in den Stall. »Du kannst bei dem Jungen auf der Bank schlafen«, sagte sie und reichte Hanna ein Schaffell. Die Mädchen brachten Niklas zwei große Bündel Stroh, aus denen er auf dem Boden ein Lager für sich und die Männer bereiten konnte. Als er fertig war, legte er sich hin und zog seinen Umhang als Decke über sich. Dabei hörte er Arnold und Hanna miteinander flüstern.

»Wenn das stimmt, was du dem Landknecht vorhin gesagt hast, kann ich dir …« Hanna unterbrach den Bader, in ihrer Stimme schwang ein Lächeln. »Danke, aber mir geht es gut! Das war nur ein Trick, den mir eine Marketenderin verraten hat, die mich und die Kinder auf dem Weg nach Wittenberg ein Stück auf ihrem Wagen mitfahren ließ.« Der Bader lachte leise. »Gar nicht dumm«, brummte er anerkennend, »hätte aber auch gewaltig schiefgehen können, wenn der Kerl bereits an der Lustseuche erkrankt gewesen wäre.« Hanna seufzte. »Ich weiß. Aber was hätte ich sonst machen sollen?«

Niklas schloss die Augen und dankte Gott, dass er ausgerechnet diese tapfere junge Frau dazu ausersehen hatte, auf seinen Sohn zu achten. Anschließend betete er für die Mutter seines Kindes und bat darum, dass es ihnen gelingen möge, Sophia unbeschadet aus Schumanns Klauen zu befreien. Er bekam noch mit, wie sich der Bader neben ihm austreckte, dann schlief er ein.

Kapitel 48

Schumann stocherte mit der Messerspitze in dem falschen Rehbraten auf seinem Teller. Er beobachtete, wie Ferdinand am Kopf der langen Tafel ein Stück davon auf eine zierliche Gabel spießte und die knusprig gebratene Kruste beäugte. Dann schob sich der König den Bissen in den Mund und kaute vorsichtig. Der Stadtschreiber hatte gehört, dass Ferdinand, im Gegensatz zu seinem Bruder, ein maßvoller Esser sei und auch dem Wein weniger zuspreche als der Kaiser. Jetzt, zur Fastenzeit, auf die der König als Katholik streng achtete, galt das anscheinend noch mehr. Nachdem Ferdinand endlich geschluckt hatte, hoben sich seine schweren Augenlider und seine Augen weiteten sich überrascht. Er beugte sich zu einem der böhmischen Herren aus seinem Gefolge – Schumann hatte vergessen, ob das der Herr von Rosenberg war oder der von Zierotin – und ließ ein paar Worte fallen. Der Mann nickte und lächelte.

»Er hat nicht glauben wollen, dass dieser köstliche Stockbraten aus Karpfen besteht und nicht aus Reh«, flüsterte Alex Walter. Der Kämmerer schaufelte den Rest des mandelgespickten Bratens von seinem Teller und kaute genüsslich. »Dachte wohl, wir würden uns die Blöße geben, ihm im protestantischen Pirna zur Fastenzeit Fleisch vorzusetzen«, nuschelte er. »Dabei hat er heute Morgen in unserer Marienkirche sogar seine katholische Messe bekommen!«

Wie üblich gab sich Balthasar Kittel kaum Mühe, seinen Unmut zu verbergen. »Dafür hätten wir ihn besser in die Klosterkirche schicken sollen«, polterte er. »Es gibt ohnehin nichts mehr, was unsere Kaufleute da drin lagern können!«

»Mäßigt Euch, Richtherr«, zischte Süssemilch mit einem besorgten Blick auf den hohen Gast und dessen Gefolge.

Als Bürgermeister würde er seinen Kopf hinhalten müssen, sollte seiner Majestät, dem König von Böhmen, zu Ohren kommen, dass die Pirnaer Ratsherren aufmüpfige Reden schwangen, während er ihnen die Ehre seiner Anwesenheit zuteilwerden ließ. Schumann war gestern Morgen dabei gewesen, als Süssemilch die schweren Truhen aufgeschlossen hatte, in denen das silberne Speisegeschirr mit dem vergoldeten Stadtwappen verwahrt wurde.

Der Bürgermeister hatte den Ratsdiener angewiesen, sämtliche Teile auf Hochglanz zu polieren. Süssemilch selbst hatte die Knechte und Mägde beaufsichtigt, die den nüchternen Ratssaal in einen Bankettsaal verwandeln sollten. Jetzt schmückten Girlanden aus Tannenzweigen und seidenen Bändern die Wände über den Bildnissen der verflossenen Bürgermeister. Auch der hohe Stuhl des Königs war damit umwunden. Damasttücher bedeckten die lange Tafel, deren Mitte ein Salzfass in Form eines Elbschiffes krönte. Die Butzenglasscheiben in den Fenstern glänzten ebenso wie die hölzernen Dielen, und teure Bienenwachskerzen verbreiteten Behaglichkeit und süßen Duft.

Schumann kam der Gedanke, was das Fußvolk aus Böhmen, dessen Zelte vor den Toren der Stadt im Schlamm standen, wohl sagen würde, wenn es einen Blick in den Saal werfen dürfte. Ferdinand von Habsburg hingegen, da machte sich Schumann nichts vor, fand die festliche Tafel vermutlich eher bescheiden.

Der Stadtschreiber legte sein Messer weg. Er hatte keinen Hunger und auch keine Lust mehr, dem böhmischen König beim Kauen zuzusehen. Die Tatsache, dass der Bruder des Kaisers es mit seinem Anhang bis nach Pirna geschafft hatte, ärgerte ihn, und hier im Ratssaal bei dem absurden Festmahl sitzen zu müssen war ihm unerträglich. Er hatte andere Sorgen, und es gab Dinge, um die er sich dringender kümmern musste. Nun, zumindest schien die Laune des pferdegesichtigen Habsburgers auch nicht die beste. Ferdinand hatte sich zu Beginn des Mahls ungehalten darüber geäußert, dass zu wenige Böhmen seinem Ruf zu den Waffen gefolgt waren. Diejenigen, die auf den Elbwiesen im Schlamm hockten, schienen ebenfalls wenig Begeisterung für den Kampf gegen die eigenen Glaubensbrüder mitzubringen. Schumann war dabei gewesen, als sie am Morgen ihren evangelischen Gottesdienst hielten. Während ihr oberster Heerführer in der Marienkirche der Messe seines spanischen Priesters lauschte, beendeten sie den ihren mit dem Gesang von Luthers Lied »Ein feste Burg ist unser Gott«.

Die Aufgabe, sich im Auftrag des Rates im böhmischen Lager umzutun, hatte er gern übernommen. Es gab Gerüchte, die Böhmen hätten hinter dem Rücken ihres Königs eine Absprache mit dem Kurfürsten getroffen. Georg Komerstadt, neben Carlowitz einer der einflussreichsten Räte am Dresdener Hof, wurde morgen in Pirna erwartet. Im Namen seines Herzogs sollte er das weitere Vorgehen mit Ferdinand besprechen. Schumann hatte den Unmut der böhmischen Offiziere gespürt und vorsichtige Andeutungen gemacht, er wisse Mittel und Wege, wie sie sich mit dem Gegner in Verbindung setzen könnten. So war es ihm gelungen, die Namen unzufriedener Männer in Erfahrung zu bringen. Den Pirnaer Ratsherren hatte er versichert, außer dem allgemeinen Unmut gebe es keine Anzeichen von Verrat.

»Wenn Ihr keinen Appetit auf die wundervolle Weinsuppe habt, könnt Ihr mir gern Eure Schüssel überlassen!« Schumann schrak aus seinen Gedanken. Er blickte in das Gesicht des Kämmerers, das vom Essen und der Wärme im Saal fast so rot war wie die Suppe. Er hatte nicht bemerkt, wie der falsche Rehbraten abgetragen und die Nachspeise aufgetischt worden war. Schumann mochte Weinsuppe – insbesondere die Einlage, Scheiben von goldgelbem Mörserkuchen. Doch er schob dem Kämmerer wortlos seine Schüssel hin, lehnte sich zurück und tastete nach Margarethas Brief, den er unter seinem Wams trug. Sie werde ihren Landsitz Ende der Woche verlassen, hatte die Freifrau von Bünau ihm mitgeteilt, um sich ins Lager des Kurfürsten zu begeben. Es sei höchste Zeit, so schrieb Margaretha, auf Seiten der künftigen Sieger den Lohn für erwiesene Treue einzufordern. Schumann könne sie begleiten, wenn er wolle.

Die Zeilen hatten dem Stadtschreiber eine schlaflose Nacht beschert. Die Vorstellung, den Sieg, der zum Greifen nahe lag, schon jetzt zu kosten, gefiel ihm. Doch der Geschmack würde fad sein, solange er sein eigentliches Ziel – das entschlüsselte Buch in den Händen zu halten – nicht erreicht hatte. Schumann wusste, dass er die Stadt nicht verlassen konnte, ohne erfahren zu haben, wo er es finden würde.

Seit der gesamte Rat darüber Bescheid wusste, dass die Fuchsin in der Fronfeste saß, hatte er die Frau nur noch gemeinsam mit Richter Kittel befragen dürfen. Selbstverständlich war es bei dem Verhör ausschließlich um ihre Verbindung zu den ketzerischen Wiedertäufern und den Verdacht der Zauberei gegangen. Fragen nach dem Buch hatte er sich ebenso verkneifen müssen wie alles andere, was er dem Weib liebend gern eigenhändig angetan hätte.

Das spöttische Funkeln in ihren Augen hatte ihn so zur Weißglut getrieben, dass er die ganze folgende Nacht Magenkoliken gehabt hatte. Allein beim Gedanken daran, verkrampften sich seine Eingeweide erneut.

»Wie lange es wohl dauern mag, bis wir ein solches Mahl erneut genießen?« Seufzend schob der Kämmer die leere Schüssel fort. »Gewiss müssen wir uns auf eine Belagerung einstellen, wenn der Kaiser mit seinen Truppen nicht schneller nach Sachsen zieht. Dann werdet Ihr es bedauern, die Suppe verschmäht zu haben«, orakelte er.

»Womöglich«, antwortete Schumann matt.

»Euch plagt wohl wieder mal der Magen, Stadtschreiber?«, erkundigte sich Balthasar Kittel so laut, dass sich beinah alle Gäste am unteren Ende der Tafel nach ihm und Schumann umdrehten.

»Ist ja auch kein Wunder!« Der Bürgermeister, in Sorge, der cholerische Richtherr könne ihn und die gesamte Stadt doch noch vor dem König in Verlegenheit bringen, stieß Kittel so heftig mit dem Ellenbogen in die Seite, dass sich der ungarische Rotwein aus dessen Glas über Schumanns samtene Schaube ergoss. Der Stadtschreiber schnaubte auf. Richtherr und Bürgermeister maßen einander mit finsteren Blicken. Schumann nutzte die Gelegenheit und erhob sich. »Bitte entschuldigt!« Er deutete auf den teuren Stoff, auf dem sich dunkle Flecken gebildet hatten. »Ich gehe besser heim, damit sich mein Weib darum kümmern kann.« Nach einer tiefen Verneigung in Richtung des Königs, der ihn mit einer gnädigen Handbewegung entließ, eilte der Stadtschreiber aus dem Saal.

Doch statt heimzugehen, schloss er ein Stockwerk tiefer die Tür zur Kämmerei auf. Mit einer Kerze, die er an einer Fackel im Treppenhaus entzündet hatte, hockte er sich hinter seinen Schreibtisch. Aus dem Ratssaal über ihm drangen gedämpfte Stimmen, Stühlerücken und Gläserklingen, doch auch das konnte er schon bald ausblenden. Er musste nachdenken. Wie, zur Hölle, konnte er das verstockte Weib in der Fronfeste dazu bringen, ihm endlich zu verraten, wo Buch und Übersetzung zu finden waren? Gab es etwas, womit er ihr drohen konnte, oder einen Handel, den er ihr anzubieten hatte?

Er zog den Brief aus seinem Wams und legte ihn vor sich auf die tintenbefleckte Tischplatte. Margaretha war es, die ihn auf den Gedanken gebracht hatte, den blonden Waisenknaben als

Druckmittel zu verwenden. Das hätte auch funktioniert, da war sich Schumann sicher. Die Fuchsin verstand sich nicht gut darauf, ihre Gedanken zu verbergen, und so hatte er Mitleid und Zärtlichkeit in ihren Augen gesehen, als er ihr das Kind in den Arm gedrückt hatte. Wie alle Weiber war auch sie schwach an Leib und Seele! Er dagegen – Schumann legte seine Hände auf die Tischplatte und betrachtete sie im Schein der Kerze – war ein Mann, geschmiedet in der Glut der Hölle seiner Kindertage, gestählt durch den unentwegten Kampf mit anderen Männern um Ansehen und Macht. Männer waren die Krone der Schöpfung, Weiber nur dazu da, sie zu gebären. Ihr Ansehen hing allein von ihrem Ehemann ab und von ihren Söhnen.

Schumann fragte sich, ob Heinrich Fuchs noch am Leben war, aufgrund des Krieges war schon lange kein Bote mehr aus Nürnberg nach Pirna gekommen. Fakt war, dass der Magister nicht hier war, um für sein Weib zu sprechen. Auch der neugierige Bader war vor ein paar Wochen aus der Stadt verschwunden. Gerüchte sagten, dass er bei seinem Bruder weile, der schwer erkrankt sei. Antonius Lauterbach hatte die Fuchsin zwar in ihrer Zelle besucht, doch Schumann wusste, dass der Superintendent ihr längst nicht mehr so wohlgesinnt war wie früher.

Der Stadtschreiber starrte auf seine geballte Faust, in der er Margarethas Brief zerknüllt hatte. Kein Weib enthielt ihm etwas vor, das er unbedingt haben wollte – keines, außer der grauäugigen Hexe in der Fronfeste. Aber damit musste nun ein für alle Mal Schluss sein! Schumann öffnete seine Hand, glättete das Papier, faltete es zusammen und steckte es ein. Dabei lächelte er, denn er hatte endlich begriffen, dass er in Pirna auf niemanden mehr Rücksicht nehmen musste. Sollte er jemals wieder hierher zurückkehren, würde er es an der Seite der Sieger tun. Er würde niemandem Rechenschaft schuldig sein, stattdessen würden seine ehemaligen Ratsfreunde um sein Wohlwollen betteln. Margarethas Fürsprache und die von Herzogin Elisabeth würde ihm am Hofe des Kurfürsten manche Tür öffnen, an der er bisher nie zu rütteln gewagt hätte. Aber sobald ihm die Macht des Buches zur Verfügung stehen würde, wäre er auch darauf nicht mehr angewiesen.

Schumann hörte sich lachen, laut und wild wie noch nie in seinem Leben. Niemand würde ihn daran hindern, die Fuchsin jetzt in ihrer Zelle aufzusuchen und ihr anzutun, was immer notwendig war, um ihr die Wahrheit darüber zu entreißen, wo das Buch zu finden war!

Kurze Zeit später hämmerte er mit beiden Fäusten gegen das Tor der Fronfeste. Es dauerte eine Weile, bis der Fronbote ihm mit verdrießlicher Miene öffnete. Die Brotkrümel in seinem Bart und die fettglänzenden Lippen zeugten davon, dass Frost gerade beim Abendmahl gesessen hatte.

Schumann zwang sich zu einem jovialen Lächeln. »Ihr könnt Euch gleich wieder nach oben begeben und weiter speisen, Meister Frost«, sagte er. »Schließt mir nur rasch die Zelle der Fuchsin auf, denn ich habe ihr noch einige dringende Fragen im Auftrag des Richtherrn zu stellen.«

Der Fronbote blinzelte misstrauisch. »Jetzt?«

Schumann hob tadelnd die Augenbrauen. »Natürlich jetzt! Oder habt Ihr vergessen, dass der Bruder des Kaisers in unserer Stadt weilt? Da sollten wir beweisen, dass wir im Falle einer Hexe keine Mühe scheuen. Nicht wahr?« Der Fronbote senkte den Blick. »Selbstverständlich«, murmelte er betreten und eilte voraus zu den Zellen. »Am besten lasst Ihr mir den Schlüssel hier«, schlug Schumann versöhnlich vor. »Ich bringe ihn Euch hinauf, sobald ich fertig bin. So werdet Ihr nicht weiter in Eurer wohlverdienten Abendruhe gestört, guter Mann.«

Erleichtert nickend schloss Frost die Zellentür auf. Dann übergab er dem Stadtschreiber seine Fackel und den Schlüssel. Schumann wartete, bis sich die Schritte des Mannes auf der Treppe ins obere Stockwerk verloren, bevor er die Zelle betrat.

Die Fuchsin stand unter dem winzigen Fenster an der gegenüberliegenden Wand und schirmte ihre Augen mit einer Hand gegen das Licht ab. »Guten Abend, meine Liebe«, grüßte Schumann und steckte die Fackel in die eiserne Halterung neben der Tür. Er trat näher und musterte die Frau unter halbgeschlossenen Lidern.

Anscheinend hatte man ihr seit seinem letzten Besuch gestattet, sich zu waschen und die Kleider zu wechseln. Sie hatte sich ein dickes Wolltuch um die Schultern geschlungen, das knabenhaft kurze Haar war unter einer sittsamen blauen Haube verschwunden. Die Wochen der Haft hatten Spuren in ihrem Gesicht hinterlassen. Seit seinem letzten Besuch war es noch schmaler geworden, sodass sich die Knochen unter der bleichen Haut abzeichneten.

Sie starrte ihn aus riesigen, dunkel umrandeten Augen an – ein Blick, der ihm einen Schauer über den Rücken jagte. In diesem Moment hatte der Stadtschreiber nicht mehr den kleinsten Zweifel, dass ihm tatsächlich eine Hexe ins Netz gegangen war – ein unnatürliches Weib, das sich der Arglist des Teufels bediente, um Dinge zu tun, die eine gewöhnliche Frau niemals zustande gebracht hätte. Wenn er obsiegen wollte, durfte er ihr nicht länger gestatten, ihren verhängnisvollen Zauber zu weben! Ohne Vorwarnung drosch er ihr seine Faust in den Magen.

Mit einem erstickten Laut klappte sie zusammen und landete zu seinen Füßen auf dem Boden. Er ließ ihr keine Zeit, sich zu erholen, trat ihr in die Seite, bückte sich und packte sie am Arm, den sie schützend über ihren Kopf hielt. Ihre Haube lag unter seinem Stiefel. Er zerrte die Frau hoch, schubste sie gegen die Wand. Dort lehnte sie vornübergebeugt, die Hände an den Bauch gepresst, mühsam nach Luft ringend.

»Du wirst mir sagen, wo ich das Buch und die Übersetzung

finde, oder ich schlage dich tot – hier, heute Nacht!«, flüsterte er. Er atmete kontrolliert, wusste, dass er dafür sorgen musste, dass die Flamme des Zorns in ihm zusammenfiel. Für das, was zu tun war, brauchte er kalte Wut, die er wohlkalkuliert und präzise einsetzen konnte.

»Das könnt Ihr tun.« Sophia hob den Kopf, ihre Augen loderten. »Doch dafür wird man Euch hängen!« Sie spuckte ihm auf die Stiefel.

Er betrachtete den Klecks aus Blut und Speichel mit einem nachsichtigen Lächeln. Dann holte er blitzschnell aus und schlug ihr ins Gesicht. »Wo ist das Buch?« Es war ihr gelungen sich zu ducken, sodass der Schlag sie nicht mit voller Wucht traf. Sie war widerstandfähiger, als er vermutet hatte. Er wollte ihr jedoch keine Möglichkeit geben, sich zu besinnen, und schlug mit der anderen Hand zu. Diesmal hatte sie nicht schnell genug reagieren können, sie strauchelte und sackte zu Boden. Doch ehe er nachsetzen konnte, hatte sie sich aufgerappelt. Sie schleuderte den Wasserkrug nach ihm. Er sprang zur Seite, das Geschoss aus dickem Steingut verfehlte ihn knapp, bevor es krachend auf dem Boden zerbarst. Sein nächster Schlag traf sie am Kopf, der mit dumpfem Ton gegen die Wand prallte. »Wo ist das Buch?«, knurrte er.

Er hatte erwartet, dass sie erneut zu Boden gehen würde, doch sie blieb stehen, schüttelte benommen den Kopf und wischte sich mit dem Handrücken Blut von der Lippe. »Damit werdet Ihr nicht durchkommen!«, sagte sie und blickte ihm in die Augen.

Schumann gestattete sich ein leises Lachen. »Mach dir um mich keine Sorgen. Denk lieber an dein eigenes Leben, Weib!« Er schüttelte den Kopf und legte einen Hauch von Vorwurf in seine Stimme. »Und für den Fall, dass du mit deinem irdischen Dasein bereits abgeschlossen haben solltest, denk doch wenigstens an das des kleinen blonden Buben!« Am Zucken ihrer

Augenlider erkannte er, dass er ihren wunden Punkt getroffen hatte. »Ich weiß, dir liegt an seinem Wohlergehen. Also: Wo ist das Buch?«

Da endlich schlug sie die Augen nieder und flüsterte: »Gut, ich will es Euch sagen.« Er trat dicht an sie heran, legte zwei Finger unter ihr Kinn und hob ihren Kopf. »Ich bin ganz Ohr«, sagte er. Ihr Fuß traf sein Gemächt, während sie ihn an den Ohren packte und seinen Kopf gegen ihr Knie schnellen ließ. Sein Nasenbein brach mit einem ekelhaften Knirschen, Blut schoss aus seiner Nase. Stöhnend krümmte er sich zusammen.

Die gottverfluchte Hexe aber warf sich kreischend auf ihn und krallte die Finger in sein Haar. »Wenn du es wagen solltest, dem Jungen auch nur ein Haar zu krümmen, werde ich dich selbst noch nach meinem Tod verfolgen! Ich werde dich so lange quälen, bis du dein wertloses Leben mit eigener Hand beendest, um auf immer in der Hölle zu schmoren, du widerliches Scheusal!«

Ungeachtet seiner Schmerzen riss sich Schumann los. Er wollte sich erneut auf sie stürzen, verschluckte sich jedoch am eigenen Blut und musste husten. Hinter ihm öffnete sich die Zellentür. »Was ist denn hier los!«, durchdrang die Stimme des Fronboten den roten Nebel, der sich in Schumanns Kopf auszubreiten begann.

»Die Hexe hat mich mit widernatürlicher Kraft angegriffen, als ich sie befragen wollte«, nuschelte er. »Die Nase hat sie mir gebrochen!«

»Der Stadtschreiber hat mich geschlagen, weil ich ihm nicht sagen konnte, was er wissen wollte!«, rief die Fuchsin mit bebender Stimme. »Er sucht nach irgendeinem Buch und ist vollkommen besessen davon. Weil ich ihm dazu nichts sagen konnte, ist er mit Fäusten auf mich losgegangen.« Sie trat ins Licht der Fackel, zeigte ihre aufgeplatzte Lippe und den Bluterguss auf ihrer Wange.

»Das ist geschehen, als ich mich gegen ihre Angriffe verteidigen musste.« Schumann spuckte Blut aus und versuchte, den Strom aus seiner Nase mit dem Saum der ohnehin ruinierten Schaube zu stoppen. »Glaubt Ihr, ein gewöhnliches Weib wäre in der Lage, mir das hier anzutun?« Er stöhnte. »Wenn es noch eines weiteren Beweises bedurft hätte, dass sie eine Hexe ist, dann haben wir den gerade erhalten!«

Der Fronbote kratzte sich am Kopf. »Wenn Ihr meint, Stadtschreiber«, murmelte er. »Legt sie in Ketten, auf der Stelle!«, näselte Schumann. »Und dann schafft einen Bader her, der meine Nase einrichten kann!«

»Das werde ich tun«, versicherte Frost dienstbeflissen. »Geht inzwischen schon hinauf zu meinem Weibe. Sie wird Euch behilflich sein, all das Blut abzuwaschen, und Euch mit einem Trunk Bier stärken.«

»Glaubt ihm nicht!«, begehrte die Fuchsin auf. »Er lügt, oder er ist verrück!« Doch sie wehrte sich nicht, als der stämmige Fronbote sie zur Wand zerrte und die eisernen Fesseln, die dort an einer Kette hingen, um ihre Handgelenke schloss. Schumann warf ihr einen unheilschwangeren Blick zu, bevor er die Zelle verließ und sich die Stufen zur Wohnung des Fronboten hinaufmühte. Die Treppe schien kein Ende zu nehmen und jeder Schritt bereitete ihm Qualen. Dafür würde er die gottverdammte Hexe büßen lassen, schwor er sich. Er würde ihre letzten Tage auf Erden zur Hölle werden lassen, so dass ihr der Tod auf dem Scheiterhaufen als wahre Erlösung erscheinen musste!

Kapitel 49

»Wir sollten ihr das wirklich nicht erlauben!« Niklas warf Meister Arnold, der neben ihm auf der Elbbrücke stand, einen hilfesuchenden Blick zu. Er deutete auf Hanna, die sich unten auf dem Treidelpfad soeben einer Gruppe von Höckerweibern und Hausierern angeschlossen hatte. Mit hochbepackten Weidenkiepen auf dem Rücken versammelten sie sich im ersten Morgenlicht, um sich gemeinsam auf den Weg nach Pirna zu machen. Weil die Landstraße durch all das Kriegsvolk nicht sicher genug war und das Marktschiff seine Fahrten schon vor Wochen eingestellt hatte, war der schlammige Pfad am Elbufer derzeit der einzige Weg, um zu Fuß rasch von Dresden nach Pirna zu gelangen. Die Krauter und Kleinhändler konnten ihn nehmen, während er für Kaufleute mit Pferd und Wagen verboten war.

Der Bader streifte sich die pitschnasse Kapuze seines Filzumhangs vom Kopf, denn der Regen, der sich seit Tagen über das Elbtal ergoss, legte ein Pause ein. »Meint Ihr wirklich, wir hätten sie daran hindern können?« Er ließ ein leises Lachen hören. »Ihr habt doch selbst gemerkt, wie sie mit jedem Tag, den wir erfolglos hier verbringen mussten, unruhiger und auch entschlossener wurde! Und ihre Verkleidung trägt sie wie eine zweite Haut, sodass es schon mit dem Teufel zugehen müsste, wenn sie in Pirna jemand erkennen sollte.«

Niklas starrte auf Hanna hinab, die sich vornübergebückt auf einen Knotenstock stützte und unter ihren zahlreichen

Röcken, Jacken und Tüchern wie eine rundliche Matrone aussah und gar nicht wie ein schlankes, junges Weib. Wie immer hatten ein wenig Ruß und Wagenschmiere gereicht, ihr Gesicht grau und runzlig werden zu lassen und ihr Haar strähnig. Der Bader konnte ihm seine Sorgen nicht ausreden. Wie auch? Schließlich hatten sie vor ein paar Tagen in der Fischerhütte erlebt, dass auch die beste Verkleidung keinen vollkommenen Schutz bot. »Schumann ist der Teufel«, knurrte er. »Gerade sie sollte das wissen!«

»Keine Sorge, Dorndorf! Hanna ist klug, und wir haben gesehen, wie kaltblütig sie sein kann, sobald es wahrhaft brenzlig wird.« Niklas schüttelte heftig den Kopf, wobei ein Regenschauer aus seinem nassen Haar den Bader traf. »Ja, aber sie wird auch von Schuldgefühlen geplagt, die sie zum Äußersten treiben könnten, wenn es zu einer Konfrontation zwischen ihr und dem Stadtschreiber kommt.«

»Ihr seid ein scharfsinniger Beobachter geworden, Maler!« Arnold wischte sich übers Gesicht. »Doch das ist eine Sache, die Hanna mit sich und Gott ausmachen muss.«

Der Maler schwieg und umklammerte das Brückengeländer so fest, dass seine Fingerknöchel weiß hervortraten. Er empfand tiefe Zuneigung für Hanna. Sie erinnerte ihn an Marthe, die Köhlertochter, die er während seines Aufenthalts bei den Flößern im Kirnitzschtal einen Sommer lang lieben durfte. Beide fügten sich scheinbar klaglos in das Schicksal, das ihnen auferlegt worden war, und leisteten dennoch trotzigen Widerstand, auf ihre eigene, stille Art. Zumindest hatten sie Hanna das Versprechen abgenommen, dass sie sich nach ihrer Ankunft in Pirna zuerst in die Blaue Schürze in der Schifftorvorstadt begeben würde. Maria und Marten, darauf vertraute Niklas, würden ihr Obdach und Hilfe gewähren.

Während sich das Häuflein der bepackten Männer und Weiber unten auf dem Treidelpfad in Bewegung setzte, legte der Bader Niklas die Hand auf die Schulter. »Kommt«, forderte Arnold. »Lasst uns zum Schloss hinübergehen! Vielleicht gelingt es uns heute, den Rat Carlowitz zu erwischen.«

Missmutig schnaubend drehte sich Niklas zu ihm um. »Ich glaub beinah, der Mann besitzt die unheimliche Fähigkeit, an mehreren Orten zugleich zu sein.« Er deutete zur Stadtmauer am linken Elbufer. Die Bauarbeiten waren mittlerweile beendet, und Dresden wirkte an dieser Stelle wie eine uneinnehmbare Festung. »Eben noch will ihn jemand auf den neuen Bastionen gesehen haben, doch der Nächste, den wir fragen, schwört, Carlowitz sei nach Zwickau geritten, um die Beschaffenheit der Landschaft und Pläne für Schanzanlagen zu prüfen.«

Meister Arnold nickte. »In der Tat scheint er gleichzeitig an allen Ecken und Enden tätig zu sein und sich für seinen Herrn um alles und jedes zu kümmern. Der Gehilfe des Hofarztes erzählte mir gestern hinter vorgehaltener Hand, selbst Herzogin Agnes wende sich an Carlowitz, um Nachrichten über die Gesundheit des Herzogs zu bekommen.«

Seit an Seite schritten die beiden Männer über die Brücke auf das Schlosstor zu. »Was nützt es uns, dass wir einen Plan haben, wie wir Sophia befreien und Schumann das Handwerk legen können, solange wir nicht mit dem Mann gesprochen haben, der unser Garant für dessen Gelingen werden soll?«, machte Niklas seinem Unmut Luft. Der Bader nickte. »Im Augenblick hilft uns auch das Empfehlungsscheiben von Professor Melanchthon nicht viel.«

Niklas seufzte. Er fragte sich, wie es Sophia derweil ergehen mochte. Er selbst hatte einst einige Tage in der Fronfeste verbracht, aber wenn er sich vorstellte, dass sie dort bereits seit Wochen saß, bekam er Beklemmungen. Trotz der frühen Morgenstunde wimmelte es auf dem Schlosshof von bewaffneten Männern. »Was ist hier los, Georg?«, erkundigte er sich bei dem jungen Diener, der das Getümmel von einer Treppe aus beobachtete. »Sind die Truppen des Kurfürsten im Anmarsch auf die Stadt?«

»Ach was, nichts dergleichen!« Georg schüttelte den Kopf. »Aber Herzog Moritz hat die Verteidigungsmaßnahmen bis ins kleinste Detail geregelt. Er hat befohlen, dass sich die Adligen, für den Fall, dass die Stadt bedroht würde, samt ihren Knechten auf der alten Bahn hinter dem Schloss aufzustellen haben. Und das wird seitdem wöchentlich geübt«, erklärte er und wies auf einen südländisch aussehenden Mann mit vergoldetem Brustharnisch, der auf einem Rappen saß und abwechselnd Kommandos und Flüche ins Chaos brüllte. »Der hat den Oberbefehl über die Verteidigung der Stadt, Graf Johann Baptist Lodron.« Von ihm hatte Niklas bereits gehört. Es hieß, der Mann sei ein tüchtiger Krieger, doch ihm und Arnold waren auch Geschichten über das wüste Leben des böhmischen Grafen zu Ohren gekommen. Bei den Bürgern Dresdens war der Mann darum verhasst. Georgs Blick zeigte, dass der Diener die Meinung der Leute teilte. »Dabei können wir von Glück sagen, dass Moritz wenigstens das jüngste Angebot des Kaisers ausgeschlagen hat, ihm dreitausend Italiener zu schicken. Das sind lauter Räuber, Mörder und Diebe!«, schimpfte er. »Der hochwohlgeborene Herr von Carlowitz bricht gleich auf, um dem Kaiser das Ablehnungsschreiben des Herzogs zu überbringen.«

Niklas und Arnold sahen einander an. »Carlowitz ist hier? Wo?«, rief der Maler alarmiert. Der Diener blickte erstaunt auf. »Warum wollt Ihr das wissen?« Niklas packte ihn am Aufschlag seiner Livree.

»Weil es um Leben und Tod geht«, stieß er hervor. »Weißt du, wo wir den Rat Carlowitz im Augenblick finden können?«

»Wenn Ihr Euch beeilt, könnt Ihr ihn vielleicht vor den Stallungen abfangen.« Georg stand die Neugier ins Gesicht geschrieben, doch Niklas gab ihm keine Gelegenheit nachzufragen. Mehrere Stufen auf einmal nehmend, hastete er die

Treppe hinab in den Schlosshof, den die bewaffneten Männer inzwischen verlassen hatten. Hinter sich hörte er Arnolds Stimme. »So wartet doch auf mich!«

Niklas verließ sich darauf, dass der Bader ihm schon folgen würde, und rannte, ohne anzuhalten, zum Stallhof hinüber. Wenn es ihnen nicht gelang, Carlowitz abzufangen, könnte es Tage oder Wochen dauern, bis der Rat wieder nach Dresden zurückkehrte! Geschickt wich Niklas einer Magd aus, die mit zwei gefüllten Wassereimern in der Hand den Stallhof überquerte. Platschen und Geschrei hinter ihm bewiesen, dass Meister Arnold hinter ihm weniger erfolgreich war. Ungeachtet dessen eilte Niklas weiter zu dem langgestreckten Stallgebäude. Dort öffnete gerade ein Knecht das Tor für einen Herrn in Reitstiefeln und pelzbesetztem Umhang. Ihm folgte ein Diener, der schwere Satteltaschen über der Schulter trug.

Niklas schlüpfte an dem verdutzten Knecht vorbei in die Stallungen. Der strenge Geruch der Tiere fuhr ihm in die Nase. Die Wärme ihrer Ausdünstungen umfing ihn, und das Habdunkel erschwerte seine Orientierung. Doch dann erkannte er, dass die Pferdeboxen entlang der beiden Längswände angeordnet waren. Dazwischen befand sich eine breite Gasse. Niklas überlegte, ob er sich nach rechts oder links wenden solle, als sich die Tür der Box gegenüber öffnete. Der Diener trat heraus. »Vergiss nicht, Proviant in der Schlossküche abzuholen!«, rief sein Herr ihm nach. »Und beeil dich damit!«

»Wird erledigt«, bestätigte der Mann, während er an Niklas vorbei zur Stalltür ging. Hatte Niklas zuvor noch Zweifel gehabt, ob er wirklich Carlowitz gefolgt war, konnte er nun davon ausgehen. Er atmete auf und blieb noch einen Augenblick stehen, um wieder zu Luft zu kommen. Zwei Stallknechte mit Schaufel und Besen auf der Schulter musterten ihn misstrauisch.

Niklas öffnete die Tür der Box, bevor sie ihn mit Fragen behelligen konnten. Ein Fuchswallach stand dort, gezäumt und aufgesattelt. Carlowitz, der mit geübten Griffen die Satteltaschen befestigte, drehte sich um. Der verwunderte Blick aus hellblauen Augen verwandelte sich in Argwohn, als hinter Niklas der tropfende Meister Arnold durch die Tür drängte. Der Bader japste nach Luft, er sah aus, als hätte man ihn aus der Elbe gefischt.

»Wer seid Ihr?« Carlowitz zog die blonden Augenbrauen zusammen und griff nach seinem Schwert.

Niklas hob die Hände. »Bitte verzeiht unser unhöfliches Eindringen, hochwohlgeborener Herr von Carlowitz!« Er entsann sich der höfischen Manieren, die Georg ihm im Sommer geduldig auseinandergesetzt hatte, zog den Hut und beugte den Rücken. »Ich bin Niklas Dorndorf, Maler in der Werkstatt des Meister Cranach aus Wittenberg. Mein Gefährte ist Meister Arnold, Bader aus Pirna. Er ist ebenso bewandert in der Kunst der Alchemie wie darin, mysteriöse Kriminalsachen aufzuklären. In der Vergangenheit war er dem hohen Rat zu Pirna schon mehrfach dabei behilflich, Licht in Angelegenheiten zu bringen, die äußerst finster waren.« Der Bader lächelte verlegen, wischte sich eine nasse Haarsträhne aus dem Gesicht und verbeugte sich ebenfalls.

»Was wollt Ihr?«, fragte Carlowitz unbeeindruckt.

»Keineswegs Eure kostbare Zeit stehlen«, versicherte Niklas. »Doch der Fall der Fuchsin, die seit Wochen in der Fronfeste zu Pirna sitzt, betrifft Euch unmittelbar.«

»Wie das?« Carlowitz gab sich ahnungslos, doch Niklas war das leichte Zucken der schweren Augenlider nicht entgangen. Eilig zog er Melanchthons Brief unter seinem Wams hervor und reichte ihn Carlowitz mit einer weiteren Verbeugung. »Bitte, lest, was Professor Melanchthon Euch schrieb!«

Carlowitz streifte die Lederhandschuhe mit den pelzbesetzten Stulpen ab und steckte sie in seinen Gürtel, bevor er nach dem Brief griff. Er brach das Siegel und überflog die Zeilen mit erstaunlicher Geschwindigkeit. Sein wettergegerbtes Gesicht blieb weiterhin ausdruckslos, doch Niklas bemerkte, dass der Mann heftig ausatmete. Er wechselte einen raschen Blick mit Meister Arnold. Indes faltete Carlowitz den Brief zusammen und verstaute ihn unter seinem Wams. Dann musterte er die Gesichter der beiden Männer so eindringlich, als wollte er sich ihre Züge für immer einprägen. »Nun, meine Herren, erklärt mir bitte, warum ich mich in das Verfahren gegen diese Frau einmischen sollte, die als Zauberin besagt wurde?«

Niklas fühlte Wut in sich aufsteigen, doch bevor er etwas sagen konnte, das er später vielleicht bereut hätte, ergriff Arnold die Initiative. »Ihr wollt das Geheimnis des Buches ergründen, aber Schumann wird alles daransetzen, Euch dabei zu übervorteilen. Warum sonst hat er Sophia Fuchsin viele Wochen gefangen gehalten, ohne den Rat darüber in Kenntnis zu setzen? Das ist keineswegs das übliche Vorgehen in einem solchen Fall.« Arnold lächelte verbindlich. »Darüber hinaus haben wir mit einer Frau gesprochen, die Zeugin einiger Ränke wurde, die Schumann gesponnen hat, um Euch das Buch abspenstig zu machen. Sie war Amme im Hause der Fuchsens und der Stadtschreiber hat sie erpresst, damit sie ihn mit Informationen versorgte.«

Niklas hatte den Eindruck, dass Arnold Carlowitz damit nicht allzu viel Neues erzählte. Trotzdem hatte der Bader nun die volle Aufmerksamkeit des herzoglichen Rates, denn der lehnte sich gegen sein Pferd, schob den breitkrempigen Hut in den Nacken und strich sich über den blonden Spitzbart. »Selbst wenn all dies wahr sein sollte«, sagte er. »Ich glaube, Ihr überschätzt meine Einflussmöglichkeiten in der Sache maßlos.« Carlowitz unterstrich die Worte mit einem bescheidenen Lächeln. »Der Maler behauptet, Ihr würdet Euch mit der Kunst der Alchemie auskennen. Meint Ihr, das Wissen, das in dem Buch steckt, könnte es wert sein, ein Weib, das möglicherweise

Magie betreibt, unbesehen auf freien Fuß zu setzten?« Er wedelte mit der Hand, um zu zeigen, dass all dies reine Spekulation war.

Niklas beneidete den Bader um die Fähigkeit, seine Gefühle und Gedanken vollkommen abzuschotten, wann immer er es als nötig erachtete. Arnold ließ sich Zeit mit der Antwort und wählte seine Worte sorgfältig. »Jedes Wissen besitzt Wert an sich. Für welchen Zweck es eingesetzt wird, entscheidet allein der Mensch, der es benutzt. Ihr kennt den Pirnaer Stadtschreiber Wolf Schumann. Ihr wisst wahrscheinlich auch, dass ihn sein natürlicher Vater, Pater Johannes, auf die Spur des Buches gebracht haben muss. Der Pater starb eines rätselhaften Todes, zu der Zeit, da Schumann in Pirna sesshaft wurde. Bald darauf gab es mehrere Fälle von Selbstmord in der Stadt, die allesamt mit Männern zu tun hatten, die sich an den Schätzen des Dominikanerklosters bereichert hatten, ein Bürgerhaus ging in Flammen auf.« Arnold gestattete sich eine kleine Pause und sah Carlowitz eindringlich an. »Was meint Ihr, hochwohlgeborener Herr von Carlowitz, wird Schumann Euch das Buch einfach so überlassen?«

Der herzogliche Rat erwiderte den Blick, doch statt zu antworten, zuckte er nur leicht mit den Schultern. Das vermittelte den Eindruck, als wären ihm solche Überlegungen keineswegs fremd.

»Für mich klingt das, als wäre der Mann ein Erzhalunke«, ertönte eine Stimme, die Niklas bekannt vorkam. Er drehte sich um. Der junge August stand hinter ihm. Der Bruder des regierenden Herzogs war ebenso wie Carlowitz gestiefelt und gespornt und trug unter dem warmen Umhang einen Kürass. Unter seinem linken Arm klemmte ein Helm mit grün-weißem Federbusch. Er wurde von einem Mann in der dunklen Kleidung eines Kanzleischreibers begleitet, der ein Bündel Briefe in der Hand hielt. Der Herzog ließ seinen Blick kurz auf Niklas ruhen. Erkennen flackerte in seinen grünen Augen. »Ihr seid der

Maler, der im Sommer das blutrünstige Bild von Meister Cranach aus Wittenberg herbrachte!«

»Niklas Dorndorf, Euer Hochwohlgeboren!« Niklas verneigte sich tief. Er hatte nicht damit gerechnet, dass August ihn wiedererkennen würde. Nun fragte er sich besorgt, welche Folgen das Auftauchen des jungen Herzogs für den weiteren Verlauf der Dinge haben mochte.

August blickte Carlowitz scharf an. »Ihr vertraut diesen Männern?«, fragte er leise. »Kommt ganz drauf an!« Der Schnurrbart des herzoglichen Rates zuckte. »Doch falls Ihr wissen wollt, ob ich sie für Spione im Dienste Eures Vetters halte – nein, das tue ich nicht. Die beiden haben andere Sorgen. Überdies erhielt ich einen Brief meines Freundes Melanchthon, der sich für die Lauterkeit ihrer Absichten verbürgt.«

»Nun gut!« Der Herzog beachtete Niklas und Arnold nicht weiter, seine nächsten Worte waren ausschließlich für Carlowitz bestimmt »Ich muss nach Thüringen. Gebt dem Kaiser diesen Brief und den anderen seinem Minister Granvella.« Carlowitz nahm die beiden Briefe, die der Sekretär ihm entgegenhielt. »Der hier«, der junge Herzog reichte ihm ein weiteres Schreiben, »ist für meinen Bruder, den Ihr wohl eher treffen werdet als ich. Herzogin Agnes gab ihn mir.« Er wartete, bis Carlowitz die Briefe in seiner Satteltasche verstaut hatte, dann zog er unter seinem Kürass ein weiteres Schreiben hervor. »Das erreichte mich gestern mit der letzten Post aus Leipzig. Doktor Türk schickt es.«

Carlowitz schien die Handschrift bereits erkannt zu haben. »Mein Onkel Georg hat ihm geschrieben?«

August nickte. »Es ist ein überaus besorgter Brief«, erklärte er. »Dem alten Carlowitz entlaufen zu Kriebstein die Leute, um sich dem Dicken anzuschließen. Deshalb, so rät er, sollen wir Moritz dazu bringen, dass er die Muldenpässe bei Rochlitz, Colditz, Leisnig und Eilenburg besetzen lässt. So könne er den

Nachschub zwischen den beiden kurfürstlichen Heeren abschneiden.«

Carlowitz verstand sofort. »Wilhelm von Thumschirn wäre im Erzgebirge auf sich gestellt, und der Kurfürst würde nicht mehr an das Silber aus den Bergstädten gelangen, mit dem er seine leere Kriegskasse auffüllen will.« Er streckte die Hand aus. »Gebt mir den Brief! Euer Bruder sollte ihn selbst lesen.« Carlowitz steckte das Schreiben zu den anderen in die Satteltasche.

Niklas wagte kaum zu atmen. Er hoffte, der junge Herzog sei mit seinen Gedanken voll und ganz mit dem Kriegsgeschehen beschäftigt und hätte nicht viel von dem mitbekommen, was er und Arnold mit Carlowitz besprochen hatten. Doch er hatte sich getäuscht, denn August wandte sich nun mit einem vollkommen veränderten Gesichtsausdruck an Meister Arnold.

»Schade, dass ich im Augenblick keine Zeit habe, guter Mann! Ihr scheint verständig, und ich würde mich gern ausführlich mit Euch über Fragen der Alchemie unterhalten.« In seiner Stimme schwang ehrliches Interesse. »In den knappen Stunden, die mir zur freien Verfügung bleiben, befasse ich mich gelegentlich damit. Ihr müsst wissen, dass ich eine Sammlung alchemistischer Werke mein Eigen nenne.« Er nickte Carlowitz anerkennend zu. »Und ich freue mich außerordentlich, mein guter Carlowitz, dass Ihr neben Euren unendlichen Verpflichtungen Zeit fandet, Euch nach einem weiteren Exemplar dafür umzutun. Mein Dank dafür ist Euch gewiss!«

Niklas malte sich aus, wie sich Carlowitz fühlen mochte. Das kurze Zucken der Mundwinkel in Meister Arnolds ansonsten reglosem Gesicht zeigte ihm, dass der Bader dasselbe dachte.

Doch der gewiefte Diplomat verzog keine Miene. »Leider hat sich der Pirnaer Stadtschreiber, den ich damit beauftragt hatte, sich danach umzutun, als äußerst unzuverlässig erwiesen. Und nun berichtet mir Meister Arnold, der den Rat der Stadt mitunter bei schwierigen Angelegenheiten unterstützt, der Kerl habe die Besitzerin des Buches wegen Hexerei in Pirna festgesetzt.« Carlowitz seufzte.

Umgehend nutzte der Bader die Gelegenheit, sich in die Unterhaltung zweier Männer einzumischen, die die Macht hatten, ihn durch ein Fingerschnippen zu ruinieren. Niklas bewunderte ihn dafür. »Verzeiht, wenn ich das Wort erhebe, aber ich kenne Sophia Fuchsin seit ihrer Kindheit. Sie stammt aus einer angesehenen, alteingesessenen Familie. Ihr Vater war Kaufmann in Pirna. Sie ist ein durch und durch ehrbares Weib, das kann ich Euch versichern! Im Gegensatz zu unserem Stadtschreiber, der, wie Ihr sehr weise bemerktet, ein gerissener, hinterhältiger Halunke ist, hat sie sich noch nie etwas zuschulden kommen lassen. Auch lebte sie in den letzten zwei Jahren nicht in ihrem Haus in der Obertorvorstadt«, betonte der Bader, »sondern in Mähren, wo sie ein Codebuch zu finden hoffte, das benötigt wird, um das Buch zu entschlüsseln. Leider hat es der Stadtschreiber mittlerweile an sich gebracht. Das Buch selbst haben wir hier.« Geschwind legte er seinen Umhang ab, knöpfte ohne Scham das Wams auf, zerrte sich das Hemd aus der Hose und entblößte seinen Bauch. Der war mit Leinenstreifen umwickelt, unter denen das Buch steckte. Niklas half ihm, die Bandagen loszuwerden. Als sie damit fertig waren, war Arnolds Schmerbauch verschwunden, und der Bader überreichte dem Herzog mit einer Verbeugung das Buch. Belustigt ließ August den Blick über Arnolds hagere, halbnackte Gestalt wandern, bevor er es aufschlug. Je länger er darin blätterte, desto mehr schien seine Faszination zu wachsen.

Carlowitz verbarg sein Gesicht, indem er den Sattelgurt seines Pferdes nachspannte. Niklas ahnte, dass er von Schumann anders unterrichtet worden war. Der Maler begriff, dass eine Geschichte, die Lüge und Wahrheit miteinander vermengte und im rechten Augenblick erzählt wurde, die Macht besaß, die Vergangenheit so zu verändern, dass selbst diejenigen, die einst

Augenzeugen gewesen waren, ihre Sicht im Nachhinein ändern würden. Dabei hielt sich sein Mitgefühl für Carlowitz in Grenzen, denn als Staatsmann hatte er gewiss von dem Mittel Gebrauch gemacht, dessen Opfer er nun selbst wurde.

Erst nachdem der Sekretär, der dem Herzog eine Zeitlang neugierig über die Schulter geschaut hatte, unruhig wurde, schlug August das Buch zu. Er drückte es dem Mann in die Hand, bevor er Anweisungen gab. »Bringt das in meine Gemächer und sorgt dafür, dass man es in die Truhe mit den anderen schließt! Später setzt Ihr einen Brief an den Hohen Rat zu Pirna auf. Schreibt, dass wir im Falle der Fuchsin vor dem Tore Folgendes entschieden haben: Die Frau darf die Fronfeste verlassen. Bis zur endgültigen Klärung ihres Falles soll man sie in ihrem eigenen Haus unter Arrest stellen! Ich werde mich der Sache selbst annehmen und ein Urteil fällen, nachdem ich sämtliche Beweise und Akten gesehen habe.«

Niklas staunte. Als Bruder des regierenden Herzogs war August selbstverständlich einer der einflussreichsten Männer im Land. Aber konnte er tatsächlich einem Gerichtsurteil vorgreifen? Auch Meister Arnold sah den Herzog überrascht an. Carlowitz dagegen runzelte die Stirn und hob in beschwörendem Ton an zu sprechen. »Bitte bedenkt, dass eine solche Vorgehensweise nicht üblich ist! Weder Euer Vater noch Euer Bruder haben bisher jemals dem Urteil eines Gerichts eigenmächtig vorausgegriffen, mein Fürst!«

August zog die blonden Brauen hoch. Obwohl er und Carlowitz etwa gleich groß waren, schaffte er es, auf den Amtmann herabzublicken. »Ihr sagt es, ich bin Euer Fürst, dem Ihr zur Treue verpflichtet seid! Mein Vater ist tot und begraben, und mein Bruder hat die Geschäfte während seiner Abwesenheit voll und ganz in meine Hände gelegt.« Das ärgerliche Zucken in Carlowitz' Gesicht verriet, dass er sich noch nicht geschlagen geben wollte. Die grünen Augen des Herzogs glitzerten kalt, obwohl sich seine Lippen zu einem Lächeln verzogen. »Wie es seine Art ist, wird mein Bruder auch bei der entscheidenden Schlacht dieses Krieges wieder ohne Rücksicht auf Verluste in vorderster Front reiten. Nach dem betrüblichen Dahinscheiden meines kleinen Neffen Albrecht im vergangenen Jahr bin ich noch immer der einzige Nachfolger meines geliebten Bruders.« Sein Lächeln wurde breiter. »Vergesst das nicht, mein guter Carlowitz! « Dann wandte er sich erneut an den Sekretär. »Den Richtherrn zu Pirna ermahnt Ihr, in Erfahrung zu bringen, was dieser Schumann in den letzten Jahren so getrieben hat. Insbesondere soll er sein Augenmerk auf jene Unternehmungen legen, die nichts mit dem Amt des Stadtschreibers zu tun hatten!« Er sah Meister Arnold an, der inzwischen wieder schicklich bekleidet war. »Ihr steht ebenfalls im Dienste des Rates, also könnt Ihr den Brief gleich mitnehmen!« Dann nickte er Carlowitz und dem Maler zu. »Auf mich wartet nun der Krieg im Thüringischen!« Er setzte den Helm aufs blonde Haupt und trat in die Stallgasse hinaus, wo bereits zwei Reitknechte mit einem prachtvoll aufgezäumten Hengst warteten.

Niklas, der Bader und Carlowitz beobachteten, wie er sich in den Sattel schwang und durch das weit geöffnete Stalltor in den Hof ritt. »Ihr könnt den Brief an die Pirnschen morgen in der Kanzlei abholen«, beschied der Sekretär Meister Arnold, bevor er sich vor Carlowitz verbeugte und ging.

»Nun, da wir diese Entscheidung demütig vernommen haben, möchte ich mich ebenfalls verabschieden.« Carlowitz lächelte selbstironisch. »Auf mich wartet seine Majestät, der Kaiser des Heiligen Römischen Reiches!«

Niklas mochte ihn in diesem Augenblick fast. Meister Arnold wünschte Carlowitz eine gute Reise, sie verneigten sich und verließen das Schloss. Schweigend liefen sie durch den kalten Nieselregen über die Brücke nach Altendresden hinüber. Keiner von ihnen wusste etwas zu der eigenartigen Szene zu sagen, deren

Zeuge sie geworden waren. Auf der anderen Elbseite hatten sie in den letzten Tagen ein Wirtshaus entdeckt, in dem man schon morgens für wenige Pfennige heiße Biersuppe und frisches Brot bekam.

»Das lief anders, als wir erwartet hatten«, zog Niklas Resümee, nachdem sie gegessen hatten. »Oh ja!« Der Bader, der vor Carlowitz und dem Herzog so selbstbewusst aufgetreten war, wirkte nun bedrückt. »Ich frage mich die ganze Zeit, ob wir Sophia geholfen oder ob wir ihr heute einen Bärendienst erwiesen haben?«

Niklas kratzte sich den Bart, der sich noch immer regenfeucht anfühlte. »Nun, Ihr habt das Beste aus einer sich bietenden Gelegenheit gemacht.« Er blickte Arnold an. »Jetzt müssen wir dafür sorgen, dass wir den Brief so schnell wie möglich nach Pirna bringen, damit sie aus der Fronfeste freikommt.« Seine Augen verengten sich zu schmalen Schlitzen. »Und Gnade Gott dem Hundsfott von Stadtschreiber, sollte der uns dabei in die Quere kommen!«

Kapitel 50

Sophias Kopf schmerzte noch immer, und die eisernen Fesseln hatten ihr die Haut an den Handgelenken wundgescheuert. Außerdem plagte sie Durst. Neben der Tür stand ein neuer Wasserkrug, aber sie war nicht in der Lage, ihn zu erreichen, weil die Ketten ihre Bewegungsfreiheit einschränkten. Die Eisenglieder rasselten, als sie es erneut versuchte. Sie fragte sich, ob der Fronknecht den Krug absichtlich außerhalb ihrer Reichweite abgestellt hatte. Oder war es nur Unachtsamkeit gewesen? Der Mann hatte ihre Zelle nicht betreten, sondern Krug und Teller gleich neben die Schwelle gestellt. Dabei hatte er jeden Blick in ihre Richtung vermieden und die Tür zugeschlagen, bevor sie Einwand erheben konnte. Je länger sie darüber nachdachte, desto mehr beschlich sie das Gefühl, der unbedarfte Kerl hätte Angst vor ihr gezeigt. Sie lehnte den Kopf gegen die Wand und hoffte, der kühle Stein würde den Schmerz lindern. Noch immer bemühte sie sich zu verstehen, was sich in der vergangenen Nacht abgespielt hatte.

Nachdem es Sophia vor drei Wochen zum ersten Mal gelungen war, mit Jonas zu sprechen, hatte sich ihre Lage verbessert: Der Junge hatte ihr erzählt, dass Meister Arnold schon am Morgen danach beim Bürgermeister vorstellig geworden war. Noch am selben Tag hatte Anton Lauterbach sie besucht. Dem Pfarrer war es kaum gelungen, seine Empörung darüber zu verbergen, dass man sie hier seit Wochen ohne seelischen Beistand gefangen hielt. Sophia glaubte, dass ihm auch ihr verwahrloster

Zustand ein Ärgernis gewesen war, denn später hatte sie, neben sauberer Kleidung, zum ersten Mal die Möglichkeit erhalten, sich von Kopf bis Fuß zu waschen.

Tags darauf hatte der Richter sie in Gegenwart des Bürgermeisters verhört. Der Stadtschreiber war dabei gewesen, doch er hatte sich darauf beschränkt zu protokollieren. Hinterher hatte sich Sophia gewundert, weshalb Schumann die spärlichen Angaben zu ihrem Aufenthalt in Mähren nicht genauer hinterfragt hatte. Schließlich wusste er genau, weshalb sie dort gewesen war. Dann begriff sie, dass ihm noch mehr als ihr daran lag, die Existenz des Buches zu verschweigen. Schumann hatte nicht das geringste Interesse, es in den Mittelpunkt der Untersuchung zu rücken, denn damit würde er die letzte Möglichkeit verspielen, es in seinen Besitz zu bringen. Der Stadtschreiber, das war Sophia klar geworden, bewegte sich in Pirna auf dünnem Eis. Dafür sprach auch, dass er nicht allein zurückgekommen war, um sie weiter unter Druck zu setzen – bis gestern. Sie hatte dennoch nicht mit einem Angriff gerechnet. Wie weit wäre er gegangen, wenn sie nicht imstande gewesen wäre, sich zu wehren?

Die Vorstellung, dass es ihrem Peiniger heute nicht wesentlich besser gehen dürfte als ihr, half ein wenig gegen die Schmerzen. Das Gebrüll des Stadtschreibers, dem der Bader oben in Meister Frosts Stube das Nasenbein richten musste, war bis in ihre Zelle zu hören gewesen. Sophia lächelte, obwohl ihre Unterlippe dadurch erneut zu bluten begann. Mit ihrer Kampfbereitschaft hatte er nicht gerechnet. Das war ihm zum Verhängnis geworden und hatte sein Vorhaben, den Aufenthaltsort des Buches aus ihr herauszuprügeln, vereitelt. Sophia seufzte. Leider hatte sich ihr eigene Situation durch den Vorfall nicht verbessert – im Gegenteil. Die ängstliche Reaktion des Fronknechts fiel ihr ein. Sie fragte sich, ob Richtherr Kittel und die anderen Ratsherren ebenfalls der Meinung waren, eine Frau, die sich gegen einen Mann wehrte, der auf sie einprügelte, liefere den Beweis, dass sie ein unnatürliches Weib sei – eine Hexe. Wahrscheinlich, denn schließlich waren sie allesamt Männer. Von einem Weib erwarteten sie Gehorsam und ein fügsames, sanftes Wesen.

Pfarrer Lauterbach war bei jedem seiner Besuche darauf bedacht gewesen, ihr deshalb ins Gewissen zu reden, und Sophia hatte sich auch bemüht, angemessen Reue zu zeigen. Sie war auf seine Fürsprache angewiesen, wenn sie überleben wollte. Lauterbach mochte sie. Er und seine Frau Agnes hatten ihr beigestanden in den schweren Monaten nach dem Tod ihres Vaters. Aber ihr war auch bewusst, dass Lauterbachs Nachsicht seine Grenzen hatte. Allerdings konnte sie ihm kaum erklären, weshalb sie, anstatt ihren Onkel in Leipzig aufzusuchen, nach Mähren gereist war. Über das Buch wollte sie nicht sprechen, es hätte die Sache nur komplizierter gemacht.

Jonas hatte ihr erzählt, dass Meister Arnold nach seinem Besuch bei Bürgermeister und Superintendent nach Wittenberg aufgebrochen sei. Der Bader habe ihm ein Briefchen für sie mitgegeben. Sie solle so tun, als habe sie keine Kenntnis von den Intrigen, die Schumann seit ihrer Abreise gesponnen habe, schrieb er. Stattdessen solle sie sich arglos geben. Niklas sei außer sich vor Sorge gewesen, nachdem er im Sommer herausgefunden habe, dass Sophia gar nicht in Leipzig sei. Marias Sohn bewunderte den Maler wie keinen Zweiten. Seit seiner Rückkehr von den Toten war er für Jonas zu dem Mann geworden, dem jede Heldentat zuzutrauen war. Wenn Niklas erst einmal in Pirna sei, würde es ein Leichtes für ihn werden, Sophia aus der Fronfeste zu holen!

Die kurzen nächtlichen Unterhaltungen mit dem Jungen waren Lichtblicke in ihrem trostlosen Kerkeralltag, obwohl sie in ständiger Sorge war, der Nachtwächter könnte ihn dabei erwischen oder, noch schlimmer, der Fronbote. Doch Maria vertraute der Findigkeit ihres Sprösslings. Das hatte sie Sophia selbst versichert, als sie Jonas ein einziges Mal begleitet hatte. Ein kleiner Kerl wie er falle kaum auf, wenn er darauf achte, im Schatten zu bleiben, und sich still verhalte. Erst seit König Ferdinand mit seinem Gefolge in Pirna weilte, schien sie die Ausflüge des Jungen zu unterbinden. Sophia dankte dem Herrn dafür, denn selbst in der Abgeschiedenheit ihrer Zelle hatte sie mitbekommen, dass nun des Nachts Soldaten durch die Stadt patrouillierten. Sie wagte sich nicht auszumalen, was manche der verrohten Kerle einem streunenden Kind in einer finsteren Gasse antun würden.

»Fia?« Die Kinderstimme am Fenster holte Sophia aus unruhigem Halbschlaf. »Jonas! Um Himmels willen, was machst du hier!« Sie hievte sich auf die Beine und näherte sich dem Fenster so weit, wie es die Kette zuließ. »Hier ist jemand, der dich sprechen will«, flüsterte der Junge. Sophia atmete auf – zumindest war der Junge nicht allein unterwegs. Schabende Geräusche an der Außenseite der Mauer und keuchender Atem verrieten ihr, dass der andere kein leichtfüßiger Kletterer war wie Marias Sohn. »Sophia, ich bin's!«

»Ah, verflucht!« Sophia hatte eine unwillkürliche Bewegung zum Fenster hin gemacht und war gestolpert, als die Kette sie zurückzerrte. Der Schmerz in ihrem Kopf explodierte mit einem grellen Blitz. Doch die Angst, Hannas plötzliches Auftauchen in Pirna könnte damit zusammenhängen, dass es Schumann doch noch gelungen war, sich eines ihrer Kinder zu bemächtigen, war schrecklicher.

»Geht es dir gut?« Hannas Stimme klang besorgt. Sophia biss die Zähne zusammen. »Ja«, antwortete sie. »Wo sind die Kinder?«

»Beide sind in Sicherheit, in Wittenberg im Haus der Cranachs. Der Magister ist bei ihnen. Er lässt dich grüßen!«

»Heinrich ist dort?« Vor Erleichterung gaben Sophias Knie

nach. Sie rutschte zu Boden. Tränen schossen ihr in die Augen, und sie musste ein paar Mal schniefen, bevor sie wieder sprechen konnte. »Ich dachte, er wäre in Nürnberg.« Ihre Stimme zitterte, und neue Tränen liefen über ihre Wangen.

Pfarrer Lauterbach hatte ihr berichtet, dass Heinrich zu Studienzwecken nach Franken gereist sei, aber schon seit geraumer Zeit niemand mehr etwas von ihm gehört habe. Maria hatte ihr ebenfalls davon erzählt. Sophia hatte gespürt, dass es nicht die ganze Wahrheit sein konnte, doch für Nachfragen war bei dem hastigen Gespräch durch den Fensterschlitz keine Zeit geblieben. »Geht es ihm gut? Ist er gesund?«, fragte sie nun.

»Ja«, bestätigte Hanna knapp.

Hatte ihre Freundin mit der Antwort gezögert? Sophia beschlich erneut das Gefühl, dass ihr Wichtiges verschwiegen wurde. Bevor sie nachhaken konnte, sprach Hanna rasch weiter. »Fürchte dich nicht! Vertrau auf Gottes Gnade, auf den Mut des Malers und den Witz von Meister Arnold! Die beiden sind in Dresden, um mit Christoph von Carlowitz zu sprechen. Der Rat des Herzogs ist auch hinter dem Buch her. Der Stadtschreiber, der die ganze Zeit vorgegeben hat, für ihn zu arbeiten, wollte ihn darum betrügen. Carlowitz hat Einfluss, den er nutzen kann, um Schumann zu vernichten und die Anklagepunkte gegen dich zu entkräften.«

Für Sophia klang das reichlich verwirrend. Warum sollte sich so ein bedeutender Mann darum scheren, was aus ihr wurde – vor allem jetzt, wo der Krieg sich wie ein eitriges Geschwür durchs Land fraß und alles zu verschlingen drohte? Doch sie war verzweifelt genug, sich an jeden Strohhalm zu klammern. »Das ist gut«, flüsterte sie. »Aber bis es soweit ist, müsst ihr auf den kleinen Jungen achten, der jetzt im Haus des Stadtschreibers lebt. Schumann hat mehrfach damit gedroht, Matz etwas anzutun, wenn ich ihm nicht verrate, wo er das Buch und die Übersetzung finden kann.« Maria hatte ihr bereits versprochen, ein Auge auf Matz zu haben, aber Sophia schien das nicht mehr auszureichen. »Ihr dürft auf keinen Fall zulassen, dass er ihn irgendwo hinbringt, wo er mit ihm allein ist!«

»Dieser Teufel!«, stieß Hanna hervor.

»Keine Angst, Fia«, Jonas gab sich Mühe, seine Stimme männlicher klingen zu lassen. »Wir holen dich hier raus! Und den Kleinen werden wir Tag und Nacht bewachen, Ehrenwort!«

»Hanna, ihr müsst vorsichtig sein bei allem, was ihr tut!«, beschwor Sophia ihre Freundin. »Der Stadtschreiber war letzte Nacht hier, in meiner Zelle, und ich habe das Gefühl, dass er langsam den Verstand verliert.« Sie schüttelte den Kopf, hielt aber inne, als der Schmerz sich verstärkte. »Er ist gefährlicher denn je. Ich versichere dir, es gibt nichts, wovor er zurückschrecken wird – absolut nichts!«

»Pst!«, warnte Jonas von unten. »Da kommen Männer!« Sophia hörte, wie Hanna erschrocken nach Luft schnappte. Ein leiser Plumps verriet ihr, dass ihre Freundin in die Gasse hinuntergesprungen war und Jonas hinterher. Dann vernahm auch sie Männerstimmen.

»Wer da? Im Namen des Königs, zeigt Euch!« »Halt, stehenbleiben!« »Los, hinterher!« Stiefel polterten über das Pflaster. Sophia ballte die Fäuste und presste die Lippen aufeinander, um nicht zu schreien. Der Schweiß brach ihr aus, während sie hilflos zuhören musste, wie Hanna und Jonas um ihr Leben rannten. »Sie sind dort entlang! Schneller, sonst entkommen sie uns!«

Rufe und Schritte entfernten sich, aber die eintretende Stille dröhnte in Sophias Kopf wie der Hall einer gewaltigen Glocke. Sie presste sich beide Hände auf die Ohren, was ihre Qual jedoch verstärkte. Mittlerweile war auch Meister Frost auf den nächtlichen Tumult aufmerksam geworden. Sophia hörte, wie er fluchend die Treppe hinunterstolperte und das hölzerne

Fensterchen aufklappte, das es ihm ermöglichte, mit Besuchern zu sprechen, ohne das Tor zu öffnen.

»Was ist denn los da draußen – zu nachtschlafender Zeit?« Die aufgebrachte Stimme gehörte dem Weib des Fronboten. »Nicht mal in Ruhe schlafen kann man, seit sich das verfluchte Kriegsvolk in den Gassen rumtreibt!« Ihr Mann schien seinen Ausguck zu verlassen, denn Sophia hörte seine Stimme jetzt dichter an ihrer Zelle. »Ach, was! Hör auf zu jammern, Weib, und scher dich ins Bett!«, raunzte er. »Der Lärm da draußen geht uns nichts an. Spätestens übermorgen zieht Ferdinand nach Dresden, und wir sind seine Soldaten los. Ich will nur schauen, ob sich da draußen nicht noch anderes Gelichter rumtreibt.«

»Von wegen«, empörte sich die Frostin laut. »Selbst wenn Ferdinand abzieht, werden bald die nächsten Söldner vor unseren Toren stehen! Denkst du, ausgerechnet jetzt, wo Moritz außer Pirna und Dresden kaum noch eine Handvoll Städte hält, bleiben wir ungeschoren? Das letzte Haar wird uns das Kriegsvolk vom Kopf fressen«, zeterte sie. »Und zum Schluss zieht uns der siegreiche Kurfürst endgültig das Fell über die Ohren!«

»Hör schon auf!«, knurrte Frost »Seit Wochen muss ich mir von dir tagaus, tagein dieselbe Leier anhören!«

»Ha«, rief die Frostin. »Wenn ich mich recht erinnere, hat der Stadtschreiber, auf den du so große Stücke hältst, heute Morgen genau das Gleiche gesagt!«

Sophia hob den Kopf. Sie hatte dem Streit auf dem Gang bisher keine Beachtung geschenkt – trotz der Lautstärke, mit der die Eheleute ihn führten. In ihrer Angst um Hanna und Jonas hatte sie vor allem gelauscht, ob sich draußen auf der Gasse noch etwas tat. Nicht zu wissen, ob den beiden die Flucht gelungen war, oder ob die Soldaten sie eingeholt hatten, war ihr unerträglich.

Die letzten Sätze der Frostin ließen sie nicht los. Sollte es so schlimm stehen um das Herzogtum Sachsen? Welche Auswirkungen würde es auf ihr eigenes Schicksal haben, wenn Kurfürst Johann Friedrich als Sieger aus dem Krieg gegen Herzog Moritz hervorgehen würde?

»Du hast also wieder mal dein Ohr an der Tür gehabt, Weib«, erregte sich der Fronbote. »Dafür sollte ich dich übers Knie legen!«

»Wag es«, erwiderte seine Frau ungerührt. »Und dir blüht dasselbe wie gestern dem Stadtschreiber. Wenn du gescheit bist, gehst du auch nicht auf den Vorschlag ein, den der vermaledeite Kerl dir gemacht hat!«

Sophia musste sich das Lachen verbeißen. Sie wollte auf keinen Fall, dass die beiden mitbekamen, dass ihre Gefangene, statt zu schlafen, die Ohren spitzte. Doch die Worte der beherzten Frau empfand sie wie Balsam – nicht nur für die Prellungen, die Schumanns Misshandlungen auf ihrem Körper hinterlassen hatten, sondern auch für ihre Seele. Was Frost nun sagte, fesselte ihre Aufmerksamkeit endgültig.

»Ich soll ihm also nicht helfen, in Pirna den heimlichen Kundschafter für den Kurfürsten zu spielen. Wozu rätst du mir dann?« Frost klang überrascht, aber auch erleichtert. »Ich dachte schon, du würdest es mir vorhalten, falls ich nicht darauf eingehe. Ich hatte nämlich nicht vor, Verrat an unserem Landesherrn und unserer Stadt zu begehen. Es hat mich erschreckt, dass der Herr Stadtschreiber ausgerechnet mir so etwas vorgeschlagen hat.«

»Mich nicht«, entgegnete die Frostin. »Der Schumann ist einer, der stets nur den eigenen Vorteil im Auge hat. Der würde sogar die eigene Großmutter an den Teufel verkaufen, wenn es ihm genug einbrächte!« Sie schnaubte verächtlich. »Ich könnte mir vorstellen, dass er im Lager des Kurfürsten schon ein gemachtes Bett stehen hat.«

»Aber nicht doch!«, widersprach Frost nachdrücklich. »Ich

glaube, der Herr Stadtschreiber wollte mich prüfen – vielleicht gar im Auftrag des Rates.«

Seine Frau lachte verächtlich. »Ich weiß, was ich weiß!«, sagte sie. »Und jetzt geh ich wieder in mein Bett.«

»Ich auch«, brummte Frost. »Scheint alles ruhig zu bleiben vor unserer Tür.«

Sophia hörte beide die Treppe hinaufstiegen. Wie die Fronbotin war auch sie überzeugt, dass Schumann tatsächlich Verrat plante oder schon begangen hatte. Es passte zu dem, was sie bisher über ihn erfahren hatte, und erklärte überdies, weshalb er es gewagt hatte, sich an ihr zu vergreifen. Falls er vorhatte, die Stadt in den nächsten Tagen zu verlassen, um ins Lager des Feindes überzuwechseln, konnte es ihm herzlich egal sein, was seine Ratskollegen über sein Verhalten denken oder ob sie es ahnden würden.

Panik stieg in ihr auf bei dem Gedanken, Schumann könne zuvor noch einmal wiederkommen – vielleicht gar heute Nacht. Sie rief sich zur Ordnung, schloss die Augen und begann tief zu atmen. Anstatt sich der Angst hinzugeben, beschwor sie glückliche Bilder aus ihren Erinnerungen herauf: Justus und Clara, die zu ihren Füßen miteinander spielten. Das Gefühl, den warmen kleinen Körper ihrer Tochter beim Aufwachen neben sich zu spüren. Das morgendliche Bad an der Quelle, in den Wochen, da sie Bruder Nikolaus in der Höhle gepflegt hatte. Heinrichs Gesicht – ernst und konzentriert, wenn er las oder an seinen mechanischen Modellen werkelte –, verjüngt und voller Liebe, sobald er sich zärtlich über sie beugte.

Kapitel 51

Stadtschreiber Wolf Schumann erwachte früh. Die Schmerzen in seinem Gesicht hatten ihm einen unruhigen Schlaf beschert. Die Furcht zu ersticken, sobald er seinen Kopf tiefer legen würde, hatte dazu geführt, dass er die Nacht sitzend in seinem Bett zugebracht hatte. Nun nahm er die Kräuterkompresse ab, und tastete vorsichtig nach seiner Nase.

Der Bader, den Meister Frost gestern Abend eilig herbeigeschafft hatte, war der Ansicht gewesen, dass es nötig sei, das gebrochene Nasenbein unverzüglich zu richten.

»Muss das wirklich sein?«, hatte sich Schumann erkundigt. Der Mann mit dem fettigen Haar, dem ungepflegten Bart und den schmutzigen Händen war ihm suspekt gewesen. Doch wenigstens hatte er keine Fragen gestellt, die von Meister Arnold oder dessen neugierigem Gehilfen mit Sicherheit zu erwarten gewesen wären.

»Das ist Eure Entscheidung«, hatte der Bader mit unbeteiligter Miene erklärt. »Aber es geht dabei nicht nur um Euer Aussehen, werter Stadtschreiber. Es könnte sein, dass Ihr später keine Luft mehr bekommt durch so einen schiefen Zinken. Euer Geruchssinn könnte Euch abhandenkommen, was für sich genommen wohl nicht so schlimm wäre, aber dann könnt Ihr auch nichts mehr schmecken.« Angesichts der unangenehmen Aussichten hatte der Stadtschreiber der Prozedur schließlich zugestimmt. Die Schmerzen waren das eine gewesen, aber das schauerliche Knirschen würde Schumann wohl nie mehr vergessen. Blut war ihm in den Rachen geschossen, und es hatte eine Zeit gebraucht, bis er begriff, dass das Gebrüll, das er vernahm, von ihm kam. Als er über den Markt nach Hause gewankt war, hatte er das Gefühl gehabt, sein malträtiertes Riechorgan würde Größe und Form einer Kohlrübe annehmen.

Seinem entgeisterten Weib hatte er erklärt, er sei nach dem Bankett im Rathaus die Treppe hinuntergefallen. Sie hatte es hingenommen, ohne Fragen zu stellen. Schweigend hatte sie ihm aus den blutbesudelten Kleidern geholfen und ihn zu Bett gebracht. Seit Schumann ihr vor ein paar Wochen nachdrücklich klargemacht hatte, was er von ihr erwartete, benahm sich Amalia wieder so fügsam wie eh und je. Trotzdem wurde er das Gefühl nicht los, etwas an ihrem Wesen habe sich verändert. Er konnte es spüren, mit jeder Faser seines Körpers – selbst wenn sie schlief. Doch er war nicht in der Lage, es zu benennen.

Der Stadtschreiber lauschte dem Regen, der schon seit geraumer Zeit gegen die Fensterläden prasselte. Ob Amalias Veränderung womöglich mit dem frisch bestallten Schulmeister zusammenhing? Schumann erinnerte sich, dass ihm der Mann in den letzten Tagen ein paar Mal über den Weg gelaufen war, wenn er das Haus verließ oder heimgekommen war. Konnte es sein, dass der Kerl sich hier herumtrieb, um seiner Hausfrau schöne Augen zu machen? Aber dann verwarf er den Gedanken. Dieser Johann Schumann war ein Niemand, ein armseliger Wicht ohne Bedeutung.

Als Schumann spürte, dass Amalia sich neben ihm regte, schlug er entschlossen die Bettdecke zurück. Der Bader hatte ihm geraten, sich ein paar Tage zu schonen, doch dafür blieb keine Zeit. Schmerzen waren etwas, das es zu ertragen galt! Wenn die Prügel seiner Kindheit zu etwas gut gewesen waren, dann dazu, ihn dies zu lehren.

Ächzend erhob er sich, öffnete das Fenster und stieß die

Läden auf. Der Regen hatte nachgelassen, aber noch immer hingen graue Wolken am Himmel über der Stadt.

Inzwischen war sein Weib aufgewacht. »Herr im Himmel!«, stöhnte sie, als er sich umdrehte. »Ihr seht noch schlimmer aus als gestern Abend.«

Der Stadtschreiber trat ans Fenster. Dort hing die polierte Silberscheibe an der Wand, vor der Amalia sich zu frisieren pflegte. Zögernd beugte er sich vor und schaute hinein: Blutunterlaufene Augen starrten ihm entgegen, untermalt von violett schimmernden Halbmonden. Seine Nase, geschwollen und unförmig, wirkte im Vergleich dazu fast normal. Die Fuchsin würde dafür bezahlen, denn nach ihrem Angriff auf ihn konnte im Rat niemand mehr daran zweifeln, dass sie eine verdammte Hexe war! Noch heute Nacht würde er ihr einen weiteren Besuch abstatten, und diesmal würde er den Jungen mitnehmen. Die Fuchsin mochte so verstockt sein, wie sie wollte – sie würde zusammenbrechen und ihm erzählen, was er wissen musste, sobald er dem Kind das Messer an die Kehle setzte.

»Spute dich, Weib«, knurrte er ungehalten. »Hol ein frisches Hemd und hilf mir beim Ankleiden!«

Nach dem Morgenmahl beschloss Schumann, in die Kämmerei zu gehen, wo er in Ruhe darüber nachdenken konnte, was er seinen Kollegen über den Vorfall in der Fronfeste erzählen wollte. Was es auch sei, Meister Frost würde es bestätigen, so viel stand fest.

Bevor er das Haus verließ, hüllte er sich in einen dicken Schal und zog den Hut tief ins Gesicht. Draußen regnete es noch immer. Schumann begrüßte das Wetter, denn so fiel es nicht auf, dass der Stadtschreiber gesenkten Kopfes zum Rathaus eilte und die Grüße der Leute nur flüchtig erwiderte. Viele waren es ohnehin nicht, denen er auf seinem Weg über den Markt begegnete. Seit der König mit seinen Soldaten in der Stadt war, hielten es die meisten Bürger für sicherer, daheim zu bleiben. Aber selbst die Wachposten vor den Häusern, in denen die Gefolgsleute des Königs einquartiert waren, hatten sich in den Schutz der Toreinfahrten zurückgezogen. Bevor der Stadtschreiber das Rathaus betrat, warf er einen Blick zum Schloss hinauf. Die Bauarbeiten an den Befestigungsanlagen wurden trotz des Regens fortgeführt. Ihr Lärm drang bis hinunter auf den Markt, und Schumann hatte den Eindruck, dass vor allem König Ferdinand damit beeindruckt werden sollte.

Im Ratssaal war das Aufräumen nach dem gestrigen Bankett noch nicht beendet. Das wertvolle Silbergeschirr hatte Bürgermeister Süssemilch mit Sicherheit noch am Abend säubern und verstauen lassen. Jetzt waren die Mägde damit beschäftigt, die Gläser zu spülen, während der Ratsdiener auf einer Leiter stand, um die Girlanden abzunehmen. Befriedigt stellte Schumann fest, dass der Mann, vertraut mit den Gepflogenheiten des Stadtschreibers, die Feuerschale in der Kämmerei schon angeheizt hatte. Er hängte seinen Mantel an einen Haken und legte den Hut zum Trocknen auf den Tisch. Rasch entzündete er ein paar Kerzen, bevor er die eisenbeschlagene Truhe unter dem Fenster aufschloss. Bei dem Sauwetter konnte es eine ganze Weile dauern, bis Süssemilch kommen würde, um im Ratssaal nach dem Rechten zu sehen, und er ihm seine zerschlagene Nase zur Illustration des Berichts über die wild gewordene Hexe in der Fronfeste präsentieren konnte. Schumann wollte die Zeit bis dahin nutzen, um die Urkunden und Papiere des Pirnaer Rates zu sichten. Gewiss gab es einiges darunter, das sich mitzunehmen lohnte, wenn er die Stadt verließ.

Die Glocke von St. Marien verkündete bereits die zwölfte Stunde, als er damit fertig war. Er verschnürte das kleine Paket, das er mitnehmen wollte, und machte sich daran, die restlichen Akten und Dokumente wieder in der Truhe zu verstauen, als sich die Tür der Kämmerei öffnete. Schumann drehte sich um.

»Stadtschreiber?« Der Bürgermeister vergaß, die Tür zu schließen. »Dann stimmt es also tatsächlich!« Er starrte Schumann aus verquollenen Augen an.

»Was denn, verehrter Süssemilch?«, fragte Schumann vorsichtig. Er hatte gehofft, seine Version der nächtlichen Ereignisse wäre die erste, die der Bürgermeister zu hören bekäme, doch dazu war es offenbar schon zu spät.

»Unsere Köchin hat meinem Weib erzählt, Ihr wärt gestern nach dem Bankett die Ratstreppe hinabgestürzt und hättet Euch das Nasenbein gebrochen.« Süssemilch schüttelte den Kopf, während er die nasse Schaube auszog und sich in den Sessel des Kämmerers fallen ließ. »Das tut mir leid! Aber es erklärt natürlich, warum Ihr nicht wieder zu uns zurückgekehrt seid, nachdem der trunkene Kittel Euch seinen Rotwein in den Schoß gekippt hatte.«

Schumann unterließ es, darauf hinzuweisen, dass Süssemilch dem Richtherrn zuvor einen Rippenstoß versetzt hatte. Stattdessen schloss er die Tür, damit nicht noch mehr der kostbaren Wärme ins Treppenhaus entwich.

»Dabei könnte ich schwören, dass Ihr dem Wein weit weniger zugesprochen habt als unser verehrter Richter!« Süssemilch grinste.

»Den haben wir kaum von seinem Stuhl hochgekriegt, und ohne die Hilfe seines Knechts hätte er es nie bis zur eigenen Haustür geschafft. Aber ich gebe zu, wir haben alle ein wenig über die Stränge geschlagen, nachdem Ferdinand fort war«, räumte der Bürgermeister ein. »Bevor er ging, versprach der König nämlich, unsere Stadt nach dem Sieg über die Schmalkaldischen für ihre Treue zum Kaiser mit einem zweiten böhmischen Löwen für unser Wappen zu belohnen.« Er seufzte. »Das Versprechen, uns das Silber zu erstatten, das dieser Sieg kosten wird, wäre uns allen lieber gewesen, aber was soll's – man muss nehmen, was immer man kriegen kann, und künftige Generationen wird die tadellose Symmetrie des neuen Wappens noch erfreuen, wenn die Kosten dafür längst vergessen sind.«

Schumann hatte sich inzwischen auf den Stuhl hinter seinem Schreibtisch gesetzt und das Bündel mit den Dokumenten unauffällig unter seinem Hut verschwinden lassen. Ihm war vollkommen egal, was der Habsburger den Pirnaern für einen Sieg in Aussicht gestellt hatte, den es nicht geben würde. Er war bereit, die engen Mauern dieser Stadt endgültig hinter sich zu lassen. Doch damit das so schnell wie möglich geschehen konnte, musste er seine eigene Geschichte über die vergangene Nacht in Umlauf zu bringen.

»Mit dieser Vermutung habt Ihr gewiss recht, hochverehrter Bürgermeister. Doch was Ihr über meinen Sturz auf der Ratstreppe gehört habt, war nur das, was ich meinem Weib erzählt habe.« Er stützte die Ellenbogen auf den Tisch und neigte sich nach vorn. »Die Wahrheit«, er senkte seine Stimme, »konnte ich einer frommen Seele wie ihr einfach nicht zumuten.«

»So?« Süssemilch merkte auf.

»Tatsächlich begegnete ich am Fuße der Treppe dem Fronmeister«, fuhr Schumann fort. »Der arme Mann war ganz verfroren, denn er hatte, wie er mir versicherte, schon eine Weile darauf gewartet, mit einem der Herren vom Rat zu sprechen.«

»Es muss eine wichtige Angelegenheit gewesen sein, wenn er damit nicht bis zum Morgen warten wollte«, vermutete Süssemilch.

»Das kann man wohl sagen, verehrter Bürgermeister!« Schumann nickte ernst. »Aber weil der brave Mann vermeiden wollte, dass das Bankett für den Bruder des Kaisers davon überschattet würde, zog er es vor, in der Kälte auszuharren, bis einer von uns zu ihm herauskam.« Er breitete die Hände aus. »Es war ein Zufall, dass ausgerechnet ich das war. Meister Frost jedoch sagte, mich schicke der Himmel, denn die Fuchsin habe, als er ihr das Abendmahl gebracht habe, das dringende Bedürfnis geäußert, ihre Seele durch ein Geständnis zu erleichtern. Seitdem sei sie wie von Sinnen, würde jammern und schreien und sei durch rein gar nichts zu beruhigen gewesen als durch sein Versprechen, noch heute Nacht mit mir oder Richter Kittel sprechen zu dürfen.«

Der Bürgermeister furchte die Stirn. »Die Fuchsin hat ein Geständnis abgelegt?« Er streckte seine Hand aus. »Lasst es mich mit eigenen Augen lesen, Stadtschreiber!«

»Das kann ich leider nicht, verehrter Süssemilch!« Schumann verzog sein Gesicht.

»Wie das?«, fragte Süssemilch argwöhnisch. Schumann, der wusste, dass er nun am heikelsten Punkt seiner Erzählung angekommen war, seufzte schmerzerfüllt. »Kaum hatte ich zur Feder gegriffen, um Ort und Datum zu notieren, da fiel das Weib kreischend über mich her. Dabei stieß sie obszöne Verwünschungen aus und rief Satan, ihren Herrn und Meister, um Hilfe an.« Schumann zeigte sich zerknirscht. »Ich muss gestehen, dass mich dieser Angriff vollkommen unvorbereitet traf, und auch Meister Frost hatte offensichtlich nicht damit gerechnet, sonst wäre er mir schneller zu Hilfe geeilt. Doch selbst zu zweit hatten wir alle Hände voll damit zu tun, das rasende Weib zu bändigen, wie Ihr an meiner Nase sehen könnt.«

Dem Bürgermeister stand das blanke Entsetzen ins Gesicht geschrieben. »Sie rief Satan zu Hilfe?«, krächzte er. Schumann nickte stumm. »Der Herrgott steh uns bei!«, stöhnte Süssemilch. Dann holte er tief Luft. »Ihr habt recht daran getan, die Geschichte über Euren angeblichen Treppensturz zu erfinden. Die Wahrheit sollte so lange unter uns bleiben, bis König Ferdinand mit seinen Truppen die Stadt verlassen hat.« Er sah Schumann in die Augen. »Ich hoffe, Ihr habt den Fronboten und seine Männer dahingehend instruiert!«

»Selbstverständlich, verehrter Bürgermeister!«, versicherte Schumann. »Aber vielleicht sollten wir Meister Kittel ins Vertrauen ziehen? Auch wenn er beim Wein gelegentlich über die Stränge schlägt, so ist er doch immerhin unser Richtherr.«

Der Bürgermeister verdrehte die Augen. »Ich halte es für besser, wenn Ihr Euch solange um alles kümmert, was nötig ist. Der gute Kittel mag seines Amtes walten, wenn der König fort ist.«

Schumann verbarg seinen Triumph, indem er sich erhob, um den letzten Band der Kämmereirechnungen in die Truhe zu räumen. Süssemilch stand ebenfalls auf und verabschiedete sich. Es war ihm anzusehen, wie froh er darüber war, die heikle Angelegenheit in die Hände eines anderen legen zu können.

Den Nachmittag verbrachte der Stadtschreiber damit, seine Abreise aus Pirna vorzubereiten. Seinem Weib erzählte er, der Rat habe beschlossen, ihn auf eine wichtige und vor allem streng geheime Mission zu entsenden. Gleich morgen in aller Frühe müsse er aufbrechen. Amalia zeigte sich darüber weniger besorgt, als er erwartet hatte. Nach dem Abendessen begab sich Schumann hinauf in die Kinderstube. Das war ein Ort, den er gewöhnlich mied. Das Geschrei und vor allem der widerwärtige Geruch nach Milch, feuchten Windeln und kleinen Kindern stießen ihn ab. Der Amme erklärte er, er wolle sich vor einer längeren Reise von den Kindern verabschieden. Die überraschte Frau führte ihn zuerst an die Wiege seiner jüngsten Tochter, und Schumann tätschelte flüchtig die Wange des schlafenden Säuglings. Dann brachte sie ihn in die angrenzende Kammer, wo seine ältere Tochter und der Waisenknabe auf dem Bett hockten und mit einer Lumpenpuppe spielten.

Bei seinem Anblick ließ Anna die Puppe fallen und zog sich die Decke über den Kopf, während Matz ihn offenen Mundes anstarrte. »Du bist ja ein braver Junge.« Schumann lächelte gewinnend. »Darum habe ich dir auch etwas Süßes mitgebracht.« Er öffnete seine Hand und präsentierte dem Kind zwei Stück Latwerge, die er bei einem Apotheker in Dresden erworben hatte. Sie waren mit Schlafmohn versetzt, und Schumann hatte die unfehlbare Wirkung schon einmal an dem Jungen erprobt. Er nickte ermunternd, als Matz zögernd die Hand danach ausstreckte. »Nur zu, nimm und iss!« Zufrieden beobachtete er, wie sich der Kleine beide Stücke auf einmal in den Mund schob.

Kurz nach Mitternacht, als das gesamte Haus in tiefem Schlummer lag, schlich sich der Stadtschreiber ein zweites Mal hinauf in die Kinderstube. Nun war es ein Leichtes für ihn, den betäubten Jungen aus dem Bett zu heben. Rasch trug er ihn über den dunklen Hof zum Stall hinüber, wo er ihn im Stroh ablegte. Er hängte die mitgebrachte Laterne an einen Haken und legte das Zaumzeug bereit. Als er danach mit dem Sattel über dem Arm zur Box seines Pferdes ging, traf ihn ein Stoß in den Rücken, der ihn gegen die Bretterwand taumeln ließ. Etwas Spitzes bohrte sich schmerzhaft zwischen seine Rippen.

»Keine Bewegung, Stadtschreiber, oder ich spieße Euch auf wie einen Mistkäfer!«

Schumann kannte die Stimme. »Hanna!« Sein anfängliches Erschrecken wandelte sich in grimmige Heiterkeit, denn dass ihm die törichte Hure ausgerechnet jetzt in die Quere kam, beschleunigte die Umsetzung seiner Pläne erheblich. »Was führt dich her?«

Statt einer Antwort erhielt er einen Schlag gegen den Kopf, der ihn umgehauen hätte, wäre es ihm nicht rechtzeitig gelungen, sich zu ducken. Den Schwung nutzend warf er sich herum und schleuderte Hanna den schweren Sattel entgegen. Er traf sie vor den Bauch und riss sie von den Beinen. Die Mistgabel landete neben ihr im Stroh. Schumann stürzte sich auf sie, während hinter ihm das Pferd erschrocken wieherte und auskeilte. Er legte die Hände um den Hals des zappelnden Weibes und presste seine Daumen auf ihren Kehlkopf. Vergeblich versuchte Hanna ihre Arme freizubekommen, die er mit seinen Ellenbogen fixiert hatte.

»Ich sollte dir dankbar sein«, er lächelte auf sie herab, »denn du ersparst mir Zeit und Mühe. Bis zu diesem Augenblick hatte ich vor, mich des Knabens zu bedienen, damit die Fuchsin mir endlich verrät, wo sie das Buch und die Übersetzung versteckt hat.« Er deutete mit einer Kopfbewegung zu der Stelle, wo Matz im Stroh lag. »Aber nun kann ich mir den Weg sparen, denn du wirst mir sagen, was ich wissen will, bevor ich dich töte.« Er verstärkte den Druck seiner Finger und bleckte die Zähne. »Solltest du dich mir widersetzen oder versuchen, mich hinters Licht zu führen, stirbt er mit dir!« Sie starrte ihn aus weit aufgerissenen Augen an und stieß ein Krächzen aus. Er lockerte seinen Griff, damit sie sprechen konnte. Ihr Flüstern war so leise, dass er sich noch dichter über sie beugte und alle anderen Geräusche in seiner Umgebung auszublenden versuchte. Das leise Knarren der Stalltür war ihm dadurch wohl entgangen, und der Schlag, der ihn am Hinterkopf traf, löschte sein Bewusstsein für die nächsten Stunden aus.

Kapitel 52

Als Niklas im dunstigen Grau des regenverhangenen Morgens die Türme und Mauern der Stadt erspähte, atmete er erleichtert auf. In der herzoglichen Kanzlei hatte man ihnen das Schreiben erst am gestrigen Abend ausgehändigt, da war es für den Weg nach Pirna bereits zu spät gewesen. Meister Arnold, der mit stoischem Gesichtsausdruck neben ihm durch den Schlamm marschierte, trug das Papier, mittels dem sie Sophia noch heute aus der Fronfeste holen würden, unter seinem Mantel. Ein zügiges Vorankommen war auf der überfüllten Landstraße von Dresden nach Pirna am Morgen nicht möglich gewesen, aber nun hatten sie es endlich geschafft.

Seit Niklas im vergangenen Sommer herausgefunden hatte, dass Sophia nie in Leipzig angekommen war, quälte ihn der Gedanke, sie könnte irgendwo in Schwierigkeiten stecken und er käme zu spät, um ihr zu helfen. Er hatte mittlerweile begriffen: Obwohl sie für ihn verloren war, würde ein Teil von ihm immer ihr gehören. Bevor Meister Arnold in Wittenberg aufgetaucht war, hatte ihn die Ungewissheit über ihr Schicksal von Tag zu Tag mehr frustriert. Es war eine Erlösung gewesen, endlich unterwegs zu sein, aber jetzt, kurz vor dem Ziel, holten ihn seine Ängste wieder ein.

Noch mehr als Dresden ähnelte Pirna mittlerweile einem Heerlager. Auf den Wiesen vor der Stadt wimmelte es von Soldaten. Auf den Mauern patrouillierten bewaffnete Stadtknechte. Der Schlagbaum vor der Nikolaivorstadt, der in Friedenszeiten nur nachts heruntergelassen wurde, war geschlossen, und den Wachmann, der ihre Papiere verlangte, hätte Niklas am liebsten mit Fäusten bearbeitet. Die nächste Verzögerung erwartete sie am Dohnaischen Tor. Auch die Torwächter hatten Anweisung erhalten, ihr Amt mit aller Strenge zu versehen und nur solche Leute in die Stadt zu lassen, die sich ordentlich ausweisen konnten.

Kaum hatten sie das Torhaus hinter sich gelassen, beschleunigte Niklas seine Schritte. Er eilte die Dohnaische Gasse hinunter und verließ sich darauf, dass Meister Arnold ihm schon folgen würde. Am Röhrkasten hinter der Schuhgasse riefen ihm die Leute Verwünschungen nach, weil er im Laufen einen vollen Eimer umstieß, dessen Wasser nach allen Seiten spritzte. Außer Atem schlug er mit beiden Fäusten gegen das Tor am Haus des Bürgermeisters. Arnold hatte ihn eingeholt, als sich die Tür einen Spaltbreit öffnete und eine mürrisch dreinblickende Magd nach ihrem Begehr fragte. »Wir kommen mit einer Botschaft von Herzog August an den Rat zu Pirna«, erklärte der Bader, während er das Schreiben unter seinem Mantel hervorzog. Als die Frau nicht sofort reagierte, drückte Niklas kurzerhand die Tür auf und schob sich an ihr vorbei in die Halle. Meister Arnold murmelte eine Entschuldigung und folgte ihm die Treppe hinauf. Sie fanden Bürgermeister Süssemilch oben in der guten Stube, wo er sich vor dem Mittagessen noch eine kleine Zwischenmahlzeit aus Brot, Käse und Wein genehmigte. Der Bader ließ ihm keine Zeit, sich über ihr unhöfliches Eindringen zu beschweren. »Hochverehrter Meister Süssemilch, wir bringen Euch Order aus Dresden – von Herzog August. Die Fuchsin ist unverzüglich aus der Fronfeste zu entlassen.«

»Das kann nicht sein!« Die Hand des Bürgermeisters verharrte über dem Käse, während sich seine Brauen finster zusammenzogen. »Die Frau ist eine Hexe, das steht inzwischen außer Zweifel!«

»Lest selbst, Herr Bürgermeister!« Arnold legte das gesiegelte Papier auf den Tisch. Niklas ballte die Fäuste, während er beobachtete, wie Süssemilch das Schreiben umständlich entfaltete und zu lesen begann. Die Geduld des Malers war restlos aufgebraucht. Arnold legte ihm beschwichtigend seine Hand auf die Schulter. »Der Herzog weiß nicht, was er verlangt!« Süssemilch warf das Dokument auf den Tisch. »Die Fuchsin hat den Stadtschreiber unter dem Vorwand, ein Geständnis ablegen zu wollen, vorletzte Nacht in ihre Zelle gelockt. Sie muss wahrlich teuflische Kräfte haben, denn sie hat dem Mann die Nase gebrochen. Die Hexe muss hinter Schloss und Riegel bleiben! Wer weiß, wozu sie noch imstande ist!« Meister Arnold gab ein Schnauben von sich, das verdächtig nach einem Lachen klang. Niklas schlug mit der Faust auf den Tisch. »Ihr werdet gleich erleben, wozu ich imstande bin, wenn Ihr nicht augenblicklich die Entlassung der Frau anordnet!« Süssemilchs Gesicht verfärbte sich. Er schnappte vor Empörung nach Luft wie ein Karpfen an Land.

In diesem Augenblick öffnete sich die Tür, und die mürrische Magd stand händeringend auf der Schwelle. »Die Frau des Stadtschreibers will Euch sprechen, Herr!« Hinter ihr segelte bereits eine Frau mit ausladender weißer Haube durch die Tür. Ihre blauen Augen zeigten einen Ausdruck harter Entschlossenheit, der nicht zu den weichen Rundungen ihrer Wangen passen wollte. Ohne Niklas und den Bader eines Blickes zu würdigen, trat sie hocherhobenen Hauptes an den Tisch. »Ich bin gekommen, um Zeugnis abzulegen gegen Wolf Schumann, meinen Eheherrn, den Stadtschreiber zu Pirna! Er wollte einen kleinen Knaben für teuflische Rituale missbrauchen und eine unschuldige Frau töten, die versuchte, das Kind zu retten. Ihr findet ihn im Weinkeller seines Hauses, das ich nicht mehr betreten werde, solange *er* dort ist.« Sie löste die Schlüssel vom Bund ihres Rockes und ließ sie auf den Tisch fallen, direkt neben den Teller des Bürgermeisters.

»Wie bitte?«, krächzte Süssemilch. Das Blut war ihm aus dem Gesicht gewichen, er klammerte sich an die Armlehnen seines Stuhls. »Solltet Ihr Fragen haben, findet Ihr mich und meine Töchter im Haus meines Oheims Alex Walter.« Schumanns Weib drehte sich um und ging. Die Flügel ihrer Haube blähten sich wie Segel im Wind, während sie aus der Tür rauschte.

Der Bürgermeister gab ein schwaches Stöhnen von sich. Niklas sah, dass der Bader besorgt die Stirn runzelte. Auch er befürchtete, dass Süssemilch der Schlag getroffen haben könnte. Doch was ihn an der Vorstellung am meisten störte, war, dass sich Sophias Freilassung dadurch weiter verzögern würde. Daher griff er nach Tinte, Feder und Papier, die er auf dem Fensterbrett entdeckt hatte, und trug sie zum Tisch. Er stellte sie neben das Weinglas. »Unterschreibt, dass Ihr die Freilassung der Fuchsin anordnet, dann könnt Ihr Euch um das Treiben Eures Stadtschreibers kümmern. Wenn ich mich recht entsinne, war das ohnehin eine Forderung des Herzogs.« Arnold, der von der anderen Seite an Süssemilch herangetreten war, griff nach der schlaffen Hand des Bürgermeisters, um dessen Puls zu fühlen. »Ja, ja, unterschreibt, dann werdet Ihr Euch sofort besser fühlen!«, sagte er mit sanfter Stimme.

Schon kurze Zeit später standen sie in der Fronfeste, wo sie dem übellaunigen Fronmeister das Schreiben des Bürgermeisters vor die Nase hielten. Frost schimpfte und zeterte, während er sich daranmachte, sie durch den Gang zu den Zellen zu führen. Er beteuerte ein ums andere Mal, dass er nur seine Pflicht gegenüber einem hochwohllöblichen Rat erfüllt habe, woraus ihm niemand einen Vorwurf machen könne. Meister Arnold schnaubte angewidert auf. »Über Eure Pflichterfüllung wird zu gegebener Zeit zu reden sein!«

Als sich die Tür öffnete, erhob sich die Gefangene mühsam von ihrem Lager aus schmutzigem Stroh. Ihre Bewegungen wirkten wie die einer Greisin. Niklas brauchte einen Moment, bis sich seine Augen an das Halbdunkel der Zelle gewöhnt hatten. Aber selbst dann fragte er sich, ob er ihnen trauen konnte. Das Gesicht der Frau war von Schmutz und Blutergüssen entstellt, ihr Haar knabenhaft kurz geschnitten. Mit einem ungläubigen Lächeln streckte sie die Hände nach ihm aus »Niklas?« Die Ketten an ihren Handgelenken klirrten, als sie einen Schritt auf ihn zumachte.

Niklas knirschte mit den Zähnen. Er drehte sich und packte Frost am Kragen. »Nimm ihr die Ketten ab!« Er unterstrich seine Forderung mit einem Stoß, der den Mann vorwärtsstolpern ließ. »Sofort!«

»Ihr habt zugelassen, dass dieser Abschaum von einem Stadtschreiber eine Gefangene misshandelt, die unter Eurer Obhut stand? Ihr habt sie angekettet wie ein Tier?«, fragte der Bader in scharfem Ton. »Der Stadtschreiber schwor, sie sei über ihn hergefallen wie ein Dämon aus der Hölle. Er hat befohlen, dass ich sie ankette«, verteidigte sich Frost, während er Sophias Fesseln aufschloss. »Er sitzt im Rat, während ich nur ein bescheidener Diener dieser Stadt bin.«

»Das seid Ihr die längste Zeit gewesen«, knurrte Arnold. »Dafür werde ich sorgen!«

»Das könnt Ihr nicht machen«, hob Frost zu lamentieren an. »Ich habe ein Weib und fünf Kinder zu versorgen!«

»Halt's Maul, Büttel!« Niklas, der das wehleidige Gejammer keinen Augenblick länger ertragen konnte, beförderte ihn mit einem Tritt nach draußen.

Inzwischen hatte der Bader Sophia zu dem schmalen Fensterschlitz geführt, wo er ihr Gesicht und die Abschürfungen an ihren Handgelenken eingehend betrachtete. Arnold flüsterte ihr etwas zu, worauf sie entschieden den Kopf schüttelte. »Alles andere wird verheilen«, versicherte er ihr mit einem Lächeln.

Niklas stieß erleichtert die Luft aus, während er seinen Umhang abnahm. Die Vorstellung, Schumann könnte sich auch auf andere Weise an Sophia vergangen haben, hatte ihn in den vergangenen Tagen immer wieder heimgesucht. Er war davon überzeugt, dass er den Kerl unter diesen Umständen mit eigenen Händen erwürgt hätte. Behutsam legte er seinen Umhang um Sophias Schultern, bevor er ihren Arm nahm und sie aus der Zelle führte. Als sie auf die Gasse hinaustraten, schwankte sie und schloss die Augen. Sofort wollte Niklas sie auf seine Arme heben, doch sie streckte abwehrend die Hand aus. »Nein, ich kann selbst gehen, es ist nur das Licht, das mich blendet«, sagte sie mit leiser, aber fester Stimme. »Ich werde meinen Weg nach Hause auf eigenen Füßen zurücklegen.«

Es dauerte eine Weile, bis sie das alte Schulmeisterhaus in der Obertorvorstadt erreichten. Während Meister Arnold die völlig erschöpfte Sophia zu Bett brachte, machte sich Niklas daran, die Unordnung zu beseitigen, die die Stadtwachen bei der Durchsuchung des Fuchsschen Hauses angerichtet hatten. Vieles war dabei zu Bruch gegangen. Besonders schlimm sah es in der Arbeitskammer des Magisters aus, aber auch in der Küche war kaum ein Stück Geschirr heil geblieben. Nur die Alchemistenkammer hinter dem Regal schien niemand betreten zu haben.

Mit einer Liste von Gegenständen und Vorräten, die sie dringend benötigten, machte sich Arnold am Nachmittag auf den Weg zu seinem eigenen Haus in der Badergasse. Niklas bat ihn, eine Nachricht an Maria und Marten in die Schifftorvorstadt zu senden. Sie sollten wissen, dass Sophia die Fronfeste verlassen hatte. Außerdem musste er sich davon überzeugen, dass Hanna bei ihnen war und es ihr gut ging. Als Schumanns Weib davon erzählte hatte, der Stadtschreiber habe versucht, eine Frau zu töten, die einen Jungen vor ihm habe retten wollen, hatte er sofort an Hanna denken müssen. Ihr war ohne Weiteres zuzutrauen, dass sie ihr Leben aufs Spiel setzte, um ein fremdes Kind vor Schumanns Machenschaften zu beschützen.

Als es am nächsten Morgen an der Tür des Schulmeisterhauses klopfte, und Niklas die junge Frau lebendig und unversehrt an der Seite der Roten Maria erblickte, wäre er vor Erleichterung fast in die Knie gegangen. »Hanna! Der Herr im Himmel sei gepriesen!« Dann entdeckte er den Jungen, den sie auf dem Arm trug. »Ich fasse es nicht, dass du dich tatsächlich ganz allein mit diesem Saukerl von einem Stadtschreiber angelegt hast!« Hin- und hergerissen zwischen Entsetzen und Bewunderung hätte er sie am liebsten gepackt und geschüttelt. »Solltet Ihr uns nicht besser hereinbitten, Maler?« Maria runzelte die Stirn. »Die Nachbarn bekommen vor Neugier Stielaugen wie die Schnecken auf meinem Gemüsebeet.« Hastig gab er die Tür frei. »Am besten kommt ihr mit in die Küche – zum einen, weil es dort am wärmsten ist, und zum anderen, weil Meister Arnold auf dem Herd gerade ein stärkendes Tonikum für Sophia zubereitet.« Er lächelte matt. »Ich fürchte, davon brauche ich auch einen Schluck.«

Kurz darauf saßen sie alle um Sophias Küchentisch und tranken Kräutertee, den der Bader mit einem großzügigen Schluck Branntwein versehen hatte. Sie nippten von dem heißen Getränk und lauschten Hannas Bericht über ihre Auseinandersetzung mit dem Stadtschreiber, während der Kleine unter dem Tisch an einem getrockneten Apfelring knabberte.

»Es war ein Fehler, dass ich nicht sofort zuschlug, als ich Gelegenheit dazu hatte.« Hanna tastete nach dem Tuch, das um ihren Hals lag. »Mein Leben verdanke ich nur der Tatsache, dass Schumanns Weib damit weniger Schwierigkeiten hatte. Der Lärm, den der Gaul des Stadtschreibers machte, hat sie geweckt. Sie betrat den Stall genau in dem Moment, als Schumann mir die Kehle zudrückte und damit drohte, mich und den Jungen zu töten. Mit undurchdringlicher Miene kam sie näher, aber bevor mein Blick zu verschwimmen begann, erkannte ich den Ausdruck in ihren Augen – Abscheu und Hass.« Angewidert verzog Hanna das Gesicht. »Ohne zu zögern hob die Schumannin den schweren Kerzenleuchter, den sie in der Hand hielt und zog ihn über den Schädel ihres Eheherrn. Ich könnte schwören, dass sie auf eine solche Gelegenheit schon längst gewartet hatte!« Hannas Haselnussaugen funkelten mutwillig. »Jedenfalls fragte sie mich erst, was vorgefallen sei, nachdem wir den Stadtschreiber verschnürt und in seinem eigenen Weinkeller eingesperrt hatten. Möge er dort verrotten!« Sie stieß ein zorniges Lachen aus und stürzte den erkalteten Inhalt ihres Bechers in einem Zug hinunter. »Jetzt will ich mich aber mit eigenen Augen davon überzeugen, wie es Sophia geht. Bitte!« Der Bader lächelte. »Sicher, meine Liebe. Wir sollten sie aber auf keinen Fall wecken, denn Schlaf ist neben einer kräftigen Hühnersuppe noch immer die beste Medizin.« Niklas erbot sich, den Jungen zu beaufsichtigen, während die beiden Frauen Arnold in Sophias Kammer hinaufbegleiteten.

Der kleine Bursche fing zu weinen an, als ihm klarwurde, dass man ihn zurückgelassen hatte. Niklas, der sich in den letzten Wochen viel mit seinem eigenen Sohn beschäftigt hatte, beschloss, für Ablenkung zu sorgen. Er zog das kleine Skizzenbuch und den Silberstift unter seinem Wams hervor. Er hatte die Utensilien stets bei sich, denn es war ihm zur Gewohnheit geworden, zu zeichnen, was ihm unterwegs vor die Augen kam. Rasch fand er das Bild eines Entenpaares und ließ sich damit auf die Knie nieder. »Na, wer wird denn da weinen«, sagte er, während er unter den Tisch spähte. »Mich haben sie auch hiergelassen. Aber siehst du mich weinen?« Er wackelte neckisch mit den Augenbrauen. Matz steckte sich den Daumen in den Mund und starrte ihn aus runden Kulleraugen an. Niklas zeigte ihm das Entenbild. »Schau mal, die Enten habe ich auf der Elbe gesehen. Als wir mit unserem Schiff näherkamen, haben sie laut geschnattert.« Er imitierte das Geräusch, worauf der Kleine die Hand aus dem Mund nahm und mit nassen Fingern auf das

Bild deutete. Niklas fühlte sich ermutigt, den nächsten Schritt zu wagen. »Komm zu mir auf die Bank, dann kann ich dir noch mehr Bilder zeigen!« Er streckte seine Hand aus.

Nach kurzem Zögern krabbelte der Kleine tatsächlich unter dem Tisch hervor und ließ sich von ihm auf die Bank heben. Während Niklas für ihn ein Blatt nach dem anderen aufschlug und die Namen der Tiere nannte, hatte er Gelegenheit, den Jungen genauer zu betrachten. Sein geschultes Malerauge hatte sofort erkannt, dass zwischen Matz und Justus Ähnlichkeit bestand, dennoch war er erstaunt, wie sehr sich beide Knaben glichen. Ihr Haar hatte den gleichen Goldton und ringelte sich in wilden Locken wie sein eignes – sobald es nur ein wenig länger wurde. Justus hatte auch die Farbe seiner Augen geerbt. Die des fremden Kindes strahlten in demselben Azuritblau. Allerdings hatte sein Sohn einen zarten Körperbau, während der Junge neben ihm schon jetzt kräftige Knochenstrukturen besaß und auch ein breiteres Kinn. Bei dieser Überlegung griff sich Niklas unwillkürlich an sein eigenes Kinn und betastete die Kerbe darin, die von seinem Bart verborgen wurde. Er riss erstaunt die Augen auf, als er entdeckte, dass sich am rundlichen Kinn des Kleinen eine ähnliche Einkerbung befand.

»Lass dich mal genau anschauen«, murmelte er und schob das Kind auf der Bank ein Stück näher zum Fenster hin. Matz reckte den Hals wie ein kleines Gänschen, um auch weiterhin in das Skizzenbuch schauen zu können, das auf dem Tisch liegen geblieben war. Niklas keuchte überrascht, als er das herzförmige Muttermal an der Halsbeuge des Kindes sah. Marthe, die Köhlertochter aus dem Kirnitzschtal hatte solch ein Mal, das sich haargenau an derselben Stelle befand! Unfähig, seine Erregung im Zaum zu halten, sprang er auf. Während er in der kleinen Küche umherlief wie ein gefangener Bär im Zwinger, murmelte er unablässig vor sich hin. »Was hat Hanna gesagt, woher Schumann das Kind hatte – von einem Eisengießer in Hütte, doch dessen Tochter hat es von einem Besuch in Schandau mitgebracht.« Er hatte den Herd erreicht und drehte sich um. »Schandau. Der alte Hans hat erzählt, dass Marthe den Knecht des Floßmeisters aus Schandau geheiratet hat.«

Vor der Bank blieb er stehen. Schwer atmend starrte er auf den Blondschopf des Jungen, der sich schon wieder über das Buch gebeugt hatte und dabei war, mit ungeschickten Fingern die Seiten umzublättern. Die Worte, die ihm Johanna, die Vila, vor zwei Jahren überbracht hatte, kamen ihm wieder in den Sinn. »Sie bat mich, dir auszurichten, dass du ihr mehr gegeben hast, als du ahnst.« Niklas hatte die Botschaft damals nicht verstanden. Er war der Ansicht gewesen, dass Marthe, die ihm Trost geschenkt hatte, als er ihn am nötigsten brauchte, stets die Gebende gewesen war. Bestürzt begriff er, dass sie ein Kind gemeint haben könnte, das er gezeugt hatte. Wenn er seinen Augen trauen durfte, sprach nun viel dafür, dass Matz dieses Kind war.

Stirnrunzelnd verfolgte er, wie der Junge seine feuchte Hand mit Begeisterung auf das Bild einer Kuh fallen ließ, so lange, bis alle Linien verwischt waren. Überwältigt von Zärtlichkeit beugte er sich herab und strich mit dem Finger über die runde Wange des Kindes, das ihn mit einem strahlenden Lächeln belohnte. Niklas spürte, wie ihm sein Herz entgegenflog, und es störte ihn kein bisschen, dass Matz als Nächstes das Bild eines steigenden Hengstes, eine der gelungensten Skizzen der letzten Tage, verunstaltete. Gewissheit über seine Vaterschaft wollte er dennoch haben – und ebenso darüber, ob die Mutter des Jungen wirklich gestorben war. Sein Entschluss, noch heute nach Schandau aufzubrechen, stand fest, zumal er Sophia unter der Fürsorge von Hanna und Meister Arnold gut aufgehoben wusste.

Kapitel 53

Sophia hatten in ihrer ersten Nacht daheim furchtbare Träume gequält: Zuerst musste sie mit ansehen, wie Hanna und Jonas von Landsknechten Gewalt angetan wurde, dann stand sie selbst auf dem Scheiterhaufen, den ein gesichtsloser Henker auf Befehl des Stadtschreibers in Brand setzte. Sie spürte die sengende Hitze der Flammen und roch den Qualm, der sie zu ersticken drohte, noch bevor der Saum ihres Rockes zu brennen begann. Sie wollte schreien, doch ihr Mund war so ausgetrocknet, dass ihr die Zunge am Gaumen klebte und nur ein heiseres Krächzen aus ihrer Kehle drang. Beim Erwachen fühlte sie sich benommen. Die Blutergüsse auf ihrem Körper schmerzten schlimmer als zuvor, und die Schürfwunden an ihren Handgelenken brannten. Meister Arnold saß auf einem Stuhl neben ihrem Bett. Er hatte seine langen Beine auf das Fußende des Bettes gelegt und schlief mit offenem Mund. Draußen regnete es. Das gleichförmige Rauschen und das leise Schnarchen des Baders vereinigten sich zu einer beruhigenden Melodie.

Auch von den folgenden Tagen blieben in ihrer Erinnerung nur wenige Augenblicke hängen. Sie schlief viel, und wenn sie erwachte, saßen Hanna oder Meister Arnold an ihrem Bett. Dann schluckte sie, was ihr angeboten wurde – Wein, Brühe oder Medizin –, stakste auf wackeligen Beinen zum Nachgeschirr in der Ecke und schlief wieder ein, sobald ihr Kopf das Kissen berührte.

An diesem Tag jedoch wurde sie von einem Sonnenstrahl geweckt, der direkt auf ihr Gesicht schien. Hanna hatte das Fenster geöffnet. Kalte Luft strömte von draußen herein, es roch nach Dung, und im Garten hinter dem Haus zwitscherten die Vögel. Als Hanna sich umdrehte, schlug Sophia die Bettdecke zurück und schwang ihre Beine über die Bettkante. Entschlossen stemmte sie sich hoch und ignorierte den Schwindel, der sie sogleich überkam. Hanna eilte zu ihr und nahm ihren Arm. »Es ist gut, wenn du aufstehst, hat Meister Arnold gesagt. Aber du sollst dich in den ersten Tagen schonen.«

»Lass uns nach unten gehen und hilf mir, Wasser aus dem Brunnen zu holen«, bat Sophia. »Meine Kopfhaut juckt, und ich habe das Gefühl, ich stinke wie ein Iltis.« Sie rümpfte die Nase. Aber Hanna lächelte geheimnisvoll. Warmer Dampf schlug ihnen entgegen, als sie die Küchentür öffnete. Sophia roch den Duft von Lavendel und Rosmarin. Dann sah sie den Bader, der einen Kessel kochendes Wasser in einen großen Zuber kippte. »Ich gehe doch recht in der Annahme, dass Euch der Sinn nach einem Bad steht?«, erkundigte er sich mit einem Zwinkern, bevor er die Hand ins Wasser tauchte und zufrieden nickte. Sophia lächelte selig, denn das war mehr, als sie erwartet hatte. Rasch zog sie sich das Hemd über den Kopf. Dann stieg sie in den Zuber und ließ sich mit einem tiefen Seufzer in das warme Wasser sinken. Sie lehnte den Kopf zurück, schloss die Augen und bekam nur am Rande mit, wie Meister Arnold sich verabschiedete, weil er noch einen seiner Patienten besuchen musste. Erst als Hanna zu ihr kam, um vorsichtig heißes Wasser nachzugießen, erwachte sie aus ihrer wohligen Trägheit. Sie hatte so viele Fragen. Doch zuerst wollte sie hören, wie Hanna es geschafft hatte, den Soldaten zu entkommen und ob Jonas und der kleine Matz wohlauf waren.

»Ich weiß nicht, ob ich allein dazu imstande gewesen wäre, die Soldaten abzuhängen«, erzählte Hanna, während sie begann, Sophias Haare zu waschen. »Aber Jonas fand einen Durchschlupf zwischen zwei Häusern und führte uns dann über Hinterhöfe, durch Scheunen und Gärten zur Pforte am Ende der Badergasse. Der Wachmann dort, so erfuhr ich, ist fast jede Nacht betrunken. Aus Furcht, das kleine Tor im Falle eines Brandes nicht schnell genug öffnen zu können, schließt er es nie ab.« Sophia lächelte, denn sie erinnerte sich daran, dass auch sie schon einmal diesen Weg genommen hatte, um in die Stadt zu gelangen. »Durch diese glückliche Fügung gelang es uns auch, das Haus des Stadtschreibers zu überwachen«, fuhr Hanna fort. »Haben die Bomätscher dir dabei geholfen?«, fragte Sophia. Sie kniff die Augen zusammen, weil Hanna ihr aus einem Krug Wasser über den Kopf goss, um den Seifenschaum fortzuspülen »Ach, wo denkst du hin!« Hanna begann, Sophias kurzes Haar mit einem Tuch trockenzureiben. »Nachdem die großen Schiffe auf der Elbe wegen des Krieges ausblieben, haben sich einige von ihnen als Soldaten mustern lassen. Andere verdienen ihr Brot beim Ausbau der Festungsanlagen auf dem Sonnenstein. Aber Jonas war dabei und manchmal auch seine Eltern, obwohl es in der Schänke mehr als genug zu tun gibt, seit die Truppen des böhmischen Königs hier sind. Daher war ich auch in der Nacht, als Schumann den Jungen aus dem Haus schleppte, alleine dort.«

Sophia lauschte der Erzählung mit wechselnden Gefühlen, und bis Hanna davon berichtete, dass Schumanns Weib den Stadtschreiber mittlerweile vor dem Bürgermeister besagt hatte, war das Wasser im Zuber kalt geworden. Hanna holte ein angewärmtes Leinentuch. »Sag bloß, der Dreckskerl sitzt noch immer in seinem eigenen Keller fest?« Sophia erhob sich. »Allerdings«, bestätigte Hanna, während sie vorsichtig über die Stellen auf Sophias Körper tupfte, an denen noch Blutergüsse in violetter und grüner Farbe zu sehen waren. »Der Rat wollte jedes Aufsehen vermeiden, und darum hat man ihn nicht zur

Fronfeste gebracht. Da die Herren vom Rat aber auch keine Wachleute von der Mauer abziehen wollten, um den Stadtschreiber in seinem Haus zu bewachen, musste er in seinem Keller bleiben.« Hanna stieß ein zorniges Lachen aus. »Wein hat er ja genug, und täglich muss ihm der Fronmeister in Begleitung eines Ratsherrn Essen bringen.« Sophia, die gerade dabei war, die Schnüre ihres Hemdes zu schließen, erinnerte sich, dass Meister Arnold ihr erzählt hatte, sie stehe bis zu ihrem Prozess ebenfalls unter Arrest. »Steht vor unserem Haus auch eine Wache?«

»Nein.« Hanna begann den Zuber mit einem Eimer auszuschöpfen und das schmutzige Wasser in den Spülstein zu schütten. »Meister Arnold und der Wirt der Blauen Schürze, Marias Ehemann, wurden gestern aufs Rathaus bestellt. Sie mussten sich dafür verbürgen, dass du dein Haus nicht verlässt.«

»Ich frage mich ohnehin, wie Niklas und Meister Arnold den Bürgermeister dazu bringen konnten, meine Entlassung aus der Fronfeste anzuordnen.«

»Der Befehl dazu kam aus Dresden – von Herzog August«, erklärte Hanna. Sophia, die eben dabei war, das Band ihres Rockes zu schließen, drehte sich nach ihr um. »Dem Bruder des Herzogs?« Hannas beiläufiges Schulterzucken stimmte sie misstrauisch. »Was haben sie ihm erzählt?«, wollte sie wissen. »Die Wahrheit«, beteuerte Hanna. »Nun zumindest größtenteils.

Sie haben ihm erklärt, dass Schumann hinter dem Buch her ist und dass er bereit ist, dafür alles zu opfern.« »Sie haben ihm von dem Buch erzählt?« Sophia stemmte die Hände in die Hüften. »Wo ist es überhaupt?« Hanna stellte den Eimer beiseite und verschränkte die Arme unter der Brust. »Sie haben es dem Herzog überlassen.«

»Aber …«, setzte Sophia an, doch Hannas Blick brachte sie zum Schweigen. »Du solltest Gott dafür danken, weil du sonst nicht hier stehen und mir Vorhaltungen machen könntest!«

»Ach, Hanna!« Sophia schüttelte den Kopf, während sie auf ihre Freundin zuging. »Wie käme ich dazu, dir oder den beiden irgendwelche Vorwürfe zu machen – nach allem, was ihr für mich riskiert habt!« Lachend und weinend zugleich fielen sie einander um den Hals, und es dauerte eine Weile, bis Hanna dazu kam, die Geschichte von Anfang bis Ende zu erzählen.

»Nachdem ich der Schumannin dabei geholfen hatte, den bewusstlosen, gefesselten Stadtschreiber über den Hof zu schleifen und ihn in den Keller zu sperren, wäre ich am liebsten sofort mit dem Jungen in die Schifftorvorstadt zurückgekehrt. Doch Schumanns Weib wollte davon nichts hören.« Hanna verzog das Gesicht. »Ich hatte das Gefühl, dass sie eben erst begriff, was sie getan hatte. Im Augenblick war ich die Einzige, die wusste, was geschehen war, und sie hatte das Bedürfnis, die Geschichte, die sie später darüber erzählen würde, mit meiner abzugleichen. Also trugen wir das schlafende Kind in die Küche, wo sie uns einen Krug Würzwein bereitete. Es bedurfte nicht vieler Worte, bis wir uns darauf geeinigt hatten, was wir vor einem hochwohllöblichen Rat aussagen mussten, damit der Stadtschreiber ein für alle Mal daran gehindert würde, uns oder irgendeiner anderen Frau ein Leid anzutun. Bevor ich sie im Morgengrauen mit Matz verließ, gab ich ihr noch das Codebuch.« Hanna zwinkerte Sophia zu. »Keine Sorge, Meister Dorndorf hat mit ein wenig Farbe und viel Geschick dafür gesorgt, dass es als Schlüssel für das Buch unbrauchbar geworden ist. So wie die Zeichen jetzt aussehen, wird keiner mehr etwas damit anfangen können. Die Schumannin wollte es in der Arbeitskammer des Stadtschreibers verstecken.«

Sophia schüttelte den Kopf, denn ihr fehlten die Worte, um auszudrücken, was in ihr vorging. Sie bewunderte den Witz und den Mut, den ihre Freunde an den Tag gelegt hatten, um sie zu retten. Am meisten staunte sie jedoch über Hanna.

Schweigend machten sie sich daran, den leeren Zuber nach

draußen zu tragen, wo sie ihn gegen die Hauswand lehnten. Als Sophia sich umsah, überkam sie ein Gefühl von Wehmut. Der Hof wirkte trostlos und leer ohne die pickende Schar der Hühner und vor allem ohne Circe, die ihr freudig quiekend entgegengerannt kam. Sophia hatte die Sau dafür mit einem Leckerbissen belohnt oder zumindest mit einem ausgiebigen Kraulen hinter den Ohren. Circe hatte das Haus besser bewacht als jeder Hofhund – diese Erfahrung hatte auch der alte Wanderprediger machen müssen, als er sich eines Nachts in ihr Haus schleichen wollte. Die Sau war ein Nachkomme des berüchtigten Pirnaer Stadtschweins gewesen, dessen Heimtücke Niklas seine erste Begegnung mit Meister Arnold zu verdanken hatte.

»Wo ist Niklas überhaupt?«, erkundigte Sophia sich, während sie mit Hanna hinüber zum Küchengarten ging. Hanna pustete sich eine Haarsträhne aus dem Gesicht. »Er ist in Schandau.« Ihre Stimme klang ein wenig verlegen. »Was will er dort?«, erkundigte sich Sophia überrascht. »Ich denke, es hat mit dem Jungen zu tun«, sagte Hanna leise. »Mit Matz? Wo hast du ihn gelassen?«, wollte Sophia wissen. »Er ist bei Maria in der Blauen Schürze untergekommen. Aber als uns die Nachricht erreichte, dass du wieder daheim bist, kamen wir mit ihm hierher. Während Meister Arnold uns in deine Kammer führte, ließen wir den Kleinen bei Meister Dorndorf in der Küche. Als wir wieder nach unten kamen, erklärte er, er müsse sofort nach Schandau, um sich dort nach den Eltern des Jungen zu erkundigen.« Hanna betrachtete eingehend das Band ihrer Schürze, das sie sich um den Zeigefinger gewickelt hatte. »Glaubt er etwa, sie könnten noch am Leben sein?« Hanna zuckte mit den Schultern, bevor sie sich bückte, um ein Büschel vertrocknetes Gras auszureißen. Sophia merkte, dass die Freundin ihr nicht alles gesagt hatte. Es gab noch so viel, über das sie reden mussten.

Kapitel 54

Es war am Nachmittag des nächsten Tages, als Niklas die Stelle oberhalb des Kirnitzschtals erreichte, auf der die Holzfäller und Bergleute ihre Behausungen gebaut hatten. Noch immer standen die Hütten wahllos verstreut auf der Lichtung – beinah so, als hätte ein Kind mit Bauklötzen gespielt. Sie waren aus geschroteten Brettern schnell und kunstlos zusammengezimmert worden. Mit ihrer grauen Farbe und dem Bewuchs aus Moosen und Flechten auf der Wetterseite unterschieden sie sich kaum von den Sandsteinblöcken der Umgebung. Niklas hatte Stunden gebraucht, um den Aufstieg durchs Tal zu bewältigen. Der stetige Regen der letzten Wochen hatte den Wildbach anschwellen lassen – ideale Bedingungen für die erste Trift. Doch an keinem der kleineren Zuflüsse hatte er gestapeltes Holz entdecken können, und nirgends war ihm der Rauch eines Köhlerfeuers in die Nase gestiegen. Überrascht hatte ihn das nicht.

Als er sich gestern in Schandau umgehört hatte, war das fehlende Holz aus dem Gebirge das Gesprächsthema gewesen, was die Leute am meisten beunruhigte – abgesehen natürlich von den Truppen des Kurfürsten, die man, aus der Lausitz kommend, jederzeit erwartete.

»Den Schösser zu Hohenstein soll vorgestern der Befehl des Herzogs erreicht haben, die Straßen ins Gebirge zu verhauen«, hatte ihm am Abend beim Bier ein alter Schiffer erzählt. »Der Ärmste hat die Hände über dem Kopf zusammengeschlagen, weil er nicht wusste, woher er die Männer dafür nehmen sollte. Dem Herzog hat er geschrieben, dass er die Arbeit nur leisten könne, wenn er seine Leute vom Wall in Pirna und auf dem Königstein abziehen dürfe.« Während sich der Alte weiter darüber ausgelassen hatte, welche Folgen der Niedergang von Handel und Handwerk für die Städte an der Elbe haben würde, war Niklas seinen eigenen Gedanken nachgehangen. Das ältere Paar, das jetzt im Haus des Floßmeisters wohnte, war nicht willens oder in der Lage gewesen, ihm zu sagen, was aus einem der Knechte geworden war, der die Tochter eines Köhlers zum Weib genommen hatte. Den Floßmeister selbst habe im Sommer das Fieber dahingerafft, und die Meisterin sei inzwischen zu ihrer ältesten Tochter nach Rathen gezogen. Auch sonst sei allerlei Volk wegen der schweren Zeitläufte auf und davon, um irgendwo anders nach dem Glück zu suchen, hatte er zu hören bekommen.

Als Niklas nun die windschiefen Hütten genauer ins Auge fasste, beschlich ihn das Gefühl, dass es den Weiler Krummhermsdorf noch schlimmer getroffen haben könnte. Rauch kräuselte sich über keinem der schindelgedeckten Dächer, und weder am Brunnen noch auf dem Platz davor konnte er auch nur eine Menschenseele entdecken. Das einzige Lebewesen, dem er begegnete, war ein abgemagerter Hund, der sich hinter einen Schuppen verzog, kaum dass er den Fremden erblickte. Niklas wollte sich eben auf den Rückweg machen, da bemerkte er eine Frau, die mit hochbepackter Kiepe aus dem Saum des Waldes auf die Lichtung trat. Sie blieb stehen, schirmte ihre Augen mit einer Hand gegen die tiefstehende Sonne ab und schien ihn im selben Moment zu erkennen, in dem ihm bewusst wurde, wer sie war. »Johanna!«

Sie trafen sich in der Mitte des Weilers am Brunnen und musterten einander schweigend. Mochte sich hier auch vieles verändert haben, Johanna sah noch genauso aus, wie er sie in Erinnerung hatte. Er hatte nie mit Sicherheit feststellen können, welche Farbe ihre Augen hatten, heute schienen sie das Grau des Himmels zu spiegeln. »Wo sind sie alle hin?«, fragte Niklas und zeigte auf die verschlossenen Türen.

»Fort.« Johanna strich sich eine lose Strähne ihres dunklen Haars aus der Stirn und verstaute sie unter dem grauen Wolltuch, das sie um Kopf und Schultern geschlungen trug. »Die Bergleute sind schon vor etlichen Wochen nach Freiberg gezogen, wo Herzog Moritz sie mittlerweile als Soldaten gemustert hat. Den Holzfällern wurde vor wenigen Tagen befohlen, die Straßen weiter oben im Gebirge mit Baumstämmen zu versperren. Frauen und Kinder haben sie zu Freunden oder Verwandten in die umliegenden Städte und Dörfer geschickt.« Ihre Augen verschleierten sich, als würde sie plötzlich an einen anderen Ort gerufen – oder in eine andere Zeit. Niklas spürte, wie sich sämtliche Haare an seinem Körper aufrichteten. »Dieser Ort wird auf immer wüst und leer bleiben. Gras wird wuchern an der Stelle, wo wir heute stehen, und nur selten wird sich in künftigen Jahrhunderten ein Mensch hierher verirren.« Ihr Blick klärte sich, und sie griff nach seiner Hand.

Niklas ging mit ihr, ohne Fragen zu stellen, denn es war, als hätte sie ihn erwartet. Das Dunkel des Waldes nahm sie auf. Er roch den würzigen Duft der feuchten Erde, das scharfe, reinigende Harz der Kiefern und dazwischen das Grün der Schösslinge des kommenden Frühlings. Wasser tropfte von den Zweigen ringsum, bei jedem ihrer Schritte raschelte es. Immer wieder fuhr der Wind durch die Bäume und ließ sie stöhnen wie verwunschene Seelen. Johanna begann leise zu summen. Bald schon wusste Niklas nicht mehr, aus welcher Richtung sie gekommen waren oder wohin sie gingen. Als sie stehenblieben, bemerkte er verwirrt, dass die Sonne bereits gesunken war. Unmittelbar vor ihnen befand sich der Eingang zu einer mannshohen Höhle. Drinnen brannte ein Feuer, über dem ein schwarzer Kessel hing. Suchend schaute er sich um, konnte aber niemanden entdecken. Auf einem steinernen Sims war ein Lager aus Fellen bereitet, daneben standen Körbe und Kisten. Inzwischen hatte Johanna ihre Kiepe abgenommen, einen Beutel daraus hervorgeholt und eine Handvoll Kräuter in den Kessel geworfen. Dann lud sie ihn mit einer anmutigen Geste ein, Platz zu nehmen.

Niklas setzte sich auf einen Holzklotz neben das Feuer. Johanna drückte ihm ein Päckchen in die Hand, und als er das Leinen zurückschlug, kam ein Ranft Brot zum Vorschein, der innen ausgehöhlt und mit Prägelsalz gefüllt war. Niklas lächelte, als er hineinbiss. Er merkte, wie ausgehungert er war, während er den ersten Happen hinunterschluckte. Noch immer hatte keiner von ihnen ein Wort gesprochen, aber Niklas wusste, dass es nicht an ihm war, die Stille zu brechen. Johanna füllte zwei Becher mit dem Kräutertrunk aus dem Kessel, reichte Niklas einen davon und setzte sich auf die andere Seite des Feuers. Dann begann sie zu sprechen.

»Du hast den weiten Weg umsonst gemacht, Maler. Marthe starb bei der Geburt ihres zweiten Kindes. Es lag quer in ihrem Leib. Ich konnte es nur herausholen, indem ich es zerstückelte.« Ihre Augen waren schwarz wie die Nacht. »Zuerst schien es, als hätte sie die Tortur überlebt, doch zwei Tage später bekam sie Fieber, und schon am nächsten Morgen ging ihre Seele wieder ein in den ewigen Kreislauf des Werdens und Vergehens.«

Niklas senkte den Kopf und wischte sich verstohlen über die Augen. Der Hals war ihm eng geworden, sein Herz war schwer vor Trauer. Er konnte kaum glauben, dass Marthe tot war. Sie war lebensfroher gewesen als jeder Mensch, dem er je begegnet war. Der Gedanke, dass sie vor ihrem Tod noch solche Qualen erlitten hatte, schmerzte ihn unsäglich. »Ihr Mann starb kurz darauf, als er von einer Leiter fiel und sich das Genick brach«, sagte Johanna. Als Niklas den Kopf hob, um nach Matz zu fragen, lächelte sie. »Stell keine Fragen, deren Antworten du längst kennst, Maler!« Niklas, der auf einmal eine unsägliche Müdigkeit verspürte, schloss die Augen.

Als er am nächsten Morgen erwachte, lag er unter einem Fell auf dem steinernen Sims. Johanna war fort, aber neben dem heruntergebrannten Feuer fand er ein Bündel mit Brot und Käse. Hungrig machte er sich darüber her, bevor er hinaustrat in den sonnendurchfluteten Wald. Die Gegend kam ihm bekannt vor, und er folgte einem Wildwechsel, der ihn hinab ins Tal führt, bis er zu einer winzigen Lichtung gelangte. Es war die Stelle, die Marthe und er vor zwei Sommern am liebsten aufgesucht hatten, um ungestört beieinanderzuliegen. War Matz hier gezeugt worden?

Niklas sank auf die Knie, drückte seine Stirn in den feuchten Waldboden und begann zu weinen. Irgendwann versiegten seine Tränen, und als er sich aufrichtete, blickte er in die goldbraunen Augen eines Hasen. Das Tier hockte reglos drei Schritte von ihm entfernt im Gras – so nah, dass er jedes Barthaar erkennen konnte. Sein Blick, ängstlich und herausfordernd zugleich, erinnerte den Maler daran, wie er Marthe gezeichnet hatte, nackt bis auf ein Hemdchen, das kaum ihre Brüste und Knie bedeckt hatte. Als der Hase aufsprang und mit wenigen Sätzen zwischen den Bäumen verschwand, fühlte sich Niklas seltsam getröstet. Es gab nichts, was er hätte tun können, um Marthes Tod zu verhindern. Aber er würde sich ihres Geschenks würdig erweisen und Matz ein guter Vater werden.

Kapitel 55

Niklas kehrte am nächsten Tag zurück. Sophia öffnete ihm die Tür, denn Hanna hatte sich kurz zuvor auf den Weg in die Schifftorvorstadt gemacht. Sie würde erst heute Abend zurückkommen, da die Wirtin der Blauen Schürze sie gebeten hatte, während des Frühjahrsputzes in der Schänke die Kinder zu hüten. Kein Jahr dem Tod ihrer ersten Tochter waren Maria und Marten überraschend Eltern von Drillingen geworden. Inzwischen hatten die beiden Buben und ihr Schwesterchen laufen gelernt – wodurch sie sich, wie Jonas behauptete, zu einer rechten Plage entwickelt hätten.

Ein wenig befangen standen sich Sophia und Niklas auf der Schwelle gegenüber. Sie musterten einander in stiller Neugier. Äußerlich hatte sich Niklas in den vergangenen zwei Jahren kaum verändert. Größer als die meisten Männer überragte er sie fast um einen ganzen Kopf. Seine Gestalt strahlte Kraft und Anmut aus, während seine stolze, aufrechte Haltung davon zeugte, dass er sich seiner Vorzüge durchaus bewusst war. Er trug das Haar jetzt kürzer, den Bart dafür ein wenig länger. Aber noch immer leuchteten seine Augen in dem intensiven Blau, das sie schon früher in seinen Bann gezogen hatte. Trotzdem schien es, als wäre er ihr fremd geworden, was nicht nur an den Schatten unter seinen Augen und den Spuren der Erschöpfung in seinem Gesicht liegen konnte. Keiner von ihnen hatte bis jetzt ein Wort gesprochen, und während sie noch immer scheue Blicke tauschten, verstand Sophia, was geschehen war.

Sie selbst hatte sich verändert. Äußerlich glich sie der madonnenhaften Erscheinung, als die Niklas sie vor fünf Jahren gemalt hatte, ohnehin nicht mehr. Sie hatte ihr Gesicht erst am Morgen in dem kleinen Handspiegel, der zum Erbe ihrer Mutter gehörte, betrachtet. Daher wusste sie, dass die Blutergüsse, die Schumanns Schläge hinterlassen hatten, gerade dabei waren, sich von blau nach grün und gelb zu verfärben. Üppige Rundungen hatte sie nie besessen, aber im Augenblick war sie dürr wie eine Ziege nach einem langen Winter, und auch sonst hatte sie nur noch wenig gemein mit der wohlbehüteten Kaufmannstochter, in die er sich damals verliebt hatte. Die Erlebnisse und Erfahrungen der vergangenen Jahre hatten dazu geführt, dass sie Gott und die Welt mit anderen Augen sah. Sie spürte, dass sie an der Schwelle zu einem neuen Leben stand. Welche Stelle Niklas darin einnehmen würde, musste sich noch zeigen. Momentan, so schien es, brauchte er einen Platz, an dem er sich ausruhen konnte, und einen Menschen, dem er erzählen durfte, was ihm auf der Seele brannte.

»Meister Dorndorf.« Mit einem Lächeln gab sie die Tür frei. »Willkommen in meinem Haus!«

»Fuchsin.« Er erwiderte das Lächeln und senkte dankend den Kopf, bevor er die Diele betrat.

Während er sich seiner verschmutzten Stiefel und des feuchten Umhangs entledigte, ging Sophia in die Küche und schürte das Feuer. Niklas kam herein, ließ sich auf die Bank unter dem Fenster fallen und streckte stöhnend die Beine aus. »Das Leben im Hause der Cranachs lässt mich faul und träge werden«, klagte er. »Noch vor zwei Jahren hätte mir ein zweitägiger Fußmarsch ins Gebirge gar nichts ausgemacht.« Er wackelte missmutig mit seiner großen Zehe, die durch ein Loch im Strumpf zu sehen war. »Jetzt fühle ich mich wie ein alter Ackergaul, den man gezwungen hat, hinter einem Hirsch herzujagen.«

Sophia schnaubte belustigt auf. Sie füllte einen Becher mit

dem letzten blanken Wein, den sie im Hause hatte, gab Honig sowie einen Rest Zimt, Nelken und Muskat dazu und rührte das Ganze mit dem rotglühenden Schürhaken mehrfach um. Es zischte und dampfte, und in der Küche vermischte sich das würzige Aroma mit dem Geruch des heißen Eisens. »Der Claret wird Euch wieder auf die Beine bringen!« Sie reichte Niklas den Becher. Glücklich seufzend schloss er seine klammen Finger darum. Anschließend schnitt sie Brot auf und holte aus der Vorratskammer Käse und Speck. Auch diese Vorräte gingen zur Neige.

Sie setzte sich zu Niklas an den Tisch und erzählte ihm, was sie gestern von Hanna erfahren hatte. »In der Stadt richten sich die Leute auf eine Belagerung ein. Auf dem Markt gibt es so gut wie nichts mehr zu kaufen, nachdem sich vor wenigen Tagen die Nachricht von der Gefangennahme des Markgrafen Albrecht Alcibiades in Rochlitz wie ein Lauffeuer verbreitet hat. Alle fürchten, jetzt, wo der Markgraf Herzog Moritz nicht mehr zu Hilfe kommen kann und Ferdinand mit seinen Truppen fort ist, könnte der Kurfürst jederzeit vor den Toren Pirnas auftauchen.«

»Dafür spricht, dass der Herzog gerade in höchster Eile die Straßen im Gebirge verhauen lässt«, sagte Niklas. »Aber am Schlagbaum vor der Breiten Straße hörte ich, der Sohn des Kurfürsten von Brandenburg sei mit fünfhundert Reitern nach Pirna unterwegs. Sein Onkel Hans soll ihm mit weiteren vierhundert in Bälde folgen.« Er sah Sophia an und runzelte besorgt die Stirn. »Die Vorstädte werden als Erste dran glauben müssen. Entweder werden die Verteidiger sie niederbrennen, damit der Feind keine Deckung darin findet. Oder der Kurfürst lässt sie erst plündern und dann in Schutt und Asche legen. Wie auch immer, mir wäre wohler, wenn Ihr, der Junge, Hanna sowie Maria mit ihrer Familie ins Haus von Meister Arnold ziehen würdet. Die Stadtmauer bietet euch dort Schutz.« Sophia zuckte mit den Schultern. Sie wollte sich jetzt nicht mit einer Szenerie befassen, die möglicherweise gar nicht eintreffen würde. Viel mehr interessierte sie, was Niklas in Schandau über die Eltern von Matz herausgefunden hatte. Es schien ihm nahezugehen, daher vermutete sie, dass der Kleine wohl tatsächlich ein Waisenkind war. »Seine Eltern sind tot, nicht wahr?«, begann sie.

»Seine Mutter starb bei der Geburt ihres zweiten Kindes. Sein Vater allerdings«, Niklas stellte seinen Becher auf den Tisch und blickte ihr in die Augen, »sitzt Euch noch recht lebendig gegenüber.« Es dauerte einen Augenblick, bis Sophia den Sinn seiner Worte erfasst hatte, doch dann fiel es ihr wie Schuppen von den Augen. Sie fragte sich, wie sie nur so blind gewesen sein konnte. Schließlich ähnelte der Junge ihrem eigenen Sohn fast so wie ein Ei dem andern. »Mein Gott«, flüsterte sie erschüttert. »Matz und Justus sind Brüder!« Sie griff nach dem Becher, den Niklas abgestellt hatte, und trank ihn leer. »Halbbrüder«, berichtigte Niklas mit verlegenem Grinsen. »Aber sie haben tatsächlich denselben Vater.« Sophia fragte sich, ob Schumann davon gewusst haben könnte, verwarf den Gedanken jedoch wieder. Der Dreckskerl hätte es ihr auf jeden Fall gesagt, so viel stand fest, schon um sie damit noch mehr unter Druck zu setzen.

»Willst du mir nicht etwas über die Mutter von Matz erzählen?« Sie lächelte, weil ihr auffiel, dass sie wieder dazu übergegangen war, das vertraute Du zu verwenden. Niklas erwiderte ihr Lächeln mit einem Ausdruck der Erleichterung. »Das würde ich gern! Sie war ein außergewöhnlicher Mensch. Ich verdanke ihr so viel.« Sein Gesicht wurde ernst, und sein Blick richtete sich gleichsam nach innen. »Es gab eine Zeit, da sehnte ich mich danach, die Suche nach meinen verlorenen Erinnerungen abzubrechen. Ich wollte mich mit dem bescheiden, was ich bis dahin gefunden hatte – ein genügsames, aber zufriedenes Leben inmitten einfacher, ehrlicher Menschen. Ich bin mir sicher, hätte Marthe es darauf angelegt, wäre ich mit ihr dort geblieben, bei den Holzfällern und Flößern.« Niklas erzählte davon, wie er ihrem Vater, einem Köhler, im Auftrag des alten Hans eine Medizin gebracht und Marthe ihn anschließend beim Baden im Fluss beobachtet hatte. Völlig unbeeindruckt von seiner Nacktheit hatte sie das Gespräch eröffnet.

Sophia hörte schmunzelnd zu, während sie das Brot aufschnitt und die Scheiben mit Käse belegte. Sie war sich der Wirkung, die Niklas auf Frauen haben konnte, bewusst. Daher wunderte es sie nicht, dass die Köhlertochter später alles darangesetzt hatte, ihn wiederzusehen. Niklas warf ihr einen überraschten Blick zu, als sie ihm sein Brot reichte. Sie fragte sich, welche Reaktion er wohl erwartet hatte. Tatsächlich gönnte sie ihm den Trost, den er in Marthes Armen gefunden hatte, von Herzen.

»Im Gegensatz zu mir, hat sie von Anfang an gewusst, dass ich sie bald verlassen musste, um mich selbst wiederzufinden. Sie hat gespürt, dass ich mein Herz bereits einer anderen geschenkt hatte. Aber statt sich deshalb zu grämen, hat sie mich ermutigt, die Frau zu suchen, der es gehört. Sie lehrte mich, dass wahre Liebe Freiheit schenken muss.« Er zuckte mit den Schultern. »Es dauerte allerdings eine Weile, bis ich das verstand.« Sophia atmete aus und fühlte sich frei – frei von den Ängsten der Vergangenheit und frei, anzunehmen, was die Zukunft ihr schenken mochte. Eine Zeitlang saßen sie in einträchtigem Schweigen beieinander.

»Willst du Matz nun zu dir holen?«, fragte Sophia schließlich leise. Niklas sammelte die Brotkrümel von der Tischplatte, steckte sie sich in den Mund und kaute nachdenklich darauf herum. »All das ist noch zu frisch«, antwortete er, nachdem er geschluckt hatte. »Ich will noch eine Nacht darüber schlafen, bevor ich überlege, was zu tun ist.«

Sophia räumte das Geschirr ab und wollte sich daranmachen, es abzuspülen, als es an der Tür klopfte. Niklas erbot sich zu öffnen. Er kehrte in Begleitung eines hageren Männleins zurück, in dem Sophia den alten Ratsdiener erkannte.

»Gott zum Gruß, Fuchsin!«, nuschelte der Mann. »Der Richtherr schickt mich, damit ich Euch zur Befragung aufs Rathaus bringe.« Dann drehte er sich nach Niklas um. »Und Ihr, Meister Dorndorf, sollt auch mitkommen, hat er gesagt.« Niklas schnaubte verächtlich auf. »Dazu bedarf es keiner Aufforderung – ganz im Gegenteil!«

Sophia warf ihm einen dankbaren Blick zu, während sie die Schürze ablegte und mit einem raschen Griff prüfte, ob ihre Haube ordentlich saß. Dann folgte sie den beiden Männern in die Diele, wo sie sich in einen warmen Umhang hüllte. Ihr Herz klopfte. Sie fragte sich, was Meister Kittel diesmal von ihr wissen wollte. Es beruhigte sie, Niklas an ihrer Seite zu wissen. Trotzdem war sie froh, als der Ratsdiener hinter dem Obertor weiter geradeaus ging, anstatt nach links in die Schmiedegasse abzubiegen, denn so war sie nicht gezwungen, an der Fronfeste vorbeizugehen.

Unterwegs begegneten sie nur wenigen Menschen, und die meisten von ihnen eilten mit gesenkten Köpfen an ihnen vorbei. An einigen Häusern hatte man Bretter vor die Fenster genagelt. Sophia vermutete, dass die Bewohner die Stadt verlassen hatten, um anderswo auf das Ende des Krieges zu warten. Auf der Gasse, die zum Schloss hinaufführte, kam ihnen ein Trupp bewaffneter Handwerker auf ihrem Weg zur Wachablösung an der Mauer entgegen.

Als sie das Rathaus erreichten, sprang dort gerade ein berittener Bote von seinem Pferd. Der Mann verknotete die Zügel hastig an einem Pfosten und stürmte mit seiner prallgefüllten Ledertasche noch vor ihnen die Treppe hinauf. Er hatte es so eilig, dass er der Amtsstube hinter sich nicht ordentlich schloss. Auf diese

Weise wurden Niklas und Sophia Ohrenzeugen, wie die Herren vom Rat lautstark ihren Unmut über die empfangene Botschaft äußerten und sich erst mäßigten, als Bürgermeister Süssemilch seinen kräftigen Bass erdröhnen ließ. »Es ist nur recht und billig, meine Herren, dass wir das Kriegsvolk, das uns der Herzog zum Schutz der Stadt schickt, aufnehmen und verpflegen!« Ratsherr Kittel hielt noch immer dagegen. »Womit denn, wenn ich fragen darf? Nachdem der Herzog erst letzte Woche von uns gefordert hat, das Schloss mit Mehl, Salz, Schmalz und allerlei Speisen zu versorgen – ganz abgesehen von Holz und Pulver –, werden wir bald selbst am Hungertuch nagen!«

»Ihr übertreibt, Verehrtester!«, wies Süssemilch ihn zurecht. Doch Balthasar Kittel brachte dieser Einwurf noch mehr auf. »Nein, das tue ich nicht! Ihr habt eben vorgelesen, dass wir den Landsknechten des Brandenburgers darüber hinaus auch noch Sold zahlen müssen! Woher sollen wir das Geld dafür nehmen, hm?«

»Das wird schwierig«, räumte der Bürgermeister ein. »Schwierig?«, polterte Kittel. »Wieso gebt Ihr nicht zu, dass es ganz und gar unmöglich ist!«

»Tausend Gulden könnten wir mit Not aufbringen«, erklärte Kämmerer Walter. »Da seht Ihr's!«, rief Kittel. »Das reicht höchstens für zwei Monate. Und dann?«

»Dann ist unsere Kasse wirklich leer, und da alles Gewerbe mittlerweile stillliegt, wird uns so schnell auch kein neues Geld zufließen«, brummte Walter.

»Dann müssen wir eben dafür beten, dass der ganze Spuk in zwei Monaten ein Ende gefunden hat«, beendete Süssemilch den Disput. »Schumann, Ihr geht und setzt sofort eine entsprechende Antwort an den Herzog auf!«

Sophia hielt den Atem an. Als die Tür der Amtsstube aufgestoßen wurde, schob Niklas sich schützend vor sie. Doch der Mann, der dicht an ihnen vorbeiging, neigte höflich grüßend den Kopf. Bis auf die schlanke Gestalt und das dunkle Haar, hatte er keinerlei Ähnlichkeit mit Stadtschreiber Wolf Schumann, und Sophia atmete erleichtert auf.

Trotzdem zitterten ihre Knie, als sie dem Ratsdiener kurz danach in die Amtsstube folgte. Dort hockte Alex Walter neben dem Bürgermeister und tauchte mit verdrießlicher Miene einen Federkiel ins Tintenfass. Es schien dem Kämmerer wenig zu behagen, dass er bei der Befragung die Rolle des Schreibers übernehmen musste. Richtherr Kittel hatte auf der anderen Seite des Tisches Platz genommen. Süssemilch hielt einen Brief in der Hand, den er Niklas entgegenstreckte. »Der ist für Euch. Ihr müsst ein wichtiger Mann geworden sein, Dorndorf«, die Neugier in seiner Stimme war nicht zu überhören, »wenn Euch Herzogin Agnes persönlich schreibt.«

Niklas nahm den Brief überrascht entgegen und verstaute ihn unter seinem Wams. Dann verschränkte er die Arme vor der Brust, um zu demonstrieren, dass er nicht die Absicht hatte, den Saal zu verlassen. Sophia bemerkte, wie der Kämmerer irritiert die Stirn runzelte, während Richtherr Kittel rot anlief. Wie es schien, wagte dennoch keiner von ihnen, Niklas des Raums zu verweisen, zumal der Bürgermeister schweigend dasaß und keine Meine verzog.

Nach kurzem Zögern eröffnete Kittel die Befragung, indem er ein kleines Buch auf den Tisch legte. »Habt Ihr das hier schon einmal gesehen, Fuchsin?« Sophia nickte. Es war das Codebuch, das Hanna im Haus des Stadtschreibers gelassen hatte. »Ja«, antwortete sie mit fester Stimme. »Es gehört mir.« Die zusammengewachsenen Augenbrauen des Richters schnellten überrascht in die Höhe. »Seid Ihr da ganz sicher?« Als Sophia abermals nickte, stand Kittel auf.

Er kam hinter dem Tisch hervor, klappte das Büchlein auf und hielt es ihr mit einer anklagenden Geste unter die Nase. »Das sieht mir ganz nach einem Verschlüsselungsalphabet aus!

Was hattet Ihr damit vor, Weib?« Niklas gab ein unwilliges Geräusch von sich und trat einen Schritt näher an Sophia heran. »Es ist der Code zur Entschlüsselung eines alchemistischen Manuskripts, das sich im Besitz meines Vaters befand«, sagte sie schnell. Sie fürchtete, dass Niklas sich möglicherweise zu einer unbedachten Handlung hinreißen lassen könnte. Andererseits war sie froh, nicht allein hier stehen zu müssen. Sie beschlich das Gefühl, dass es bei diesem Verhör nicht um den Vorwurf der Hexerei ging.

Kittel drehte sich um und wechselte stumme Blicke mit seinen Amtskollegen. Sophia las Erleichterung auf dem gutmütigen Gesicht des Kämmerers, Süssemilch jedoch kniff misstrauisch die Augen zusammen. »Wo ist das Manuskript?«, wollte der Bürgermeister wissen.

»In den Privatgemächern von Herzog August im Schloss zu Dresden. Der Herzog ist ein leidenschaftlicher Sammler alchemistischer Werke«, kam Niklas Sophia zuvor. Süssemilch riss die Augen auf, während Kittel überrascht nach Luft schnappte. »Wusstet Ihr das nicht?« Niklas hob die goldenen Brauen. Mit einer weltmännischen Geste, die überhaupt nicht zu seiner zerknitterten Kleidung und den schlammverkrusteten Stiefeln passen wollte, breitete er die Hände aus. »Ich war Augenzeuge, als Meister Arnold ihm das Manuskript vor ein paar Tagen persönlich übergeben hat.« Sophia biss sich auf die Lippe und vermied es, ihn weiter anzuschauen.

Meister Kittel, offensichtlich aus dem Konzept gebracht, kehrte an seinen Platz zurück und setzte sich. Süssemilch stieß ihn mit dem Ellenbogen an und schob ihm einen Brief zu. Kittel runzelte irritiert die Stirn, während er ihn überflog. »Ach ja, die Freifrau von Bünau!« Er räusperte sich, bevor er Sophia erneut ins Auge fasste. »Kennt Ihr sie, Fuchsin? Margaretha von Bünau?« Sophia schüttelte den Kopf. »Hat Stadtschreiber Wolf Schumann den Namen vielleicht einmal erwähnt?«

»Nein, gewiss nicht.«

»Hat er Euch gegenüber eine Andeutung darüber gemacht, dass er plane, Pirna demnächst zu verlassen?«

Jetzt spürte Sophia Zorn in sich aufsteigen. Sie hob das Kinn und starrte dem Richter direkt in die Augen. »Er hat keine Andeutungen gemacht, sondern mich verprügelt«, fauchte sie. »Er wollte wissen, wo ich das Manuskript versteckt hatte, hinter dem er her war wie der Teufel hinter der Seele!« Sie holte tief Luft und presste die Lippen aufeinander, um Kittel, der bereits rot angelaufen war, nicht ins Gesicht zu sagen, was sie von der Art hielt, wie er sein Amt ausübte. Bürgermeister Süssemilch trommelte mit den Fingern auf den Tisch. »Habt Ihr vielleicht in der Fronfeste zufällig etwas davon gehört?«, fragte er ungeduldig.

Endlich begriff Sophia, worum es hier in Wahrheit ging, und am liebsten hätte sie den Ratsherren vor die Füße gespuckt. Mit ihrer Nachlässigkeit und ihrem Eigennutz hatten sie dafür gesorgt, dass der Stadtschreiber sich in Pirna eine Macht anmaßen konnte, die ihm nicht zugestanden hatte. Nun, da sein Verrat offensichtlich wurde, bekamen sie es mit der Angst zu tun.

»Ich nehme an, Meister Frost hat Euch bereits davon erzählt, dass der Stadtschreiber ihn überreden wollte, in Pirna den heimlichen Kundschafter für den Kurfürsten zu spielen. Doch wenn Ihr erst meine Bestätigung braucht, um zu glauben, was Schumann die ganze Zeit direkt unter Euren Augen getrieben hat, sollt Ihr sie haben.« Angewidert verzog sie das Gesicht. »In meiner Zelle wurde ich in jener Nacht Ohrenzeugin eines Gesprächs zwischen dem Fronmeister und seiner Frau.« In knappen Worten berichtete sie, was sie dabei gehört hatte, und unterschrieb anschließend das Protokoll, das Walter ihr vorlegte. Unbeeindruckt von ihrem Ausbruch ermahnte der Bürgermeister sie beim Abschied, dass sie nach wie vor unter Arrest stehe, bis man Zeit habe, sich mit den Vorwürfen gegen ihre Person näher zu befassen.

Draußen auf dem fast menschenleeren Markt kochte ihr Zorn endgültig über. Mit einem Aufschrei riss sie sich die sittsame Haube vom Kopf und warf sie zu Boden. »Diese Heuchler!«, rief sie, ohne sich um die entsetzten Blicke zweier Mägde zu kümmern, die mit ihren Körben vor den geschlossenen Brotbänken standen. »Ersticken sollen sie an ihrer Selbstgerechtigkeit!«

»Lass das, wenn du nicht willst, dass sie dich gleich als Hexe verbrennen!«, knurrte Niklas leise und hob ihre Haube auf. »Du kannst zu Hause toben, aber nicht hier, wo dich jeder hören kann.« Er warf den beiden Frauen ein strahlendes Lächeln zu, während er Sophia am Arm packte und mit sich zog.

Augenblicklich hatte ihre überschießende Wut ein neues Ziel gefunden. »Ach, ich darf nicht toben, wo ich will, aber du darfst jede Frau betören mit deinem Lächeln?«, fauchte sie. »Hast du deinen Samen noch immer nicht breit genug verstreut du, du …« Sie suchte nach einem Wort, das ihm das breite Grinsen aus dem Gesicht wischen würde. »Du lüsterner Waldschrat!«

Niklas blieb stehen und schnappte nach Luft. Sophia, augenblicklich ernüchtert, begriff, dass sie zu weit gegangen war. Sie wollte sich schon entschuldigen, da brach Niklas in dröhnendes Lachen aus, was dazu führte, dass auch die letzten Marktbesucher ihre Köpfe nach ihnen umdrehten. »Dass ich das noch einmal erleben darf«, keuchte er, als er wieder Luft bekam. »Du bist eifersüchtig!«

»Bin ich nicht!«, sagte sie etwas zu laut. Rasch nahm sie ihm die Haube weg, mit der er sich die Lachtränen vom Gesicht wischen wollte, und zog sie über ihr strubbeliges Haar. Sie ignorierte sein zufriedenes Lächeln, akzeptierte aber den Arm, den er ihr anbot. Auf dem Heimweg in die Obertorvorstadt gestand sie sich ein, dass Niklas ihr soeben wieder ein Stück nähergekommen war, auch wenn es natürlich unsinnig von ihm war, ihr Eifersucht zu unterstellen.

Zu ihrer Erleichterung griff er das Thema nicht mehr auf, als sie zu Hause angekommen waren. In der Küche machte sie sich daran, das Herdfeuer erneut zu schüren, während Niklas den Brief unter seinem Wams hervorzog und ans Fenster trat, um ihn zu lesen.

»Ist er wirklich von Herzogin Agnes?«, erkundigte sich Sophia, nachdem sie auf dem Hof gewesen war, um frisches Wasser zu holen. »Ja.« Niklas rieb sich mit beiden Händen übers Gesicht. »Sie will, dass ich zu ihr aufs Schloss komme, um sie zu malen.« Sophia stellte den Wassereimer ab. »Jetzt?«, fragte sie erstaunt.

»Während der Kurfürst ihr Herzogtum fast vollständig besetzt hat und ihr Mann sich auf dem Weg zur Entscheidungsschlacht befindet?«

»Vielleicht gerade deshalb«, vermutete Niklas. »Sie wird Angst haben, wie jede Frau in einer solchen Lage. Wahrscheinlich sucht sie nach etwas, das sie ablenken kann.« Er erzählte ihr, wie er im vergangenen Jahr im Auftrag der Cranachs in Dresden gewesen war, um Skizzen für ein Porträt der Herzogin anzufertigen.

»Willst du noch heute gehen oder erst morgen?«, wollte Sophia wissen. Niklas seufzte. Sein Gesicht war grau vor Müdigkeit, doch er schüttelte den Kopf. »Ich mache mich gleich auf den Weg. Bevor ich so einen Auftrag in Angriff nehmen kann, brauche ich besseres Papier. Das bekomme ich zurzeit, wenn überhaupt, nur in Dresden.«

Kapitel 56

Fröstelnd zog Wolf Schumann die Schultern hoch, während er vergeblich versuchte, seine erstarrten Finger mithilfe seines Atems aufzuwärmen. Seit Stunden hockte er in der leeren Scheune in der Dohnaischen Vorstadt. Er wartete darauf, dass die Dunkelheit endlich tief genug war, um ihn vor den Blicken der Wachposten auf der Stadtmauer zu verbergen. Die Flucht aus seinem Weinkeller war für ihn ohne größere Schwierigkeiten zu bewerkstelligen gewesen. Er hatte befunden, dass es höchste Zeit dazu war, nachdem Bürgermeister und Richter ihn am Nachmittag noch einmal vernommen hatten.

Während es bei den ersten beiden Befragungen um die abstrusen Anschuldigungen gegangen war, die sich sein Weib aus den Fingern gesogen hatte, konnten Süssemilch und Kittel diesmal mit wahrhaft belastendem Material aufwarten. Dummerweise hatte Amalia seine Taschen durchsucht, nachdem sie ihn niedergeschlagen hatte, und dabei Margarethas Brief gefunden. Schumann war sich sicher, dass die Initiative dazu von Hanna gekommen war.

Amalia, die einfältige Seele, war gewiss davon ausgegangen, dass der Brief lediglich den Beweis für seinen Ehebruch enthielt, als sie ihn dem Richtherrn übergab. Schumanns Verwunderung über die Hartnäckigkeit, mit der sich der sprunghafte Kittel in die Ermittlungen gegen ihn verbissen hatte, hielt noch immer an. Natürlich lag es auf der Hand, dass der Richter damit von der Nachlässigkeit, mit der er sein Amt in der Vergangenheit geführt hatte, ablenken wollte. Andererseits, das musste sich Schumann eingestehen, war er selbst in letzter Zeit viel zu sorglos vorgegangen.

Sein größter Fehler war gewesen, Margarethas Brief nicht sofort zu vernichten, nachdem er ihn gelesen hatte. Wie ein Bluthund hatte Kittel diese Fährte aufgenommen. Vor ein paar Stunden hatte er ihm die Ergebnisse seiner Schnüffelei präsentiert. »Das ist Hochverrat«, hatte Kittel seine akribische Auflistung zusammengefasst. »Dafür wird Euch der Herzog vierteilen lassen.« Süssemilch hatte halblaut hinzugefügt: »Und ich bete dafür, dass Moritz das Urteil in den Mauern unserer Stadt vollstrecken lassen wird!«

Selbstverständlich machte sich Schumann keine Sorgen darum, dass er Pirna nicht in einem Stück verlassen würde. Schließlich hatte er seine Flucht schon seit dem Morgen vorbereitet, an dem er mit schmerzendem Schädel im Weinkeller seines Haues erwacht war. Er spuckte verächtlich auf den Boden, während er sich den zerrissenen Sack, den er in einer Ecke gefunden hatte, fester um die Schultern zog. Der eisige Wind pfiff wieder stärker durch die löchrige Scheunenwand, was er allerdings nach den Tagen im muffigen Kellergewölbe unter seinem Haus eher erfrischend fand. Die Herren vom Rat hatten wahrscheinlich gedacht, dass sie ihm jede Möglichkeit zur Flucht verwehren könnten, indem sie ihn weiter dort einschlossen, wo sein verrücktes Weib ihn abgeladen hatte.

Schumann grinste. Welch glückliche Fügung, dass er weder Amalia noch seinen Ratsfreunden jemals von dem Gang erzählt hatte, den er zumauern ließ, nachdem er das Haus an der Ecke zur Badergasse erworben hatte! Der Gang verband sein Haus mit den Kellergewölben des Nachbarn, wo er bereits vor Jahren durch ein Holzgatter verschlossen worden war. Das war nicht ungewöhnlich, denn derartige Verbindungen gab es zwischen etlichen Häusern rund um den Markt.

Schumann hatte in den letzten Tagen genügend Zeit gehabt, um den Mörtel aus den Fugen zu kratzen und so viele Ziegel herauszubrechen, bis die Öffnung groß genug war, dass er sich hindurchzwängen konnte. Das Holzgatter auf der anderen Seite hatte er noch einfacher überwinden können. Die Bretter waren im Laufe der Jahre morsch geworden und zerbrachen, als er sich dagegenwarf.

Dabei musste er sich keine Sorgen machen, dass der Barbier, der seinen Laden im Erdgeschoss hatte, ihn hören könnte. Der Mann war im Sommer verstorben, und bald darauf war seine Witwe zu ihrer Tochter gezogen. Dass aufgrund der Kriegsläufe seither niemand in der Stadt Lust gezeigt hatte, das Haus zu kaufen, kam Schumann nun zupass.

Im Schutze der Dunkelheit hatte er es geschafft, unbemerkt durch die Höfe und Küchengärten zur Hinterfront seines Hauses zu schleichen, wo er das Küchenfenster einschlug, um hineinzugelangen.

In seiner Arbeitskammer empfing ihn ein wüstes Durcheinander. Richter Kittel hatte das Unterste zuoberst kehren lassen, um weitere Beweise seines Verrats zu finden. Die Kassette mit dem Geld hatte er allerdings nicht angerührt, und so konnte sich Schumann nehmen, was er brauchte. Anschließend ging er hinunter in den Stall, wo in einem Verschlag noch die Sachen lagen, die sein Knecht zurückgelassen hatte.

Schumann zog sich die Lumpen über seine eigenen Kleider und stülpte sich einen löchrigen Hut über den Kopf. Sein Gesicht, das hatte er im Haus noch einmal überprüft, war noch immer entstellt durch Blutergüsse unter seinen Augen und die geschwollene Nase. Der Bart, den er sonst stets akkurat stutzen ließ, war in den letzten Tagen gewuchert und bedeckte seine untere Gesichtshälfte. So sah Schumann aus wie ein heruntergekommener Landstreicher und lief kaum Gefahr, dass ihn in der Finsternis jemand erkannte. Seine Flucht würde erst am nächsten Tag entdeckt werden, wenn der Fronmeister ihm seine Mahlzeit bringen würde, und Schumann hatte vor, Pirna zu verlassen, bevor der Morgen graute. Vorher musste er allerdings noch etwas erledigen.

Nach dem Verhör am Nachmittag hatte der Bürgermeister Süssemilch seinem Ratsfreund Kittel im Hinausgehen davon berichtet, dass der Maler die Stadt verlassen habe, um einem Ruf von Herzogin Agnes nach Dresden zu folgen. Schumann wusste seitdem, dass Hanna und Sophia allein im Fuchsschen Haus seien mussten. Die Vorstellung davon, was er mit den beiden Hexen anstellen konnte, bevor er sie mit seinen eigenen Händen langsam erwürgte, half besser gegen die nächtliche Kälte als der zerschlissene Sack und all die Kleiderschichten, die er auf dem Leib trug. Er war gespannt darauf, zu erkunden, welche der beiden es als Erste nicht mehr ertragen würde, dabei zuzusehen wie er sich an der anderen verging. Schumann würde heute Nacht auf seine Kosten kommen und überdies erfahren, wo sich das Buch und die Übersetzung befanden.

Er schloss die Augen und gab sich eine Weile der Vorstellung davon hin, was ihn erwartete, wenn er sich erst die Kräfte des Buches nutzbar gemacht hatte. Seitdem Margaretha ihm geschrieben hatte, dass sie gedenke, ins Lager Johann Friedrichs zu reisen, hatte er sich ein Leben am Hofe des Kurfürsten ausgemalt. Mittlerweile zweifelte er daran, dass er sich das raue Wetter, das schlechte Essen und die sauren deutschen Weine noch länger zumuten wollte. Bilder von sonnendurchfluteten Plätzen, gesäumt von marmornen Palästen, stiegen vor seinem inneren Auge auf. »Italien«, flüsterte er, während der böhmische Wind durch die armseligen Häuser der Vorstadt heulte wie ein hungriger Wolf.

Die Schläge der Kirchenglocke setzten seinen Träumen ein abruptes Ende. Er erhob sich, öffnete das Scheunentor und spähte hinaus. Dichte Wolken trieben am Himmel über den verstreuten Gehöften der Vorstadt. Irgendwo fauchte eine Katze. Die Nacht, fand er, war wie geschaffen für sein Vorhaben. Er würde den furchtsamen Erbsenzählern, die Pirna regierten, heute einen letzten Gefallen erweisen, indem er sie von der Gegenwart der beiden Weiber befreite. Ihre Unbotmäßigkeit, das hatte Amalias Verhalten klar bewiesen, konnte jede brave Hausfrau in den Mauern dieser Stadt wie eine Pestilenz befallen, sodass sie aufbegehrte gegen den Platz, den Gott der Herr ihr seit Evas Sündenfall zugewiesen hatte. Kein Mann, dachte er, während er sich durch die verlassenen nächtlichen Gassen zur Obertorvorstadt schlich, wäre dann noch sicher – weder im eigenen Haus noch in seinem eigenen Bett.

Unangefochten gelangte er im Schatten der Friedhofsmauer bis kurz vor das Obertor. Er mied den freien Platz davor, indem er sich einen Weg durch die Gärten und Höfe suchte, bis er das Gässchen erreichte, in dem das Haus der Fuchsens lag. Dort kletterte er über die Mauer in den Hof und öffnete mithilfe eines gebogenen Eisendrahtes das Schloss der Hintertür. Er besaß das nützliche Werkzeug noch aus seiner Jugendzeit in der Schmiede seines Vaters und hatte es eingesteckt, als er das Geld aus der Kassette in seinem Arbeitszimmer geholt hatte. Wie er es nicht anders erwartet hatte, herrschte tiefe Stille im Haus. Er kannte die Aufteilung der Kammern und wusste daher, dass Hanna ein winziges Stübchen gleich neben der Küche bewohnte. Mit ihr wollte er sich zuerst befassen.

Kapitel 57

Die Glocke von Sankt Marien hatte schon vor einer ganzen Weile die zweite Stunde nach Mitternacht verkündet, aber Sophia lag noch immer mit geöffneten Augen da und starrte in die Dunkelheit. Der Wind hatte seit dem Abend weiter zugenommen. Unheimlich rüttelte er an den Fensterläden und peitschte die Äste der Linde gegen das Haus. Sophia zog das dicke Federbett bis unter ihr Kinn, während sie versuchte, sich auf Hannas Atemzüge zu konzentrieren. Sie hatte die Freundin vor ein paar Tagen überredet, bei ihr zu übernachten, weil sie hoffte, dass sie dann seltener von Albträumen heimgesucht werden würde. Noch immer quälten sie nachts Bilder des Schreckens und ließen sie schweißgebadet, mit klopfendem Herzen aus dem Schlaf fahren. Abgesehen davon ließ es sich im Schutze der Dunkelheit auch vortrefflich erzählen, und es gab noch so viel, wovon Hanna ihr berichten musste. Sophia wurde nicht müde, die Freundin darüber auszufragen, wie es ihr gelungen war, sich mit Justus und Clara nach Wittenberg durchzuschlagen, und wie man sie dort im Haus der Cranachs empfangen hatte. Als Hanna ihr davon erzählte, dass Heinrich zusammengebrochen war, als er seine kleine Tochter zum ersten Mal im Arm gehalten hatte, hatte Sophia lange und bitterlich geweint.

Hannas Beteuerungen, der Magister habe sie gebeten, Sophia seiner treuen und aufrichtigen Liebe zu versichern, konnten nur wenig ausrichten gegen den Schmerz und die Angst, die sie bei der Vorstellung empfand, sie würde ihren Mann womöglich niemals wiedersehen. Gleichzeitig hatte es ihr Herz mit stiller Freude erfüllt, als Hanna ihr davon berichtete, dass Heinrich und Niklas ihre Rivalität begraben hätten. Die beiden, hatte Hanna schmunzelnd gesagt, gingen miteinander um wie Freunde – auch wenn sie das vermutlich bestreiten würden.

Die Hoffnung auf eine glücklichere Zukunft nach dem Ende des unsäglichen Krieges half Sophia, die Dämonen der Nacht auf Abstand zu halten. Sie war gerade dabei, sich in den Schlaf zu träumen, da vernahm sie ein Geräusch, das eindeutig nicht durch den Wind hervorgerufen worden sein konnte. Es war das Quietschen der Tür zu Hannas Kammer! Hellwach richtete sich Sophia auf. Kurz darauf glaubte sie, das Tappen verhaltener Schritte zu hören. Sie wusste nicht, wer sich da zu schaffen machte – doch dass sie in Gefahr waren, spürte sie mit jeder Faser ihres Körpers.

»Hanna«, flüsterte sie, indem sie die Freundin sacht an der Schulter berührte. »Du musst aufwachen! Es ist jemand im Haus!« Hanna fuhr hoch. Einen Augenblick war es still, dann knarrte es wieder, und schließlich hörten sie leise Schritte auf der Treppe. »Schnell!« Hanna keuchte. »Hinter das Kopfende des Betts!«

Auf der Suche nach etwas, womit sie sich besser verteidigen konnte als mit bloßen Händen, tastete Sophia nach dem Nachtgeschirr, einem schweren Topf aus dickem Steingut. Sie bekam den Henkel zu fassen, zog das Gefäß an sich und schlüpfte in die schmale Lücke zwischen Bett und Wand. Hanna zwängte sich neben sie, nachdem sie die Bettvorhänge geschlossen hatte. Zitternd hielten sie den Atem an, während sich die Schritte langsam der Tür ihrer Schlafkammer näherten. Sophias Herz galoppierte. Sie konnte es kaum ertragen, weiter unbeweglich zu verharren. Aber obwohl ihr sämtliche Sinne zur Flucht rieten, war das enge Versteck die beste Option. Von hier aus konnten sie denjenigen, der zur Tür hereinkommen würde, sehen, bevor er sie entdeckte. Wenn sie Glück hatten, dachte Sophia, war es nur ein Einbrecher, der auf der Suche nach leichter Beute ihre Truhe durchwühlen und eilig verschwinden würde. Mit dem Tross des böhmischen Königs war allerlei Gesindel vor die Mauern der Stadt geschwemmt worden. Möglich, dass sich der eine oder andere entschlossen hatte, hierzubleiben, um in den weniger bewachten Vorstädten auf Raubzug zu gehen.

Die Tür der Schlafkammer knarrte kaum hörbar, während sie von außen aufgedrückte wurde. Ein schwacher Lichtschein glitt über die Holzdielen. Sophia konnte Arm, Schulter und Bein eines Mannes erkennen, der sich beinah lautlos näherte. Der Kerl trug die zerlumpte Kleidung eines Landstreichers, und als er vor den geschlossenen Vorhängen stehen blieb, nahm sie einen durchdringenden Geruch nach Pferdemist und altem Stroh wahr.

Für einen Moment fühlte sie sich in ihrem Verdacht bestätigt, doch dann sah sie, wie der Kerl einen Dolch hervorzog. Sie hatte diese Klinge in den letzten Monaten oft vor Augen gehabt – immer dann, wenn Stadtschreiber Wolf Schumann ihr in der Fronfeste seinen Besuch abgestattet hatte. Wie ein Blitzschlag durchzuckte der Schreck ihre Glieder, und im Bemühen, nicht zu schreien, biss sie sich auf die Unterlippe. Sie schmeckte Blut, während sie instinktiv nach Hannas Hand griff.

Dem Stadtschreiber musste die Flucht gelungen sein! Sollte er es schaffen, sie zu überwältigen, daran zweifelte Sophia keinen Moment, würde seine Rache furchtbar sein. Starr vor Angst verfolgte sie, wie Schumann die Lampe auf die Truhe neben der Tür stellte und dann vorsichtig den schweren Stoff des Vorhangs beiseitezog.

Als er sich nach vorn beugte, spürte sie, dass Hanna ihre Hand drückte. Ohne nachzudenken, stürzte Sophia aus ihrem Versteck. Der Stadtschreiber fuhr herum. Als er sie erkannte, verzogen sich seine Lippen zu einem unheilvollen Grinsen. Mit einem Wutschrei schleuderte ihm Sophia das Nachtgeschirr entgegen. Das schwere Gefäß traf ihn oberhalb der Brust, sodass er rückwärts aufs Bett taumelte. Dabei fiel sein Dolch zu Boden, wo Hanna ihn blitzschnell aufhob. Sie warf ihn genau in dem Augenblick, in dem Schumann sich aufrichtete, und traf seine linke Schulter. Brüllend vor Schmerz griff der Stadtschreiber nach dem Heft der Waffe, doch ehe es ihm gelang, die Klinge aus der Wunde zu ziehen, packte Sophia den Schemel neben dem Bett, holte aus und ließ ihn gegen Schumanns Kopf krachen. Der Stadtschreiber sackte zusammen und rührte sich nicht mehr.

Unfähig, einen klaren Gedanken zu fassen, starrte Sophia auf Schumanns reglose Gestalt. Sie atmete stoßweise, während ihre Finger Hannas eiskalte Hand umklammerten wie einen rettenden Anker. Der Stadtschreiber lag mit ausgebreiteten Armen quer über dem Bett. Aus seiner linken Schulter ragte noch immer der Griff des Dolches. Auf dem groben Stoff seiner Jacke prangte ein roter Fleck, doch alles in allem schien die Wunde nicht allzu stark zu bluten. Blut sickerte aus einer Platzwunde auf seiner Stirn. Die Trümmer des Schemels, der ihn dort getroffen hatte, lagen neben ihm. »Ist er tot?«, flüsterte Hanna nach einer Weile.

»Nein, danach sieht es nicht aus«, antwortete eine Stimme gelassen. Hanna fuhr erschrocken herum.

»Meister Arnold! Wieso seid Ihr hier?«

Während der Bader sich dem Bett näherte, überkam Sophia das eigenartige Gefühl, sie habe die ganze Situation schon einmal erlebt. Im Gegensatz zu Hanna verspürte sie nicht die geringste Verwunderung. »Er war unterwegs zu einem Patienten«, sagte sie, ohne darüber nachzudenken, »und kam vorbei, weil er sich Sorgen um uns machte.«

Arnold, der sich über das Bett gebeugt hatte, um den Stadtschreiber zu untersuchen, warf ihr über die Schulter ein Lächeln zu. »Genau so ist es gewesen. Mir war, als hätte ich einen Schatten gesehen, jemanden, der über die Mauer zum Hof geklettert war. Ich blieb stehen und lauschte. Aber als ich hörte, dass sich jemand an Eurer Hintertür zu schaffen machte, entschloss ich mich, ihm zu folgen.« Er betastete Schumanns Kopf und sah sich suchend um. »Hättet Ihr wohl ein paar Stücke sauberes Leinen?«, wandte er sich an Sophia, die schweigend nickte. Während sie auf wackligen Beinen zu ihrer Truhe ging, erzählte er weiter: »Ich dachte zunächst, ich hätte es mit einem Räuber zu tun. Als mir klarwurde, um wen es sich hier handelt«, er deutet auf das Bett, »hattet ihr den Halunken bereits zur Strecke gebracht.« Sophia hatte einige geeignete Stoffstücke gefunden und hielt sie ihm hin. »Hut ab!« Arnolds Gesicht verzog sich zu einem anerkennenden Grinsen. Er presste ein zusammengefaltetes Tuch gegen Schumanns Schulter und zog mit einem entschlossenen Ruck den Dolch aus der Wunde. »Würdet Ihr das festhalten, Sophia?«

Sie nickte abermals, doch es kostete sie Überwindung, den Körper des Mannes zu berühren, der sie noch vor wenigen Augenblicken hatte umbringen wollen. Arnold lächelte ihr beruhigend zu, und wieder überkam sie das eigenartige Gefühl, sie hätte all das schon einmal erlebt.

»Das Schlüsselbein ist gebrochen«, konstatierte der Bader, während er die Scherben des Nachttopfs betrachtete. Schumann gab ein schwaches Stöhnen von sich, als Sophia ihre Hände auf die Schulter drückte. »Er ist trotzdem noch am Leben«, sagte sie mit deutlichem Bedauern. Meister Arnold verzog keine Miene und begann, die Wunde zu verbinden. »Ihr solltet etwas suchen, womit wir ihn fesseln können. Sobald ich fertig bin, hole ich Richter und Bürgermeister aus den Betten und sorge dafür, dass sie den Erzhalunken sicher verwahren.«

»Damit solltet Ihr Euch besser beeilen«, schnaubte Sophia auf, »andernfalls geraten wir womöglich in die Versuchung, dem Urteil der Hohen Herren vorzugreifen!«

Vier Wochen später stand Sophia am offenen Fenster und blickte hinab auf die sonnenbeschienene Gasse. Bis auf die Katze, die im Hauseingang gegenüber ihr schwarz-weiß geflecktes Fell putzte, gab es kaum etwas zu sehen. Es war Montagnachmittag. Die Wärme des Frühlingstags sorgte dafür, dass der Geruch nach Mist und Unrat bis hinauf in ihre Stube zog. Sophia störte sich nicht daran. Sie lauschte den Kirchenglocken, deren weithin dröhnender Hall den Himmel über der Stadt zum Beben brachte. Das Läuten diente heute nur einem Zweck: Es sollte die profane Nachricht vom Sieg des Herzogs über seinen Vetter, den Kurfürsten, im ganzen Land verbreiten. Noch am Abend nach der Schlacht hatte Moritz die Order dazu ergehen lassen, die auch verlangte, dass in allen Kirchen des Herzogtums heute das Te Deum laudamus zu singen sei.

Damit hatte sich die Waage des Glücks endgültig zugunsten des Kaisers und seines Verbündeten geneigt. Vierzehn Tage zuvor, als Johann Friedrich mit seinen Truppen vor Dresden stand, hatte das noch anders ausgesehen. Sophia war sehr besorgt um Niklas gewesen, der sich zu dem Zeitpunkt im Dresdener Schloss aufhielt. Der Kurfürst hatte die Stadt beschießen lassen, und seine Söldner hatten Altendresden auf der anderen Elbseite geplündert und gebrandschatzt. Doch Niklas war gesund und munter zurückgekehrt.

Nun hatte Niklas sich gemeinsam mit Hanna auf den Weg gemacht, um dem Dankgottesdienst in der Marienkirche beizuwohnen. Da Sophia weiterhin unter Arrest stand, war ihr dies verwehrt. Aber das war nicht der einzige Grund, warum der erhebende Klang der Glocken keinen Widerhall in ihrem Herzen fand. Es stimmte wohl, dass der Sieg im zwölf Meilen elbabwärts gelegenen Mühlberg das Ende des Krieges eingeläutet hatte, zumal der dicke Kurfürst dabei selbst in die Gefangenschaft des Kaisers geraten war – doch Sophias Sorge um das Wohl ihrer Lieben war dadurch noch größer geworden. Es lag auf der Hand, dass Karl und seine Verbündeten mit ihren Truppen direkt nach Wittenberg ziehen würden. Die Stadt war in den letzten Jahren zu einer Festung ausgebaut worden, die gegenwärtig über eine Besatzung von siebentausend Mann verfügte, so hatte Niklas erzählt. Sollte es zu einer Belagerung Wittenbergs kommen, könnte sich der Krieg noch viele Monate hinziehen. Sophia verging jetzt schon vor Sehnsucht nach Mann und Kindern. Der Gedanke, sie könnten in einer belagerten Stadt eingeschlossen werden, war für sie kaum zu ertragen.

»Auf dich hoffen wir, lieber Herr, in Schanden lass uns nimmer mehr!«, flüsterte sie die letzten Worte des Dank- und Bittgesangs, der nun, da die Glocken schwiegen, in Sankt Marien angestimmt werden würde.

Als sie anschließend den Kopf zum Gebet neigte, entdeckte sie am Ende der Gasse eine einsame Gestalt. Ein Mann im dunklen Mantel eines Gelehrten, näherte sich langsam, aber zielstrebig ihrem Haus. Als er ihrer gewahr wurde, beschleunigte sich sein Schritt. Sophias Herz begann vor Aufregung und Freude zu galoppieren wie ein junges Füllen. Wenige Augenblicke später hatte Heinrich das Haus auch schon erreicht. Er rang nach Luft, während er zu ihr aufsah, doch seine Augen leuchteten, und sein Lächeln war ein Spiegel ihrer eigenen Gefühle.

Sophia presste die Hände an ihren Mund, im Bestreben, ihre Freude nicht lauthals hinauszuschreien. Einen Moment schien die Zeit stillzustehen. Dann wirbelte Sophia herum, stürmte die Treppe hinab, riss die Haustür auf und warf sich an Heinrichs Brust. Ihr Ungestüm ließ ihn wanken, und im Bemühen, das Gleichgewicht wiederzufinden, schlang sie beide Arme um ihn. Durch die Schichten seiner Kleidung hindurch spürte sie, wie dünn er geworden war. Erschrocken wollte sie ihn freigeben, doch er zog sie fester an sich.

»Oh nein, Weib«, flüsterte er rau. »So schnell lasse ich dich nicht mehr los!«

»Du hast wohl Angst, ich könnte dir gleich wieder davonlaufen«, versuchte sie zu scherzen, während ihr Tränen in die Augen schossen. Sie fühlte das vertraute Kratzen seiner Bartstoppeln und atmete seinen unverwechselbaren Geruch ein, zu dem sich heute eine kräftige Prise vom Staub der Landstraße gesellte. Die Dankbarkeit, ihn lebend in den Armen zu halten, überrollte sie wie eine mächtige Woge. Heinrich strich zärtlich über ihr Haar, das noch immer viel zu kurz war, und murmelte Worte, die sie vor lauter Schluchzen nicht verstehen konnte. Die beruhigende Wirkung, die der tiefe Klang seiner Stimme schon früher auf sie gehabt hatte, trat dennoch ein. Zwar schniefte sie noch, als sie die Tür hinter ihm schloss, doch sie war zumindest wieder in der Lage, sinnvolle Fragen zu formulieren. »Wie geht es den Kindern? Wo hast du sie gelassen?«

»Es geht ihnen gut«, versicherte er unverzüglich. »Sie sind in Zerbst, zusammen mit den jüngeren Cranachs und der Frau von Professor Melanchthon.« Sophia schloss einen Augenblick erleichtert die Augen, während sie ihn durch die Hintertür in den Garten führte. Die Bank mit der schiefen Sitzfläche, die Heinrich in ihrem ersten gemeinsamen Sommer gebaut hatte, stand noch unter dem alten Apfelbaum. Sophia ließ sich darauf nieder, und ihr Mann setzte sich dicht neben sie. Da sich niemand die Mühe gemacht hatte, den Baum zu beschneiden, trug er in diesem Jahr nicht so viele Blüten wie sonst. Sophia hörte, dass die Bienen trotzdem gekommen waren, denn ihr emsiges Summen vermischte sich mit dem Zwitschern der Vögel zu einer friedvollen Melodie.

Eine Weile saßen sie einfach da und blickten einander in die

Augen. Schweigend entdeckten sie neue Spuren, die das Leben in ihre Gesichter geschrieben hatte. Vorsichtig strich Sophia mit den Fingerspitzen über eine dünne Narbe, die quer über Heinrichs Stirn verlief. Niklas hatte ihr davon erzählt, dass der Nürnberger Henker den Magister mehrfach hochnotpeinlich angegriffen hatte, aber nach Details hatte sie nicht gefragt. Sollte Heinrich irgendwann darüber sprechen wollen, würde sie ihm zuhören. Das Haar an seinen Schläfen war so weiß wie die Blütenblätter, die auf sie herabschneiten. Sein Gesicht war schon immer schmal gewesen, doch nun wirkten seine Züge fast so scharf geschnitten wie die seines Freundes Valentin Arnold. Sanft ließ sie ihre Finger über die silbrigen Bartstoppeln auf seiner Wange gleiten.

Sie spürte, dass sie noch eine Frage stellen musste, bevor sie sich ganz und gar der Freunde über ihr Wiedersehen hingeben konnte: »Sag, Heinrich, wie ist es um dein Herz bestellt?«

Seine Mundwinkel hoben sich, während seine dunklen Augen zu funkeln begannen. »Das ist eine Frage, die du, geliebtes Weib, nicht zu stellen brauchst.« Er nahm ihre Finger und küsste sie. »Du weißt doch, es wird dir allzeit treu ergeben sein und nie einer anderen gehören!«

»Heinrich Fuchs, spar dir dein Süßholz! Schließlich weißt du genau, was ich meine!« Sie wollte ihm die Hand entziehen, doch er legte sie auf sein Herz und hielt sie dort fest. »Da du mir sowieso nicht glauben wirst, wenn ich dir sage, es geht mir gut, fühlst du es am besten selbst.«

Das gleichmäßige Pochen in seiner Brust beruhigte sie tatsächlich mehr, als Worte es vermocht hätten. »Vielleicht kann ich dich jetzt beim Tanz nicht mehr so ausdauernd herumwirbeln wie zu Marias Hochzeit«, gab er mit einem bedauernden Lächeln zu, »aber alles in allem habe ich mich besser erholt, als ich es zu hoffen gewagt hatte. Mir werden gewiss noch einige Jahre bleiben, in denen ich mich daran erfreuen kann, wie unsere

Kinder aufwachen, und so Gott es will, kann ich dich auch noch mit ein, zwei weiteren segnen.« Er zwinkerte ihr liebevoll zu. »Was meinst du dazu, Liebste?« Als sie die Augen aufriss, hob er die Hand und strich mit seinen Fingern zart über ihre Wange. »Natürlich können wir erst noch ein bisschen üben, bevor wir es richtig machen. Wenn du es wünschst, wäre ich sogar bereit, jeden Abend einen Löffel Ackerminze zu schlucken.«

»Du hast meinen Code geknackt und die geheimen Rezepturen zur Unterdrückung der Fruchtbarkeit gelesen!«, rief sie überrascht. »Na, was hast du denn erwartet?« Er grinste. »Aber unter gar keinen Umständen werde ich es zulassen, dass du meine Hoden vor dem Beischlaf in heißem Wasser badest!«, erklärte er mit Entschiedenheit. »Nun, wir werden sehen«, flüsterte sie und strich die widerspenstige Haarsträhne aus seiner Stirn, bevor sie sich vorbeugte, um ihn zu küssen. Dabei konnte sie sich davon überzeugen, dass er nach wie vor mit der Gründlichkeit zu Werke ging, die ihn schon immer ausgezeichnet hatte. »Soweit ich mich entsinne, steht in unserer Schlafkammer ein Bett, das breit genug ist, um die Sache auf der Stelle in Angriff zu nehmen«, murmelte er nach einer Weile. Sophia ließ seufzend von ihm ab. »Damit werden wir bis zur Nacht warten müssen, werter Eheherr. Niklas und Hanna kommen gleich aus der Kirche.« Wie zur Bestätigung ihrer Worte läuteten die Glocken von Sankt Marien das Ende des Gottesdienstes ein.

»Dorndorf!« Dräuend zog der Magister die dunklen Augenbrauen zusammen. »Dass der Kerl immer dann auftauchen muss, wenn man gar nicht mehr an ihn denkt, ist in ein stetes Ärgernis in meinem Leben!« Doch schon im nächsten Augenblick verzogen sich seine Lippen zu einem schiefen Lächeln. »Nun, vielleicht abgesehen von dem einen Mal, da er mich in Nürnberg aus dem Lochgefängnis holte.« Er streichelte ihre Wange. »Nein, im Ernst, es war eine große Erleichterung für mich, zu wissen, dass er hier war, um dir beizustehen, als ich nicht dazu in der Lage war.« Ein spöttisches Funkeln trat in seine Augen. »Ich nehme an, dass er dir auf Schritt und Tritt gefolgt ist wie ein treuer Hund.«

»Das hätte er wahrscheinlich getan«, räumte Sophia ein, »doch dann bestellte ihn Herzogin Agnes vor ein paar Wochen zu sich an den Hof.«

Während sie davon berichtete, was sich in der Nacht darauf ereignet hatte, rötete sich das blasse Gesicht ihres Ehemanns. »Schumann, der neunmal verfluchte Hundsfott«, stieß er zornig hervor. »Ich wünsche ihm, dass sie ihn nicht nur vierteilen lassen für seinen Verrat, sondern dass ihm der Henker vorher noch an jedem Tor der Stadt ein Stück seines Fleischs mit glühenden Zangen aus dem lebendigen Leib reißen muss!« Sophia schüttelte den Kopf, während sie ihm sacht über die pochende Ader an der Stirn strich. »Lass uns nicht mehr über ihn reden.« Heinrich Fuchs presste die Lippen aufeinander, doch es fiel ihm schwer, seine Wut auf den Stadtschreiber zu zügeln.

Sophia schaute hinauf in die blühenden Zweige des Apfelbaums. Auch wenn sich ihr eigener Zorn auf Schumann ein wenig abgekühlt hatte, war sie froh, dass der Kerl nun oben auf dem gut befestigten und bewachten Schloss eingesperrt worden war. Von dort, das hatte Bürgermeister Süssemilch ihr versichert, würde der verräterische Stadtschreiber niemals entkommen. Er hatte sie am Morgen nach dem nächtlichen Überfall erneut zur Befragung aufs Rathaus holen lassen. Richtherr Kittel, der die Fragen stellte, hatte ihr versichert, dass der Rat alle Anschuldigungen, die Schumann gegen sie erhoben habe, selbstverständlich noch einmal gründlich prüfen werde, bevor der geforderte Bericht für die herzogliche Kanzlei verfasst werde. In der Regel, so seine Worte, würden die Akten von dort an den Schöffenstuhl in Leipzig weitergeleitet, dessen Aufgabe es sei, Empfehlungen für den weiteren Prozessverlauf zu geben. Es sei allerdings damit zu rechnen, dass der Schöffenstuhl nun, da sich der Krieg seinem Ende zuneige, von einer regelrechten Flut unerledigter Fälle überschwemmt werden würde.

Seufzend lehnte Sophia ihren Kopf an die Schulter ihres Ehemanns. »Erzähl mir von den Kindern«, bat sie. »Ich kann es kaum erwarten, sie wieder in meinen Armen zu halten.«

Sophias Wunsch, ihre Kinder wiederzusehen, erfüllte sich erst Wochen später. Kaum dass die Nachricht von der Abdankung Johann Friedrichs als Kurfürst Pirna erreicht hatte, waren Niklas und Hanna nach Wittenberg aufgebrochen. Der Tag, an dem sie zurückkehrten, war so, wie der gesamte Sommer zu werden versprach – kühl und regnerisch.

Er begann damit, dass Sophia und der Magister gleich nach dem Morgenmahl eine Ladung aufs Rathaus erhielten. Als sie in die Ratsstube traten und dort außer Richtherr und Bürgermeister auch den gesamten Rat versammelt fanden, holte Sophia erschrocken Luft. Das Aufgebot konnte nur eines bedeuten: Heute würde man den Prozess gegen sie eröffnen! Während sie in die ernsten Gesichter der Hohen Herren blickte, fragte sie sich beklommen, ob das Urteil nicht längst gefällt war.

»Herzog Moritz«, Bürgermeister Süssemilch räusperte sich und verzog dabei das Gesicht, als würde ihm etwas quer im Hals stecken, »ähm, Kurfürst Moritz hat in seiner Weisheit dem Rat zu Pirna befohlen, im Falle der Fuchsin vor dem Tore keinerlei peinliche Anklage und Forderung zu erheben.« Sophia glaubte sich verhört zu haben. Sie warf ihrem Mann einen unsicheren Blick zu, doch der Magister zuckte ratlos mit den Achseln. »Stattdessen ist die Frau auf Urfehde aus dem Arrest zu entlassen.« Ihre Verunsicherung verwandelte sich in helle Freude. »Danach hat die Fuchsin das Fürstentum Sachsen gemeinsam mit ihrem Mann zwischen jetzt und Michaelis zu verlassen!«

Während Sophia noch zu verstehen versuchte, was gerade

geschehen war, schnaubte der Magister empört auf. »Verstehe ich das recht, wir sollen verbannt werden? Aus welchem Grund, wenn ich fragen darf!« Süssemilch lachte unfroh. »Denkt Ihr tatsächlich, es ließe sich auf Dauer verbergen, dass Euer Weib die letzten zwei Jahre in Mähren bei den Wiedertäufern gelebt hat? Dafür hätte sie weit mehr verdient als eine Verbannung! Ihr habt wahrlich keinen Grund, Euch über das Urteil unseres neuen Kurfürsten zu beklagen.«

Sophia fühlte sich wie betäubt, als sie das Rathaus an der Seite ihres Mannes verließ. Die pochende Ader an Heinrichs Schläfe verriet ihr, dass die letzten Worte des Bürgermeisters den Zorn des Magisters kaum besänftigt hatten. Über ihnen verkündete das neue Schlagwerk der Rathausuhr die achte Stunde.

Sophia drehte sich um und sah nach oben. Der Magister tat es ihr gleich »Lass uns bloß schnell nach Hause gehen«, sagte er, als die Glocken verstummten, »bevor ich etwas tue, was ich später bereuen würde!« Er griff nach ihrem Arm. »Warte!« Sophia legte ihre Hand auf die seine. »Macht es dir etwas aus, wenn wir den Umweg über den Kirchplatz nehmen?«

»Von mir aus«, brummte er, noch immer ungehalten.

Am liebsten wäre Sophia auf dem kurzen Weg alle paar Schritte stehengeblieben. Als sie die linke Ecke des Marktes erreichten, betrachtete sie den wunderschönen Bogen über dem Portal des Hauses, das der berühmte Meister Peter für seine Familie gebaut hatte. Dann drehte sie den Kopf, und ihr Blick suchte die vertraute Gestalt der Jungfrau Maria an der Ecke zur Töpfergasse. Wie gern hatte sie das früher auf ihrem Weg nach Hause getan, vor allem in der Zeit nach dem Tod ihrer Mutter. Ihr Vaterhaus gegenüber der Marienkirche war von seinem neuen Besitzer mittlerweile wieder vollständig aufgebaut worden.

Als Sophia davor stehenblieb, drückte Heinrich ihre Hand.

»Für dich muss die Vorstellung, deine Vaterstadt für immer zu verlassen, schlimm sein!« Seine Stimme klang reumütig. Sophia zuckte mit den Achseln, da sie nicht beschreiben konnte, was sie gerade fühlte. Ihre Augen waren auf die frisch verputzte Hausfassade gerichtet, als würde sie dort die Antwort finden. Das alte Hauszeichen über dem Portal war durch ein neues ersetzt worden. Statt der Weintrauben zeigte es eine Brezel auf einer Backschaufel. Mit einem tiefen Seufzer wandte sich Sophia ab. »Macht es dir etwas aus, allein nach Hause zu gehen?«, fragte sie. »Ich möchte noch in die Kirche gehen.« Der Magister runzelte besorgt die Brauen. »Allein?« Sie lächelte ihn an. »Ja, allein.«

Als sie das hohe Kirchenschiff betrat, stellte sie fest, dass sie Sankt Marien an diesem Morgen tatsächlich für sich allein hatte. Die meisten Bauarbeiten mussten in den letzten zwei Jahren ihren Abschluss gefunden zu haben. Und einen geeigneten Maler schien Superintendent Lauterbach mittlerweile ebenfalls gefunden zu haben. Allerdings war der von ihm geplante Katechismus in Bildern noch nicht vollständig beendet. Sophia blickte hinauf in das Netz aus filigranen Sandsteinrippen. Rosetten aus Blumen und Ranken zierten die Punkte, an denen sie sich trafen.

Dann drehte sie sich um und betrachtete das Spottbild auf einen berüchtigten Ablasshändler am Chor der Nordwand. Tetzel saß neben seinem Ablasskasten auf einer garstig dreinblickenden borstigen Sau und hielt ein Schild in der Hand, auf dem zu lesen stand: »Leg ein, leg ein, leg ein!« Unter seinen linken Arm hatte er ein Bündel mit Fuchsschwänzen geklemmt, und um seinen Kopf summte ein Schwarm aus Hornissen, Fliegen und Mücken. Niklas hatte es gemalt. Jedes Mal, wenn Sophia es sah, musste sie schmunzeln, weil es sie an seine Auseinandersetzungen mit dem legendären Stadtschwein erinnerte. Während sie nach vorn zur Kanzel ging, sah sie wieder nach oben in das herrliche Gewölbe.

Rechts entdeckte sie die Initialen F. H. und die Jahreszahl 1546. Offenbar hatte Bürgermeister Hoffmann sie im letzten Jahr anbringen lassen. Sophia umrundete die nächste Säule und erkannte dort Adam und Eva im Paradies sowie ihre Vertreibung nach dem Sündenfall. Im östlichen Ende des Südschiffs blieb ihr Blick an der Hohlrippe hängen, die sie schon als Kind geliebt hatte. Sie ähnelte einem gedrehten Hobelspan. Der Steinmetz, der sie geschaffen hatte, schien damit nichts anderes im Sinn gehabt zu haben, als den Betrachter mit seiner Kunstfertigkeit zu überraschen und zu erfreuen. Die Sandsteinspirale endete in einer geflügelten Schlange, die das Maul aufriss.

»Es ist der Dämon des Bösen«, hörte Sophia eine heisere Stimme raunen. »Er lauert in jedem von uns und kann jederzeit hervorbrechen. Dann erhebt er sein Haupt und flüstert uns ins Ohr. Er will, dass wir unserer Eitelkeit nachgeben, unserer Selbstsucht und unserer Gier. So drängt er sich zwischen uns und das Himmelreich.« Sophia erschauderte. Veit Kampfen, der schon unter Meister Peter als Steinmetz hier gearbeitet hatte, war vor vier Jahren beim Einsturz eines Gerüstes in der Kirche zu Tode gekommen. Sophia war dabei gewesen. Während sie langsam durch die Kirche schritt, gingen ihr weitere Erinnerungen im Kopf herum – sowohl schöne als auch bedrückende. Wie würde es sein, Pirna mit dem Wissen zu verlassen, dass sie nie mehr zurückkehren durfte? Das Herz wurde ihr schwer. Aber dann entsann sie sich des Briefes, der sie vor zwei Tagen erreicht hatte, und mit einem Lächeln auf den Lippen faltete sie ihre Hände zum Gebet.

Bei ihrer Heimkehr sah sie schon von Weitem den Reisewagen vor der Tür ihres Hauses stehen. Ohne sich um die empörten Blicke der Nachbarn zu scheren, raffte sie ihren Rock und rannte los. Niklas war bereits ausgestiegen, und während der Kutscher Hanna vom Bock half, hob er Justus und Clara aus dem Wagen. Sophia ging vor ihren Kindern in die Knie. »Da seid ihr ja, meine Lieblinge«, flüsterte sie und breitete ihre Arme aus. Während sich Clara ihr zögernd näherte, griff Justus nach Hannas Hand. Sophia drückte den warmen Körper ihrer Tochter an sich und lächelte ihrem Sohn zu. Irgendwann, das wusste sie, würde auch er wieder den Weg in ihre Arme finden. Indes begann Clara zu zappeln, weil sie ihren Vater entdeckt hatte. Sie streckte die Ärmchen nach ihm aus, und Sophia stieg das Wasser in die Augen, als sie sah, mit welcher Zärtlichkeit Heinrich sein Töchterchen anblickte.

Nachdem Hanna die erschöpften Kinder nach dem Mittagsmahl zu Bett gebracht hatte, versammelten sich alle oben in der kleinen Stube. Jeder war begierig darauf zu hören, was die anderen in der letzten Woche erlebt hatten.

»Stellt euch nur vor«, begann Niklas. »Der Kaiser hat Meister Cranach zu sich holen lassen, um ihn persönlich über ein Bild aus seiner Werkstatt zu befragen. Karl wollte wissen, ob der alte Cranach es gemalt habe oder dessen Sohn. Anschließend hat sich seine Majestät noch danach erkundigt, welchen Eindruck der Alte von ihm als Knaben gehabt habe. Der Meister hat ihn nämlich vor vierzig Jahren auf Geheiß von Kaiser Maximilian gemalt.«

»Und wie war die allerkatholischste Majestät in ihrer Kindheit?«, erkundigte sich der Magister. »Zappelig.« Niklas grinste. »So wie die meisten Knaben eben. Konnte kaum einen Augenblick stillsitzen, sodass sich Meister Cranach ziemlich beeilen musste, um sein Konterfei einigermaßen naturgetreu zu Papier zu bringen.«

»Am Ende des Gesprächs hat der Kaiser dem Maler eine Silberschale voller Goldstücke überreichen wollen«, erzählte Hanna. »Aber Meister Cranach nahm sich nur so viel davon, wie zwischen drei Fingerspitzen passte. Stattdessen bat er die Majestät um Gnade für seinen gefangenen Herrn, Kurfürst Johann Friedrich.«

»Jetzt ist er dabei zu überlegen, ob der dem Dicken folgen sollte, falls ihn der Kaiser ins Exil schicken wird«, übernahm Niklas erneut. »Was denkst du?«, erkundigte sich Sophia. »Wird er es tun?«

»Ich denke schon«, erwiderte Niklas. »Immerhin hat er die Leitung der Werkstatt bereits in die Hände seines Sohnes gelegt. Aber nun will ich endlich wissen, was sich in hier unserer Abwesenheit zugetragen hat!«

Er sah besorgt aus, als der Magister ihm von dem Urteil berichtete, das der neue Kurfürst dem Rat zu Pirna schicken ließ. »Ich hatte den Eindruck, dass die Hohen Herren von seinem Vorgehen in dem Fall regelrecht schockiert waren. Es ist in jeder Hinsicht ungewöhnlich und zeugt von einer Selbstherrlichkeit, die sich noch keiner seiner Vorgänger bisher erlaubt hat.« Niklas zuckte mit den Achseln. »Moritz ist jetzt Kurfürst und gehört damit zu den sieben mächtigsten Fürsten des Reichs. Ich kann mir vorstellen, dass selbst der Kaiser, der glaubt, ihn am Gängelband zu haben, noch so manche Überraschung mit ihm erleben wird. Aber sagt, wohin werdet ihr euch wenden, wenn ihr dem Bannspruch folgen müsst?« Er stützte das bärtige Kinn in die Hand, während er Sophia und den Magister ratlos ansah.

Sophia, die auch die Augen Heinrichs und Hannas auf sich gerichtet sah, räusperte sich. Sie war aufgeregt, aber zugleich zuversichtlich, dass sich bald alles zum Guten wenden würde. »Vor zwei Tagen habe ich einen Brief aus Mähren erhalten«, sagte sie. »Er stammt aus der Feder unseres Freundes Doktor Lienhard.« Sie blickte zu Hanna, deren Augen sich überrascht weiteten. »Der Baron von Fünfkirchen hat ihm zum Dank dafür, dass er einem seiner Freunde das Leben gerettet hat, ein großes Anwesen auf seinem Land geschenkt. Der Doktor träumt nun davon, dort ein Hospital einzurichten. Er findet es noch immer bedauerlich, dass wir uns nicht dafür entschieden haben, zu ihm zu ziehen, denn eine künftige Hebamme und eine unerschrockene Assistentin«, sie lächelte, »könne er gut brauchen.«

Der leise Freudenschrei, den Hanna ausstieß, war genau die Reaktion, die Sophia erwartet hatte. Aber nun suchte sie Heinrichs Blick. »Ich bin allerdings überzeugt, dass dem Doktor ein erfahrener Kollege, der überdies ein hervorragender Mechanikus ist und sich auf die Anfertigung künstlicher Gliedmaßen versteht, ebenso willkommen wäre«, fügte sie mit klopfendem Herzen hinzu. Der Magister schnappte überrascht nach Luft, aber kurz darauf erhellte ein Lächeln seine Züge. »Wo du hingehst, will auch ich sein«, sagte er schlicht. »Was ich dort tue, werde ich wissen, sobald ich dort bin.« Er griff nach ihrer Hand, um einen Kuss daraufzudrücken. »Dann ist es also beschlossen?« Hanna lachte. »Wir ziehen wieder nach Mähren!«

Sophia sah zu Niklas hinüber. Niemand hatte bisher nach seinen Plänen gefragt. Gewiss würde es ihm schwerfallen, sich erneut von Justus zu trennen. Aber inzwischen hatte er einen zweiten Sohn. Der kleine Matz war noch immer bei Maria, aber Sophia ging davon aus, dass Niklas ihn zu sich holen würde. Sie fragte sich, ob der Maler wieder in die Werkstatt der Cranachs zurückkehren wollte, oder ob er sich entschlossen hatte, künftig sein eigener Herr zu sein. Als Meister konnte er sich überall niederlassen, wo er Auftraggeber für seine Kunst fand. Sophia vermisste ihn jetzt schon. Sie hatte in den letzten Wochen kaum Zeit gehabt, die Gefühle, die sie miteinander verbanden, genauer zu ergründen.

Der Gedanke, dass er erneut aus ihrem Leben und dem ihres Sohnes verschwinden sollte, ließ ihr Herz schwer werden. Daher versetzte es ihr einen Stich, als sie bemerkte, dass Niklas Hannas Freude zu teilen schien. »Na, wenn das so ist«, er dehnte seine Worte, während er seinen Blick von einem Gesicht zum anderen schweifen ließ, »werde ich einfach mit euch kommen.« Einen Moment weidete er sich an der allgemeinen Überraschung. »Einige Herren aus dem Gefolge König Ferdinands haben mir in Wittenberg Angebote gemacht. Der eine oder andere wollte sich und seine Familie von mir malen lassen. Und ein Herr sprach sogar davon, dass ich sein gesamtes Schloss innen wie außen gestalten soll, was Arbeit für mehrere Jahre verspricht.« Ein breites Lächeln erschien auf seinem Gesicht. »Wie ich hörte, sollen seine Ländereien nicht weit von denen des Herrn von Fünfkirchen gelegen sein.«

Es dauerte einen Augenblick, bis Sophia begriff. Dann wäre sie am liebsten aufgesprungen und hätte ihn umarmt. Aber wie Hanna und Heinrich begnügte sie sich damit, ihre Freude in Worte zu kleiden. »Eine Bitte habe ich noch.« Niklas wurde ernst. »Ich möchte, dass mein Sohn Matz im Schoß einer Familie aufgezogen wird, die ihm jene Geborgenheit schenken kann, die er so lange vermissen musste. Da ich in nächster Zeit nicht die Absicht habe, mir ein Weib zu nehmen«, sein Blick streifte Sophia und blieb am Gesicht des Magisters hängen, »wünsche ich mir, dass er gemeinsam mit seinem Bruder aufwächst – bei Euch.« Heinrich Fuchs sah seiner Frau in die Augen. »Bist du auch damit einverstanden, meine Liebe?« Sophia, der es die Sprache verschlagen hatte, nickte heftig. »Dann wäre das auch geklärt«, sagte der Magister. »Selbstverständlich erwarten wir, dass Ihr uns besuchen kommt, so oft und so lange es Eure Zeit erlaubt, Meister Dorndorf«, fügte er mit einem kleinen Lächeln hinzu.

Epilog

Wolf Schumann stand am Fenster und sah vom Sonnenstein hinab auf die Dächer der Stadt. Die Gitterstäbe behinderten seinen Blick. Aber alles in allem hatte er keinen Grund, sich über die Behandlung, die man ihm auf dem Schloss zuteilwerden ließ, zu beklagen. Er war nach der missglückten Flucht aus seinem Weinkeller in einem der Türme untergebracht worden, bekam ausreichend zu essen, durfte lesen und wurde einmal in der Woche zur Badestube gebracht. Statt einer Strohschütte stand ihm sogar ein Bett zur Verfügung, obwohl die Wächter sein Bettzeug morgens mitnahmen und erst am Abend wieder zurückbrachten. Ärgerlich waren vor allem zwei Dinge: Zum einen wurde ihm jegliche Korrespondenz hartnäckig verwehrt, zum anderen durfte er keine Besuche empfangen, und die Wachleute hatten offenbar strengen Befehl, sich nicht mit ihm zu unterhalten.

In den ersten Wochen hatte man ihn allerdings mit Handschellen an die Wand gefesselt. Als er sich am Morgen nach seinem missglückten Versuch, die beiden Hexen im Schulmeisterhaus zum Reden zu bringen, in einer absolut ausbruchssicheren Zelle hoch über der Stadt wiedergefunden hatte, hatte sein Verstand ausgesetzt. Wie ein Irrer hatte er getobt und alles kurz und klein geschlagen, sodass es drei Wachmänner brauchte, um ihn zu überwältigen. Aber selbst danach hatte er noch tagelang gebrüllt und geflucht, bis ihm die Stimme weggeblieben war. Danach war er wochenlang in tiefe Melancholie versunken, und des Nachts hatten ihn Albträume heimgesucht. Der unglückliche Gemütszustand hatte sich allerdings nach seinem ersten Verhör rasch verbessert.

Die Aufgabe, ihn zu verhören, hatte statt des städtischen Richters der Amtsschösser übernommen, galt der Stadtschreiber von Pirna doch mittlerweile als Staatsgefangener. Zunächst war es dabei ausschließlich um die Frage gegangen, welche Beweise er für seine Behauptung habe, dass die Fuchsin eine Hexe sei. Über seine Beziehung zu Margaretha von Bünau hatte der Schösser ihn erst später befragt. Schumann war davon überzeugt, dass man seinen Beteuerungen, er habe erst unmittelbar vor seiner Inhaftierung herausgefunden, dass Margaretha eine Spionin sei, in Dresden Glauben schenkte. Er hatte dem Schösser erzählt, er habe vorgehabt, die Freifrau eigenhändig zu überführen. Leider habe das vollkommen unverständliche Handeln seiner Hausfrau die Ausführung seines Plans verhindert. Da man ihm bisher kein abschließendes Urteil verkündet hatte, ging Schumann davon aus, dass man ihm seinen Verrat nicht wirklich nachweisen konnte. Wäre das der Fall, hätte man ihn längst hingerichtet. Überdies war Schumann davon überzeugt, dass Carlowitz noch immer seine schützende Hand über ihn hielt. So konnte es eigentlich nur eine Frage der Zeit sein, bis man ihn wieder auf freien Fuß setzen würde. Wo auch immer das Buch dann sein mochte, Schumann würde es in seinen Besitz bringen, das schwor er sich Tag für Tag aufs Neue!

Als er hörte, dass der Riegel vor der Tür zurückgeschoben wurde, verließ er seinen Platz am Fenster. Wie durch seine letzten Gedanken herbeigerufen, betrat Christoph von Carlowitz die kleine Kammer. Der Rat war sorgfältiger bekleidet als bei ihrer letzten Begegnung auf dem Schlosshof in Dresden. Sein Spitzbart war tadellos gestutzt, der teure Spritzenkragen um seinen Hals frisch gestärkt und strahlendweiß. Die Anstrengungen der letzten Jahre waren ihm trotzdem anzusehen, denn sein Haar war grau geworden, und die Haut seines Gesichts hatte einen ungesunden Ton.

»Mein lieber Schumann!« Carlowitz lächelte schmal. »Ich bin gekommen, um Euch zu verkünden, was Kurfürst Moritz über Euer künftiges Schicksal entschieden hat.«

»Edler Herr von Carlowitz!« Schumann verbeugte sich, richtete sich aber anschließend sofort wieder auf. In seinen Augen konnte die Aufmerksamkeit, die man seinem Fall bei Hofe schenkte, nur eines bedeuten: In Dresden war man der Ansicht, dass er seine Talente in Pirna als Stadtschreiber nur unnütz verschwenden würde. Auf einem gehobenen Posten in der kurfürstlichen Kanzlei könnte er selbstverständlich von größerem Nutzen sein. Gespannt wartete er darauf, zu erfahren, für welches Amt man ihn vorgesehen habe.

»Zunächst solltet Ihr wissen, dass der Kurfürst Eure Hinrichtung bereits angeordnet hatte.« Schumann glaubte, sich verhört zu haben. Was sollte das heißen? »Tatsächlich solltet Ihr schon morgen nach Verkündigung Eures Urteils auf dem Marktplatz zu Pirna öffentlich gehängt werden, bis dass der Tod eintritt. Anschließend hätte man Euren Leichnam gevierteilt und die einzelnen Stücke über den Toren der Stadt aufgehangen«, erklärte der kurfürstliche Rat mit gleichgültiger Stimme.

Wolf Schumann begann zu frieren. Gleichzeitig hatte er das Gefühl, seine Eingeweide würden sich verknoten.

»Nur aufgrund meiner Fürsprache entschloss sich der Kurfürst, Euer Urteil in lebenslange Haft umzuwandeln. Die Ihr allerdings nicht hier absitzen werdet«, Carlowitz blickte sich demonstrativ in der hellen, sauberen Kammer um, »sondern in einem Verlies in den Kellern des Schlosses.« Das unkontrollierte Zucken seines rechten Augenlids, unter dem Schumann in den ersten Wochen seiner Haft gelitten hatte, setzte erneut ein. »Doch zum Ausgleich dafür, habe ich Sorge tragen lassen, dass sich Euer sehnlichster Wunsch erfüllt. Ihr könnt Euch gleich mit eigenen Augen davon überzeugen.« Carlowitz lächelte verbindlich, bevor er sich umdrehte und die Zelle verließ.

Schumann nahm kaum wahr, dass ihn die Wachen fesselten und vom Turm hinab über den Schlosshof führten. Erst als die Männer ihn in das große Kellergewölbe brachten, kam er zur Besinnung. Sie öffneten eine eisenbeschlagene Tür und geleiteten ihn in eine fensterlose Kammer, die notdürftig von einer Fackel an der Wand erhellt wurde. Mit angehaltenem Atem sah Schumann sich um. Wie in seiner Turmzelle stand auch hier ein schmales Spanbett an einer Wandseite. Auf der anderen Seite erblickte er zu seinem Erstaunen einen Tisch, auf dem eine blakende Öllampe stand. Daneben entdeckte er ein kleines Buch sowie Tinte, Feder und Papier. »Das hier sollen wir Euch geben.« Der ältere der beiden Wachmänner hielt ihm einen Packen Papier hin.

»Was soll das sein?« Verblüfft deutete Schumann auf die verschnörkelten, rechteckigen Zeichen, mit denen das erste Blatt bedeckt war.

Der Mann zuckte mit den Schultern. »Die Abschrift eines Textes, nach dem Ihr ganz verrückt seid, wie der Herr von Carlowitz versicherte. Er meinte, Ihr würdet Euch darüber freuen.« Entgeistert starrte Schumann ihn an, als er ein höhnisches Kichern vernahm. Es kam aus der hintersten Ecke der Kammer, die durch das rötliche Fackellicht kaum erhellt wurde.

Der Wachmann schien nichts davon zu merken. »Ich soll Euch sagen, das Codebuch, mit dem Ihr alles entschlüsseln könnt, hat er Euch ebenfalls dagelassen.« Er deutete auf das Büchlein.

Kurz darauf fand Schumann sich allein in seiner Zelle wieder. Er ging zum Tisch und ließ sich auf den Schemel sacken. Die Blätter entglitten seiner Hand, doch er machte sich nicht die Mühe, sie aufzuheben. Allmählich begriff er, dass all seine

Hoffnungen, sich soeben in Luft aufgelöst hatten. Sein Leben war ihm geblieben. Doch Carlowitz hatte dafür gesorgt, dass er in diesem Keller bei lebendigem Leib begraben wurde. Und als ob das noch nicht Strafe genug wäre, verhöhnte der Rat ihn obendrein! Schumann bückte sich nach den Blättern mit der Abschrift. Er würde sie in klitzekleine Stücke reißen, die er dem Wachmann ins Maul stopfen würde, wenn der mit dem Essen erschien. Doch das Kichern aus der Ecke ließ ihn innehalten. »He«, rief er. »Zeige dich!«

Ein Schatten löste sich aus der Dunkelheit. Als er näherkam, erkannte Schumann die bullige Gestalt seines Ziehvaters. »Wag es ja nicht, dich schon wieder vor einer Arbeit zu drücken, Nichtsnutz!«, brüllte Schmiedemeister Schumann. »Faule Hände sind des Teufels Werkzeug. Muss ich dir das noch immer einprügeln?« Drohend hob der Alte seine rotbehaarte Pranke.

»Nein, Vater, nein!« Wimmernd krümmte sich Schumann über dem Tisch zusammen. »Ich werde die Arbeit, die mir aufgetragen wurde, sofort erledigen.« Mit fahrigen Händen griff er nach Feder und Tinte.

»Im Namen Gottes, halt ein, mein Sohn!« Schumann hob den Kopf. Entsetzt starrte er auf den hageren Mönch im schwarz-weißen Habit der Dominikaner. »Erkennst du sie denn nicht, die Handschrift des Teufels?« Pater Johannes deutete mit seinem knochigen Finger auf das Blatt. Tatsächlich schienen die merkwürdigen Zeichen darauf zu glühen. Dann begannen sie zu verschwimmen, und im nächsten Augenblick bildeten sie eine dämonisch grinsende Fratze. Es roch nach Schwefel und versengtem Papier.

Schumanns Schreie verhallten ungehört in den Tiefen der Kellergewölbe unter dem Sonnenstein.

Dichtung und Wahrheit

Geschichte ist ein mehrdeutiges Wort. Wir sagen Geschichte und meinen damit Ereignisse aus der Vergangenheit ebenso wie eine erfundene Erzählung. Im historischen Roman geht beides ineinander über. Die Grenzen zwischen Fakten und Fiktion verschwimmen. Aber historisch interessierte Leser wollen am Ende natürlich alles ganz genau wissen – und mir macht es Freude, darüber zu berichten.

Neueste Erkenntnisse über das Voynich-Manuskript

Vorbild für das geheimnisvolle Buch, das Sophia entschlüsselt, ist das sogenannte Voynich-Manuskript. Wer sich dafür interessiert, kann es unter http://www.voynich.nu komplett einsehen. Es stammt aus dem 15. Jahrhundert. Aber das ist auch schon das Einzige, was man bisher mit Gewissheit sagen konnte. Denn seit über Hundert Jahren versuchten sich Historiker, Sprachwissenschaftler und Kryptologen vergeblich an seiner Entschlüsselung. Im Internet kursieren unzählige Theorien zum Inhalt der mysteriösen Handschrift.

Doch jetzt ist die Aussicht, dass wir endlich erfahren, was wirklich darin steht, in greifbare Nähe gerückt: Der Ägyptologe Rainer Hannig hat die Sprache als eine Form des Hebräischen identifiziert und allererste Teile des Textes übersetzt. In einer

Online-Veröffentlichung vom Juni 2020 legte er seinen Weg zur Entzifferung des Voynich-Manuskriptes auch für Laien verständlich dar.

Zur Geschichte der Täufer in Mähren und Niederösterreich

Während sich das Luthertum zur Zeit meiner Romanhandlung unter dem Schutz mächtiger Landesfürsten in Teilen des Heiligen Römischen Reiches fest etabliert hatte, wurden die Anhänger anderer Glaubensrichtungen weiter als Ketzer gejagt. Diejenigen, die nicht bereit waren, ihrem Glauben abzuschwören, kamen an den Galgen oder auf den Scheiterhaufen – darüber waren sich katholische wie evangelische Herren gleichermaßen einig. Die Tatsache, dass viele dieser Andersgläubigen auch radikale soziale Veränderungen anstrebten, spielte dabei eine wichtige Rolle.

Die Spur des Zwickauer Propheten Nikolaus Storch verliert sich nach 1536 im Dunkel der Geschichte. Fest steht nur, dass er viele Jahre ein unstetes Wanderleben auf der Flucht vor der Obrigkeit führen musste. Aber weil seine Überzeugungen in großen Teilen mit denen der Täufer übereinstimmten, gefiel mir die Vorstellung, er könnte am Ende seines Lebens auf einem ihrer mährischen Bruderhöfe eine Heimat gefunden haben.

Die Rolle Philipp Melanchthons bei der Verurteilung von drei Täufern in Jena ist belegt. Im Auftrag der Universität Wittenberg schrieb er im Jahr 1536 ein Gutachten dazu, in dem es heißt: »Dieweil man doch sieht und greift, dass grobe falsche Artikel [bei den Andersgläubigen] sind, schließen wir, dass in diesem Fall die Halsstarrigen auch mögen getötet werden.«

Die Wiedertäufer, wie man sie damals abfällig bezeichnete,

waren besonders harten Verfolgungen ausgesetzt. Und so sprach es sich unter ihnen schnell herum, als die Herren in Mähren ihnen Zuflucht auf ihren Ländereien boten.

Mähren bildete im 16. Jahrhundert eine eigenständige Verwaltungseinheit im Königreich Böhmen. Die Habsburgerherrscher waren dort von der Zustimmung der Stände, besonders des Hochadels und der Ritter, abhängig. Unter den vertriebenen Täufern gab es viele spezialisierte Handwerker und Menschen mit hoher Bildung. Indem der mährische Adel ihre Ansiedlung förderte, konnte er sich dieses Know-how zunutze machen. In den folgenden hundert Jahren führte das in der Region zu einem enormen wirtschaftlichen Aufschwung. Darum ist es nicht verwunderlich, dass auch einige Grundherren in Niederösterreich den Täufern wohlgesinnt waren.

Allerdings konnte sich der protestantisch gesinnte Hans III. von Fünfkirchen gegenüber seinem katholischen Lehnsherrn nicht dieselben Freiheiten herausnehmen wie seine mährischen Nachbarn. Im Dezember 1539 überfielen Soldaten des böhmischen Königs auf seinen Ländereien die Täufergemeinde Steinebrunn. Mehr als hunderfünfzig Täufer – Männer, Frauen, Kinder, Greise – wurden in Ketten auf die Burg Falkenstein geführt, wo sie sechs Wochen lang verhört wurden. Frauen und Kinder wurden danach entlassen, alle Männer und Knaben über vierzehn Jahren mussten als Gefangene auf der Burg bleiben. Viele von ihnen wurden später zur Strafarbeit auf Galeeren verurteilt. Ferdinand I. veranlasste im Weinviertel die systematische Verfolgung Andersgläubiger. Berüchtigt wurde der Täuferjäger Dietrich von Hartitsch, der mit einer Söldnertruppe das Gebiet nach Flüchtlingen durchkämmte, die sich – von der Donau kommend – nach Nikolsburg durchschlagen wollten.

Aus Mähren wurden die Täufer erst 1622 endgültig ausgewiesen. Sie wurden über alle Welt zerstreut, aber viele blieben ihrem Glauben treu. Ihre Nachfahren leben heute vor allem in den Gemeinden der Mennoniten, der Amischen und der Hutterer.

In Deutschland, aber auch in Tschechien, ist dieses Kapitel gemeinsamer Geschichte kaum noch bekannt. In Nikolsburg, dem heuten Mikulov, und dem angrenzenden österreichischen Weinviertel bemüht man sich seit einigen Jahren wieder darum. Interessierte Leser können dort an zahlreichen Orten auf den Spuren der Täufer wandeln. Besonders empfehlen kann ich das Freilichtmuseum in Niedersulz, den Täufer-Lehrpfad in Mikulov und natürlich die Burgruine Falkenstein bei Drassenhofen. Bei einer Wanderung durch die Pollauer Berge kann man die Höhlen entdecken, in denen die Täufer in Zeiten der Verfolgung Zuflucht suchten. Aber das sind nur einige der Highlights meiner Recherchereise durch eine Region, die darüber hinaus mit vorzüglicher Gastfreundschaft, leckerem Essen und gutem Wein aufwarten kann.

Zur Geschichte der Medizin

Tatsächlich stellte der spanische Arzt Raimundus Lullus bereits im Jahr 1275 bei Versuchen mit Chemikalien eine leicht flüchtige, brennbare Flüssigkeit her. Er bezeichnete sie als »süßes Vitriol«. Im 16. Jahrhundert experimentierte Paracelsus damit, indem er die Substanz von Hühnern einatmen ließ. Er fand heraus, dass die Tiere nicht nur einschliefen, sondern darüber hinaus unempfindlich gegen Schmerz waren. Offenbar unternahm auch in den folgenden Jahrhunderten niemand den naheliegenden Schritt, das Mittel am Menschen zu erproben. Im Jahr 1730 gab der deutsche Chemiker Frobenius der Flüssigkeit den Namen »Äther«. Aber es sollten noch mehr als hundert Jahre vergehen, bis man sich der Narkoseeigenschaften des Äthers voll bewusst wurde. Ich las dazu medizinische Schriften aus dem

19. Jahrhundert, in denen sehr einfache Vorrichtungen zur Verabreichung von Äther abgebildet waren. Eine der Vorlagen nutzte ich in meinem Roman für Dr. Lienhards innovative Betäubungsmethode. Sie wäre, zumindest aus meiner laienhaften Sicht, durchaus im 16. Jahrhundert machbar gewesen, zumal nachgewiesen ist, dass viele der hochqualifizierten Täufer-Ärzte aus Niklosburg auf der Grundlage der Lehre des Paracelsus praktizierten und in ihren Laboratorien umfangreiche alchemistische Forschungen betrieben. Einer der berühmtesten, Leonhard Gagasser, verfasste auch Lehrbücher für andere Ärzte.

Die Beinamputation, die Lienhard im Roman durchführt, beruht auf wahren Tatsachen: Dem Täufer Peter Voit wurden während seiner Gefangenschaft in Eggenburg beide Schenkel so fest in den Stock geklemmt, dass seine Zehen zu faulen begannen. Hilflos musste er zusehen, wie hungrige Mäuse ihm seine Zehen »vor seinen augen hinweck haben tragen«. Nach seiner Freilassung kam er bei mährischen Täufern unter, die im Winter aus ihren Höfen vertrieben worden waren und auf freiem Feld leben mussten. Dort amputierte ihm ein Arzt beide Beine. Dennoch »hat er nach solchem lange zeit gelebt« und starb erst 1570 – so berichtet es »Die Älteste Chronik der Hutterischen Brüder«.

Die Diphterie ist eine schreckliche Infektionskrankheit, die die meisten Menschen heutzutage nur noch aus ihrem Impfpass kennen dürften. In vergangenen Jahrhunderten grassierte sie immer wieder epidemisch und tötete vor allem die Jüngsten auf grausame Art. Halsbräune, Rachenbräune, Rachenpest oder Würgeengel der Kinder sind nur der einige Bezeichnungen, die man ihr gab.

Im Verlauf des 16. Jahrhunderts interessierten sich auch europäische Ärzte wieder zunehmend für den Luftröhrenschnitt, der schon seit der Antike praktiziert wurde. Die gebogene Klinge, die Lienhard benutzt, habe ich mir von dem berühmten französischen Baderchirurgen Ambroise Paré ausgeliehen, und auch das gebogene Silberröhrchen stammt aus einer medizinischen Schrift des 16. Jahrhunderts.

Mechanische Ritter und eiserne Hände

Der grüßende Ritter, der Fuchs in meinem Roman auf der Treppe im Haus von Meister Ambrosius erschreckt, hat ein reales Vorbild, das genauso funktioniert hat – den sogenannten Complimentarius. Der Grußautomat aus der Spätrenaissance ist heute noch im Focke-Museum in Bremen zu besichtigen.

Götz von Berlichingen, der Ritter mit der eisernen Hand, ist heutzutage vor allem durch den schwäbischen Spruch bekannt, den ihm Goethe in den Mund legte: » ... er kann mich am Arsche lecken!« Aber das meiste, was Ambrosius dem Magister über das Leben des Mannes berichtet, ist wahr. Es ist sehr wahrscheinlich, dass seine künstlichen Hände von einem Feinschmied aus Nürnberg angefertigt wurden, und auch das eiserne Bein des spanischen Kapitäns, das Fuchs im Roman begutachten sollte, hat ein Vorbild aus dem 16. Jahrhundert.

Pirna in der Zeit des Schmalkaldischen Krieges

Anders als im Dreißigjährigen Krieg scheint Pirna im Schmalkaldischen Krieg noch glimpflich davongekommen zu sein. Es gibt keine Beweise dafür, dass Johann Friedrich die Stadt belagerte, obwohl er Anfang April – als er Dresden mit Kanonen beschießen und Altendresden plündern ließ – unmittelbar davorgestanden haben muss.

Ich wundere mich dennoch, dass sich weder in der akribisch erforschten »Reformationsgeschichte der Stadt Pirna« von

Reinhold Hofmann noch in seinen »Beiträgen zur Verfassungsgeschichte der Stadt Pirna auf Grund der Stadtrechnungen des 15. und 16. Jahrhunderts« etwas über die Zeit des Schmalkaldischen Krieges finden lässt. Der »Politischen Korrespondenz des Herzogs und Kurfürsten Moritz von Sachsen« entnahm ich Hinweise auf die damalige Situation in und um Pirna. So befahl Moritz, Straßen unpassierbar zu machen, Proviant auf dem Schloss zu lagern sowie Kriegsvolk in der Stadt aufzunehmen und zu bezahlen. In einem Schreiben vom 15. April reagierte er sehr ungehalten, als seine Räte die Truppen aus Pirna abziehen wollten. Hinweise auf Verräter und Spione in Meißen und Dresden lassen sich in den Korrespondenzen jener Tage ebenso finden wie der Bericht über einen Messinghändler, der auf seinen Wegen übers Land kriegswichtige Informationen sammelte. Das brachte mich auf die Idee, dass Schumann sich mit dem Mittel der Spionage gegen Carlowitz wenden könnte. Die Gießerei, die Hans Rabe in Hütte bei Königstein führte, gab es tatsächlich, und eines der Hütter Hammerwerke unterstand als Amtshammer der Eisenkammer in Pirna. Moritz befahl am 8. April 1547, der Zeugmeister solle Kugeln und anderes von Pirna nach Dresden bringen.

Dass die Pirnaer Ratsherren König Ferdinand mit einem Bankett willkommen hießen, als er mit seinen Truppen aus Böhmen anrückte, ist unwahrscheinlich. Zumindest konnte ich in den Kämmereirechnungen nichts darüber entdecken. Ich fand allerdings Einträge über Geschenke in Form von Wein für Herzog Moritz und seinen Bruder August. Am 19. April traf der Sohn des Kurfürsten von Brandenburg mit fünfhundert Pferden in Pirna ein, sein Onkel folgte am nächsten Tag mit weiteren Reitern. Auch dazu gibt es Vermerke in den Pirnaer Kämmereirechnungen. Außerdem bezahlte man Kriegsausrüstung für einige Männer aus der Stadtkasse.

Wie ich es im Roman beschrieben habe, begann damals der

Ausbau des Schlosses auf dem Sonnenstein zur Festung. Ob dort auch im Jahr 1547 Gefangene untergebracht waren, konnte ich nicht herausfinden. Aber 1529 wurde Nickel von Minkewitz, »der ein wüstes Fehdeleben geführet hatte«, im Schloss Pirna gefangen gehalten, und 1551 »der unbotmäßige Oberhauptmann des Leipziger Kreises«, Erasmus von Könnewitz. Bis ins 18. Jahrhundert wurde der Sonnenstein ebenso für die Inhaftierung von Staatsgefangenen genutzt wie der Königstein.

Die Fuchsin vor dem Tore

Als ich 2011 zu Beginn der Recherchen für meine Trilogie auf den rätselhaften Fall der Fuchsin vor dem Tore stieß, ging meine Fantasie sofort mit mir durch.

Im April 1560 erhielt der Schösser zu Pirna den Befehl aus Dresden, die »Fuchsin vor dem Tore ... gefänglich einzuziehen« und über sie »aller Gelegenheit und Umstände« zu berichten. Ihr Name war im Protokoll der letzten Kirchenvisitation aufgefallen, wo sie als Wahrsagerin und Zauberin genannt worden war. Bei der Durchsuchung ihres Hauses fand man einen »Crystall« und drei verdächtige Bücher. Weder im Stadtarchiv Pirna noch im Staatsarchiv in Dresden scheint es Unterlagen über ein Verhör oder Ähnliches zu geben. Im Mai befiehlt Kurfürst August jedoch, dass man »nicht peinliche Anklage und Forderung erhebe«. Die Fuchsin sei auf Urfehde aus dem Gefängnis zu entlassen und solle »das Fürstentum zwischen jetzt und Michaelis verlassen mit ihrem Mann«. Der Historiker Manfred Wilde hat in seinem Buch »Die Zauberei- und Hexenprozesse in Kursachsen« in der Zeit vom 13. bis 18. Jahrhundert über neunhundert Hexenprozesse ausgewertet. Er hält die direkte Einmischung des Kurfürsten in den Pirnaer Fall für beispiellos. Eine Erklärung für das Verhalten, das bereits an absolutistische Herrschaftsansprüche mahnt, gibt die spärliche Faktenlage nicht her – Spielraum für Fantasie dafür umso mehr.

Interessant ist auch, dass die Fuchsin überhaupt die einzige Frau war, die in Pirna jemals der Zauberei bezichtigt wurde. Selbst im 17. Jahrhundert, der Hochzeit der Hexenverfolgungen, blieb man in meiner Heimatstadt ausgesprochen vernünftig.

In Wittenberg wurden zwischen 1540 und 1674 mindestens einundzwanzig Menschen bei Hexenprozessen verurteilt. Der erste davon war der schrecklichste: Im Jahrhundertsommer 1540 wurde Prista Frühbottin des Wetterzaubers bezichtigt und gemeinsam mit ihrem Sohn und zwei Gehilfen mehrere Tage lang über dem Feuer geräuchert und gedörrt. Das war selbst für damalige Verhältnisse außergewöhnlich grausam. Das Flugblatt, auf dem der junge Lucas Cranach die Opfer nach der Hinrichtung festgehalten hat, lässt auch den heutigen Betrachter vor Entsetzen erschaudern.

Aber die Cranachs und die meisten ihrer Zeitgenossen waren tatsächlich davon überzeugt, dass es Hexen gab und dass sie durch ihre Zauberei Mensch, Vieh und Ernte Schaden zufügen konnten. Für sie war die Verurteilung einer Hexe die Bestrafung für ein real existierendes Verbrechen, das ebenso wie Mord oder Diebstahl geahndet werden musste. Menschen wollen für das, was ihnen geschieht, Erklärungen haben und nach Möglichkeit auch einen Schuldigen.

Auch heute, fünfhundert Jahre später, hat sich daran anscheinend noch nicht viel geändert.

Glossar

Acht	Reichsacht
Albrecht Alcibiades	geb. 28. März 1522 in Ansbach, gest. 8. Januar 1557 in Pforzheim, Markgraf von Brandenburg-Kulmbach, verbrachte sein Leben als Söldnerführer und Kriegsherr, freundete sich mit Moritz von Sachsen an. Während beide im Schmalkaldischen Krieg und beim späteren Fürstenaufstand noch auf derselben Seite kämpften, standen sie sich 1553 als Feinde auf dem Schlachtfeld gegenüber. Moritz siegte und zahlte dafür mit seinem Leben.
Alter Genannter	Mitglied des Inneren Rates in Nürnberg
Anton Lauterbach	geb. 1502 in Stolpen, gest. 1569 in Pirna, war Schüler und Freund Martin Luthers, mit dem er bis zu dessen Tod in regem Briefkontakt stand. Luther überzeugte ihn auch davon, 1539 nach Pirna zu gehen, um dort als erster evangelischer Pfarrer und Superintendent die Reformation voranzubringen. Damit erfüllte Lauterbach auch eine ausdrückliche Bitte des Pirnaer Rates. Der Bilderzyklus, den er sich für die Marienkirche wünschte, ist noch heute dort zu bewundern, während das Spottbild auf den Ablasshändler Johann Tetzel späteren Umbauten zum Opfer fiel.
Astrolabium	astronomisches Instrument, das aus zwei Scheiben besteht. Auf der unteren festen Scheibe sind der Horizont und Kreise des horizontalen Koordinatensystems markiert.

Auf der drehbaren Rete befinden sich die wichtigsten Sterne und die Jahresbahn der Sonne. Man kann damit den sich drehenden Sternenhimmel nachbilden und so die verschiedenen Messungen vornehmen.

auf Jahr und Tag — mittelalterlicher Rechtsbegriff für eine Frist (eigentlich 1 Jahr, 6 Wochen und 3 Tage), in der ein Dienst zur Verfügung gestellt wurde

Azurit — auch Bergblau oder Kupferlasur; ein Kupferkarbonat, das in der Malerei Verwendung fand

Barchent — Mischgewebe aus Baumwolle und Leinen, für Winterkleidung geeignet, wurde aber auch zu Wachstuch verarbeitet

Blaue Schürze — altes Pirnaer Wirtshaus in der Schiffervorstadt nahe dem Steinplatz gelegen, musste im 19. Jahrhundert dem Bahndamm weichen, der Name leitet sich von den blauen Schürzen der Steinmetze ab, die dort vor allem verkehrten

Bolení žaludku — tschech.: Magenschmerzen

Bomätscher — Schiffszieher an der Elbe, zogen Schiffe bei ungünstigen Windverhältnissen vom Ufer aus stromaufwärts. Mit dem Aufkommen der Dampfschifffahrt starb der Beruf an der Elbe aus.

Brüder in Christo — Der Begriff Täufer hat sich im deutschen Sprachraum seit Mitte des 20. Jahrhunderts als Bezeichnung für die radikal-reformatorischen Gruppen durchgesetzt, deren hervorstechendes Merkmal die Ablehnung der Kindertaufe war. Die diskreditierende Bezeichnung »Wiedertäufer« stammt aus der Reformationszeit. Aus Sicht der Gegner tauften die Täufer Menschen, die als Säuglinge bereits getauft worden waren, erneut. Da aber die Täufer die Säuglingstaufe als unbiblisch und damit als ungültig betrachteten, war die von ihnen vollzogene

	Taufe in ihren Augen keine Wieder-, sondern eine Ersttaufe. Die Täuferbewegung bezeichnete sich in ihren Anfangsjahren unter anderem als Brüder in Christo und Gemeinde Gottes.
Buhle	Geliebte
Burse	eine Art Wohngemeinschaft, oft studentisch
Christoph von Carlowitz	geb. 1507 auf dem Rittergut Hermsdorf bei Dresden, gest. 1578 in Dresden, war Amtshauptmann von Zörbig und Leipzig, gleichzeitig aber auch Diplomat und einer der vertrautesten Räte von Herzog Moritz
Claret	Gewürzwein, ähnlich einem Glühwein aus Weißwein
Con la madre de dios!	span.: Bei der Mutter Gottes!
Hernán Cortés	geb. 1485 in Medellín, gest. 2. Dezember 1547 in Castilleja de la Cuesta. Spanischer Konquistador, eroberte das Aztekenreich
»Der doud immer su bimberlaswichdi!«	fränk.: Der ist ein Wichtigtuer.
děkuji	tschech.: danke
drahouška	tschech. : Teuerste
Elle (sächsische)	entspricht 0,56638 m
Englischer Gruß	Engelsgruß (Erzengel Gabriel verkündet Maria die Geburt von Jesus.)
Galen	griechischer Arzt, lebte im 2. Jahrhundert in Rom, gilt als einer der bedeutendsten Ärzte des Altertums, dessen Lehre für 1500 Jahre die gesamte westliche Heilkunde bestimmte
Gassenmeister	waren meist angesehene Handwerker, die gewählt wurden, um in den Vorstädten die Ordnung (Brandschutz, Verteidigung, Hygiene, Moral) im Sinne des Rates durchzusetzen und aufrechtzuerhalten.
Geißfuß	Giersch
Geschossgeld	Vermögenssteuer, die in Pirna und zahlreichen anderen Städten zu Walpurgis (30.4.)

	und Michaelis (29.9.) gezahlt werden musste
Glückshaube	Stück der Fruchtblase, das bei der Geburt auf Kopf oder Gesicht des Kindes hängenbleibt, galt als Glückssymbol, wurde getrocknet und aufgehoben, wird in den Pirnaer Taufregistern mehrfach erwähnt
Grapen	runde dreibeinige Töpfe aus Ton oder Metall, jahrhundertelang eines der verbreitetsten Kochgeschirre
Heiliges Römisches Reich	Bezeichnung für den Herrschaftsbereich der römisch-deutschen Kaiser vom Spätmittelalter bis 1806, zurückzuführen auf Anspruch der mittelalterlichen römisch-deutschen Herrscher, die die Tradition des antiken Römischen Reiches fortzusetzen, umfasste beinah ganz Mittel- und Südeuropa
Heumonat	So wurde der Juli, die Zeit der ersten Heumahd, früher bezeichnet.
Herzog August	geb. 1526 in Freiberg, gest. 1586 in Dresden, folgte seinem Bruder Moritz 1553 als Kurfürst von Sachsen
Herzog Moritz	geb. 1521 in Freiberg, gest. 1553 bei Sievershausen, war Schwiegersohn Philipps von Hessen. Er muss schon in jungen Jahren eine starke Persönlichkeit mit scharfem Verstand gewesen sein. Durch geschicktes Paktieren gelang es ihm im Zuge des Schmalkaldischen Krieges, seinem Vetter Johann Friedrich nicht nur große Landesteile, sondern auch die Kurfürstenwürde abzunehmen, die damit auf die albertinische Linie überging. Forthin beschimpften ihn strenggläubige Protestanten als »Judas von Meißen«. Da er sich jedoch später gegen den katholischen Kaiser stellte und mit dem Vertrag von Passau die offizielle Anerkennung des Luther-

	tums vorbereiten half, bezeichnet ihn die Geschichtsschreibung inzwischen gern als Reformationsfürsten oder auch als Friedensfürsten. Unter den Fürsten seiner Zeit war er definitiv eine herausragende Persönlichkeit.
Herzogin Elisabeth	geb. 1502 in Marburg, gest. 1557 in Schmalkalden, auch »Elisabeth von Rochlitz«, Schwester Philipps von Hessen, Witwe des Erbprinzen Johann von Sachsen, verwaltete ihr Wittum (Rochlitz und Kriebstein) ausgesprochen selbstständig. Sie war die Cousine von Herzog Moritz und Kurfürst Johann Friedrich, zwischen denen sie im Vorfeld des Schmalkaldischen Krieges ständig zu vermitteln versuchte. Im Laufe der Zeit baute sie dazu ein weitgespanntes »Nachrichtensystem« auf. Moritz, der ihr das als Spionage verübelte, ließ sie nach dem Schmalkaldischen Krieg nie mehr nach Rochlitz zurückkehren.
Hinterkaffe	Hinterteil eines Kaffenkahns (hölzernes Binnenschiff, bei dem die Bodenplanken bis über die Wasserlinie aufgebogen waren; die meisten Elbkähne waren so gebaut)
Hieronymus Baumgartner	geb. 1498 in Nürnberg, gest. 1565 ebenda, Nürnberger Patrizier, Reformator, Politiker, Freund Melanchthons. Als er 1544 vom Reichstag in Speyer zurückkehrte, wurde er tatsächlich von Ritter Albrecht von Rosenberg gefangen genommen und erst vierzehn Monate später gegen ein Lösegeld freigelassen.
hochnotpeinlich anfassen	foltern
Homunculus	künstlich (alchemistisch) geschaffener Mensch
Johann von Fünfkirchen	geb. 1502, gest. 1571, auch Hans III von Fünfkirchen, Unterstützer der Reformation, begünstigte die Täuferbewegung

Jsi ke mně tak dobrý, má drahá.	tschech.: Du bist so gut zu mir, mein Lieber.
Johann Schöner	geb. 1477 in Karlstadt am Main, gest. 1547 in Nürnberg. Mathematiker, Geograph, Kartograph, Astronom, Astrologe, Herausgeber wissenschaftlicher Werke. Ich gestehe, dass ich ihn ein Jahr eher sterben ließ, um Magister Fuchs noch mehr in die Bredouille zu bringen und Schumann einen weiteren Schurkenstreich zu ermöglichen.
Kaiser Karl V.	geb. 1500 in Gent, gest. 1558 in Spanien, Habsburger, war seit 1516 König von Spanien und wurde 1519 zum römisch-deutschen König gewählt (Kaiser des Heiligen Römischen Reiches). Er führte zahlreiche Kriege (gegen die Osmanen, den Papst, Frankreich, die protestantischen Fürsten Deutschlands) und brauchte daher, trotz des Goldes aus den spanischen Kolonien, ständig Geld. Vorzugsweise verschuldete er sich dafür bei den Fuggern.
Kürass	Brustpanzer
Kurfürst Johann Friedrich	geb. 1503 in Torgau, gest. 1554 in Weimar, auch der Großmütige genannt, ernestinische Linie der Wettiner. Er war seit 1532 Kurfürst von Sachsen (Hauptsitz Wittenberg), setzte in seinen Gebieten die Reformation fort und war Führer des Schmalkaldischen Bundes. 1547 verlor er neben großen Landesteilen (u. a. Thüringen) die Kurfürstenwürde an seinen Vetter Moritz und war fortan Herzog von Sachsen. Im Gegensatz zu Moritz, dem »Judas«, wurde er dafür bis ins 19. Jahrhundert als Märtyrer des protestantischen Glaubens verklärt.
Kux	ideeller Anteil an einer Fundgrube
Landgraf Philipp von Hessen	geb. 1504 in Marburg, gest. 1567 in Kassel, Landgraf von Hessen, Schwiegervater von Herzog Moritz. Er war einer der politi-

	schen Führer der Reformation und Gründer der Marburger Universität.
Latwerge	in Honig oder Fruchtsaft eingekochte zähe, süße Arzneizubereitung
Lochgefängnis	in den Kellergewölben des Nürnberger Rathauses, diente seit dem 14. Jahrhundert zur Untersuchung und Verwahrung von Häftlingen bis zur Urteilsvollstreckung. Nur in seltenen Fällen saßen Gefangene dort länger als ein paar Tage oder Wochen ein.
Lochschöffe	Ratsherr, der turnusmäßig für die Untersuchung von Verbrechen zuständig war, die auf Nürnberger Boden begangen wurden
Lochwirt	war für die Versorgung der Gefangenen zuständig
Losunger	Vorderster Losunger war das höchste öffentliche Amt in der Reichsstadt Nürnberg, hatte Kontrolle über die städtischen Finanzen
Lodron, Johann Baptist Graf	geb. ca. 1480, gest. ca. 1550, Diplomat und Kriegsmann im Dienste Kaiser Karls V.
Lucas Cranach der Ältere	geb. 1472 in Kronach, gest. 1553 in Weimar, einer der bedeutendsten deutschen Maler der Renaissance, Hofmaler am kurfürstlichen Hof. Cranach betrieb in Wittenberg ein florierendes Unternehmen mit zeitweise über zwanzig Angestellten. Neben seiner Malwerkstatt gehörten dazu jahrelang eine Apotheke mit angeschlossenem Weinausschank und eine Druckerei. Seine Bilder und Druckerzeugnisse trugen von Anfang an maßgeblich dazu bei, Luthers Reformation in ganz Deutschland zu verbreiten.
Lucas Cranach der Jüngere	geb. 1515 in Wittenberg, gest. 1586 ebd., Sohn von Cranach dem Älteren, ebenfalls ein begnadeter Maler und Unternehmer, der später die Werkstatt seines Vaters übernahm

maldito	span.: verflucht
Máme na to také dobrý lék.	tschech.: Dagegen haben wir auch ein gutes Mittel.
Mameluk	ursprünglich Militärsklaven im osmanischen Reich
Michaelis	29. September, Gedenktag für den Erzengel Michael
Nemo enim potest personam diu ferre.	Niemand kann auf Dauer eine Maske tragen. (Seneca)
Nikolaus Storch	geb. um 1500 in Zwickau, gest. nach 1536, Tuchweber, visionärer Laienprediger, der sich zunächst gegen die kirchlichen und sozialen Missstände in seiner Heimatstadt wandte. Er lehnte die Kindstaufe ab, befürwortete Gemeineigentum, öffentliche Fürsorge und Enteignung der Klöster. Als Wanderprediger zog er später durch die deutschen Lande. Über seine Aktivitäten zwischen Luther, Müntzer und den Täufern gibt es weit mehr Gerüchte als Fakten.
Nocturlabium	nutzt die tägliche Drehung zirkumpolarer Sternbilder zur Zeitmessung – daher der Name Sternenuhr. Seine untere Scheibe hat eine Monatsteilung, die obere eine Stundenteilung. Zuerst wird das aktuelle Datum eingestellt, dann wird es benutzt wie im Buch beschrieben. Die Uhrzeit lässt sich mithilfe der Zacken am Rand der oberen Scheibe ablesen.
nunca	span.: niemals
Nürnberger Tand	Handwerkerware aus Nürnberg, v. a. kleinere Metallerzeugnisse. Das genannte Sprichwort stammt aus dem 19. Jahrhundert, aber bereits für das 15. Jahrhundert ist ein ähnliches belegt.
Oleum vini dulce	»süßes Vitriol«, flüchtige Substanz, die durch die Destillation von mit Weingeist vermischtem Vitriol (kristallwasserhaltige Sulfate) gewonnen wird

Peinliche Halsgerichtsordnung	Strafgesetzbuch (»Peinlich« stammt vom lateinischen *poena* für »Strafe«)
Philipp Melanchthon	geb. 1497 in Bretten, gest. 1560 in Wittenberg, Freund und enger Weggefährte Luthers. Wie Luther unterhielt er einen regen Briefwechsel mit Anton Lauterbach in Pirna, den er dort mehrmals besuchte.
Prägelsalz	typische Waldarbeiterkost im Elbsandsteingebirge, wird aus Speckgrieben, Roggenmehl und Salz in der Pfanne zubereitet
Präzession	Richtungsänderung der Rotationsachse eines rotierenden Körpers
Quadrant	astronomisches Instrument, mit dem der Höhenwinkel und die Positionen eines Sterns ermittelt werden können
Retardat	Warf eine Grube keinen Gewinn ab, mussten die Anteilseigner für den weiteren Betrieb aufkommen (s. Zubußen), waren sie dazu bis zu einem bestimmten Termin nicht in der Lage, wurden ihnen die Anteile von Amts wegen entzogen (altes Bergrecht).
Röhrkasten	hölzerner Wasserkasten, der an die städtische Wasserversorgung angeschlossen war
Schafskot	Gegen Wundinfektionen züchtete man auf Honig und Schafskot spezielle Schimmelpilze. Klingt unappetitlich, ist aber sinnvoll, denn bestimmte Schimmelpilze produzieren Penicillin. Durch Beobachtung dürfte schon damals bekannt gewesen sein, dass sie bei der Wundheilung helfen.
Schamlott	kostbarer Importstoff aus Kamelhaaren
Schaube	Mantel mit breitem, schalartigem Kragen
Schmalkaldischer Bund	wurde 1531 in Schmalkalden als Verteidigungsbündnis evangelischer Fürsten und Städte geschlossen und richtete sich gegen die Regionalpolitik des katholischen Kaisers Karl V.
Schock	altes Zählmaß, v. a. in Sachsen und Böh-

	men. Ein Schock sind fünf Dutzend (sechzig Stück).
Septemvirale	Die eigentliche Regierung Nürnbergs (auch Kollegium der Älteren Herren genannt) bestand aus sieben Patriziern aus den Reihen der Alten Bürgermeister.
Spillbaum	Spindelstrauch, auch Pfaffenhütchen genannt
Stapelrecht	auch Niederlagsrecht. Alle Waren, die Pirna passierten, mussten dort zunächst drei Tage lang angeboten werden. Für den Weitertransport waren hohe Zölle zu zahlen. Die Bestimmungen waren so gehalten, dass sie einheimische Kaufleute und Handwerker stark bevorteilten.
Stock	auch Fußblock, hölzerne Fessel für Füße und Hände, in der der Gefangene fast bewegungslos verharren muss
Subprior	Stellvertreter des Priors (Klostervorstehers) in Orden, die keine Äbte haben
Superintendent	leitender Geistlicher eines Kirchenkreises in der evangelischen Kirche. Ihm unterliegt die Dienstaufsicht über die Pfarrer dieses Kirchenkreises (im 16. Jahrhundert auch über die Lehrer). Er übt auch selbst seelsorgerische Aufgaben aus.
Tanzmeister	besonderes Messwerkzeug für Uhrmacher, das auch in anderen Bereichen der Mechanik für Messungen Anwendung findet. Sein Umriss erinnert an einen Tänzer mit erhobenen Armen – die »Fußspitzen« nach außen gerichtet für Innenmessungen, die »Hände« nach innen gerichtet für Außenmessungen von Innen- und Außenmaßen.
Te Deum laudamus	ist der Anfang eines feierlichen, lateinischen Lob-, Dank- und Bittgesangs der christlichen Kirche (deutsch: Dich, Gott, loben wir)
Theophrastus	geb. 374/369 v. Chr., gest. 288/285 v. Chr.